LINDA FAIRSTEIN

Die Knochenkammer

Buch

Selten genug hat Alexandra Cooper, Staatsanwältin in Manhattan, Zeit, abends etwas zu unternehmen – und dann das: Bei einem Empfang im Metropolitan Museum of Art bittet sie der neue Museumsdirektor Pierre Thibodaux um ihre diskrete Hilfe. Man hat in einem antiken Sarkophag, der nach Kairo zurückgeführt werden sollte, an Stelle der erwarteten Mumie die Leiche der jungen Wissenschaftlerin Katrina Grooten gefunden. Zusammen mit den NYPD Detectives Mike Chapman und Mercer Wallace beginnt Alexandra Cooper zu ermitteln. Nicht ohne Schwierigkeiten, denn Rivalität und Intrigen vergiften die Atmosphäre unter den exzentrischen Wissenschaftlern des Metropolitan und den nicht weniger exzentrischen Wohltätern des Museums. Bald hat das Ermittlertrio mehr Mordverdächtige als handfeste Spuren, und noch immer gelingt es ihnen nicht, die letzten Wochen des Opfers zu rekonstruieren. Bis Alexandra Cooper eine Freundin von Katrina findet: Clementine Qisukqut, eine junge Inuitfrau und Kulturanthropologin, die ihr berichtet, wie sie sich zusammen mit Katrina für die Rückführung der Gebeine von »Eingeborenen« in ihre Ursprungsländer engagierte. Eine brisante Angelegenheit, denn angeblich liegen diese Gebeine noch irgendwo in den Dach- und Kellergewölben eines anderen New Yorker Museums: des Museum of Natural History. Alexandra Cooper und Mike Chapman machen sich auf die Suche nach diesen Knochenkammern. Noch während sie in den Eingeweiden des Natural Museum – im wahrsten Sinne des Wortes – im Dunkeln tappen, schlägt der Mörder wieder zu …

Autorin

Linda Fairstein leitete über zwei Jahrzehnte die Abteilung für Sexualverbrechen der Bezirksstaatsanwaltschaft in Manhattan und wird für ihre bahnbrechende Arbeit in den Gerichten New Yorks gefeiert. »Die Knochenkammer« ist ihr fünfter Roman um die Staatsanwältin Alexandra Cooper, der in den USA sofort die Spitzenplätze der *New-York-Times*-Bestsellerliste eroberte. Linda Fairstein ist verheiratet und lebt mit ihrem Mann in Manhattan und auf Martha's Vineyard.

Von Linda Fairstein ist bereits erschienen

Tod in Seide. Roman (35372) · Das Totenhaus. Roman (35591) · Der Leichenkeller. Roman (36018)

Linda Fairstein

Die Knochenkammer

Roman

Aus dem Amerikanischen
von Manuela Thurner

BLANVALET

Die Originalausgabe erschien 2003 unter dem Titel
»The Bone Vault« bei Scribner,
a division of Simon und Schuster, New York.

Umwelthinweis:
Alle bedruckten Materialien dieses Taschenbuches
sind chlorfrei und umweltschonend.

Blanvalet Taschenbücher erscheinen im
Goldmann Verlag, einem Unternehmen der
Verlagsgruppe Random House.

Einmalige Sonderausgabe November 2004

Umschlaggestaltung: Design Team, München
Umschlagfoto: Photonica/Cooper
Satz: DTP-Service Apel, Hannover
Druck: GGP Media GmbH, Pößneck
Titelnummer: 36207
MD · Herstellung: wag
Made in Germany
ISBN 3-442-36207-5
www.blanvalet-verlag.de

Für Susanne Kirk

wunderbare Lektorin, treue Freundin,
Krimigelehrte

1

Der Nachmittag im Leichenschauhaus war lang gewesen. Ich hatte mein Büro bei der Bezirksstaatsanwaltschaft von Manhattan kurz nach der Mittagspause verlassen, um mit dem stellvertretenden Leiter des gerichtsmedizinischen Instituts die Obduktionsresultate in einem neuen Fall zu besprechen. Eine Neunzehnjährige – die Klamotten, die sie trug, hatte sie sich erst wenige Stunden zuvor gekauft – war vor einem Klub getötet worden, wo sie an der Straßenecke auf ihre Freunde gewartet hatte.

Ich lief, erneut vom Tod umgeben, einen ruhigen Korridor entlang. Ich wollte nicht hier sein. Ich blieb vor dem Eingang eines antiken Grabmals stehen, dessen bemalte Kalksteinfassade die Geheimtür zur unterirdischen Grabkammer verbarg. Auf den verblichenen Wandreliefs waren Nahrungsmittel abgebildet, die die Seele der oder des Verstorbenen nähren sollten. Ich hegte keine Hoffnung, dass die junge Frau, deren Leichnam ich heute gesehen hatte, das hier gezeigte üppige Mahl jemals nötig haben würde.

Ich passierte einen Granitlöwen und nickte dem uniformierten Aufseher zu, der neben dem elegant gemeißelten Tier, das einst ein Königsgrab beschützt hatte, auf einem Klappstuhl hockte. Beide schliefen tief und fest. Daneben standen Alabasteraffen und hielten leere Gefäße in ihren ausgestreckten Händen, in denen früher zweifelsohne die Körperteile eines mumifizierten Würdenträgers des Alten Reichs aufbewahrt worden waren.

Den Stimmen nach zu urteilen, die hinter mir durch die Gänge hallten, war ich nicht der letzte Gast des heutigen Festempfangs. Ich beschleunigte meine Schritte, vorbei an Vitrinen mit steinernen Häuptern von Göttinnen, juwelengeschmückten Sandalen und goldenen Halsketten, welche jahrhundertelang mit ihnen begraben gewesen waren. Eine scharfe Linkskurve, und ich stand vor einem riesigen schwarzen Sarkophag einer ägyptischen Königin der dreißigsten Dynastie, der von zwei Eisenpfosten aufgestemmt wurde, sodass man die Abbildung ihrer Seele auf der Innenseite des Deckels sehen konnte. Der Anblick des dunklen, schweren Sargs mit dem schwachen Umriss der schlanken Gestalt, die er einst beherbergt hatte, ließ mich trotz der ungewöhnlich warmen Spätfrühlingsnacht frösteln.

Dann bog ich ein letztes Mal um eine Ecke, und die Dunkelheit der Grabräume wich dem prächtigen offenen Raum, in dem der Tempel von Dendur untergebracht war. Die Nordseite des Metropolitan Museum of Art bestand aus einer, sich über den Sandsteinmonumenten schräg erhebenden Glaswand, die den Blick auf den Central Park freigab. Es war kurz vor neun Uhr abends, und die Straßenlaternen draußen vor den Fenstern erhellten den Nachthimmel und ließen die grün belaubten Bäume vor dem Museum scharf umrissen hervortreten.

Ich blieb am Rande des Wassergrabens stehen, der die beiden erhöhten Tempelbauten umgab, und hielt nach meinen Freunden Ausschau. Kellner in seidig glänzenden schwarzen Anzügen schlängelten sich zwischen den Gästen hindurch und servierten Kaviarblinis und geräucherten Lachs auf Schwarzbrot. Andere jonglierten Silbertabletts mit Weißwein-, Champagner- und Mineralwassergläsern durch die versammelte Schar von Freunden und Förderern des Museums.

Nina Baum sah mich, noch bevor ich sie erspähen konnte. »Du kommst gerade rechtzeitig, um bereits die meisten Ansprachen verpasst zu haben. Raffiniert gemacht.«

Sie winkte einen Kellner herbei und reichte mir eine Champagnerflöte. »Hungrig?«

Ich schüttelte den Kopf.

»Das Leichenschauhaus?«

»Kein sehr angenehmer Nachmittag.«

»War sie –?«

»Erzähl ich dir später. Chapman glaubte, er hätte eine neue Spur in einem Fall, in dem er nicht mehr weitergekommen war, also wollte ich mir das Verletzungsmuster genauer ansehen. Falls er einen Verdächtigen geschnappt hätte und ich den Kerl heute Nacht hätte verhören müssen, wäre ich vorbereitet gewesen. Aber es entpuppte sich als schlechter Tipp, also gibt's kein Verhör und keine Festnahme. Die Sache ist fürs Erste auf Eis gelegt.«

Nina hakte sich bei mir unter und zog mich zu den Stufen. »Warum hast du Mike nicht mitgebracht?«

»Ich hab's ja versucht. Aber als ich ihm sagte, dass es ein festlicher Anlass wäre, schickte er mich zum Duschen und Umziehen nach Hause. Er schmeißt sich nicht in Schale, nicht einmal für dich. Ihr werdet euch die nächsten Tage noch sehen.«

Mike Chapman war Mordermittler, meiner Meinung nach der Beste in der Branche. Nina Baum war meine engste Freundin und das schon mein halbes Leben lang. Wir hatten uns mit achtzehn Jahren kennen gelernt, als wir im ersten Studienjahr am Wellesley College als Mitbewohnerinnen ausgelost wurden. Inzwischen war sie verheiratet und lebte mit ihrem Ehemann und ihrem kleinen Sohn in Kalifornien. Sie hatte Mike in den zehn Jahren, die er und ich zusammenarbeiteten, oft getroffen und freute sich jedes

Mal, wenn sie in der Stadt war, auf ein Wiedersehen mit ihm.

»Jetzt suchen wir erst einmal Jake.« Sie führte mich die Stufen hinauf, vorbei an der einsamen Palme, die auf der Plattform unterhalb des großartigen Tempels stand. »Und danach stelle ich dich meinem Boss und all den hohen Tieren vor.«

»Benimmt sich Jake anständig? Wirst du nach dem heutigen Abend noch einen Job haben, oder nervt er jeden auf der Suche nach einer tollen Story?«

»Sagen wir's mal so: Wir sind heute Abend schon ein paar Mal schief angesehen worden. Ich beteuere ständig, dass ich ihn mir nur ausgeliehen habe, aber wenn du morgen die Klatschkolumnen liest, wirst du dich vielleicht wundern. Es müssen viele Freunde von dir hier sein, denn sie können sich keinen Reim darauf machen, warum ich nicht von seiner Seite weiche und von dir weit und breit nichts zu sehen ist.«

»›Wer ist diese kastanienbraune Schönheit, die von der Westküste eingeflogen kam und NBC-Korrespondent Jake Tyler dem langen Arm des Gesetzes entzog? Staatsanwältin Alexandra Cooper hat einen Haftbefehl gegen sie ausgestellt. Dito für das unglaublich sexy, rückenfreie marineblaue Paillettenkleid, das besagter Eindringling aus Alexandras Schrank entwendete!‹ So was in der Art?«

»Ich habe mir gedacht, wenn du mir schon deinen Liebsten für den Abend leihst, würdest du sicher nichts dagegen haben, wenn ich mir das sexy, rückenfreie Kleid ausleihe.«

Nina war am Vortag in New York eingetroffen. Sie war Partnerin in einer großen Anwaltskanzlei in Los Angeles, wo ihr Spezialgebiet das Packaging, die Präsentation großer Unterhaltungsprojekte für Kino- und Fernsehfilme war. Der Anlass des heutigen Abends war eine in der Geschichte der beiden großen New Yorker Museen einmalige Ankündigung. Zum ersten Mal seit ihrem Bestehen würden das Metropolitan Museum of Art und das American Museum of Natural History, mit freundlicher Unterstützung Hollywoods, eine gemeinsame Ausstellung veranstalten.

Die umstrittene Kombination aus Forschung und Showbusiness war eine schwierige Geburt gewesen und hatte erst mühsam den Widerstand des Kuratoriums, der Kuratoren, Administratoren und Verwaltungsbeamten der Stadt überwinden müssen. Aber Publikumsrenner wie die Ausstellungen über die Schätze Tutanchamuns oder über Jacqueline Kennedys Garderobe aus der Sammlung der Kostümabteilung füllten die Museumssäckel und sprachen dafür, die jeweils größten Hits der beiden Museen in einer spektakulären Ausstellung gemeinsam zu präsentieren.

Ninas kalifornischer Klient, UniQuest Productions, hatte erfolgreich alle Vermarktungsrechte an dem Projekt ersteigert. »Ein modernes Bestiarium«, so der Titel der Ausstellung, würde alle fantastischen Tiere der Welt zeigen, insoweit sie in den Sammlungen der beiden Museen in Form von Hieroglyphen, Wandteppichen und Gemälden bis hin zu präparierten und ausgestopften Tieren vertreten waren. Man plante unglaubliche Hightech-Kreationen und virtuelle Dioramen, IMAX-Zeitreisen zu den Künstlern und ihren Kunstwerken und kommerzielle Verwertungen in Form von Souvenirverkäufen in den Museumsläden und im Internet. Es würde Rembrandt-Kühlschrankmagneten geben, Triceratops-Anstecknadeln, Plastikslinkys des menschlichen Genoms und Schneekugeln, in denen saurer Regen auf vom Aussterben bedrohte Tiere des Amazonas herabrieselte.

Nina lotste mich zu einem kleinen, dunkelhaarigen Mann, der ein kragenloses Smokinghemd trug und viel zu viele Haare im Gesicht hatte. »Quentin Vallejo, ich möchte Ihnen gerne Alexandra Cooper vorstellen. Sie ist –«

»Ich weiß, ich weiß, Ihre beste Freundin.« Quentin musterte mich von oben bis unten. Mit meinen ein Meter siebenundsiebzig überragte ich ihn um einen Kopf; seine Augen waren auf der Höhe meiner Brust und wanderten nach unten zu meinen Knien, bevor er zu mir aufsah. »Die Sexstaatsanwältin. Nina hat gestern während des gesamten Fluges von nichts anderem gesprochen. Einen interessanten Job haben Sie da. Wir sollten uns bei Gelegenheit mal unter vier Augen unterhalten. Ich würde gerne mehr über Ihre Arbeit hören.«

Quentin wandte sich um, um sein leeres Weinglas gegen ein volles einzutauschen, und ich bedachte ihn im Weggehen mit einem leichten Kopfnicken. Nina hauchte ihm eine Kusshand zu und folgte mir.

»Das ist der Kerl, der die ganze Chose hier leitet?«

»Er hat zwölf Jahre lang mit Spielberg zusammengearbeitet. Er ist ein absolutes Genie, wenn es darum geht, interaktive Materialien und futuristische Kinobilder zu kreieren. Er schafft es, dass unbelebte Objekte aussehen, als wären sie aus Fleisch und Blut. Er hat einen Blick wie kein anderer.«

»Das habe ich gemerkt.« Ich stellte mich auf Zehenspitzen und hielt nach Jake Ausschau. »Hatten die Museumsbonzen Quentin vor dem heutigen Abend schon mal zu Gesicht bekommen?«

»Du meinst, der Deal wäre nicht zu Stande gekommen, falls das der Fall gewesen wäre?«

»Hast du den Verstand verloren? Dieses Museum ist von alten Männern gegründet worden. Sehr reich, sehr weiß, sehr presbyterianisch. Im Naturkundemuseum ist es so ziemlich das Gleiche. Die alten Knaben mögen mittlerweile unter der Erde sein, aber diese Einrichtung hier wird nicht gerade von einer bunt gewürfelten Clique aus der Stadt geleitet.«

»Jemand bei dem Projekt hat seine Hausaufgaben gemacht. Unsere Vorgruppe hat sich um alles Praktische gekümmert, um dieses Ereignis hier zu organisieren. Wahrscheinlich das am konservativsten aussehende Filmteam, das ich jemals westlich des Mississippi gesehen habe. Für die Vertragsangelegenheiten wurde eine alteingesessene hiesige Kanzlei angeheuert, und Quentins Auftritt hob man sich für die heutige Gala, die große Ankündigung auf.«

»Und wie lief's?«

»Hör dir das Gemurmel an. Das Kuratorium, die Presse, die oberen Zehntausend – wer auch immer diese Leute sind, sie scheinen begeistert zu sein.« Nina dirigierte mich zu der kleinen Nische im Zentrum des größeren Bauwerks, des Tors zum Tempel von Dendur, um mir an einem ruhigeren Ort von der Präsentation zu erzählen, die ich versäumt hatte.

»Kennst du Pierre Thibodaux?« Sie deutete zum Podium, wo gerade ein großer, dunkelhaariger Mann von einer kleinen Gruppe Museumsfunktionäre weggeholt wurde. Er signalisierte seinen Kollegen etwas mit erhobenem Finger und ging dann in den angrenzenden Korridor hinaus.

»Nur vom Namen her. Er ist neu in der Stadt.« Thibodaux hatte vor knapp zwei Jahren die Nachfolge von Philippe de Montebello als Direktor des Metropolitan Museum of Art angetreten.

»Er hat an allen Meetings mit unserer Vorgruppe teilgenommen. Diese Ausstellung ist sein Baby. Er ist brillant, engagiert, gut aussehend. Du musst ihn kennen lernen –«

»Meine Damen, Sie können sich nicht gegen das Bauwerk lehnen, hören Sie?«, ermahnte uns ein Aufseher.

Wir verließen die Nische und machten uns auf die Suche nach einem anderen ruhigen Plätzchen.

»Lass uns gehen, damit wir uns normal unterhalten können. Hier drinnen sind heute Abend genauso viele lebende wie tote Schakale. Mir schwant, dass der arme Augustus, als er diese Monumente bauen ließ, nicht vorhergesehen hat, dass sie einmal der begehrteste Platz für Cocktailempfänge in Manhattan werden würden.«

Nina folgte mir verärgert die Stufen hinab. »Wer ist Augustus? Wovon, zum Teufel, redest du? Der Tempel ist doch ägyptisch, oder?«

Ich war von klein auf regelmäßig ins Metropolitan Museum gekommen und kannte die meisten der ständigen Ausstellungen ziemlich gut. »Du hast zur Hälfte Recht. Er wurde in der Nähe von Assuan erbaut, aber im Auftrag eines römischen Kaisers, der damals über die Region herrschte. Augustus ließ ihn zu Ehren der beiden jungen Söhne eines nubischen Stammesführers errichten, der im Nil ertrunken war. Es tut mir Leid, deinen Enthusiasmus zu dämpfen, Nina. Ich habe heute nur schon so viel mit dem Tod zu tun gehabt, dass ich mich frage, warum wir es für angemessen halten, unsere Festivitäten inmitten der Grabstätten dieser alten Kulturen auszurichten. Würde man es nicht als anstößig empfinden, die nächste Cocktailparty auf dem Arlington-Friedhof abzuhalten?«

»Es tut mir Leid, dass sie heute Abend keinen Scotch servieren, Alex. Entspann dich, okay? Wir können jederzeit gehen, wenn du willst. Wer ist die alte Dame, die sich an Jake klammert?«

Er hatte uns gesehen und kam auf die Plattform zu, auf der wir standen. Eine silberhaarige Frau mit massenhaft baumelndem Saphirschmuck – an den Ohrläppchen, Handgelenken, Fingern – hatte Jake am Arm gepackt und flüsterte ihm ins Ohr. Ich blieb auf der untersten Stufe stehen und kramte ein paar Münzen aus meiner Handtasche, um sie als Glücksbringer in den Wassergraben zu werfen.

»Gib auf das Krokodil Acht, Liebling! Das gefährlichste Geschöpf in Ägypten, die Verkörperung des Bösen.« Jake streckte die Hand aus, um mir die Stufe hinunterzuhelfen, während ich ein paar Vierteldollarmünzen ins Wasser warf. Das steinerne Krokodil schien sich über meine Geste lustig zu machen; sein in alle Ewigkeit weit geöffnetes Maul war auf der Suche nach etwas Fleischigerem als der Quiche, die hier gereicht wurde.

Ich küsste Jake auf die Wange, auf der bereits Lippenstiftabdrücke in verschiedenen Farben prangten. »Es macht mir nichts aus, dich an Nina auszuleihen, aber wer ist meine andere Konkurrenz?«

»Diese ältere Dame? Nur ein Kuratoriumsmitglied. Ich habe ihren Namen nicht verstanden. Sie hat mir vorgeschwärmt, wie toll die gemeinsame Ausstellung werden wird, und mich gefragt, ob die Networks auch über das Feuerwerk heute Abend berichten werden.«

»Welches Feuerwerk?«

»Angeblich soll es eine fünfminütige Sound-and-Light-Show zur Einstimmung auf die Bestiariums-Ausstellung geben. Da ist Thibodaux. Er wird es ankündigen.«

Stattdessen steuerte der Direktor direkt auf uns zu, während er sich mit einer Hand über sein Jackett, mit der anderen über die Haare strich. »Nina, kann ich Sie kurz sprechen? Wissen Sie, wo Quentin ist?«

»Ich finde ihn für Sie. Pierre, ich würde Ihnen gerne meine –«

»*Enchanté.*« Seine Begrüßung war knapp, während er über meine Schulter hinweg den Raum absuchte. Dann ging er mit Nina davon, um den Produzenten zu finden.

Ich sah auf meine Uhr. »Glaubst du, dass du deine zwei Dates zu Hamburgers ins ›Twenty-one‹ einladen kannst, sobald wir Nina loseisen können?«

»Meine Kutsche steht bereit, Mylady.«

Nina, Quentin und Pierre steckten oben auf der Treppe die Köpfe zusammen. Der Direktor stutzte und blickte über die Schulter zu mir, als Quentin auf mich zeigte. Nina schüttelte den Kopf und versuchte sich so hinzustellen, dass Quentin mich nicht sehen konnte. Recht so, Kumpel! Was auch immer es ist, haltet mich da raus!

Da kam Pierre Thibodaux auch schon die zwei Treppenabsätze herunter.

»Ms. Cooper? Mr. Vallejo hat mir soeben gesagt, dass Sie Staatsanwältin sind. Kann ich Sie einen Augenblick unter vier Augen sprechen? Ich bräuchte Ihren Rat. Würde es Ihnen etwas ausmachen, Mr. Tyler?« Dieses Mal ermahnte uns kein Aufseher, als Thibodaux mit mir zur Plattform hinaufging, das Seil zwischen den beiden Eingangssäulen des Tempels entfernte und unter den ruhigen Torbogen trat.

»Sie sind Abteilungsleiterin bei der Bezirksstaatsanwaltschaft? Ich brauche Ihre Hilfe, da ich es heute Abend mit der Polizei zu tun habe.«

»Hier, im Museum?«

»Nein, in einem Frachthafen. Ich werde ein paar Sätze sagen, um den Abend zu beenden, und alle nach Hause schicken. Wir verzichten auf die pyrotechnische Präsentation von UniQuest Productions. Das Letzte, was wir morgen brauchen können, sind irgendwelche Negativschlagzeilen in Zusammenhang mit unserer fantastischen neuen Ausstellung.«

»Vielleicht kann ich die zuständigen –«

»Es geht um eine Ladung von Ausstellungsstücken fürs Ausland. Das ist für uns absolute Routinesache. Es werden die ganze Zeit Kisten ins Ausland versandt oder von dort angeliefert. Austausch mit anderen Museen, Objekte, die wir aus der Sammlung entfernt haben oder an ausländische Einrichtungen ausleihen. Das kommt andauernd vor.«

»Ich bezweifle, dass ich Ihnen da weiterhelfen kann. Wenn Sie ein zolltechnisches Problem –«

Thibodaux ließ sich von meinem Einwand nicht beirren. »Was normalerweise nicht vorkommt, ist, dass einer der alten Sarkophage zur Inspektion geöffnet wird. Aber genau das ist vor ein paar Stunden passiert. In dem Sarg sollte sich eine mumifizierte Prinzessin befinden, Ms. Cooper. Zwölfte Dynastie, Mittleres Reich. Ein paar tausend Jahre alt und ziemlich wertvoll. Stattdessen liegt in dem Sarg eine Leiche. Zweifelsohne einige Jahrhunderte jünger als meine Prinzessin, aber genauso tot.«

2

Rostfarbene Stahlcontainer, jeder von der Größe eines Güterwagens, stapelten sich auf dem riesigen Areal des dunklen Frachthafens, so weit das Auge reichte. Pierre Thibodauxs Limousine wurde am Tor von einem Nachtwächter aufgehalten, der uns mit seiner Taschenlampe ins Gesicht leuchtete. Thibodaux' französischer Akzent entging dem müden Mann vom Sicherheitsdienst, dessen Schicht wahrscheinlich um Mitternacht zu Ende war.

»Was sagten Sie?«

»Wir sind hier, um uns mit einigen Leuten vom Metropolitan Museum zu treffen, irgendwo in –«

Ich beugte mich vor, klappte meine Lederbrieftasche auf und hielt dem Mann meine goldblaue Dienstmarke unter die Nase. »Ich bin Alexandra Cooper, Bezirksstaatsanwaltschaft. Wir werden auf dem Gelände von einigen Detectives erwartet.«

Ich sah auf die Rückseite des Programmheftchens, wo ich mir den Treffpunkt notiert hatte, als ich vor einer Viertelstunde von meinem Handy aus mit Mike Chapman telefoniert hatte. »Sie sind in Abschnitt G-acht. Wo ist das?«

Der Mann drückte auf den Knopf, der den Maschendrahtzaun öffnete, und wies uns mit der anderen Hand, in der er eine Zigarette hielt, die Richtung. »Ein paar hundert Meter nach links. Dann rechts hinter den Tropicana-Containern. Die großen Orangen drauf sind nicht zu übersehen. Ihre Cops sind schon dort.«

Die Tatsache, dass der Frachthafen auf der anderen Seite des Flusses in Newark, New Jersey, lag, hatte Chapman nicht im Geringsten abgeschreckt. Da das Grundstück der Aufsicht der Hafenbehörde von New York und New Jersey unterstand, hielt er es für einen Versuch wert, sich die Sache mal anzusehen. Etwaige Bedenken, dass meine New Yorker Dienstmarke uns keinen Zutritt verschaffen würde, waren von kurzer Dauer gewesen.

Die Lincoln-Limousine glitt wie ein Schwan zwischen den riesigen, sperrigen Metallcontainern hindurch, die geduldig darauf warteten, an unzählige Orte in aller Welt verschifft zu werden. Sie blieb zwischen zwei Containern hinter einem Sattelschlepperanhänger stehen, in dessen Inneres eine Rampe hinaufführte.

Thibodaux war ausgestiegen, noch ehe der Chauffeur den Motor abgestellt hatte. Ich sah, wie Mike auf den Direktor zuging und sich vorstellte, bevor er zum Auto kam, um mir beim Aussteigen behilflich zu sein.

»Kommt Lon Chaney auch, oder können wir anfangen?«

Er nahm meine Hand, und ich kletterte aus dem Auto auf

den Kies, froh, dass ich meinen schwarzen Seidenhosenanzug anhatte und nicht das Abendkleid, das sich Nina ausgeliehen hatte. Ich hatte sie und Jake zum Abendessen geschickt, nachdem ich Mike zu Hause angerufen und ihn gebeten hatte, mich hier zu treffen.

»Wer ist der Franzmann?«

»Der neue Direktor des Metropolitan Museum of Art. Er erhielt den Anruf während eines Empfangs heute Abend. Als er erfuhr, dass man eine Leiche gefunden hatte, fragte er mich um Rat. Es hat eine Weile gedauert, bis er kapiert hat, dass er es sich nicht aussuchen kann, ob er den Leichenfund meldet oder nicht. Er hofft, dass diese Geschichte nicht an die große Glocke gehängt wird.« Ich schüttelte den Kopf. »Cleopatras Tiefschlaf im Hafen von Newark? Das ist den Boulevardblättern wahrscheinlich nur acht oder neun Tage Schlagzeilen wert.«

»Wer ist noch hier, außer dir und Lenny?«

»Die zwei Anzugträger sind Museumsfritzen. Sie haben kurz vor sechs den Anruf des Lastwagenfahrers erhalten. Sie kamen hierher, um es sich zuerst selbst anzusehen, bevor sie den Boss einschalteten. Der Lastwagenfahrer sitzt in seiner Kabine, mampft an seinem Sandwich und hört sich das Baseballspiel im Radio an. Zusätzliche Innings, Yanks und Red Sox, unentschieden nach dem zehnten Inning. Dein Liebling Pettitte hat in den ersten sieben Innings großartig gepitcht. Joe hätte ihn nicht rausnehmen sollen. Die zwei Quadratmarken dort gehören zum privaten Sicherheitsdienst des Hafens. Ihr Hund hat die Leiche erschnüffelt.«

»Quadratmarken« war Polizeislang für ziviles Wachpersonal, das von Privatunternehmen, von Einkaufszentren bis hin zu Schiffswerften, angeheuert wurde.

»Wo ist sie?«

Mike, der mit dem Rücken zum Lastwagen stand, zeigte mit dem Daumen über die Schulter.

»Die Rampe hinauf. Sie ruht friedlich in der Obhut von Tri-State Transit.«

»Nicht entladen?«

»Nein. Normalerweise werden die Trucks abgeladen, sobald sie auf das Hafengelände fahren. Die meisten Gegenstände sind in Holzkisten verpackt, mit Etiketten versehen und fertig für den Transport nach Übersee. Die Kisten werden entladen und dann mit einer Winde in Container gehievt, diese werden dann wiederum auf die Frachter verladen. Der ganze Ort hier sieht aus wie meine Spielzeugeisenbahn auf Steroiden.«

Ich sah mich um. Riesige Container, so weit das Auge reichte.

»Sobald die Sachen entladen sind, lässt der Sicherheitsdienst die Hunde daran schnüffeln, sowohl an den ein- als auch an den ausgehenden Waren. Sie suchen nach Drogen oder Leichen. In den neunziger Jahren kam es hier draußen zu einer peinlichen Anzahl an Vorfällen. Ein paar kluge Kerlchen benutzten den Hafen als großzügiges Kokainlager und verschifften das Zeug von hier nach Europa.«

»Was ist mit der Polizei von New Jersey? Den Cops der Hafenbehörde?«

»Sind noch nicht eingeschaltet worden. Deshalb sind ja die Quadratmarken da. Die Spediteure einigten sich auf einen Kompromiss: Die Besitzer dieser Lagerabschnitte würden ihre eigenen Wachmannschaften anheuern und die Cops nur im Fall eines Verbrechens rufen.«

»Ich glaube, ich empfange hier gemischte Signale. Thibodaux glaubt, dass in dem Sarkophag eine Leiche liegt, die nicht dort hineingehört. Deshalb habe ich dich angerufen und gebeten, hierher zu kommen. Liegt da nicht ein Verbrechen vor?«

»Lucky Pierre hat vielleicht Recht. Aber die Dödel, die Cleo gefunden haben, haben zu viele Mumienfilme gesehen. *Fluch der Pharaonen* und den ganzen Scheiß. Sie haben die Kiste aufgebrochen, aber der Sargdeckel war so schwer, dass sie ihn kaum bewegen konnten. Sogar zu viert konnten sie ihn nur ein paar Zentimeter hochheben. Sie hatten erwartet, einen Berg weißes Pulver zu finden, aber dann hat einer von ihnen durch ein paar Leinenfetzen hindurch einen Kopf gesehen. Hat den Deckel so schnell fallen lassen, dass ich überrascht bin, dass er nicht in tausend Stücke zersprungen ist.«

»Also hat sich keiner die Mühe gemacht, die Behörden in Jersey zu kontaktieren?«

»Sie haben Angst, die Kiste wieder aufzumachen. Sie glauben, dass sie dasselbe Schicksal wie Lord Carnavon ereilt, wenn es sich tatsächlich als eine Mumie entpuppt und sie sie stören. Sie haben das Museum angerufen und sind mit dem Kurator für ägyptische Kunst verbunden worden. Das ist der große, glatzköpfige Kerl da, der sich gerade mit deinem Kumpel Pierre unterhält. Die gemieteten Cops haben ihm gesagt, dass er besser selbst seinen Hintern hier rüberschaffen soll, um sich anzusehen, warum die Hunde angeschlagen haben.«

»Und der andere dort im Anzug?«

»Der Untersetzte in der Mitte ist der Leiter der Versandabteilung. Er ist verantwortlich für die ganze Ladung, die auf dem Truck war. Die beiden haben ganz schön Muffensausen. So viel Aufregung hat's in keinem Museum mehr gegeben, seit sich Murf the Surf mit den Kronjuwelen aus dem Staub gemacht hat.«

»Warum ist sie noch immer auf dem Truck?«

»Wenn man die Trucks so weit entladen hat, dass die Kisten nur noch in Zweierreihen im Laderaum sind, gehen sie mit den Hunden die Rampe rauf und lassen sie herumschnüffeln, bevor sie den Rest ausladen. Das spart Zeit und Ärger für den Fall, dass sie einen Lastwagen oder ein Schiff beschlagnahmen beziehungsweise etwas zum Herkunftsort zurückschicken müssen. Rin Tin Tin hatte Schaum vorm Mund, als er die Kiste mit der Leiche fand.«

Pierre Thibodaux nahm dem Leiter der Versandabteilung ein Blatt Papier aus der Hand und kam zu uns herüber. »Ich verstehe nicht, wie das passieren konnte, Mr. Chapman. Wie Sie sich vorstellen können, verfügt das Met über ein hochmodernes Sicherheitssystem. Gemälde und Skulpturen im Wert von Milliarden von Dollar, unbezahlbare Meisterwerke. Es ist ... es ist unvorstellbar.«

»Nun mal langsam. Eins nach dem anderen. Ist das Ihr Sattelschlepperanhänger?«

Thibodaux sah auf den Versandschein in seiner Hand und dann auf den Truck, um die Aufschrift an der Seite zu überprüfen. »Das ist einer unserer Spediteure. Wir besitzen natürlich auch selbst einige Lieferwagen, da wir ständig Sachen transportieren müssen. Aber bei größeren Mengen wie in dem Fall«, sagte er und deutete auf die Dutzende von Kisten, die bereits entladen worden waren, »vergeben wir den Auftrag an Firmen wie Tri-State.«

»Gängiger Spediteur«, sagte ich leise zu Mike.

»Was spielt das für eine Rolle?«

»Merk's dir einfach, Detective. Ich erklär's dir später.«

Mike wandte sich wieder Thibodaux zu. »Es steht also außer Frage, dass diese Lieferung heute Morgen das Met verlassen hat?«

Der Direktor reichte mir die Bescheinigung, die er dem Leiter der Versandabteilung abgenommen hatte. Mike leuchtete mit der Taschenlampe auf das zerknitterte Stück Papier, das einen Stempel mit dem heutigen Datum trug: Dienstag, 21. Mai, 10.43 Uhr.

»Stammt die ganze Ladung aus dem Museum, oder hat der Fahrer noch anderswo Kisten eingeladen?«

»Nein, wir achten aus Kostengründen ziemlich genau auf so etwas. Mr. Lissen dort, der Leiter der Abteilung, kennt die Maße der Trucks, die wir mieten. Und er hat die Abmessungen von den Lagerabschnitten. Er versucht, sie so voll wie möglich zu packen, damit wir etwas für unser Geld bekommen.«

»Wie inventarisieren Sie den Inhalt?«

»Nach einem uralten System, Mr. Chapman.« Thibodaux rieb sich die Stirn, während er ein paar Schritte zurücktrat und sich an einen Container lehnte. »Wir haben über zwei Millionen Objekte am Met, und sobald ein neues dazu kommt, erhält es eine Nummer. Eine Inventarnummer.«

»Hey, Lenny«, rief Mike dem Detective zu, mit dem er gekommen war und der sich gerade, den Notizblock gezückt, mit dem Lastwagenfahrer unterhielt. »Würdest du dich in den Kittel schmeißen, die Rampe hochklettern und was für mich überprüfen?«

Thibodaux sah uns an. »Das allererste Kunstwerk, das 1870 die Sammlung des Met begründete, war ein Sarg. Ironisch, nicht wahr? Der Garland-Sarkophag. Römischer Marmor aus dem dritten Jahrhundert vor Christus. Jeder Angestellte des Museums weiß das. Objekt Nummer 70/1. Das erste Geschenk in diesem Jahr, dem Jahr unserer Gründung. Wie dem auch sei, Mr. Chapman, das ist das System. Nach 1970 werden alle vier Ziffern des Jahres genannt, gefolgt von der Reihenfolge, in der das Stück in die Sammlung kam.«

»Siehst du irgendwelche Markierungen auf der Kiste?« Mike war zum Fuß der Rampe gegangen. Lenny Dove, ein Kollege von Mike im Morddezernat Manhattan North, hatte einen Schutzkittel und Gummihandschuhe angezogen. Er saß in der Hocke neben der Kiste und inspizierte mit der Taschenlampe die Holzlatten, die die Wachmänner aufgebrochen hatten.

»Hier ist ein Schildchen. Mit dem Logo des Met. Darauf steht 1983/752, Kalksteinsarkophag.«

»Handgeschrieben?«

»Getippt.«

»Komm schon, Blondie. Allez hopp! Deine Stöckelschühchen lässt du besser im Auto.«

Er reichte mir einen Schutzanzug samt Hand- und Überschuhen.

Ich zog meine Schuhe aus und kletterte hinter Mike über die Metallleiter, die an der linken Ecke des Trucks herunterhing, hinauf in den Truck. Pierre Thibodaux wollte mir folgen.

»Nicht so schnell, Mr. T. Wir rufen Sie, falls wir Sie brauchen.«

»Aber ich, äh, ich würde gerne wissen –«

»Geben Sie uns ein paar Minuten Zeit, in Ordnung? Es ist ja nicht gerade so, als ob das hier Besichtigungsstunden in Ihrem örtlichen Bestattungsinstitut wären. Erweisen Sie den Toten ein bisschen Respekt! Wir haben noch geschlossen.«

Thibodaux gesellte sich wieder zu seinen beiden Kollegen.

In dem Laderaum des Trucks war es stockfinster und stickig. Mike zog Latexhandschuhe an, und er und Lenny leuchteten uns mit ihren Riesentaschenlampen den Weg zu dem freigelegten Sarkophag.

»Bleib hier stehen, Coop. Es wird kein schöner Anblick sein.«

»Ich habe schon –«

»Du hast noch gar nichts, Kleines. Stell dich dort an die Seite, bis ich dich rufe.«

Ich ging ein paar Schritte zur Seite und stellte mich vor eine andere Kiste.

»Bei ›drei‹, Lenny«, sagte Mike, der sich auf derselben Seite wie Lenny neben dem Sarkophag postierte.

»Eins, zwei, drei.« Gleichzeitig versuchten sie den steinernen Sargdeckel hochzuheben. Da sie das schwere Teil nur zwei, drei Zentimeter anheben konnten, bevor sie es wieder fallen ließen, konnten sie nicht nach innen schauen. Aber das kurze Anheben hatte genügt, um einen intensiven Geruch freizusetzen. Nicht den widerlichen Verwesungsgestank, den ich erwartet hatte, sondern einen ekelhaft süßen Parfümduft und einen bitteren, beißenden Geruch. Ich würgte. Sogar der Hund, der vor ein paar Stunden die unverkennbaren Anzeichen des Todes gerochen hatte und der jetzt ein paar Meter von dem Neunachser entfernt neben seinem Herrchen auf dem Boden lag, hob den Kopf und winselte.

»Wir versuchen's mit Schieben, Lenny. Anheben und schieben.«

Mike war auf die andere Seite gegangen und stand jetzt dem Sergeant am entgegengesetzten Ende des Sargs gegenüber. Bei »drei« hoben sie den Deckel gerade weit genug an, um ihn fünfzehn, zwanzig Zentimeter zur Seite schieben zu können. Mike nahm die Taschenlampe und leuchtete ins Innere des Sargs. Ich wollte zu ihm gehen.

»Bleib stehen, Coop. Mach wieder zu, Lenny.«

Ich hatte Nase und Mund mit beiden Händen bedeckt und musste mich anstrengen, mich nicht zu übergeben. Der Hund war aufgestanden und zerrte winselnd an der Leine.

»Ich zeichne dir ein Bild, Kleines. Geh wieder runter.«

Ich kannte Mike und wusste, dass ich besser das tat, was er sagte. Ich hatte ihn hierher gebeten, um mir zu helfen, und es blieb mir nichts anderes übrig, als seinen Anordnungen Folge zu leisten.

Während ich wieder über die Leiter vom Truck herabkletterte, sah ich, wie er sich hinkniete und mit der Taschenlampe langsam die Seitenwände des Sargs ableuchtete. Hin und wieder fuhr er mit seinen behandschuhten Händen über die Oberfläche, als würde er nach defekten Stellen suchen.

Ich ging zu Thibodaux und wartete darauf, dass Mike und Lenny mit dem Flüstern aufhörten. Innerhalb weniger Minuten zogen sie die Handschuhe aus, warfen sie neben die Kisten auf den Boden und kletterten vom Truck.

»Alles in Ordnung? Du siehst aus wie ein gestrandeter Tunfisch, der keine Luft bekommt.«

Ich hatte gar nicht gemerkt, dass ich in der klaren Nachtluft wie wild nach Luft schnappte, um den üblen Geruch aus meinen Lungen zu pumpen. »Was konntest du sehen?«

»Zuerst einmal sollten Sie für den Sarg Ihr Geld zurückverlangen, Mr. T. Er ist voller Löcher. Der Hund hat heute Nachmittag auf die Flüssigkeit reagiert, die von dem Material, in das die Leiche eingewickelt ist, freigesetzt wird und die durch die Ritzen dringt. Ich hielt meine Nase auf Bodenhöhe direkt dagegen und konnte rein gar nichts riechen. Aber darauf sind diese Schäferhunde abgerichtet. Auf Drogen und Leichen.«

»Also hätte der Sarg mitsamt dem Leichnam in einen Container verladen und außer Landes gebracht werden können, ohne dass es jemand gemerkt hätte?«

Mike nickte mir zu. »Wenn man den Deckel nicht beiseite schiebt, riecht nur eine professionelle Nase, was gerade erst durchzusickern beginnt.«

»Könntest du –«

»Es ist ein Leichnam, keine Frage. Und jemand hat vermutlich versucht, sie in Leinentücher einzuwickeln, damit es nach einer Mumie aussieht. Aber wir können damit nicht mitten in der Nacht hier draußen auf einem dreckigen Frachthafen unser Spiel treiben. Wir müssen die ganze Chose ins Leichenschauhaus bringen.«

»Sie? Bist du dir sicher, dass es eine Frau ist?«

»Momentan ist es nur eine Vermutung. Ihre Haare sind ein bisschen länger als deine.« Ich fasste mir unwillkürlich an meine Haare, die schlaff in den Nacken hingen. »Ein bisschen dunkler, mit einer glänzenden Silberspange. Kleiner, zierlicher Körperbau. Das ist alles, was ich heute Nacht sagen kann.«

Mike stupste mich in den Rücken, um mich von Thibodaux wegzulotsen. Wir überließen ihn Lenny Dove, der seine Büronummer notierte und mit ihm für den nächsten Nachmittag einen Termin verabredete.

»Wohin sollte sie verschifft werden?«

»Eine lange Kreuzfahrt. Eine schwüle Sommerreise auf hoher See zum Ägyptischen Museum in Kairo. Das Abreisedatum stand noch nicht einmal fest. Bis sie daheim in Ägypten angekommen wäre, wäre Cleo Suppe gewesen.«

»Was willst du tun?«

»Es gibt nur einen Ort, wo wir sie hinschaffen können, und das Oxymoron ›Garden State New Jersey‹ ist nicht Teil meines Plans.«

Mike und ich hatten es bei unserem letzten Fall im vergangenen Winter mit der Bezirksstaatsanwaltschaft in New Jersey zu tun gehabt. Unsere Kollegen in Jersey hatten nicht nur die Operation total vergeigt; Korruptionsvorwürfe und Inkompetenz hatten zudem noch die Ermittlungen im Mord an Lola Dakota, einer renommierten Professorin, erschwert.

»Wir sind auf der gleichen Wellenlänge, was das hier angeht, oder? Du willst die Leiche in unsere Gerichtsmedizin bringen, richtig?«, fragte ich.

»Ich kenne keinen besseren Ort. Warum sollten wir es woanders riskieren? Machst du dir Sorgen um so eine formale Spitzfindigkeit wie Zuständigkeitsbereich?« Mike grinste mich breit an. »Ich bin hier die Schönheit bei der Operation, du das Hirn. Lass dir was einfallen, Blondie.«

»Ignorier die Tatsache, dass wir hier mitten auf einem Hafengelände in Newark, New Jersey, stehen. Battaglia sagt immer, er hätte globale Zuständigkeit.« Der Bezirksstaatsanwalt Paul Battaglia war ein Genie, wenn es darum ging, Fälle weit jenseits der New Yorker Bezirksgrenzen für sich zu beanspruchen. Er war gegen internationale Bankkartelle vorgegangen, als sich noch kein anderer Bezirksstaatsanwalt in den Vereinigten Staaten um sie gekümmert hatte, und hatte Wiedergutmachungen und Bußgelder in Millionenhöhe von Finanzinstitutionen auf der ganzen Welt erwirkt. Er mochte es, wenn man kreativ war.

»Es ist eine wunderbar klare Frühlingsnacht, und ich kann Manhattan von hier aus praktisch berühren. Strawberry Fields, Rosen in Spanisch-Harlem, die Lichter des Broadway … alles nur einen Katzensprung entfernt. Zählt das nicht?«

»Erwarte nicht, diese Argumentation in meinem Schriftsatz fürs Gericht wieder zu finden.«

»Ich bin bereit, dem Lastwagenfahrer zu sagen, dass er den Motor hochjagen soll. Hast du den Mumm, das durchzuziehen?«

Ich holte mein Handy aus dem Auto und hinterließ meiner Sekretärin eine Nachricht auf ihrer VoiceMail, damit sie sie morgen Früh als Erstes erhalten würde. »Hey, Laura, hier ist Alex. Könnten Sie bitte einige Kopien des Abschnitts 20/40 des Strafverfahrensrechts machen, betreffs geographischer Zuständigkeit? Ich brauche eine Kopie für Battaglia und mich und eine für McKinney.«

»Cleo war nie wirklich im Staate New Jersey, oder? Sie hat den Laderaum des Trucks nicht verlassen und nie ihren Fuß auf Jersey-Boden gesetzt.«

»Und der Truck ist ein gängiger Spediteur, Mr. Chapman. Wenn es sich um Mord handelt, kann er in jedem Bezirk, den der Lastwagen durchquert hat, strafrechtlich verfolgt werden. Wir wissen nicht, wie lange unser Opfer schon tot ist, oder?«

»Nun, ich könnte eine fundierte Vermutung –«

»Ich bitte dich, das nicht zu tun. Im Moment gehe ich in gutem Glauben davon aus, dass sie entweder auf der Tenth Avenue auf dem Weg zum Lincoln-Tunnel oder vor der Auffahrt zur George-Washington-Brücke gestorben ist. So oder so fällt es in unseren Zuständigkeitsbereich. Sobald ein forensischer Pathologe den exakten Todeszeitpunkt festgestellt hat, wissen wir wahrscheinlich genauer, wo sie gewesen war, als sie ermordet wurde, aber zum jetzigen Zeitpunkt will ich das gar nicht wissen.«

»Sie wird mit großer Wahrscheinlichkeit eine professionellere Obduktion und bessere Aussichten auf eine erfolgreiche Strafverfolgung haben, wenn wir sie nach Manhattan schaffen. Lass uns den Lastwagen wieder auf die Straße bringen und es dem Gerichtsmediziner erklären. Ich komme morgen Vormittag in dein Büro, nachdem du mit Battaglia gesprochen hast. Lass dich von Thibodaux sicher nach Hause bringen.«

»Werdet ihr hinter dem Lastwagen herfahren?«, fragte ich Mike. »Ich glaube, ich bin drauf und dran, meine erste Leiche zu entführen.«

3

Ich schloss die Tür zu meiner Wohnung auf und ging in die Küche, ohne das Licht einzuschalten. Ich hielt ein Glas unter die Eismaschine und ließ vier oder fünf Eiswürfel hineinfallen. Die Karaffe auf der Bar war von meiner Haushälterin aufgefüllt worden, und ich lauschte, wie der Dewar's, den ich mir einschenkte, die Eiswürfel knackte und an die Oberfläche trieb. Ich presste das kühle Glas einige Sekunden gegen die Stirn, bevor ich den ersten Schluck nahm.

Auf dem Weg ins Badezimmer nahm ich meine Uhr ab und legte sie auf die Frisierkommode. Es war fast zwei Uhr morgens, und ich musste vor acht Uhr im Büro sein, um einem Detective mit einer Klägerin zu helfen, deren Geschichte keinen Sinn machte. Ich zog meinen zerknitterten Anzug aus und hängte ihn über die Rückenlehne eines Stuhls. Er würde nach der Reinigung wahrscheinlich in den Secondhandladen wandern, da ich mir kaum vorstellen konnte, ihn jemals wiedersehen zu wollen. Ich würde ihn nie tragen können, ohne an die Leiche in dem Sarg auf dem Lastwagen zu denken.

Ich drehte das Wasser auf und wartete, bis der Spiegel beschlagen war, damit ich mich nicht ansehen musste. Dazu war ich zu müde. Meine Augenringe waren so zahlreich wie die Jahresringe der ältesten Mammutbäume. Ich öffnete das Badeschränkchen, um ein Duschöl mit beruhigender Wirkung zu suchen. Ich schob das Rosmarin- und Lavendelöl beiseite und las das Etikett auf dem Kamillebad. Nina Baum und Joan Stafford, meine besten Freundinnen, wüssten, was das Richtige wäre. Wie ich mich kannte, würde ich mich dick mit etwas Aufmunterndem einseifen.

Nachdem ich geduscht und meine Haare gewaschen hatte, ging ich, noch während ich mich abtrocknete, mit meinem Drink ins Schlafzimmer. Der Wecker war bereits für halb sieben gestellt, also schlug ich das weiche Baumwolllaken zurück, setzte mich ins Bett und genoss das kühle Dunkel des Raums.

Eine Hand strich mir unter der Bettdecke über den Oberschenkel. Ich drehte den Kopf und sah Jakes dunklen Haarschopf auf dem blassgelben Kopfkissenüberzug. »Glatter Marmorschliff, perfekt geformt. Das muss die Venus von Milo sein.«

Ich rollte mich zur Seite, strich ihm über den Kopf und küsste ihn aufs Ohr. »Falsches Museum, falscher Kontinent, falsche Frau. Die hier hat Arme.« Ich fuhr ihm mit der Hand über den Rücken.

Er setzte sich auf und schaltete das Licht ein.

»Bitte nicht! Das Licht, meine ich. Ich möchte mich nur ein paar Minuten entspannen. Das ist eine schöne Überraschung.« Ich streichelte seinen Oberschenkel.

Wir hatten um Neujahr herum ein paar Wochen lang versucht, in Jakes Wohnung zusammenzuwohnen, aber ich hatte es emotional als zu schwierig empfunden, meine Unabhängigkeit aufzugeben. Ich war in Jake verliebt, aber noch nicht bereit, mich auf Dauer zu binden, solange wir beide beruflich so engagiert waren. Er war oft lange und unregelmäßig auf Dienstreisen unterwegs, und mein Beruf erforderte so viel Einsatz, dass es schwer war, für ihn da zu sein, wenn er gerade nicht an einer Story arbeitete. Ich brauchte den künstlichen Kompromiss einer Wohnung nicht, um ihm treu zu sein.

Jake rollte auf die Seite und schlang ein Bein um mich. Er nahm mein Kinn in die Hand, drehte mein Gesicht zu sich und küsste mich so lange auf den Mund, bis ich seine Zärtlichkeiten erwiderte. Ich legte meinen Kopf auf das Kissen, und er spielte mit den nassen Löckchen, die mein Gesicht umrahmten.

»Als du nach einer Stunde noch immer nicht angerufen hattest, dachten Nina und ich, dass sie die Nachricht, die man Thibodaux auf dem Empfang überbracht hatte, richtig verstanden hatte. Eine Frau ist tot, richtig?«

Ich nickte und griff nach meinem Scotch.

»Irgendwo downtown, sagte Nina.«

»Newark. Mike hat sie in die Gerichtsmedizin gebracht. Wir werden morgen mehr wissen. Ich bin noch ganz aufgedreht, weil ich gerade vom Hafengelände komme. Du sollst mich beruhigen und ablenken. Ist das nicht der Grund, weswegen du hier bist?« Ich rutschte nach unten und schlang meine Arme um Jake.

»Ich bin hauptsächlich hier, damit du dir nicht die ganze Nacht Sorgen machst, dass mich die alte Dame mit den vielen Klunkern verführt hat. Du warst kaum weg, da hängte sie sich wieder an mich. Ihr Name ist Ruth Gerst.«

»Ist sie wirklich Mitglied des Kuratoriums des Met?«

»Ganz sicher. Sie spielt mit dem Gedanken, dem Museum die gesamte Sammlung griechischer und römischer Skulpturen ihres verstorbenen Ehemanns zu schenken. Sie möchte, dass ich sie mal in ihrem Landhaus in Greenwich besuchen komme, um sie mir anzusehen.«

»Wo war Nina, als ich sie gebraucht hätte?«

»Quentin machte sie schier verrückt. Er war wütend, dass Thibodaux das Feuerwerk abgesagt hatte. Scheinbar hatte er ein Highlights-Special an einen der Kabelsender verkauft, und jetzt fehlt ihm das große Finale. Nina und ich retteten uns schließlich gegenseitig mit einem wunderbaren Abendessen, und ich konnte sie gnadenlos darüber ausfragen, was ihr zwei früher zusammen angestellt habt. Ich hab sie ins Hotel gebracht.«

»Immerhin kann sie ausschlafen und hat am Morgen Zimmerservice. Im Gegensatz zu uns.«

»Ich war mir nicht sicher, ob du dich freuen würdest, dass ich hier bin. Ich weiß, dass deine Verfolgerin schon seit Monaten Ruhe gibt, aber ich wollte nicht, dass du heute Nacht allein bist.«

»Sosehr ich sie auch niemand anderem an den Hals wünsche, aber sie hat offensichtlich ein neues Opfer gefunden.« Eine Zeugin von einem alten Fall hatte mich den ganzen Winter über belästigt. Sie tauchte von Zeit zu Zeit in meiner Lobby auf, ohne dass es den Portiers und Polizisten bisher gelungen war, ihrer habhaft zu werden. »Sie hat sich seit Ewigkeiten nicht mehr blicken lassen. Vielleicht haben ihre Eltern sie doch noch eingewiesen.«

»Schsch, denk jetzt nicht an sie. Denk an gar nichts.« Jakes Mund glitt über meinen Hals zu meinem Schlüsselbein und dann zu meiner linken Brust. »Nein, nicht Venus. Das ist eindeutig kein Marmor.«

Er blickte zu mir auf und sah, dass meine Augen weit geöffnet waren. »Es gelingt mir nicht, dich abzulenken, nicht wahr? Ich weiß, ich weiß. Du kannst nicht mit mir schlafen, nach dem, was du heute Nacht gesehen hast. Komm her.« Er legte sich auf den Rücken, nahm mich in den Arm und drückte mich fest an sich. »Mach die Augen zu, Liebling. Denk an was anderes! Such dir einen Ort aus, irgendwo auf der Welt! Wir können Ende nächsten Monats einen Urlaub planen. Irgendwo, wo es türkisblaues Wasser gibt, keine Polizei und wo täglich um die Mittagszeit komische Drinks mit kleinen Papierschirmchen drin auftauchen.«

Ich nahm seine Hand und drückte sie an meine Lippen. »Gute Nacht, Jake. Ich bin froh, dass du hier bist. Das bedeutet mir mehr, als ich sagen kann.«

Ich sah ihn an, während ihm die Augen zufielen und er

sich in eine bequeme Schlafposition zu bringen versuchte. Ich wusste, wie viel Glück ich hatte, einen Partner zu haben, der Verständnis für meine anspruchsvolle Arbeit hatte. Die meisten meiner Freunde und Bekannten wunderten sich über meine Berufswahl, aber Jake verstand, welch große emotionale Befriedigung ich aus meinem Job zog.

In Nächten wie diesen musste ich selbst immer nachdenken, was mich auf einen so ungewöhnlichen Beruf vorbereitet hatte. Ich war in einer bürgerlichen, äußerst privilegierten und starken Familie aufgewachsen. Meine beiden älteren Brüder und ich waren noch klein gewesen, als mein Vater, Benjamin Cooper, zusammen mit seinem Partner mittels einer genialen Erfindung das Feld der Herzchirurgie revolutioniert hatte. Die Cooper-Hoffman-Klappe, ein winziges Plastikröhrchen, war über fünfzehn Jahre lang nach ihrer Einführung ein entscheidender Bestandteil bei jeder Herzoperation im Land gewesen. Dennoch blieben er und meine Mutter mit beiden Beinen auf der Erde, zogen uns drei in einem Vorort in Westchester County auf und legten großen Wert auf eine hervorragende Schulbildung und gesellschaftliches Engagement.

Nach meinem Studium am Wellesley College, wo mein Hauptfach Anglistik gewesen war, hatte ich sie überrascht, als ich an die Universität von Virginia ging, um Jura zu studieren. Danach wollte ich eine Zeit lang in der besten Bezirksstaatsanwaltschaft des Landes arbeiten, unter der Leitung eines Bezirksstaatsanwalts, dessen Integrität legendär war. Ich wollte ursprünglich nur ein paar Jahre bleiben und dann in eine Privatkanzlei wechseln, aber Paul Battaglias innovative Ansätze zur Verbrechensbekämpfung verhalfen mir zu einer einzigartigen Position innerhalb der Anwaltsgemeinde.

Battaglias Behörde hatte als erste eine spezielle Abteilung

für Gewaltverbrechen gegen Frauen und Kinder eingerichtet. Jahrzehntelang hatte man Opfern sexueller Gewalt den Zugang zu Gerichten verwehrt und Vergewaltigungen und Fälle von Missbrauch anders als andere Verbrechen behandelt. Auf Grund von Mythen und Missdeutungen in der Gesetzgebung, die die Vereinigten Staaten vom britischen Common Law adaptiert hatte, war die Aussage einer Frau juristisch nicht ausreichend, um ihren Fall vor Gericht zu bringen. Die Gesetzgebungsreformen der sechziger und siebziger Jahre resultierten jedoch in der Bildung von speziellen Einheiten bei Polizei und Staatsanwaltschaft, in neuen Beweissammlungstechniken und fortwährenden Anstrengungen, um Verbesserungen im Strafrechtssystem zu erwirken. Niemand hatte diese Veränderungen unerschrockener umgesetzt als Paul Battaglia.

Ich war vor zwölf Jahren Mitglied seiner Anwaltsriege geworden und befördert worden, diese spezielle Einheit zu leiten. Als ich das erste Mal eine Vergewaltigung vor den Geschworenen verhandelte, waren meine drei Lieblingsbuchstaben des Alphabets – DNA – trotz der ein paar Jahre zuvor erfolgten Sequenzierung noch nicht weit genug entwickelt beziehungsweise in Wissenschaftler- und Anwaltskreisen noch nicht ausreichend akzeptiert, um die forensischen Resultate zu liefern, die für die Opfer so entscheidend waren. Heutzutage machten wir nicht nur täglich davon Gebrauch, um Männer zu entlasten, die fälschlicherweise eines Verbrechens angeklagt worden waren, sondern wir errangen Erfolge bei der Verfolgung von Mord- und Sexualdelikten, die noch vor einem Jahrzehnt unmöglich gewesen wären.

Diese Erfolge, diese Tage, an denen es uns gelang, einem Gewaltopfer Gerechtigkeit zuteil werden zu lassen, machten jeden Augenblick dieses Jobs für mich und meine Kollegen zu einer Freude. Solche Erfolgserlebnisse wogen schwerer als ein Abend wie dieser, wenn der Verlust eines Menschenlebens all unsere gute Arbeit schier zu überwältigen schien.

Jake rührte sich und drehte sich wieder auf die Seite.

»Du schreibst doch nicht etwa schon das Schlussplädoyer in dem Prozess über die Leiche, die ihr heute Nacht gefunden habt? Du hast noch keinen Angeklagten. Komm schon, Alex. Mach Schluss für heute.«

Ich schloss die Augen und kuschelte mich an ihn.

»Hast du Newark gesagt?«

»Newark was?«

»Als ich dich vor ein paar Minuten gefragt habe, ob du mit Thibodaux downtown gefahren bist, um euch die Leiche anzusehen, hast du da gesagt, dass ihr in Newark gewesen seid?«

»Ja«, murmelte ich schläfrig.

»Also in welches Leichenschauhaus bringt Mike die Leiche?«

»Unseres.«

»Wie hast du die Leiche von Jersey hier rübergebracht?«

»Ich hab sie gestohlen.«

»Nein, im Ernst.«

»Das ist mein Ernst.«

Ich hatte es mir gerade bequem gemacht, als sich Jake wieder auf einen Ellbogen stützte. »Hast du die Story schon jemandem gegeben?«

»Mach dich nicht lächerlich. Der Hals, den du geküsst hast, er ist vielleicht nicht aus Marmor, aber ich hätte gerne, dass er unversehrt bleibt. Regel Nummer eins lautet, dass ich den Bezirksstaatsanwalt über den Fall unterrichten muss, bevor irgendjemand eine Pressemitteilung schreibt. Das weißt du doch.«

Ich kannte niemanden, der besser mit den Medien umzugehen wusste als Paul Battaglia. Er war klug genug, um von Reportern Gefälligkeiten in Form von Informationen und anonymen Quellen einzufordern, und er wusste, wie er sich durch das sorgfältige Timing und Veröffentlichen einer Story revanchieren konnte. Oder durch einen Exklusivbericht, falls es das Thema hergab. Das hier musste er entscheiden.

»Du denkst, dass sich diese Geschichte nicht herumsprechen wird?«

»Fürs Erste nicht. Es liegt nicht in Thibodaux' Interesse, ein Gerücht in Umlauf zu bringen, wonach eine junge Frau auf ihrem Weg aus dem Museum den Weg aller Sterblichen ging, falls das der Fall ist. Niemand weiß, wer sie ist oder wo und wie sie gestorben ist. Und Mike Chapman hasst die Presse – wie jeder in seinem Dezernat. Die Medien erschweren ihnen nur die Arbeit, vor allem in einem skandalträchtigen Fall. Und ich bin so vernünftig, die Sache bei Paul Battaglia abzuladen. Ganz zu schweigen davon, dass ich jetzt todmüde bin. Können wir morgen darüber reden?«

»Aber davon rede ich, Liebling. Ich bin zum Frühstück mit Brian Williams verabredet.« Jake vertrat Williams hin und wieder als Anchor in den Abendnachrichten, und sie waren gute Freunde geworden.

»Vergiss es!«

»Ich würde nie ohne deine Erlaubnis mit jemandem über deine Fälle sprechen. Das weißt du. Aber dieser hier wird innerhalb von vierundzwanzig Stunden publik sein. Eine Tote in einem antiken Sarkophag aus einem der größten Kunstmuseen Amerikas, dazu noch eine umstrittene Staatsanwältin, die die Leiche aus ihrem Zuständigkeitsbereich entwendet hat – so eine Story lässt sich nicht geheim halten.

Wir werden es geschmackvoll tun, Liebling. Es könnte unser Aufmacher sein.«

»Spar dir das *Liebling* für ein andermal, ja? Wenn du jemandem davon erzählst, dann schwör ich dir, dass ich nie wieder auch nur ein Wort mit dir reden werde.« Ich zog mir die dünne Decke über den Kopf, um die Unterhaltung zu beenden.

Nicht genug, dass der Sarg Risse bekommen hatte. Jetzt musste ich mir auch noch über undichte Stellen in meinem eigenen Schlafzimmer Gedanken machen.

4

»Ich wäre gerne dabei, wenn Sie meine Tochter vernehmen, Madam.«

»Ich werde alle Ihre Fragen beantworten, Mrs. Alfieri, sobald ich mit Angel fertig bin. Bis dahin möchte ich Sie bitten, im Warteraum Platz zu nehmen. Ich gebe Ihnen eine Zeitung zum Lesen. Der Detective und ich müssen allein mit ihr sprechen.«

»Aber sie ist erst vierzehn. Ich habe ein Recht –«

Irgendwie hatte jeder eine lange Liste an Rechten, die ich nirgendwo in der Verfassung finden konnte. »Wir bereiten Ihre Tochter auf ihre Aussage vor der Grand Jury vor. Letzteres ist das, was wir Anwälte ein nicht öffentliches Verfahren nennen. Abgesehen von den Geschworenen und dem Protokollführer werde ich die einzige Person sein, die mit Angel im Raum ist. Ich muss sie daran gewöhnen, mir zu erzählen, was passiert ist, ohne dass Sie ihr das Händchen halten.«

Sie sah mich stirnrunzelnd an und watschelte hinter Detective Vandomir den Gang hinunter. Ich wartete vor meiner Bürotür auf ihn. »Gut gemacht«, sagte er. »Ich konnte sie letzte Nacht nicht loswerden.«

»Meine erste Faustregel im Umgang mit einer unehrlichen Zeugin: Schaff dir die Mutter, den Freund, die Schwester vom Hals! Egal wie, Hauptsache, es funktioniert. Wenn sie vor jemandem, dem sie nahe stehen, zugeben sollen, dass sie gelogen haben, erfährt man nie die Wahrheit. Wie weit sind Sie mit ihr?«

»Die Mutter arbeitet für einen dieser Expressdienste. Zehn Uhr abends bis vier Uhr morgens, fünfmal die Woche. Der Exmann lebt in Florida. Angel und ihre zwei kleinen Brüder sind also allein zu Hause. Der Täter ist ein livrierter Chauffeur, der Angel vor etwa einem Monat vom Krankenhaus abholte, wo sie ihre Großmutter nach einer schweren Operation besucht hat. Sie sagt, dass er letzte Nacht plötzlich vor der Tür stand, sie mit gezücktem Messer die Treppe hinauf in ihr Zimmer zwang und sie vergewaltigte.«

»Haben ihre Brüder irgendetwas gehört?«

»Sie schliefen im Nebenzimmer, Wand an Wand. Keinen Pieps.«

»Wann hat sie es gemeldet?«

»Sofort. Das spricht für sie. Sie rief kurz nach Mitternacht den Notruf an, ein paar Minuten nachdem er laut ihrer Aussage gegangen war.«

»Medizinische Untersuchung?«

»Ohne Beweiskraft. Sie sagt, dass er nicht ejakuliert hat, also gibt es kein Sperma. Keine Möglichkeit, eine DNA-Analyse zu machen. Außerdem ist sie sexuell aktiv. Drei Partner.«

»Ein netter kleiner Engel.«

»Ja, sie hat bereits eine Chlamydien-Infektion. Darüber weiß die Mutter auch nicht Bescheid.«

»Erzählen Sie mir von dem Täter.«

»Ein richtiger Kotzbrocken. Achtundvierzig Jahre alt, ein Haufen Festnahmen wegen Drogenbesitzes, Autodiebstahls, Einbrüchen. Aber keine Vergewaltigung. Nichts Gewalttätiges. In seinem Auto liegen haufenweise Kinderpornozeitschriften und Kondomhüllen auf dem Boden. Kein Messer.«

»Wie ist seine Version?«

»Fängt genauso an. Er holte sie vom Metropolitan Hospital ab. Sie waren noch nicht einmal auf Höhe der Hundertzehnten Straße, da saß sie schon auf dem Vordersitz und schrieb ihm ihre Piepernummer auf, damit er sie am nächsten Tag in der Schule anfunken könnte. Er hat sie ein paar Mal nach dem Unterricht abgeholt und sie und ihre Freundinnen herumkutschiert. Ein- oder zweimal Oralverkehr auf dem Rücksitz. Er hat sogar mal mit Angel und einem der anderen Engelchen einen flotten Dreier gemacht. Er sagt, sie hat ihn eingeladen, Montagnacht zu ihr zu kommen, nachdem ihre Mutter zur Arbeit gegangen war.«

»Hast du ihr von seiner Version erzählt?«

»Ja. Sie streitet es ab. Sie sagt, er kannte ihre Adresse nur von dem einen Mal, als er sie vom Krankenhaus nach Hause gefahren hat. Er hat ihr seine Karte mit seiner Handynummer gegeben, für den Fall, dass sie ihn wieder mal bräuchte. So haben wir ihn auch geschnappt. Ich rief ihn an, damit er mich vor dem Deli neben unserem Dezernat abholt, dann bat ich ihn nach drinnen, um meine Verhaftungsquote für den Monat anzuheben.«

»Weiß sie, dass wir ihre Pieperinformationen und seine Handyrechnungen bekommen können?«

»Ich weiß nicht, ob sie das wirklich registriert hat. Sie schien nicht zu begreifen, dass heutzutage alles computerisiert ist. Ich habe ihr erklärt, dass er jedes Mal, wenn er sie angepiept oder angerufen hat, eine Art Fingerabdruck hinterlassen hat. Ich bin mir nicht sicher, ob sie mir glaubt.«

»Oder glauben will. Dann wollen wir mal.« Ich drehte den Türknauf und ging in mein Büro, wo Angel auf uns wartete.

Sie klappte den kleinen Schminkspiegel zu, in dem sie sich betrachtet hatte, lächelte Vandomir an und trug noch ein fruchtig duftendes Lipgloss auf. Dann zog sie an den Trägern ihres grellgelben Tanktops, sodass sich das Wort *Gangsta*, das mit Strasssteinen auf ihr T-Shirt geklebt war, von einer Brustwarze zur anderen dehnte.

»Angel, das ist Ms. Cooper, die Anwältin, von der ich dir erzählt habe. Sie wird sich um deinen Fall kümmern. Sie hat noch einige Fragen an dich.«

»Du weißt, warum du heute hier bist, Angel?«

»Nicht wirklich. Ich hab ihm alles gesagt, was passiert ist.« Sie nickte in Vandomirs Richtung. »Ich weiß nicht, warum ich alles noch mal erklären muss. Sie sollten Felix einfach einbuchten, damit er so was nie wieder jemandem antut.«

»Um das tun zu können, müssen wir herausfinden, was genau er getan hat. Ich werde dir dieselben Fragen stellen wie Detective Vandomir, vielleicht ein paar mehr. Und was du sagst, bleibt unter uns, verstehst du das? Wenn zwischen dir und Felix etwas vorgefallen ist, von dem du nicht willst, dass es deine Mutter erfährt, dann ist jetzt der richtige Zeitpunkt, um es mir zu sagen.«

Sie sah mich von unten herauf an, ohne den Kopf zu heben.

»Was meinen Sie damit?«

»Weißt du, was bei einer Gerichtsverhandlung passiert, Angel?«

»Ich will zu keiner Gerichtsverhandlung gehen. Ich möchte nur, dass ihn der Richter ins Gefängnis steckt.«

»So funktioniert das aber nicht. Schaust du Fernsehen?«

»Ja.«

»Hast du schon mal eine dieser Polizeiserien gesehen, in der jemandem ein Prozess gemacht wird? Weißt du, wer im Gerichtssaal ist, wenn die Klägerin ihre Aussage macht?«

»Ich. Er. Der Richter. Sie. Dann muss ich erzählen, was er mir angetan hat.«

»Und was, denkst du, macht Felix, nachdem du ausgesagt hast?«

»Ich weiß es nicht.«

»Falls er möchte, kann auch er das Wort an die Geschworenen richten. Er kann ihnen *seine* Version der Geschichte erzählen. Diese zwölf Leute kennen dich nicht, und sie kennen ihn nicht, also müssen sie herausfinden, wem von euch beiden sie glauben, wessen Geschichte mehr Sinn ergibt.«

»Wieso darf er auch reden?« Dieser Teil des Verfahrens schien sie offensichtlich zu beunruhigen. »Er wird sowieso nicht die Wahrheit sagen. Er wird sagen, dass ich ihn zu mir nach Hause eingeladen habe.«

Angel schnalzte mit der Zunge, ihrer Missbilligung Ausdruck gebend, dass sie gerade ein Argument zu Felix' Gunsten abgeliefert hatte, und rutschte noch tiefer in den Stuhl. Sie zog die Schultern ein, sodass das G und das *a* nicht mehr sichtbar waren und man nur noch das Wort *angst* lesen konnte.

»Ich will dir etwas sagen, was das Lügen vor Gericht angeht. Hat dir der Detective gesagt, dass das auch ein Verbrechen ist? Dass du verhaftet werden kannst, wenn du unter Eid im Zeugenstand lügst?«

»Felix hat mich vergewaltigt. Das ist keine Lüge. Sie

können mich wegen nichts verhaften. Ich bin zu jung.« Sie hörte kurz auf zu schmollen, als ihr der Gedanke, dass ihr Alter sie beschützen würde, vorübergehend Mut machte.

Stell mich nicht auf die Probe, Angel. »Wir können dich sehr wohl verhaften. Dein Fall wird beim Familiengericht verhandelt werden, weil du noch nicht sechzehn bist. Aber die Richterin kann dich deiner Mutter wegnehmen und dich nach Upstate New York zu Pflegeeltern geben –«

Jetzt horchte sie auf. »Ich will das jetzt nicht tun. Ich will nach Hause.«

»Ich befürchte, diese Wahl hast du nicht. Ein Mann ist verhaftet worden auf Grund der Geschichte, die du Detective Vandomir erzählt hast. Er ist seit zwei Tagen im Gefängnis, angeklagt der schlimmsten Sache, die ein Mensch einem anderen Menschen antun kann, abgesehen von Mord. Und dort gehört er auch hin, dort gehört er für eine sehr lange Zeit hin, falls er dich mit einem Messer bedroht und vergewaltigt hat. Also werden wir deine Aussage jetzt noch einmal durchgehen. Es gibt nur eines, was du von jetzt an falsch machen kannst.«

»Was ist das?«

»Lügen. Du darfst nicht lügen, Angel. Über nichts. Egal, wie unbedeutend dir die Frage erscheint, egal, um was es geht, du darfst nicht lügen. Wenn ich dich frage, ob an dem Tag, an dem du Felix kennen gelernt hast, die Sonne schien oder ob es regnete, musst du mir die Wahrheit sagen.«

»Was hat das mit meiner Vergewaltigung zu tun?«

»Alles, was du sagst, spielt eine Rolle, damit wir wissen, was wir glauben sollen, wenn du uns erzählst, was mit Felix in deinem Zimmer passiert ist. Wenn du wegen Kleinigkeiten lügst, dann bedeutet das, dass du auch fähig bist, bei großen Dingen zu lügen. Wenn du mir sagst, dass du ihm nie deine Piepernummer gegeben hast, ich aber in ein paar

Tagen aus den Unterlagen der Telefonfirma ersehen kann, dass er dich letzte Woche jeden Tag angepiept hat, dann weiß ich, dass du genügend Lügen erzählt hast, dass ich dir nicht vertrauen kann. Und wenn du unter Eid vor der Grand Jury lügst, lasse ich dich auf der Stelle verhaften.«

Es gab sanftere Wege, das alles zu sagen, aber ich hatte keine Geduld mehr und wenig Zeit. Es war beinahe halb zehn, und sobald Laura, meine Sekretärin, eintraf, würde sie Battaglia informieren, dass ich ihn sehen musste.

Vandomir war ein kluger Cop mit guten Instinkten. Wenn er daran zweifelte, dass Angel die Wahrheit sagte, hatte er guten Grund dazu. Nach viereinhalb Stunden mit ihr in der Notaufnahme des Krankenhauses hatte er ein konkretes Gefühl, an welchen Stellen ihre Story wackelig war. Ich versuchte, mich im Ton zu mäßigen, und fragte sie weiter über ihre Beziehung zu Felix aus.

Jedes Mal, wenn sie eine Frage beantwortete, sah Angel zu Vandomir. Jetzt war ich der *bad cop*, und sie blieb bei ihrer ursprünglichen Version, obwohl die Details nicht zusammenpassten. Aber ich konnte die Strafanzeige eines Vergewaltigungsopfers nicht auf bloßen Verdacht hin unberücksichtigt lassen, also quetschte ich sie über jede einzelne Stunde zwischen der ersten Taxifahrt und der fraglichen Nacht aus.

Ich biss auf Granit. Angel war nicht sehr überzeugend, aber sie war taff. Vandomir schrieb etwas auf ein Stück Papier und reichte es mir über den Schreibtisch.

Seine Notiz deutete eine Schwachstelle an, die uns vielleicht weiterhelfen konnte. »Fragen Sie sie, ob eine ihrer Freundinnen eine Tätowierung auf dem Hintern hat. Das Wort *Ralphie* in den Umrissen eines Stiers.«

»Wer sind deine Freundinnen in der Schule?«

»Jessica, Connie, Paula. Warum wollen Sie das wissen?«

»Ihre Nachnamen.«

»Weiß nicht.« Jetzt trieb sie es zu weit.

»Ich werde selbst an die Schule gehen und sie finden.«

Sie murmelte »Blöde Kuh« gerade laut genug, dass ich es hören konnte.

»Erzähl mir von Ralphies Freundin.«

Angel funkelte Vandomir wütend an. »Sie waren schon an meiner Schule?«

»Welche davon ist Ralphies Freundin?«

»Sie hat damit nichts zu tun. Lassen Sie meine –«

»Jede einzelne Person, die du kennst und die Felix kennen gelernt hat, hat etwas damit zu tun. Die Tatsache, dass er eine deiner Freundinnen kennt, die Ralphies Namen auf ihrem Hintern eintätowiert hat, sagt mir, dass er mehr über dich weiß, als ich es momentan tue. Mir macht das nichts aus, aber es ist sehr schlecht für dich.«

Sie erschrak genauso wie ich, als die Gegensprechanlage summte und uns Laura unterbrach. »Jetzt ist Ihre Chance, Alex. Rose sagt, Sie sollen so schnell wie möglich kommen. Battaglia will noch vor seinem 10-Uhr-Termin mit dem stellvertretenden Bürgermeister wissen, was Sie haben.«

»Sagen Sie ihr, dass ich in fünf Minuten da sein werde.«

Ich wandte mich wieder an Angel. »Weißt du, was ein Lügendetektortest ist?«

»Ja, hab ich schon im Fernsehn gesehn.«

»Weißt du, wie er funktioniert?«

»Ein Polizist legt ... äh, weiß nicht. Sie stellen dir Fragen, das ist alles.«

»Unsere sind brandneu. Computerisiert. Unschlagbar. Sie messen deine Gehirnströme, deinen Puls, deinen Blutdruck. Zuerst geben wir dir eine Spritze in den Arm –«

»Eine *Spritze*? Ich will keine Scheiß-«

»Es geht hier nicht darum, was du willst. Du hast uns an

diesen Punkt gebracht. Von nun an gibt es kein Pardon mehr. Es ist eine große Nadel. Es tut nach dem Einstechen nur ein paar Minuten lang weh.«

Ihre Unterlippe zitterte. »Ich mag keine Spritzen. Ich hab Angst vor Spritzen.« Sie hatte sich zu Vandomir gedreht und flehte ihn an, etwas zu unternehmen. Allmählich kam hinter der Fassade einer Dreißigjährigen das vierzehnjährige Kind zum Vorschein.

Ich drückte auf die Gegensprechanlage. Laura antwortete sofort. »Rufen Sie Detective Roman an, ja? Sofort. Sagen Sie ihm, dass ich in einer Stunde einen Lügendetektortest brauche. Jugendliches Subjekt. Er muss eventuell eine Verhaftung vornehmen, also soll er besser die Handschellen mitbringen.«

Jetzt war Angel den Tränen nahe.

»Du kannst drüben in einem Zimmer auf der anderen Seite des Flurs warten, bis der Detective kommt. Komm mit.«

»Ich *hasse* Spritzen.«

»Und ich hasse Leute, die mich anlügen. Vor allem, wenn es um eine Vergewaltigung geht. Weißt du überhaupt, wie viel Detective Vandomir und seine Partner zu tun haben? Sie werden zu drei, vier, fünf Einsätzen am Tag gerufen. Junge Mädchen und erwachsene Frauen, die dringend ihre Hilfe brauchen. Die meiste Zeit arbeiten sie die ganze Nacht hindurch, um Familien wie deine und meine zu beschützen. Jede zusätzliche Minute, die wir darauf verschwenden, die Wahrheit aus dir herauszubekommen, stiehlt jemandem, der tatsächlich Opfer eines Verbrechens war und mit uns kooperieren will, die Zeit.«

»Kann ich zuerst mit meiner Mutter reden?« Jetzt winselte sie.

»Ich sag dir, was wir tun werden. Du hast eine Stunde

Zeit, bis der Detective kommt, der den Test mit dir machen wird. Ich muss zu meinem Chef. Setz dich in das Zimmer und denk darüber nach, welche Möglichkeiten du hast. Wenn du irgendetwas an deiner Geschichte ändern willst, dann sag es Detective Vandomir. Er ist deine letzte Hoffnung. Wenn du ihm eine Geschichte erzählst, die Sinn macht, brauchst du die Spritze nicht.«

Ich kniete mich neben ihren Stuhl und versuchte, ihr in die feuchten Augen zu sehen. »Felix hatte Unrecht. Es verstößt gegen das Gesetz, wenn ein Mann in seinem Alter Sex mit dir hat. Das ist ein Verbrechen. Dafür können wir ihn nach wie vor bestrafen. Aber falls er kein Messer hatte, Angel, dann denkst du dir eine völlig andere Verbrechensart aus. Wenn du einen Fehler gemacht hast, weil du das hier angefangen hast und jetzt nicht mehr weiter weißt, dann sag uns die Wahrheit *jetzt*, bevor du dich noch tiefer hineinreitest.«

Ich nahm einen Block vom Schreibtisch und bat Laura, die Stellung zu halten, während ich beim Bezirksstaatsanwalt war.

Mein Ausweis öffnete das Sicherheitsschloss der Tür zu Battaglias Allerheiligstem. Sein Assistent schenkte ihm gerade einen Kaffee ein. Rose Malone, die Sekretärin des Bezirksstaatsanwalts, saß, das Telefon zwischen ihre Schulter und ihr linkes Ohr geklemmt, am Computer und winkte mich in die Suite ihres Chefs. Ich versuchte, Zeit zu schinden, bis sie das Gespräch beendet hatte, damit sie mir seine Stimmung andeuten konnte, aber sie ließ nicht erkennen, dass sie das Telefonat schnell beenden würde.

Ich hatte meine Vorgehensweise im Taxi auf dem Weg zur Arbeit mehrere Male geprobt. Ein beiläufiges »Übrigens, ich dachte, es könnte Sie interessieren, was mir gestern Abend im Museum passiert ist« würde nicht funktionieren. Aber ich war überzeugt, dass Battaglia meine Entscheidung unterstützen würde, wenn ich sie als Homage an seinen Stil präsentierte, und drückte in Erwartung seiner Reaktion lächelnd die Tür auf.

Das Erste, was ich sah, war das Grinsen auf Pat McKinneys Gesicht. Er stand, die Arme in die Hüften gestemmt, zwischen mir und Battaglia, und noch ehe ein Wort gefallen war, wusste ich, dass er von meinem Manöver Wind bekommen hatte. Dem stellvertretenden Leiter der Prozessabteilung, meinem erbittertsten Widersacher innerhalb der Staatsanwaltschaft, würde es gefallen haben, es dem Boss als politische Peinlichkeit zu verkaufen.

»Ich wusste, dass Sie und Chapman Filmliebhaber sind, Alex, aber für *Die Rückkehr der Mumie* trifft *Die Körperfresser kommen* würde es bei mir zu Hause nicht einmal Butterpopcorn geben.«

Es machte keinen Sinn, ihn zu fragen, woher er es wusste. Er würde nur zu gerne die Details noch einmal durchkauen. Er klopfte aufgeregt mit den Fingern auf den Konferenztisch hinter ihm, und sein leichter Überbiss ließ ihn aussehen, als ob ihm über Nacht Fangzähne gewachsen wären.

»Paul, ich würde gern –«

Aber Battaglia schien willens zu sein, McKinney seine Trümpfe ausspielen zu lassen. »Ihr Kumpel Chapman schien letzte Nacht ein bisschen außer Kontrolle geraten zu sein. Er hat versucht, die Spurensicherung dazu zu bringen, zur Gerichtsmedizin zu fahren und Fotos zu machen, während sie gerade mit einem dreifachen Mord in Midtown beschäftigt war. Der Chief of Detectives musste mich um halb vier Uhr morgens anrufen, damit ich als Schiedsrichter fungiere.«

Ich hatte keine Ahnung, dass nach Mitternacht noch ein anderes Aufsehen erregendes Verbrechen passiert war.

»Oje. Und ich weiß, wie sehr Sie es lieben, zu Hause dienstlich belästigt zu werden.« Mehr als die Hälfte der sechshundert Anwälte der Bezirksstaatsanwaltschaft waren rund um die Uhr in Bereitschaft, und alle Supervisoren wussten, dass es Teil des Jobs war, zu jeder Tages- und Nachtzeit erreichbar zu sein. Die meisten von uns hießen die Gelegenheit willkommen, von Anfang an dabei zu sein und dadurch den weiteren Verlauf des Falls mit beeinflussen zu können. McKinney war die Ausnahme von der Regel. Er hatte keinen Anrufbeantworter, gab seine Piepernummer nicht heraus und bestrafte bis auf seine Hand voll Lieblinge alle, die es wagten, ihn außerhalb des Büros ausfindig zu machen.

»Ich habe nur ungern zu etwas Nein gesagt, woran Sie arbeiten, Alex. Aber wir steckten mitten in einer wichtigen Ermittlung, keinem netten Publicity-Coup.«

Battaglia konnte diese Art von Gezänk normalerweise nicht ausstehen. Es hatte keinen Sinn, meine Vorgehensweise vor McKinney zu verteidigen. Aber ich hatte darauf bestanden, dass Chapman den Sarkophag noch auf dem Lastwagen fotografieren ließ, und ich konnte es nicht fassen, dass mein eigener Kollege eine derart wichtige Dokumentation unseres Fundes verhindert hatte.

»Paul, könnte ich allein mit Ihnen sprechen?«

»Nicht bevor ich all diese Telefonate erledigt habe.« Er wedelte mit einem Stoß Telefonnotizen in meine Richtung. »Ich versuche zu verstehen, warum die Presse noch vor mir darüber Bescheid wusste.«

Ich wurde feuerrot. »Boss, ich habe mit niemandem darüber gesprochen, außer –«

»Finden Sie einfach heraus, wer die junge Frau ist, wo sie war, als man sie umgebracht hat, und warum man sie aus dem Weg schaffen wollte, und dann lassen wir uns etwas einfallen, wie wir mit dem Chaos fertig werden, das Sie mir eingebrockt haben.«

»Jake gab mir sein Wort, mit niemandem über den Fall zu sprechen. Ich möchte, dass Sie das wissen.«

Ich versuchte mich selbst davon zu überzeugen, dass ich die Wahrheit sagte, aber Battaglia interessierte sich nicht für mein Dementi. »Vielleicht hat McKinney Recht. Man kann nicht erwarten, dass Sie Vertrauliches für sich behalten, wenn Sie privat mit einem Nachrichtenfuzzi liiert sind. Wir sollten Ihnen keine medienträchtigen Fälle mehr übertragen.«

Ich wollte protestieren, aber McKinney fiel mir ins Wort.

»Und wir fangen am besten gleich damit an.«

5

»Was haben Sie mit dem armen Mädchen gemacht, das heulend im Besprechungszimmer sitzt?«

»Verschwinden Sie von hier, bevor Pat McKinney uns zusammen sieht, oder ich bin erledigt.«

»Ist das ein Fall, über den ich Bescheid wissen sollte? Ist sie das Mädchen, das letzte Woche vor dem Port-Authority-Busbahnhof überfallen wurde?«

Ich packte Mickey Diamond am Ärmel und zerrte ihn zum Treppenabsatz gegenüber Lauras Schreibtisch. Der Gerichtsreporter der *New York Post* war auf der Jagd nach Storys zum ungünstigsten Zeitpunkt am falschen Ort aufgekreuzt. »Sie wissen doch, oder, dass es gegen das Gesetz verstößt, wenn ich Ihnen gegenüber ein Vergewaltigungsopfer identifiziere?«

Diamond gehörte seit unzähligen Jahren praktisch zum

Mobiliar des Criminal Courts Building. Unsere Pressestelle befand sich nicht weit von meinem Büro auf derselben Etage, und wenn Diamond nicht gerade Gerichtsverhandlungen beobachtete, mit Reportern von anderen Zeitungen im Presseraum im Erdgeschoss Geschichten austauschte oder Storys frei erfand, um seine Leser bei Laune zu halten, trieb er sich in deren Vorzimmer herum.

»Weint sie trotz oder wegen Ihnen?«

»Jemand sollte für das gesamte achte Stockwerk ein ›Bitte nicht stören‹-Schild aufhängen, das nur für Sie gilt. Aber bleiben Sie eine Minute. Ich brauche Ihre Hilfe. Haben Sie heute Früh Battaglia angerufen?«

»Wozu? Ich bekam gestern Nacht den Dreifachmord mit dem Transgender-Opfer und den zwei Gaunern, die auf der Forty-second Street Kümmelblättchen spielten. Direkt vor einem der Disney-Theater.«

Die Forty-second Street hatte im Laufe meiner Amtszeit ein enormes Face-Lifting durchgemacht, aber sie zog wie eh und je Betrüger an, die sich wie die Haie auf die Touristen stürzten, die in dieses Viertel pilgerten. »Mein Redakteur will wissen, ob es der Tote mit Minnie oder Mickey getrieben hat, aber ich hielt es nicht für ratsam, Ihren Boss damit zu behelligen.«

»Das ist alles, woran Sie arbeiten?«

»Wenn Sie nichts Besseres haben.«

»Noch nicht. Aber jemand hat Informationen über eine Story durchsickern lassen, und Battaglia gibt mir die Schuld. Ich hätte gerne, dass Sie sich im Presseraum umhören, die Ohren offen halten, diskret –«

»Bis hierher konnte ich Ihnen folgen.«

»Dann vergessen Sie, dass ich es gesagt habe. Halten Sie einfach die Ohren offen. Sie werden später etwas Interessantes erfahren, so viel kann ich Ihnen versprechen. Finden

Sie für mich heraus, wer zuerst von der Sache gewusst hat und wo es durchgesickert ist.«

»Ich soll Ihnen also eine Quelle nennen, wohingegen Sie mir nicht einmal einen kleinen Wink geben wollen, was das heulende Mädchen da drinnen angeht?«

»Sie sollen mir nur ungefähr die Richtung sagen. Ich brauche keinen Namen, ich muss nur raus aus der Patsche, in der ich momentan sitze.«

»Und was habe ich davon?«

»Ist auf Ihrer ›Wall of Shame‹ noch ein Plätzchen frei?« Diamond hatte den Presseraum des Justizgebäudes mit seinen Schlagzeilen tapeziert, die es auf die Titelseite der *Post* geschafft hatten. Er machte aus jeder menschlichen Tragödie einen alliterierenden Blickfang oder eine geschmacklose Pointe, um den Absatz des Schundblatts nach oben zu treiben. Leider versorgte ihn die Arbeit meiner Abteilung mit reichlich Material.

»Es kann sein, dass ich einige Ihrer alten Fälle zupflastern muss, aber sie vergilben ohnehin schon.«

»Besorgen Sie mir, was ich brauche, und ich versichere Ihnen, dass Sie die nächsten paar Tage so beschäftigt sein werden, dass Sie nicht wissen, wie Ihnen geschieht. Und jetzt verschwinden Sie, bevor uns McKinney zusammen sieht.«

»Geben Sie mir einen Tipp.«

Ich schubste ihn an der Schulter und deutete die Treppe hinab. »Gehen Sie zu Ryan Blackmer. Er verhandelt heute Nachmittag den Fall des Kieferchirurgen, der einer Patientin Lachgas verabreicht und sie dann sexuell missbraucht hat.«

»Heute? Ich hab das Ding schon geschrieben. ›D.D.S. – Doktor dosiert Sex.‹ Wenn der Dreifachmord nicht dazwischen gekommen wäre, wäre das die Titelgeschichte geworden.«

»Wo ist Cooper?« McKinneys Stimme hallte im Treppenhaus. Ich hörte, wie Laura ihm sagte, dass ich auf die Toilette gegangen sei und bald zurück sein würde. Diamond winkte über die Schulter und trottete ein Stockwerk tiefer.

»Sagen Sie ihr, dass ich wissen will, auf wessen Seite sie steht. Hier draußen sitzt eine Klägerin und weint, und die Mutter des Kindes beschwert sich, dass Cooper sie einem Lügendetektortest unterziehen und sie ihr wegnehmen wollte. Was soll der Schwachsinn? Wir haben seit 1973 keinen Lügendetektortest mehr gemacht. Ich will mit ihr sprechen. Sofort.«

Ich wartete, bis sich McKinneys Schritte entfernt hatten, und ging dann zurück in mein Büro. Vandomir stand neben meinem Schreibtisch. »Wann haben Sie sich diese Taktik ausgedacht? Sie sollten sie patentieren lassen. Bei Angel klappte es wunderbar.«

»Erinnern Sie sich an die alten Dick-Tracy-Cartoons, die man ›Verbrechensstopper‹ nannte? Mein Lieblingscartoon war der, in dem es hieß, dass der beste Lügendetektortest die Androhung eines Lügendetektortests sei. Ich habe noch kein Mädchen getroffen, das nicht Angst vor Spritzen hatte. Ich denke mir einfach eine furchtbare Maschine aus, warte, bis sie das erste Mal konkret lügen, bevor ich sie beschreibe, und dann gebe ich ihnen eine Stunde Zeit, sich zu überlegen, was schlimmer ist – die große Spritze oder ein Geständnis. Ich musste noch nie länger als fünfzehn Minuten warten.«

»Bei ihr hat es genau acht Minuten gedauert. Sie flehte mich an, mir erzählen zu dürfen, was wirklich geschehen ist. Alles, nur keine Spritze in ihren dünnen Arm und kein Wiedersehen mit Ihnen.«

»Was hat sie Ihnen erzählt?«

»Felix hat die Wahrheit gesagt. Ungefähr zwei Minuten nachdem sie in sein Taxi gestiegen war, verguckte sie sich in ihn. Seitdem hat er sie jeden Tag von der Schule abgeholt. Den flotten Dreier hatten sie mit ihrer Freundin Jessica, Ralphies Mädchen.«

»Aber warum dann der Notruf?«

Jede Falschmeldung hatte ein Motiv, einen Grund, warum die betreffende Person beschloss, zum Telefon zu greifen und die Polizei in ihr Privatleben einzuladen. Hatte man diesen Grund erst einmal gefunden, leuchtete dem Ermittler in der Regel das Bedürfnis nach Täuschung völlig ein.

»Weil Felix in der Nacht kein Kondom dabeihatte, und als sie ihm sagte, dass er ihn rausziehen solle oder sie nie wieder mit ihm schlafen würde, sagte er ihr, dass sie sowieso nicht so gut sei und dass es ihm Jessica besser besorgen würde. Sie war eifersüchtig und wütend. Sie wollte sich an ihm rächen, indem sie ihn in Schwierigkeiten mit der Polizei brachte. Sie dachte nicht, dass man die Sache so ernst nehmen würde.«

»Das Messer?«

»Existiert nicht.«

»Gewaltanwendung?«

»Nein. Sie ließ ihn rein und ging mit ihm in ihr Zimmer.«

»Die arme Mutter arbeitet die ganze Nacht, um ihren Kindern ein gutes Leben zu ermöglichen, und die hier bricht ihr das Herz. Lassen Sie es uns zu Ende bringen.«

Angel sah nicht auf, als ich das Besprechungszimmer betrat. Vor ihr stand eine Schachtel mit Papiertaschentüchern, von denen sie bereits eine Hand voll verbraucht hatte. Mrs. Alfieri stand am Fenster und starrte, ein zerknülltes Stofftaschentuch in der Hand, nach draußen.

»Fühlt es sich nicht besser an, die Wahrheit zu sagen? Ist es nicht eine Erleichterung?«, fragte ich Angel.

Sie schien anderer Meinung zu sein. »Sie haben mich beide angelogen. Sie haben mir gesagt, dass das, was ich sage, unter uns bleibt.«

»Ich musste deiner Mutter die Wahrheit sagen«, sagte Vandomir. »Sie muss wissen, dass sie abends auf Arbeit gehen kann, ohne dass du fremde Männer ins Haus lässt. Ms. Cooper hatte Recht. Das Familiengericht wird dich deiner Mutter wegnehmen, falls sie deiner nicht Herr werden kann.«

Mrs. Alfieri drehte sich um und sah ihre Tochter an. Sie litt zu sehr, als dass sie mehr als ein Flüstern herausgebracht hätte. »Du hast ihn angelogen, Angel. Du hast uns alle angelogen. Jetzt weißt du, wie es sich anfühlt, wenn das jemand mit einem macht.«

Ich versuchte, ihr den Ernst der Lage zu erklären. »Weißt du überhaupt, wie viel Glück du hast, noch am Leben zu sein? Du lernst einen völlig Fremden in einem Taxi kennen und hast Sex mit ihm. Du lässt ihn in euer Haus, in dem deine beiden kleinen Brüder schlafen, obwohl du nicht weißt, was er dir oder ihnen antun kann.«

»Na und?« Angel war noch immer störrisch und wütend.

Es brach mir schier das Herz, ein Mädchen wie sie zu sehen, das ein Dach über dem Kopf hatte, einen Elternteil, der sich kümmerte, und das dennoch eindeutig auf einem selbstzerstörerischen Trip war. »Weißt du, wo ich letzte Nacht war? Ich stand neben der Leiche einer jungen Frau, die wahrscheinlich nicht viel älter war als du. Jemand hat sie umgebracht und in eine Kiste gesteckt und gehofft, dass man sie nie finden würde. Sie wird nie wieder nach Hause gehen können. Die Menschen, die sie lieben, werden sie nie wieder lebend zu Gesicht bekommen.«

Jetzt blickte Angel mich an, um zu sehen, ob ich es ernst

meinte. »Und gestern Nachmittag habe ich mir im Leichenschauhaus Obduktionsfotos eines anderen Mädchens angesehen, das wahrscheinlich von einem Kerl ermordet worden ist, den sie die Nacht zuvor in einem Klub kennen gelernt hat. Hast du das Wort *Obduktion* schon mal gehört? Weißt du, was es bedeutet?«

»Sagen Sie ihr, was es ist, Ms. Cooper.« Ihre Mutter kam näher und stützte sich mit den Armen auf die Rückenlehne eines Stuhls. »Hör gut zu, Angel! Das passiert, wenn dich jemand umbringt. Nicht genug, dass du tot bist. Sie müssen dich aufschneiden und Stück für Stück auseinander nehmen. Dann nähen sie dich wieder zu, als wärst du eine Stoffpuppe.«

Besser als meine große Spritze, dachte ich. Jetzt war Angel hellhörig geworden. Ihr Blick suchte wieder Vandomir, damit er sie von den beiden Frauen, die ihr heute das Leben so schwer machten, erlöste.

»Was passiert jetzt mit Felix?«

»Er bleibt im Gefängnis. Aber der Anklagepunkt ist ein anderer. Man nennt ihn Unzucht mit Minderjährigen.« Ich erklärte ihr, dass das Gesetz sie nicht für fähig hielt, in eine sexuelle Beziehung mit einem achtundvierzigjährigen Mann einzuwilligen, selbst wenn sie das getan hatte. Sie war minderjährig, und er würde bestraft werden, auch wenn die Strafen dafür weitaus geringer waren als für eine Vergewaltigung.

»Laura wird eine neue Anklageschrift aufsetzen«, sagte ich zu Vandomir, »und Angel kann die eidesstattliche Erklärung unterschreiben. Können Sie die beiden zur Zeugenhilfsstelle hinunterbringen und sich darum kümmern, dass sie mit einer Sozialarbeiterin sprechen? Sie können's beide gebrauchen.«

Als ich zurück in mein Büro ging, stieß ich beinahe mit

Ellen Gunsher zusammen, die gerade auf dem Weg in Pat McKinneys Suite war. Die beiden verbrachten ungewöhnlich viel Zeit hinter verschlossener Tür miteinander, was dem Büroklatsch über den unangemessenen Charakter ihres Verhältnisses Auftrieb gab. Falls Ellen so viel Supervision brauchte, wie McKinney ihr zu geben vorgab, musste sie noch dümmer sein, als sie bei den Meetings der Prozessabteilung in den seltenen Fällen, in denen sie den Mund öffnete, unter Beweis stellte.

Gunshers Eintreffen verschaffte mir eine Atempause. Solange sie bei ihm war, würde McKinney nicht nach mir suchen, also hatte es keinen Zweck, an seine Tür zu klopfen.

Ich griff zum Telefon und wählte auf meiner Privatleitung Jakes Nummer. Ich nahm mir vor, mich nicht zu vorwurfsvoll anzuhören. Sein Assistent, Perry Tabard, sagte mir, dass Jake gerade im Aufnahmestudio war. »Würden Sie ihm bitte sagen, dass er mich zurückrufen soll? Es ist wichtig.«

»Soll ich ihm etwas ausrichten?«

Es hatte keinen Zweck, ihm das Problem zu schildern. Ich brauchte Jakes Zusicherung, dass er mein Vertrauen nicht missbraucht hatte, und die wollte ich mir nicht über einen Mittelsmann holen.

Noch während ich mit Perry sprach, meldete sich Laura über die Gegensprechanlage. Mike Chapman war am Apparat.

»Hey, Coop, wie schnell kannst du deinen Hintern hier rauf zur Gerichtsmedizin schaffen?«

»In einer halben Stunde. Ich muss nur Sarah den Terminplan für den Rest des Tages übergeben.« Meine Stellvertreterin und gute Freundin Sarah Brenner war vor einigen Wochen von einem sechsmonatigen Mutterschaftsurlaub zurückgekehrt. Unser Arbeitsstil war so ähnlich, dass ich mit ihr als Partnerin die vierzig Mitglieder zählende Abteilung leiten konnte. Mein Schreckenserlebnis mit den Schattenseiten des akademischen Betriebs an einem Elitecollege in Manhattan passierte kurz nach ihrer Entbindung, sodass ich nicht von ihrem Rat und Urteil profitieren konnte. Ich war froh, dass sie wieder da war.

»Großartig. Wir treffen uns dann bei Dr. Kestenbaum.«

»Hast du gestern Nacht noch etwas über die Tote in Erfahrung gebracht? Werden sie herausfinden können, wer sie ist oder wann sie gestorben ist?«

»Heb dir dein Kreuzverhör für den Gerichtssaal auf und beeil dich. Dich erwartet eine Theologiestunde.«

»Ich habe bereits für die Tote gebetet. Jetzt möchte ich Antworten auf meine Fragen.« Ich dachte an Battaglias Direktive und wollte ihm so bald wie möglich Resultate präsentieren.

»Dr. K. wird dir alle deine Fragen beantworten. Du wirst deine erste Unvergängliche kennen lernen.«

»Meine erste *was*?«

»Falls er nicht Ministrant in meiner Pfarrei war, hat der Mörder wahrscheinlich auch noch keine gesehen.«

»Was ist eine Unvergängliche? Was hat das mit unserer Leiche zu tun?«

»Sie ist perfekt erhalten, Coop. Keine Zersetzung, keine Verwesung. Wir werden sie noch vor dem Wochenende identifizieren können. Es ist ein natürliches Phänomen, das im Laufe der Jahrhunderte hin und wieder einigen Heiligen zuteil wurde. Ich vermute mal, dass unser Täter den Deckel schloss und dachte, dass er nur eine Kiste voller Knochen hinterlassen würde.«

6

Ich trug mich in das Besucherverzeichnis am Eingang des Leichenschauhauses ein. Ein Dolmetscher erklärte einem Mann mittleren Alters auf Mandarin, was er tun müsse, um seinen Vater zu sehen, der bei einem Streit in einem Spielsalon in Chinatown erstochen worden war. Der Wärter öffnete per Knopfdruck die Tür zu den Aufzügen, und ich folgte einem Cop, der einen Asservatenbeutel in der Hand hielt, in den Lift und fuhr hinauf in den dritten Stock.

Mike saß an Kestenbaums Schreibtisch, in einer Hand den Telefonhörer, in der anderen eine Tasse Kaffee. »Ja, Loo, wir haben einige gute Fotos. Coop fährt später mit mir zum Museum hinauf. Ich hab das dumpfe Gefühl, dass dieser Fall mehr Kultur beinhaltet, als jemandem wie mir gut tut.« Er hörte zu, was der Lieutenant sagte. »Nein, Dr. K. ist noch immer mit Cleo im Keller. Ich ruf später wieder an.«

»Woher hast du Fotos? McKinney hat mir gesagt, dass er verboten hat, die Spurensicherung zum Truck zu schicken. Du hättest anrufen –«

»Relax! Denkst du, du bist die einzige Schlangenbeschwörerin, die mitten in der Nacht was erreichen kann? Ich habe Hal Sherman zu Hause angerufen.« Hal war unser bester Detective bei der Spurensicherung. »Er braucht keine Streicheleinheiten von dir, damit er mal ein paar Überstunden schiebt, wenn's drauf ankommt. McKinney kann mich mal.«

»Wer wusste vor Tagesanbruch noch darüber Bescheid?«

»Außer Lenny, uns beiden und den Pennern auf dem Hafengelände? Hal und die seltsamen Gestalten, die unten Nachtschicht haben. Es war nicht viel los, als wir mit der Leiche hier ankamen.«

»Mike, die Wahrheit. Hast du irgendjemandem davon erzählt?«

»Wem denn? Was meinst du damit?«

»Jemandem, der nichts davon hätte wissen sollen. Einem Journalisten?«

»Bist du verrückt? Ich bin nicht derjenige, der gern im Rampenlicht steht. Je weniger Presse, desto besser für meine Arbeit und meinen Schlaf. Heute sind's noch Neuigkeiten. Morgen ist's Schnee von gestern, ein Haufen Abfall, der als Bündel verschnürt neben dem Müll auf dem Trottoir liegt und an dem die Hunde ihr Bein heben.«

»Battaglia ist außer sich. Irgendjemand hat Wind von der Story bekommen, und er gibt mir die Schuld. Er geht davon aus, dass Jake die undichte Stelle ist.«

»Und?«

»Ich weiß es nicht. Ich kann nicht glauben, dass er so etwas Dummes tun würde, aber er war dabei, als ich von dem Leichenfund erfahren habe, und er wartete auf mich, als ich heute Nacht nach Hause kam.«

»Im Bett? So wie du ausgesehen hast, als du von Newark heimgefahren bist?«

Ich lächelte. »Ich sollte wohl besser meine eigenen Probleme vergessen und mich auf wichtigere Dinge konzentrieren. Wie beispielsweise Unvergängliche.«

»Wenn du so ein guter Katholik wärst wie ich, Kleines, würdest du alles über Heilige wissen und darüber, wie man einen Körper ohne Verwesungsspuren konserviert.«

Kestenbaum kam ins Büro und signalisierte Mike, am Schreibtisch sitzen zu bleiben. »Eigentlich hat die Tradition mit den Juden angefangen. Schauen Sie ins Alte Testament. So hat Joseph seinen Vater von unseren Ahnen beerdigen lassen, Alex.«

»Das Evangelium des Heiligen Johannes, Doc. Jesus

wurde in Leinentücher gewickelt und mit Gewürzen gesalbt.«

»Worüber sprecht ihr zwei eigentlich?« Ich war im jüdischen Glauben aufgezogen worden, nachdem meine Mutter noch vor ihrer Heirat mit meinem Vater zum Judentum konvertiert war.

»Gestern Nacht dachte ich noch, dass es Wochen dauern würde, bis wir unser Opfer identifiziert hätten. Ich dachte, dass eine natürliche Verwesung eingesetzt hätte, die noch dadurch beschleunigt worden war, dass die Frau in einem Sarkophag eingeschlossen war. Vielleicht würde nichts für eine DNA-Analyse übrig sein, oder Dr. K. würde eine mitochondriale DNA-Analyse ihrer Haare machen müssen, was viel länger dauert. Aber sie ist perfekt erhalten.«

»Du meinst, jemand hat absichtlich dafür gesorgt?«

»Nicht bewusst. Nicht indem er sie aufschnitt, so wie man es mit den Pharaonen machte. Die hier ist ein Naturphänomen wie die Heiligen. Erklären Sie es, Doc.«

»Sogar wir Ärzte lernen, dass die frühen Juden und Christen jahrtausendelang versucht haben, den menschlichen Leichnam vor der Verwesung zu schützen, indem sie ihn in Tücher wickelten, die sie mit Kräutern und Pflanzenrückständen wie Aloe und Myrrhe tränkten. Die Ägypter perfektionierten die Methode, die dann später von den Europäern kopiert wurde, alle inneren Organe zu entfernen, um zu verhindern, dass die natürlichen Gase die Verwesung verursachten.«

»Von wegen innere Organe entfernen.« Jetzt übernahm Chapman das Ruder. »An Cleos Leiche ist nicht eine Narbe, hab ich Recht, Doc?«

»Nicht eine einzige. Das war keine medizinische Konservierung. Der Mörder hätte sich nie träumen lassen, dass sein Opfer in diesem Zustand wieder auftaucht.«

»Da muss man doch an ein Wunder glauben. In der katholischen Kirche dachte man jahrhundertelang, dass die körperlichen Überreste von Heiligen Wunder vollbringen konnten. Man dachte, dass sich der Heilige Geist in ihnen einnistete und sie heiligte. Deshalb heilten sie die Kranken, machten Blinde sehend und brachten Krüppel wieder zum Laufen. Im Mittelalter fingen Kirchenbeamte an, die Leichen von Heiligen, Märtyrern und Nonnen Hunderte von Jahren nach deren Tod zu exhumieren. Die Heilige Zita, zum Beispiel; sie war schon immer eine meiner Lieblinge.«

»Nie von ihr gehört.«

»Ich nehm dich mal mit zu ihr. In die Toskana, nach Lucca. Sie liegt dort in einer kleinen Glasvitrine und sieht aus, als würde sie nur ein Nickerchen machen. Sie ist die Schutzheilige der Hausangestellten – deshalb mag sie meine alte Dame so sehr. Sie lebte im dreizehnten Jahrhundert nach Christus. Als die Weisen im Mittelalter beschlossen, Zita wegen all der Wunder, die man mit ihr in Verbindung brachte, wieder auszugraben, stellten sie erstaunt fest, dass ihr Körper völlig intakt war, ohne eine Spur der Verwesung.«

Ich hatte noch nie von diesem Phänomen gehört und sah Kestenbaum an, um zu sehen, ob Chapman bluffte. Der Pathologe nickte.

»Ebenso war es mit der Heiligen Bernadette in Frankreich. Sie starb 1879 und wurde dreißig Jahre später wieder ausgegraben.«

»Ja, aber die Kirchenmänner, die sie ausgruben, waren alles religiöse Leute, die nach Wundern gesucht haben.«

Kestenbaum korrigierte mich. »Bei der Ausgrabung waren Chirurgen als Zeugen mit dabei, außerdem der Bürgermeister des kleinen Dorfes und Leute, die nichts mit der Kirche zu tun hatten.«

Chapman fuhr fort: »Sie schraubten den Deckel des

Holzsargs ab, und der Leichnam der Schwester war perfekt erhalten.«

»Das muss ja gerochen haben wie –«

»Keinerlei Geruch oder Verwesungsgestank. Das Einzige, was den Nonnen auffiel, die sie für das Begräbnis hergerichtet hatten, war ihre Blässe. Sie war bleicher geworden, aber Haut und Haare waren wie eh und je, ihre Nägel glänzten und ihre Hände hielten noch immer den verrosteten Rosenkranz umklammert.«

»Aber sicher war doch unter der Haut –«

»Wenn ich's dir sage: Man hat das zwei oder drei Mal gemacht. Man hat sie wieder eingegraben, ausgegraben, eingegraben, ausgegraben. Es gibt viele Zeugen. Die Muskeln und Bänder waren alle in gutem Zustand.«

»Warum hat man das getan?«

»Unvergänglichkeit war einmal eine der Voraussetzungen für eine Heiligsprechung, bis manche von den Jungs anfingen zu bescheißen und es auf chirurgische Art und Weise erledigten. Wie bei der Heiligen Margarete von Cortona. Wie sich herausstellte, war sie nicht auf natürlichem Wege erhalten, sondern auf Grund einer kleinen medizinischen Intervention. Sie machten es auf die ägyptische Methode, dann legten sie sie wieder in den Sarg und gaben vor, dass es auf natürlichem Wege passiert sei. Aber Bernadette war ein echtes Phänomen. Als man sie das dritte Mal ausgrub, fing man an, Reliquien einzubehalten. Teile ihres Skeletts, die die Ärzte und Priester ihrem Leichnam entnahmen. Körperteile der Heiligen, damit sie noch mehr Wunder vollbringen konnten.«

»Sie haben der armen Frau die Knochen herausgeschnitten?«

»Rippen, Muskeln. Wenn sie die Gallensteine fanden, haben sie auch die genommen. Man hat nach Beweisen göttlicher Gnade gesucht und versucht, der Person zu gedenken, die dieses mächtige Gute auf sich zog.«

»Also willst du damit sagen, dass Bernadette mumifiziert war? Auf natürliche Art und Weise, nicht wie in Ägypten, wo sie alle Körperorgane entfernten?«

»Es war wirklich ein Wunder, wenigstens für die Kirche, wenn auch nicht für die Wissenschaft. Ich meine, so wie sie begraben war, hatte niemand damit gerechnet. Sie war zum Zeitpunkt ihres Todes sehr krank gewesen, und die Kapelle, in der man sie begraben hatte, war so feucht, dass alle erwartet hatten, dass das Fleisch verfault sein würde. Immerhin war der Rosenkranz verrostet, das Kreuz in dem Sarg hatte Grünspan angesetzt und sogar ihr Gewand war feucht.«

Mich fröstelte angesichts Mikes Beschreibung. »Das muss sehr selten gewesen sein. Zita, Bernadette –«

»Der Heilige Ubald von Gubbio, die gesegnete Margarete von Savoyen. Soll ich noch mehr aufzählen? Ich kenne meine Heiligen und Jungfrauen besser als die Spielstatistiken der Yankees. Ich bekam in der Konfessionsschule oft genug was auf die Finger, wenn ich dem Katechismus nicht folgen konnte, aber wenn wir diesen Stoff behandelten, war ich ganz Ohr.«

»Irgendwas scheint mir hier entgangen zu sein. Habt ihr zwei nun herausgefunden, wer unser Opfer ist? Ihr wollt mir doch nicht sagen, dass sie eine Art Heilige ist, oder?«

»Für mich ist sie die Heilige Cleo, die für uns ihr einziges kleines Wunder vollbringt. Ich hätte nie gedacht, dass wir unter diesen Leinentüchern etwas finden würden. Ich hatte gedacht, dass der Leichnam großteils oder völlig verwest wäre. Man muss davon ausgehen, dass die Person, die sie in die Kiste gesteckt und das Versandetikett draufgeklebt hat, damit sie im Hafen von Newark oder im Laderaum eines

Frachters auf dem Weg nach Kairo in der Hitze brütet, nicht erwartet hat, dass von dem Opfer irgendetwas überbleiben würde, um sie zu identifizieren.«

»Haben Sie schon die Obduktion gemacht?«, fragte ich Kestenbaum.

»Noch nicht. Aber wir haben sie aus dem Leinen gewickelt und Fotos gemacht. Mike hat Recht. Der Körper ist völlig intakt und in erstaunlich gutem Zustand.«

»Vielleicht ist sie erst innerhalb der letzten Woche gestorben.«

»Unwahrscheinlich. Ich würde sagen, sie ist seit Monaten tot, vielleicht schon fast ein Jahr. Ich werde mehr wissen, sobald ich sie mir genauer ansehe, aber die Haut ist etwas verfärbt und ein bisschen verschrumpelt, die Muskeln sind verkümmert, und die Wimpern an ihrem linken Auge sind ausgefallen und kleben an der Stirn.«

»Und sie trägt Winterkleidung, hab ich Recht, Doc?«

»Ja. Nicht etwas, was man Ende Mai tragen würde. Eine dicke Wollhose und einen langärmeligen Kaschmirpulli.«

Kestenbaum holte ein paar Polaroidfotos aus der Tasche seines Laborkittels und gab sie mir. Ich nahm das oberste, um es genauer anzusehen, und reichte die anderen an Mike weiter.

Die junge Frau starrte mich mit ernster Miene an. Die Vorstellung, dass sie länger als ein paar Tage tot war, war erstaunlich. Sie schien ungefähr dreißig Jahre alt zu sein. Ihre Haut hatte einen seltsamen Schimmer, aber es war schwer zu sagen, wie viel das mit der schlechten Qualität der Polaroidaufnahme in dem düsteren Leichenschauhaus zu tun hatte.

»Wenn ich's dir sage, Coop, sie ist eine Unvergängliche.«

Ihr sandbraunes Haar schien ihr auszufallen, aber ansonsten wirkte sie perfekt konserviert.

»Sie wird uns verraten, was wir wissen müssen. Wo sie die ganze Zeit gesteckt hat –«

»Irgendwelche Ideen, Doc?«

»Denken Sie daran, wie man die Heiligen beerdigt hat. Zahlreiche Pathologen haben diese Fälle studiert, ebenso Religionshistoriker. Die meisten der Unvergänglichen waren vor der Heiligsprechung in Gruften unter Kirchenaltären beerdigt. Das war nicht nur geheiligter Boden, sondern dort war es auf Grund der massiven Steinwände auch sehr kühl. Die Unterbodentemperatur war in der Regel ziemlich niedrig, egal, zu welcher Jahreszeit. Danach sollten Sie suchen, Mike. Nach einem kühlen und trockenen Ort, an dem der Leichnam auf natürliche Weise konserviert wurde.«

»Was ist mit ihr passiert?« Ich studierte das zierliche Gesicht mit den hohen Wangenknochen und der schmalen, geraden Nase.

»Ich werd's mir ansehen. Und Sie und Chapman finden heraus, wer sie ist und wer sie tot haben wollte.«

»Keine Anzeichen von Verletzungen?«

»Nichts.«

»Sie glauben nicht, dass sie eines natürlichen Todes gestorben ist, oder?« Mir kam plötzlich der Gedanke, dass wir es hier womöglich gar nicht mit einem Verbrechen zu tun hatten.

Chapman schüttelte den Kopf. »Ein verfrühtes Begräbnis? Cleo legte sich in den Sarg, weil sie sich nicht wohl fühlte, und jemand klappte den Deckel zu? Unwahrscheinlich, Coop. Was meinen Sie, Doc?«

Kestenbaum hielt normalerweise nichts von Vermutungen. Er würde die wissenschaftlichen Ergebnisse der Postmortem-Prozedur abwarten wollen. Deshalb war ich überrascht, als er antwortete.

»Zitieren Sie mich nicht, bevor ich Sie später anrufe. Aller Wahrscheinlichkeit nach handelt es sich um Gift. Vermutlich Arsen.«

7

Mike kaute noch immer an seinem Hot Dog, als wir kurz nach vierzehn Uhr die Treppen zum Eingang des Metropolitan Museum of Art an der Fifth Avenue, Ecke Eighty-second Street hinaufliefen.

»Erschießen, Erstechen, Ersticken. Enthaupten, Entführen, Enthäuten. Zermalmen, Zerfleischen, Zerstückeln.« Er hatte für jede Stufe eine Todesart parat, während wir uns einen Weg durch sonnenbadende Studenten und Touristen bahnten. »Hey, Houdini, pass auf!« Ein Amateurzauberer, der einer Zuschauermenge seine Tricks vorführte, hatte unter seinem Mantel eine Taube hervorflattern lassen, die beinahe auf Mikes Kopf gelandet wäre. »Eine Schwalbe wäre okay, aber diese Dinger da kann ich nicht ausstehen.«

Er übersprang einen Takt, um den Vogel zu verscheuchen. »Vergasen, Vergewaltigen, Verprügeln. Ich hatte schon alles Mögliche, aber einen Giftmord hatte ich, glaube ich, noch nie. Du?«

»Nur den Kerl, der seiner Frau WC-Reiniger in den Martini gekippt hat.«

»Ja, aber sie ist nicht daran gestorben.«

»Fast. Es hat ihr die Eingeweide zerfressen.«

»Das zählt nicht. Sie hat's überlebt. Du lieber Himmel, ich hab vergessen, wie riesig das Museum ist.«

»Eine Viertelmeile lang, mehr als neunzigtausend Quadratmeter Fläche.«

»Woher weißt du das?«

»Ich hab's letzte Nacht im Programm gelesen, bevor der ganze Rummel losging.«

Die vier Doppeltüren standen sperrangelweit offen, um die milde Maibrise hineinzulassen. Die Eingangshalle mit dem hohen Kuppeldach war ein spektakulärer Raum, elegant, luftig und lichtdurchflutet.

»Mein Vater hat mich andauernd hierher mitgenommen.«

»Meiner auch.« Nach dem Erfolg seiner medizinischen Erfindung hatte mein Vater begonnen, Kunst zu kaufen. Er hatte eine kleine, aber eindrucksvolle Sammlung europäischer Gemälde aus dem siebzehnten und achtzehnten Jahrhundert.

»Samstagvormittag?«

»Sobald das Museum aufmachte.«

»Meiner auch. Es war meine Belohnung nach fünf Tagen Schule – meine tägliche Qual – und bevor ich den ganzen Sonntag in der Kirche herumhängen musste. Denkst du, wir hätten uns gemocht, wenn wir uns mit sechs oder sieben Jahren hier getroffen hätten? Du hast wahrscheinlich Mary Janes aus Kunstleder, gestärkte Krinolinen und diese bescheuerten kleinen Stirnreifen getragen.«

»Falsch. Ich war ein totaler Wildfang, bis auf meine Ballettschuhe.«

»Wahrscheinlich hast du damals noch nicht alle so rumkommandiert wie jetzt, oder?«

Wir dachten beide dasselbe. Obwohl wir total unterschiedlicher Herkunft waren, hatten wir in unserer Kindheit wahrscheinlich oft am selben Tag an dieser Stelle gestanden. Mike Chapman war ein halbes Jahr älter als ich. Sein Vater Brian war achtundvierzig Stunden nachdem er seine Waffe und seine Dienstmarke abgegeben hatte, an einem Herzinfarkt gestorben. Seine sechsundzwanzig Dienstjahre als Cop hatten ihm den Respekt und die Bewunderung seines Lieblingssohnes eingebracht, der im vorletzten Studienjahr an der Fordham University war, als Brian so plötzlich verstarb. Obwohl Mike im darauf folgenden Jahr seinen Collegeabschluss machte, schrieb er sich kurz darauf in der Polizeiakademie ein.

Mike hatte einen kometenhaften Aufstieg innerhalb der Polizei. Er hatte die meisten Jahre seit seiner Beförderung zum Detective im Elitedezernat Manhattan North verbracht, in dem viele der besten Männer – und eine Hand voll Frauen – der New Yorker Polizei tätig waren. Seine Tage und Nächte widmete er der Aufklärung der Morde, die auf seiner Hälfte der Insel, nördlich der Ninety-fifth Street, passierten. Wir hatten uns während meines ersten Dienstjahres kennen gelernt, als wir an verschiedenen Fällen gearbeitet hatten, und hatten seitdem beruflich und privat viel Zeit miteinander verbracht.

»Wisch dir den Senf vom Kinn, bevor wir in Thibodaux' Büro gehen!«

»Siehst du? Ich nehm's zurück. Du bist wahrscheinlich schon als Sechsjährige eine schreckliche Nervensäge gewesen. Es steckt dir im Blut. Wo hast du dich am liebsten herumgetrieben?«

»Erster Stock, Gemälde und Skulpturen. Dort habe ich meinen ersten Degas gesehen.« Ich hatte seit meinem fünften Lebensjahr Ballettunterricht. Die Eleganz der Bewegungen und die Schönheit der Musik waren immer eine Zuflucht für mich gewesen, und bis heute besuchte ich die Ballettstunden, wenn es sich mit meinem unberechenbaren Zeitplan vereinbaren ließ. Als Kind hatte ich oft verzückt vor dem Bild der zwei Tänzerinnen gesessen, die in ihren weißen Tüllkleidchen mit den großen gelben Rückenschleifen ihre Beine an der Stange dehnten, bevor sie ihre Exercises auf der Spitze begannen. Ich hatte gehofft, später genauso zu werden wie sie.

»Ich bin direkt dort hinüber«, sagte Mike und deutete quer durch die Halle, vorbei an der großen Treppe. »Waffen und Rüstungen.« Das Met hatte eine beeindruckende Sammlung, und obwohl meine Brüder Stunden damit verbracht hatten, an den Vitrinen mit den vergoldeten Paraderüstungen, Präsentationsschwertern und Rapieren entlangzuwandern, war ich sofort zu den Tänzerinnen und den anderen Porträts, die ich so gern mochte, hinaufgelaufen.

Ich fragte die Frau am Informationsschalter nach dem Weg zum Büro des Museumsdirektors. Sie rief Thibodaux' Sekretärin an, die ihr sagte, dass man uns erwartete.

»Hier bin ich nach Schlachten und Kriegern süchtig geworden. Ich konnte nicht genug davon bekommen.« Mike besaß ein schier enzyklopädisches Wissen, was Militärgeschichte anging. Ich wusste, dass das sein Hauptfach im College gewesen war, aber mir war bisher nie in den Sinn gekommen zu fragen, wo sein Interesse ursprünglich herrührte.

Wir gingen durch die Ausstellungsräume mit griechischer und römischer Kunst zu den Aufzügen. »Dort sind über vierzehntausend Objekte, von Rittern in Kettenrüstungen bis hin zu Samuraischwertern. Im Souterrain gibt es eine Rüstungswerkstatt. Uncle Sam hat sie im Zweiten Weltkrieg verwendet und mittelalterliche Entwürfe kopiert, um kugelsichere Westen für die Armee herzustellen.«

Eine Frau mittleren Alters empfing uns am Aufzug, als wir ausstiegen. »Ms. Cooper? Ich bin Eve Drexler, Mr. Thibodaux' Assistentin.« Ich stellte ihr Mike vor, und wir folgten ihr den Gang hinunter. Ihr knöchellanges, blumengemustertes Kleid raschelte zwischen ihren Beinen, während sie uns, vorbei an Thibodaux' Sekretärin, in einen sonnendurchfluteten, verschwenderisch ausgestatteten Raum geleitete. Durch die großen Fenster sah man auf die schönen Stadthäuser auf der anderen Seite der Fifth Avenue, die vor Jahren zur renommierten Mädchenschule Marymount umgebaut worden waren. Die Privilegien des Direktorpostens waren offensichtlich. Auf Thibodaux' Schreibtisch stand eine antike Bronzeskulptur – ein Held, der mit einem Zentaur kämpfte –, auf dem Boden lag ein Savonnerieteppich und an den Wänden hingen Gemälde von Cézanne, Goya und Brueghel.

»Ms. Cooper, Mr. Chapman, nehmen Sie doch bitte Platz!«

Er schüttelte uns die Hände und kam dann hinter seinem Schreibtisch hervor, um sich zu uns an den Konferenztisch zu setzen. Vor Ms. Drexler stand ein reich verziertes Silbertablett mit einer antiken Kaffeekanne, aus der wahrscheinlich einmal einem Kaiser oder einer Königin serviert worden war. Sie schenkte jedem von uns in eine gewöhnliche Tasse ein.

»Ich habe versucht, so viele Informationen wie möglich für Sie zu bekommen, was die Ladung angeht«, begann Thibodaux und klappte einen Ordner mit einem Stoß Papiere auf.

Drexler setzte sich ihrem Boss gegenüber, während Chapman und ich nebeneinander Platz nahmen. Sie schlug einen ledergebundenen Notizblock auf und notierte Datum, Uhrzeit und unsere Namen. Mike klappte den Pappdeckel seines Stenoblocks auf, für jeden neuen Fall ein neuer Block, und machte sich ähnliche Notizen.

»Ich habe Kopien des Frachtbriefs für Sie gemacht. Haben Sie schon etwas von dem Gerichtsmediziner gehört?«

»Nein. Die Autopsie ist gerade im Gange.« Mike nahm

die Fotos, die man heute Morgen im Leichenschauhaus geschossen hatte, aus seiner Jackentasche. »Ich habe die hier mitgebracht, um zu sehen, ob Sie die junge Frau vielleicht gekannt haben. Vielleicht hat sie ja hier im Museum gearbeitet oder so.«

Thibodaux nahm die Polaroidfotos, sah sie an, stutzte und legte sie dann mit dem Gesicht nach unten auf den Tisch. »Nein, ich habe sie noch nie gesehen. Aber wir sind ein sehr großes Museum, Mr. Chapman, und ich könnte nicht behaupten, dass ich auch nur die Hälfte der Leute, die hier arbeiten, kenne.«

»Sie machten einen erschrockenen Eindruck.«

»Das ist doch kein Wunder, oder? So eine junge Frau, es ist eine schreckliche Sache. Ich hätte nie gedacht, dass sie so … so lebendig aussehen würde. So lange in einem Sarg zu liegen, nun –«

»Was meinen Sie mit ›so lange‹?«

»Ich habe absolut keine Ahnung, wie lange sie in dem Sarg lag. Es ist nur, dass ich annehme, dass sie nicht erst gestern gestorben ist, Mr. Chapman.«

»Worauf basiert diese Annahme?«

»Hier, warum sehen Sie sich nicht diese Papiere an? Eve hat sie für Sie zusammengestellt.« Er reichte uns eine Kopie des dicken Ordners, und wir besahen uns gemeinsam die Unterlagen. »Obgleich der Lastwagen vom Museum direkt nach New Jersey gefahren ist, bestand die Ladung aus Objekten von einer Reihe von Museen. Wie Sie sehen, haben wir die Belege, welche Kisten wann und von welchen Museen dazu kamen.«

Ich überflog die ersten paar Seiten und blinzelte auf die klein gedruckten Angaben der verschiedenen Herkunftsorte. Da waren Amphoren als Leihgabe des Smithsonian-Museums, afrikanische Masken vom American Museum of

Natural History, Mumienbehälter aus der umfangreichen Sammlung des Brooklyn-Museums und asiatische Gemälde vom Getty.

»Ich glaube, Sie haben uns unseren Job gerade tausendfach erschwert. Es scheint so, als ob diese Sachen in denselben Kisten waren wie Ihre. Wie kommt das?«

»Nun, Detective, wie mich Mr. Lissen, der Leiter der Versandabteilung, unterrichtet hat, ist der Grund der, dass sie nach ihrer Ankunft hier umgepackt worden sind, je nachdem, wohin sie unterwegs waren. Wir sind in der letzten Planungsphase einer riesigen Ausstellung, die wir nächstes Jahr veranstalten werden, und im Austausch für einige unserer Schätze, die sich als Leihgabe in anderen Museen auf der ganzen Welt befinden, schicken wir ihnen andere Kunstwerke, um die entstandenen Lücken vorübergehend zu füllen.«

Thibodaux rieb sich die Augen, bevor er weitersprach. Er sah blasser aus als gestern Abend, als er im Scheinwerferlicht auf der Plattform des Tempels von Dendur gestanden hatte. Wahrscheinlich hatte er die ganze Nacht kein Auge zugetan vor Sorge, wie sich dieser schreckliche Fund auf das Museum auswirken würde. Sein französischer Akzent schien heute ausgeprägter zu sein, vielleicht auf Grund seiner Erschöpfung.

»Dieser Sarkophag – Nummer 1983/752 – ist auf Seite zwölf des Inventars aufgeführt.«

Chapman blätterte zu der entsprechenden Stelle. »Dieser Sarg ist letzten Herbst hierher zurückgekommen. Sie hatten ihn an das Chicago Art Museum ausgeliehen, richtig?«

»Scheint so.«

»Und seitdem ist er hier gewesen. Wissen Sie, wo?«

»Ich nicht, aber ich bin mir sicher, dass Ihnen das irgendjemand ganz genau sagen kann.« Thibodaux stand auf und ging an seinen Schreibtisch, öffnete die Schublade und schüttelte zwei Tabletten aus einem Pillenröhrchen in seine Hand. Er spülte sie mit etwas Eiswasser hinunter, das in einer Kristallkaraffe neben seiner Schreibtischunterlage stand. Gegen sein Kopfweh würden auch Tabletten nicht helfen.

»Und der andere Kram in der Kiste stammte alles aus New Yorker Museen? Sehe ich das richtig?«

Thibodaux kam wieder an den Tisch und nahm seinen Ordner in die Hand. »Ja, diese spezielle Kiste war voller Exponate, die nach Kairo unterwegs waren, hauptsächlich aus dem Naturkundemuseum drüben auf der anderen Seite des Parks und dem Brooklyn Museum. Manche Exponate sollten in Ägypten bleiben, einige an andere Orte in Afrika verschifft werden. Sehen Sie das Ausmaß dieses Problems, Detective? Im Met arbeiten fast dreitausend Leute. Wir haben über dreißigtausend Quadratmeter Ausstellungsfläche, Hunderte von Ausstellungsräumen und Dienstleistungsbereichen. Es gibt eine Feuerwehr, mehrere Restaurants, eine Krankenstation und ein Kraftwerk. Ich weiß gar nicht, wie wir die alle wegen ... wegen ...« Er deutete auf das kleine Polaroidfoto, auf das er seine Kaffeetasse gestellt hatte.

»Wegen der jungen Frau, die vielleicht in diesen Mauern ihren Tod gefunden hat?« Für Mike war das Opfer bereits die Heilige Cleo, und er würde dafür kämpfen, ihren Mörder vor Gericht zu bringen, egal, ob er jemals herausfand, wer sie war.

»Für uns ist es wahrscheinlich am sinnvollsten, wenn wir als Erstes mit Mr. Lissen und dem Leiter der ägyptischen Abteilung sprechen. Waren das die Herren, die gestern Nacht in Newark waren?« Ich versuchte, Chapman das Ruder aus der Hand zu nehmen, der von Thibodaux' abschätzigen Bemerkungen über die Verstorbene offensichtlich angewidert war.

»Kuratoriumsmitglieder, Kuratoren, Künstler, Studenten. Wenn Sie noch nie in einem Museum waren, Detective, wissen Sie nicht, was das alles nach sich zieht.«

»Vielleicht haben Ihre französischen *flics* nicht viele Runden durch den Louvre gedreht, Mr. T., aber ich habe wahrscheinlich genauso viel Zeit in diesem Museum verbracht wie Sie damit, über Leute wie mich die Nase zu rümpfen. Woher wollen Sie wissen, dass ich noch nie in einem Museum gewesen bin? Weil ich Polizist bin?«

Thibodaux hatte sich auf gefährliches Terrain begeben. Mike hasste dieses geläufige Vorurteil der oberen Schichten, dass er nur ein dummer Cop war, und es machte ihn jedes Mal, wenn wir während einer Ermittlung auf diese Einstellung trafen, wütender.

»Es war nur eine Redensart. Ich wollte Sie nicht kränken.« Er sah Eve Drexler an. »Rufen Sie doch bitte Mr. Lissen an und bitten Sie ihn zu uns herauf, damit der Detective mit ihm sprechen kann.«

»Ich war das erste Mal mit vier Jahren hier.« Mike redete jetzt mit mir. »Es gibt ein Foto von meinem Vater hier in diesem Büro. Das war, als die Polizei dem Museum die Waffen zurückgab, die sie sichergestellt hatte.«

Ich verstand nicht, worauf er anspielte, und hörte ebenso gespannt zu wie Thibodaux.

»Noch vor meiner Geburt stellten mein Vater und sein Partner während einer Bordellrazzia haufenweise Diebesgut einschließlich einiger Waffen sicher. Sie hatten jahrelang in einem Lagerhaus gelegen, der alten Asservatenkammer. Er hat jedem erzählt, wie schön sie waren, mit Gold- und Eisenbeschlägen und Elfenbeingriffen mit Initialen. Die Geschichte sprach sich bis ins Präsidium herum, und schließlich hat sich jemand die Waffen angesehen.«

Thibodaux betrachtete Chapman jetzt mit größerer Aufmerksamkeit. »Katharina die Große – die Pistolen und Jagdwaffen der Kaiserin?«

»Hergestellt von Johann Grecke, dem königlichen Waffenschmied, 1786. Kurz bevor man sie vernichten wollte, um Platz für die neue Asservatenkammer zu machen, veranlasste die Polizei, dass mein Vater sie dem hiesigen Kurator zeigte. Man machte den ursprünglichen Besitzer ausfindig, der vermachte sie dem Met, und wir alle waren hier in diesem schicken Büro anlässlich der Zeremonie. Es war das erste Mal, dass ich eine Flasche Champagner gesehen und Kuchen von einem antiken Teller gegessen habe. Ich bin so oft wie möglich hierher gekommen, um mir die Schätze meines Vaters anzusehen.«

»Ich muss mich bei Ihnen entschuldigen, Detective. Ich wollte nicht andeuten, dass Sie nichts über das Museum wissen. Fünf Millionen Besucher gehen hier jedes Jahr ein und aus und sehen nur die Objekte hinter Glas oder die Gemälde an den Wänden. Sie machen sich keine Gedanken, was hinter den Kulissen vor sich geht, damit ein Ort wie dieser so hervorragend funktionieren kann.«

Jetzt versuchte er es auf die charmante Tour, indem er Chapman Honig ums Maul schmierte und Mitleid schindete.

Eve Drexler legte den Telefonhörer auf und kam an den Tisch zurück. »Mr. Lissen wird in zehn Minuten hier sein. Ich habe frischen Kaffee bestellt. Und ich habe einige der Kuratoren, die für Ihre Ermittlungen nützlich sein könnten, gebeten, sich bereitzuhalten.« Sie war ein Ausbund an Effizienz.

»Danke.« Der Direktor ergriff wieder den Ordner und studierte die Einträge. Eve trat hinter Mike und mich und nahm unsere leeren Tassen. Sie stellte sie auf ein Emailletablett auf einer Satinholzkommode neben der Tür, dann kam sie zurück, um Thibodaux einen frischen Kaffee zu bringen. Sie nahm das Foto der toten Frau, das er als Untersetzer benutzt hatte, und legte es auf seinen Schreibtisch, wobei sie aus Neugier einen Blick darauf warf.

Ich beobachtete ihre Reaktion, als sie das Bild noch einmal in die Hand nahm. »Pierre, haben Sie diese junge Frau denn nicht erkannt? Sie war letztes Jahr ein paarmal zu Meetings hier. Schauen Sie es sich doch noch einmal an! Ich glaube, das ist Katrina Grooten.«

8

Thibodaux ging an seinen Schreibtisch, zog die Schublade auf und nahm eine Lesebrille aus einem Metalletui. Er studierte das Foto und zuckte die Achseln.

»Ich treffe hier so viele junge Leute, Detective. Sie müssen mir verzeihen.« Er sah seine Assistentin an. Es war nicht direkt ein Funkeln, aber es kam mir vor wie ein Warnsignal, dass sie sich zurückhalten sollte. »Ich erinnere mich mit Sicherheit nicht an Einzelheiten, Eve. Gibt es einen Grund, warum mir Ms. Grooten im Gedächtnis hätte bleiben sollen?«

Eve hatte sich wieder an den Tisch gesetzt und ihren Notizblock in die Hand genommen. »Ich kann mich irren, Pierre. Es ist möglich, dass Sie gar nichts mit ihr zu tun hatten.«

»Hat sie für uns gearbeitet?«, fragte er mit verdutzter Miene.

»Nicht hier. In den Cloisters.«

Der Großteil der Mittelalter-Sammlung des Met war in den Cloisters untergebracht, einer Sammlung von Elementen und Beständen mehrerer europäischer Klöster, die Anfang des zwanzigsten Jahrhunderts von einem bekannten Bildhauer nach Amerika verschifft und dann von John D. Rockefeller dem Museum vermacht worden waren. Die Cloisters lagen an einer atemberaubend schönen Stelle im Norden Manhattans mit Blick auf den Hudson River.

»Kennen Sie –?«

Noch ehe Thibodaux den Satz zu Ende sprechen konnte, musste Mike beweisen, dass sich seine Kenntnisse des Met nicht auf eine Abteilung beschränkten. »Fort Tryon Park. Vierunddreißigstes Revier.« Ich konnte mich noch gut an unseren letzten Besuch in diesem Viertel erinnern, als wir in dem Mordfall einer prominenten Kunsthändlerin ermittelt hatten.

»Ich bin mir nicht sicher, was sie dort getan hat«, fuhr Eve fort, »aber sie arbeitete an einem Aspekt der großen Bestiariumsausstellung, die wir zusammen mit dem Naturkundemuseum organisieren und die gestern Abend angekündigt worden ist. Wir hatten mehrere Planungstreffen in diesem Büro. Aber selbstverständlich ist Mr. Thibodaux so häufig im Ausland unterwegs, dass ich mich vielleicht geirrt habe, dass er dabei gewesen war.«

»Es ist schrecklich … ganz schrecklich … dass dieses … dieses Opfer jemand aus unseren eigenen Reihen ist.« Jetzt stellte der Direktor das angemessene Maß an Bedauern zur Schau. Es war mir unmöglich, seinen Gesichtsausdruck zu durchschauen und zu deuten, ob er es auch nur im Geringsten aufrichtig meinte.

»Hätte man sie denn nicht vermisst?«

»Ich werde veranlassen, dass man ihre Personalakte heraussucht, Mr. Chapman«, sagte Eve Drexler und schlug eine neue Seite ihres Blocks auf, um eine Liste dessen zu machen, was getan werden musste. »Was werden Sie noch brauchen?«

»Alles, was Sie haben. Mit wem sie zusammengearbeitet hat, was sie getan hat, wo sie gewohnt hat, von wann bis wann sie hier gearbeitet hat. Natürlich brauchen wir auch jemanden, der die Leiche identifiziert. Wie gut haben Sie sie gekannt, Ms. Drexler?«

Thibodaux' Assistentin war es offensichtlich nicht gewöhnt, im Mittelpunkt zu stehen. Sie unterstützte ihren Boss, sollte aber selbst im Hintergrund bleiben. »Ich, äh, ich könnte nicht behaupten, dass ich sie gekannt habe. Ich meine, wir saßen beide zwei- oder dreimal gemeinsam an diesem Tisch, aber –«

»Ihr Name ist Ihnen ziemlich schnell eingefallen.«

»Ich habe ein gutes Namens- und Personengedächtnis, Detective. Das ist mein Job.«

»Das ist nicht meine Stärke, Mr. Chapman. Eve steht bei allen Empfängen neben mir und flüstert mir die Namen ins Ohr.« Thibodaux zwang sich zu einem Lächeln. »Je größer ihre Sammlungen, desto leichter scheine ich die Namen zu vergessen, gerade wenn ich sie am dringendsten bräuchte. Das ist nicht ganz ungefährlich, wenn man potenzielle Mäzene dazu bringen will, das Met in ihre Nachlassplanung mit einzubeziehen. Jeder von ihnen möchte glauben, dass sie engstens mit mir befreundet sind.«

»Haben Sie jemals allein mit ihr gesprochen? Etwas über sie herausgefunden?«

»Ich erinnere mich daran, einmal mit ihr Smalltalk gemacht zu haben«, sagte Drexler, den Zeigefinger nachdenklich gegen die Stirn gedrückt. »Sie hatte einen Akzent, und da unsere Mitarbeiter aus aller Welt kommen, fragte ich sie natürlich, wo sie herkam. Wie man eben so vor dem Beginn eines Meetings miteinander plaudert, Sie wissen schon. Ich hatte fälschlicherweise auf Australien getippt. Sie ist – entschuldigen Sie, sie war Südafrikanerin.«

»Holländischer Name, richtig?«, fragte Chapman.

»Ja, darüber haben wir uns auch unterhalten. Ihre Vorfahren waren vor ungefähr zweihundert Jahren dorthin ausgewandert. Buren.« Holländische Siedler, die sich seit dem siebzehnten Jahrhundert auf dem afrikanischen Kontinent niedergelassen hatten.

»Was hat sie Ihnen noch erzählt?«

»Natürlich, dass sie in den Cloisters arbeitete. Dass sie mit einem Visum hier war. Ich erinnere mich an keine weitere Unterhaltung. Sie machte einen eher zurückhaltenden Eindruck und meldete sich während der Meetings kaum zu Wort.«

Mike deutete auf ihren Ledernotizblock. »Führen Sie Protokoll?«

»Ja, normalerweise schon.« Sie sah zu Thibodaux, als würde sie seinen Rat suchen.

»Die Protokolle würde ich gerne sehen.«

Jetzt ergriff der Direktor das Wort. »Ich werde dafür sorgen, dass Eve sie Ihnen heraussucht. Aber dazu müssen wir erst die jeweiligen Termine herausfinden.«

Zehn Minuten mit Eve Drexler, und man wusste, dass das kein Problem für sie sein würde. Sie war die Sekretärin, die sich jeder wünschte. Ungefähr fünfzig Jahre alt, ein Gedächtnis wie ein Elefant, übertrieben höflich, bereit, für ihren Boss den Kopf hinzuhalten, und zwanghaft organisiert. Wahrscheinlich hatte sie über jeden Tag ihrer Zusammenarbeit mit dem Direktor Tagebuch geführt.

»Wie lange sind Sie schon Mr. Thibodaux' Assistentin?«

»Ich bin schon ein paar Jahre länger hier als er.« Sie wurde rot im Gesicht, da jetzt wieder *sie* im Mittelpunkt stand.

Ich versuchte sie aufzulockern, indem ich ihr ein paar persönliche Fragen stellte. »Würde es Ihnen etwas ausmachen, uns zu sagen, was Ihre Aufgaben sind?«

»Natürlich nicht, wenn Ihnen das weiterhilft. Ich habe vor fast fünfundzwanzig Jahren während meines Studiums hier zu arbeiten angefangen. Ich wollte Museumsarchivarin werden. Aber Mr. Thibodaux' Vorgänger fand, dass die Qualitäten, die mich zu einer guten Bibliothekarin machten, auch für ihn nützlich sein würden.«

Chapman erinnerte sich an die geliebte Bibliothekarin seiner Schulzeit. »Verkniffener Mund? Den Zeigefinger an den Lippen, immer ›pscht‹ machend, wenn ich in der Bibliothek versucht habe, nach dem Unterricht ein Footballmatch mit den Jungs zu organisieren? Was noch?«

Drexler lächelte. »Nun, er schätzte mit Sicherheit Diskretion. Und meine Kenntnisse der Sammlung. Ich habe viel Zeit damit verbracht, Neuzugänge zu katalogisieren und Fragen von Mitarbeitern und Wissenschaftlern zu beantworten. Und als Mr. Thibodaux die Leitung übernahm, war er so liebenswürdig, mich zu übernehmen.«

»Wann war das?«

Der Direktor antwortete selbst. »Vor nicht ganz drei Jahren, Detective. Sie wollen sicher auch alles über meinen Background wissen. Ms. Drexler kann Ihnen eine Kopie meines Lebenslaufs geben. Ich bin zweiundfünfzig Jahre alt, geboren und aufgewachsen in Paris. Meine Berufserfahrung ist ausschließlich im kuratorischen Bereich. Ich habe über ein Jahrzehnt die Abteilung für europäische Kunst und Skulpturen des Louvre geleitet. Als ich die Gelegenheit bekam, an dieses Schmuckstück von Museum zu wechseln, habe ich das sehr begrüßt. Meine Frau ist aus New York. Sie wollte wieder nach Hause.«

Eve Drexler hörte es klopfen und machte die Tür auf. Ich erkannte den Mann, der letzte Nacht neben dem Truck in Newark gestanden hatte und der laut Thibodaux der Leiter der Versandabteilung war.

»Kommen Sie herein, Maury.« Er stand auf und begrüßte den kleinen, untersetzten Mann, der ein rundliches Gesicht und dichtes, rötliches Haar hatte.

»Ms. Cooper, Mr. Chapman, das ist Maury Lissen. Er wird Ihnen bei allem behilflich sein, was Sie von seiner Abteilung brauchen.«

Lissen setzte sich zu uns und legte sein Klemmbrett vor sich auf den Tisch.

»Ich bin die ganze Nacht wach gewesen und habe meine Papiere durchgesehen. Ich kann mir einfach nicht vorstellen, wie das passieren konnte.«

»Natürlich, Maury, aber offensichtlich ist es passiert, und wir müssen der Polizei helfen, so gut wir können.«

Chapman nahm das Foto von Katrina Grooten und reichte es Lissen. Dieser zuckte zusammen. »Ich habe einen schwachen Magen für so etwas, Detective. Zwingen Sie mich nicht, es anzusehen, okay?«

Nicht unbedingt eine Reaktion, die bei einem Mordermittler auf Verständnis stößt. Mike und seine Partner waren selten in der glücklichen Lage, eine Leiche zu Gesicht zu bekommen, die nicht verwest oder von Stich- oder Schusswunden durchlöchert war. »Sehen Sie es sich gut an, Maury«, sagte er und hielt dem Mann das Foto noch einmal unter die Nase. »Sie beißt nicht. Sie ist tot.«

Lissen starrte auf das Foto, ohne es anzufassen, und schüttelte den Kopf.

»Kennen Sie sie?«

»Sollte ich? Es gibt wahrscheinlich im ganzen Museum niemanden, der weniger mit Menschen zu tun hat als ich. Bilderrahmen, Töpfe, Schwerter, Masken, Instrumente, Kunstwerke. Ich mache Kisten auf und zu. Ich packe ein und verschicke. Ich kenne keine hübschen jungen Frauen.«

Chapman wiederholte ihren Namen, aber Lissen zeigte keine Reaktion.

»Haben Sie irgendetwas mit den Cloisters zu tun?«

»Hat sie dort gearbeitet?«

»Ja oder nein?«

»Ich bin für alles verantwortlich, was hier rein- und rausgeht. Ich habe eine Mannschaft dort, die sich um das Tagesgeschäft kümmert. Ich selbst verbringe keine Zeit dort oben. Das sind kleine Fische verglichen mit unserer Arbeit hier unten. Ich fahre vielleicht zwei- oder dreimal im Jahr dort hinauf, um etwas zu überprüfen.«

»Der Sarkophag, in dem die Leiche gefunden wurde – wo war er, seit er letzten Herbst zurückgekommen ist?«

»Wir versuchen gerade, das alles für Mr. Thibodaux in Erfahrung zu bringen. Wissen Sie, wie viel Bodenfläche ich da unten habe? So viel wie dreißig Footballfelder.«

»Ich dachte, alles hätte eine Nummer, ein Schildchen und seinen Platz.«

»Zwei Drittel der Sachen, Detective. Sie müssen mir schon ein paar Tage Zeit geben. Dort unten wird andauernd hin- und hergeräumt. Wir werden es so bald wie möglich in Erfahrung bringen.«

Thibodaux stützte sich auf die Ellbogen. »Mr. Chapman, ich möchte nicht denselben Fehler machen wie zuvor und Sie möglicherweise kränken. Aber es gibt eine simple Tatsache, die nur sehr wenige Leute bedenken, wenn sie uns oder irgendein anderes Museum auf der Welt besuchen. Die Sammlung des Metropolitan umfasst mehr als drei Millionen Objekte und Kunstwerke. *Drei Millionen.* Davon sind zu jedem Zeitpunkt maximal knapp zehn Prozent ausgestellt. Das heißt, dass wir buchstäblich Millionen von Objekten im Keller lagern.«

Er hatte Recht: Ich hatte noch nie daran gedacht.

»Manche sind in Kisten verstaut, aus dem einfachen Grund, weil wir in unseren Ausstellungsräumen oder an unseren Wänden nie für sie einen Platz haben werden. Manche Schenkungen sind minderwertig und werden letztendlich getauscht oder verkauft. Hunderttausende sind viel zu zerbrechlich, als dass man sie ausstellen könnte, andere werden von Wissenschaftlern studiert, hier bei uns oder als Leihgabe an anderen Institutionen.«

Chapman und ich sahen uns an. Wo sollten wir bloß anfangen?

»Ich schätze, wir können uns genauso gut mal Ihren Bereich ansehen, Mr. Lissen. Um uns einen Eindruck zu verschaffen, wie die Sachen organisiert und verstaut sind, wie es mit der Sicherheit aussieht –«

»Das System ist hervorragend, Mr. Chapman«, sagte Thibodaux. »Es ist während meiner Amtszeit aufgerüstet worden. In jeder Abteilung des Gebäudes sind Wächter, und nachts patrouilliert der Sicherheitsdienst über und unter der Erde.«

»Überwachungskameras?«

»In den Ausstellungsräumen, Gängen, Lagerräumen, an den Ein- und Ausgängen.«

»Sind sie eingeschaltet?« Einige Jahre vor Thibodaux' Ernennung zum Direktor hatte ich die Ermittlungen in einem bekannten Mordfall geleitet, in dem ein vor Vitalität sprühendes Mädchen von einem drogensüchtigen Prep-School-Abbrecher auf dem Great Lawn direkt hinter dem Museum ermordet worden war. Auf Grund von Bauarbeiten am rückwärtigen Museumsflügel, der in den Central Park ragte, waren die Kameras, die das Verbrechen normalerweise aufgezeichnet hätten, zwar montiert, aber ohne Film gewesen. Es verfolgte mich immer noch, dass niemand in der Lage gewesen war, den Mord zu verhindern, und dass wir das Verbrechen für die Geschworenen nicht hatten rekonstruieren können.

»Ich ... ich gehe davon aus, dass sie funktionieren.«

Seinem verhaltenen Gesichtsausdruck nach zu urteilen, kannte Lissen die Antwort, sagte aber nichts. »Gibt es ein Problem mit den Kameras?«, fragte ich ihn.

»Ich glaube nicht, dass die Filme in den Kameras im Keller in den vergangenen zwölf Monaten gewechselt worden sind.«

»Wie bei diesen bescheuerten Geldautomaten«, sagte Chapman zu mir. Ein junger uniformierter Polizist war während eines bewaffneten Raubüberfalls an einem Bankautomaten erschossen worden. Der Täter hatte direkt in die Kamera gesehen, aber der Film war so viele Male benutzt und immer wieder überspielt worden, dass er völlig unbrauchbar war und nur den verschwommenen Umriss eines bärtigen Gesichts erkennen ließ. Als Folge hatte die Legislative eine Verordnung erlassen, laut der Banken ihre Filme regelmäßig auswechseln müssen. Für Museen existierte keine derartige Verfügung.

»Der Detective und ich würden heute Nachmittag gerne mit Ihnen anfangen, Mr. Lissen. Wenn ich vorher kurz telefonieren könnte, würde ich gerne meinen Boss anrufen, um ihm mitzuteilen, dass wir die Verstorbene identifiziert haben.«

»Natürlich, Ms. Cooper. Bitte benutzen Sie das Telefon auf meinem Schreibtisch. Ich werde von Ms. Drexlers Apparat aus den Direktor der Cloisters anrufen. Er kann uns Ms. Grootens Akte heraussuchen.«

Ich wählte Paul Battaglias Durchwahl und hoffte, dass Rose Malone an den Apparat gehen würde. Sie hörte sich beschäftigt – oder distanziert – an und stellte mich sofort zum Bezirksstaatsanwalt durch. Dann war sie wieder in der Leitung, um mir zu sagen, dass er meinen Anruf nicht entgegennehmen würde. Das war mir noch nicht oft passiert.

»Sagen Sie ihm nur, dass wir die Leiche wahrscheinlich identifiziert haben. Die Tote heißt Katrina Grooten und arbeitete oben in den Cloisters an einem Sonderprojekt, an dem mehrere Museen beteiligt waren. Der Gerichtsmediziner denkt, dass die Todesursache eine Vergiftung ist. Ich melde mich wieder, sobald ich mehr weiß.«

Ich reichte Chapman den Hörer und trat beiseite. »Hey, Loo. Wir haben eine vorläufige Identifizierung der Heiligen Cleo. Irgend so eine Kunsttante in einem der Museen. Aus Südafrika, mit einem Visum hier. Coop und ich sausen morgen, wenn wir hier fertig sind, hinauf zu den Cloisters, um herauszufinden, ob jemand weiß, warum oder ab wann sie nicht mehr zur Arbeit erschienen ist.«

Er legte auf und nahm ein Foto in die Hand, das auf Thibodaux' Schreibtisch stand. Aus dem zehn auf fünfzehn Zentimeter großen Rahmen lächelte uns eine attraktive, herausgeputzte Frau entgegen, die vor der Glaspyramide im Innenhof des Louvre stand.

»Mrs. T.?«

Eve Drexler nickte.

»Hat sie irgendetwas mit dem Museum zu tun? Ich meine, offiziell.«

»Nein, Mr. Chapman. Sie ist tot. Sie kam vorletzten Winter bei einem Skiunfall in Chamonix ums Leben. Sie waren erst etwas über ein Jahr hier gewesen. Ich war hier bei Pierre im Büro, als er –«

Drexler verstummte, als die Tür aufging und Thibodaux wieder ins Zimmer kam. »Hiram Bellinger, der Direktor der Cloisters, wird Sie morgen jederzeit, wann immer es Ihnen recht ist, empfangen. Er kannte Ms. Grooten nicht gut, aber er wird ihre Akte heraussuchen und Ihnen geben, was Sie brauchen.«

Chapman drehte dem Direktor den Rücken zu und flüsterte mir zu: »Wir schauen uns hier schnell um, dann treffen wir uns morgen früh im Leichenschauhaus, um zu sehen, was Kestenbaum für uns hat, und danach verbringen wir so viel Zeit wie nötig uptown und reden mit den Leuten, mit denen sie zusammengearbeitet hat.«

»Geht in Ordnung.«

Mike ging zum Konferenztisch, um seinen Notizblock zu holen. »Sagen Sie Bellinger, dass wir morgen so gegen zwölf bei ihm sein werden. Hat er denn nichts, was er Ihnen jetzt sofort faxen kann?«

»Die einfachen Personalangaben sollten in der Datenbank gespeichert sein, auch wenn die gesamte Akte im Archiv ist. Ich vermute, dass er mir ihre Adresse und ihr Geburtsdatum in Kürze faxen kann. Was möchten Sie sonst noch wissen?«

»Nächste Verwandte wäre nett. Ich möchte nicht, dass sie über CNN davon erfahren. Vielleicht hat sie Familie hier, die uns weiterhelfen kann.«

»Wie gedankenlos von mir! Fangen Sie doch schon mal unten mit Maury an, und Ms. Drexler wird Sie suchen kommen, sobald wir die Informationen haben.«

»Hat er gesagt, dass an Ms. Grootens Verschwinden irgendetwas Ungewöhnliches ist?«

»Überhaupt nicht, Detective. Er erinnerte sich, dass er Ende Dezember ein Kündigungsschreiben von ihr erhielt, das er zu ihrer Akte legte. Sie beide sollten das besser zurückverfolgen können als wir. Bellinger sagte, dass Katrina die Stadt verlassen wollte, nachdem sie eines Nachts in dem Park bei den Cloisters überfallen und vergewaltigt worden war. Er sagt, sie sei danach nie wieder dieselbe gewesen.«

9

Thibodaux schloss die Tür zu seinem Büro und ließ uns am Schreibtisch seiner Sekretärin mit Ms. Drexler zurück, die darauf wartete, uns ins Souterrain zu geleiten.

»Könnten Sie uns bitte allein lassen, während wir noch ein Telefonat führen?«, fragte Chapman. Die beiden Frauen gingen auf den Flur hinaus.

Er wählte die Nummer der Sonderkommission für Sexualverbrechen und sah auf seine Uhr.

»Hey, Joey, arbeitet Mercer Wallace heute?« Er wartete, während der Detective auf den Dienstplan sah. »Wenn er kommt, sag ihm bitte, dass er mich auf meinem Handy anrufen soll. Er muss mir in einem alten Fall etwas raussuchen. Nein, danke. Nicht nötig, dich damit zu belästigen.«

Er legte auf. »Du warst schon mal besser in Form, Blondie! Wie kommt's, dass du nicht Bescheid weißt über eine Klägerin, die in einem öffentlichen Park vergewaltigt worden ist?«

»Weil jemand den Fall absichtlich verschlampt hat, damit wir ihn nicht in die Hände bekommen.«

»Das heißt, dass dich der Boss dort oben nicht mag, oder vielleicht der Kerl, der die Meldung entgegengenommen hat. Bist du dir sicher, dass du nichts darüber weißt?«

»Ich werde Laura bitten, unsere Kartei zu überprüfen, aber der Fall fasst zu viele heiße Eisen an, als dass er mir nicht im Gedächtnis geblieben wäre.« Meine Abteilung verfügte über ein ausgeklügeltes Archivierungssystem von Sexualverbrechen, wobei jeder Eintrag mit Querverweisen auf den Namen des Opfers und des Täters, das Datum und den Tatort versehen war. Egal, ob eine Verhaftung stattgefunden hatte oder der Fall vor Gericht ging, es wurde in jedem Fall ein Bericht erstellt. Sarah und ich hielten unser System für narrensicher, aber von Zeit zu Zeit gelang es der Polizei, etwas unter den Teppich zu kehren.

»Das Opfer ist Ausländerin – was den Bürgermeister wahnsinnig machen würde.« Es war schlimm genug, eine New Yorkerin zu vergewaltigen oder zu ermorden, wenn das Rathaus die Verbrechensstatistiken so genau im Auge behielt, aber Überfälle auf Fremde zogen landesweite Schlagzeilen nach sich, die die Tourismuseinnahmen für die Hotel- und Restaurantbranche gefährdeten. »Sie arbeitete für eines der großen Kunstmuseen und wurde in einem öffentlichen Park angegriffen. Das würde wahrscheinlich für Unruhe sorgen. Mercer erscheint jeden Augenblick zur Spätschicht. Er kann uns die Akte raussuchen.«

Mercer Wallace war der Dritte in unserem Bunde. Mit einundvierzig war er fünf Jahre älter als Mike und ich und würde in Bälde zum ersten Mal Vater werden. Er und seine Exfrau Vickee hatten am Neujahrstag erneut geheiratet, nachdem sie zu einer Zeit, als ihn eine Schusswunde in der Brust fast das Leben gekostet hätte, wieder in sein Leben kam.

Durch seine Größe und tiefschwarze Hautfarbe war Mercer nirgends zu übersehen. Aber es waren sein detailgenauer Ermittlungsstil und sein mitfühlender Umgang mit Zeugen, die ihn zu meinem Lieblingsdetective bei der Sonderkommission für Sexualverbrechen machten, die für jedes Sexualverbrechen und jeden Fall von Kindesmisshandlung im Stadtbezirk verantwortlich war. Sein Vater, ein verwitweter Flugzeugmechaniker, hatte vor seiner Pensionierung mehrere Jobs gehabt, um Mercer das Studium zu finanzieren, aber dieser hatte in letzter Minute ein Footballstipendium für die Universität von Michigan abgelehnt und sich an der Polizeiakademie eingeschrieben.

Mike und Mercer hatten einige Jahre im Morddezernat von Manhattan North zusammengearbeitet, bis Mercer beschloss, dass er lieber mit Zeugen zu tun hatte, die noch am Leben waren und die die Kraft eines sensiblen, klugen Detectives brauchten, um ihre Würde wiederzuerlangen und ihren Vergewaltigern die gerechte Strafe zukommen zu lassen. Öfter als uns lieb war überlappte die Arbeit der beiden Abteilungen, und das Opfer eines Sexualverbrechens wurde Gegenstand einer Mordermittlung.

Eve Drexler wartete im Flur auf uns. Sie begleitete uns zurück zu den Aufzügen und fuhr mit uns ins Untergeschoss. Als die Türen aufgingen, deutete sie auf ein Schild auf der gegenüberliegenden Seite des Korridors, auf dem Lissens Name stand. Noch ehe ich sie bitten konnte, uns zu Ende zu erzählen, wie Thibodaux auf die Nachricht vom Unfalltod seiner Frau reagiert hatte, schlossen sich die Aufzugstüren wieder. Ich bat Mike, die Frage in seine Liste aufzunehmen.

Das kleine Zimmer, in dem der Leiter der Versandabteilung untergebracht war, verfügte nicht über die Annehmlichkeiten des Büros des Museumsdirektors. Ungerahmte Posterreproduktionen waren mit Reißnägeln an den verschrammten Wänden befestigt, ähnlich wie in einem Studentenwohnheim. Aktenschränke standen an den Wänden, der Computer war so eingestaubt, dass es den Eindruck machte, als wäre er seit seiner Installation nicht mehr angefasst worden, und auf dem Tisch türmten sich gelbe und weiße Papierstapel.

Lissen winkte uns herein, und wir setzten uns auf Hocker vor seinen Schreibtisch. »Mr. Thibodaux hat ein paar der Kuratoren gebeten, nach unten zu kommen. Ohne ihre Erlaubnis darf ich nicht in ihren Lagerräumen herumstöbern.«

»Können wir uns woanders hinsetzen, damit ich mir während des Gesprächs Notizen machen kann?«

»Hier unten gibt's nicht gerade viele schicke Zimmer, Detective.«

Ich hörte Schritte und drehte mich um. Unter den drei Leuten im Türrahmen erkannte ich den großen, glatzköpfigen Mann, der gestern Nacht mit Mr. Lissen auf dem Hafengelände gewesen war.

»Ich bin Timothy Gaylord. Die ägyptische Kunstsammlung untersteht meiner Leitung«, sagte er und streckte mir seine Hand entgegen.

Mike und ich standen in dem engen Zimmer auf und stellten uns vor. Die anderen beiden waren Erik Poste, der Kurator der Abteilung für europäische Gemälde, und Anna Friedrichs, die Leiterin der Abteilung für afrikanische, ozeanische und amerikanische Kunst.

Gaylord übernahm das Kommando. »Maury, warum gehen wir nicht alle in unseren Lagerraum?« Er wandte sich an Mike und mich. »Dort ist ein kleines Büro, in dem es sich viel bequemer arbeiten lässt als hier.«

»Können wir dort Ihre Computerdateien einsehen?«, fragte ich Lissen.

»Nun, falls wir welche hätten.« Er machte eine Handbewegung in Richtung des staubigen Bildschirms. »Wir sind nicht gerade die Hightech-Abteilung des Museums. Oben ist alles katalogisiert. Wir sind nur die Muskelkraft. Jemand sagt uns, dass wir etwas transportieren sollen, und wir tun's. Ich hatte nie die Zeit, um zu lernen, wie man mit diesen Dingern umgeht. Früher oder später nimmt jemand den Papierkram und ordnet ihn. Ich habe noch nie etwas verloren außer ein paar afrikanischen Masken, die einen ohnehin halb zu Tode erschreckt haben, und einigen falschen Statuetten. Und einigen zweitrangigen Gemälden, die man sowieso nie aufgehängt hätte.«

Lissen schloss hinter uns ab, und wir folgten Timothy

Gaylord den Flur hinunter. Wir waren in der südöstlichen Ecke des Untergeschosses und gingen einige Minuten einen fenster-, tür- und treppenhauslosen Korridor entlang.

»Was ist hier dahinter?« Chapman holte Gaylord ein und deutete auf die dicken grauen Wände.

Gaylord drehte den Kopf und lächelte uns an. »Sie können doch sicher erraten, Detective, was der lukrativste Teil dieses großartigen Kunstmuseums ist?«

Mike wusste es genauso wenig wie ich.

»Die Tiefgarage, die vor dreißig Jahren gebaut wurde. Die Einkünfte gehen ans Museum. Im Gegensatz zu allem anderen bekommt die Stadt keinen Nickel von dem Geld.«

»Öffentliche Parkplätze?«

»Ja, die täglichen Museumsbesucher und die Bewohner der Luxushäuser hier in der Umgebung. Als Kunstliebhaber tut es mir weh zu sagen, dass die Garage wahrscheinlich die wichtigste Einkommensquelle dieses großartigen Museums ist.«

Ich wusste, dass das ein Problem war, mit dem Mike überhaupt nicht gerechnet hatte. Die Tatsache, dass man ein Privatfahrzeug tage- oder wochenlang hier unten parken konnte und unmittelbaren Zugang zum Museum hatte, bedeutete, dass er es auf die Liste der zu durchsuchenden Örtlichkeiten setzen musste.

Wir bogen um eine Ecke und gingen nun Richtung Norden. Hier waren eine Reihe von Türen, jede mit einer Nummer über dem Türrahmen. Gaylord blieb vor der dritten Tür stehen und machte sie auf. In dem großen quadratischen Raum saßen sich zwei Frauen an einem Tisch gegenüber. Sie hatten Stirnbänder, an denen Lupen befestigt waren, um den Kopf geschnallt und beugten sich über das Modell eines alten Bootes.

»Ich brauche den Raum für ungefähr eine Stunde«, sagte Gaylord freundlich. »Würde es Ihnen schrecklich viel ausmachen, wenn wir Sie bei der Arbeit unterbrechen?«

Die beiden legten ihre Stirnbänder ab und versicherten uns, dass die Pause äußerst willkommen war.

Wir setzten uns an den Tisch.

»Pierre rief mich an, um mir die jüngsten Neuigkeiten mitzuteilen, und ich möchte nur sagen, wie betroffen ich bin. Alle von uns, da bin ich mir sicher. Ich habe Katrina Grooten gekannt.« Er hielt inne und fuhr sich mit dem Finger über die Unterlippe. »Sie war eine sehr ernsthafte junge Wissenschaftlerin. Und ich mache mich persönlich dafür verantwortlich, dass Ms. Grooten in einem Sarkophag aus meiner Abteilung gefunden wurde. Ich bat Erik und Anna dazu, weil sie unter Umständen Informationen haben, die Ihnen weiterhelfen könnten. Mir fiel ein, dass beide sie gut gekannt haben. Wo möchten Sie anfangen?«

Ich wollte mehr über das Opfer wissen. Welche Art Mensch sie war, womit sie ihren Lebensunterhalt verdiente, was sie in ihrer Freizeit gern tat. Mit welchen Leuten sie Umgang pflegte und ob sie ein risikofreudiger Mensch war. Wer ihre Familie war und was sie über ihr Verschwinden dachte. Ich brauchte eine Skizze von Katrina Grooten, die sie vor meinem geistigen Auge lebendig machte, damit ich die Ereignisse rekonstruieren konnte, die zu ihrem Tod geführt hatten.

Mike hingegen wollte die Tote nicht besser kennen lernen, als es ihm die Fakten aufzwangen. Er blieb bei Verstand, indem er eine gewisse Distanz wahrte zu der Person, deren Mörder er finden wollte. Obwohl er hartnäckig jede Kleinigkeit über Katrinas Leben in Erfahrung bringen würde, wollte er nichts verinnerlichen, was ihn veranlassen könnte, ihr Leben oder ihren Lebensstil zu kritisieren. Es war ihm egal, ob sie beliebt oder verhasst gewesen war, ob sie sexuell aktiv oder eine Einsiedlerin gewesen war. Für ihn zählte nur, dass sie es nicht verdient hatte, so zu sterben, und niemand würde sich mehr anstrengen als er, um den Mistkerl zu fassen, der für ihr hässliches Ende verantwortlich war.

»Vielleicht könnte uns jeder von Ihnen erzählen, was Sie über Katrina wussten, beruflich und privat. Wir brauchen jedes Detail, an das Sie sich erinnern können.«

Gaylord sprach als Erster. »Ich habe vermutlich am wenigsten beizusteuern, also kann ich genauso gut anfangen. Wissen Sie über das Gemeinschaftsprojekt mit dem Naturkundemuseum Bescheid?«

»Ich weiß, dass es nächstes Jahr eine gemeinsame Ausstellung geben soll, die gestern Abend feierlich verkündet wurde. Aber weder ich noch Detective Chapman kennen die Details.«

»Seit über einem Jahrhundert besteht zwischen den beiden Institutionen eine ziemlich intensive Rivalität. Sie sind beide in den siebziger Jahren des neunzehnten Jahrhunderts gegründet worden, und die Kuratoriumsmitglieder wollten ursprünglich beide Museen an der gleichen Stelle errichten. Manhattan Square, auf der Westseite des Parks. Erst später zog das Met zu seinem jetzigen Standort um, damals Deer Park genannt, die Gegend zwischen der Seventyninth und Eighty fourth Street auf der Upper East Side. Präsident Grant legte den Grundstein für das Naturkundemuseum, und Präsident Hayes weihte das Metropolitan ein.«

»Warum der Konflikt?«, fragte Chapman. »Lässt sich der nicht beilegen, damit man über aktuelle Themen sprechen kann?«

»Die Kuratoriumsmitglieder des Metropolitan, die sagenhaft reichen Kauf- und Geschäftsleute jener Zeit, hatten außergewöhnlich hoch gesteckte Ziele. Sie orientierten sich an den großen Museen Europas, von denen die meisten davon profitierten, dass sie jahrhundertelang ihre Nachbarn geplündert hatten oder von den Königsfamilien unterstützt wurden. Beide Methoden hatten sich bei der Etablierung von Sammlungen bestens bewährt. Unsere Gründer wollten mit Hilfe der Kunst die Massen bilden und erziehen und ihnen kunsthistorisches Wissen zur Verfügung stellen, das in anderen zivilisierten Ländern bereits existierte.«

»Tat das Naturkundemuseum nicht das Gleiche?«

Alle drei Kuratoren rümpften gleichzeitig die Nase.

»Das kann man wohl kaum *Kunst* nennen, Mr. Chapman. Naturkundemuseen entwickelten sich aus einer völlig anderen Sammelleidenschaft heraus. Sie sind Nachkommen dessen, was man ›Kuriositätenkabinette‹ nannte. Fossilien, Mineralien, Mollusken, Muscheln, Insekten, und die allzeit populären Dinosaurier. Sie sind eine faszinierende Fundgrube aller bizarren und wundersamen Kreaturen, die jemals die Erde bevölkert haben.«

»Heutzutage bemühen sie sich redlich, sich wissenschaftlich zu nennen, aber für uns andere im Museumsgeschäft besitzen sie nur konservierte Überreste. Haufenweise tote Sachen in Einweckgläsern und hinter Glas«, sagte Erik Poste.

»Aber stellen Sie ihre besten Exponate neben ein Gemälde von Delacroix oder Vermeer oder auch neben die Fayencesphinx von Amenhotep III., und es ist einfach nur lachhaft«, sagte Gaylord. »Wir sind kein Warenlager des Bizarren und Ausgestorbenen. Wir sind schlicht und einfach die größte Kunststätte der westlichen Welt, eine lebende Institution, die nicht nur informativ, sondern auch auf eine Art und Weise erbaulich ist, wie es unser Schwestermuseum auf der anderen Seite des Parks nie sein wollte.«

»Also was ist mit der gemeinsamen Ausstellung?«

»Händchenhalten zum Wohle der Allgemeinheit, Detective. Wie Sie sich sicher denken können, geht es nur darum, Profit zu machen. Als die Wirtschaft dieses Jahr so merklich absackte, mussten die Kuratoriumsmitglieder Thibodaux bitten, den Gürtel enger zu schnallen.«

»Warum ihn?«

»Weil er das Geld mit vollen Händen ausgibt. Deswegen hat man ihn vor drei Jahren an Bord geholt. Das Kuratorium bewunderte seine Kühnheit und warf ihm das Geld schier hinterher. Ich rede hier nicht hinter seinem Rücken. Ein Grund, warum wir ihn gerne am Ruder haben, ist, dass uns die ganze Zeit großartige Kunstwerke angeboten werden, weil die Sammler wissen, dass unser betuchtes Kuratorium bereit ist, für diese Meisterwerke zu zahlen. Kein Feilschen, kein Handeln.«

Erik Poste übernahm wieder das Wort. »Wie Sie wahrscheinlich wissen, veranstaltet das Met andauernd Sonderausstellungen. Manche sind erfolgreicher als andere. Diese hier ist seit über einem Jahr in der Planungsphase. Es war Thibodaux' Idee, das Naturkundemuseum zu bitten, sich mit uns zusammenzutun. Das hat es noch nie gegeben, und er denkt, dass die Ausstellung das Potenzial hat, ein Kassenschlager zu werden.«

»UniQuest denkt das auch«, sagte Gaylord und erinnerte mich an Sinn und Zweck des gestrigen Empfangs.

»Was ist das Thema der Ausstellung?«

»Unser Arbeitstitel lautet ›Ein modernes Bestiarium‹.«

»Hört sich in meinen Ohren nicht allzu aufregend an«, sagte Chapman.

»Keine Angst. Unsere Freunde in Hollywood werden sich schon noch etwas Flotteres einfallen lassen, bevor alles fertig ist. Wir haben bereits so Titel wie ›Satyrn, Sirenen und Sapiens‹ abgelehnt. Es ist wirklich ein faszinierendes

Unterfangen. Es ist für jeden etwas dabei, und das macht Thibodaux ja zu einem Marketinggenie. Ihn und die Leiterin des Naturkundemuseums, Helen Raspen; sie ist absolut brillant.«

»Was ist ein Bestiarium?«

Wieder ergriff Erik Poste das Wort. »Ursprünglich waren das mittelalterliche Bücher, Mr. Chapman. In ihnen sollten alle Tiere der Welt beschrieben und abgebildet werden, und dazu – gemäß dem damaligen Denken – die menschlichen Züge, die sie repräsentierten.«

»Tiere mit menschlichen Zügen?«

»Bestiarien sind Quellen für alle Arten von Fabelwesen, und Künstler benutzen sie seit Jahrhunderten als Leitfäden des literarischen Symbolismus. Denken Sie beispielsweise an das Einhorn. Es ist seit langem das Symbol für Jungfräulichkeit.«

»Und ich dachte immer, das wäre eine blonde Staatsanwältin«, murmelte Chapman vor sich hin.

Gaylord fuhr fort. »Lewis Carroll, James Thurber, Jorge Luis Borges – sie alle haben Bestiarien gemacht. Natürlich in jüngster Zeit. Die Ausstellung gibt uns die Gelegenheit, aus beiden Sammlungen Arbeiten aus mehreren Jahrhunderten zu diesem Thema zusammenzutragen. Wir haben die künstlerischen Darstellungen, die Gemälde und Skulpturen, und das Naturkundemuseum hat die Fossilien und Skelette. Kunstliebhaber und Tierfans, Kinder und Erwachsene – es werden alle auf ihre Kosten kommen.«

Rollt die riesigen Seidenbanner aus, die vom Dach des Museums jede neue Ausstellung ankündigen, lasst die Kassen klingeln, füllt die Regale der Museumsläden, und die Massen werden kommen.

Wo hatten wir Katrina in all dem verloren? »Was hatte Ms. Grooten damit zu tun?«

Timothy Gaylord rollte seinen Füllfederhalter zwischen den Handflächen. »Als Thibodaux Anfang letzten Jahres diese Idee zum ersten Mal vorbrachte, beschlossen wir, von jeder Sammlung innerhalb des Met jemanden zu kontaktieren.«

»Wie viele davon gibt es?«

»Achtzehn kuratorische Abteilungen – alles Mögliche, von uns dreien bis hin zu Musikinstrumenten und Fotografie. Wir fingen mit den Leitern der jeweiligen Abteilungen an. Manche der kleineren Abteilungen schickten Vertreter. Wenn mich nicht alles täuscht, kam Hiram Bellinger von den Cloisters zum ersten Treffen in Pierres Büro, richtig?« Gaylord sah Poste und Friedrichs an.

»Ja«, antwortete Friedrichs, »danach stellte er Katrina zur Arbeit an dem Projekt ab. Sie sollte die Gegenstände auswählen, die man aus den Cloisters verwenden wollte.«

»Es ist Mr. Bellingers Spezialität zu delegieren, Ms. Cooper«, sagte Erik Poste und schlug lachend die Beine übereinander. »Pierre gab uns deutlich zu verstehen, dass sogar diejenigen von uns, die die Hauptabteilungen des Museums leiteten – Timothy hier und ich –, uns selbst an dieser Ausstellung beteiligen müssten. Es kostete enorm viel Zeit und Energie, aber ich wusste, dass es sich auf Grund der Einnahmen aus der Ausstellung für uns lohnen würde.«

»Bellinger ist selbst ein Relikt des Mittelalters«, sagte Gaylord. »Er sitzt dort oben wie ein Mönch im Kloster und studiert illuminierte Handschriften. Er scheint nicht zu kapieren, dass er bald selbst das Armutsgelübde ablegen kann, falls wir kein Geld einfahren. Leider haben viele unserer Wissenschaftler wie Hiram nur Verachtung für Thibodaux und seine unternehmerische Vision übrig.«

»Und Sie?«

»Ich bewundere Pierre durchaus. Ich glaube, das tun wir

alle drei. Man muss die finanziellen Mittel haben, um die Stücke kaufen zu können, die auf den Markt kommen. Das ist die einzige Möglichkeit, mit den anderen großen Museen der Welt Schritt zu halten. So einfach ist das.«

»Sie haben also Ms. Grooten das erste Mal bei diesen Meetings getroffen?«, fragte ich Gaylord.

»Das einzige Mal. Pierre übertrug mir die Leitung auf Seiten des Met für die gemeinsame Ausstellung. Ich habe bei einigen Planungstreffen den Vorsitz geführt.«

»War Mr. Thibodaux auch anwesend?«

Gaylord dachte einen Moment nach. »Vielleicht ein- oder zweimal. Ich kann mich nicht erinnern, ihn noch oft gesehen zu haben, nachdem er mir die Leitung übergeben hatte.«

»Und Ms. Grooten?«

»Wie ich schon sagte, sie war beim ersten Treffen nicht dabei.«

»Aber waren er und sie jemals in denselben Meetings anwesend?«

Die drei Kuratoren sahen einander an. »Schwer zu sagen«, antwortete Poste. »Thibodaux steckte gelegentlich den Kopf durch die Tür, wenn er nicht gerade im Ausland unterwegs war. Nur um zu unterstreichen, dass die Ausstellung sein Baby war, eine Direktive von oberster Stelle.«

»Ist er oft unterwegs?«

»Ständig. Irgendein Mittelsmann ruft an, um ihm zu sagen, dass ein Privatmann in Athen, der dringend Bargeld braucht, einen alten griechischen Krug besitzt oder dass in Genf auf einer Auktion zum ersten Mal ein Caillebotte zu haben ist oder dass eine reiche alte Dame überlegt, welchem Museum sie ihre Stradivari vermachen soll, je nachdem, wo das gute Stück am besten zur Geltung kommt. So läuft das Spiel.«

»Hat einer von Ihnen jemals privat mit Ms. Grooten zu tun gehabt? Außerhalb dieser Treffen?«

»Wir beide«, sagte Anna Friedrichs und deutete auf sich und Erik Poste.

»Was wissen Sie über sie? Wie gut kannten Sie sie?«

»Ich mochte Katrina sehr gern«, sagte Friedrichs. »Wir gingen hin und wieder nach der Arbeit zusammen essen. Sie war ungefähr zehn Jahre jünger als ich. Achtundzwanzig oder neunundzwanzig. Sie hat in England studiert. Oxford, glaube ich. Sie machte ihren Magister in mittelalterlicher Kunstgeschichte, bevor sie vor drei Jahren hierher kam, um für uns zu arbeiten.«

»Single?«

»Ja. Sie lebte allein. Sie wohnte in einer Einzimmerwohnung in Washington Heights, in der Nähe der Cloisters. Sie fuhr gern mit dem Fahrrad zur Arbeit.«

»Hatte sie irgendwelche Verwandte hier?«

»Nicht dass ich wüsste. Ihre Mutter starb, als sie auf der Uni gewesen war. Und ihr Vater daheim in Südafrika ist, glaube ich, ziemlich krank.«

Erik Poste wusste mehr darüber. »Es war einer der Gründe, warum sie so hin und her gerissen war. Ihr Vater lag im Sterben, und sosehr sie ihre Arbeit hier auch liebte, sprach sie immer öfter davon, wieder nach Hause zu gehen, um sich um ihn zu kümmern.«

»Irgendwelche Männer in ihrem Leben? Beziehungen?«

»Nicht, dass sie darüber gesprochen hätte. Wie Anna ging ich manchmal mit Katrina in der Mittagspause essen, wenn wir gerade zufällig beide im Büro der Bestiariums-Ausstellung arbeiteten. Ich glaube, wir waren einmal zusammen beim Abendessen, gemeinsam mit einer anderen Museumsmitarbeiterin, weil sie etwas Dienstliches mit mir besprechen wollten.«

»Haben Sie und Katrina Grooten jemals –?«

»Nicht, was Sie denken, Detective. Ich bin dreiundvierzig Jahre alt, verheiratet und habe drei Kinder. Meine Beziehung zu Katrina war rein beruflicher Natur. Zwischen unseren beiden Abteilungen gab es viele Überschneidungen, also hatten wir oft miteinander zu tun.«

»Was meinen Sie mit Überschneidungen?«

»Ich leite die Abteilung für europäische Gemälde und Skulpturen. Katrinas Interesse galt der mittelalterlichen Kunst. Ihr Bereich ist ein Unterbereich meiner Abteilung, also habe ich sehr viel Kontakt mit Hiram Bellinger und seinen Leuten. Ehrlich gesagt wollte ich sie Bellinger abspenstig machen und sie ans Met holen, damit sie hier einige Projekte beaufsichtigen konnte.«

»Also haben Sie gerne mit Katrina zusammengearbeitet?«

»Ja, ich respektierte ihre Intelligenz und ihren Wissensdurst. Sie war sehr reif für ihr Alter. Und sehr ruhig, sehr introvertiert.«

Anna Friedrichs lachte. »Nicht in den Meetings, an denen ich teilgenommen habe. Sie hatte Mut, was ich bei einer Frau ihres Alters sehr schätzte. Trotz ihrer mangelnden Erfahrung hatte sie keine Angst, sich mit den alten Knaben anzulegen, die die Ausstellung kontrollieren wollten.«

»Diese Seite von ihr habe ich nie erlebt. Wie interessant!«

Warum waren ihre Beschreibungen so unterschiedlich? »Nahmen Sie beide an denselben Meetings teil?«

»Selten. Meine Abteilung ist riesig«, sagte Poste. »Ich konnte mich freimachen und an Meetings teilnehmen, solange sie hier im Haus stattfanden. Aber im Fall dieser Ausstellung spielte sich das meiste drüben auf der anderen Seite des Parks ab.«

»Nachdem die gemeinsame Planung im Gange war, habe

ich Katrina normalerweise drüben im Naturkundemuseum getroffen. Wie Sie sich vielleicht denken können, geht es dort drüben ein bisschen lockerer zu als in diesem Mausoleum hier. Das ganze Museum ist ein bisschen pfiffiger als das Met«, sagte Friedrichs.

»Hatte Katrina an anderen Museen gearbeitet, bevor sie hierher kam?«

Poste zuckte die Achseln. »Ich nehme es an. Aber ich weiß nichts Genaueres.«

Friedrichs dachte eine Weile nach. »Ich bin mir sicher, dass sie irgendwo ein Praktikum gemacht haben muss. Die Cloisters wären ein Traumjob für eine Berufsanfängerin. Ich weiß aber nicht, wo.«

»Hat sie sich einem von Ihnen anvertraut?«

»Inwiefern?«, fragte Friedrichs.

»Privat. Bezüglich schlechter Erfahrungen, die sie hier gemacht hat?«

»Nein. Aber die letzten paar Male, als ich sie sah, machte sie einen etwas bedrückten Eindruck. Und nach unserem letzten Meeting sagte sie unsere Essensverabredung ab. Mit der Begründung, sie fühle sich nicht so gut.«

»Das war im Herbst, Anna, nicht wahr? Da fing sie an, davon zu sprechen, wieder nach Hause zu gehen und sich um ihren Vater zu kümmern. Sie war, wie ich schon sagte, etwas gedämpft. Welche Art schlechte Erfahrung meinen Sie, Detective?«, fragte Erik Poste.

In dem Moment klingelte das Telefon auf einem Tischchen in der Ecke des Raums. Gaylord stand auf und wandte uns den Rücken zu, während er sprach, dann kam er zurück an den Tisch und sagte, ohne wieder Platz zu nehmen: »Sie entschuldigen mich, Detective. Erik und Anna werden Ihnen alles Weitere zeigen und Ihre Fragen beantworten. Ich muss sofort nach oben.«

Gaylord drehte Chapman und mir den Rücken zu und wandte sich an seine Kollegen: »Pierre Thibodaux ist soeben zurückgetreten.«

10

»Ich unterhalte mich gerne morgen mit Ihnen, Detective. Ich bin gerade ins Büro des Direktors hinaufbestellt worden. Wir haben offenbar eine Krise im Haus, die noch vor einer Stunde keiner von uns vorhergesehen hat.«

»Und ich habe ein totes Weibsbild in meinem Spind, die während Ihrer Wache abgekratzt ist, Mr. Gaylord.« Mike ging zum Telefon. »Wie lautet Thibodaux' Durchwahl?«

»Er – er ist nicht da. In seinem Büro, meine ich. Er war schon weg, als Eve mich anrief. Ich wollte selbst mit ihm reden. Ehrlich.«

Timothy Gaylord war genauso verwirrt wie Mike und ich. Thibodaux war entweder ein hervorragender Schauspieler und bei unserem Gespräch vor einer halben Stunde in der Lage gewesen, alle beruflichen Schwierigkeiten zu überspielen, oder sein überraschender Rücktritt hatte etwas damit zu tun, dass wir ihm das Foto von Katrina Grooten unter die Nase gehalten hatten.

»Hier ist Chapman. Ich möchte Ihren Boss sprechen, und zwar, bevor er das Museum verlässt, ist das klar?« Mike fuhr sich mit der Hand durch seine glatten schwarzen Haare. Er war wütend, weil er dachte, dass Thibodaux uns reingelegt hatte. »Ach ja? Und warum haben Sie dann Gaylord nach oben gebeten, wenn er schon weg ist?«

Mike gefiel Drexlers Antwort nicht. Er knallte den Hörer auf die Gabel.

»Willst du, dass ich ihn abfange?«

Mike sah mich an, als ob ich verrückt wäre. »Weißt du, wie viele Ausgänge dieses Gebäude hat? Der Mann hat mindestens zehn Minuten Vorsprung, wir sitzen hier irgendwo unter der Erde fest, und du weißt nicht, wo er hin will. Vergiss es, Blondie.«

Gaylord wandte sich erneut zum Gehen. »Ich befürchte, ich muss nach oben. Eve hat mich gebeten, einige der Vorstandsmitglieder zu kontaktieren und eine Sondersitzung einzuberufen.«

»Sie bleiben hier.« Mike deutete auf Gaylord wie jemand, der seinem Hund befiehlt, sich zu setzen. Dann wählte er mit demselben Finger die Nummer des Dezernatleiters. »Schicken Sie mir ein paar Jungs rüber, die Thibodaux' Adresse rausfinden sollen. Sie sollen mit Eve Drexler sprechen. Wahrscheinlich hat er auch einen Wagen mit Chauffeur. Sie sollen sich das Kennzeichen geben lassen. Lassen Sie seine Wohnung überwachen, damit er nicht abhauen kann. Sagen Sie mir Bescheid, sobald Sie ihn gefunden haben, Loo. Ich würde gerne noch einmal mit ihm sprechen. Bis später.«

Erik Poste und Anna Friedrichs sahen beide aus, als ob sie sich vor lauter Angst nicht zu rühren wagten. Sie waren genauso überrascht von den Neuigkeiten wie Gaylord und flüsterten miteinander.

»Weiß jemand von Ihnen, worum es hier geht?«

»Es ist doch wohl offensichtlich, dass wir genauso bestürzt sind wie Sie«, sagte Poste. Er trommelte mit den Fingern nervös auf die Tischplatte.

Anna Friedrichs versuchte zu lächeln. »Ich glaube nicht, dass Sie ihn wie einen Verbrecher behandeln müssen, Mr. Chapman. Ich kann mir nicht eine Sekunde lang vorstellen, dass er etwas mit Katrinas Tod zu tun hat.«

Chapman ignorierte sie und wandte sich wieder an Gaylord. »Bevor Sie verschwinden, würden Sie mir bitte erklären, wo der Sarkophag, den wir letzte Nacht gefunden haben, die letzten sechs Monate über gewesen ist?«

»Es tut mir Leid. Es ist nicht einfach, das jetzt alles auf die Reihe zu kriegen. Meine Mitarbeiter versuchen das gerade zu rekonstruieren. Man wird Ihnen die Informationen so schnell wie möglich zukommen lassen.«

»Wie steht's mit den Innereien?«

»Verzeihung?«

»Ms. Grooten hatte keinen Bettnachbarn im Sarg. Lag nicht jahrtausendelang eine kleine alte Prinzessin in dem Ding? Heißt das, dass Sie hier irgendwo eine überzählige Mumie herumliegen haben?«

Erik Poste stand auf, trat neben Gaylord und legte ihm eine Hand auf die Schulter. »Das ist ein guter Punkt, Timothy. Vielleicht sollten wir –«

Gaylord trat einen Schritt zur Seite. Das schien ein zusätzliches Problem aufzuwerfen, das er nicht in Betracht gezogen hatte. »Auf keinen Fall. Falls irgendeiner von meinen Mitarbeitern etwas gefunden hätte … nun, man hat nichts gefunden.« Er wandte sich an Erik Poste und Anna Friedrichs. »Es gibt keinen Grund, dass alle Angestellten davon erfahren sollten. Ich weiß, dass es Umstände macht, aber Pierre hat Mr. Chapman versprochen, dass man ihm heute die Lagerräume zeigt. Würde es euch sehr viel ausmachen, sie herumzuführen?«

Poste schien die Aufgabe gnädiger zu akzeptieren als Anna Friedrichs. Sie sah auf ihre Uhr und atmete genervt aus.

»Sie werden sehen, welch schwierige Aufgabe wir vor uns haben, Detective. Die traurige Wahrheit ist, dass Ihnen niemand sagen kann, wo das Stück in den letzten Monaten war. Wir können es bestenfalls versuchen. Wenn Sie sich durch einige Millionen Kunstwerke wühlen wollen, bitte schön. Ich überlasse Sie fürs Erste Anna und Erik.«

Gaylord reichte Erik Poste einen großen Eisenring, an dem Dutzende langer Schlüssel hingen, und verließ das Zimmer.

Chapman nahm sein Handy aus der Jackentasche, um zu sehen, ob er irgendwelche Nachrichten erhalten hatte.

»Vergessen Sie's, Detective«, sagte Anna Friedrichs. »Am besten benutzen Sie das Telefon auf dem Tisch. Hier unten haben Sie keinen Empfang. Zu viele dicke Stahlpfeiler im Fundament. Es ist der Fluch meines Lebens, wenn ich hier im Untergeschoss festsitze.«

Mike wählte vom Telefon des Museums und verlangte Mercer Wallace zu sprechen. »Sag deinem Boss nicht, worum ich dich gleich bitten werde, weil jemand von da oben die Finger im Spiel hat. Sieh nach, ob du ein Einundsechziger vom letzten Herbst finden kannst. Vierunddreißigstes Revier. Die Klägerin ist eine gewisse Katrina Grooten. Weiß, circa achtundzwanzig Jahre alt. Schmuggel eine Kopie aus dem Büro, und Coop lädt uns zum Essen ein ins ...?« Er sah mich fragend an.

»Primola.«

»Hast du's gehört? Wir treffen uns dort kurz nach sieben.«

Formular Nummer einundsechzig der New Yorker uniformierten Polizei, die Strafanzeige, würde uns zusammen mit den Folgeberichten der Detective-Abteilung, den so genannten Fünfern, die Geschichte von Katrina Grootens Vergewaltigung erzählen. Wahrscheinlich hatten Revierpolizisten die Anzeige aufgenommen und den Papierkram erledigt und dann die Ermittlungen an die Detectives der Sonderkommission für Sexualverbrechen weitergeleitet.

Wenn der Fall ohne eine Verhaftung geschlossen worden war, müsste der Grund dafür in den Papieren zu finden sein.

»Sollen wir anfangen?« Erik Poste ging mit Mike aus dem Zimmer, ich folgte mit Anna Friedrichs, und Lissen bildete die Nachhut.

»Jede Abteilung hat ihren eigenen Lagerraum, Hunderte von Quadratmetern hier im Untergeschoss des Museums.«

»Territorialstreitigkeiten?«

»Natürlich, Detective. Mr. Gaylords ägyptische Ausstellungsräume sind die Publikumsattraktion, schon immer gewesen. Seine Ausstellungen nehmen enorm viel Platz ein. Riesige Steinskulpturen und echte Tempel- und Grabmalteile. Der Tempel von Dendur, sechshundertundzweiundachtzig riesige Steinbrocken, wurde von Assuan herübergeschafft und in jeder noch so kleinen Nische zwischengelagert, bis er so, wie man ihn heute sehen kann, wieder aufgebaut wurde.«

Erik Poste blieb vor einer Tür stehen, suchte am Schlüsselbund nach dem richtigen Schlüssel und schloss auf. Vor uns waren auf beiden Seiten endlose Reihen von Grabobjekten, darunter bemalte Figurinen und Jaspistiere, manche noch halb verpackt. Viele Objekte waren mit Plastikplanen zugedeckt, während Hunderte andere Staub anzogen.

»Ich glaube, von Mr. Gaylords Sammlung sind ungefähr sechsunddreißigtausend Objekte ausgestellt. Falls Sie raten wollen, wie viele noch hier unten sind, nehme ich gerne Ihre Wetten entgegen.«

Mike ging zwischen den Reihen auf und ab, um zu sehen, was auf den Etiketten und Schildchen stand. Er rief Poste und Friedrichs zu: »Aber die ägyptischen Sachen sind alle hier drinnen, richtig?«

»Nicht ganz. Der Platz hier reicht nicht, vor allem, weil

viele der Stücke Übergröße haben. Die werden dann in unsere weniger vollen Bereiche verlegt.«

»Und welche wären das?«

»Islamische Kunst, zum Beispiel. Das ist eine unserer kleineren Abteilungen. Artefakte, Miniaturen, Keramikfliesen. Die Stücke sind nicht so sperrig und nehmen nicht viel Platz ein. Das Gleiche gilt für die Musikinstrumentensammlung. Es ist nicht ungewöhnlich, dass größere Stücke – ob ägyptische Relikte oder amerikanische Stilmöbel – aus Platzgründen verlegt werden.«

»Sind die anderen Kuratoren verärgert darüber, dass Gaylord so viel Platz beansprucht?«

»Natürlich nicht. Außerdem ist er nicht der Einzige, der das tut. Ich habe Tausende von Gemälden in meiner Abteilung. Und ich brauche Platz für die Restaurierungen. Viele der Stücke sind ziemlich groß, und die Leinwände müssen wochenlang ausgebreitet werden, während sie bearbeitet werden. Man wendet sich an einen freundlichen Nachbarn, sieht sich die Räumlichkeiten an und erbittet irgendwie den Platz, den man braucht.«

Mike kam wieder zu uns zurück. »Diese Sachen hier sind nicht einmal in numerischer Reihenfolge. Alles ist total durcheinander.«

»Deshalb haben wir Studenten und Wissenschaftler, Detective. Eifrige junge Praktikanten, die nichts lieber tun, als über diesen alten Schätzen zu brüten, um diesen Heureka-Moment zu erleben, wenn sie ein verschollenes Meisterwerk in den Händen halten. Ich kann Ihnen versichern, dass alle diese Objekte sorgfältig katalogisiert sind. Sie können alle zurückverfolgt werden. Zumindest sind wir bisher immer davon ausgegangen.«

»Wissen Sie irgendetwas über den Sarkophag, in dem Ms. Grooten gefunden wurde?«

Friedrichs antwortete: »Mr. Gaylord hat uns erst kurz vor Ihrem Eintreffen darüber informiert.«

»Warum kann uns niemand sagen, wo er gelagert gewesen ist?«

»Es gibt verschiedene Möglichkeiten, Ms. Cooper. Wir gehen davon aus, dass wir sie innerhalb einer Woche eingrenzen können.« Erik Poste spielte mit dem Schlüsselring. »Dieser Lagerraum ist einer davon. Aber Mr. Lissen und Ms. Drexler gehen alle Unterlagen durch.«

»Das ist, als wolle man eine Nadel in einem Heuhaufen finden«, sagte Chapman, während er versuchte, den Grundriss in seinem Notizblock zu skizzieren.

»Ich zeige Ihnen auch einige der anderen Räume, wo die ägyptischen Stücke normalerweise untergebracht werden. Sie werden uns jetzt vermutlich alle auf die Suche nach der verschollenen Mumie schicken, Detective, richtig?«, sagte Poste, während er wieder zur Tür ging.

»Konnten Sie sich den Sarkophag gut ansehen?«, fragte Friedrichs. »Falls man ihn für die Bestiariumsausstellung in Betracht gezogen hat, ist er vielleicht sogar ins Naturkundemuseum hinübergeschafft worden, damit man ihn evaluieren und für die Ausstellung fotografieren konnte.«

»Warum evaluieren?«

»Um sicherzugehen, dass er echt war. Wir haben schon mal Peinliches erlebt. Eine große Ausstellung organisiert und dann erfahren, dass ein darin ausgestelltes Kunstwerk eine Fälschung war.«

»Warum würde der Sarg Teil der Ausstellung sein?«

»Manche dieser alten ägyptischen Stücke sind reich mit Tiermalereien verziert. Nicht nur die Sachen der königlichen Familien, sondern auch anderer reicher Familien. Da gibt's Paviane, die mit erhobenen Armen irgendeinen Gott verehren, Nilpferde, die schwangeren Frauen Glück bringen sollten, oder Kobras, deren Schwanz sich um eine Sonne wickelt – ich erinnere mich jetzt nicht, was das bedeutet. Außerdem sind oft Falken und Skarabäen und heilige Katzen auf den Grabobjekten der Reichen abgebildet.«

»Ich bezweifle, dass irgendjemand die Mühe auf sich genommen hätte, einen Sarkophag hinüber ins Naturkundemuseum zu schaffen«, sagte Erik Poste.

»Es sind jede Woche Objekte – auch große, schwere wie der Sarg – hin und her geschafft worden«, verbesserte ihn Anna. »Jemand muss ihn auf die Auslandsversandliste gesetzt haben. Ich habe Maury gebeten, auch die Transfers zwischen den Museen zu überprüfen.«

Wir gingen weiter den langen, grauen Korridor hinunter und bogen um eine Ecke, die mehr als einen Straßenblock entfernt war. Wieder schloss Erik Poste eine Tür auf und trat beiseite, um uns eintreten zu lassen. Hier waren Hunderte von Gemälden bis zur hohen Decke gestapelt, alle hinter Glas. Das Licht war gedämpft und strahlte nicht direkt auf die Leinwände. Es war offensichtlich, dass wir uns in Postes Reich bei den europäischen Gemälden befanden.

»Es ist etwas einfacher, Gemälde zu lagern. Sie variieren zwar von der Größe her, aber sie sind alle ziemlich flach und können an den Wänden verstaut werden. Dadurch ist es viel leichter für mich, den Überblick zu behalten.«

Wieder ging Mike auf und ab, besah sich die Etiketten und skizzierte die Räumlichkeiten. »Was ist mit dieser Tür?« Er war auf der anderen Seite des Raums aus unserem Blickfeld verschwunden.

»Sie ist offen, Detective. Gehen Sie ruhig hinein.« Wir folgten Chapman in einen Raum, der so groß war wie mein Büro. Er sah aus wie eine Tischlerwerkstatt, mit Holzstücken und vergoldeten Rahmenteilen an den Wänden und auf den Tischen. »Jede Abteilung hat in ihrem Lagerraum eine Werkstatt wie diese hier. Manche sind für die Restauratoren, in anderen werden Rahmen hergestellt oder Reparaturen vorgenommen.«

»Das hier ist nicht die einzige Werkstatt?« Mikes Frage beschwor ein Bild zahlloser kleiner Kämmerchen innerhalb der riesigen Lagerräume herauf. Pierre Thibodaux' Hinweis auf mehrere Millionen Objekte im Keller des Museums wurde plötzlich sehr real.

»Aber nein! Hier im Haus gibt es wohl mindestens ein Dutzend, darüber hinaus mieten wir auch noch außerhalb Räume an.«

»Ist euch auch so heiß?« Mike zog sein Taschentuch hervor und wischte sich über die Stirn.

Anna lachte. »All diese zerbrechlichen Kunstwerke haben unterschiedliche Bedürfnisse. Skulpturen, die jahrhundertelang in der Wüste überlebt haben, mögen es heiß und trocken. Die Sachen in meiner Abteilung – Kunst aus dem Südpazifik und Ozeanien – gedeihen am besten in einer feuchten Umgebung. Das ganze Museum ist klimatisiert – Tausende von Sensoren. Indem man von Ausstellungsraum zu Ausstellungsraum geht, kann man alle Temperaturextreme durchlaufen, heiß oder kalt, feucht oder trocken.«

»Und Sie können mir einen Wetterbericht für jede Sektion geben, der zuverlässiger ist als das, was man uns jeden Abend im Fernsehen auftischt?«

»Natürlich«, sagte Anna. »Weil wir unsere Klimabedingungen selbst herstellen.«

Ich wusste, dass Mike herauszufinden versuchte, wo man Katrina Grootens Leiche am besten hätte aufbewahren können, ohne dass sie verweste. Hatte ihr Mörder gewusst, wie sich diese Temperaturen und Bedingungen auf eine Leiche auswirken? Oder hatte dieser Umstand zufällig gegen ihn gearbeitet und die Überreste so intakt erhalten, dass man sie identifizieren konnte?

»Sie können gerne jederzeit wiederkommen, um sich alle Lagerräume anzusehen, Detective«, sagte Poste und schloss hinter uns ab. »Sie werden wohl eine ganze Armee dazu brauchen.«

»Haben Sie eine Liste von all Ihren Mitarbeitern, Maury?«, fragte Chapman Lissen, während wir wieder auf den Flur hinausgingen. »Namen, Geburtsdaten, Sozialversicherungsnummern?«

»Ja, Eve wollte sie Ihnen ausdrucken. Wir haben für alle Bürgschaften. In meiner Abteilung werden Sie keine Verbrecher finden. Wenn Sie mich fragen, arbeiten die Diebe alle droben in der Archäologie und Anthropologie. Sie rauben die Gräber aus und stehlen anderen Ländern ihre Töpfe und Pfannen.« Lissen war nicht der Erste, der sich über den Ethos von Museumsankäufen beschwerte.

»Was ist mit anderen Arbeitern?«

»Hier unten gibt's ein ganzes Heer davon. Im unteren Kellergeschoss sind Büros für Schlosser, Installateure und Elektriker. Sie streifen hier herum, als ob es eine offene Prärie wäre.«

Wir bogen erneut um eine Ecke und gelangten in einen anderen Abschnitt des Korridors. Die Beleuchtung wurde noch schummriger, und die Decke war nur noch knapp zweieinhalb Meter hoch. Poste und Friedrichs führten uns durch ein niedriges Tonnengewölbe, das tief unter dem Museum in Nordsüdrichtung durch das Gebäude verlief.

Mike war in der Mitte stehen geblieben und rief uns zu: »Was ist hier drinnen?«

»Eines der ursprünglichen Baumerkmale des Museums«, sagte Poste. »Es ist schon lange nicht mehr in Betrieb.«

»Sehen wir's uns an.«

Wir gingen zurück zu Mike.

»Eine riesige Drainage für das Wasserreservoir im Central Park«, sagte Anna. »Sie wurde Mitte des neunzehnten Jahrhunderts gebaut.«

Wir gingen drei, vier Meter hinein, und es wurde merklich kühler. Hier standen gespenstische bacchantische Bronzefiguren und geschnitzte asiatische Drachen, schwere Möbelstücke und kannelierte Säulen. Die meisten dieser verlassenen Kunstwerke waren in Plastikhüllen gewickelt und fungierten jetzt als Wächter dieses nutzlosen Tunnels.

Mike lupfte mit der Spitze seines Kugelschreibers die Hüllen und stocherte auf die Objekte ein.

»Sogar die Kunst hat ihre Moden, Mr. Chapman. Was vor einem Jahrhundert unter Sammlern der große Hit war, wird ausgemustert. Manche der Großen haben Stehvermögen, aber –«

»Ist hier irgendwas Ägyptisches, Mr. Poste?«

»Ich wäre überrascht, wenn dem nicht so wäre. Wenn Sie zurückkommen, können wir für besseres Licht hier drinnen sorgen. Es gibt ein paar Bereiche wie diesen hier, deren Renovierung bei unserem begrenzten Budget nicht gerade Priorität hat.«

Unsere Wanderung ging weiter, bis wir das ganze Untergeschoss des Museums umrundet hatten. Erik Poste hatte Recht: Es würde sich lohnen, mit massiver Verstärkung wiederzukommen. Vielleicht könnten wir den Chief of Detectives überzeugen, uns ein paar Kadetten der Akademie zur Verfügung zu stellen, die sich hier umsehen konnten.

Wir verabschiedeten uns von unseren drei Führern am Haupteingang, wo ein uniformierter Wächter darauf wartete, uns hinauszulassen. Das Museum schloss um fünf Uhr fünfzehn, und es war jetzt kurz nach sieben Uhr abends.

Auch in der Dämmerung waren die Stufen zur Fifth Avenue Treff- und Sammelpunkt für alle möglichen Leute. Drei Rapper tanzten am Fuß der Treppe Moonwalks, ein Jongleur versuchte, sechs Bälle in der Luft zu halten und gleichzeitig Mundharmonika zu spielen, und ein Mädchen mit Brille rezitierte zur Gitarrenbegleitung ihres Freundes aus *Ulysses*.

Wir gingen am südlichen Ende die drei Treppenabsätze hinab. »Denkst du, dass man im Museum tatsächlich jemanden umbringen könnte?«, fragte ich.

»Ich überlass es Dr. K., das herauszufinden. Man könnte mit Sicherheit einige Monate lang eine Leiche verstecken, ohne dass sie gefunden werden würde, es sei denn zufällig. Wahrscheinlich kann man auch einen Sarg rein- und rausschaffen, ohne dass es jemandem spanisch vorkommt. Ich habe nie darüber nachgedacht, wie riesig das Museum ist. Wie eine Art Eisberg unterhalb der Ausstellungsstockwerke.«

»Millionen Objekte, die nie das Tageslicht sehen.« Ich nahm mein Handy aus der Handtasche, wählte Ninas Nummer im Hotel und hinterließ ihr eine Nachricht, wo sie uns zum Essen treffen sollte.

Mike und ich trafen als Erste in dem Restaurant an der Ecke Second Avenue, Sixty-fourth Street ein.

»*Buona sera*, Signorina Cooper. Sie werden heute Abend zu viert sein?«

»Ja, Giuliano. Würde es Ihnen etwas ausmachen, wenn wir uns kurz Ihr Büro ausleihen?«

Er lachte und bat Adolfo, die Tür am Fuß der Treppe aufzuschließen. Mike und ich gingen nach unten und schalteten den kleinen Fernseher ein. Eine der Sachen, die uns verbanden, war unsere Vorliebe für die allabendliche Final-Jeopardy!-Frage am Ende jeder *Jeopardy!*-Sendung. In den zehn Jahren unserer Zusammenarbeit hatte Mike fast überall, ob an einem Tatort oder in einer Polizeiwache, einen Weg gefunden, pünktlich an einen Fernseher ranzukommen, um gegen mich und Mercer zu wetten.

»Meine Damen und Herren, die Kategorie des heutigen Abends lautet ›Film‹«, sagte Trebek und trat beiseite, woraufhin ein riesiger Monitor mit diesem Wort sichtbar wurde.

Es gab ein paar Themen, bei denen ich es nicht mit Mike aufnahm, wohingegen andere ganz und gar mein Gebiet waren. Das hier kannten und liebten wir beide.

»Zwanzig Dollar.«

»Abendessen, Coop. Für uns vier.«

»Abgemacht.«

»Die Antwort des heutigen Abends lautet: William Shatner spielte die Hauptrolle in diesem Film, der komplett auf Esperanto gedreht wurde.«

Im Hintergrund dudelte die übertrieben fröhliche Musik, während zwei der drei Kandidaten ratlos auf die Tafel starrten. Der Einzige, der eine Vermutung wagte, irrte sich, und ich sagte Chapman, dass ich nicht den blassesten Schimmer hätte. Bevor Trebek dem Studiopublikum die Frage vorlas, kniff mich Chapman in den Nacken. »Und eine gute Flasche Wein dazu. Abgemacht, Blondie?«

Ich lachte und schlug seine Hand weg. »Alles, was du willst. Aber nimm deine Pfoten da weg.«

»Was ist *Incubus*? 1965. Ein Mann, der von Dämonen besessen ist. Der einzige Shatner-Film, der noch schlechter ist, ist *Big Bad Mama*.« Mike schaltete den Fernseher aus und ging aus dem Büro. »Da sieht man in einer Szene tatsächlich seine Schamhaare. Los, komm, Zeit für Happihappi.«

»Und du machst einem so richtig Appetit.«

Mercer und Nina warteten bereits an der Bar, wo Fenton schon unsere Drinks bereitgestellt hatte.

»Bring uns bitte frittierte Zucchini, da wir gerade dabei sind«, sagte Chapman zu Adolfo. Nina umarmte Mike, den sie das letzte Mal vor einigen Monaten gesehen hatte, während Mercer ihr zu Ende erzählte, dass Vickee in knapp zwei Wochen entbinden würde. Mike nannte das Kind schon »unser Baby«. Mercer war der Erste aus unserem Bunde, der eine Familie gründete, und die Bedeutung dessen entging weder Mike noch mir.

»Prost!« Wir stießen an und plauderten eine Weile, bevor Mike Mercer fragte, was er über Katrina Grooten in Erfahrung gebracht hatte.

»Ich konnte den Ordner nicht rausschmuggeln, also hab ich mir nur einige Notizen gemacht. Der Sergeant saß direkt neben dem Kopierer.«

»Wessen Fall?«

»Cathy Daughtreys.«

»Kein Wunder, dass ich nichts darüber wusste.« Ich hatte schon einige Male versucht, ihre Versetzung zu erwirken. Sie war irgendwann ausgebrannt und wollte nie das Quäntchen Zusatzarbeit leisten, das nötig war, um die schwierigen Fälle zu lösen. Sie tat alles Mögliche, um weder von mir noch von Sarah Brenner Anweisungen entgegenzunehmen, weil es immer mehr Arbeit bedeutete, als sie zu tun bereit war.

»Es geschah vor fast einem Jahr, um ungefähr diese Uhrzeit. Montag, elfter Juni. Katrina Grooten, neunundzwanzig Jahre alt, arbeitete in den Cloisters. Auf dem Formular steht, dass sie das Museum kurz vor acht Uhr verließ, um sich mit dem Fahrrad auf den Heimweg zu machen. Sie wohnte in einem kleinen Apartment in der Nähe der Dyckman Street. Sie sagte aus, dass sie ein bewaffneter Mann hinter einem Felsen ins Gebüsch zerrte, sie zwang, sich auszuziehen und sie mit vorgehaltener Pistole vergewaltigte.«

»Hat sie ihn beschrieben?«

»Groß, schlank, schwarz.«

»Das ist alles?«

»Er trug eine Skimaske. Sie konnte nur seine Hände und seinen Nacken sehen. Deshalb hat sie sich geweigert, die Sache weiterzuverfolgen. Sie ließ sich im Krankenhaus untersuchen. Cathy hat sie dort interviewt. Aber Grooten selbst sah keinen Sinn darin, ins Revier zu kommen, um sich die Fotos anzusehen, weil sie ihn nicht –«

»Aber was ist mit DNA? Vergiss die Identifizierung anhand von Fotos.« Ich war ungeduldig und wollte wissen, warum ich keine Gelegenheit bekommen hatte, mit Katrina Grooten zu reden, um sie zu überzeugen, uns in dem Fall ermitteln zu lassen.

»Er hat nicht ejakuliert. Keine Samenflüssigkeit. Keine DNA.«

»Gab es andere Fälle im Park? Andere Verbrechen, die einem ähnlichen Muster folgten?«

»Ein paar Überfälle durch einen Kerl mit einer Skimaske. Keine Verhaftungen, keine Verdächtigen.«

»Zeugen? Ist denn niemand auf dem Weg ins Museum gewesen oder von dort gekommen?«

»Die Cloisters haben montags geschlossen. Es waren nur ein paar Angestellte dort. Sie glaubte, dass sie an dem Abend eine der Letzten war, die gegangen ist.«

»Irgendwelche Hinweise in der Akte, dass Cathy mich angerufen hat, bevor sie den Fall geschlossen hat?« Es lag mir viel daran, dass jedes Opfer in unser Büro kam, um mit einem Anwalt unserer Einheit zu sprechen, egal, wie aussichtslos die Sache schien. Wir wollten sehen, ob sich aus den Fakten ein überzeugender Fall aufbauen ließ und ob wir bestimmen konnten, ob das Verbrechen auf das Konto eines Serientäters oder eines entlassenen Strafgefangenen ging.

»Nein. Sie hat einen ›Verfahren eingestellt‹-Stempel darunter gesetzt, und der Boss hat's abgesegnet.«

»›Verfahren eingestellt‹? Und sie hat es nicht für nötig gehalten, meine Zustimmung einzuholen?«

»Deine beste Freundin denkt, dass sie nicht nur mein Leben, sondern die ganze New Yorker Polizei kontrollieren kann«, sagte Chapman zu Nina. »Falls du es noch nicht weißt, Coop, ein Lieutenant kann tatsächlich ohne deine Erlaubnis die Ermittlungen in einem Fall einstellen.«

»In der Akte ist lang und breit davon die Rede, dass Ms. Grooten aus Südafrika war. Sie dachte, dass in ihrem Land schon zu viele Schwarze in Gefängnissen gelitten hatten für Verbrechen, die sie nicht begangen hatten, also wollte sie keine Verbrecherjagd anleiern, wenn sie den Vergewaltiger nicht einmal identifizieren konnte.«

»Großartig! Eine mitfühlende Seele! Sie hat einen holländischen Namen – sie stammt von Buren ab, die mehr Afrikaner getötet haben, als du und ich zählen können«, sagte Chapman, während er Fenton mit seinem leeren Glas signalisierte, uns noch eine Runde Drinks zu bringen. »In der Zwischenzeit hat ein Bruder in meinen Breiten seinen Spaß, und sie beschließt, ihn laufen zu lassen. Amerika, du hast es besser! Und keiner bemerkt einen Kerl, der mitten im Juni mit einer Skimaske in einem Park herumrennt und dem der Schwanz aus der Hose hängt.«

»Wer war ihr Erstkontakt?« Die erste Person, die Katrina vom Krankenhaus aus angerufen hatte, war womöglich eine Freundin oder Verwandte, der sie am nächsten stand und der sie vertraute.

»Sie hat niemanden angerufen. Sie sagte Cathy, dass sie hier keine Familie hätte. Und sie wollte nicht, dass jemand im Museum erfuhr, was passiert war. Katrina sagte, dass sie noch vor Ende des Jahres nach Kapstadt zurückgehen wolle.«

»Was hat sie im Museum getan?«, fragte Chapman.

»Sie beschäftigte sich mit mittelalterlicher Kunst. Aber hört euch das an! Ist das nicht unheimlich angesichts ihrer letzten Ruhestätte? Ihr Spezialgebiet waren Grabmalskulpturen.«

11

»Bisher hat noch niemand die Story angerührt. Sie sind ein Glückspilz, Alex.«

Auf Battaglias Schreibtisch stapelten sich die Morgenzeitungen, die jemand aus der Presseabteilung nach Verbrechensmeldungen durchforstet hatte, noch ehe ich am Donnerstagmorgen kurz nach acht Uhr in seiner Tür stand.

Ich hatte sie selbst überflogen, bevor ich ins Büro gefahren war. Auf der unteren Hälfte der Titelseite der *New York Times* war ein Artikel über Pierre Thibodaux' plötzlichen Rücktritt. Kuratoriumsmitglieder gaben Stellungnahmen ab, ohne genannt werden zu wollen, und Kunstkritiker tadelten einige fragwürdige Ankäufe, die während seiner Amtszeit getätigt wurden. Jeder war über das Timing der Ankündigung überrascht, und einige vermuteten sogar einen Skandal hinter den Kulissen, der finanzielle Unregelmäßigkeiten oder ein Meisterwerk mit zweifelhafter Provenienz involvierte.

Niemand erwähnte, dass man eine Leiche in einem antiken Sarkophag gefunden hatte. Thibodaux selbst hatte nur eine vage Andeutung gemacht, dass sein Rücktritt bedauerlicherweise mit einer laufenden Polizeiermittlung zusammenfiel. Seine Assistentin erklärte, dass er in einer Woche eine Pressekonferenz abhalten werde, nachdem er zuerst die Mitglieder des Kuratoriums über seine Entscheidung informieren wolle.

»Mickey Diamond hat mich gestern spätnachts zu Hause angerufen«, sagte ich. »Er sagte, er würde die Story nicht bringen, da im Museum niemand die Identität des Mädchens bestätigen wolle und die Zeitung sich über die Sache mit den nächsten Angehörigen Sorgen machte. Sie haben Angst, etwas zu drucken und dann herauszufinden, dass ihre Familie erst auf dem Weg von ihrem Tod erfahren hat.«

»Seit wann sind sie denn so rücksichtsvoll? Die Wahrheit ist, wie es ein anderer Reporter mir gegenüber formulierte, dass Katrina Grooten ein ›Niemand‹ war. Das sagt nicht gerade viel über ihre Wertvorstellungen aus.«

»Paul, ich habe mit Jake gesprochen.« Er hatte gestern zurückgerufen, nachdem ich bereits das Büro verlassen hatte. Dann hatte er versucht, mich auf meinem Handy zu erreichen, aber wir hatten uns zu der Zeit gerade im Untergeschoss des Museums befunden. Also war Jake nach der Arbeit zu mir gekommen. »Er hat nichts gesagt. Er würde mich nicht anlügen.«

»Es hat sich erledigt. Ich verlasse mich darauf, dass so etwas nicht wieder vorkommt.«

»Haben Sie irgendetwas vom Bezirksstaatsanwalt in New Jersey gehört?«

»Nur eine beiläufige Nachfrage. Ich hatte nicht den Eindruck, dass er sich über die Zuständigkeit streiten wollte, außer der Fall ließe sich mit sehr geringem Aufwand lösen. Oder falls Sie ihn für ihn lösen.«

»Das heißt also, ich kann weiter daran arbeiten, weil sich die Presse nicht dafür interessiert?«

»Sie können weiter daran arbeiten, weil Katrina Grooten Opfer einer Vergewaltigung war.« Das würde seine Antwort Pat McKinney gegenüber sein. »Wäre es möglich, dass die Vergewaltigung im letzten Juni etwas mit ihrem Tod zu tun hat?«

»Äußerst unwahrscheinlich, aber wir werden es herausfinden. Sie wurde im Presbyterian Hospital behandelt. Man hat alle notwendigen Untersuchungen vorgenommen, aber sie wurden nie ins Labor geschickt, weil sie sich weigerte, bei den Ermittlungen zu kooperieren.«

»Wollte der Gerichtsmediziner nicht das genetische DNA-Profil haben, um es in die Datenbank einzuspeisen?«

Angesichts der verblüffenden Fortschritte auf dem Gebiet der DNA-Wissenschaft war es übliche Praxis des serologischen Labors, einen »Fingerabdruck« von allen Beweisspuren am Tatort – Blut, Sperma, Speichel – zu entwickeln und in die lokale Datenbank einzugeben. Ungelöste Fälle, die zuvor nie als Teil eines Musters erkannt worden waren, konnten nun durch »Treffer«, das heißt Abgleichungen, die der Computer zwischen verschiedenen Gewalttaten in der ganzen Stadt anstellte, miteinander in Verbindung gebracht werden. Manche verwiesen auf ehemalige Strafgefangene, denen man vor ihrer Entlassung aus dem Staatsgefängnis Blutproben abgenommen hatte, und führten zu Verhaftungen in Fällen, in denen die Ermittlungen nicht weitergekommen waren.

»Falls es Beweise gegeben hätte, wären sie natürlich analysiert und in die Datenbank eingespeist worden. Mercer Wallace wird sehen, ob er das Untersuchungsköfferchen noch irgendwo finden kann. Die meisten Krankenhäuser vernichten es nach neunzig Tagen, falls das Opfer die Anklage nicht weiterverfolgen will.«

»Aber Sie zweifeln nicht an der Richtigkeit der Vergewaltigungsbeschuldigung?«

»Warum sollten wir? Sie schien den Täter nicht zu kennen. Es gibt keinen Grund, warum sie es sich ausgedacht haben sollte. Und sie sagte von Anfang an, dass sie ihn nicht identifizieren könne.«

»Nehmen wir mal an, sie hatte ein Problem mit jemandem am Museum, Alex. Ein Liebhaber, ein Arbeitskollege, ein Vorgesetzter. Jemand, der ihr das Leben schwer machte, sie mobbte, ihr Angst machte.« Battaglia zündete sich eine Zigarre an. Ich hatte meinen Kaffee noch nicht ausgetrunken, und er rauchte wahrscheinlich schon seine dritte Monte Cristo heute Morgen.

»Sie machen mir Angst. Sie fangen schon an, wie Mike Chapman zu denken.«

»Vielleicht meldet sie eine Vergewaltigung – es existieren keine physischen Beweise, und sie will keinen Verdächtigen nennen –, vielleicht ruft sie die Cops nur, um ihm einen Schuss vor den Bug zu geben: ›Ich mein's ernst, Mr. Wer-auch-immer-Sie-sind. Lassen Sie mich in Ruhe. Ich habe keine Angst, die Polizei einzuschalten.‹«

»Zum jetzigen Zeitpunkt ist nichts ausgeschlossen, Paul. Aber für die meisten Opfer, die von Unbekannten vergewaltigt werden, gibt es keinen Grund, sich die Geschichte auszudenken.«

»Die meisten von ihnen werden nicht innerhalb eines Jahres tot aufgefunden.«

»Katrina Grooten hat vielleicht einen Grund gehabt, dass sie sich so verhalten hat. Sie war Ausländerin, sie hatte keine Familie hier und offensichtlich nur wenige Freunde. Sie befürchtete, dass die Sache im Fall einer Verhaftung rassistische Untertöne haben würde. Die Wahrscheinlichkeit, den Täter zu finden, war gering. Und in den meisten anderen Kulturen haftet Opfern eines Sexualverbrechens noch immer ein Stigma an. Irgendjemand in ihrem beruflichen oder privaten Umfeld würde ihr die Schuld dafür geben, allein im Park unterwegs gewesen zu sein.«

»Hat man ihr Fahrrad nach Fingerabdrücken untersucht?«

Das fehlte mir gerade noch, dass der Bezirksstaatsanwalt anfing, meine Fälle bis ins kleinste Detail zu überwachen. Ich hatte siebenunddreißig noch ungelöste Fälle in verschiedenen Ermittlungsstadien, und die vierzig anderen Anwälte, die Sarahs und meiner Leitung unterstanden, hatten Dutzende mehr. Vielleicht könnte ich ein paar davon bei Rose abliefern, damit Battaglia sich mit ihnen beschäftigte, während ich dabei half, Grootens Mörder zu finden.

»Mercer geht gerade noch einmal den ganzen Papierkram durch, um zu sehen, was man bereits getan hat und ob zum jetzigen Zeitpunkt irgendetwas noch einmal überprüft werden kann.«

Als Battaglia den Kopf senkte, um den wöchentlichen Bericht des Office of Court Administration zu studieren, wusste ich, dass er mit mir fertig war. Ich war schon fast aus der Tür, als er sagte: »Diese Masche mit der großen Spritze, die fiktive Lügendetektorgeschichte – wie oft zieht die?«

Ich biss mir auf die Lippen und blieb in der Tür stehen. McKinney hatte mich wieder einmal verpfiffen. »Ungefähr in achtundneunzig Prozent der Fälle.«

»Gefällt mir. Vielleicht borge ich sie mir mal eines Tages aus. Versprechen Sie mir nur, sie nie in einem Wahljahr anzuwenden, in Ordnung?«

»Alles klar, Boss.«

Der Flur war menschenleer. Das Display auf meinem Telefon signalisierte, dass ich meine VoiceMail abhören sollte. Ich tippte mein Passwort ein und wurde informiert, dass ich zwei Nachrichten hatte.

»*Nachricht eins. Ein Uhr vierunddreißig.*« Dann sagte

eine menschliche Stimme: »Guten Morgen, Alex Cooper. Oder sollte ich sagen, dass ich hoffe, dass Sie keinen guten Morgen haben.«

Meine Verfolgerin. Shirley Denzigs beißender Ton war unverwechselbar. Die junge Frau mit der komplizierten psychiatrischen Vorgeschichte war im Winter nach einer Konfrontation in meinem Büro, bei der ich ihr ein gefälschtes Dokument abgenommen hatte, einige Wochen hinter mir her gewesen. Sie hatte meine Privatadresse herausgefunden und versucht, an den Portiers vorbei ins Haus zu kommen. Die Detectives bei der Bezirksstaatsanwaltschaft wussten, dass sie ihrem Vater in Baltimore eine Pistole aus der Garage gestohlen hatte, hatten sie aber bisher nicht fassen können.

»Ich habe nicht vergessen, was Sie mir weggenommen haben, Alexandra. Und ich habe nicht vergessen, dass Sie überall herumerzählen, dass ich verrückt sei.« Denzig plapperte drei Minuten lang auf den Anrufbeantworter. Ihr Ton war aggressiv und beißend; es fehlte nicht viel, und sie würde mir drohen.

Die zweite Nachricht war nur Sekunden später eingegangen. »Ich bin näher, als Sie denken, Alexandra. Gehen Sie mir lieber aus dem Weg.«

Sie war schlau genug, um zu wissen, was sie tat. Zu keinem Zeitpunkt drückte sie eine Absicht aus, mir wehtun zu wollen. Aber ihr Tonfall und die Tatsache, dass sie noch immer wütend war, reichten aus, mich zu beunruhigen. Ich rief das Dezernat im Stockwerk über mir an und erreichte den Dienst habenden Sergeant, der seit acht Uhr an seinem Schreibtisch war.

»Steve Maron wird wissen, was zu tun ist, wenn er kommt. Er und Roman haben sich im Winter um den Fall gekümmert. Ich hätte gern, dass jemand von der technischen Abteilung herunterkommt und die Nachrichten auf Band aufzeichnet, damit ich etwas in der Hand habe. Und Sarah soll einen Beweisaufnahmeantrag unterzeichnen, damit wir einen Speicherausdruck meines Telefons machen können.«

Heutzutage waren die computerisierten Telekommunikationssysteme so hoch entwickelt, dass sogar der kürzeste Anruf oder die kürzeste Nachricht zurückverfolgt werden konnte. Wir würden einen »Speicherausdruck« für mein Telefon beantragen, das heißt, wir würden das Datum und die Uhrzeit angeben, die für uns von Interesse waren, und innerhalb von vierundzwanzig Stunden würden wir wissen, von welcher Nummer aus Shirley Denzig angerufen hatte. Es war ein teurer Prozess – fünfhundert Dollar pro Vierundzwanzigstundenzeitraum – aber er war idiotensicher.

Ryan Blackmer war hereingekommen und hatte mir gegenüber Platz genommen. »Hast du eine Minute Zeit?«

Ryan war einer der Anwälte, die mir immer ein Lächeln entlockten: intelligent, fleißig und mit einem Hang zum Ausgefallenen und Ungewöhnlichen. Ryan liebte es, den Detectives Ergebnisse zu liefern, und sie liebten es, mit ihm zusammenzuarbeiten.

»Erinnerst du dich an den Kerl, der im April mit Brittany im Chatroom war?«

»Vage.« Brittany war der Tarnname, den ein männlicher Detective der Jugendschutzabteilung, Harry Hinton, verwendete, wenn er im Internet nach Kinderschändern suchte.

»Ich werde deinem Gedächtnis auf die Sprünge helfen. Er will sich morgen Nachmittag treffen.«

»Am Freitag? Direkt vor dem Feiertag?« Es war der Anfang des Memorial-Day-Wochenendes, und viele New Yorker fuhren für drei oder vier Tage aufs Land oder an den Strand.

»Das ist der Trick. Brittany sagte, dass ihre Eltern verreisen würden und sie bei einer Freundin übernachten würde.«

»Hast du dir die Abschriften angesehen?«

Blackmer war wie immer gut vorbereitet. »Ordentlich und genau, so wie du es gern hast.« Er reichte mir die Akte.

Im WorldWideWeb war Brittany eine zierliche, dreizehnjährige Cheerleaderin mit Pferdeschwanz, die eine Klosterschule auf der Upper West Side besuchte. In Wirklichkeit war sie ein muskulöser sechsunddreißigjähriger Cop mit starker Gesichtsbehaarung und fünfzehnjähriger Diensterfahrung.

Wenn er online ging, um nach Perversen zu surfen, fing Brittany-Harry nie die Unterhaltung an. Er stellte niemandem eine Falle. Er ging einfach in die Cyberhöhlen, wo sich diese Kreaturen herumtrieben, genauso wie Felix in seinem Taxi durch die Straßen der Stadt fuhr, um nach minderjährigen Mädchen Ausschau zu halten.

»Welcher Chatroom?«

»Er heißt ›Ich mag *viel* ältere Männer‹. Das übliche Profil. Sprich die Zauberworte: *Cheerleading, Musikvideos, Klosterschuluniformen.*«

Man konnte Harrys Nummer regelrecht in Echtzeit mitverfolgen. Innerhalb von Minuten, nachdem er sich mit seinem Teenager-Profil in den Chatroom eingeloggt hatte, kamen die Haie aus dem Wasser:

»Wie groß bist du?«, fragten sie.

»Klein. Nur ein Meter sechzig«, antwortete Brittany.

»Nein, ich meine nicht deine Körpergröße. Was ist deine BH-Größe?« Und dann: »Beschreib deine Uniform!« Und dann: »Bist du noch Jungfrau?« Worauf normalerweise folgte: »Schick mir ein Bild von dir!« Harry drückte die Eingabetaste und schickte ein digitales Foto von Joni Braioso, der Undercoverpolizistin, die sich tatsächlich mit den Leuten traf, falls es so weit kam. Obwohl sie vierundzwanzig war, sah Joni keinen Tag älter aus als sechzehn. Mit ihrem karierten Rock, den marineblauen Kniestrümpfen, einer falschen Zahnspange, Pferdeschwanz und bei einem Gewicht von weniger als hundert Pfund ging sie locker als Zwölf- oder Dreizehnjährige durch.

Harry hatte die Antwort auf das Foto, das er geschickt hatte, heruntergeladen: »Das bin ich an meinem Computer.« An die Mail angehängt war ein Foto von einem Mann mittleren Alters in einem Polohemd, das wie eine Werbung aus einem Sportbekleidungskatalog aussah.

»Und das ist mein *Monster*.« Auf der nächsten Seite war eine Nahaufnahme von einem Penis zu sehen.

Ich sah zwei Mal hin.

»Riesig, hm?«, sagte Ryan. »Harry und ich wetten, dass er ihn sich von einer Pornoseite runtergeladen hat. Diese Kerle haben nie die Dinger, die sie vorgeben zu haben. Ich mag es besonders, wenn sie ihren Genitalien Namen geben. So was würde mir nie einfallen.«

»Soll ich weiterlesen?«

»Das übliche Muster. Er will ihr zeigen, wie's geht. ›Lern das Monster kennen, und ich zeig dir, was man damit machen kann.‹«

»Ist er explizit?« Ich wollte keinen Polizeieinsatz vergeuden, wenn der Kerl nur gern obszön daherredete.

»Er beschreibt genau, was er tun will und wie er es tun will. Wenn ich es dir sage, er ist ein perfektes Ziel für uns. Er will, dass sie einen Treffpunkt vorschlägt, wo Hotels in der Nähe sind. Er bringt die Kondome, Marihuana und etwas Alkohol mit, um sie zu entspannen.«

»Und hast du herausgefunden, wer er ist?«

»Ich habe eine richterliche Anordnung an den ISP gefaxt.« Der Internet Service Provider hatte mit Informationen über den Mann, dessen E-Mail-Name MonsterMan war, geantwortet. »Die Antwort war heute früh in meinem Faxgerät. Ich habe ihn gerade in Faces of the Nation, der Personendatenbank, überprüft.«

Ryan las mir aus den Angaben vor, die er aus dem Internet geholt hatte. »Frederick Welch III. Er ist Direktor einer Highschool in Litchfield, Connecticut.«

»Das Treffen ist gebongt. Lasst uns einen Ort ausmachen, an dem sich Joni wohl fühlt, und ein paar Pensionen, mit denen das Dezernat zu tun hat.« Die Pensionen waren oft Stundenhotels, in denen auch Prostituierte und Junkies verkehrten. Oft baten die Pensionen die New Yorker Polizei um Hilfe, wenn die Stelldicheins und Drogendeals aus dem Ruder liefen. Harry würde einen Pensionsmanager fragen, der ihm einen Gefallen schuldete.

»Du willst so weit gehen?«

»Ich will, dass er sich anmeldet und einen Zimmerschlüssel verlangt. Wir haben letzten Monat einen Fall vermurkst, als wir den Kerl verhafteten, als er sich blicken ließ und Joni ein Küsschen auf die Wange gab. Der Richter sagte, wir hätten keine Beweise, dass der Täter mit seinem Online-Geplänkel Ernst machen wollte.«

Der Cyberspace war eine neue Spielwiese für Pädophile geworden. Es gab nicht nur Tausende von Seiten, auf denen man Kinderpornografie kaufen, verkaufen und tauschen konnte. Er war auch ein einfacher und billiger Weg, um mit Kindern und Jugendlichen auf der ganzen Welt zu kommunizieren. Dieselben Eltern, die den Umgang und die Ausgehzeiten ihrer Kinder streng kontrollierten, schickten sie stundenlang auf ihre Zimmer, ohne sie davor zu warnen, dass es genauso riskant war, sich online mit einem Fremden zu unterhalten wie auf der Straße.

Sarah Brenner kam mit zwei Kaffeetassen in mein Büro. »Ich habe deine Nachricht erhalten und bin sofort nach oben gekommen. Hallo, Ryan. Zweifelsohne etwas Gutes.«

»Vielleicht spar ich mir den Kaffee und klemm mir lieber Zahnstocher zwischen die Augenlider, damit sie mir nicht zufallen. Guten Morgen.« Ich nahm eine Tasse.

»Beschwer dich nicht über Schlafmangel, wenn du nicht Mutter dreier Kinder bist. Du magst es doch nicht anders. Lässt dir Battaglia den Fall?«

»Falls du mir hier Rückendeckung geben kannst, könnte Ryans Internet-Operation morgen in die heiße Phase gehen. Wir haben drei Leute im Gerichtssaal und ein Feiertagswochenende vor uns. Da werden bei den jungen Wilden wieder die Gäule durchgehen.« Bei warmem Wetter stiegen unsere Zahlen immer an.

»Kann ich wichtige Entscheidungen treffen?«, fragte sie lächelnd.

»Du kannst sogar McKinney in den Hintern kriechen, falls dir danach ist.«

Das Telefon klingelte, und ich wollte rangehen, aber Laura kam herein und war schneller. Sie begrüßte uns und sagte, dass Chapman am Apparat war.

»Ich übergebe gerade an Sarah. Dann mach ich mich gleich auf den Weg.«

»Deshalb rufe ich nicht an. Dr. K. ist noch in Chelsea an einem Tatort. Was brauche ich, um einen Pass zu beschlagnahmen?«

»Was du in dem Fall noch nicht hast: einen hinreichenden Verdacht. Warum? Hat Pierre Thibodaux schon seine Koffer gepackt?« Ich hatte befürchtet, dass der zukünftige Exdirektor keinen Grund haben würde, in der Stadt zu bleiben, hätte aber gedacht, dass es eine Übergangszeit geben würde, bis man einen Nachfolger gefunden hatte.

»Ich habe gerade Ms. Drexler angerufen, um herauszufinden, wann ich die Angestelltenliste abholen und mir die restlichen ägyptischen Särge von Timothy Gaylord zeigen lassen kann, da er uns gestern Nachmittag so abrupt verlassen hat. Leider verlässt er heute Abend das Land.«

»Dienstlich oder privat?«

»Eine eher ungewöhnliche Dienstreise nach Chile. Er fliegt zum Mumienkongress.«

12

Mike Chapman hielt an der Laderampe auf der East Thirtieth Street einem Leichenschauhausbediensteten, der eine leere Bahre schob, die Tür auf. Ich kletterte aus dem Taxi und blinzelte in der grellen Sonne. Es war ungewöhnlich, am Eingang zu diesem grauen Tunnel, an dem die Toten der Nacht angeliefert wurden, Gesang zu hören.

»See the pyramids along the Nile …«, schnulzte Mike leise, eine etwas rhythmischere Version als Jo Staffords Aufnahme von 1956. Mike stützte sich mit einer Hand am Türrahmen ab, sodass ich unter seinem Arm hindurchgehen musste, und signalisierte dem wartenden Krankenwagenfahrer, als er zu der Koda des Songs kam: »She belongs to *me*.«

»Ich beiße gleich. Was ist der Mumienkongress?«

»Der vierte Weltkongress über Mumienforschung. Muss ein richtig unterhaltsamer Haufen sein, meinst du nicht auch? Dort findest du vielleicht einige Gastredner für McKinneys Killercamp.«

Die Bezirksstaatsanwaltschaft veranstaltete jedes Jahr ein Fortbildungswochenende für die leitenden Mitglieder

der Prozessabteilung, die mit Mordermittlungen zu tun hatten. Es war Pat McKinneys Lieblingsprojekt, und er verbrachte den größten Teil des Jahres damit, die schrulligsten Experten und die schlimmsten Unterkünfte zu organisieren, die eine Konferenz bieten konnte.

»Das gibt's wirklich?«

»Wenn es nach Ms. Drexler geht, ist nur ein päpstliches Konsistorium wichtiger. Alle drei Jahre trifft sich eine lebhafte Gruppe von Paläopathologen und Ägyptologen, um über alte und neue Mumien zu diskutieren. Sie halten Referate, studieren Techniken, vergleichen Hieroglyphen, wandeln wie die alten Ägypter. Dinge in der Art.«

»Ernsthafte Themen?«

»DNA bei Mumien, Menschenopfer im Hochgebirge der Anden, Parasiten, die mumifizierte Leichen befallen.«

»Kann Gaylord nicht eine Sitzung auslassen? Oder sie über Satellit verfolgen? Wenn Alan Dershowitz schon CNN Interviews vom Nacktbadestrand auf Martha's Vineyard gibt, bin ich mir sicher, dass auch Gaylord geholfen werden kann.«

»Er hält dieses Wochenende den Hauptvortrag zum Thema ›Ethische Überlegungen beim Studium antiker Leichen‹. Anscheinend hat er die besten Referenzen in diesem Bereich. Drexler sagt, dass das in der Museumsarbeit ein wichtiges Thema sei. Dinge, die man vor fünfzig oder hundert Jahren toleriert hat, wie zum Beispiel das Öffnen geheiligter Gräber, sind jetzt tabu.«

»Warum Chile?«

»Eine Region namens Atacama, so ziemlich die verlassenste Wüstengegend der Welt.«

»Du kennst sie?« Dort musste einmal eine Schlacht stattgefunden haben.

»Nie davon gehört. Ms. Effizienz ist meine Verbindung

zum Mumienmann. Ich weiß, dass es in Nordchile eine kleine Stadt namens Arica gibt, nahe der Wüste. Peru hat sie nach dem Salpeterkrieg an Chile abgetreten. Friedensvertrag von Ancón, 1883.«

»Du weißt über Kriege Bescheid, von denen ich nicht einmal weiß, dass es sie gegeben hat.«

»Was ich nicht gewusst habe, ist, dass es in der Atacama-Region so trocken ist, dass eine Langzeitkonservierung des menschlichen Körpers praktisch garantiert ist. Ein wahres Mumienparadies. Wahrscheinlich gibt es dort mehr Mumien als im gesamten Niltal.«

»Fliegt Gaylord dorthin, weil er etwas weiß oder weil er etwas lernen will?«

»Mir erscheint es offensichtlich, dass er diesen Termin nicht einhalten müsste, wenn er unser Mörder wäre. Wer auch immer Ms. Grooten eingewickelt hat, muss den Kurs bereits absolviert haben. Können wir ihn aufhalten, nur um sicherzugehen?«, fragte Mike.

»Auf welcher Grundlage? Wir haben nichts in der Hand. Deutet irgendetwas darauf hin, dass er nicht zurückkommen wird?«

»Eve Drexler sagt, dass er ab Dienstag wieder im Büro sein wird.«

»Ich mache mir mehr Gedanken über Pierre Thibodaux.«

»Sie packt gerade seine Sachen. Willst du *ihre* DNA? Ich wette mit dir, dass überall Tränenspuren sind. Eve würde Pierre sicher gerne nach Paris folgen.«

Als wir in Dr. Kestenbaums Büro eintrafen, war auch er vom Tatort der Messerstecherei in Chelsea zurückgekehrt und zog sich gerade den Kittel an, den er den Rest des Tages im Obduktionssaal tragen würde.

»Also, was wissen Sie beide über Gift?«

»Fangen Sie ganz von vorne an, Doc. Wir sind Anfänger.«

»Katrina Grooten starb an einer Arsenvergiftung. Ich habe alle Gewebe- und Haarproben für eine toxikologische und mitochondriale DNA-Analyse eingereicht, aber wie Sie wissen, wird es ein Weilchen dauern, bis wir die Resultate haben.«

»Gestern haben Sie nur geraten. Aber heute sind Sie sich sicher?«

»Einige klare Anzeichen, Alex. Die Mees-Streifen auf ihren Fingernägeln waren sehr verräterisch.«

»Die was?«

»Weiße Linien, die quer über die Nägel verlaufen und auf einen toxischen Arsengehalt im Körper hindeuten. Dann dieser kräftige Geruch, den Sie beim Anheben des Sargdeckels gerochen haben. Erinnern Sie sich, dass ich Sie fragte, ob es Sie an etwas erinnerte, und Sie sagten, dass es ein beißender Geruch sei? Ich dachte sofort an Knoblauch. Die Alopezie, das heißt, der Haarausfall am Kopf und an den Augenlidern – all diese Spuren decken sich mit einer erhöhten Arsenaufnahme. Ich werde Ihnen bis Anfang nächster Woche den kompletten Bericht tippen, aber das waren meine Beobachtungen, noch ehe wir überhaupt zu schneiden angefangen hatten.«

»Haben Sie schon jemals einen so gut erhaltenen Leichnam gesehen, Doc?«

»Nein. Nicht auf natürliche Weise. Ich habe mich vergewissert, dass keinerlei chirurgische Eingriffe stattgefunden haben.«

»Also müssen wir herausfinden, ob der Mörder wusste, was er tat, als er die Leiche versteckte, oder ob es ein Zufall war auf Grund der klimatischen Bedingungen in ihrem Versteck, richtig?«

»Ich möchte nur so viel sagen, Mike: Wenn ich die toxikologischen Ergebnisse bekomme, werden wir vermutlich sehen, dass Ms. Grootens Mörder nichts getan hat, um die Tatsache zu verschleiern, dass sie zu viel Arsen intus hatte.«

»Was meinen Sie damit?«

»Dass er nicht erwartet hat, dass man sie vor Ablauf von sechs Monaten, wenn überhaupt, findet.«

»Oder ein Jahr später auf einem anderen Kontinent.«

»Sogar noch besser für ihn. Es ist ja nicht, als ob er es ihr in kleinen, subtilen Dosen verabreicht hätte. Ich vermute, dass er damit rechnete, dass sie schon verwest wäre, wenn man sie fand.«

»Ist Arsen nicht in unserem Trinkwasser?«

»Da müsste man ganz schön durstig sein, um auf die Art und Weise ins Gras zu beißen, Coop. Du musst unbedingt meine Mutter anrufen. Sie wird stolz darauf sein, wie sich mein Studium bei diesen Ermittlungen auszahlt. Zuerst stolpere ich über eine Unvergängliche. Jetzt kann ich auch noch mein ganzes Wissen über Albertus Magnus loswerden. Er war der Erste, der Arsen in ungebundener Form hergestellt hat. Richtig, Doc?«

»Ganz genau. Es ist seit dem Mittelalter ein beliebtes Tötungsmittel, in Wirklichkeit und in der Literatur. Es gab mal eine Zeit, da war es so leicht erhältlich, dass es die Briten ›Erbschaftspulver‹ nannten. Die beste Methode, das Familienmitglied aus dem Weg zu schaffen, das den Geldbeutel kontrollierte. Und, ja, Alex, Arsen gelangt durch die Auflösung von Mineralien und Erzen auf der Erdoberfläche in unser Trinkwasser. Industrieabfälle machen es noch schlimmer. In Fisch und Fleisch ist oft Arsen. Aber falls das Wasser an Grootens Arbeitsplatz oder in ihrer Wohnung vergiftet gewesen wäre, wäre sie nicht als Einzige krank geworden. Dann wäre das ganze Viertel eine Zeit lang nicht gut beieinander gewesen.«

»Wo denkst du hin, Blondie? Dass sie zu viel Leitungswasser trank, vornüber in die Sandsteinkiste kippte und der Deckel zufiel?«

»Du weißt, dass mich Battaglia fragen wird, ob die Möglichkeit besteht, dass ihr Tod ein Unfall war. Ich versuche nur, alles auszuschließen.«

»Natürlich hat es schon versehentliche Vergiftungen gegeben. Wir hatten letztes Jahr einen Fall, in dem ein Kerl, der beruflich mit Holz arbeitete, die Dämpfe von dem chemisch behandelten Holz einatmete. Er hat das Zeugs durch seine Schleimhäute absorbiert, weil er einfach zu stur war, einen Mundschutz zu tragen, wenn er Holz bearbeitete, das mit einer Arsenlegierung beschichtet war. Arsen kann man einatmen, absorbieren und verdauen. Keine dieser Methoden ist zu empfehlen.«

»Weist man im Laufe der Zeit irgendwelche Symptome auf?«

»Natürlich. Bei einer leichten Vergiftung wird der Patient wahrscheinlich über Übelkeit, Frieren, Appetitlosigkeit, Verdauungsstörungen, Apathie klagen. Von kleinen Dosen würde einem schlecht werden, aber man würde davon nicht sterben. Bei schwereren Fällen kommt es zu krankhaften Veränderungen der Haut, chronischen Kopfschmerzen, Leberschäden, dazu der metallische Geschmack und knoblauchähnliche Geruch.«

»Können Sie in etwa sagen, wie lange das schon so ging?«

»Da sollte uns die Haarprobe eine große Hilfe sein. Sie wird uns Aufschluss über den Verlauf der Vergiftung geben.«

»Wie das?«

»Ein menschliches Haar wächst durchschnittlich eineinhalb Zentimeter pro Monat. Jeder Millimeter repräsentiert ungefähr zwei Tage. Sobald wir die Resultate haben, sollte ich in der Lage sein, zu sagen, wann Grooten zum ersten Mal größeren Dosen Arsen ausgesetzt war. So wie es momentan aussieht, werden wir wahrscheinlich nahe der Kopfhaut eine viel höhere Konzentration finden – fünf- oder sechsmal so viel.«

»Haben Sie irgendwelche Beweisspuren am Körper oder im Sarg gefunden, irgendwelche Indizien, die uns einen Hinweis auf den Täter liefern könnten?«

»Ich habe die Leinenbandagen aufgehoben. Sie haben schon ein paar Jahre auf dem Buckel. Wahrscheinlich stammen sie von einer antiken Mumie. Also werden darauf wahrscheinlich eher Spuren des ersten Subjekts sein als die des Mörders.«

»Fingerabdrücke?«

»Ich hätte Sie nie für einen Optimisten gehalten, Mike. Das Labor kann es sich ansehen. Meine Vermutung ist, dass der Täter Latexhandschuhe getragen hat, wenn er viel Zeit hatte, mit der Leiche zu hantieren. Dazu muss man kein Arzt sein. Die kann man in jeder Apotheke und jedem Eisenwarenladen kaufen.«

»Und wo bekommt man Arsen?«, fragte ich.

»Es ist in Insektiziden wie beispielsweise Schweinfurter Grün und in Giftgas. Konnten Sie schon Ihre gestrige Vermutung überprüfen, dass sie etwas mit dem Metropolitan Museum zu tun hatte?«

»Ja.«

»Arsen ist ein weit verbreiteter Bestandteil von Pigmenten, Alex. Jedes Kunstmuseum hat einen erstaunlich großen Vorrat an tödlichen Giften. Lauge und Bleiweiß und Arsen ergeben brillante Farben, aber ein lausiges Essen, und sie finden sich wahrscheinlich in den Pigmenten eines jeden Künstlers, der etwas auf sich hält.« Kestenbaum wandte sich an Chapman. »Ich habe ihre Klamotten in eine Tüte getan, Mike.«

Er warf jedem von uns ein Paar Latexhandschuhe zu und deutete auf einen Haufen brauner Papiertüten am anderen Ende des Tisches.

Ich stand auf und holte aus der ersten einen BH hervor. Er war alt und abgewetzt, und das Etikett war vom häufigen Waschen ausgebleicht. Es war eine kleine Größe. In der zweiten Tüte war der Slip der Toten. Wie der BH war auch er alt, abgewetzt und leicht gräulich.

Die dritte Tüte enthielt eine Damenhose Größe 34 aus grober Plaidwolle. Die Hosenaufschläge waren abgewetzt, und am Gesäß waren Fusseln. Die Marke war die eines billigen Versandhauses.

In der vierten Tüte war ein Damenpullover mit engem, rundem Halsausschnitt.

»Was ist so faszinierend, Coop?«

»Der gehört nicht der gleichen Frau, die die anderen Stücke gekauft hat.«

»Wie das?«

»Erstens ist er aus Kaschmir. Zweitens hat er nicht ihre Größe.« Ich hielt den Pullover hoch. Er war viel zu groß für die zierliche Grooten.

»Und drittens ist das Etikett von einem der teuersten Läden auf der Madison Avenue. Wo ist Ihre Polaroidkamera?«

Kestenbaum deutete auf die Tür. »Nach rechts den Gang hinunter, in der Abstellkammer.«

»Geben Sie alle diese Sachen ins Labor, aber ich möchte den Pullover überprüfen. Vielleicht können wir herausfinden, ob sie ihn selbst gekauft oder ob ihn ihr jemand geschenkt hat.« Ich reichte ihn Mike, damit er ihn fotografieren und das Kabelmuster sowie den Kragen- und Manschettenstil skizzieren konnte. Der Pullover war nicht von der Stange. Ich bezweifelte, dass von diesen zartpfirsichfarbenen Strickpullovern viele Stücke verkauft worden waren. »Der hier kostet wahrscheinlich über fünfhundert Dollar.«

»Von dem Gehalt einer Museumspraktikantin? So viel hat wahrscheinlich meine gesamte Garderobe bis zu meinem dreißigsten Lebensjahr nicht gekostet«, sagte Mike.

Kestenbaum nahm einen weißen Briefumschlag von seinem Schreibtisch. »Sie werden das hier auch sicherstellen wollen. Ich fand es in einer ihrer Hosentaschen. Vielleicht sagt Ihnen das, wo Ms. Grooten ihre Habseligkeiten gelassen hat, als sie zu ihrem letzten Essen aufbrach.«

Ich machte den Umschlag auf und nahm ein quadratisches, circa drei auf drei Zentimeter großes rotes Ticket mit der Nummer 248 heraus. Es sah aus wie eine Garderobenmarke, von einer Garderobe irgendwo zwischen dem Leichenschauhaus und Kairo.

13

»Siehst du irgendwelche Hessen?«, rief Mike Chapman Mercer Wallace zu, der an einer massiven Granitmauer lehnte, die die Klostergruppe umfasste, die vor einem Dreivierteljahrhundert aus Europa gebracht und auf diesem felsigen Kliff wieder aufgebaut worden waren. Es war kurz nach zwölf Uhr mittags an einem sonnigen Maitag, und wir gingen die Kreisauffahrt hinauf zu Mercer, der von seinem Standpunkt aus den Hudson River überblicken konnte.

»Freunde, wir befinden uns hier auf dem höchstgelegenen Stück Land auf der Insel Manhattan, erreichbar mit der tiefsten U-Bahn der Stadt – nicht dass du dir jemals über öffentliche Verkehrsmittel Gedanken machen würdest, Coop«, fuhr Mike fort. »Die Briten hätten es beinahe in der Außenposten-Affäre verloren.«

Mercer drehte sich um, um der Militärgeschichte dieses außergewöhnlichen Fleckens Land am nördlichen Ende Manhattans zuzuhören. Seine riesige Gestalt hob sich gegen den breiten Fluss unter ihm ab.

»General Washington verließ hier die Garnison und zog nach Norden, während Cornwallis diesen Ort von Kriegsschiffen, schottischen Hochländern, britischen Truppen und Hessen umzingeln ließ. Sie eroberten das Fort, töteten die Mehrzahl der Amerikaner und bezogen hier ihr Lager, bis diese Anhöhe wieder befestigt war. Deshalb wurde das Long-Hill-Vorwerk nach William Tryon umbenannt, dem letzten englischen Gouverneur von New York.«

Das Cloisters-Museum stand auf einer atemberaubenden Anhöhe im Fort-Tryon-Park, dem letzten der von Frederick Law Olmsted gestalteten Stadtparks. John D. Rockefeller hatte der Stadt die Gebäude und über sechzig Morgen Land mit gepflasterten Wegen, Terrassen und felsigem Terrain gestiftet, von der Stelle, wo die alten Schutzwälle des ursprünglichen Forts gewesen waren, bis zu dem Hügel, auf dem man die importierten Ruinen wieder aufgebaut und in eine zeitgenössische Umgebung integriert hatte.

Ich wandte meinen Blick vom Fluss ab und sah den Weg entlang, der von dort, wo wir standen, abwärts durch einen dicht bewaldeten Park führte. Katrina Grooten hatte letzten Juni eines Abends das Museum verlassen und war auf einem dieser abschüssigen Wege einem neuzeitlichen Wegelagerer in die Arme gelaufen, der sie in das Dickicht gezerrt und in dessen Schutz vergewaltigt hatte.

»Hiram Bellinger wartet in seinem Büro auf uns.« Detective Wallace führte uns um das Gebäude herum hinab zum Haupteingang gegenüber dem Parkplatz. Der Eingangsbogen im romanischen Stil, auf dem zahlreiche reale und imaginäre Tiere und Vögel abgebildet waren, führte zu einem Treppengewölbe. Außer uns waren nur noch eine Hand voll andere Besucher da, und während ich nach oben ging, vorbei an Fenstern, die von winzigen Bleiglasscheiben eingefasst waren, kam ich mir vor, als hätte ich eine Zeitreise durch einige Jahrhunderte in eine mittelalterliche Kirche angetreten. Das maschinell produzierte, schmiedeeiserne Treppengeländer war das Einzige, was uns daran erinnerte, dass wir uns im einundzwanzigsten Jahrhundert befanden.

»Kühl hier drinnen«, sagte Mike.

Die dicken, aus riesigen Steinen erbauten Mauern sorgten dafür, dass es drinnen um mindestens fünf Grad kälter war als draußen. Sicher überlegte Mike genau wie ich, ob die Kälte in diesen wiedererrichteten Klosterbauten dazu geeignet wäre, einen Leichnam zu konservieren.

Oben auf der Treppe wies uns ein Museumswärter den Weg ins Büro des Kurators. Vorbei an den wunderschönen Marmorkapitelen des Kreuzgangs des Cuxa-Klosters, eines der fünf hier wieder aufgebauten französischen Klöster, durchquerten wir einen ruhigen Garten und gingen zu dem Turm, in dem die Verwaltungsbüros des Museums untergebracht waren.

Ich klopfte an die Tür mit dem Schild HIRAM BELLINGER, KURATOR – MITTELALTERLICHE KUNST und erwartete, dass sie von einem griesgrämigen alten Einsiedler geöffnet werden würde, der seine Nase seit Jahrzehnten in alte Handschriften steckte. Aber diese Beschreibung traf auf Hiram Bellinger nicht zu. Er konnte nicht viel älter sein als Mercer, höchstens Anfang vierzig. In seiner Khakihose, den Collegeslippern und dem Baumwollrolli unter einem

Button-down-Hemd mit offenem Kragen wirkte er wie ein Gutsherr.

In dem großen Raum stapelten sich überall Bücher, und von hier oben im Turm konnte man meilenweit den Hudson hinaufsehen.

»An einem Tag wie heute fällt das Arbeiten schwer, also bin ich froh über diese Unterbrechung. Die mittelalterlichen Mönche liebten die Isolation, Ms. Cooper. Fast so sehr wie ich. Die Benediktiner bevorzugten Berggipfel, wohingegen die Zisterzienser abgelegene Flusstäler wählten. Ich habe das große Glück gehabt, mitten in einer Großstadt eine beinahe klösterliche Umgebung zu finden.«

Bellinger bat uns, an einem runden Tisch in der Mitte des Raums Platz zu nehmen. Er legte einige aufgeschlagene Bücher auf das Fensterbrett und schob ein paar andere Bücherstapel zur Seite.

»Wie kann ich Ihnen helfen?«

»Wir würden uns gerne mit Ihnen über Katrina unterhalten. Katrina Grooten.«

»Ich kann noch immer nicht glauben, was ich gehört habe«, sagte er, während er einige Papiere ordnete und sich neben mich setzte.

»Was genau haben Sie denn gehört?«

»Dass sie tot ist. Dass sie nie New York verlassen hat und nach Hause zurückgegangen ist, wie sie uns erzählt hatte.« Er schüttelte den Kopf. »Dass jemand sie umgebracht hat.«

»Wir wollen herausfinden, wer das getan hat. Und warum. Dazu brauchen wir zuerst einige Informationen über Katrina. Was sie gemacht hat, wen sie kannte, wie sie lebte …«

»Und wem sie auf den Schlips getreten ist.« Mikes Wortwahl vertrug sich schlecht mit der kultivierten Atmosphäre in Bellingers Horst.

»Letzteres wäre eine sehr kurze Liste. Aber ich werde darüber nachdenken. Katrina konnte einem unter die Haut gehen, wenn sie ein Thema entdeckt hatte, für das sie sich leidenschaftlich engagierte. Aber die meiste Zeit war sie sehr ruhig, beinahe schon verschlossen.«

»Wie lange haben Sie sie gekannt?«

»Ich habe sie eingestellt. Vor fast drei Jahren.«

»Wo haben Sie sie kennen gelernt?«

»Sie sprach mit ihrem Lebenslauf am Met vor, wie die meisten Studenten mit einem Abschluss in Kunstgeschichte. Sie unterrichten, sie machen noch mehr Abschlüsse, sie arbeiten in Museen.«

»Im Hauptgebäude gibt es auch eine Sammlung mittelalterlicher Kunst, nicht wahr?«

»Natürlich. Eine sehr gute. Deshalb hat sich Katrina dort beworben. Als ihre Bewerbung herumgereicht wurde, landete sie auf meinem Schreibtisch. Ihre Interessen deckten sich perfekt mit meinen Bedürfnissen.«

»Warum das?«

»Sie hatte gerade ein Praktikum am Musée des Augustins absolviert. Kennen Sie das?«

Wir verneinten alle drei.

»In Toulouse, in Frankreich. Es ist den Cloisters sehr ähnlich, nur dass es noch an seiner ursprünglichen Stelle steht. Das prächtige Museum war früher ein Konvent und beherbergt eine bemerkenswerte Kunstsammlung. Rubens, van Dyck, Ingres, Corot. Die meisten Leute zieht es zu den Gemälden. Katrina interessierte sich für die gotischen und romanischen Skulpturen. Sie hatte einen wunderbaren Blick für mittelalterliche Kunstschätze. Also habe ich ihr angeboten, bei uns zu arbeiten.«

»Wie viele Mitarbeiter haben Sie hier oben?«

»Alles in allem etwas über einhundert. Bibliothekare,

Souvenirshop-Personal, Sicherheits- und Hausmeisterdienst. Ich habe einen stellvertretenden Kurator, einige Restauratoren und ein halbes Dutzend Praktikanten wie Katrina.«

»Stand sie den anderen Praktikanten nah?«

»Beruflich ja. Ich würde Ihnen ja raten, sie selbst zu fragen, aber die Praktikanten kommen und gehen. Das Gehalt ist niedrig, dieses Museum bedeutet eine Rückkehr in ein anderes Zeitalter – für die Kids, die gerade von der Uni kommen, ist hier tote Hose –, und es liegt ungünstig. Ich müsste nachsehen, wer mit Katrina hier gewesen war.«

»Sind Sie Single?« Mike konnte keinen Ehering an Bellingers linker Hand entdecken.

»Nein, ich bin verheiratet.«

»Ihre Frau?«

Bellinger lächelte. »Arbeitet für eine Musikproduktionsfirma.«

»Klassische Musik?«

»Nein, Pop, Rock'n'Roll, Rap, was immer gerade angesagt ist.«

»So nach dem Motto ›Gegensätze ziehen sich an‹, hm?«, sagte Chapman.

»Das lässt mich die Ruhe hier nur noch mehr schätzen.«

»Haben Sie mit Katrina auch privat Zeit verbracht?«

»Nur beruflich. Auf königlichen Befehl, wenn uns Thibodaux dem Kuratorium vorführen wollte. Nichts Privates.«

»Scheint so, als müssten Sie Pierres Anweisungen nicht länger Folge leisten.«

»Sie haben wahrscheinlich gehört, dass ich kein Mitglied seines Fanclubs war. Zu viel P.T.-Barnum-Getue und nicht genug Betonung auf Forschung und Vermittlung. Ich bin ihm für einige wunderbare Akquisitionen, die er für die

Cloisters getätigt hat, sehr dankbar, aber ansonsten hatten wir nicht sehr viel gemeinsam.«

»Haben Sie deshalb Ms. Grooten als Ansprechpartnerin für die Ausstellung abgestellt, die für nächstes Jahr zusammen mit dem Naturkundemuseum geplant war? War das nicht viel Verantwortung für eine Praktikantin?«

»Katrina war äußerst sachkundig, Detective. Sie war weitaus belesener als viele ihrer Altersgenossen, und ich habe für das Projekt ziemlich eng mit ihr zusammengearbeitet. Mir ist bewusst, dass die Ausstellung eine wichtige Einkommensquelle für beide Museen sein wird. Für mich ist alles, was mich von meiner Forschung abhält, Zeitverschwendung. Ich dachte, dass es eine gute Gelegenheit für Katrina wäre, andere Leute kennen zu lernen und ihren Bekanntenkreis hier in der Stadt zu erweitern. Ich wollte, dass man in höheren Positionen von ihr Notiz nahm.«

»Gefiel es ihr?«

»Schien so. Ich glaube, es machte ihr Spaß, unsere Schätze nach Tieren zu durchforsten, die für die Ausstellung geeignet waren. Bestiarien waren ursprünglich Werke mittelalterlicher Kunst, also tauchen sie in unserer Arbeit an allen Ecken und Enden auf. Ich hatte auch den Eindruck, dass sie sich auf die Meetings freute. Sie schloss Freundschaften, verbrachte Zeit downtown und kam ein wenig aus ihrem Schneckenhaus heraus.«

»Hat eine andere Praktikantin ihre Arbeit übernommen?«

»Das war mein Plan gewesen«, sagte Bellinger. »Aber die Zeit wurde knapp, also habe ich, wie Sie sehen können, selbst das meiste davon übernommen. Das schien weniger Aufwand zu sein, als wieder jemand anderen einzuarbeiten.«

In der hinteren Ecke des Raums standen auf einem Tisch

eine Anzahl von Objekten, die verschiedene Tiere und Fabelwesen darstellten. »Dieses Fresko eines Löwen ist aus Spanien. Laut den alten Bestiarien schliefen Löwen mit offenen Augen, als Inbegriff der Wachsamkeit. Und das hier«, sagte er und ging zu dem Tisch, um eine bizarre Messingfigur in die Hand zu nehmen, »war eines von Katrinas Lieblingsstücken.«

»Was ist das?«

»Ein Aquamanile. Die Priester wuschen sich während des Gottesdienstes die Hände darin. Das hier ist ein Wyvern.«

»Ein was?«

»Ein zweibeiniger Drache. Sein Schwanz biegt sich über seine Flügel und bildet den Henkel.« Er ließ seinen Blick über die Menagerie schweifen. »Zweiköpfige Adler, Teufelshelfer mit Klumpfüßen, Löwen, die von Affen gebändigt wurden, Harpyien, die mit ihren Engelsgesichtern und ihrer gekünstelten Musik die Seeleute in den Tod lockten. Katrina liebte diese Fabelwesen.«

»Also, wann haben Sie die Projektkoordination für die Ausstellung übernommen?«

»Nachdem Katrina Ende letzten Jahres kündigte.«

»Hat es Sie denn eigentlich nicht überrascht, dass sie kündigte, wenn ihr die Arbeit hier angeblich so großen Spaß machte?«

»Ich habe gelernt, nicht zu viel emotionale Energie in Beziehungen zu Studenten zu investieren. Sie bleiben normalerweise nur für kurze Zeit, bevor sie wieder an die Uni gehen und ihren Doktor machen. Außerdem ist es hier einfach nicht aufregend genug für sie. Katrina hatte wenigstens einen triftigen Grund. Ich meine, was sollte ich schon sagen, nachdem sie mir erzählt hatte, dass sie vergewaltigt worden war?«

Mercer und ich sahen uns an. »Wann genau hat Sie Ihnen davon erzählt?«

»Nicht sofort. Erst etwa einen Monat später. Aber die ganze Sache belastete sie stärker, als sie erwartet hatte. Es begann, sich auf ihre Arbeit und sogar auf ihre Beziehungen zu den Leuten hier auszuwirken.«

»Und deshalb hat sie Ihnen von der Vergewaltigung erzählt?«

»Ja, im Vertrauen. Sie wusste nicht, was sie tun sollte. Ich zeige Ihnen, wo sie gearbeitet hat, Ms. Cooper. Dieses Museum ist eine Abfolge von Kapellen, Gärten und Arkaden. So schön es auch ist, mit seinen grotesken Statuen und Totenbildnissen überall kann es auch sehr gespenstisch sein. Wir haben nicht denselben starken Besucherandrang wie das Met. Es kann ziemlich – wie soll ich sagen? – unheimlich sein hier oben, vor allem nachts, wenn man allein hier ist. Ich glaube, Katrina ist vor ungefähr einem Jahr vergewaltigt worden, oder?«

»Im Juni.«

»Nun, eines Nachts im August, während sie allein an einer Skizze eines steinernen Ungeheuers in der Langon-Kapelle arbeitete, wurde sie von einem der Sicherheitsdienstleute erschreckt, der wie üblich seine Runde drehte. Sie hatte ihn wohl nicht kommen hören, und als sie aufsah, stand er vor ihr. Sie stieß einen Schrei aus und jagte ihm einen ebenso großen Schrecken ein wie er ihr.«

»Hat sie ihn denn nicht erkannt?«

»Das ist es ja gerade. Er hatte die Uniform ausgezogen, weil seine Schicht zu Ende war, und war zurückgekommen, um ein letztes Mal nach dem Rechten zu sehen. Katrina hatte ihn noch nie in Jeans und T-Shirt und mit einer Baseballmütze auf dem Kopf gesehen. Sie hat ihn nicht gleich erkannt. Am nächsten Morgen wartete sie schon bei Tagesanbruch hier auf mich, um mir zu erklären, was passiert war.«

»Warum?«

»Sie wollte kündigen. Sie fühlte sich furchtbar schuldig. Der Mann war Afroamerikaner, und sie wusste, dass sie ihn durch ihre ängstliche Reaktion schrecklich beleidigt hatte. An dem Tag hat sie mir erzählt, dass sie vergewaltigt worden war. Und wie sehr sie sich schämte, weil sie jedes Mal, wenn sie ein fremdes schwarzes Gesicht sah, furchtsam reagierte und Angst hatte, dass es ihr Vergewaltiger war.«

Diese Reaktion war nur allzu normal. Wenn die Täter nicht gefasst werden konnten, empfanden die Opfer eine verallgemeinerte, sogar ihnen selbst irrational erscheinende Angst, dass ein Fremder, der derselben Rasse angehörte wie der Vergewaltiger, der Täter sein könnte. Sie wussten, dass er irgendwo da draußen war, und sie erschraken beim Anblick eines jeden, den sie nicht kannten.

»Hat sie Ihnen gesagt, ob sie ihren Vergewaltiger identifizieren konnte?«

»Ihrer Aussage nach hat er eine Skimaske getragen. Deshalb war sie ja so nervös. Katrina hatte keine Ahnung, ob der Vergewaltiger jemand war, den sie kannte oder nicht. Sie hatte nur seine Hände und seinen Nacken deutlich gesehen. Der arme Lloyd war noch mal in die Kapelle zurückgegangen, um sich zu vergewissern, dass alles in Ordnung war, und erschreckte sie beinahe zu Tode.«

»Hat sie gekündigt?«

Bellinger antwortete mit leiser Stimme. »Ich ließ es nicht zu. Ich bat sie, mir von der Vergewaltigung zu erzählen. Ich sprach noch am selben Tag mit Lloyd darüber, und er ging zu ihr, um sie zu beruhigen. Er sagte ihr, dass er vollstes Verständnis hätte. Ehrlich gesagt hatte es wahrscheinlich viel damit zu tun, dass sie in Südafrika aufgewachsen war. Katrina versuchte sich einzureden, dass sie keine rassistischen Vorurteile hatte. Ihre Familie lebte seit Generationen in Kapstadt, und sie sprach hin und wieder über die schrecklichen Folgen der Apartheid für ihre Gesellschaft. Sie hätte wahrscheinlich nie in einem Fall als Zeugin aussagen können, in dem ein Schwarzer ins Gefängnis gewandert wäre, egal, was er ihr angetan hatte.«

»Aber letztendlich hat sie doch gekündigt?«

»Einige Monate später, um die Weihnachtsfeiertage herum. Ich habe ihr Kündigungsschreiben in ihrer Akte gefunden.« Er ging an seinen Schreibtisch. »Sie wollte unbedingt noch vor Neujahr die Stadt verlassen. Wenn mich nicht alles täuscht, wurde für die Tage, an denen sie abreisen wollte, ein heftiger Schneesturm vorhergesagt. Es überraschte uns nicht, dass sie abfliegen wollte, bevor sie hier festsaß.«

Mike Chapman sah mich an und verdrehte die Augen. »Ja, Ms. Cooper beschloss, währenddessen ihren Winterschlaf zu halten, richtig? Sie wäre beinahe nicht mehr aufgewacht.«

Ich hatte versucht, die Erinnerungen an meine Begegnung mit einem eiskalten Mörder im letzten Dezember aus meinem Gedächtnis zu verbannen. Mercer lenkte das Gespräch wieder in die richtige Bahn. »Haben Sie von August, als sie Ihnen von der Vergewaltigung erzählt hat, bis Jahresende eine Veränderung in ihrem Verhalten festgestellt?«

»Jeder, den ich kannte, änderte sein Verhalten, Mr. Wallace. Nach dem elften September.«

Ich sog die Luft ein und biss mir auf die Lippen, als ich an die Terroranschläge und ihre verheerenden Folgen dachte.

»Vielleicht habe ich deswegen Katrinas Sorgen bagatellisiert. Wir waren alle so geschockt, so ängstlich und mit uns selbst beschäftigt. Nur dass sie sich nie erholte. Dieser Vorfall mit Lloyd. Ihr mangelnder Elan, ihre allgemeine Malaise.«

»Welche Malaise?«

»Ihnen muss ich sicherlich nicht erzählen, was nach einer Vergewaltigung passiert. Katrina war danach nicht mehr dieselbe. Sie vertraute niemandem mehr. Sie konnte nicht mehr bis spät abends hier bleiben und arbeiten. Der Weg zur Arbeit fiel ihr schwer, weil sie nicht mehr durch den Park gehen oder radeln wollte, aber sie hatte auch kein Geld, um jeden Tag mit dem Taxi zu fahren. Wie nennt man das? PTSD?«

Posttraumatische Belastungsreaktion, *posttraumatic stress disorder*. Viele Opfer von Gewaltverbrechen litten monate- oder sogar jahrelang darunter. Die Symptome reichten von Schlaflosigkeit und Essstörungen bis hin zu Gewichtsverlust und Funktionsstörungen jeglicher Art. Dutzende von Überlebenden erholten sich schnell; die Erinnerung blieb, aber sie hatten die emotionalen und körperlichen Ressourcen, um ihr Leben weiterzuleben. Viel zu viele Menschen blieben ohne psychischen Beistand und erlangten auch Monate oder sogar Jahre nach der Tat die Stabilität ihres früheren Lebens nicht wieder.

»Wer hat Ihnen davon erzählt?«

»Ihre Therapeutin. Sobald Katrina sich mir anvertraut hatte, fragte ich sie, ob ich mit der Frau sprechen könnte, die ihr half, mit der Vergewaltigung fertig zu werden.«

»Wissen Sie, wie sie heißt?« In der Akte, die Mercer eingesehen hatte, stand, dass Katrina Grooten keinen psychologischen Beratungstermin zur Nachsorge haben wollte.

Bellinger stand noch immer am Schreibtisch und blätterte in seiner Rolodex-Kartei. »Loselli. Harriet Loselli. Möchten Sie Ihre Nummer?«

»Die hab ich«, sagte Mike. »Ich würde gerne einmal etwas anderes von ihr hören als dieses weinerliche ›Ihr Polizisten seid alles unsensible Mistkerle‹-Gewäsch, das jedes Mal aus ihrem kleinen Rattenmund kommt, wenn einer von uns mit einem Opfer in der Notaufnahme erscheint.«

Fast alle Krankenhäuser der Stadt verfügten über hervorragende Beratungsstellen für Vergewaltigungsopfer, die von erfahrenen Psychologen und Sozialarbeitern geleitet wurden und rund um die Uhr von ehrenamtlichen Helfern besetzt waren. Wie war Katrina ausgerechnet an Harriet geraten? Sie war eine unsympathische und unwissende Egoistin und hatte sich wahrscheinlich nicht mit der nötigen Sorgfalt um Katrina Grootens Probleme gekümmert.

»Haben Sie tatsächlich mit Loselli gesprochen?«

»Ja, Katrina erteilte mir die Erlaubnis.«

»Über ihre psychologischen Probleme?«

»Nicht wirklich. Meine Hauptsorge galt ihrem körperlichen Zustand.«

Mercer setzte den Stift ab, und wir sahen Bellinger neugierig an. »Was meinen Sie damit?«

»Ab dem Zeitpunkt, als sie mir von der Vergewaltigung erzählt hatte, hatte ich ein wachsames Auge auf sie. Wenn ich wusste, dass sie bis spät abends arbeitete, schickte ich sie mit dem Auto nach Hause. Wenn mir auffiel, dass sie nichts aß, dann brachte ich ihr zum Mittagessen ein Sandwich mit. Im Herbst, spätestens im Oktober, fand ich, dass sie gar nicht gut aussah.«

»Haben Sie mit ihr darüber gesprochen?«

»Ich weiß nicht, wie es bei Ihnen ist, Ms. Cooper, aber wir haben ziemlich strenge Vorschriften, was sexuelle Belästigung angeht. Als Vorgesetzter ist man dadurch in der Zwickmühle. ›Sie sehen heute nicht sehr gut aus, Katrina. Mir scheint, Sie haben ein paar Pfund abgenommen. Dieses

Funkeln, das Sie in den Augen hatten, als wir über den Ankauf eines ein paar Millionen teuren Wandteppichs aus Bordeaux sprachen, ist verschwunden.‹ Um Himmels willen. Da bekommt man nur Schwierigkeiten. Ich habe mit meiner Frau darüber gesprochen, und sie hat mir gesagt, dass mich das nichts angeht und dass ich mich da raushalten soll.«

»Haben Sie noch mit jemand anderem darüber gesprochen?«

»Sicher. Mit Pierre Thibodaux. Er ist der Boss. Ich habe es bei ihm abgeladen. Ich sagte ihm, dass eine unserer hoffnungsvollsten Nachwuchswissenschaftlerinnen meiner Ansicht nach ein Problem hatte und unsere Hilfe brauchte, damit sie bei uns blieb.«

»Was hat er getan?«

»Nichts. Gar nichts. Wissen Sie, was er geantwortet hat? Als ich ihm von der Vergewaltigung erzählte, sagte er mir, dass ich das Telefonat vergessen solle. Er wollte, dass ich alle Unterlagen zerstöre, aus denen hervorging, dass sie vergewaltigt worden war.«

»Was?«, fragte Chapman.

Ich flüsterte Mercer das Gleiche zu, das Bellinger laut aussprach: »Er hatte Angst vor einem Prozess. Alles, was ihm Sorgen machte, war die potenzielle Haftung des Museums. ›Pierre‹, sagte ich, ›dieses Mädchen leidet. Irgendetwas stimmt nicht mit ihr, und jemand muss etwas unternehmen.‹ Er weigerte sich, sich mit der Sache zu befassen. Ihm geht es immer nur ums Geld. Er beharrte darauf, dass Katrina wahrscheinlich nur darauf abzielte, das Museum zu verklagen.«

»Kapier ich nicht«, sagte Mike und sah mich an.

»Natürlich tust du das. Eine Angestellte der Cloisters arbeitet spät, um einen Termin für ein Forschungsprojekt oder eine Ausstellung einzuhalten.« Bellinger nickte, während ich sprach. »Sie verlässt das Museum allein und wird auf dem Grundstück vergewaltigt. Niemand wird festgenommen oder des Verbrechens angeklagt. Das Opfer hat ein Trauma. Vielleicht wird sie sich eines Tages, nach einer teuren Therapie, besser fühlen. Vielleicht auch nicht. Das Museum stellt ihr eine halbe Million Dollar in Aussicht, damit sie den Mund hält, um die Touristen nicht zu verschrecken und die Kollegen nicht zu verunsichern.«

»Wusste Thibodaux, dass es sich bei der jungen Frau, von der Sie sprachen, um Katrina Grooten handelte? Ich meine, haben Sie ihren Namen erwähnt?« Mike erinnerte sich daran, dass Thibodaux behauptet hatte, sie nicht zu kennen, als er das Foto gesehen hatte.

Bellinger dachte eine Weile nach. »Ich bin mir nicht sicher. Pierre hatte sie ein paarmal getroffen. Aber das war bei Gruppenmeetings oder größeren gesellschaftlichen Anlässen. Ich bin mir nicht sicher, ob ich der Meinung war, dass er sie kennen würde. Ehrlich gesagt sollte es keine Rolle gespielt haben, wer sie war, nachdem ich ihm den Ernst der Lage geschildert hatte.«

»Haben Sie es noch jemandem erzählt?«

»Ja. Ich versuchte es als Nächstes bei zwei Frauen. Ich dachte, als Frauen würden sie besonderes Verständnis für sie aufbringen.« Bellinger schüttelte den Kopf. »Eve Drexler, Thibodaux' Assistentin, und Anna Friedrichs, eine der Kuratorinnen am Met. Sie kannten Katrina von den Planungstreffen für die große Ausstellung.«

»Ja, wir haben gestern mit beiden gesprochen. Wie haben sie reagiert?«

»Ich war so naiv zu denken, dass Eve irgendetwas tun würde, was Thibodaux nicht in den Kram passte. Sie hörte sich alles an und bat mich, sie auf dem Laufenden zu halten. Aber im Prinzip gab sie mir den Rat, mir keine Sorgen zu machen. Es sei ein ›Frauenproblem‹, und Katrina würde damit fertig werden.«

»Und Anna?«

»Sie war anders. Sie drängte mich, die Psychologin zu kontaktieren. Anna waren die Veränderungen auch aufgefallen. Sie dachte, dass es besser wäre, wenn der Anruf von mir als Katrinas direktem Vorgesetzten käme. Also habe ich angerufen.«

»Was hat Harriet gesagt?«

»Ich habe ihr meine Sorgen geschildert und beschrieben, wie sich Katrina seit dem Sommer verändert hatte. Dass sie abgenommen hatte und antriebslos wirkte. Dass sie sich in letzter Zeit nicht mehr für die Arbeit interessierte, was sehr untypisch war für sie.«

Es hörte sich nicht nur nach posttraumatischem Stress an, sondern auch wie das Anfangsstadium einer Arsenvergiftung.

»Ich fragte Harriet, ob sie der Meinung war, dass Katrina einen Arzt aufsuchen sollte, und ob ihr körperlicher Verfall vielleicht medizinische Gründe haben könnte. Sie haben mir nicht gesagt, wie Katrina gestorben ist«, sagte Bellinger und sah Mike an, »also erübrigen sich meine Überlegungen vielleicht im Nachhinein.«

Mike antwortete nicht. »Was hat sie gesagt?«

»Harriet? Dass sie sich selbst darum kümmern würde. Dass eine derartige Betreuung ihr Spezialgebiet sei. Sie kannte Katrina erst seit dem Spätsommer, also fielen ihr die Unterschiede wahrscheinlich nicht so stark auf wie manchen von uns, die wir sie schon vor der Vergewaltigung gekannt hatten. Aber sie machte mich glauben, dass sie die Expertin sei, also gab ich Ruhe. Harriet sagte mir, dass alle von mir erwähnten Symptome mit dem Traumasyndrom nach Vergewaltigungen übereinstimmten.«

»Haben Sie und Katrina weiter darüber gesprochen?«

»Nicht wirklich. Anfang November deutete sie mir gegenüber bereits an, dass sie überlegte, nach Kapstadt zurückzugehen. Ihr Vater –«

»Haben Sie seine Telefonnummer?«

»Sie ist hier in der Personalakte. Ich glaube nicht, dass Ihnen das viel nützen wird. Sie sagte mir, dass ihr Vater in einem Pflegeheim sei. Alzheimer, frühes Stadium, wenn ich mich recht erinnere. Ich sagte ihr, dass es meiner Ansicht nach verrückt sei zurückzugehen. Aus zweierlei Gründen.«

»Und welche waren das?«

»Ich fand, dass sie erst wieder gesund werden müsse, doch das brachte nur den Dickschädel in ihr zum Vorschein. Sie hielt mir Vorträge über das südafrikanische Gesundheitswesen und wie fortgeschritten es war. Falls etwas Psychologisches ihrer Besserung im Wege stand, würde es ihr gut tun, hier, wo die Vergewaltigung passiert war, wegzukommen. Und falls es etwas Medizinisches war, wie ich vermutete – sie bezweifelte das übrigens, weil sie so großes Vertrauen in Harriet hatte –, dann gäbe es in Kapstadt die besten Ärzte der Welt.«

»Und der zweite Grund, warum sie Ihrer Meinung nach nicht weggehen sollte?«

»Ihre Arbeit.«

»Gibt es in Afrika keine Gräber?«, fragte Mike. »Keine Museen?«

»Natürlich. Aber nicht auf ihrem Spezialgebiet. Sie hatte sich schon für einen Job beworben. Ich habe ihr ein Empfehlungsschreiben geschrieben, das Sie ebenfalls in der Akte finden werden.«

»Für welche Position?«

»Das McGregor Museum in Kimberley, Südafrika.«

»Gibt es dort eine Abteilung für mittelalterliche Kunst?«, fragte ich.

»Botanik, Archäologie, Kulturgeschichte, Zoologie, Naturkunde, Wissenschaft. Keine mittelalterliche Kunst. Das war genau der Punkt, Ms. Cooper. Katrina war eine viel versprechende Nachwuchswissenschaftlerin in diesem heiß umkämpften Bereich. Aber alle Mediävistik-Programme beschränken sich auf europäische und amerikanische Institutionen. Sie verschenkte zehn Jahre ihrer Ausbildung.«

»Aber es war ihr Zuhause, Mr. Bellinger.«

»Ihre Mutter war tot. Ihr Vater erkannte sie nicht mehr. Sie war in England auf die Universität gegangen, also waren ihre Freunde auf dem ganzen Erdball verstreut. Südafrika war nicht ihr Zuhause. Sie war dabei, sich hier zu etablieren.« Bellinger ging in seinem Büro auf und ab und sprach immer aufgeregter über seine Versuche, Katrina daran zu hindern, New York zu verlassen. »Anna Friedrichs und ich hofften, dass es uns gelingen würde, ihr Wohlbefinden und ihre Gesundheit wiederherzustellen. Ich hatte mit Eve darüber gesprochen, Katrinas Arbeit ans Met zu verlegen, sodass sie nicht jeden Tag durch den Fort-Tryon-Park gehen musste.«

»Hört sich an, als ob Sie sie hier behalten wollten«, sagte Mike.

»Unbedingt. Ich habe ihr sogar vorgeschlagen, sich beurlauben zu lassen. Ich fand, sie solle über die Feiertage nach Hause fliegen, ihren Vater besuchen und sich selbst überzeugen, dass es für sie in Kapstadt nichts zu holen gab. Aber jetzt kann ich mir vorstellen, unter welchem Druck sie stand, falls die ganze Zeit jemand versucht hat, sie zu ermorden.« Bellinger zögerte, dann sah er Mike und Mercer an. »Sagen Sie es mir? Darf ich wissen, wie sie gestorben ist?«

»Höchstwahrscheinlich Gift.«

Er zog einen Stuhl heraus, setzte sich, legte den Kopf in den Nacken und studierte einen Wasserspeier in der Deckenwölbung. Das Letzte, womit ich gerechnet hatte, war, dass er zu lachen anfing.

»Ich hoffe nur, dass es nicht Arsen war. Ich habe genug von dem Zeugs hier, um uns alle unter die Erde zu bringen.«

14

»Wollen Sie damit sagen, dass Katrina Grooten hier am Museum mit Arsen gearbeitet hat?«

Jetzt wurde Bellinger nervös und sah aus dem Fenster, als würde er nördlich des dichten Verkehrs auf der George-Washington-Brücke nach etwas suchen.

»Nein, nein, ich könnte nicht sagen, dass das der Fall war.«

»Aber viele der anderen Mitarbeiter?«, fragte Chapman.

Er überlegte. »Nicht viele. Höchstens vier, die meiner direkten Aufsicht unterstehen. Sie werden Ihnen alle erzählen, dass *ich* derjenige bin, der es am häufigsten verwendet.«

»Warum? In welcher Form?«

»Mein Spezialgebiet sind illustrierte Handschriften.« Er stand auf und ging zu den aufgeschlagenen Büchern, die er bei unserem Eintreffen beiseite geräumt hatte. »Seit den Anfängen der Klöster war die Herstellung von Büchern eine der Hauptaufgaben, die die Mönche für die Kirchengemeinde leisteten. Jedes Kloster hatte ein so genanntes Scriptorium, eine Schreibstube, wo Kopisten und Illustratoren die Klassiker abschrieben und illustrierten. Wir haben hier in unserer Schatzkammer eine einzigartige Sammlung dieser exquisiten Bücher.«

Bellinger nahm ein Buch und kam damit an unseren Tisch. »Mit Sicherheit unser wertvollster Besitz. Vielleicht haben Sie schon davon gehört. Die *Belles Heures.*«

»Nur aus dem Museumskatalog.«

»Dieses hier wurde im Inventar des Herzogs von Berry von 1413 beschrieben. Diese Bücher wurden von Mönchen für reiche Förderer und Königsfamilien hergestellt, die ihre Gebete zu den gleichen Stunden sagen sollten wie die Mönche – deshalb Stundenbücher.«

Die zwei Seiten, die er uns zeigte, waren am Rand des Texts reichhaltig mit Goldblatt verziert. Es waren herrliche Zeichnungen in lebhaften Farben, und ich studierte die Seiten, bevor ich Mike und Mercer einen Blick darauf werfen ließ.

»Wie kommt es, dass dieses Buch in so gutem Zustand ist?«, fragte ich.

»Bücher erlitten immer weniger Schaden als beispielsweise Wandteppiche. Man konnte sie nicht zu Bouillon einschmelzen wie Juwelen oder Goldstücke, also hatten sie in den Augen von Dieben und Banditen wenig Wert. Nur ihre Farben verblassen im Laufe der Zeit, und wir restaurieren sie hier. Das ist meine Lieblingsbeschäftigung.«

»Und die Materialien?«

»Wir versuchen zu imitieren, was man im Mittelalter gemacht hat.« Bellinger deutete auf einen Abschnitt der eleganten Seite. »Das Goldpulver für diese ausgefeilten Zeichnungen wurde hergestellt, indem man Gold mit Honig verrieb und dann mit Eiweiß vermischte. Schwarz kam von einer Tinte auf Kohlenbasis. Blau wurde auf verschiedene Arten hergestellt. Das teuerste Blau war natürlich gemahlener Lapislazuli oder Indigo gemischt mit Bleiweiß – was selbst sehr giftig ist. Und Gelb – da kommt das Operment ins Spiel. Anfänglich verwendeten die Mönche Safran zur Herstellung eines gelben Pigments. Aber es war nicht sehr beständig.«

»Was ist Operment?«

»Eine Arsenverbindung, Detective. Sehr verbreitet, um ein kräftiges Gelb zu erzeugen. Auf der Seite, die Sie sich gerade ansehen, können Sie sehen, wie effektiv es ist. In unserer Werkstatt unten haben wir mehr als genug, um jemanden ziemlich krank zu machen.«

»Ist es weggeschlossen?«

»Sie meinen, hinter Schloss und Riegel? Natürlich nicht. Niemand interessiert sich großartig für unseren kleinen Restaurierungsbereich. Diese Art von konzentrierter Arbeit begeistert die wenigsten.«

»Hatte Ms. Grooten Zugang zu diesem Raum?«

Bellinger dachte kurz nach. »Natürlich. Aber sie hatte normalerweise nicht die Angewohnheit, Pinsel abzulecken, Mr. Chapman.« Er wurde langsam ungeduldig.

»Napoleon hat auch nicht an seiner Tapete gekaut.«

»Wie bitte?«, fragte der verdutzte Kurator.

»Man fand Arsen in Napoleons Haarlocken. Eine ganze Menge. Es gab Vermutungen, dass er vergiftet worden ist, aber auch abenteuerliche Theorien, dass er von den Dämpfen der Tapetenfarbe in seinem Zimmer im Exil auf Sankt Helena umgebracht wurde. Kupferarsenit.«

»Wahrscheinlich Scheeles Grün. Ein brillantes Pigment. Wir haben auch davon etwas hier im Museum. Wir verwenden nicht viel davon, weil es erst nach der Renaissance hergestellt wurde, also wäre es in unseren Stücken nicht authentisch.«

»Genau deshalb müssen wir wissen, woran Grooten arbeitete und mit wem sie zu tun hatte«, sagte ich. Mike wusste mehr über den großen französischen General als Pat McKinney über das Gesetz. Wenn er erst einmal von Napoleon anfing, würden wir bis Mitternacht hier sitzen. »Ich nehme an, dass Sie in der Lage sind, uns zu sagen, ob irgendwelche Tuben oder Fläschchen fehlen?«

»Mit Sicherheit nicht. Wir bestellen direkt vom Met. Fragen Sie Pierre Thibodaux oder Erik Poste oder die anderen Mediävisten.«

»Warum Thibodaux? Warum Poste?«

»Ich bin mir sicher, dass das Büro des Direktors alle Rechnungen hat für die Materialien, die für uns gekauft werden. Die allzeit strenge Ms. Drexler kann das sicher herausfinden. In Farben und Pigmenten, Lacken und Reinigungsmitteln sind haufenweise giftige Substanzen. Und wir sind nicht die Einzigen, die alte Kunstwerke restaurieren, Ms. Cooper. Mr. Postes europäische Sammlung betreibt weitaus umfangreichere Restaurierungsprojekte als wir.«

Ich hatte nicht den Eindruck, dass er seine Kollegen ins schlechte Licht rücken wollte. Vielmehr wollte er betonen, wie frustrierend unsere Suche sein würde in einer Institution, die anscheinend Gifte brauchte, um ihre wunderbaren Bestände für die Museumsbesucher lebendig zu erhalten.

»Könnten wir diese Kopie von Ms. Grootens Personalakte mitnehmen?«, fragte ich.

»Ich habe Ihnen eine Kopie der gesamten Akte gemacht.«

Ich schlug die Akte von hinten auf und sah als Erstes das Kündigungsschreiben. Es war computergetippt und datiert vom 24. Dezember letzten Jahres. Statt einer Unterschrift stand da nur der Großbuchstabe *K*, mit einem Marker geschrieben, sodass er fast wie eine Strichmännchenzeichnung aussah.

»Ist das ihre normale Unterschrift? Schrieb sie ihren Namen nicht aus?«

Bellinger nahm mir das Dokument aus der Hand. »Einfach und simpel, genau so. Sie verwendete normalerweise beide Initialen, aber ihr *G* war gotischer, wenn man so will.« Er schloss die Augen, als wolle er sich an ihre Unterschrift erinnern. »Was das betrifft, wäre ihr *G* schwieriger nachzumachen gewesen, falls jemand daran interessiert gewesen wäre.«

Ich hatte nicht unterstellt, dass der Brief gefälscht war. »Warum denken Sie, dass sie das nicht selbst geschrieben hat?«

»Ich – äh, ich weiß nicht. Wann ist sie gestorben? Ich meine nur, dass sie nach dem Zwanzigsten nicht mehr bei der Arbeit erschien, wenn ich mich recht erinnere. Vielleicht war sie da schon ermordet worden, und der Mörder schickte mir dieses Schreiben, damit ich mir über ihr Verschwinden keine Gedanken machen würde.«

»Haben Sie sich über ihr Verschwinden Gedanken gemacht?«

»Ich war in der Zeit verreist, weil wir über die Feiertage meine Schwiegereltern besucht haben. Ich erfuhr erst bei meiner Rückkehr im Januar, dass Katrina gekündigt hatte. Sie war weg, und ich dachte, sie hätte das Land verlassen. Ich konnte nicht viel tun, bis sie mir ihre neue Adresse schickte.«

»Hatte sie einen Computer, als sie hier gearbeitet hat?«

»Ja, natürlich.«

»Und eine E-Mail-Adresse?« Ich wusste, worauf Mike hinaus wollte.

»Soweit ich weiß, hatte Katrina nur eine E-Mail-Adresse im System des Museums. In ihrer Akte sehen Sie ein paar Mails, die sie erhielt, nachdem sie nach Südaf …« – er korrigierte sich – »nachdem sie gekündigt hatte. Wir haben

Anfang Januar ein völlig neues Computersystem, Hardware und Software, installiert. Als man Katrinas Computer abbaute, habe ich dem Leiter unserer EDV-Abteilung die Erlaubnis gegeben, mit ihrem Passwort in ihren Account zu gehen, um zu prüfen, ob Mails hereingekommen waren, die für das Museum von Bedeutung waren.«

»Hat man etwas gefunden?«

»Nichts Wichtiges. Es gab ein paar Antworten auf Anfragen in ausländischen Museen. Viele unserer Objekte, die sie eventuell in der Bestiariumsausstellung verwenden wollte, sind an andere Museen ausgeliehen, und sie wollte Fotos sehen. Ich habe die entsprechenden Mails dem Ausstellungskomitee weitergeleitet. Gaylord, Friedrichs, Poste und den anderen.«

»Irgendwelche privaten Mails?«

»Die sollten in dem Ordner sein, den Sie in der Hand halten. Einige Weihnachts- und Neujahrsglückwünsche von Bekannten hier und aus der ganzen Welt.«

Ich schlug die Akte von vorne auf, um diese Mails zu suchen. Ich hielt inne, als ich das Foto einer jungen Frau auf einem fast drei Jahre alten Museumsausweis sah. Der Kontrast zu der Polaroidaufnahme von der Nacht, in der wir ihre Leiche gefunden hatten, war enorm. Grooten hatte in die Kamera gelächelt, als sie hier zu arbeiten begonnen hatte. Mit ihrem vollen Gesicht und ihren hellbraunen Haaren mit den kastanienbraunen Strähnchen wirkte sie so munter wie eine Werbung für Dauerwellen.

Ich zeigte Mercer die Aufnahme; er schüttelte den Kopf.

»Stimmt etwas nicht?«, fragte Bellinger.

»Ich hatte bis auf die Aufnahme von vorletzter Nacht noch kein Foto von ihr gesehen. Mir ist bewusst, dass dieses hier vor einigen Jahren entstanden ist, aber hatte es Ähnlichkeit?«

Bellinger nahm das Foto und sah es an. »Ja, sehr große. Bis zum letzten Herbst. Ab da nahm sie immer mehr ab und wurde immer blasser.«

Mike zog das neuere Foto aus seiner Jackentasche. Bellinger warf einen Blick darauf und schloss die Augen. »Ich behalte sie nur ungern so in Erinnerung, aber so hat sie seit Oktober ausgesehen.«

Vielleicht hatte uns Thibodaux nicht angelogen. Die äußerliche Veränderung, die diese junge Frau in den Monaten vor ihrem Tod durchlaufen hatte, war schwer nachzuvollziehen.

»Was war mit ihrer Wohnung?«, fragte Mercer. »Haben Sie sich jemals erkundigt, was mit ihren Sachen passiert ist?«

»Meine Frau und ich – warten Sie, lassen Sie mich nachdenken, es muss Mitte Januar gewesen sein – wir haben mit dem Hausmeister gesprochen. Als die Miete zehn Tage überfällig war, hat er hier im Museum angerufen. Sie war seit Wochen verschwunden, und meine Sekretärin sagte, dass sie gekündigt und das Land verlassen hatte. Er räumte die Wohnung leer und vermietete sie wieder, bevor –«

Mike unterbrach ihn. »Was ist mit ihren Sachen? Wo sind die?«

»Katrina besaß nicht viel. Er dachte, sie hätte ihn um die letzte Monatsmiete betrogen. Sie hinterließ keine Nachsendeadresse, also hat der Hausverwalter einiges an die anderen Mieter im Haus verscherbelt und den Rest einfach auf den Gehsteig geworfen.«

Mike dachte an potenzielles Beweismaterial. Ich dachte an das spärliche Hab und Gut der jungen Frau. Familienfotos, Lieblingsbücher, vielleicht ein Erbstück – ein Ring oder ein Armband von einem Familienmitglied oder einer Freundin. Alles weggeworfen oder verkauft wegen einer um ein paar Tage überfälligen Miete, von einem Vermieter, der sich keine Gedanken über ihr Verschwinden machte.

»Katrinas Arbeitsgebiet – mittelalterliche Grabstätten und Skulpturen –, was genau hat sie da getan?«, fragte Mike. »*Wollte* sie das tun, oder haben Sie ihr diese Arbeit zugewiesen?«

»Es war ihr selbst gewähltes Spezialgebiet, Detective.«

»Trostlos, würden Sie nicht auch sagen?«

»Nicht so trostlos wie Ihr Job, Mr. Chapman. Das würden wenigstens die meisten Leute in meinem Metier denken. Möchten Sie sehen, was sie hier gearbeitet hat? Ich kann es Ihnen beim Hinausgehen zeigen.«

Mercer nahm die Grooten-Akte, und wir folgten Bellinger zu den Aufzügen und fuhren nach unten.

Am Himmel bildeten sich Wolken und warfen Schatten auf die Wege, die den Klostergarten durchzogen. Als wir das Gebäude auf der gegenüberliegenden Seite erneut betraten, kam es mir vor, als wäre jeder Arkadenbogen mit Fabeltieren bedeckt.

»Die liebte sie, Ms. Cooper. Katrina saß bei jedem Wetter hier draußen, um diese seltsamen Tiere zu zeichnen.« Ich ging langsamer, um mir die steinerne Menagerie anzusehen. »Das hier ist ein Mantikor – das Gesicht eines Menschen, der Körper eines Löwen und der Schwanz eines Skorpions. Was für eine Kombination, nicht wahr! Und von diesem Pelikan hatte sie für die große Ausstellung einen Abguss anfertigen lassen. Er durchstößt sein eigenes Herz, damit sein Blut auf seine tote Brut fällt, um diese wieder zum Leben zu erwecken.«

Wir folgten ihm in ein zweistöckiges Gebäude an der südwestlichen Ecke des Museums. Mike flüsterte mir zu: »Sieht aus wie ein steinernes Totenhaus.«

Mich fröstelte bei der Erwähnung dieses Wortes, eines alten Namens für eine Leichenhalle. Außerdem war es kalt in der gotischen Kapelle, die voller Grabdenkmäler war.

Bellinger fühlte sich hier offensichtlich zu Hause. »Im elften Jahrhundert war es in Europa für Adelige in Mode gekommen, sich und ihre Familien in Stein zu verewigen. Katrina hat diese Grabskulpturen in Frankreich studiert. Berühmte zeitgenössische Steinmetze entwarfen diese Skulpturen und führten das Wappen des Auftraggebers und die Kostüme und Besitztümer ihrer Damen absolut detailgetreu aus.«

»Was genau hat Katrina gemacht?«

»Alles hier im Museum, einschließlich der Mauern dieser Kapelle, wurde als Ruinen in Europa gekauft und hier wieder aufgebaut. Von einigen Stücken lässt sich die Herkunft leicht bestimmen, wohingegen andere nur einzelne Steinbrocken waren aus der Zeit, als die Klöster im Laufe der Jahrhunderte geschlossen wurden. Dieser arme Kerl hier«, sagte Bellinger und bückte sich, »wurde mit dem Gesicht nach unten gefunden. Man benutzte ihn als Teil einer Brücke zur Überquerung eines Alpenflusses.«

Ich kniete mich neben Bellinger und strich mit der Hand über die riesige schwarze Platte, die die Figur eines betenden Mannes trug.

»Katrina studierte die Kunstform, ermittelte, wer die Bildhauer waren und wie man einen bestimmten Stil erkennen oder verwandte Merkmale identifizieren konnte. Wir müssen andauernd unsere Bestände verifizieren, um zu wissen, wann wir wertvolle Stücke kaufen sollen, falls sie in Europa zum Verkauf angeboten werden.«

Ich ging im Raum umher und besah mir die Figuren, in deren Gesellschaft Katrina Grooten ihre Tage verbracht hatte.

»Diese Sarkophage«, sagte ich und deutete auf die vielen,

teilweise übereinander angeordneten Särge an den Wänden. »Sind davon noch mehr im Lager?«

»Haufenweise.«

»Hier?«

»Manche hier und manche im Met. Das Untergeschoss dort ist riesig.«

»Gäbe es einen Grund, dass Katrina einen Sarkophag hier heraufbringen ließ? Ich meine, von Perioden außerhalb des Mittelalters.«

»Sie hat es getan, um einen Stilvergleich machen zu können. Um Wissenschaftlern zu helfen, die erforschen, wie sich die Grabkunst im Laufe der Jahrhunderte verändert hat.«

»Haben Sie jemals ägyptische Stücke hier gehabt?«, fragte Mike.

»Es würde mich nicht wundern. Es werden laufend Sachen vom Met angeliefert.«

Mercer wollte in eine andere Richtung. »War Ms. Grooten während ihrer Zeit hier in irgendwelche Kontroversen verwickelt gewesen?«

Bellinger drehte sich um, um uns wieder zum Ausgang zu geleiten. »Nicht dass ich wüsste. Sie bewegte sich normalerweise nicht auf der Ebene, um sich mit den hohen Tieren am Met anlegen zu können. Das Bestiariumsprojekt war eine Ausnahme, und da war sie ja nur an meiner Stelle in dem Komitee. Ich hätte nicht erwartet, dass sie jemandem auf den Schlips treten würde.«

Mercer blätterte im Gehen in der Akte. »Was bedeutet dieser Hinweis hier auf das ›Flohmarktfiasko‹ vor zwei Jahren in einem Memo, das Sie an Thibodaux adressiert haben?«

Bellinger blieb stehen. »Die jungen Wissenschaftler sind so idealistisch. Es war keine große Sache. Katrina musste nur dazu gebracht werden, die wirtschaftliche Seite der Museumsarbeit zu verstehen.«

Ich wiederholte Mercers Frage. »Worum genau ging's in dem Fiasko?«

»Wir erfuhren –«

»Wer ist wir?«

»Ich war mit Pierre Thibodaux und Erik Poste auf einer Tagung in Genf gewesen. Dort ging das Gerücht um, dass auf einem örtlichen Flohmarkt ein ungewöhnlicher Fund gemacht worden war. Eine kleine mittelalterliche Elfenbeinschnitzerei von einem Hund, der ein Kaninchen jagt, sehr ähnlich der großen Version da draußen im Mauerwerk.« Bellinger ging ein paar Schritte. »Ich wollte es natürlich haben. Und Thibodaux war willens, den Preis zu zahlen.«

»War Katrina auch dabei?«

»Nein, aber die Museumswelt ist klein. Sie hörte von dem Gerücht, noch ehe ich zurückkam. Jedenfalls versuchten wir, die Elfenbeinschnitzerei zu kaufen, aber es war zu spät. Sie war dem Kopenhagener Museum versprochen worden.«

»Welche Rolle spielte Erik Poste dabei?«

»Er war nur wütend wegen der ganzen Feilscherei um das Stück. Poste wollte, dass Pierre das Geld für seine Abteilung ausgab, für ein großes Porträt oder einen Künstler wie Bazille, der in der Sammlung des Met unterrepräsentiert ist. Nicht für ein fünfzehn Zentimeter großes Stück Walrossstoßzahn, für ein kleines Kaninchen, das mir wichtig war. Wir stritten uns, aber das tun wir die meiste Zeit. In unserem Geschäft kann man nicht nachtragend sein, Ms. Cooper.«

»Und die Schnitzerei?«

Der einsiedlerische Gelehrte lächelte. »Einer von Thibodaux' Lieblingsschmugglern –«

»Schmugglern?«

»Ja, Ms. Cooper, Sie haben richtig gehört. Pierre hat ein paar Lieblinge, auf die er sich verlässt, wenn er mit seinem Scheckbuch nicht mehr weiterkommt. Das hat Tradition in unserem Metier. Wie dem auch sei, es gelang Pierres Mann, das Stück innerhalb von wenigen Tagen aus der Schweiz herauszuschaffen, noch bevor man Vorkehrungen traf, es nach Kopenhagen zu verschiffen. Er erhielt dafür seine üblichen vier Prozent Kommission. Einen Monat später war es in einem unserer Lagerräume tief unter der Fifth Avenue.«

»Sie haben die Schnitzerei gestohlen.«

»Sie verfolgen doch sicher keine Verbrechen, die in Europa passieren, oder?« Bellinger lachte. »Das liegt in der Natur der Sache, seit es Museen gibt. Manche Schätze wurden in großem Stil geschmuggelt, wie die griechischen Marmorskulpturen, die Lord Elgin gestohlen und dem Britischen Museum vermacht hat. Andere wurden im Stillen weggeschafft und verschachert. Ohne Grabräuber und Kleinkriminelle, befürchte ich, würde es auf der ganzen Welt viel weniger Kunstwerke in öffentlichen Einrichtungen geben.«

»Und Ihr wertvolles kleines Objekt?«

»Wird im Herbst ausgestellt werden. Es gab keinen großen Skandal. Wir haben den Dänen etwas von uns geschickt, worauf sie schon lange spekuliert hatten, und ich bekam meine Elfenbeinschnitzerei. Es war nur eine Frage der Zeit, bis sich die erhitzten Gemüter wieder abgekühlt hatten. Menschen vergessen nach einiger Zeit und beruhigen sich.«

»Und Grooten?«

»Sie lernte wie wir alle. Wenn Sie der Menschheit auf selbstlose Art und Weise helfen wollen, Detective, dann treten Sie dem Roten Kreuz bei. Wenn Sie in einem Museum arbeiten, dann gewöhnen Sie sich besser an die Tatsache, dass das meiste von dem, was Sie sehen, jemandem unter der Nase weggeklaut wurde. Die großen Archäologen, die in Ägypten, der Türkei und Pompeji gruben, glaubten alle, dass das, was sie entdeckten, ihnen persönlich gehörte. Sie nahmen die Urnen und Münzen und Juwelen mit nach Hause, um sie auf ihren Kaminsimsen auszustellen und sich vor ihren Freunden damit zu brüsten, und verschenkten oder verkauften sie an den Meistbietenden.«

Ich sah mir die Sammlung von Grabsteinen aus Frankreich, Belgien, Spanien und England in dem Raum an. Lords und Ladys, die weit weg von ihren beabsichtigten Grabstätten ruhten.

»Die Kriegs- und Diebesbeute imperialer Herrschaft, Ms. Cooper. Die Trojaner taten es, die Briten, die Deutschen und auch die Amerikaner während des Zweiten Weltkriegs in Europa und im Pazifik. Das einzig Nette an der Museumsarbeit ist das, was Sie zu guter Letzt in den Vitrinen sehen.«

Ich stand neben einer solchen, auf ein Podest montierten Vitrine. Darin befand sich die Statue eines männlichen Arms, komplett versilbert und mit Juwelen bedeckt, die langen goldenen Finger zu einer segnenden Geste erhoben. Die Legende am Sockel identifizierte das Ganze als Reliquiar eines Bischofs, und ich konnte die Kristallfenster in dem Arm sehen, in denen einst seine geheiligten Gebeine ausgestellt waren. Ich fragte mich, was aus den restlichen Überresten des armen Mannes geworden war.

Gegenüber dem Museumsladen und der Garderobe, am Ende der Treppe, über die wir hereingekommen waren, wollte sich Bellinger von uns verabschieden.

Mike zog einen kleinen durchsichtigen Umschlag aus der Tasche. »Was für Garderobenmarken verwenden Sie hier?«

Bellinger warf einen Blick über die Schulter, aber es hing

kein Mantel an der Garderobe. Das Wetter war heute zu mild.

»Die üblichen. Ein kleines Quadrat mit einer Nummer darauf.«

»Wie das hier?«, fragte Mike und zeigte ihm den Abriss, den uns Dr. Kestenbaum gegeben hatte.

»Ja, genau die gleichen, nur sind unsere blau. Alle Partnermuseen der Stadt verwenden das gleiche System, aber mit verschiedenen Farben.«

»Wer hat rote? Das Met?«

»Nein, das Met hat weiße, wenn mich nicht alles täuscht. Das hier ist vom Naturkundemuseum.«

15

Mercer führte uns den steilen Weg vom Ausgang hinunter zu dem kopfsteingepflasterten Parkplatz. Mit Hilfe einer Karte, die die Polizistin gezeichnet hatte, die Katrina Grooten vor einem Jahr vernommen hatte, versuchte er zu rekonstruieren, welchen Weg die junge Frau am Abend ihrer Vergewaltigung entlanggegangen war.

»Was hältst du von Hiram Bellinger?«, fragte Mike.

»Er ist anders, als ich erwartet habe. Ich dachte, er wäre alt und spießig.« Sobald wir die flachen Stufen hinabgegangen waren, über die Grooten ihr Fahrrad geschoben hatte, befanden wir uns in dichtem Gestrüpp.

»Jemand hätte dort hinten auf sie warten können«, sagte Mercer und zeigte auf eine Stelle, wo das Gebüsch bis zu den Schultern reichte.

»Du meinst, jemand hatte es speziell auf Grooten abgesehen?«

»Ja, falls der Täter oder Anstifter jemand vom Museum war.«

»Ich dachte, es hätte noch andere Überfälle mit Skimasken im Fort-Tryon-Park gegeben.«

»Also war sie entweder ein willkürliches Opfer, oder jemand versuchte, es so hinzustellen, dass es aussah wie die Tat eines anderen.«

»Was ist mit Lloyd, dem Wächter, der sie so erschreckt hat?«

Mercer gab Mike einen Klaps auf den Hinterkopf und ging weiter den Hügel hinab. »Lass den armen schwarzen Kerl aus dem Spiel, Chapman.«

»Es steht außer Frage, dass der Vergewaltiger ein Schwarzer war. Jeder ist verdächtig, bis wir ihn ausschließen können. Und außerdem gefiel mir dieser Bellinger nicht annähernd so gut wie Coop.«

»Er ist weiß, Mike.« Mercer lachte.

»Zu weiß für meinen Geschmack. Woher willst du wissen, dass er ihr keine Falle gestellt hat? Er behauptet, sie nicht gut gekannt zu haben, aber mir scheint, dass ihm unheimlich viel daran gelegen hat, sie hier zu behalten. Was hatte das zu bedeuten? Also los, wir haben einiges zu tun. Ich fahre direkt hinunter zu Central Park West und überprüfe diese Sache mit der Garderobenmarke. Kommt ihr mit?«

Ich nickte. »Wer hat dich angepiept?«

Mercer war gegen Ende unseres Meetings angepiept worden und hatte den Anruf erwidert, als wir aus dem Museum kamen. »Beth Israel North. Eine Krankenschwester kam in das Zimmer einer einundneunzigjährigen Patientin und ertappte einen Mann bei ihr im Bett. Er hatte die Hosen unten und der alten Frau das Nachthemd ausgezogen. Als die Krankenschwester Alarm schlug, zog der Täter einfach seine Hosen hoch und machte sich aus dem Staub. Sie denken, dass es ein Lieferant ist, der im Zimmer nebenan Blumen abgegeben hat. Die Spurensicherung hat die Vase auf Fingerabdrücke untersucht, und wir haben den Floristen kontaktiert. Ich schau im Krankenhaus vorbei, um zu sehen, ob ich von den Angestellten irgendwelche Aussagen bekommen kann.«

»Und die Patientin?«

»Ist unzurechnungsfähig.«

»Rufst du den Floristen an?«

»Das hat der Sicherheitsdienst des Krankenhauses bereits getan. Der Kerl heuert Obdachlose aus den hiesigen Unterkünften als Lieferanten an.«

»Wie beruhigend!« Ich sah auf meine Uhr. »Es ist beinahe halb fünf. Wollen wir uns später bei mir zu Hause treffen? Wir sehen uns Katrinas Personalakte an und überlegen, wie wir weiter vorgehen sollen. Ich sage Sarah Bescheid, dass sie dir für diesen neuen Fall jemanden zuweist.«

Ich stieg in Mikes Dienstwagen ein, und wir fuhren die Kreisauffahrt hinunter in Richtung des West Side Highway. Ich wählte Ryan Blackmers Nummer auf meinem Handy.

»Noch mehr E-Mails von unserem Cybermonster?«

»Alles ruhig. Harry arbeitet heute von vier bis zwölf. Das heißt, Brittany kommt erst kurz vorm Abendessen nach Hause.«

»Ich habe eine Idee. Schlagt doch als Treffpunkt das Naturkundemuseum vor. Welchem Kind gefällt es dort nicht? Dinosaurierknochen, Schmetterlinge, das Planetarium. Sie könnten sich an der Teddy-Roosevelt-Statue treffen. Das gibt den Cops genug Deckung bei all den Leuten. Und ich bin mir sicher, dass sich im Umkreis von ein paar hundert Metern, zwischen der Columbus und Amsterdam Avenue, ein schmuddeliges Hotel finden lässt.«

»Gute Idee. Ich werd's vorschlagen.«

Es gab ein paar Plätze in der Stadt, an der sich Pädophile mit Vorliebe herumtrieben. Im Winter zogen der Weihnachtsbaum und die Eislaufbahn am Rockefeller Center Männer an, die sich an den Hinterteilen kleiner Mädchen reiben wollten, die von den Lichtern des riesigen Tannenbaums und den gekonnten Drehungen der Schlittschuhläufer in den Bann gezogen waren. Im Sommer waren es die öffentlichen Schwimmbäder, wo sich Mädchen und Jungs balgten und rangelten.

Zu den Orten, die das ganze Jahr über beliebt waren, gehörten die Museen und Zoos der Stadt, wo jeden Tag ganze Busladungen an Kindern abgeladen wurden, die in der Regel von den geilen Blicken der Erwachsenen, die sich auf den Toiletten oder bei den Kiosken herumtrieben, keine Notiz nahmen.

»Kannst du mich mit Sarah verbinden?«

Ryan legte mich in die Warteschleife. »War's schlimm bisher?«

»Alles im Griff«, antwortete sie. »Machst du Fortschritte?«

»Wir sammeln noch immer Hintergrundinformationen. Gibt's was Neues?«

»Schrecklicher Fall oben im Krankenhaus.«

»Mercer war bei uns. Er ist gerade auf dem Weg dorthin. Ich habe ihm gesagt, dass ich dich bitten würde, jemanden auf den Fall anzusetzen, aber du bist mir offenbar schon weit voraus.«

»Ich habe den Namen und die Sozialversicherungsnummer überprüft, die der Kerl dem Floristen nannte, der ihn tageweise bezahlt. Sie stimmen nicht überein. Also haben wir keine Ahnung, wer der Kerl ist. Wir lassen die Unterkunft überwachen, aber er ist noch nicht lange dort gewesen, also erwarten wir nicht, dass er heute Abend dort aufkreuzt. Und jemand war hier im Büro; ich dachte, du solltest darüber Bescheid wissen. Eine neununddreißigjährige Frau, die behauptet, seit zwei Jahren eine SM-Beziehung zu einem Kerl zu haben. Ich tippe gerade einen Durchsuchungsbeschluss für seine Wohnung.«

»Für die Ausrüstung?«

»Peitschen, Ketten, einen versenkbaren Flaschenzug an der Decke mit Hand- und Fußschellen. Und Videokassetten.«

»Was ist darauf zu sehen?«

»Sie, während er sie auspeitscht. Ich glaube nicht, dass wir ein Sexualverbrechen haben, weil sie in alle sexuellen Handlungen eingewilligt hat. Aber die Anklage wegen Misshandlung wird durchkommen.« New Yorks höchstes Gericht hatte deutlich gemacht, dass man keine Einwilligung dazu geben konnte, misshandelt zu werden. »Sie hat überall auf ihrem Rücken und ihrem Hinterteil Narben und blaue Flecken. Es tut weh, ihren Körper bloß anzusehen.«

»Brauchst du Hilfe?«

»Hast du morgen früh Zeit, dir die Videobänder anzusehen, falls Lieutenant West bei der Durchsuchung welche sicherstellt?«

»Ich werde mich gleich als Erstes darum kümmern.«

»Ich will keine Verhaftung autorisieren, bis du grünes Licht gibst. Du hast beim letzten Mal so viel Kritik einstecken müssen. Was dich wirklich anekeln wird, ist, dass der Täter Anwalt ist. Jurastudium an der Brooklyn Law School, Master in Steuerrecht von der NYU.«

Wir waren vor kurzem gerichtlich gegen einen Sadomasochisten vorgegangen, und trotz der Tatsache, dass er sein Opfer mit Holzstöcken geschlagen und heißes Kerzenwachs auf ihren Körper getropft hatte, hatte es ein für seinen übermäßigen Alkoholkonsum bekannter Revolverblattjournalist für angebracht gehalten, unsere Einheit und die Collegestudentin, die über Nacht in der Wohnung des Täters gefesselt gewesen war, zu kritisieren.

»Bis morgen früh.«

Es gab keinen Parkplatz an Central Park West. Das beeindruckende alte Museum, das aus dreiundzwanzig miteinander verbundenen Gebäuden bestand, war von Bussen umringt, die am Ende des Tages die Schüler abholten. Mike bog rechts in die Seventy-seventh Street, parkte vor dem ursprünglichen Museumsgebäude und warf seinen Parkausweis hinter die Windschutzscheibe.

Da es schon spät war, gingen wir zügig den Weg entlang und unter dem riesigen Torbogen hindurch, in den die Inschrift AMERICAN MUSEUM OF NATURAL HISTORY eingemeißelt war.

Das hier war wahrscheinlich die erste Institution, die jedes Kind, das in oder in der Nähe von New York City aufwuchs, besuchte. Indianische Artefakte, Dioramen mit Säugetieren aller Art, Fossilien, Skelette, Käfer, Weichtiere, Meteoriten, Mineralien, Edelsteine und neuerdings ein Saal für Artenvielfalt. Es war unterhaltsamer als jede andere riesige Sammlung von Dingen, und wahrscheinlich würde es jedes Kind als seinen Lieblingsort in der Stadt angeben.

Als ich an dem Aufseher am Eingang vorbeieilte, streckte er den Arm aus, um mich aufzuhalten. »Wir schließen um Viertel vor sechs, junge Frau. Da bleibt Ihnen weniger als eine halbe Stunde.«

Mike erkundigte sich am Informationsschalter nach der nächstgelegenen Garderobe.

»Sind Sie Mitglied?«

»Ich bin Polizist.« Er zückte seine Dienstmarke.

Die ältliche ehrenamtliche Museumsmitarbeiterin wurde

bleich. »Oh, nun, äh, folgen Sie einfach dem blauen Pfeil dort drüben auf der anderen Seite.«

Die Wege innerhalb des Museums waren lang. Wir schlängelten uns durch Horden von Schülern und Pfadfindern, vorbei an dem ein Meter achtzig langen Kriegskanu mit den halb nackten Indianern aus Britisch-Kolumbien, die noch immer gegen denselben Strom anpaddelten, seit ich als Kleinkind das erste Mal hierher gekommen war.

An der Garderobe war eine lange Schlange von ungeduldigen Kindern, die ihre Rucksäcke und Lunchboxes wiederhaben wollten. Mike hatte keine Geduld. Er hielt dem Mann, der die Sachen zurückgab, seinen Dienstausweis unter die Nase.

»Zeigen Sie mir bitte Ihre Garderobenmarken!«

»Ich verstehe nicht.«

»Die Kontrollabschnitte. Ich würde sie gerne sehen.«

Der Angestellte hielt ihm mit der linken Hand eine riesige Rolle mit nummerierten Tickets hin. »Die hier?«

Mike griff sich das lose Ende der Rolle und riss es ab. Er verglich es mit dem Ticket, das Kestenbaum in Katrinas Hosentasche gefunden hatte. Sie stimmten genau überein. »Wo ist die Fundstelle?«

»Haben Sie heute etwas verloren, Sir?«

»Nein. Meine Freundin hier ist etwas zerstreut. Sie hat letztes Jahr ihre Handschuhe hier im Museum vergessen und will sie noch rechtzeitig vor Winterbeginn wiederhaben.«

»Dann müssen Sie zum Sicherheitsdienst gehen. Folgen Sie den Schildern vorbei am IMAX-Kino zur Vorderseite des Gebäudes. Er ist direkt vor der Halle des Planeten Erde.«

Mike rannte jetzt fast, und ich eilte hinter ihm her. Die Halle der Nordwestküsten-Indianer mit ihren Figuren von

Männern in Lendenschurzen und Frauen in Tierhäuten, die über offenen Feuerstellen kochten und auf hohen Gestellen Fleisch pökelten, schien schier endlos.

»Weißt du, was hier anders ist als im Met? Zum einen schon mal das Licht.«

Mir war noch nie bewusst geworden, wie dunkel es in diesen riesigen Korridoren war. In den Ausstellungsräumen gab es kein natürliches Licht, und sie hatten auch nicht die Weite des Kunstmuseums. Obwohl die Vitrinen von hinten angestrahlt waren, herrschte überall eine kühle Dunkelheit.

Ich folgte Mike um eine Ecke in den riesigen Ausstellungsraum, der den Säugetieren Nordamerikas gewidmet war. Wieder war es in dem Saal mit den düsteren Glasvitrinen voller Karibu- und Bisonherden auffallend finster.

Wir gingen vorbei an den Aufzügen zu einem anderen Informationsschalter, hinter dem eine Dame gerade ihre Papiere wegschloss. Sie zeigte auf die Tür des Büros des Sicherheitsdiensts. Mike hielt sie mir auf. Wie in den meisten Finanz- oder philanthropischen Einrichtungen der Stadt wurden auch die Sicherheitsdienste in den Museen von pensionierten NYPD-Bossen geleitet. Häufig quittierten sie ihren Job jung und gesund genug, um eine volle Rente zu kassieren, und schlugen dann eine zweite Laufbahn mit gutem Gehalt und Sozialleistungen ein.

Mike wies sich bei dem Sicherheitsbeamten hinter dem Schreibtisch aus. »Wer ist hier der Boss?«

»Sitzt vor Ihnen.«

»Ich bin dienstlich hier.« Wieder einmal wirkte das blaugoldene Detective-Abzeichen seine Wunder. »Gibt es hier ein Fundbüro?«

»Sitzt vor Ihnen.«

»Das hier ist eine Garderobenmarke für etwas, was vor Monaten hier abgegeben wurde.«

»Vor wie vielen Monaten?«

»Vielleicht fünf oder sechs.«

»Bei fünf hab ich's. Bei sechs ist es vom letzten Jahr.«

Mike reichte ihm den durchsichtigen Umschlag mit dem Kontrollabschnitt. Der Wächter sah ihn genau an, dann griff er zum Telefon und bat jemanden am anderen Ende der Leitung, nach einem Gegenstand mit der Nummer 248 zu suchen.

»Sie werden mir gleich Bescheid sagen, ob sie es finden können, Detective.«

»Können Sie mir auch das genaue Datum sagen, wann es abgegeben worden ist?«

Der Aufseher zog die Stirn in Falten und dachte ein paar Sekunden nach. »Wahrscheinlich nicht. Das heißt, nicht genau. Die Tickets gehen bis zehntausend, dann fangen sie wieder bei eins an. Wir können es eventuell auf eine Woche oder so datieren.«

»Gibt es eine separate Garderobe für Museumsangestellte?«

»Dieses Museums? Ja.«

»Und für Angestellte eines anderen Museums wie beispielsweise des Met oder der Cloisters?«

Der Wächter sah Mike an und versuchte, uns von seiner Effizienz zu überzeugen. »Nach dem elften September musste jeder, der hier reinwollte, seinen Mantel oder seine Tasche am Eingang abgeben. Wie jede andere öffentliche Einrichtung mit großem Publikumsverkehr waren wir letzten Herbst und Winter in höchster Alarmbereitschaft. Es spielte keine Rolle, wo jemand arbeitete oder was für Ausweise er oder sie hatte. Alles musste abgegeben werden. Wir privaten Sicherheitskräfte hatten genauso viel zu tun wie ihr.«

Während wir warteten, rief Mike vom Museumstelefon aus in seiner Dienststelle an, um den Sergeant auf dem Laufenden zu halten, und ich erkundigte mich bei Laura nach den Nachrichten, die heute eingegangen waren.

Als ich auflegte, kam ein Mädchen, das eine Anstecknadel mit dem Musuemslogo am Revers trug, in das Büro. »Suchen Sie das hier?«

Sie hielt eine ausgewaschene blaue Uniformjacke aus dem Army Store hoch, um deren Kragen ein Wollschal gewickelt war. Es war genau Katrina Grootens Stil.

16

»Wie lautet die Durchwahl des Büros des Museumsdirektors?«

Der Aufseher zog die oberste Schublade auf und kramte zwischen den Papieren nach dem Telefonbuch. Er hatte eindeutig nicht oft mit der Chefetage zu tun.

Er reichte Mike den Hörer, der wählte und sagte: »Ich würde gerne mit« – er sah auf die Liste der Namen auf der Titelseite – »Präsidentin Raspen sprechen.«

»Entschuldigen Sie, dass wir Sie aufhalten«, sagte ich zu dem Aufseher, der immer wieder ungeduldig auf die Uhr sah.

»Ach ja? Für wie lange?« Mike gefiel die Antwort nicht, die er bekam. »Nun, wer hat dann das Sagen? Können Sie ihn an den Apparat holen?« Noch eine schlechte Antwort. »Morgen Vormittag, elf Uhr? In Ordnung, sagen Sie ihm einfach, dass ich da sein werde, wenn er kommt. Michael Chapman, NYPD.« Was als Nächstes gesagt wurde, gefiel ihm scheinbar noch weniger. »Nein, aber wenn Sie das Wort *Mord* erwähnen, nimmt er sich vielleicht ein oder zwei Minuten Zeit für mich.«

Er wandte sich mir zu. »Die Museumspräsidentin ist eine Woche auf den Galapagos-Inseln, um mit einem Trupp Sponsoren Schildkröten zu begaffen. Die armen Dinger werden wahrscheinlich neben diesem verdammten Fiberglaswal, der schon ewig unten in der Halle hängt, an einem riesigen Haken baumeln.«

»Wer, die Sponsoren oder die Schildkröten?«

»Die Sponsoren werden wahrscheinlich unsterblich werden. Sie pflastern einfach einen ganzen Gebäudeflügel, ein Auditorium oder eine Echsenart mit ihrem Namen voll. Die armen Schildkröten sind jedes Mal die Gelackmeierten.«

»Mit wem werden wir morgen Vormittag sprechen?«

Mike sah auf den Namen, den er auf ein Stück Papier gekritzelt hatte. »Elijah Mamdouba. Stellvertretender Museumspräsident und Direktor der Sammlungen. Er hat einen vollen Terminkalender, aber er wird versuchen, uns reinzuquetschen. Das übliche Bürokratenblabla.«

Wir gingen zurück durch die ruhigen Gänge und wurden von einem Aufseher nach draußen geleitet. Mike fuhr einmal um den Block und dann auf der Eighty-first Street Richtung Osten durch den Central Park.

»Setz mich vor Grace' Marketplace ab. Ich hol uns einige Horsd'œuvres, und dann treffen wir uns bei mir in der Lobby.« Ich stieg an der Ecke zur Seventy-first Street aus und kaufte verschiedene Käsesorten und Pasteten, mit denen wir die Zeit bis zum Abendessen überbrücken könnten. Als ich nach Hause kam, plauderten Mike und Mercer gerade mit den beiden Portiers. Mercer nahm mir die Einkaufstüte aus der Hand, und ich drückte den Aufzugknopf für das zwanzigste Stockwerk. »Wie geht es Vickee?«

»Müde, gereizt, nervös. Sie war heute Nachmittag bei ihrer Ärztin, die sagt, dass sie in ungefähr zwei Wochen entbinden wird. Beim ersten Baby kann's auch ein paar Tage später sein.«

»Wie kannst du dich überhaupt noch auf irgendetwas anderes konzentrieren? Dieses neue Lebewesen –«

»Ja«, sagte Mike und lehnte sich gegen die Aufzugswand. »Unser erstes Kind.«

Mercer strahlte übers ganze Gesicht.

»Zumindest fürs Erste. Ich scheine Blondie nicht für die Do-it-yourself-Anleitung interessieren zu können, wie man so was zu Stande bringt. Ich erinnere mich, als ich einmal mit vierzehn oder fünfzehn im Naturkundemuseum gewesen bin. Sie hatten diese Käfer, die Federflügler hießen. Die ganze verdammte Spezies ist weiblich. Sie pflanzen sich ohne männliche Befruchtung fort. Ich schau morgen nach, ob sie sie noch haben. So muss es Coop auch planen.«

Mercer versuchte mir beizustehen. »Jake wird das Programm schon unter Kontrolle haben.«

Ich holte meine Schlüssel aus der Tasche und schloss die Tür auf. Mike fuhr fort: »Mal ist der Kerl in Washington, dann wieder in Jerusalem oder Hongkong oder Moskau. Wie kann er da aus der Ferne einen Treffer landen? Und jetzt versucht Ms. Cooper auch noch, mir meine Streicheleinheiten wegzunehmen.«

»Ein Frauenwochenende auf dem Land.« Ich lächelte Mercer an. »Nina Baum hat es so eingefädelt, dass sie ihren Chef auf dieser Dienstreise begleiten konnte, damit sie übers Memorial-Day-Wochenende mit nach Martha's Vineyard kommen kann. Ich habe Val eingeladen mitzukommen«, sagte ich. Val war Mikes Freundin. »Leckeres Essen, guter Wein, Massagen, Spaziergänge am Strand, Frauengespräche. Kein Testosteron.« Ich schaltete das Licht ein und ließ meine Sachen auf die Ottomane im Wohnzimmer fallen. »Ich hole das Eis.«

»Denkst du, dass sich die Leute nicht fragen, warum es dir gefällt, die Abteilung für Sexualverbrechen zu leiten? Du solltest die blöden Fragen hören, die sie mir stellen. ›Hasst sie Männer?‹ ›Denkst du, sie denkt daran, wenn sie mit einem Kerl im Bett ist?‹, ›Meinst du, es macht sie an, den ganzen Tag solche Geschichten zu hören?‹«

Ich ging mit einem Eimer Eiswürfel von der Küche ins Fernsehzimmer. »Nicht auszudenken, was für kluge Antworten du dir einfallen lässt.«

»Früher habe ich einige zum Schweigen gebracht, indem ich ihnen sagte, dass wir ein Paar wären, aber dann haben sie *mich* angesehen, als ob ich ein Problem hätte, also hab ich das aufgegeben.«

Mercer schenkte uns Drinks ein, während ich mir etwas Bequemeres anzog. Als ich wieder ins Wohnzimmer kam, lief der Fernseher ohne Ton, und Mercer erzählte Mike gerade, was er bei seinen Vernehmungen im Krankenhaus in Erfahrung gebracht hatte. Obwohl das Opfer nicht in der Lage war, eine Zeugenaussage zu machen, würde es ein leichter Fall sein, da die Krankenschwester Zeugin gewesen war. Man müsste nur den Täter finden und dann den Geschworenen verständlich machen, warum eine inkontinente, neunzigjährige, bettlägerige Patientin das Objekt sexueller Lust beziehungsweise sexuellen Frusts geworden war.

Ich wählte Hal Shermans Handynummer und ließ es klingeln, bis der Spurensicherungsexperte abhob. »Stör ich gerade?«

»Wen? Mich oder die Leiche?«

»Wo sind Sie?«

»Nicht in Chapmans Revier, falls Sie das meinen, Alex. Süd-Manhattan. Ein armer Schlucker aus den Vororten gabelte in dem neuen BMW seiner Frau eine Prostituierte auf.

Muss ein ziemlich heftiger Streit gewesen sein. Fünf Stichwunden in der Brust.«

»Wer heult da so im Hintergrund?«

»Die Witwe. Nicht, weil sie trauert. Sie schreit wie eine Irre, weil der Chief of Detectives das Auto nicht freigeben will. Sie sagt immer und immer wieder: ›Aber es gehört *mir*. Es ist auf *meinen* Namen registriert.‹ Irgendwie kapiert sie nicht, dass es sich um den Mordtatort handelt. Ich bin gleich fertig. Was brauchen Sie?«

»Mike ist bei mir. Ich möchte nur wissen, ob Sie schon die Fotos vergrößert haben, die Sie für uns mittwochnachts in dem Truck gemacht haben.«

»Sind morgen auf Ihrem Schreibtisch. Sind gut geworden.«

»Konnten Sie irgendwelche Markierungen auf dem Sarkophag erkennen?«

»Wie zum Beispiel Hieroglyphen?«

»Genau.«

»Ja, die sind überall. Er ist über und über verziert.«

»Erinnern Sie sich an irgendwelche Symbole? Ich kam auf dem Truck nicht nah genug ran.«

»Machen Sie Witze? Ich fotografiere nur. Ich airbrushe die Blutflecken oder Schusslöcher nicht raus, und ich bin kein Übersetzer.«

»Was ich meine, ist, sind nur Schriftzeichen drauf oder auch irgendwelche Figuren?«

»Haufenweise kleine Ägypter.«

»Irgendwelche Tiere?«

»Mehr als im *König der Löwen*. Alle möglichen Arten von Affen, genug Katzen, damit meine Allergien verrückt spielen, Widder und Lämmer, Enten und Falken und –«

»Großartig. Danke, dass Sie gekommen sind. Ich schulde Ihnen was.«

»Ich schreib's auf Chapmans Liste. Wenn ihr Clowns mal zahlen würdet, könnte ich eines Tages ein sehr reicher Mann sein.«

Mike schaltete den Ton des Fernsehers ein, als ich aufgelegt hatte. »Hal sagt, dass auf Katrinas Sarkophag haufenweise Tiersymbole sind.«

»Das hätte ich dir auch sagen können. Ich hab ja mit der Taschenlampe direkt darauf geleuchtet. Pscht.«

Alex Trebek hatte gerade verkündet, dass die Final-Jeopardy!-Kategorie des heutigen Abends »Die größten Hits« lautete.

»Ist jeder mit zwanzig dabei?«

»Ich wünschte, du *hättest* es mir gesagt. Es bedeutet, dass der Sarg eventuell für die Ausstellung vorgesehen war. Katrina hat ihn vielleicht oben an den Cloisters oder im Naturkundemuseum studiert.«

»Offensichtlich.« Mike ahmte Alex Trebek nach. »›Laut ASCAP ist dieser Song der von amerikanischen Radiosendern am meisten gespielte Hit.‹ Wie lautet deine Frage, Coop? Wie steht's mit Ihnen, Mr. Motown?«

Mercer streckte den Arm aus und klappte die Hand auf. »Ich tippe auf die frühen Supremes. ›Stop, in the Name of Love.‹«

»Wir werden in der ganzen Stadt nach diesem zwei Tonnen schweren Sarkophag suchen müssen. Wie ist das möglich?« Ich konnte mir nicht vorstellen, dass etwas so Schweres und Großes wie dieser alte Sarg so schwer zu finden war. »Muss was von Sinatra sein. ›Strangers in the Night‹?«

»Genau das meine ich, Coop. Viele Leute würden in die Antwort, die du gerade gegeben hast, etwas hineinlesen. Strangers in the Night, One-Night-Stands. Zu viel Sex im Kopf. Ich für meinen Teil sage Elvis, ›Love Me Tender.‹ Natürlich ›Was ist‹?«

»Es tut mir Leid, Ladys.« Trebek täuschte Bestürzung über die drei falschen Antworten vor. »Und damit endet unsere Campus Winners Week. Die richtige Antwort wäre gewesen: ›Was ist ›You've Lost That Lovin' Feeling‹ von den Righteous Brothers?«

Mike schaltete den Fernseher aus, während Mercer sang: »›Now it's gone, gone, gone …‹ Nicht zu fassen, dass dieser Schnulzen-Soul so viel Sendezeit bekommt.«

»Schlachtplan. Ich sehe schon, dass wir heute Abend hier nichts zu essen bekommen werden. Du hast zu Hause zwei Mäuler zu füttern, Val wartet darauf, dass ich sie ins Kino entführe, und Blondie ist in Gedanken noch immer bei dem Mord. Wie lauten deine Anweisungen? Muss ich irgendwas erledigen, bevor ich morgen früh in dein Büro komme?«

»Während du dich dieses Wochenende nach Val und mir verzehrst, könntest du Bellingers Geschichte überprüfen. Sprich mit seiner Frau, finde heraus, von wann bis wann sie im Dezember verreist waren und was sie über die Beziehung zwischen ihrem Mann und seinem Schützling dachte.«

»Ich werde auch versuchen, alles in die Finger zu kriegen, was Katrina unterschrieben hat. Eigenartig, dass Bellinger sofort meinte, die Unterschrift auf ihrer Kündigung könnte gefälscht sein.«

Ich musste Mike nicht sagen, was er im Laufe einer schwierigen Ermittlung zu tun hatte, aber es half, wenn wir die Aufgaben untereinander aufteilten. Er fuhr fort: »Ich werde diese Museumsdokumente überprüfen, um zu sehen, ob sie uns verraten, wo sie zwischen Juni und Dezember ihre Zeit verbracht hat und warum sie in der Nähe des Sarkophags gewesen sein könnte.«

»Ich werde morgen die privaten E-Mails kopieren und sie mit auf Martha's Vineyard nehmen. Ich möchte sehen, was sie ihren Freunden über ihre Gesundheit, ihren Job und ihre Entscheidung, nach Südafrika zurückzugehen, erzählt hat.« Das Telefon klingelte, und ich hob nach dem zweiten Klingeln ab.

»Hey, Joe, haben Sie was?« Es war der Detective bei der Bezirksstaatsanwaltschaft, der den Speicherausdruck meines Bürotelefons anordnen sollte, damit wir herausfinden konnten, woher meine Verfolgerin Shirley Denzig anrief. Ich wandte Mike und Mercer den Rücken zu in der Hoffnung, dass sie nichts von meinem immer wiederkehrenden Problem mitbekommen würden, während sie sich über das Wochenende unterhielten.

Joe teilte mir mit, dass die Telefonfirma auf Grund des Feiertags und der Tatsache, dass die Anrufe in der Telefonzentrale der Bezirksstaatsanwaltschaft eingingen, in der Hunderte von Durchwahlnummern zusammenliefen, vor Anfang nächster Woche keine Resultate für mich haben würde.

»Das geht in Ordnung. Ich bin ab morgen mit ein paar Freunden auf dem Land.«

»Sie werden nicht allein sein?«, fragte er. »Sie versprechen mir, dass Sie nicht in der Stadt sein werden?«

»Sie haben meine Nummer auf dem Vineyard. Rufen Sie mich an, falls es was Neues gibt.«

Ich legte auf und brachte die Jungs zur Tür, gerade als Jake sie von außen aufschloss. Ich nahm ihm seine Einkaufstüte mit den Zutaten fürs Abendessen ab, das er kochen würde, und er begrüßte Mike und Mercer, die er das letzte Mal vor einigen Wochen gesehen hatte.

»Heute Abend gibt's Fettucine für die überarbeitete Staatsanwältin. Ich habe genug Essen für alle. Wollt ihr bleiben?«

»Ich muss los. Wirst du am Wochenende auch rausgeschmissen?«

»Sogar noch länger. Ich fliege am Samstag wegen der Mission des Verteidigungsministers nach Australien und Südostasien. Neun Tage.«

»Mercer und ich werden auf die kleine Prinzessin aufpassen. Sei heute Nacht gut zu ihr. Vielleicht erzählt sie dir von der Leiche, die wir heute in einer Rüstung im Met gefunden haben. Muss der gefährlichste Ort der Stadt sein.«

Jakes Kopf wirbelte herum, während Mike die Tür hinter sich schloss. »Meint er –?«

Ich legte meine Arme um seinen Hals, gluckste angesichts seiner Leichtgläubigkeit und küsste ihn auf die Nasenspitze. »Er zieht dich nur auf. Keine neuen Leichen. Keine Fortschritte in dem Fall.«

»Er denkt wohl wirklich, dass ich die undichte Stelle war. Vielleicht kann ich mir ein bisschen Goodwill zurückkaufen.«

»Hast du den Fall für uns gelöst? Das wäre ein guter Anfang.« Ich suchte im Weinschränkchen nach einer guten Flasche Rotwein zum Abendessen.

»Ich hatte heute eine Nachricht auf meiner VoiceMail im Büro. Der Anruf muss reingekommen sein, während ich meinen Beitrag für die Abendnachrichten aufnahm. Erinnerst du dich an die Frau, die sich am Dienstag an mich hängte, während du dich mit Nina unterhalten hast?«

»Die attraktive alte Dame mit der silbrigen Haartönung?«

»Ruth Gerst. Mitglied des Museumskuratoriums. Sie wollte wissen, ob ich gute Kontakte bei der New Yorker Polizei hätte. Sie will ihnen einige Informationen über Pierre Thibodaux zukommen lassen.«

17

»Sie haben bereits die Cartoons und den Vorfilm verpasst, Alex. Holen Sie sich einen Stuhl und schnallen Sie sich an. Das hier wird ziemlich ungemütlich.« Colin West war Lieutenant im ersten Revier, das hauptsächlich den Finanzbezirk der Stadt – Wall Street – und eine rapide wachsende Wohngegend umfasste, in der ältere Gebäude in Lofts und Wohnungen umgewandelt wurden. Er war ein großer Mann mit einem breiten, attraktiven Gesicht, glatt rasiertem Schädel und einem unglaublich scharfen Verstand.

»Der Dezernatsleiter höchstpersönlich? Was verschafft mir die Ehre?« West, einer seiner Detectives und ein Techniker von unserer Videoabteilung hatten sich in dem kleinen Konferenzraum gegenüber von meinem Büro eingerichtet, einen Stapel Videokassetten auf dem Tisch. Ein Band lief gerade, als ich kurz nach acht Uhr das Zimmer betrat. »Entschuldigt bitte die Verspätung.«

»Kein Problem. Wir haben mit Hilfe von Sarahs Durchsuchungsbeschluss sechsundvierzig Kassetten beschlagnahmt. Wir sind schon seit einer Stunde hier, damit ich die Bänder durchsehen und Ihnen die Highlights heraussuchen konnte.«

»Wie steht's mit den Waffen?«

»Eine wahre Folterkammer. Mehr als zwanzig Peitschen, eine Sammlung von Dingern, die wie Haarbürsten mit Metallspikes aussehen, Fesseln am Fuß- und am Kopfende des Betts, Sexspielzeug, das Sie sich gar nicht vorstellen können, und ein in ein Deckenpaneel eingelassener Metallflaschenzug mit Handschellen. Trautes Heim, Glück allein. Schwarz?«

West nahm ein paar Kaffeebecher und Donuts aus einem Pappkarton.

»Wie ich gehört habe, ist der Täter Anwalt.«

»Ja. Kalder, Peter Kalder. Wohnhaft in Battery Park.«

»Haben Sie ihn eingesperrt?«

»Nein. Wir haben einfach an die Tür geklopft, ihm den Durchsuchungsbeschluss gezeigt, gewartet, während er sich im Bad auskotzte, und dann die Wohnung ausgeräumt. Sarah wies uns an, ihn in Frieden zu lassen, bis Sie das Beweismaterial gesichtet haben.«

»Was ist mit dem Opfer?«

»Das da ist sie, mit den Handschellen an den Flaschenzug gefesselt.« West deutete auf den Bildschirm, auf dem das Standbild einer extrem mageren Frau, die ungefähr in meinem Alter zu sein schien, zu sehen war. Sie lag geknebelt auf einem zerwühlten, mit einem gestreiften Bettbezug bezogenen Doppelbett.

»Kooperativ?«

»Jetzt ja. Aber es dauerte eine Weile. Sie lernte ihn durch eine Kontaktanzeige in der *Village Voice* kennen. Ohne Schweiß kein Preis – so in der Art. Die Beziehung fing gut an, ging dann über in verbalen Missbrauch, schließlich sanften SM. Die letzten paar Monate dann diese harten Sachen.«

»Mehr als ein Mal?«

»Sie ging immer wieder zu ihm zurück. Das perfekte Opfer. Sie ist den Großteil ihrer Jugend ein Inzestopfer gewesen. Geringes Selbstbewusstsein, jede erdenkliche Art von Essstörung, unfähig, stabile Beziehungen aufrechtzuerhalten. Kalder hat sie überzeugt, dass sie es nicht anders verdient hat. Ein Seelenklempner kann Ihnen das besser erklären als ich.«

»Kommt sie heute hierher?«

»Sie ist an einem schöneren Ort. Gestern Abend hat sie in einer Privatklinik in Connecticut eingecheckt. Wegen ihrer Sucht.«

»Sucht wonach?«

West nahm die Fernbedienung, spulte die Kassette ein bisschen vor und hielt das Bild an, als sich die Frau auf die Seite drehte. »Er kommt gleich ins Bild, Alex. Sehen Sie, wie sie zusammenzuckt. Sie dreht sich von ihm weg, weil er mit einer zwei Meter langen Peitsche ausholt und sie gleich auf ihren linken Oberschenkel knallen lassen wird.«

Als sich die Frau umdrehte, konnte man ihr Bein und ihre Hinterbacken sehen. Sie waren blutig und geschwollen; an manchen Stellen löste sich die Haut in Fetzen und auf alten Wunden bildeten sich Striemen.

»Schmerztabletten. Sie dröhnt sich damit zu, wenn sie in seine Wohnung geht. Muss der einzige Weg sein, wie sie das da über sich ergehen lassen kann.«

Neben dem Bett war ein untersetzter Mann in einer grauen Unterhose und weißen Sportsocken zu sehen. Er trug ein scheußliches Toupé, das in der Aufregung verrutscht sein musste, und lächelte in die Videokamera, die er auf seinem Schreibtisch aufgestellt hatte, um sich und seine Gespielin für die Nachwelt festzuhalten.

»Versprechen Sie mir eins, Alex. Wenn Sie mir grünes Licht für die Verhaftung geben, darf ich ihm dann dieses billige Toupé von seinem fetten Schädel reißen und als Beweisstück sicherstellen?«

Ich nickte, während ich zusah, wie Kalder ausholte und mit der Peitsche auf den geschundenen Körper der Frau einschlug. Ich stützte mich mit dem Ellbogen auf den Konferenztisch, senkte den Kopf und rieb mir mit Daumen und Zeigefinger über die Augenlider.

»Ich glaube, dass ich selbst unter den besten Umständen nicht viel davon ertragen könnte.«

Der Lieutenant spulte die Kassette im Schnelllauf vor. »Ich weiß, dass Sie das hier Ihren Vorgesetzten verkaufen müssen. Ich meine, nach dem Fall, den Sie verloren haben. Sie müssen sich einiges ansehen, nur um zu sehen, wie brutal er wird.«

»Battaglias Stellvertreter wird mich in dem Fall unterstützen, Colin. Kein Mensch sollte einem anderen Menschen so etwas antun dürfen – es ist ziemlich extrem. Der Fall, der abgewiesen wurde? Da hat mich McKinney nur überstimmt, und ein junger Staatsanwalt ohne Mut hat die Anordnungen von oben ausgeführt. Sie beschlossen, einige der Beweise in dem Fall zurechtzustutzen, ohne es mir zu sagen, und als das Berufungsgericht das Urteil verwarf, schmiss die Richterin den Fall einfach hin. Sie gab vor, krank zu sein. In der Zwischenzeit ist sie scheinbar nach Lourdes gepilgert, denn jetzt ist sie zurück und tut wieder, was McKinney ihr sagt. Keine Sorge – wir können mit Kalder fertig werden. Wie viel davon haben wir Ihrer Meinung nach?«

»Ich weiß noch nicht. Das ist erst das achte Band, das wir uns angesehen haben.«

»Ist bei den Videos ein Ton dabei?«

»Ja, die meiste Zeit erniedrigt er sie und nennt sie seine Sklavin. Und er spielt Spielchen mit ihr.«

Ich konnte mir nicht vorstellen, dass inmitten dieser Auspeitscherei etwas Frivoles vonstatten ging. Während West das Band zurückspulte, kam Mike Chapman herein und schloss die Tür hinter sich. Er beugte sich über den Tisch und schüttelte Colin die Hand, dann legte er einen Finger über die Lippen, deutete nach draußen und flüsterte mir zu, dass ich Besuch hätte.

»Jemand, den ich kenne?«

»Irgendeine Tussi, die behauptet, dass sie einen Anwalt vertritt, gegen den du ermittelst. Ich dachte, du erwartest sie vielleicht, also sagte ich dem Sicherheitsdienst, dass ich sie mit heraufnehmen würde.«

West und ich sahen uns an. »Sie kann warten«, sagte ich, während West mir einen anderen Ausschnitt des Videos zeigte.

Kalder stand am Fußende der Matratze und schrie seine Gespielin an. Sie hatte Hand- und Fußschellen, aber keinen Knebel umgebunden. Auf dem Nachttisch lag ein Nietenhalsband und eine Barbiepuppe, deren Kopf und Hände in einem Stock steckten.

Der jämmerlich aussehende Rechtsanwalt schrie seine Untergebene an. »Exegese!«

Die Frau wand sich und begann zögerlich und mit kleinlauter Stimme das Wort zu buchstabieren. »E … x … i …«

Kalder holte aus und ließ die Peitsche auf den blutigen Oberschenkel der jungen Frau herabsausen. »Nein! Das ist falsch!« Sie fuhr fort zu raten, wie man das Wort buchstabierte.

»Sie schreien beide ziemlich laut.«

West fuhr mit dem Finger über die Oberkante des Bildschirms. »Hier ist alles schalldicht gemacht worden, Alex. Er hat die ganze Wohnung so umgebaut, dass sie seinen Bedürfnissen entspricht. Wir haben gestern Abend die Nachbarn befragt, und sie haben nie auch nur den leisesten Ton gehört, obwohl man auf dem Band hören kann, wie laut es ist.«

»Syzygie!«, schrie Kalder.

Jetzt wand sie sich. »Das Wort kenne ich nicht«, winselte sie. Dann bemühte sie sich mit erstickter Stimme, das Wort zu buchstabieren: »S … y … z … z …?«

Dieses Mal streifte die Peitsche auf dem Weg zum Oberschenkel die Decke und hinterließ darauf eine Blutspur von ihrem letzten Körperkontakt.

Chapman nahm sich einen der Kaffeebecher. »Scheiße, Colin, wer ist der Perversling? Mit dem würde ich ungern eine Partie Scrabble spielen.«

West drückte die Pause-Taste. Ich stand auf. »Stell's dir einfach wie eine dieser Reality-TV-Shows vor. Wir nennen sie *Survivor Jeopardy*. Ich werd mal sehen, was Kalders Freundin zu sagen hat.«

Mike hielt die Tür auf, und ich signalisierte der Frau, die vor meinem Büro wartete, hereinzukommen. »Guten Morgen, ich bin Alexandra Cooper.«

»Marcy Arent.« Sie gab jedem von uns die Hand. »Ich vertrete Peter Kalder. Ich bin hier, um herauszufinden, welche Absichten Sie in diesem Fall haben.«

»Absichten? Im Moment sichten die Detectives und ich das Beweismaterial, das wir gestern Abend in der Wohnung Ihres Mandanten sichergestellt haben. Ich habe nicht um dieses Treffen gebeten, sondern Sie. Das ist alles, was ich Ihnen zum jetzigen Zeitpunkt sagen kann, also wenn Sie unsere Unterhaltung fortsetzen wollen, dann erklären Sie mir bitte, warum Sie gekommen sind.«

»Planen Sie, Mr. Kalder festzunehmen?«

»Wenn es irgendwelche Informationen gibt, die *Sie* uns geben wollen, dann höre ich sie mir gern an. Ansonsten werde ich jetzt keine Fragen beantworten.«

Arents Gesichtsausdruck war so streng wie ihr dunkelbraunes Anwaltskostüm und ihre Schuhe mit den dicken Absätzen. »Hier liegt kein Sexualverbrechen vor, Ms. Cooper. Alle sexuellen Aktivitäten zwischen Mr. Kalder und seiner Freundin fanden in gegenseitigem Einvernehmen statt.«

»Das ist mir bewusst.«

»Was geht es Sie dann an? Was hat Ihre Abteilung damit zu tun?«

Mike mischte sich ein. »Wenn einer Frau in Manhattan zwischen ihren Knien und ihrem Hals irgendetwas Unangenehmes passiert, dann ist das Coops Territorium. Gibt es noch etwas, womit wir Ihnen heute helfen können?«

»Sie willigte auch in die Misshandlung ein.«

Jetzt wurde ich wütend. »Unser Berufungsgericht sagt, dass man nicht einwilligen kann, geschlagen und ausgepeitscht zu werden, Ms. Arent. Wollen Sie das genaue Zitat? Zufällig stimme ich dieser Ansicht zu.«

Sie nahm ihre Visitenkarte aus ihrer Jackentasche. »Sie haben offenbar keine klare Vorstellung, worum es bei Sadomasochismus geht. Wir würden Ihnen gerne dabei helfen.«

Da ich die Karte nicht nahm, legte Arent sie auf den Konferenztisch.

»Entscheiden Sie, welche Art Verletzung für einen Menschen akzeptabel ist?«, fragte ich.

»Solange der Sex geschützt, normal und in gegenseitigem Einvernehmen stattfindet, haben Sie nichts, wogegen Sie gerichtlich vorgehen können.«

»Ich glaube, wo Sie und Coop nicht auf einer Wellenlänge sind, ist die Sache mit dem ›normal‹. Für Sie ist es also in Ordnung, wenn Blut fließt, die Haut in Fetzen davonfliegt, permanente Narben bleiben –«

»Wer sind Sie eigentlich?« Arent funkelte Mike wütend an und streckte auch ihm eine Visitenkarte entgegen. »Ich bin Mitglied der AASF – der Amerikanischen Allianz für Sexuelle Freiheit. Wir zählen landesweit über sechstausendfünfhundert Mitglieder. Ob Sie es glauben oder nicht, Tatsache ist, dass sich fünfzehn Prozent Ihrer Freunde in irgendeiner Form an Bondage oder sadomasochistischem Verhalten beteiligen.«

»Schließen Sie nicht von sich auf andere, Schätzchen. Ich, Coop und der Lieutenant mögen es lieber kuschelig. Kein Leder, keine Peitsche, kein tropfendes Kerzenwachs.«

Arents humorloser Blick ging zwischen Chapman und West hin und her. »Wer von Ihnen war gestern Abend in der Wohnung meines Mandanten?«

»Ich. Colin West.«

»Und Sie sind …?«

»Erstes Revier.«

Sie deutete auf Mike. »Und Sie?«

»Mike Chapman. AAV.«

»Wofür steht das?«

»Abteilung für Akronymvergabe. Sehen Sie, Ms. Arent«, sagte er und studierte ihre Visitenkarte. »Heutzutage hat jeder eine griffige Abkürzung für seine Organisation. Für Ihre wäre mir eine bessere eingefallen. Die Ihre fängt nicht ganz das ein, was Sie auszudrücken versuchen. Wie wär's zum Beispiel mit, hm, Nationale Union für traktierte Seelen beim Sex? Dann könnten Sie sich einfach NUTSS nennen. Was meinen Sie?«

Ich biss mir auf die Lippen, um nicht laut aufzulachen, sah West an und verdrehte die Augen. Battaglia würde einen Beschwerdebrief über meine mangelnde Sensibilität gegenüber der SM-Gemeinde erhalten. Na wenn schon!

Mike brachte Arent zur Tür, indem er zwei Schritte auf sie zuging und sie zurückwich. »Ms. Cooper hat heute viel zu tun. Sagen Sie Ihrem Mandanten, er soll sich entspannen. Der Lieutenant hier hat keine Eile, ihn hinter Gittern zu bringen. Wir wissen, dass Peter einen Steifen bekommt, wenn man ihm Handschellen anlegt, und dieses Vergnügen würden wir ihm nur ungern machen.«

Arent ignorierte Chapman und richtete ihren Zorn gegen mich. »Dieses Mal werden wir Sie übergehen und uns gleich an Ihren Vorgesetzten wenden, Ms. Cooper. Ich werde mir einen Termin beim Bezirksstaatsanwalt besorgen.«

Ich überquerte den Gang und schloss meine Bürotür auf. Mike folgte mir. »Ich würde mir wünschen, dass mich ausnahmsweise mal jeder übergeht. Wenn ich mich nicht mit jedem Irren abgeben müsste, der an meine Tür klopft, würde ich vielleicht mal meine normale Arbeit schaffen. Langsam glaube ich, dass es in diesem Land für alle Spinner eine Selbsthilfegruppe gibt außer für Cops und Staatsanwälte. Lassen wir Colin im Konferenzraum an den Videos arbeiten. Hattest du letzte Nacht Gelegenheit, dir Katrinas Akte anzusehen?«

Mike breitete einige Papiere aus ihrer Personalakte auf meinem Schreibtisch aus. »Sie hat keine Zeituhr abgestempelt, aber auf Grund dieser Computerausdrucke lässt sich rekonstruieren, wann sie die Cloisters verlassen hat, um an einem der anderen Museen zu arbeiten. Daraus geht eindeutig hervor, dass sie letzten Herbst ziemlich viel Zeit sowohl im Met als auch im Naturkundemuseum verbracht hat. Sie hatte mit ihrem Ausweis in beiden Museen freien Zugang zu allen Teilen der Sammlungen.«

Wir verbrachten fast eine Stunde damit, einen Zeitplan für Katrina Grootens Herbstaktivitäten zu erstellen. Ich erzählte Mike von der Nachricht, die Jake von der reichen Mrs. Gerst erhalten hatte, und wir warteten bis kurz nach halb zehn, um telefonisch ein Treffen mit ihr zu vereinbaren. Da ich nur bis zu ihrer Privatsekretärin durchkam, die uns bat, am späten Nachmittag in Gersts Zweitwohnung in der Park Avenue zu kommen, konnten wir nicht abschätzen, ob sich der Besuch für uns lohnen würde.

Ich war gerade am Telefon, um den Rest des Tages und des Wochenendes mit Sarah und Mike zu organisieren, als Mickey Diamond, eine zusammengerollte *Post* unterm Arm, ins Zimmer kam.

»Haben Sie Neuigkeiten für mich?« Ich wollte noch immer wissen, wer die undichte Stelle gewesen war.

»Gute oder schlechte? Welche wollen Sie zuerst hören?«

»Keine schlechten. Nicht in den nächsten vier Wochen.«

»Sie sehen es sich besser jetzt gleich an. Andernfalls rufen Sie mich nur später an und stauchen mich zusammen.« Er reichte mir die Zeitung über den Schreibtisch. Als ich sie auseinander faltete, sah ich ein halbseitiges Bild von Pierre Thibodaux. In einer Fotomontage saß sein Kopf auf dem Körper einer Hollywood-Mumie, und die Schlagzeile lautete in üblicher Boulevardblattmanier: *MUSEUMSBOSS HÜLLT SICH IN SCHWEIGEN.*

Ich überflog den Artikel, der seinen plötzlichen Rücktritt mit dem Leichenfund in dem Sarg in Verbindung brachte. »Sehr schick, Mickey. Es geht wirklich sehr würdevoll zu bei euch.«

»Ist nicht von mir, wirklich nicht. Wenn ich den Artikel selbst geschrieben hätte, hätte ich mir ein Zitat von Ihnen ausgedacht.«

Diese Technik hatte der Doyen der Polizeireporter im Laufe der Jahre so oft angewandt, dass sogar Battaglia wusste, dass ich mich an seine Vorschrift hielt, nicht über meine Fälle zu reden.

»Was haben Sie für mich, wenn ich Ihnen sage, dass ich über die undichte Stelle Bescheid weiß?«

Mike las die Thibodaux-Story. »Was sie hat? Werden Sie ein Mal das Richtige tun und ihr einfach sagen, was sie wissen will? Wir versprechen, dass wir das nächste Mal zuerst Sie und nicht Liz Smith anrufen, wenn irgendein berühmter Geldsack zugibt, seine Frau umgebracht zu haben.«

»Nichts, was Sie nicht schon wissen, Alex. Pat McKinney versucht einfach nur, Ihnen das Leben schwer zu machen.«

»Sagen Sie mir nicht, dass er einen neuen Weg gefunden hat, das zu tun!«

»Seine Freundin, Ellen Gunsher?«

»Ein entbehrliches Mitglied unseres brillanten Juristenstabs.«

»Wissen Sie, wer ihre Mutter ist? Besser gesagt, wer ihre Mutter *war*?«

»Nein. Sollte ich?«

»Vor Ihrer Zeit. Ihre Mutter Daniella war einmal Nachrichtensprecherin. Wie Jake, nur nie so gut etabliert. Ihre Karriere ging vor ewigen Zeiten den Bach runter. Sie tat etwas Unprofessionelles und schluchzte während irgendeiner Parteitagsrede live auf Sendung. Sie ist angeblich etwas labil. Sie arbeitet noch immer in der Produktionsabteilung einer Nachrichtensendung. Mein Informant sagt, dass der Anruf von Daniella Gunshers Assistenten kam. Er wollte fragen, ob wir schon von der Story gehört hätten, bevor sie sie brächten.«

»Ich entschuldige mich bei Jake«, sagte Mike.

»Wenn Sie mich fragen«, sagte Mickey Diamond beim Hinausgehen, »ich wette, dass Daniella zum jetzigen Zeitpunkt ihrer Karriere gar keinen Assistenten mehr hat. Wahrscheinlich hat Ihr Freund McKinney selbst angerufen und sich als Daniella Gunshers Assistent ausgegeben. Der Kerl hasst Sie wie die Pest, Alex.«

»Immer ein Vergnügen, Mickey.« Seine Neuigkeiten bestätigten nur, was ich ohnehin schon vermutet hatte. Aber ich konnte unmöglich Battaglia davon unterrichten; er wollte von dem Hickhack zwischen mir und McKinney nichts mehr hören. Fürs Erste musste ich die Information einfach abspeichern; vielleicht würde sie mir irgendwann nützlich sein.

Mike raffte die Grooten-Akte zusammen, und wir warteten, bis Laura zwei Kopien für uns angefertigt hatte, dann fuhren wir uptown zu unserem Elf-Uhr-Termin am Naturkundemuseum.

Ich erinnerte Mike daran, dass wir bei der Boutique auf der Upper East Side anhalten mussten, um herauszufinden, wer den Pullover gekauft hatte, in dem man Katrinas Leiche gefunden hatte. Wir nahmen die Abfahrt vom FDR Drive zur Sixty-first Street und fuhren die Madison Avenue hinauf, bis ich das Logo auf der Ladenmarkise sah, das mit dem Etikett des Kaschmirpullovers identisch war. Wir parkten und betraten das Geschäft.

Mike stellte sich bei der Verkäuferin vor, die allein in dem kleinen Laden war und die ruhige Vormittagsstunde nutzte, um die Ware zusammenzufalten und fein säuberlich in den Regalen zu stapeln. Wie die meisten Leute, mit denen wir während einer Mordermittlung zu tun hatten, hoffte auch sie, dass wir uns irrten, dass zwischen ihrem Leben und dem Mord irgendeine Verbindung bestand.

Ich zeigte ihr das Polaroidfoto des Pullovers, das Mike im Leichenschauhaus gemacht hatte, und dann eine Kopie des Etiketts, das in den Kragen eingenäht war. Sie hielt das Foto dicht unter die Nase, um die Nähte und das Muster zu studieren. Ich glaubte, einen leichten italienischen Akzent ausmachen zu können, als sie aufsah und sagte: »Aber er ist nicht von diesem Jahr, oder?«

»Wir sind nicht die Modepolizei, Madam. Die Frau hatte diesen Pullover an, als sie starb. Wir wissen nicht, wann oder von wem er gekauft worden ist. Deshalb sind wir hier.«

Die ernste junge Frau nahm die Kopie des Etiketts in die Hand. »Von diesem Hersteller führen wir nichts mehr. Ah, aber vielleicht kann uns der Computer weiterhelfen.«

Es schien ewig zu dauern, während sie vor dem Bildschirm saß und den Namen und die Codenummern in den Computer eintippte. Da sie sich scheinbar weigerte, eine dringend notwendige Lesebrille anzuschaffen, beugte sie sich weit vor und blinzelte auf den Bildschirm.

»Ah ja. Vor zwei Jahren, im Herbst. Wir haben neun dieser handgestrickten Pullover mit engem, rundem Halsausschnitt direkt vom Hersteller in Mailand geliefert bekommen.«

»Nur neun?«, fragte Mike. Er hörte sich erfreut an, als ihm bewusst wurde, dass wir nicht irgendeinem Stück von der Stange hinterherjagen müssten.

»Einen in jeder Größe – S, M und L. Und nur drei Farben. Limone, Himbeere, Pfirsich.« Sie sah Mike an, als müsse er doch sicherlich den Grund dafür wissen. »Unsere Kundinnen, Sir, mögen es nicht, wenn sie – wie sagt man bei Ihnen? – aus der Mode kommen. Das war ein sehr teurer Pullover.« Sie hielt inne. »Sie interessieren sich für welchen? Den pfirsichfarbenen, in M, richtig?« Sie drückte die Eingabetaste und auf dem Bildschirm erschien eine Antwort.

»*Allora*«, sagte sie leise in ihrer Muttersprache. »Natürlich, ich hätte mich erinnern sollen. Ihre Lieblingsfarbe, und sie war eine so schöne Frau. Ich schreibe Ihnen die Adresse auf, aber ich glaube nicht, dass sie Ihnen viel nützen wird. Sie ist tot. Wir haben den Pullover an Penelope Thibodaux verkauft.«

18

»Nicht gerade ein Glücksbringer, dieses teure Stück Ziegenhaar. Beide Weibsbilder, die ihn trugen, haben mehr für ihr Geld bekommen, als sie gehofft hatten. Können wir mit ihm sprechen?«

Ich klappte mein Handy zu, während wir zum Central-Park-West-Eingang des Naturkundemuseums hinaufgingen. »Nein. Das war Ms. Drexler. Thibodaux ist heute früh nach Washington geflogen, wo er heute Abend eine Rede halten wird. Wir können Anfang nächster Woche mit ihm sprechen. Er wird am Montag wieder an seinem Schreibtisch sein. Sie hat mir versichert, dass es noch einige Wochen dauern wird, bis er seine Angelegenheiten am Museum geordnet hat.«

»Dann können wir nur hoffen, dass er auch das hier für uns aufklären kann. Was, zum Teufel, machte Katrina Grooten in dem Pullover seiner verstorbenen Frau?«

Der Aufseher am Eingang wusste über unser Kommen Bescheid. Er bat mich, uns in das Besucherverzeichnis einzutragen, bevor er uns den Weg zu Elijah Mamdoubas Büro im dritten Stock des Südflügels erklärte.

Da wir das Gebäude dieses Mal von der entgegengesetzten Seite betreten hatten, gingen wir denselben Weg durch die riesigen Ausstellungshallen im Erdgeschoss zurück, den wir das letzte Mal gekommen waren. Während wir an den Dioramen mit den nordamerikanischen Säugetieren vorbeischlenderten, hatte ich den Eindruck, als würde man sie für irgendwelche ärztlichen Untersuchungen herrichten. Zweifelsohne irgendwelche Restaurierungen, welche in einer Institution wie dieser wahrscheinlich ständig vonnöten waren. Vor dem Tableau des Grand Canyon untersuchten zwei junge Wissenschaftler in Laborkitteln und mit Mundschutz zwei ernst dreinblickende Berglöwen.

Pfeile wiesen den Weg zu den Besucheraufzügen. »Vergiss es!«, sagte Mike und zupfte mich am Ärmel, während wir hinter einer lärmenden Gruppe von Achtjährigen am Lift anstanden. »Wir nehmen die Treppe.«

Mike wählte, wenn möglich, immer den nichtmechanischen Weg durch ein Gebäude. Man sah mehr vom Ort des Geschehens, oft auch Bereiche, die Außenstehende nicht zu Gesicht bekommen sollten.

Wie alles andere in diesen alten Gebäuden waren auch die Treppen riesig und leichter hinunter- als hinaufzulaufen. Da die Räume so hoch waren – hoch genug für ein Dinosaurierskelett oder ein Modell eines Wals –, gab es zwischen jedem Stockwerk vier Treppenabsätze.

Im ersten Stock blieb Mike stehen und öffnete die Tür zum Korridor einen Spaltbreit. Er schloss sie wieder und ging weiter die Treppe hinauf. »Vögel.«

Im zweiten Stockwerk blieb ich stehen und schnappte nach Luft, während er wieder durch die Tür lugte. »Afrikanische Säugetiere. Überall Affen.« Er versuchte, eine Tür direkt gegenüber dem Eingang zu den Ausstellungsräumen zu öffnen, aber sie war verschlossen. »Erinnere mich daran, dass ich frage. Ich will wissen, was hinter jeder verschlossenen Tür ist.«

»Viel Glück! Davon muss es hier Tausende geben.«

Ich war erleichtert, als wir den dritten Stock erreichten, und stützte mich auf das Geländer, um zu verschnaufen.

»Warte hier.« Ich ruhte mich nur zu gerne aus, während Mike vorbei an den Schildern mit der Aufschrift *Kein öffentlicher Durchgang* ins vierte Stockwerk hinauflief. Er verschwand durch eine Doppeltür und tauchte erst einige Minuten später wieder auf.

»Was ist dort oben?«

»Der längste Korridor, den ich je gesehen habe. Büros, Abstellkammern und Spinde, so weit das Auge reicht. Überall graue Metallschränkchen, vom Boden bis zur Decke und von einem Ende des Gebäudes zum anderen. Auf geht's. Finden wir heraus, auf wie viele verschiedene Arten man einen Affen ausstopfen kann!«

Wir folgten den Pfeilen im dritten Stock vorbei am Dinostore, dem Café und den ausgestorbenen Säugetieren zu Mr. Mamdoubas Büro. Er musste unsere Stimmen gehört haben, denn als seine Empfangsdame auf seine offene Tür zeigte, kam er heraus, um uns zu begrüßen.

»Mamdouba. Elijah Mamdouba.« Der schmächtige dunkelhäutige Mann, der vor uns stand, war kaum einen Meter fünfundsechzig groß, aber er hatte eine kräftige Stimme und einen ebenso kräftigen Händedruck. »Ms. Cooper? Mr. Chapman? Kommen Sie doch bitte herein!«

Ich folgte ihm in ein kreisrundes Zimmer in einem der Ecktürme des Museums, von dem aus man auf die Kreuzung Sixty sixth Street und Columbus Avenue hinaussah. Ich konnte mich nicht erinnern, jemals zuvor in einem runden Büro gewesen zu sein, und die Eigenwilligkeit des Raumes wurde noch verstärkt durch die Schätze auf dem Schreibtisch und in den Regalen: keine silbernen Teeservice oder Bilder alter Meister, wie wir sie im Met gesehen hatten, sondern unbezahlbare kulturhistorische Exponate aus aller Welt. In die Wand des Zimmers waren in gleichen Abständen vier identische Türen, an denen dekorative Ausstellungsposter hingen, gesetzt.

Mamdouba grinste, als er bemerkte, wie ich mich umsah. »Gehe ich recht in der Annahme, dass Sie beide unser Museum recht gut kennen?«

Wir plauderten einige Minuten, während ich im Zimmer umherwanderte und die Exponate, Skelette und Fotografien betrachtete, die Mamdouba in Wüsten- und Dschungelregionen auf der ganzen Welt zeigten. Der leicht singende Tonfall seines afrikanischen Dialekts stand im Widerspruch zu seinen Zeugnissen, die zwischen den Bildern an der Wand hingen: Bachelor- und Masterabschlüsse von Cambridge und ein Doktortitel in Kulturanthropologie von Harvard.

»Aber Sie sind sicherlich nicht gekommen, damit ich Ihnen von der neuesten Fischspezies erzähle, die wir gerade entdeckt haben.« Sein Lächeln schwand spurlos. »Sie wollen über Ms. Grooten sprechen.«

»Ja, wir haben einige Fragen. Über sie und über die Ausstellung, an der sie hier im Museum arbeitete.«

»Alles, womit wir Ihnen helfen können. Ich mochte Katrina sehr.«

»Sie kannten sie persönlich?«

»Nicht besonders gut, Ms. Cooper. Sie war relativ neu hier, also spannten sie die anderen Mitglieder des Bestiarium-Teams oft als HiWi ein. So nennt man das doch, oder? Sie war so etwas wie der Laufbursche zwischen den Ausstellungsbüros unten und meinem Büro. Außerdem hatten wir einige gemeinsame berufliche Interessen, nicht zuletzt unsere Liebe zu Afrika.«

»Sind Sie auch aus Südafrika?«

»Nein, Mr. Chapman. Ghana. Ich bin dort 1952 geboren, als es noch Goldküste hieß. Aber ich bin in der ganzen Welt umhergereist.«

»Haben Sie Katrina hier am Museum kennen gelernt?«

»Ja. Ich beaufsichtige unsere Beteiligung an der gemeinsamen Ausstellung. Ich habe sie oft hier gesehen.«

»Warum ist sie Ihnen aufgefallen? Ich meine, sie war ja nicht gerade eine der wichtigsten Wissenschaftlerinnen oder Mitwirkende des Projekts.«

»Eigentlich war es so, dass sie *meine* Aufmerksamkeit erbat. Wie Sie wissen, arbeitete sie in den Cloisters. Aber gegen Ende des Sommers sprach sie davon, nach Hause zurückzukehren. Sie wollte dort in einem Museum arbeiten und dachte darüber nach, ihr gesamtes Fachgebiet zu ändern. Katrina hatte mittelalterliche Kunstgeschichte studiert. Sie hatte begonnen, sich für Anthropologie zu interessieren und kam zu mir, um mich um Rat zu fragen.«

»Warum dieser Wandel?«

»Vielleicht können Ihnen das ihre Freunde sagen, Ms. Cooper. Ich weiß nicht, was zuerst da war – ihr Wunsch, nach Afrika zurückzugehen, woraufhin sie sich bewusst wurde, dass es dort nicht gerade viele europäische Sammlungen gibt, oder das Interesse an der Anthropologie. Ich vermute, dass Letzteres wuchs, nachdem sie unsere außergewöhnlichen Sammlungen hier kennen gelernt hatte.«

»Haben Sie auch privat mit ihr zu tun gehabt? Außerhalb des Museums?«

»Nein, nein. Ich glaube nicht, dass wir uns jemals außerhalb dieses Gebäudes gesehen haben.«

»Wussten Sie irgendetwas über ihr Privatleben, ihre Probleme?«

Er dachte eine Weile nach, bevor er antwortete: »Nicht wirklich. Sie erzählte mir im Herbst, dass sie krank gewesen war, wollte aber nichts Näheres dazu sagen. In Arbeitstreffen entschuldigte sie sich manchmal für ihre Zerstreutheit, wenn ich sie bat, eine Frage zu beantworten. Sie sah nicht sehr gesund aus, aber sehen Sie sich mal diese jungen Wissenschaftler an. Nicht gerade ein sehr robuster Menschenschlag. Wir zahlen nicht genug, damit sie sich gesund ernähren können, und darüber hinaus verbringen sie auch noch ihre ganze Zeit in diesen fensterlosen Labors mit Flüssigkeiten und Konservierungsmitteln, die einem Bestattungsinstitut Konkurrenz machen könnten. Ich könnte nicht behaupten, dass ich der Meinung war, dass sie schlimmer aussah als viele andere.«

Mamdouba lächelte und fügte dann hinzu: »Außerdem sehen in meinen Augen die meisten Menschen hier fürchterlich blass aus.«

Mike beugte sich vor, den Notizblock auf dem linken Knie, den Kugelschreiber in der rechten Hand. »Was genau ist Ihre Aufgabe hier am Museum?«

»Ich bin der Sammlungsdirektor des Museums, Sir. Alles, was sich unter diesem wundersamen Dach befindet, unterliegt meiner Obhut. Unsere Aufgabe ist es, die Exponate zu erhalten, sie angemessen auszustellen, zu wissen, wann wir neue Stücke anschaffen sollen.«

»Können Sie uns eine Schätzung Ihrer Leichen geben?«

»Ah, Mr. Chapman. Etwas mehr Respekt für die Toten. Wir haben ungefähr zweiunddreißig Millionen Arten und Artefakte. Wir haben allein etwa dreihunderttausend Säugetierexemplare – wofür Sie sich vermutlich am meisten interessieren –, einschließlich ihrer Skelette, Häute und Innereien, die über das ganze Gebäude verteilt sind.«

»Ausgestellt?«

»Bei uns ist es genau wie in einem Kunstmuseum. Was Sie sehen, sind vielleicht ein bis zwei Prozent von dem, was wir haben. Aber das wissen Sie ja bereits. Wie ich gehört habe, haben Sie schon mit Ihren Vernehmungen auf der anderen Seite des Parks, am Met, begonnen.«

»Haben Sie mit jemandem von dort gesprochen?«

»Nun, ich könnte einfach sagen, dass ich heute die Zeitung gelesen habe, nicht wahr? Aber ich habe es von Anna Friedrichs erfahren. Sie war gestern Nachmittag hier. Sie hatte Katrina sehr gern.«

»Stehen Sie Ihren Kollegen am Met nahe?«

»Zuerst einmal, Mr. Chapman, denken viele von ihnen, dass wir nicht einmal im gleichen Metier sind. Wir nennen uns beide Museum, und wir haben beide riesige Bestände, aber damit enden die Gemeinsamkeiten auch schon fast. Annas Interessen sind ein bisschen humanistischer als die ihrer Kollegen. Ich glaube, deshalb ist sie uns wohlwollender gesonnen. Was wissen Sie über die Geschichte der Naturkundemuseen?«

»Nichts«, antwortete ich. Mamdoubas Lächeln war unwiderstehlich. Er stand auf, kam hinter seinem Schreibtisch hervor und setzte sich auf ein Sofa auf der anderen Seite des Raums. Wir drehten uns um, um ihn anzusehen.

»Die Briten waren die Ersten. 1753. Es gab frühere Sammlungen – in Paris und sogar in Oxford –, aber das Britische Museum war das erste, das der Allgemeinheit, sprich allen ›lernbegierigen und neugierigen‹ Personen, wie es in seiner Gründungsurkunde hieß, offen stand. Es sollte nie nur der Kunst gewidmet sein, sondern auch kuriosen Dingen, die Menschen gesammelt hatten. Vögel, Tiere und menschliche ›Monstrositäten‹ – alle in Alkohol eingelegt, häufig Wein. Alkohol ist ein wunderbares Konservierungsmittel. Sogar die königliche Familie wurde davon gepackt. Wissen Sie über Peter den Großen Bescheid?«

»Kommt drauf an, was.« Mike war immer bereit, neue Geschichtsdaten zu lernen.

»Als er entdeckte, dass seine Frau einen Liebhaber hatte, ließ er den Mann enthaupten. Er ließ den Kopf in einem großen Glas einlegen und stellte ihn in das Schlafgemach der Kaiserin, damit er sie an ihre Untreue erinnerte. Peter der Große hatte eine ganze Sammlung biologischer Kuriositäten. Jahrhunderte später fanden sie seine Nachfahren in den Regalen des Palastes – auch den eingelegten Kopf, der noch immer gut erhalten war.«

Mamdouba würde uns doch wohl mehr als Sensationshascherei zu bieten haben. Seine ganze Karriere steckte in dieser Arbeit. »Und dieses Museum hier?«

»Das größte der Welt. Seine Anfänge sind ähnlich. Ich kann Ihnen den ersten Jahresbericht von 1870 zeigen. Knochen einer ausgestorbenen Dronte, dreitausend Vogelhäute aus dem Kabinett des Prinzen Maximilian von Neuwied, Hunderte von Käfern, Privatsammlungen des französischen Generalkonsuls in New York, Weich- und Schalentiere, die in Ermangelung einer besseren Unterkunft in den Wall-Street-Büros von Brown Brothers, der alten Investmentfirma, gelagert waren.«

»Woher, um alles in der Welt, stammte das Geld für den Bau dieses riesigen Museums?«

»Ah, Ms. Cooper. Es war das goldene Zeitalter der Forschungsreisen. Theodore Roosevelt jr. – jedes Kind kennt die Statue draußen vor dem Museum. Aber es gab noch andere außergewöhnliche Männer mit großen Visionen. J.P. Morgan, Morris Jesup, Albert Bickmore, Teddy Roosevelts Vater.« Mamdouba war aufgestanden und deutete auf Fotos an der Wand, während er die Namen herunterspulte. »Diese Männer hatten den Weitblick, der zur Entdeckung des Nordpols, der kartografischen Erfassung der Wüste Gobi mit dem größten Dinosaurierfeld der Welt und der Durchdringung der tiefsten Dschungel Afrikas und Südamerikas führte.« Er drückte seine linke Hand mit gespreizten Fingern auf die Brust. »Wir repräsentieren die sich ständig im Wandel begriffene Geschichte der Evolution des Lebens auf unserem Planeten, wir interpretieren und integrieren fortwährend neue Daten. Und wir sind eine unwahrscheinlich vitale Forschungsorganisation. Nicht nur ein bisschen Ölfarbe und ein paar Leinwände, die ein oder zwei Jahrhunderte lang in einem vergoldeten Bilderrahmen an der Wand eines Museums hängen.« Er grinste wieder, als er seinen Kollegen auf der anderen Seite des Parks den Schuss vor den Bug zurückgab.

»Würde es Ihnen etwas ausmachen, uns zu zeigen, wo Ms. Grooten gearbeitet hat, wenn sie hier war?«

»Ich veranlasse gern, dass jemand Sie herumführt. Wir haben der Ausstellung im Kellergeschoss viertausend Quadratmeter zur Verfügung gestellt – um alles vorbereiten und archivieren zu können.«

»Viertausend Quadratmeter?«

»Ja, Mr. Chapman. Schließlich haben wir hunderttausend Quadratmeter Fläche. Kommen Sie!« Er geleitete uns an der Empfangsdame vorbei auf den Gang hinaus.

»Was ist oben?«

»Im vierten Stock? Der längste Korridor in Nordamerika, abgesehen vom Pentagon. Vielleicht gibt es etwas Vergleichbares in Versailles oder Windsor. Er ist drei Straßenblocks lang, länger als das gesamte Dorf, in dem ich aufgewachsen bin.«

»Können wir uns dort oben umsehen?«

Er zögerte fast unmerklich, aber der Rest seines Vortrags war so glatt gewesen, dass es auch Mike aufgefallen sein musste.

»Wenn Präsidentin Raspen von ihrer Reise zurückkommt, bin ich mir sicher, dass sie es autorisieren wird.« Er fuhr wieder mit seiner geschliffenen Vorstellung fort. »Sie haben doch sicher von Margaret Mead gehört. Nun, sie hatte das Erkerbüro über mir. Eine beeindruckende Frau. Sie war über fünfzig Jahre mit diesem Museum verbunden. Ein halbes Jahrhundert Feldforschung in den primitivsten Regionen der Welt – das muss man sich mal vorstellen.«

Mamdouba drückte den Aufzugknopf, und wir warteten, bis der langsame Lift in den dritten Stock gezuckelt kam. Wir fuhren ins Erdgeschoss und betraten erneut die Halle der nordamerikanischen Säugetiere. Mamdouba blieb bei einem Wachmann stehen, um von dem Telefon dort jemanden anzurufen, der uns herumführen sollte.

»Was ist mit den Tieren los? Sind sie krank?«, fragte Mike und zeigte auf die Wissenschaftler in Kitteln und mit Mundschutz, die nach wie vor in einigen der Dioramen zugange waren.

»Sind die nicht wundervoll? Einer unserer ersten Forscher, Carl Akeley, hat die ersten Dioramen hier gestaltet. Vor seiner Zeit stopfte man Tierhäute mit Stroh aus. Das war wegen all der Beulen nicht nur ästhetisch unansehnlich, sondern es kam auch häufig zu Insektenbefall. Akeley war ein großer Sportler und Jäger. Er kannte die Tiere ganz genau.«

Mike interessierte sich mehr für die Taxidermie-Technik als ich. Er hörte Mamdouba aufmerksam zu, während dieser die berühmte Akeley-Innovation beschrieb. »Als Erstes brachte Carl das Tierskelett in Position. Das echte, von dem man das Fleisch entfernt hatte. Dann formte er aus Ton die Muskeln und Sehnen des Tieres auf seinen eigenen Knochen nach. Absolut naturgetreu. Zu guter Letzt nahm er die ursprüngliche Haut und zog sie wieder über das rekonstruierte Tier. Deshalb sehen sie so lebensecht aus.«

Mehr als ich über die verloren gegangene Kunst der Taxidermie zu wissen brauchte.

»Also was machen die Damen und Herren in Weiß? Schönheitschirurgie für die alten Tiere? Botox?« Mike und ich sahen zu, wie sie mit Wattestäbchen an den Ohren, Hufen und Geweihen herumtupften.

»Ganz genau, Mr. Chapman. Nur eine gelegentliche Auffrischung. Damit die Zähne schön weiß bleiben und das Fell auch weiterhin glänzt. Durch den Mundschutz wirkt es ein bisschen gefährlich, nicht wahr? Wir weisen unsere Arbeiter an, diese Vorsichtsmaßnahmen zu treffen, wenn sie in den Dioramen arbeiten. Sehen Sie, einer der sichersten Wege, die Insekten bei der Konservierung der Häute abzutöten, ist, genug Arsen bei der Behandlung zu verwenden.« Mamdouba blickte ernst drein. »Es ist ein Hauptbestandteil unserer Konservierungsabteilung, Detective, und wir wollen natürlich nicht, dass unsere Arbeiter es einatmen. Das könnte tödlich sein.«

19

»Haben Sie Ihren Ausweis vergessen, Mr. Mamdouba?« Ein etwa dreißigjähriger Mann mit Brille, in Jeanshosen und Jeanshemd, kam von hinten auf den Sammlungsdirektor zu und tippte ihm auf den Rücken.

»Ah, Zimm. Der perfekte Mann für den Job. Darf ich Ihnen Alexandra Cooper und Mr. Chapman vorstellen?«

»Mark Zimmerly, Entomologie.«

»Insekten?«, fragte Mike, während er Zimmerly die Hand schüttelte.

»Ja, das heißt, hauptsächlich Spinnen. Gnaphosidae. Australische Plattbauchspinnen. Sechshundertundfünfzig Spezies und kein Ende in Sicht.«

»Nichts für ungut, aber ich hatte mir etwas mit weniger Beinen und ohne Stacheln erhofft.«

Zimm drehte sich um und führte uns zu einer hohen Tür hinter den Aufzügen. Er trug einen Fotoausweis um den Hals und beugte sich vor, um ihn durch den Scanner zu ziehen.

Mamdouba folgte uns, während wir in dem schummrigen Treppenhaus drei Treppenabsätze nach unten gingen. Mattgraue Farbe blätterte von den Wänden, die verschmierte Handabdrücke aufwiesen von den Leuten, die vor uns versucht hatten, auf den engen Stufen Halt zu finden.

Chapman flüsterte mir ins Ohr, als ich um die Ecke bog: »Erinnere mich daran, dass ich Mercer und Vickee sage, das Kind nie in ein Museum gehen zu lassen. Überall dieses bescheuerte Arsen. Hast du das gewusst?«

»Womit wir wieder am Anfang wären. Wer auch immer Katrina Grooten vergiftet hat, wusste, dass das Feld an Verdächtigen groß sein würde. Er musste nicht in eine Apotheke gehen und sich das Arsen auf Rezept holen. Er braucht nur mit dem Finger auf jemand anderen zeigen, der in einem der Museen arbeitet.«

Am Fußende der Treppe war ein großes Schild: BESTIARIUM. Ein roter Pfeil unter dem Wort MET zeigte nach rechts, ein grüner Pfeil nach links: AMNH. Wir folgten Zimm in sein Büro.

»Ms. Cooper und Mr. Chapman ermitteln in dem Mord an Katrina Grooten.«

»Das ist so schrecklich!«, sagte der junge Mann. »Ich habe den Artikel in der *Post* gelesen. Ich konnte nicht fassen, dass es jemand war, den ich gekannt habe. Jemand, mit dem ich hier zusammengearbeitet habe.«

»Erzählen Sie ihnen doch bitte, was Sie hier tun und was Katrinas Aufgabe war. Zimm ist bei uns, seit er auf der Highschool war.«

»Ich bin Doktorand an der NYU. Ich kam das erste Mal hierher, als meine Familie vor fünfzehn Jahren nach Manhattan gezogen ist. Für mich war dieses Museum der tollste Ort der Welt. Ich verbrachte meine gesamte Freizeit hier, sodass mich mein Lehrer an der Stuyvesant ermunterte, hier ein Praktikum zu machen.« Stuyvesant war eine der besten staatlichen Highschools in New York, die auf Naturwissenschaften und Mathematik spezialisiert war und für die die Schüler einen speziellen Aufnahmetest bestehen mussten.

Mike lächelte ihn an. »Also haben Sie angefangen, hier zu arbeiten, als Pluto noch ein Planet war, hm?«

»Ah, Mr. Chapman. Wenigstens ist hier immer was los«, sagte Mamdouba. »Stimmen Sie mit meinen Freunden im Planetarium nicht überein?«

»Ich weiß nur, dass es die ersten fünfunddreißig Jahre

meines Lebens neun Planeten im Sonnensystem gab. Plötzlich beschließt Ihr Museum, dass Pluto nur ein vereister Komet ist. Ich tu mich schwer mit Veränderungen.«

»Ich kann nichts dafür.« Zimm lachte. »Ich hab mit den Astrophysikern nichts zu tun. Wir sammeln und katalogisieren hier unten alle Stücke, die für die große Ausstellung in Betracht gezogen werden.«

»Wer leitet das Ganze?«

»Nun, Elijah hat das letzte Wort. Ich bin nur der Handlanger. Leute bringen mir ihre Artefakte oder Fotografien der Gegenstände. Ich inventarisiere, scanne sie in den Computer ein und reiche dann die Liste an das gemeinsame Komitee und an Elijah weiter.« Er ging an seinen Schreibtisch und klickte auf die Maus; auf dem Bildschirm erschien das Programm für die große Ausstellung. Er scrollte nach unten, um uns ein paar der Tausende von Artefakten zu zeigen, die für die Ausstellung im Gespräch waren.

Mike stoppte ihn auf halbem Weg durch die *B*'s. »Ist ja 'n Ding! Du hast 'ne Namensschwester hier, Coop. Sie haben auch eine Blondie.«

»Direkt hinter Ihnen, Detective.« Ich folgte Zimms Finger und sah ein großes Einweckglas auf der Ablage neben meinem Ellbogen. »Blondie – mein persönlicher Liebling.«

»Meiner auch«, murmelte mir Mike zu. »Goldenes Haar, lange Beine, und sehr schmerzhaft, wenn sie auf einem landet.«

In dem Glas war eine Albino-Tarantel von der Größe eines Suppentellers. Tot, wie ich hoffte.

»Diese hier wurde im Museum großgezogen und hat ihr ganzes Leben hier verbracht. Sie ist so etwas wie das Maskottchen der Abteilung. Sie ist meine Kandidatin für die Bestiariumsausstellung.«

Ich machte ein paar Schritte weg von der großen Spinne

und brachte das Gespräch wieder auf unser Anliegen zurück. »Haben Sie mit Katrina zusammengearbeitet?«

»Sicher. Ich habe sie vermutlich jedes Mal gesehen, wenn sie hierher kam.«

»Wie oft war das?«

»Letztes Jahr? Ich würde sagen, anfangs ungefähr zweimal im Monat. Aber ab dem Herbst wahrscheinlich zwei- oder dreimal die Woche.«

»Mir war nicht bewusst, dass sie so oft hier sein musste.«

Zimm wurde rot. Er sah zu Mamdouba hinüber, sagte aber nicht mehr.

»Warum zögern Sie? Es ist ja nicht so, als ob sie zum jetzigen Zeitpunkt für irgendetwas in Schwierigkeiten geraten würde.«

»Nun, ich bin mir nicht sicher, wie viel Zeit davon für Sachen draufging, die sie für die Cloisters erledigen musste. Ich glaube, sie hat einfach entdeckt, wie interessant es hier ist. Sie machte ihre Arbeit. Schneller als wir. Dann wanderte sie herum und sah sich ein bisschen um.«

Mamdouba runzelte die Stirn. Das hörte er scheinbar zum ersten Mal. »Im Museum?«

»Ja.«

Jetzt übernahm der Direktor die Vernehmung. »Reden Sie über Bereiche, die allgemein zugänglich sind, oder hatte sie einen Sicherheitsausweis wie Sie?«

»Nein, Sir. Katrina hatte mit ihrem normalen Ausweis Zutritt zum Museum und zu diesen Büros, aber sie hatte keinen Zugang zu anderen Abteilungen, zumindest nicht ohne Hilfe.«

»Was meinen Sie damit, Zimm?«

Der Entomologe nahm ein Glas voller steifer Käfer und rollte es in der Hand. Auf dem Etikett stand: *Hummerschaben.*

»Katrina hat hier ein paar Freunde gehabt, Elijah. Sie borgte sich ihre Magnetkarten aus. Ist doch nichts dabei, wenn man sich für das Museum interessiert.«

»Wer hat ihr seine Karte geliehen?«, fragte Mike.

Mamdouba unterbrach ihn. »Kommen Sie doch später in mein Büro, junger Mann! Detective, das ist eine interne Sicherheitsangelegenheit. Das hat nichts mit Ihren Ermittlungen zu tun.«

»Ich widerspreche Ihnen nur ungern, aber das ist unter Umständen genau das, wonach wir suchen. Was hätte sie daran gehindert, vom Kellergeschoss in andere Museumsbereiche zu schlendern?«

»Mr. Chapman«, schoss der Direktor zurück, »dieses Museum besteht aus dreiundzwanzig separaten Gebäuden. Die meisten von ihnen sind auf dieser unterirdischen Ebene nicht miteinander verbunden.«

»Wie kommt das?«

»Man nennt es Cash-Flow. Den Gründern ging das Geld aus, sodass der ursprüngliche Gesamtplan nie vollendet werden konnte. Die einzelnen Flügel kamen nach und nach dazu, und die meisten von ihnen sind separate Gebäude, die nur im Erdgeschoss oder in den oberen Stockwerken durch einen Korridor miteinander verbunden sind. Wer waren Katrinas Freunde, Zimm?«

Zimm drehte noch immer die Käfer in den Händen. Ihre Beine und Fühler schienen sich wie ein delikates Puzzlespiel ineinander zu verhaken. »Ich bin wirklich schlecht mit Namen. Da war eine Anthropologin, eine Postdoktorandin – sie haben ständig zusammen zu Mittag gegessen. Aber sie arbeitet nicht mehr hier. Ich glaube, sie ist Engländerin. Und einige Forscher in der Abteilung für afrikanische Völker. Ehrlich, Elijah, ich habe nie mit ihnen zu tun gehabt. Ach ja, und sie ging gern in den Raritätenraum.«

»Warum?«

»Mr. Chapman, wir haben möglicherweise die hervorragendste Sammlung von Büchern, Zeitschriften, Dokumenten und Fotografien über die Vielfalt menschlicher Kulturen und die Erforschung der natürlichen Welt, die jemals zusammengetragen worden ist. Manche Exponate sind sehr fragil und in unserer normalen Bibliothek nicht erhältlich. Diese Papiere müssen in einem nur eingeschränkt zugänglichen Bereich aufbewahrt werden, oder sie würden einfach verschwinden. Sie sind schrecklich wertvoll.«

»Wo ist dieser Raum?«

»Neben der Bibliothek. Aber wie gesagt, in einem separaten Gebäude, in das man nur mit einem speziellen Sicherheitsausweis gelangt.« Mamdouba war nicht sehr erfreut. »Na schön, Zimm. Nachdem Sie diesen Leuten hier gezeigt haben, was sie sehen wollen, würde ich mich dennoch gerne mit Ihnen in meinem Büro unterhalten.«

Er sagte uns, dass er uns für weitere Fragen zur Verfügung stehen würde, entschuldigte sich und ging wieder nach oben.

»Ich wollte Sie nicht in Schwierigkeiten bringen.«

»Kein Problem, Detective. Jeder hier ist so nervös, wenn es um Sicherheit geht, aber man bekommt ein Gefühl für Leute, die die gleichen Dinge respektieren wie man selbst. Katrina hatte ja nicht vor, sich mit der Erstausgabe handkolorierter Audubon-Zeichnungen aus dem Staub zu machen. Sie war von diesem Ort auf positive Art und Weise fasziniert. Ich glaube nicht, dass sie jemals zuvor Phänomene wie diese hier zu Gesicht bekommen hatte.«

Mike setzte sich Zimm gegenüber auf einen Hocker. »Hatten Sie was mit ihr?«

Der junge Mann errötete wieder. »Nein. Wir sind ein paarmal nach den Arbeitstreffen was trinken gegangen, aber an mehr war sie nicht interessiert. Jedenfalls nicht mit mir.«

»Und Mamdouba? Hatten er und Katrina eine besondere Beziehung?«

Zimm sah Mike an, als ob er verrückt wäre. »Mamdouba? Der hat außer Arbeit nichts im Sinn. Wissen Sie, was ihn jetzt am meisten interessiert? Denjenigen zur Strecke zu bringen, der Katrina dabei geholfen hat, die Vorschriften zu verletzen. Das macht ihm wahrscheinlich mehr Sorgen als die Tatsache, dass sie tot ist. Die hiesige Bürokratie ist vielleicht noch schlimmer als die an der Universität, und ich hab ständig mit beiden zu tun.«

»Dann versuchen Sie als Nächstes nicht bei den städtischen Regierungsbehörden Ihr Glück. Was bürokratische Vorschriften angeht, würden wir beide Sie im Handumdrehen in die Tasche stecken. Und noch ein Rat: Wenn Sie ein nettes Mädchen wie Katrina treffen und was mit ihr anfangen wollen? Werden Sie die Spinnen los! Vor allem diejenigen, die Sie daheim neben dem Bett stehen haben.« Mike kickte den Hocker weg und stand auf. »Wir wollen den gleichen Blick hinter die Kulissen, den sie hatte. Das Museum, wie man es nicht auf einem Schulausflug zu sehen bekommt. Wird das ein Problem für Sie sein?«

Zimm schien von der Vorstellung begeistert. Er stellte das Glas mit den Schaben neben die Tarantel. »Ich bekomme nächsten Monat meinen Doktortitel verliehen. Dann bin ich hier weg.« Er deutete wie ein Anhalter mit dem Daumen über die Schulter. »Nach Chicago, ans Field Museum. Stellvertretender Kurator der Abteilung. Wollen Sie noch etwas über die Ausstellung wissen, bevor wir unseren Rundgang starten?«

»Wenn ich Ihnen eine Inventarnummer nenne, können Sie uns dann sagen, wo sich das Stück befindet?«

Der Entomologe war nur zu erfreut, sein Computerprogramm vorführen zu können. Er klickte den Bildschirm mit der alphabetischen Liste der Exponate weg und wartete, bis Mike die entsprechende Seite in seinem Notizblock gefunden hatte.

»Es ist eine Nummer vom Met: 1983/752.«

»Kalksteinsarkophag, richtig? Mamdouba hat es mich gestern nachschauen lassen.«

Mike nickte, und Zimm holte mit einem Doppelklick ein Farbfoto des antiken Sargs auf den Bildschirm. Die blassbeige Platte, die in dem finsteren Laderaum des großen Trucks so schaurig ausgesehen hatte, wirkte vor dem falschen Marmor, vor dem sie fotografiert worden war, beinahe elegant.

Während Zimm die Beschreibung der Muster vorlas, studierten Mike und ich das Foto auf dem Bildschirm. Da waren wilde Tiere bis ins kleinste Detail abgebildet, von Wildschweinen und Hyänen bis zu Watvögeln und Elefanten, genau wie Hal Sherman gesagt hatte. Wäre der Sarg nicht im Hafen von Newark gelandet, wäre er ein perfekter Kandidat für die Bestiariumsausstellung gewesen.

»Ist das, äh … in der Zeitung stand, dass man Katrina …«

»Ja, das ist er. Was steht noch in dem Eintrag?«

Während Zimm zwei Seiten mit Informationen ausdruckte, richtete er sich auf und zitierte den Rest auswendig.

»Wir erhielten das Stück am ersten Dezember letzten Jahres. Timothy Gaylord – der Kurator der ägyptischen Abteilung – schickte es vom Met herüber, damit wir ihn für die Ausstellung begutachteten.«

»Wo wurde er aufbewahrt?«

»So große Objekte wie der Sarg lagerten alle im Untergeschoss bei den Ichthyologen.«

»Fische?«

»Genau.«

»Warum dort?«

»Ich vermute, es ging allein darum, wo im Untergeschoss am meisten Lagerraum zur Verfügung stand. Außerdem führt dort eine Hintertür direkt auf die Verladerampe. Der Bereich bietet sich an, um die schwersten Stücke rein- und rauszuschaffen.«

Mike überflog den Ausdruck. »Hier steht nicht, wann der Sarkophag das Museum verlassen hat.«

»Laut unseren Unterlagen hat er das nie getan.«

»Können Sie den Prozess umkehren? Können Sie ein Datum eingeben – sagen wir letzten Montag oder Dienstag – und sehen, welche Gegenstände rausgegangen sind?«

Zimm widmete sich wieder dem Computerprogramm. Er tippte den zwanzigsten und einundzwanzigsten Mai auf der Suche nach ausgehenden Sendungen ein. »Scheint so, als ob einer unserer Lastwagen ein paar Exponate fürs Smithsonian abgeholt hat. Allerdings lauter leichte Sachen. Vögel, Schalentiere, Weichtiere.«

»Und die Woche davor?«

»Ja, hier ist ein größerer Lastwagen. Sehen Sie? Am fünfzehnten Mai ist etwas ans Met zurückgeschickt worden. Da waren schwere Kalksteinsachen dabei. Wahrscheinlich Objekte, die man für die Ausstellung abgelehnt hat. Dieser Sarkophag war nicht der einzige, den wir uns angesehen haben. Das Met schickte uns viele ägyptische Objekte. Hm. Eine indische Grabstele mit Szenen aus dem Leben Buddhas.« Er holte ein Bild von Prinz Siddharta, dem späteren Buddha, auf den Monitor, wie er auf seinem Pferd davonritt, um seinem Adelstitel zu entsagen.

Mike beugte sich über Zimms Schulter, um die Liste durchzusehen. »Sandstein. Eine einen Meter zwanzig große kambodschanische Statue von Ganescha, dem elefantenköpfigen Hindugott. Und eine Bronzestatue von Theseus im Kampf gegen den Minotaurus. Was bedeuten diese Initialen?«

»Jemand aus dem Team des Met muss die Sachen hier austragen, wenn wir sie zurücksenden. Das Letzte hier ist vom Leiter der Abteilung für europäische Skulpturen abgezeichnet worden.«

»He, Moment mal, hier ist ägyptisches Zeug zurückgeschickt worden.«

»Was zum Beispiel?«

»Der Sarg eines Kerls namens Khumnakht. Eine Scheintür aus dem Grabmal von Metjetji. Wer hat da unterschrieben?«

Zimm holte die Unterschrift auf den Bildschirm. »Timothy Gaylord. Ich drucke es Ihnen aus.«

Mike nahm die Seiten, während sie aus dem Drucker kamen.

»Wollen Sie den hier auch? Scheint so, als ob wir die Woche zuvor einen anderen großen Sarkophag an die Cloisters zurückgeschickt haben. Achter Mai. Ein Typ namens Ermengol, auch Kalkstein. Der Sarg wird von drei Löwen getragen, von denen einer, glaube ich, ein Schwein im Maul hat.« Er war mehr von den Tierbildern fasziniert als von unserer Mission.

»Abgezeichnet von?«

»Bellinger. Hiram Bellinger.«

»Kann Ihr Programm danach suchen, ob Katrina irgendeinen Ein- oder Ausgang abgesegnet hat?«

»Das hab ich schon getan, für Mamdouba. Nein. Es müsste jemand Höherrangiger sein als sie. Diese Art Befugnis hatte sie nicht.«

»Wie steht's mit einer Gegenprobe, um zu sehen, ob irgendwelche anderen Ausstellungsgegenstände fehlen, die nicht ausgetragen worden sind.«

»Das hat Mamdouba ebenfalls schon angeordnet. Das wird länger dauern, aber wir haben einige Studenten darauf angesetzt, die gerade versuchen, eine Zählung per Hand zu machen. Bis jetzt konnten drei weitere Stücke nicht ausfindig gemacht werden. Aber das sind alles kleine Sachen, die man leicht rausschmuggeln kann, wie beispielsweise ein achtzehn Zentimeter hohes mittelalterliches Trinkgefäß in Form eines Hirschen aus Deutschland. Sie sind wahrscheinlich geklaut worden. Das ist weiter nicht bemerkenswert im Vergleich zu dem Sarg.«

Mike richtete sich auf. »Können Sie uns dorthin bringen, wo die Fische schlafen?«

»Ichthyologie? Warum nicht?« Zimm schloss die Tür hinter sich ab, und wir gingen wieder die dunkle Treppe hinauf, über die wir zuvor heruntergekommen waren. »Entschuldigen Sie das Treppensteigen. Es ist der einzige Weg, um ins Untergeschoss zu gelangen. Haben Sie eine DNA-Analyse von Katrinas Leiche gemacht?«

Ich konnte Mike ansehen, dass er von der Frage genauso überrascht war wie ich. »Wissen Sie etwas über den Mord an Katrina, was nicht in den Zeitungen stand?«

»Nein, ich war mir nur nicht sicher, ob Mamdouba Ihnen gesagt hat, dass von allen, die hier arbeiten, der genetische Fingerabdruck gespeichert ist. Sie haben unsere DNA.«

Niemand hatte das bisher erwähnt, und mir war der Gedanke auch nicht in den Sinn gekommen.

»Ein Großteil unserer Arbeit hier in den Labors besteht darin, verschiedene Tierarten und Unterarten zu identifizieren. Ihre Gemeinsamkeiten und Unterschiede zu untersuchen und herauszufinden, welche vom Aussterben bedroht sind. Die Vogelleute können Ihnen sagen, ob ein bestimmter Fleckenkauz auf einer Bergkette mit einer Kauzart verwandt ist, die ein paar Kilometer weiter existiert, oder mit einer, die in Nordkalifornien heimisch ist, oder ob er eher einer bestimmten Eulenart in Mexiko ähnelt.«

»Was hat das mit euch Wissenschaftlern zu tun?«

»Wir sitzen den ganzen Tag am Mikroskop über unseren Proben und Objektträgern. Ein Niesen, ein Schweißtropfen – alles, was wir beisteuern, würde die Forschungsergebnisse verfälschen. Also wird von allen Mitarbeitern ein Oralabstrich genommen. Ich dachte nur, dass es Sie interessieren würde.«

Das gleiche Verfahren wurde in den meisten Leichenschauhäusern und serologischen Labors angewandt. Es hätte mir einfallen müssen, dass von Personen, die mit genetischen Proben arbeiten, eine DNA-Datenbank existieren müsste. Falls Dr. Kestenbaum bei der Autopsie irgendetwas von serologischem Wert fand, würde das ein guter Anfang sein.

Wir durchquerten einige Korridore, bis wir zu einer unmarkierten Tür hinter einer Reihe von Bedienstetenaufzügen kamen. Wieder zog Zimm seinen Ausweis durch den Scanner, und wir gingen durch ein schmuddeliges Treppenhaus vier Treppenabsätze nach unten.

Die Gänge waren dunkel, und er knipste im Gehen das Licht an. »Wegen des langen Wochenendes haben sich heute viele freigenommen. Aber Freunde von mir arbeiten in dieser Abteilung, und ich habe meine ersten beiden Sommer hier verbracht, als ich noch an der Highschool war. Ich kann Ihnen das meiste zeigen.«

Auf beiden Seiten des Korridors befanden sich kleine Labors, die vom Boden bis zur Decke mit Fischbehältern und

Glasgefäßen in allen Größen voll gestellt waren. Dann kamen Lagerräume mit Fischproben – circa zwei Millionen –, die alle, sorgfältig beschriftet, in irgendeiner wässrigen Lösung schwammen.

»Was ist das für ein Geruch?«, fragte Mike.

»Welchen meinen Sie? Tote Materie? Konservierungsmittel? Im ganzen Museum riecht es nach Tod. Wir haben nur gelernt, ihn ziemlich gut zu überdecken.«

Ich studierte die Musterungen auf Dutzenden weißer Fischskelette, die sich deutlich gegen das matte Grau der Wände und Böden abhoben. »Wie tun Sie das?«

»Als ich noch Praktikant hier war, bekamen wir ein riesiges Walskelett herein, das in Long Island an den Strand geschwemmt worden war. Ich hatte noch nie so etwas gerochen. Ich konnte den Geruch nicht loswerden. Mein Boss schickte mich in einen Drugstore in der Columbus Avenue. Ich sollte ihm Bergamottöl besorgen. Ich habe den ganzen Laden aufgekauft.«

»Was ist Bergamottöl?«

»Eine Essenz aus der Schale einer Zitrusfrucht. Ähnlich wie Orangenduft mit etwas Pfefferminze. Wir tränkten Tücher darin und breiteten sie über die Objekte, wenn wir nicht gerade daran arbeiteten. Jeder hier hat solche Tricks. Es ist die einzige Möglichkeit, mit dem Geruch toter Exemplare fertig zu werden.«

Mike machte sich Notizen. Er würde Kestenbaum die Leinentücher testen lassen, in die Katrinas Leiche gewickelt war. Vielleicht waren sie mit einer Substanz getränkt worden, die den Leichengeruch überdecken sollte, während sie irgendwo lagerte. Dieser süßliche Duft, der beim Öffnen des Sargdeckels entwichen war, könnte so etwas wie Bergamottöl gewesen sein.

»Nehmen wir mal an, Sie wollten jemanden umbringen,

Zimm. Wie würden Sie das hier unten anstellen?« Mike wollte herausfinden, ob die Verfügbarkeit von Arsen allgemein bekannt war. Die Todesursache war noch nicht in der Presse erwähnt worden.

Zimmerly führte uns, vorbei an der Röntgenabteilung der Ichthyologen, in einen Raum mit einen Meter langen Aquarien voller lebender Fische. »Kennen Sie jemanden mit einem schwachen Herzen? Dieser Kerl hier ist ein afrikanischer Zitterwels. Er kann Stromstöße von ungefähr dreihundert Volt erzeugen, wenn er aufgebracht ist.«

Die braunen Kreaturen mit Barteln schossen in dem Tank umher, und einer davon drückte wie zum Beweis für Zimms Aussage sein Maul gegen das Glas.

»Hier drüben bewahren wir die Gewebeproben für molekulare Arbeiten auf.« Er schaltete das Licht in einem kleinen Labor auf der anderen Seite des Flurs ein. Hier standen zwei riesige Bottiche mit der Seitenaufschrift VORSICHT – LEBENSGEFAHR. »Flüssigstickstoff. Minus hundertachtzig Grad. Wenn ich Ihren Kopf nur eine Minute da hineinstecke, würde Sie die Kälte verbrennen. Schmerzhaft, schnell, lautlos.«

»Aber Sie hätten noch immer das Problem, wie Sie mich loskriegen sollten.«

»Ich könnte Sie im Tiefkühlraum lagern, bis mir etwas Besseres einfällt. Wir Insektenleute bekommen nicht viele Sachen, die nicht in ein Glas passen. Ein paar Rieseninsekten aus dem Amazonas oder den afrikanischen Dschungelgebieten. Möchten Sie sich vielleicht mit den Leuten in der Mammalogie unterhalten? Die haben gerade einen neuen Entfetter bekommen.«

»Was ist das?«

»Hey, Sie sind der Detective! Wie bekommt man Ihrer Meinung nach die Skelette sauber? Die Mammologen haben diese brandneue Entfettungsmaschine. Man kann einen ganzen Elefantenschädel reinlegen und ihn für einige Tage eingetaucht lassen. Dieses Ding entfernt alles Fett von den Knochen. Dann knabbern ein paar von unseren Insekten die Reste ab, bevor die Knochen in den Kühlraum gesteckt werden, um alle Keime abzutöten. Stecken Sie jemanden in diese Maschine, und er ist absolut blitzsauber.«

Ich ignorierte mein mittägliches Magenknurren. Museumsarbeit verdarb mir den Appetit.

Wir folgten Zimm einen langen, düsteren Korridor entlang und bogen erneut um eine Ecke. »Haben Sie schon mal von einem Coelacanthus gehört?«

»Nein.«

»Er ist das fehlende Bindeglied in der Fischwelt. Jahrhundertelang kannte man nur fossile Überreste des Quastenflossers. Die Wissenschaftler dachten, dass er seit Jahrmillionen ausgestorben ist. Einen Meter fünfzig lang, sehr ungewöhnliche Flossenstruktur, entbindet lebende Junge. 1938 ging einem Grundnetzfischer vor der Küste Südafrikas ein Coelacanthus ins Netz. Ein junger Wissenschaftler fertigte eine Zeichnung an und schickte ihn dann an unser Museum. Seitdem ist er hier.«

»Derselbe Fisch?«

»Ja. Er ist eingelegt.«

»Woher kommt es, dass jeder in Ihrem Metier diesen Begriff verwendet?«

»Weil Alkohol so ein großartiges Konservierungsmittel ist. Dieser Brocken hier hat sechzig Jahre überdauert, genauso wie er aus dem Wasser geholt wurde, in einer zu siebzig Prozent aus Äthylalkohol bestehenden Lösung.« Er bog wieder um eine Ecke und betrat einen großen, weiten Raum.

»Sehen Sie selbst. Hier ist sein Sarg.«

Wir standen vor einem einen Meter achtzig langen Metallcontainer mit einem Klappdeckel. Der Behälter war neunzig Zentimeter hoch und sechzig Zentimeter tief, groß genug für einen prähistorischen Fisch, einen großen Hai – oder die meisten Menschen, die ich kannte.

20

Zimm hob den schweren Deckel an. »Gehen Sie ein paar Schritte zurück. Der Alkoholgeruch kann Sie umhauen.«

Er hatte Recht. Ich riss unwillkürlich den Kopf weg und musste an den überwältigenden Formaldehydgestank denken, den ich noch aus meiner Ausbildungszeit in Erinnerung hatte, als ich meine ersten Autopsien in der Gerichtsmedizin gesehen hatte.

Ich legte eine Hand auf Mund und Nase und stützte mich mit der anderen auf das Gehäuse. Mike und ich starrten das Ungeheuer an, das aus seinem einzigen Auge mit glasigem Blick zurückstarrte. Zimm griff in die trübe Flüssigkeit und hob den Kopf des Coelacanthus an, damit wir ihn bewundern konnten. Der Fisch war größer als Katrina Grootens Leiche.

Mike interessierte sich mehr für den Behälter als für den Fisch. »Was ist das?«, fragte er und klopfte auf die Innenseite.

»Er ist komplett mit rostfreiem Stahl ausgekleidet. Schließlich könnte man nicht sehr lange in einem Raum arbeiten, in den so ein Geruch ausströmt, oder?«

»Ich wäre am Ende des Tages hinüber. Wie viele von diesen Behältern gibt es hier?« Mike half Zimm, den Deckel wieder zu schließen.

»Vielleicht vier, vielleicht auch sechs. Ich frage nächste Woche den Freund, der hier arbeitet.«

»Wo sind die anderen?«

Zimm zuckte die Achseln. »Das hier ist der Einzige mit einem ständigen Bewohner. Die anderen werden dorthin gebracht, wo man sie gerade benötigt.«

Wir waren durch die meisten Abteilungen gegangen und hatten keine anderen Behälter gesehen, die aussahen wie ein Sarg. »Sie sind mit Sicherheit nicht so klein, dass man sie verstecken könnte.«

»Man versteckt sie nicht absichtlich. Manche stehen wahrscheinlich in irgendeiner Ecke eines kleinen Labors, andere in Lagerräumen. Glauben Sie mir, Ms. Cooper, man bräuchte eine ganze Armee, um hier drinnen vom Keller bis zum Dach alles zu durchsuchen und unsere Bestände zu sichten. Mr. Mamdouba wird das sicher nicht zulassen.«

»Sie haben andere Freunde von Katrina erwähnt. Können Sie uns zu ihnen bringen?«

»Ich bin mir nicht sicher, wer von ihnen heute da ist.« Er zögerte. Mir kam es vor, als scheue er sich, andere Doktoranden in Schwierigkeiten zu bringen.

»Wir versuchen nur, Leute zu finden, die vielleicht gewusst haben, dass sie Probleme hatte. Leute, mit denen sie über ihre Rückkehr nach Südafrika gesprochen hatte.«

»Ich meinte das ernst mit der Freundin, die mittlerweile nicht mehr hier ist. Ich kannte sie nur vom Sehen und weiß ihren Namen nicht. Ich weiß nur, dass sie Anthropologin war. Man hatte ihr nahe gelegt zu kündigen und –«

»Gefeuert?«

»Ja. Deshalb ist sie jetzt in London.«

»Was muss man tun, um von einem Naturkundemuseum gefeuert zu werden?«

»Das Einfachste wäre, etwas zu klauen. Aber das war

nicht das Problem«, sagte Zimm. »Es ging das Gerücht um, dass sie sich mit jemandem in der Verwaltung angelegt hat.«

»Mamdouba?«

»Nein, aber er würde mit Sicherheit wissen, wovon ich rede.«

Mike sah auf seine Notizen. »Und die Sache mit den afrikanischen Völkern?«

»Die sind oben im ersten Stock. Ich kann Sie hinaufbringen. Vielleicht würde ich ihre Freunde wiedererkennen.«

Wir gingen wieder die Treppe hinauf, durch die Säle für Artenvielfalt und nordamerikanische Wälder im Erdgeschoss und dann hinauf in den ersten Stock in die Halle mit den Vögeln der Welt und in den Saal der Völker Afrikas.

Zimm fragte den Aufseher, ob er wüsste, ob irgendwer von den Praktikanten da sei, aber der Mann schüttelte nur den Kopf.

Mein Pager vibrierte, während ich vor einer Fotoausstellung einer frühen Afrikaexpedition stand.

»Habe ich hier Handyempfang?«

»Nicht im Untergeschoss und in den meisten Innenräumen wie diesem hier. Gehen Sie besser zu den Vögeln zurück.«

Ich erkannte Ryan Blackmers Nummer und rief ihn zurück. »Ich versuche seit einer halben Stunde, dich zu erreichen. Schwarzes Loch?«

»Ja, tut mir Leid. Diese Museumswände sind zu dick. Hab ich was verpasst?«

»Das Treffen, das wir heute für drei Uhr mit dem Internetpädophilen vereinbart hatten? Er hat abgesagt.«

»Denkst du, dass er Verdacht geschöpft hat?«

»Nein. Er möchte sich am Montag treffen. Hört sich an, als ob er heute einfach nicht früh genug in die Stadt kommen konnte. Ich wollte nicht, dass du grundlos im Museum wartest. Und ich soll dir etwas von Sarah ausrichten. Wir halten Ausschau nach dem Chauffeur einer Limousinenfirma, die die Talk-Shows verwenden.«

»Warum?«

»Der Produzent einer der Shows hat einen Haufen Jugendliche für eine Sendung mit dem Titel ›Zügellose Teenager‹ eingeflogen. Überrascht es dich zu hören, dass eine forsche Fünfzehnjährige nach der Aufzeichnung mit dem Chauffeur ausbüchste? Man hat sie zuletzt vor ihrem Hotel gesehen, wo sie ihm auf dem Rücksitz der Stretchlimousine einen blies, während sie auf ihre Mutter warteten. Der Polizeifunk weiß schon Bescheid.«

»Wie hast du davon erfahren?«

»Die Mutter hat's bekannt gegeben. Sie will die Show verklagen.«

»Wo, zum Teufel, war sie, als das Mädchen die Gegend unsicher machte?«

»Im Hotelzimmer.«

»Wir sind hier fast fertig. Wenn ich nicht darauf warten muss, bis deine Operation über die Bühne geht, dann vernehmen wir noch eine Zeugin.« Ich dachte an Ruth Gerst, das Kuratoriumsmitglied des Met.

Unser eifriger Guide führte uns noch durch viele abgelegene Korridore und Bereiche des Museums, bevor wir gingen: Halle um Halle mit vergessenen Vogelvitrinen, reihenweise unmarkierten Spinden und leeren Containern, über die dicke Plastikplanen gezogen waren. Als er uns zum Ausgang brachte, war es drei Uhr nachmittags.

Zimm hatte nichts über Arsenvorräte im Museum gewusst, da seine Abteilung kein Arsen verwendete, aber er wusste jetzt, wie man eine Leiche in dem riesigen Gebäudelabyrinth loswerden konnte.

Auf dem Weg zur Gerst-Wohnung auf der Park Avenue

legten Mike und ich noch einen Zwischenstopp ein, um uns ein Sandwich und etwas zu trinken zu kaufen. Er rief das Büro das Gerichtsmediziners an und hinterließ eine Nachricht auf Dr. Kestenbaums VoiceMail. Falls irgendetwas an Katrinas Leiche oder ihrer Kleidung eine DNA-Analyse erforderlich machte, waren die Profile der Angestellten des Naturkundemuseums gespeichert. Er schlug auch vor, die Leinentücher, in die der Leichnam eingewickelt gewesen war, nach einer natürlichen Ölsubstanz zu testen, die Gerüche unterdrückte.

Ein Portier gewährte uns Zugang zu einem der vornehmsten Häuser auf der Park Avenue, nördlich der Ecke Seventieth Street. Mrs. Gerst öffnete höchstpersönlich die Tür. »Kommen Sie herein, meine Lieben. Sie müssen Ms. Cooper und Mr. Chapman sein. Treten Sie ein.«

Sie sah aus, als wäre sie gerade von einem eleganten Mittagessen zurückgekommen. Mrs. Gerst war eine große Frau, die ich auf Mitte achtzig schätzte. Sie trug einen leichten Tweedanzug, eine perfekte Frisur und genug Schmuck, um ein Ruderboot zum Sinken zu bringen.

Sie bat uns in einen Salon, der an das Wohnzimmer angrenzte. Die Möbel waren mit einem kostbaren Seidenstoff überzogen, und an den Wänden hing eine Sammlung kleiner Gemälde, von denen jedes einzelne zweifelsohne so wertvoll war wie der Smaragd-Diamantring an ihrem knochigen Finger.

»Sie sind Jake Tylers Mädchen, richtig?«

Ich antwortete höflich, während Mike sich anstrengen musste, nicht zu lachen. »Ja, Madam. Alexandra Cooper.«

»Ich hoffe, ich habe ihn letztens im Met nicht erdrückt mit meiner Aufmerksamkeit und meinen Fragen. Sie sollten einen so gut aussehenden Kerl nicht allein herumlaufen lassen.«

»Und was ist mit mir? Sind Sie noch zu haben, Mrs. Gerst?«

»Sie gefallen mir, mein Sohn. Ich bin schon viel zu lange zu haben. Ich bin jetzt sechsundachtzig. Denken Sie, dass Sie mit mir fertig werden würden? Ich bin seit fast dreißig Jahren Witwe. Aber lassen Sie mich auf den Punkt kommen. Ich habe solange ich denken kann mit dem Metropolitan Museum zu tun. Ich habe Direktoren und Skandale kommen und gehen sehen. Ich habe von dem Tod dieser jungen Frau gelesen und mir einige Gedanken gemacht.«

Ruth Gerst drückte sich aus ihrem Sessel hoch und ging zu einer kleinen Bar in einer Nische auf der anderen Seite des Raums. »Kann ich Ihnen etwas zu trinken anbieten?«

Wir lehnten dankend ab und sahen zu, wie sie sich einen kräftigen Schluck Bourbon einschenkte.

»Sie möchten uns etwas über Pierre Thibodaux erzählen?«

»Du meine Güte, nein! Wie ich sehe, konnten die Zeitungen kaum warten, über ihn herzufallen. Sie müssen über die Politik des Met Bescheid wissen und darüber, wer ihm etwas anhängen will. Ich dachte, ich könnte Ihnen vielleicht helfen.«

»Wie lange sind Sie schon mit dem Met verbunden?«

»Meine Liebe, schon mein Vater war Mitglied des Kuratoriums. Er spendete 1925 seine erste Million. Alte Bankiersfamilie. Sein Vater kam um 1880 nach Amerika. Sie können sich gar nicht vorstellen, wie sich die Dinge seitdem verändert haben. Die Vorstellung, dass Gaylord und Bellinger mit dem Finger auf Pierre zeigen? Früher kannten Kuratoren ihren Platz.«

Ich wusste, dass Bellinger kein Fan des Direktors war, aber mir war nicht bewusst, dass er ihn öffentlich an den Pranger stellte. »Ist das wahr?«

Mrs. Gerst fuhr mit ihrer Geschichte fort. »Zur Zeit meines Vaters durften die Kuratoren nicht einmal sitzen, wenn sie vor dem Ankaufsausschuss des Kuratoriums etwas vortrugen. Sie kamen in das Meeting, beschrieben ihre Forschungsarbeiten und gingen wieder. So, wie es sein sollte. Von den Ehefrauen der Kuratoriumsmitglieder wurde erwartet, dass sie am Ende der Saison Abendkleider aus ihrer eigenen Garderobe spendeten, damit die Frauen der Kuratoren bei Museumsveranstaltungen angemessen eingekleidet waren. Ich erinnere mich an das Jahr, als ich ans College kam. Ich heulte, als ich erfuhr, dass meine Mutter der Frau des Kurators für griechische und römische Kunst eine ihrer Südseeperlenketten gegeben hatte, zusammen mit ein paar Chanel-Abendkleidern. Heute ist es eine andere Welt. Jetzt bilden sie sich noch etwas ein.«

»Warum denken Sie, dass Hiram Bellinger nicht mit Pierre zurechtkam? Eine Frage des Stils? Der ruhige Wissenschaftler gegen den Showman am Ruder?«

»Hiram ist eine ewige Heulsuse. Egal, wie viel Geld wir ihm und den Cloisters zustecken, er ist nie zufrieden. Er hat Pierre schrecklich blamiert mit dem Kauf der Wandteppiche, von denen er behauptete, dass sie aus der Werkstatt der Gobelins stammten. Wir haben ihm ein Vermögen gegeben, damit er den Deal abschließt. Er brachte sie hierher, um sie im Textillabor der Kathedrale Saint John the Divine restaurieren zu lassen, und es stellte sich heraus, dass sie ganz anderer Provenienz waren. Sie waren nicht einmal das Geld für den Flugtransport nach Amerika wert.«

Ich sah auf meine Uhr. Gersts Klatschgeschichten waren interessant, aber sie brachten uns nicht wirklich weiter.

Sie stellte ihr Glas auf einem Beistelltischchen ab und sah Mike an. »Was ich wissen wollte, ist, ob Ihnen jemand von den Gewölben erzählt hat?«

»Gewölben?« Ich sah Mike an. Er schüttelte den Kopf.

»Das hätte ich mir denken können. Es sind nicht mehr viele Leute aus den Anfangstagen da. Es ist durchaus möglich, dass nicht einmal Pierre von ihrer Existenz weiß.«

Mrs. Gerst nahm ein paar Schluck von ihrem Bourbon.

»Vor fast fünfzig Jahren herrschten sehr magere Zeiten am Museum. Es gab damals ein Kuratoriumsmitglied namens Arthur Paglin, der eine mittelmäßige Privatsammlung hatte, aber schrecklich viel Geld. Der damalige Direktor war wie wild hinter ihm her, damit er Geld für eine umfassende Renovierung der Eingangshalle spendete. Aber der Mann konnte verhandeln wie der Teufel.«

»Was hat er getan?«

»Er willigte ein, das Geld zu spenden. Aber unter zwei Bedingungen. Die erste war, dass ihm das Museum den Großteil der viele Jahre zuvor erstandenen ägyptischen Kunstsammlung zu den ursprünglichen Preisen verkaufte.«

»Warum das?«

»Damit er die Objekte wieder dem Met vermachen konnte und sie damit für immer als ›Geschenk von Arthur Paglin‹ ausgewiesen waren. Er würde den Ruhm einstreichen, die Sammlung zusammengestellt zu haben, und er würde es auch noch von der Steuer absetzen können. In den dreißiger Jahren war die Steuerersparnis viel mehr wert als die Kunstwerke.«

»Und die zweite Bedingung?«

»Er verlangte einen Lagerraum im Untergeschoss des Museums. Ein Privatgewölbe, zu dem nur er und sein persönlicher Kurator Zutritt hatten. Mietfrei.«

»Und das hat er bekommen?«

»Nur gegen größten Widerstand. Stellen Sie sich vor, welchen Wert es für Sammler hatte, ein absolut sicheres Gewölbe direkt im Met zu haben, ohne etwas dafür bezahlen zu müssen.«

»Warum ist man darauf eingegangen?«

»Weil der Museumdirektor letztendlich den Inhalt des Gewölbes haben wollte. Nachfolgende Direktoren haben Paglin den Rest seines Lebens umworben, ohne überhaupt zu wissen, welche Schätze sich in dem Raum befanden.«

»Wie ist die Sache ausgegangen?«

»*Chacun à son goût*, Detective. Mein Mann pflegte immer zu sagen, dass der Steuertrick mehr wert war als Paglins gesamte Sammlung. Er hatte ein paar großartige Stücke, aber er war wie wir alle ein paarmal total reingelegt worden.«

»Und dieses Gewölbe – war das damals allgemein bekannt?« Ich konnte mich nicht erinnern, jemals davon gehört oder gelesen zu haben.

»*Gemein* wäre das richtige Wort. In einer Hinsicht hatten Mr. Paglin und mein Vater den gleichen Geschmack: Sie teilten sich eine Geliebte. Nur ein oder zwei Jahre lang, aber lange genug, dass die Betreffende die Prachtstücke des Gewölbes sah und meinem Vater davon erzählte. Ich glaube nicht, dass noch viele andere davon wussten. Das hätte nur dieses ganze Theater nach dem Motto ›meiner ist größer als deiner‹ zur Folge gehabt. Männer sind furchtbar kindisch, was das angeht, finden Sie nicht auch?«

»Wissen Sie, wie viele Privatgewölbe es in dem Museum gibt?«

»Ich habe keine Ahnung. Aber ich würde mit Timothy Gaylord anfangen. Jeder, der mit der ägyptischen Sammlung zu tun hat, kennt die Paglin-Geschichte. Ich bin mir ziemlich sicher, dass Timothy zum Zeitpunkt von Paglins Tod Praktikant in der ägyptischen Abteilung war. Der alte Knabe wurde über neunzig, was mir hoffentlich auch gelingen wird. Prost!«

Mike wandte sich mir zu. »Ich frage mich, ob sie im Naturkundemuseum etwas Ähnliches haben. Privatgewölbe, meine ich.« Wir dachten beide, dass ein Gewölbe ein großartiges Versteck für einen Sarkophag wäre.

»Nicht dass ich wüsste.«

»Wie gut kennen Sie das Naturkundemuseum?«

»Herbert war dort im Kuratorium.«

»Herbert?«

»Mein verstorbener Mann. Er weigerte sich, etwas mit dem Met zu tun zu haben, weil mein Vater dort so präsent war. Er liebte Forschungsreisen. Haben Sie Erik Poste schon kennen gelernt? Europäische Gemälde?«

»Nur kurz.«

»Sein Vater, Willem, war einer der großen Abenteurer des letzten Jahrhunderts. Wie aus einem Hemingway-Roman, mein Kind. Furchtlos, gut aussehend, sexy. Er nahm Herbert oft mit nach Afrika. Ich glaube, dass mein Herbie damals der Einzige war, der keine Lust hatte, zu jagen und die herrlichen Tiere abzuknallen. Damit hat er nie was zu tun gehabt.«

»Wofür hat sich Ihr Mann dann interessiert?«

»In Afrika? Für alles, was nicht niet- und nagelfest war. Nach den ersten Expeditionen mit Willem brachte mein Mann jedes Fossil mit zurück, das er finden konnte. Reptilien, Schildkröten, Säugetiere. Solange jemand anders den Abzug betätigte. Er mochte einfach die Knochen. Glauben Sie mir, wenn es im Naturkundemuseum Privatgewölbe gegeben hätte, hätte sich Herb eins ergaunert. Fragen Sie Erik Poste! Er sollte darüber Bescheid wissen. Er ist mit all diesen Geschichten groß geworden.«

»Wo sind die Knochen dann gelagert?«

»Mein Junge, im Dachgeschoss gibt es einen Elefantenraum, irgendwo ist eine Wildschweinkammer, in der Herpetologie sind haufenweise Echsenwirbel. Wissen Sie, wie viele Knochen dort drüben herumliegen? Fünfzig Millionen! Wozu eigentlich?«

»Nun, was wollte denn Ihr Ehemann mit ihnen?«

»Dasselbe wie all die anderen: unsterblich werden. Nach J. P. Morgan wurde ein Saal für Edelsteine benannt, weil er dem Museum den Stern von Indien geschenkt hat. Gertrude Whitney spendete Vögel – genug um Hitchcock das Fürchten zu lehren – und hat auch eine ganze Halle bekommen. Herbie? Sie wussten nie so recht, was sie mit seinen Knochen machen sollten. Sie konnten sie unmöglich an einem Ort ausstellen, weil sie sich mit zu vielen Abteilungen überschnitten. Also liegen sie nur herum und verstauben.«

Gerst trank ihr Glas aus und ging beschwingt zur Bar, um sich nachzuschenken. Dann wandte sie sich an Mike. »Wissen Sie, ich habe dieses Mädchen einmal getroffen. Die Tote.«

»Katrina Grooten?«

»Ja, ich habe ein gutes Gesichtergedächtnis. Sie haben ein Foto von ihr in den Morgennachrichten gezeigt. Ein reizendes junges Ding.«

»Am Met?«

»Nein, nein, im Louvre. Als wir Pierre den Direktorenposten anboten, bildeten einige Kuratoriumsmitglieder eine Findungskommission. Nachdem er zugesagt hatte, flogen ein paar von uns nach Paris und veranstalteten ihm zu Ehren einen Empfang im Louvre.«

Sie ging zu ihrem Stuhl und stützte sich auf eine der Armlehnen, während sie sich setzte. »Ich muss ihn fragen, ob es dasselbe Mädchen ist. Ich erinnere mich daran, dass ich mit ihr über das kleine Museum geplaudert habe, an dem sie als Praktikantin arbeitete, in Toulouse, glaube ich.«

»Musée des Augustins?«

»Genau. Mein Mann und ich waren einige Jahre zuvor dort gewesen, also war ich neugierig, welche Forschungen sie dort machte. Wann hat das Mädchen an den Cloisters angefangen?«

Vor drei Jahren, ungefähr zur gleichen Zeit, als Pierre Thibodaux den Direktorenposten am Met angetreten hatte. »Ich bin mir nicht sicher.«

»Vielleicht war er ihr Mentor?«, sagte Gerst.

»Wir müssen Ms. Drexler fragen.«

»Eve? Ich nenne sie Evil. Ich würde sie nichts über eine andere Frau fragen.« Mrs. Gersts Augen funkelten angriffslustig, und sie lächelte. »Sie hätte Katrina ein Messer in den Rücken gerammt, falls das Mädchen Pierre zu nahe gekommen wäre.«

21

»Glaubst du, dass sie uns alles gesagt hat, oder was meinst du?«, fragte Mike.

»Ich weiß nicht recht. Ruth Gerst ist viel zu intelligent, als dass sie uns zu sich zitiert hätte, nur um die Tatsache, dass sie Katrina Grooten getroffen hat, beiläufig einzuflechten.«

»Anfangs dachte ich, dass Thibodaux sie vielleicht auf uns angesetzt hatte, um ein gutes Wort für ihn einzulegen und gleichzeitig den Verdacht auf Timothy Gaylord zu lenken. Aber wenn das der Fall wäre, hätte sie nicht die Bombe über Thibodaux und das Mädchen platzen lassen.«

»Ich hatte Pierre und Katrina nie zusammengebracht, bis die Verkäuferin den Pullover als den von Mrs. Thibodaux identifizierte. Nehmen wir mal an, das geht noch weiter zurück. Die beiden kamen innerhalb eines Monats aus Frankreich hierher nach New York.«

»Wir werden uns einen Grundriss besorgen müssen, um herauszufinden, wo sich diese privaten Lagerräume im Museum verstecken.«

»Jemand anders erwähnte neulich ein ›Gewölbe‹.«

»Während unserer Ermittlungen? Meinst du die gewölbten Decken, die wir im Kellergeschoss des Met gesehen haben?«

»Nein, irgendwo in einem Bericht oder – ich hab's, in einer der E-Mails von Katrinas Freunden.«

»Was hast du mit ihnen gemacht?«

»Ich habe sie eingepackt, um sie mit auf den Vineyard zu nehmen. Ich hatte vor, all ihren Freunden zu schreiben und ihnen von Katrinas Tod zu erzählen. Mal sehen, wer darauf reagiert.«

»Val wartet in meiner Wohnung. Ich habe ihr gesagt, dass wir sie abholen, nachdem wir Nina aufgegabelt haben.«

»Nina ist bei mir zu Hause. Ich muss nur schnell hoch und ein paar Sachen einpacken. Der Verkehr aus der Stadt hinaus an einem Feiertagswochenende wird ein Albtraum sein. Bist du sicher, dass wir nicht mit dem Taxi zum Flughafen fahren sollen?«

»Damit ich die Gelegenheit verpasse, euch dreien Gesellschaft zu leisten?«

Es war schon nach fünf Uhr, als wir vor meinem Haus hielten. Im Gegensatz zu den meisten anderen Häusern in Manhattan hatte meines eine Auffahrt, in der Autos warten konnten. Mike blieb im Auto sitzen, während ich nach oben ging, Jeans und einen Pullover anzog und legere Klamotten und meine Akten in eine Segeltuchtasche stopfte. Nina telefonierte gerade mit ihrer Kanzlei in Los Angeles und signalisierte mir, dass ihr Gespräch gleich beendet sei.

»Großartig«, sagte sie endlich und drehte sich um. »Ich habe gerade die Bestätigung bekommen. Quentin verbringt das Wochenende in Sag Harbor. Er will Montag früh an die Westküste zurückfliegen. Bis dahin gehört das Flugzeug uns.«

Der UniQuest-Jet stand in Teterboro, einem kleinen Feld für Privatflugzeuge im Norden von New Jersey, für uns bereit. »Fertig zum Abflug?«

»Der Pilot wartet auf uns.« Ihr Koffer stand neben der Tür. »Es ist eigenartig, ein Wochenende ohne Mann und Kind zu verbringen. Wie in alten Zeiten, stimmt's?«

Wir waren während unseres Studiums am Wellesley unzertrennlich gewesen. Als die großartige Freundin, die sie war, schloss mich Nina auch nach ihrer Heirat mit Jerry und der Geburt ihres Sohnes Gabe vor vier Jahren in ihre Reisen mit ein.

Mike verstaute unser Gepäck im Kofferraum, und wir fuhren einige Blocks Richtung downtown, um Valerie Jacobson abzuholen, die zweiunddreißigjährige Architektin, mit der er seit dem letzten Sommer befreundet war.

Er parkte in zweiter Reihe und ging hinauf in sein Einzimmerapartment im vierten Stock, damit Val ihren Koffer nicht allein heruntertragen musste. Als Mike Val kennen lernte, erholte sie sich gerade von einer Mastektomie und einer aggressiven Chemotherapie. Sie hatte im Laufe der Wintermonate ihre Energie zurückgewonnen und war viel kräftiger als zu Weihnachten, als ich sie das erste Mal gesehen hatte.

Als sie zum Auto kamen, setzte ich mich zu Nina auf den Rücksitz und stellte Val vor. »Dieses Wochenende ist ein Geschenk des Himmels, Alex. Ich habe rund um die Uhr an einem Entwurf für ein neues Baseballstadion gearbeitet. Mikes Vorstellung von einem langen Wochenende ist, dass ich noch mehr Zeit im Büro verbringe, während er für all diejenigen Kollegen einspringt, die auf Schulabschlussfeiern oder Hochzeiten sind.«

»Bist du schon mal auf Martha's Vineyard gewesen?«, fragte Nina.

»Nein, aber wie ich höre, sind wir in guten Händen. Das beste Essen, der beste Ausblick –«

»Und dank Nina, der beste Weg, um hinzukommen. Was für ein Luxus!«

Einer der Hauptvorteile der Insel war ihre Abgeschiedenheit vom Rest der Welt. Um diese Jahreszeit brauchte man für die Fähre Reservierungen, und die Fahrt von Manhattan zum Fährhafen dauerte über vier Stunden. Die direkten Flugverbindungen änderten sich jährlich, fingen aber selten vor Anfang Juni an. Ohne die gut organisierte Verfügbarkeit des UniQuest-Privatjets wäre es fast unmöglich gewesen, einen Kurzaufenthalt wie diesen zu planen.

Wir erreichten den Flughafen kurz nach sieben Uhr. Wir gingen in die Empfangshalle, um die Mannschaft zu suchen und vor dem Abflug noch einen Kaffee zu trinken. Bis wir bereit waren, an Bord zu gehen, hatte Mike den Fernseher gefunden. »Kommt schon! Hier sind eine Weltklassearchitektin und zwei Shoppingexperten. Die Final-Jeopardy!-Kategorie lautet ›Möbel‹. Ich will kein Spielverderber sein. Seid ihr bei zwanzig Dollar mit dabei?«

»Doppelt oder nichts. Schließlich komm ich ja nicht oft dazu«, sagte Nina.

»Ich muss verrückt sein. Ich habe nicht die geringste Chance.« Mike legte sein Geld auf den Tresen, während sich die Frau am Schalter wunderte, was los war.

Trebek las die Antwort, die auf dem Monitor hinter ihm sichtbar wurde. »Sockelähnlicher, runder Tisch, benannt nach dem maurischen Sklaven, dessen Heldentum den Venetianern 1571 den Sieg in der Seeschlacht bei Lepanto bescherte.«

Ich sah Nina an und lachte. »Ich hab nicht den leisesten Schimmer. Du? Wie ist es möglich, dass wir die einzige Inneneinrichtungsfrage bekommen, die du nicht beantworten kannst?«

Mike fegte das Geld vom Tisch. »Ich mach mich auf zu Patroon's und gönn mir ein tolles Steak. Überlegt es sich jemand anders mit dem Wochenende? ›Was ist ein Gueridon?‹ – das ist Ihre Frage, Mr. Trebek.«

»Natürlich! Wie diese kleinen runden Bistrotischchen! Woher weißt du das?«, fragte Nina.

»Von den Tischen hab ich noch nie gehört, aber Gueridon war der Name des Sklaven, der den Christen bei Lepanto zu ihrem Sieg über die Osmanen verhalf. Eine der berühmtesten Kriegerlegenden des Mittelalters. So, meine Damen, auf, auf! Ich hab noch einiges zu tun.«

Er trug unsere Taschen zum Flugzeug, umarmte uns und sah zu, wie der Copilot die Treppe hochzog und die Tür hinter sich schloss.

Der Himmel war klar, und man konnte von oben die Flugbahn an den beleuchteten Städtchen und Dörfern östlich von New York City erkennen. Wir unterhielten uns während des gesamten Flugs, und noch ehe eine Stunde um war, flogen wir die Landebahn an und hielten direkt vor dem neuen Terminal.

Mein Hausmeister hatte das Haus fürs Wochenende hergerichtet und meinen zwanzig Jahre alten Jeep Cherokee auf dem Parkplatz abgestellt. Es war schon zu dunkel, als dass ich Val während der zwanzigminütigen Fahrt zu meinem Farmhaus in Chilmark die grüne Frühlingslandschaft hätte zeigen können. Die Luft war wunderbar kühl, als wir vor meinem Haus, das auf einem Hügel stand, ausstiegen und zum Sternenhimmel hinaufsahen. Wie jedes Mal, wenn ich an diesen friedlichen Ort zurückkehrte, entspannte ich mich sofort.

»Habt ihr auch solchen Hunger?«, fragte Nina. »Komm, Val. Suchen wir uns unsere Zimmer aus. Wir schlafen oben.«

Ich ging in mein Schlafzimmer, von dem aus man einen herrlichen Blick über das im Mondlicht schimmernde Meer hatte, und ließ meine Tasche fallen. Der Anrufbeantworter blinkte, und ich hörte die Nachricht ab. Jake hatte von irgendwo über dem Pazifik angerufen; ich würde bis morgen warten müssen, um mit ihm sprechen zu können.

In der Küche stellte ich Teller heraus und packte die Sandwiches aus. Ich atmete den schweren Duft des Flieders ein, den die Frau meines Hausmeisters geschnitten und ins Wohnzimmer gestellt hatte. Die matt lavendelblauen und weißen Bäume umgaben die Eingangstür des Hauses und erfüllten nur in den letzten Maiwochen die Luft mit ihrem unverwechselbaren Duft.

Nina kam als Erste wieder die Treppe herunter. »Keine Spur von Gabe. Was hast du mit seinen Spielsachen gemacht?«

Nina und ihr Sohn, mein Patenkind, hatten letztes Jahr im Juli zehn Tage hier bei mir verbracht. Ich liebte es, ihn zu verziehen und ihn mit Spielzeugautos, Bauklötzen, Strandspielzeug und Büchern zu überschütten. »Bis zum Sommer weggesperrt. Ihr kommt doch wieder, oder?«

»Ich flehe Quentin an, mir Urlaub zu geben. Gabe sagt, dass er auf alle Fälle wiederkommt, egal, ob ich mitkomme oder nicht.«

»Du riskierst nur, dass ich ihn für immer behalte.«

Nina hatte sich mit den Ellbogen auf die Arbeitsfläche

gestützt und sah mir dabei zu, wie ich uns Drinks einschenkte. »Jerry will noch eines. Ein Kind, meine ich.«

»Das hast du mir schon vor einem Jahr gesagt. Das ist großartig.«

»Nun ja, es ist nur noch nicht passiert. Und wenn dir der Gedanke schon so gefällt, warum fängst du dann nicht an, selbst darüber –«

Ich konnte Vals Schritte auf der Treppe hören. »Lass uns dieses Wochenende eine Abmachung treffen, einverstanden? Keine Ratschläge! Ich werde dir nicht erzählen, dass du verrückt bist, deine Energie und Intelligenz an einen Job zu verschwenden, der dir ein Vermögen, aber absolut keine emotionale Befriedigung einbringt. Und du hältst dich bei meiner Gebärmutter raus, okay?«

Wir stießen gerade an, als Val sich zu uns gesellte. »Was für ein Paradies! Ich werde mich in diese Daunendecke kuscheln mit dem Stapel alter Bücher neben dem Bett und alles um mich herum vergessen. Wann ist Weckzeit?«

»Wann du willst. Bist du schon müde?«

»Ja, ich würde heute Abend gern früh zu Bett gehen.«

Val ging bald wieder nach oben, um zu lesen, Nina rief zu Hause an, bevor Jerry Gabe ins Bett brachte, und ich setzte mich vor den Computer.

Ich öffnete den Ordner mit den E-Mails, die Bellinger gesammelt hatte, als man Anfang Januar Katrina Grootens Computer abgebaut hatte. Sie hatte neun E-Mails von Bekannten in Europa erhalten, die ihr alle frohe Weihnachten und ein gutes neues Jahr wünschten. Keiner davon schien sie gut genug zu kennen, um zu wissen, dass sich ihr Gesundheitszustand seit Monaten stetig verschlechterte. Einige erkundigten sich nach ihrer Arbeit und fragten, ob sie in den nächsten Monaten ins Ausland reisen würde. Jemand namens Charles, der von der E-Mail-Adresse des Museums in Toulouse schrieb, erzählte ihr den neuesten Klatsch und erkundigte sich zum Schluss über ihr Liebesleben.

Einige der Nachrichten waren verwaltungstechnische E-Mails vom Metropolitan, als Antwort auf Katrinas Kündigung. »Darf ich Sie daran erinnern, Ihre Schlüssel zu der Damentoilette in den Cloisters abzugeben?« »Falls Sie noch Bücher aus dem Verbundsystem des Metropolitan Museum haben, geben Sie sie bitte am Angestelltenschalter im Hauptgebäude zurück.« »Erledigen Sie bitte alle zur Beendigung Ihres Arbeitsverhältnisses erforderlichen Schritte, oder wir werden nicht in der Lage sein, Empfehlungsschreiben an zukünftige Arbeitgeber weiterzuleiten.«

Es gab keinerlei Anzeichen, dass irgendjemand ein übles Spiel vermutet hatte, als die junge Frau das Museum verlassen hatte.

In der Mitte des Stapels fand ich die Notiz, die ich gesucht hatte. Sie war datiert vom 27. Dezember und mit einem Wort unterschrieben, von dem ich annahm, dass es der Name des Verfassers war: Clem.

Ich fing schon an, mir Sorgen zu machen, aber als ich heute Vormittag nach London zurückkam, habe ich deine Nachricht bekommen. Schön, dass du beschlossen hast, nach Südafrika zurückzugehen. Dort kannst du dich darauf konzentrieren, wieder gesund zu werden. Ich bin nach wie vor neugierig: Bist du seit unserem letzten Gespräch in dem Gewölbe gewesen? Ich war gerade zu Hause und habe das Grab besucht. Es macht mich glücklich zu sehen, dass er nach all der Zeit in Frieden ruht. Wir tun was sehr Gutes.
Sag mir Bescheid, sobald du eine neue E-Mail-Adresse und Anschrift hast.

Clem

Wer war Clem? Welches Grab? Wo? Ich ging zur Empfängerzeile und tippte die E-Mail-Adresse ein, in der Hoffnung, dass sie noch gültig war. Omydarling@Britmail.uk.co.

In die Betreffzeile gab ich Katrinas Namen ein. Ohne etwas über ihre Beziehung zu wissen, konnte ich Clem wohl kaum gleich beim ersten Mal mit der Nachricht überfallen, dass Katrina umgebracht worden war.

Stattdessen stellte ich mich als Bekannte von Katrina vor, sagte, dass ich nicht wusste, wann sie zuletzt voneinander gehört hätten, und erkundigte mich nach einer Telefonnummer, unter der ich ihn erreichen könnte. Ich setzte meinen Namen darunter, ohne meine berufliche Position anzugeben, und versandte die Nachricht nach Übersee. Ich schickte ähnliche E-Mails an die anderen Korrespondenten, bevor ich den Computer ausschaltete und zu Bett ging.

Als ich am nächsten Morgen um sieben Uhr aufwachte, war Val schon draußen vor dem Haus. Sie saß auf dem Rasen neben dem Wildblumenbeet und machte Skizzen des Blutweiderichs und der Mohnblumen, die der starken Morgenbrise vor dem Hintergrund des Menemsha-Teichs trotzten.

»Ich fahre zu Primo's, um uns Kaffee, Blaubeermuffins und die *New York Times* zu holen. Irgendwelche Sonderwünsche?«

»Soll ich mitkommen, oder soll ich auf Nina warten?«

»Keine Mutter eines Vierjährigen lässt sich die Gelegenheit entgehen, an einem Samstagmorgen auszuschlafen. Wir werden sie die nächsten Stunden nicht zu Gesicht bekommen. Bleib hier. Ich bin in einer Viertelstunde wieder da.«

Ich fuhr die kurze Strecke zur Beetlebung Corner, wo der Chilmark Store die Insulaner mit allen notwendigen Vorräten versorgte. Als ich Justin Feldman mit seinem Kaffee und

Bagel in einem Schaukelstuhl auf der Veranda des Gemischtwarenladens sitzen sah, wusste ich, dass ich zu Hause war.

»Wer sorgt für die Sicherheit in der großen Stadt, während du hier bist, Alex?«

»Hast du's noch nicht gehört? Die Verbrechenszahlen sinken.« Er war der beste Anwalt der Stadt, der häufig von Unternehmensvorständen für komplizierte Prozesse aufgesucht wurde. »Ich bin mit ein paar Freundinnen hier. Willst du heute Abend vor dem Essen auf einen Cocktail vorbeikommen?«

Er tippte mit der Hand auf die Schlagzeile des Lokalteils der *New York Times*. »Ich fliege heute Vormittag zurück. Ich habe mitten in der Nacht einen Anruf erhalten.« Er deutete auf das fett Gedruckte, und ich beugte mich über seine Schulter, um es zu lesen. »Ein bizarrer Unfall, aber das Metropolitan ist unser Mandant, also muss ich mich darum kümmern.«

Ich richtete mich mit der Zeitung in der Hand auf: ARBEITER STIRBT DURCH STURZ VON MUSEUMSDACH.

22

Ich las die Story im Jeep noch einmal.

Ein achtundzwanzig Jahre alter Wartungsmonteur, Pablo Bermudez, war während einer routinemäßigen Inspektion der Wassertanks des Kühlsystems vom Dach des Museums gestürzt. Mr. Bermudez hatte seit zwei Jahren jeden Freitag diese Inspektionen vorgenommen, bisher ohne außergewöhnliche Vorkommnisse. Der Reporter nannte den Tod des Mannes »mysteriös« und zitierte Kollegen, die ihn noch eine halbe Stunde vor dem Unfall gesehen, dann aber aus den Augen verloren hatten, als er nach draußen geklettert war, um die Überprüfung zu beenden. Warum, fragte ein Sprecher des Museums, hatte er dieses Mal das Gleichgewicht verloren?

Unter dem Artikel war eine Zeichnung eines Architekten von der betreffenden Stelle. Dieser Teil des Dachs war flach und von einer kniehohen, dreißig Zentimeter breiten Brüstung eingefasst. Ein Museumswärter, der sich an der Suche nach Bermudez beteiligte, sah seine Leiche dreißig Meter weiter unten am Fuß eines Lüftungsschachts liegen, in dem kleinen Innenhof zwischen den chinesischen Ausstellungsräumen und dem Flügel, in dem der Tempel von Dendur untergebracht war.

Ich raste mit den beiden Kaffeebechern für Val und mich nach Hause. »Ich muss Mike anrufen. Soll ich dir das Telefon bringen, wenn ich fertig bin, damit du hallo sagen kannst?«

Val war gerade dabei, die zweihundert Jahre alte Steinmauer, die mein Grundstück in klassischer Vineyard-Manier umschloss, zu schattieren und sah nicht von ihrem Skizzenblock auf. »Ich habe heute schon mit ihm telefoniert. Er war bereits dienstlich unterwegs. Ich werde ihn erst wieder heute Abend stören.«

Ich ging ins Haus und wählte Mikes Handynummer.

»Ja?«

»Du hörst dich an, als seist du gerade beschäftigt. Ich habe den Artikel in der Zeitung gesehen und wollte –«

»Der Springer? Der glücklich verheiratete Wartungsmonteur, Vater von drei Kindern, von dem mir das Museum weismachen will, dass er sich zu Tode gestürzt hat, weil das Wasser nicht so lauwarm war, wie es hätte sein sollen? Oder dass er plötzlich eine Hirnerkrankung bekam, vornüberkippte und vom Dach fiel, nur dass sein Gehirn jetzt Matsch ist, sodass wir nie herausfinden werden, welche Erkrankung es war? Ja, ich bin am Met, warum?«

»Sie melden es als einen Unfall, also war ich mir nicht sicher, ob du darüber Bescheid weißt.«

»Ich war gerade dabei, mir ein ein Pfund schweres New York Strip Steak mit Kartoffelbrei und Knoblauch schmecken zu lassen, als plötzlich alle verrückt spielten. Die Hells Angels und die Pagans hielten vor dem Roseland Ballroom eine Motorradparade ab. Es fielen Schüsse, und es endete damit, dass einer der Engel dem Heiligen Petrus einen vorzeitigen Besuch abstattete. Dann wurde ein junger Hipster in Yorkville auf seine Freundin wütend, weil sie sich von einem andern Kerl in der Kneipe um die Ecke Tequila aus dem Bauchnabel schlürfen ließ, also briet er ihr, als sie nach Hause kam, eins mit einer 5-Kilo-Hantel von ihrem Richard-Simmons-Workout-Programm über, was wiederum nur beweist, dass Sport Mord sein kann. Und dann das.«

»Hat dich jemand vom Museum wegen Bermudez kontaktiert?«

»Du hast für heute deine Quote an dämlichen Fragen aufgebraucht. Natürlich nicht. Ich saß in der Notaufnahme des Mount Sinai Hospital und wartete darauf, mit dem verstörten Liebhaber des Mädchens zu sprechen, die den zertrümmerten Schädel nicht überlebte, als man Bermudez reinbrachte. Bei Ankunft tot.«

»Die Ambulanz hat ihn erst um Mitternacht ins Krankenhaus gebracht?«

»Nachdem er sich den ganzen Nachmittag nicht hatte blicken lassen, suchte man das Museum nach ihm ab. Vor allem das Untergeschoss, wo er normalerweise arbeitete. Als es schon dunkel war, um circa neun Uhr, sind sie wieder raus aufs Dach, wo ein Wärter den gesunden Menschenverstand hatte, mit der Taschenlampe in den Innenhof hinabzuleuchten. Der arme Bermudez hatte diese orangefarbenen Leuchtstreifen an seinen Arbeitsstiefeln. Der Kerl leuchtete auf wie ein Glühwürmchen, ein Bein in der chinesischen Sammlung, das andere in Ägypten.«

»Hat man die Polizei gerufen?«

»Ja, Emergency Services mussten in den engen Innenhof hinabklettern und ihn zusammenklauben. Es war ihr Bus, der ihn ins Krankenhaus gebracht hat. Nur deshalb wusste ich, dass am Museum etwas mit tödlichem Ausgang passiert war. Dann kam deine Freundin.«

»Und wer wäre das?«

»Eve Drexler.«

»Natürlich. Sie nimmt Thibodaux' Anrufe entgegen, solange er weg ist.«

»Ja, er ist noch immer in Washington. Eve kam, um den Schaden mit Bermudez' Familie und der Presse zu begrenzen.«

»Welche Arbeiten hat er sonst noch am Met durchgeführt?«

»Hansdampf in allen Gassen, wie die meisten in der Abteilung. Und falls du wissen willst, ob er etwas mit der Verladung von Stücken zu tun hatte, die aus dem Museum verschifft werden: hatte er. Ich hab die Sache im Griff, Blondie. Ich habe Eve gesagt, dass wir all seine Arbeitsunterlagen vom letzten Jahr einsehen wollen. Stempelkarten, Auftragsanweisungen etc. Ich bin gerade in ihrem Büro, um zu sehen, was man mir heute in die Hände drücken kann. Wir werden mit seinen Kollegen und Kumpeln sprechen und herausfinden, warum er diesen Drahtseilakt ohne Netz machte. Und du kümmere dich um deine Gäste. Für dich gibt's hier nichts zu tun.«

Ich checkte meine E-Mails, um zu sehen, ob Clem auf

meine Nachricht geantwortet hatte. Noch keine Antwort von ihm. Ich fragte mich, von welchem Gewölbe er sprach und wessen Grabstätte er einen Besuch abgestattet hatte. Drei Leute hatten harmlose Antworten geschickt und wunderten sich, welche Verbindung ich zu Katrina hatte und warum sie seit Monaten nichts von ihr gehört hatten. Ich beschloss, die nächsten vierundzwanzig Stunden keine weiteren Einzelheiten preiszugeben. Ich wollte nicht riskieren, dass einer von ihnen auch mit Clem korrespondierte und ihm von Katrinas Tod berichtete, bevor ich Gelegenheit hatte, ihn zu fragen, was es mit dem Museumsgewölbe auf sich hatte.

Jetzt war ich rastlos und es tat mir fast Leid, die Stadt verlassen zu haben. Ich ging von der Veranda hinunter zu Val. »Kann ich dich von diesem Ausblick losreißen? Ich kann dir die Insel zeigen, während Nina ihren Schlaf nachholt.«

Wir fuhren Richtung Süden und ließen die Schafweiden und das sanft hügelige Farmland Chilmarks hinter uns. Fast drei Stunden lang fuhren wir kreuz und quer über die zweiundzwanzig Meilen lange Insel, besahen uns die Städtchen und hielten immer wieder am Straßenrand an, damit Val Landschaftsaufnahmen machen konnte, die sie später malen wollte. Segelboote wendeten in der Ferne auf dem Meer, und in den örtlichen Salzwasserteichen zogen Hummerfischer ihre Fallen ein.

Alles blühte, nicht nur die alten Fliederbäume, sondern auch die Azaleen, Forsythien und Strandpflaumen. Es war eine spektakuläre Jahreszeit auf der Insel, wenn alle Lebensformen vom Vineyard Sound bis zum Atlantischen Ozean ihr trübes Winterkleid ablegten und in einer tiefgrünen Palette wieder erwachten.

Als wir wieder in die Auffahrt einbogen, hatte Nina eine

Kanne Kaffee gekocht und sonnte sich auf der Veranda. »Keine Fahrgemeinschaften, keine Spielstunden, keine zuckrigen Cornflakes in der ganzen Küche. Ich habe vergessen, wie das Leben noch sein kann. Essenszeit?«

»Ich habe den Motor laufen lassen. Ich habe mir schon gedacht, dass du Lust auf dein Lieblingsessen haben würdest.«

Dieses Mal fuhren wir vorbei an Beetlebung zu dem kleinen Fischerdorf Menemsha. Vor der winzigen grauen Hütte am Straßenrand mit den zwei Picknicktischen und den paar Bänken auf der Veranda war bereits eine Schlange urteilsfähiger Esser, die wussten, dass es dort die besten frittierten Muscheln der Welt gab. Die Quinn-Schwestern, Karen und Jackie, schwitzten zusammen mit ihren Angestellten vom Memorial Day Ende Mai bis zum Columbus Day Anfang Oktober über ihren Fritteusen, zogen aber in dieser Zeit genug Kundschaft an – Inselbewohner und Touristen, hart arbeitende Einheimische und Megafilmstars –, die die köstlichsten Meeresfrüchte an der Ostküste essen wollten.

Ich stellte mich an, während Nina und Val versuchten, Plätze an einem der Tische zu ergattern. Als ich an die Drahtgittertür kam, um meine Bestellung aufzugeben, schäumte Karen bereits vor Wut.

»Stell dir das mal vor! Wir haben nicht einmal vierundzwanzig Stunden geöffnet, und schon kommt so ein Kerl, der in irgendeinem Stinktopf vor Anker liegt, und beschwert sich, wie lange er auf seine Austern und Kalamari warten muss. Was darf's sein, Alexandra?«

»Wir haben jemanden dabei, der zum ersten Mal hier ist. Also unbedingt Muscheln. Aber am besten von allem etwas.«

Wir drei setzten uns an einen kleinen Tisch unter einen

gestreiften Sonnenschirm und schlangen das Finger Food in zehn Minuten hinunter.

»Seid ihr bereit, das frittierte Zeug abzutrainieren?«, fragte ich auf der Heimfahrt. Ich parkte das Auto und schloss das Scheunentor auf. Ich bewahrte vier Zehngangräder in der Scheune auf, da es auf der Insel kilometerlange Fahrradwege durch die Wälder und entlang der Strandstraßen gab. »Val war noch nie in Aquinnah. Ich habe mir gedacht, wir tun es auf diese Art und Weise.«

Wir zogen Fahrradklamotten an, stiegen auf und radelten von meiner Ausfahrt den Hügel hinunter über die Stadtgrenze von Chilmark. Hinter Herring Creek bogen wir auf den Moshup's Trail, einen beeindruckenden Straßenabschnitt, der am Meer entlangführt und nach einem legendären Wampanoag-Häuptling benannt ist. Wir fuhren bis zum Leuchtturm, drehten um, radelten am Outermost Inn vorbei die Lobsterville Road hinunter, bevor wir wieder den Hang hinaufschnauften, den wir zu Beginn unseres Ausflugs so leichtfüßig hinuntergesaust waren.

Nina schob ihr Fahrrad in die Garage. »Ich bin fix und fertig. Du steckst das ja locker weg mit deinen wöchentlichen Ballettstunden. In Beverly Hills haben wir Autos, damit wir so etwas nicht tun müssen.«

»Deine Belohnung wartet. Erinnerst du dich an Pamela von Bodysense?«

»Die Massagetherapeutin? Göttlich.«

»Ich habe sie für drei Uhr herbestellt. Bis wir geduscht haben, ist sie hier. Dann muss ich nur noch vor sieben Uhr unser Essen abholen.«

»Wie meinst du das?«, sagte Val.

»Larsen's Fischmarkt in Menemsha wird drei Hummer für uns kochen und zerteilen, die ich essfertig abholen kann. Dann hol ich um die Ecke im Homeport die Clam

Chowder und einen wunderbaren Limonenkuchen, und dann müssen wir nur noch das Kaminfeuer anmachen, um die richtige Atmosphäre zum Essen zu haben.«

Während Val als Erste in den Genuss der Massage kam, ging ich wieder online. Außer einigen Werbemails für Viagra und Produkte zur Vergrößerung meines Penises hatte ich einige Nachrichten von Freunden erhalten. Dann sah ich die Mail, die ich suchte, von Omydarling.

Ich öffnete sie. Nicht gerade warm und freundlich. »Wer sind Sie, und warum wollen Sie das wissen?«

Ich tippte meine Antwort. Es hatte keinen Sinn, Clem anzulügen. Ich würde ihn nicht auf meine Seite ziehen können, wenn ich ihm nicht sagte, wer ich war. »Ich bin Staatsanwältin bei der New Yorker Bezirksstaatsanwaltschaft. Wenn Sie mir Ihre Telefonnummer geben, würde ich Sie gerne anrufen, um Ihnen mein Anliegen zu erklären.« Ich gab meine Nummer auf dem Vineyard an, in der Hoffnung, dass Clem mir vertrauen und mich heute Abend anrufen würde, und schickte die Mail ab. Es war halb fünf Uhr Ortszeit, am Zielort der Mail wahrscheinlich fünf Stunden später.

Als ich an der Reihe war, mich auf den Massagetisch zu legen, war ich viel zu nervös, als dass ich mich hätte entspannen können. Oft waren die Muskeln in meinen Unterschenkeln verkrampft, nachdem ich stundenlang auf hochhackigen Schuhen im Gerichtssaal gestanden hatte. Heute musste sich Pamela um die verspannten Muskeln meines Nackens und Oberkörpers kümmern.

Als ich mit dem Essen zurückkam, hatte Nina im Wohnzimmer Feuer gemacht und die erste Flasche Sancerre geöffnet. Ich schüttete die Chowder in einen Topf, der auf dem Herd stand, rührte um und ließ sie langsam köcheln.

»Sei ehrlich! Ich erzähle Val gerade, dass ich dich in den

letzten zehn Jahren vor mindestens vier schlechten Beziehungen gerettet habe. Hab ich Recht?«

»Wahrscheinlich fünf.«

»Ach ja, genau. Ich vergaß diesen Idioten, in den du dich in der einen Woche in Aspen Hals über Kopf verliebt hast. Was für ein Hochstapler! Alex war drauf und dran, ihr Strafrecht hinzuschmeißen und als Skihäschen zu enden. Ich musste sie förmlich mit Gewalt vom Berg herunterholen und aus der Stadt schleifen.«

»Gar nicht auszudenken, was ich verpasst habe, wenn wir bereits die meisten meiner Männer durchgegangen sind. Habt ihr Jake schon analysiert, oder habt ihr dazu auf mich gewartet?«

Val protestierte umgehend. »Sie hat mir nur einen kurzen Abriss über eure Freundschaft gegeben. Ich beneide euch. Ich habe nie die eine großartige Freundin gehabt, die mich so lange kennt.«

Ich konnte mir mein Leben nicht ohne die Loyalität und Liebe meiner besten Freundin vorstellen. Wir hatten jeden Erfolg und jeden Misserfolg miteinander durchgestanden, und ich hatte sie bei allen beruflichen und privaten Entscheidungen in meinem Leben um Rat fragen können.

Ich servierte die Suppe, öffnete die zweite Flasche Wein und brachte dann den Teller mit den zwei Pfund schweren Hummern an den Tisch. Es gab niemanden, der das Fleisch besser von einem Schalentier ablösen konnte, als Nina. Schweigend genoss sie die süßen kleinen Beine, während Val uns zwischen jedem Bissen Fragen stellte.

»Jerry?«, antwortete Nina, während sie eine große Schere abriss und das Fleisch aus der gebrochenen Schale pulte. »Ich hatte während der ersten Sommerferien am Wellesley einen Job im Außenministerium. Ich lernte ihn auf einer Fourth-of-July-Party kennen.«

»Und ihr seid immer noch zusammen, nach siebzehn Jahren? Mir fällt von meinen Freundinnen niemand ein, die noch immer mit dem Typ zusammen wäre, den sie im College kennen gelernt hat.«

»Frag lieber wieder Alex aus. Der hier ist so saftig und köstlich.«

Wie alle, so versuchte auch Val, sanft das Gespräch auf die Frage zu lenken, warum ich mich auf Sexualverbrechen spezialisiert hatte.

»Nein, ich bin nie vergewaltigt worden, falls es das ist, was du wissen willst. Ich fing nach dem Jurastudium bei der Bezirksstaatsanwaltschaft an. Battaglia leitet die beste Behörde des Landes, und ich wollte Prozessanwältin werden und von den Besten lernen. Sexualverbrechen waren wirklich das Stiefkind in der Kriminaljustiz dieses Landes. Im Gegensatz zu allen anderen Verbrechen reichte vor den siebziger Jahren das Wort einer Frau juristisch nicht für einen Schuldspruch wegen Vergewaltigung aus. Die Gesetze der meisten Staaten erforderten zur Identifizierung des Täters unabhängige Beweise, das heißt, Beweise von einer anderen Quelle, bevor ihr erlaubt wurde, auszusagen.«

»Damals muss es unmöglich gewesen sein, einen Fall zu gewinnen.«

»Schlimmer noch. Man konnte ohne diese erhärtenden Beweise nicht einmal vor Gericht gehen. Und das war noch, bevor es Spurensicherungskoffer gab. Von DNA als einer wissenschaftlichen Methode ganz zu schweigen.«

»Wie kam es, dass sich das geändert hat?«

»Es änderte sich nur sehr langsam. Aber weil es Bezirksstaatsanwälte wie Battaglia gab, die es für wichtig hielten, diesem Problem Ressourcen zur Verfügung zu stellen, erhielt meine Vorgängerin, die fünfzehn Jahre lang die Abteilung geleitet hatte, genug Unterstützung, um kreativ sein zu können und die Haltung des Gesetzes und der Geschworenen gegenüber diesen Verbrechen zu ändern.«

»Aber du machst das schon so lange. Deprimiert dich das nicht mit der Zeit?«

Ich lächelte, während ich mein letztes Stück Hummerschwanz in die Buttersoße tunkte. »Die guten Tage machen die schlechten bei weitem wett, Val. Du kannst dir nicht vorstellen, was für ein Gefühl es ist, wenn sich uns eine Frau anvertraut, die eine schreckliche Vergewaltigung hinter sich hat. Erstens gibt es Detectives wie Mercer, die nicht nur einfühlsam und eine große emotionale Stütze sind, sondern auch hartnäckige, intelligente, talentierte Ermittler. Mittlerweile gibt es an allen besseren Krankenhäusern speziell ausgebildetes Personal, das weiß, nach welchen medizinischen Befunden es suchen muss. Und dann kommst du an mein Team. Das beste, das es gibt. Normalerweise hat das Opfer Angst, dass das System nicht zu seinen Gunsten arbeiten oder den Kerl, sogar wenn man ihn schnappt, nicht verurteilen wird. Aber ein Anwalt oder eine Anwältin aus unserer Einheit begleitet sie hervorragend durch den gesamten Prozess. Wir sind alle ausgebildet, jeden einzelnen Aspekt des Falls zu handhaben und dafür zu sorgen, dass sich das Vergewaltigungsopfer im Gerichtssaal so wohl wie möglich fühlt. Und wenn wir der Frau zu einem Sieg verhelfen können, dann gibt es in der ganzen Juristerei keine dankbarere Aufgabe.«

»Glaub mir«, sagte Nina und leckte sich die Finger, »sie hat genug Angebote gehabt. Alex hätte für einige der besten Anwaltskanzleien der Stadt arbeiten können. Oder als Richterin. Sie bleibt in ihrem Job, weil jeder Tag eine neue Herausforderung ist und weil sie es liebt, den Opfern helfen zu können. Wir sollten uns einmal so auf unsere Arbeit freuen wie sie und ihre Kollegen.«

Ich räumte den Tisch ab und stellte die Sachen in die Geschirrspülmaschine, während Nina uns noch ein Glas Wein einschenkte und sich weiter mit Val unterhielt. Als ich ins Wohnzimmer zurückkam, lag Nina der Länge nach vor dem Kamin auf dem Boden, ein Kissen unter dem Kopf, ihr Weinglas in der Hand und eine Schachtel Pralinen neben sich. »Das ist mein Beitrag zum Nachtisch. Ich habe diese Pralinen extra aus Kalifornien mitgebracht.«

Val ruhte sich auf einem der beiden Sofas aus, und ich legte mich mit dem Gesicht zum Feuer auf das andere.

»Jetzt wollen wir mal den Spieß umdrehen. Was ist mit dir und Mr. Chapman?«

Val lächelte und nahm sich eine Praline. »Er kam mit Sicherheit zum richtigen Zeitpunkt in mein Leben. Ich war fast am emotionalen Tiefpunkt, als er plötzlich neben mir im Krankenhaus auftauchte. Er spendete Blut, und ich erhielt gerade eine Transfusion. Ich bin mir sicher, dass Alex dir erzählt hat –«

Nina nickte.

»Und jetzt gibt er mir etwas, wofür es sich zu leben lohnt. Außerdem ist es nie langweilig mit ihm. Der Mann liebt seine Arbeit so sehr, dass ich mir nie sicher sein kann, wann wir einen ruhigen Abend miteinander verbringen können. Er ist immer im Dienst, immer engagiert.«

»Er ist eine wahrhaft gute Seele, Val. Behalt ihn dir!«

Während ich zuhörte, musste ich daran denken, wie nahe Mike und ich uns in den zehn Jahren unserer Freundschaft gekommen waren. Ich kannte ihn als einen hervorragenden Ermittler und loyalen Freund. Ich hatte ihn mir nie als Liebhaber oder Ehemann vorgestellt. Val hatte ihr Glück verdient, also warum beneidete ich sie heute Abend so sehr?

»Ich versuche es, Nina. Ich weiß nicht, ob Alex es dir erzählt hat, aber ich war schon mal verheiratet. Sechs Jahre lang. Er war auch Architekt – wir lernten uns während des Studiums kennen. Er hat mich sitzen lassen. Kein Streit, keine andere Frau, kein Problem, das er mir hätte nennen können. Es war der Krebs. Er konnte nicht mit der Tatsache umgehen, dass ich eine Brust verloren hatte. Er verließ mich zwei Tage nachdem ich aus dem Krankenhaus entlassen wurde.«

Nina rollte sich auf den Bauch und starrte ins Feuer. »Und dann kam Mike. Die stereotype Macho-Fassade, aber innen drin steckt er voller Gefühle.«

»Ihr zwei kennt ihn schon so lange. Und dir steht er so nahe, Alex. Wie bekommst du ihn dazu, sich zu öffnen?«

Ich wusste nicht, wie ich das beantworten sollte.

»Ich wette, Alex könnte dir stundenlang davon erzählen. Sie und Mike haben schon einiges –«

Ich fiel Nina ins Wort, bevor sie den Satz zu Ende sprechen konnte. »Er wird reden, wenn er so weit ist. Die letzten neun Monate, seit dem elften September, sind schrecklich für ihn gewesen. Du bist ein Geschenk des Himmels, Val. Du warst so zerbrechlich, als er dich kennen lernte, und ich glaube, es gab ihm enorme emotionale Kraft, sich um dich zu kümmern, dich zu beschützen und gleichzeitig so viel innere Stärke aus *deinem* Lebensmut zu ziehen.«

»Jeder, den ich kenne, war von den Terroranschlägen am Boden zerstört.«

»Aber Mike war – nun, er bezeichnete es einmal als *impotent*. Es war eines der wenigen Male in seinem Leben, in denen er die Dinge nicht richten und die Übeltäter nicht fassen konnte. Dazu dann noch all die Schuldgefühle, überlebt zu haben. Die Tatsache, dass er mit dem Leben davonkam, während so viele andere starben.« Ich sagte ruhig: »Val, du warst jemand, der Hilfe brauchte, und er fühlt, dass er seinen Teil dazu beigetragen hat, dir zu helfen.«

Sie stand auf und drückte meine Hand. »Das hat er. Er will es nicht von mir hören, aber er hat mich davor bewahrt, in Selbstmitleid zu zerfließen. Ich kann euch nicht sagen, wie sehr ich ihn liebe.«

Nina stützte sich auf ihre Ellbogen. »Verdammt. Jetzt wo's gerade anfängt, interessant zu werden. Du willst doch nicht etwa schon ins Bett gehen, Val?«

»Doch. All die frische Luft und das Fahrradfahren. Und ein bisschen zu viel Wein. Gute Nacht.«

Nina griff sich die Weinflasche, die auf einem Glastischchen stand, und leerte sie. »So was Blödes! Gerade als ich dachte, dass wir zum Sex kämen. Warst du noch nie neugierig? Ich wette, Mike Chapman ist ein fantastischer Liebhaber.«

23

»Vielleicht bist du schon zu lange verheiratet.« Ich zog eine Decke über meine Beine und nippte an dem Sancerre, nachdem ich noch eine Flasche aufgemacht hatte. »Machst *du* so etwas bei der Arbeit? Siehst du dir den Partner im Büro nebenan an und ziehst ihn in Gedanken aus, während er vor dir steht und Geschäftliches bereden will? Ich arbeite jeden Tag mit dem Mann zusammen. Ich träume nicht davon, wie es wäre, meine Beine um ihn zu schlingen und –«

»Unsinn. Vielleicht solltest du das. Wie war das damals mit deinem Vorgesetzten, als du bei der Bezirksstaatsanwaltschaft angefangen hast? Wie lange hat's gedauert, bis er dir das Höschen auszog? Ungefähr eine Minute, als Gegenleistung für einen Abend im Yankee-Stadion, einen

Hot Dog und ein Bier?« Sie lachte, als sie sich an die Story zu erinnern versuchte.

»Hör auf! Ich habe nie mit ihm geschlafen. Ich habe nur ... nun ...«

»Die ganze Zeit davon geträumt. Siehst du? Ich habe Recht.«

Ich hörte, wie Val oben aus dem Bad kam und die Tür zu ihrem Zimmer hinter sich schloss.

Nina flüsterte mir zu: »Du hast mir versprochen, dass du mir erzählst, was letzten September passiert ist, wenn wir mal allein sind. Ich wollte nicht vor Val fragen.«

Jedes Mal, wenn Nina das Thema zur Sprache gebracht hatte, hatte ich versucht auszuweichen. Es war unmöglich, Zeuge des Anschlags auf das World Trade Center gewesen zu sein und ihn zu beschreiben, ohne den Schmerz dieses Vormittags noch einmal zu durchleben. Nina und ich hatten eine gemeinsame Freundin verloren, die in einem der Flugzeuge gewesen war, die in die Türme geflogen waren, und in unserer Trauer um Eloise war ich den Erinnerungen ausgewichen, die mich vom Augenblick des ersten Aufpralls an verfolgten.

Wie an den meisten Wochentagen war ich vor acht Uhr ins Büro gefahren und genoss die Stunde, bevor die Telefone zu klingeln anfingen und sich die Korridore mit Anwälten, Polizisten und Verbrechensopfern füllten. Mein Büro im achten Stock der Bezirksstaatsanwaltschaft ging nach Süden hinaus, was bedeutete, dass das Zimmer schon am frühen Morgen sonnendurchflutet war. Die Zwillingstürme standen nur zehn Blocks weiter südlich Wache, und ich konnte sie bei jedem Blick aus dem Fenster hinter den Wasserspeiern des sechs Meter entfernten Nachbargebäudes sehen.

Ich tippte gerade ein Memo am Computer, als das erste

Flugzeug in den Turm raste. Ich hörte eine gewaltige Explosion, und die Glasscheiben hinter mir ratterten und vibrierten. Zu dem Zeitpunkt war nur noch eine weitere Person – Judy Onorato – auf meinem Stockwerk, der Chefetage der Prozessabteilung.

Ich stand auf und zog die Jalousien hoch, die ich zum Schutz vor der grellen Sonne heruntergelassen hatte. Ich nahm an, dass eine Autobombe explodiert war, da die Gerichtsgebäude – das Criminal Courts Building und das Bundesgericht auf der anderen Straßenseite – schon einmal Ziel eines Anschlags gewesen waren. Von meinem Schreibtisch aus konnte ich, weniger als zehn Blocks südwestlich von mir, ein schwarzes Loch nahe der Spitze des Nordturms klaffen sehen. Der Himmel war strahlend blau, so wie ich ihn noch nie gesehen hatte.

Kurz darauf kam Judy in mein Büro gerannt. Sie hatte den Fernseher im Konferenzraum eingeschaltet, nachdem sie die Explosion gehört hatte. »Haben Sie's gesehen? Ein Flugzeug ist ins World Trade Center geflogen.«

Wir gingen beide davon aus, dass es ein Unfall gewesen war, ein kleines Flugzeug, das vom Kurs abgekommen und gegen den Turm geprallt war. Als der Nachrichtensprecher meldete, dass es sich um einen großen Jet gehandelt hatte, wollten wir es immer noch nicht glauben. Ich konnte mir nicht vorstellen, dass eine ganze Boeing 767 von dem riesigen Gebäude verschluckt worden war.

Überall auf unserer Etage fingen die Telefone an zu klingeln. Ich ging an den Schreibtisch von McKinneys Sekretärin – weder sie noch McKinney waren schon im Büro –, da auf ihrer Konsole alle Durchwahlleitungen zusammenliefen.

Als Erstes rief der Sicherheitsdienst in der Lobby an, um mir mitzuteilen, dass sie das Gebäude absperren und niemanden mehr hereinlassen würden. Das fünfte Polizeirevier, das direkt neben der Bezirksstaatsanwaltschaft Richtung Osten lag, hatte die Evakuierung von allen Büros südlich der Canal Street angeordnet.

Der nächste Anruf kam von Rose Malone. »Battaglia ist hier. Er will sofort McKinney sprechen.«

McKinney war selten vor zehn Uhr an seinem Schreibtisch, und jetzt war es noch nicht einmal neun. »Er wird mit mir vorlieb nehmen müssen.« Mein Herz raste. Die Nachrichtenstationen brachten bereits Zeugenaussagen, wonach das Flugzeug absichtlich in den Turm geflogen sei.

»Alex? Ignorieren Sie den Evakuierungsbefehl! Wie viele Leute sind Sie dort drüben?«

»Nur zwei.«

»Wir sind Mitarbeiter einer Strafverfolgungsbehörde, keine Zivilisten. Wer hier ist, bleibt hier. Was auch immer die Polizei braucht, erledigen Sie es!«

Ich drehte mich um und sah durch das Fenster zu den Türmen. In dem Moment ging eine ungeheure Explosion durch den Südturm und sandte einen Feuerball in meine Richtung. Ich ließ mich in den Schreibtischstuhl fallen und vergrub das Gesicht in den Händen. Das Radio auf meinem Schreibtisch berichtete, was ich nicht hatte kommen sehen: Ein zweites Flugzeug war von Süden her in den Südturm geflogen und hatte die Explosion ausgelöst, deren Zeuge ich gewesen war.

Jetzt war auf der Straße nur noch das Geheul der Sirenen zu hören, eine kreischende Kakophonie, die aus allen Richtungen auf die Türme zuraste. Direkt unterhalb des Fensters auf der Centre Street spielten sich Szenen ab wie in einem Fünfziger-Jahre-Film über einen Atomkrieg. Horden von Männern und Frauen in Geschäftskleidung und mit Aktentaschen setzten sich Richtung Norden in Bewegung, manche gingen, andere fielen in Laufschritt.

Die Einzigen, die sich Richtung Süden bewegten, waren Menschen in Uniform. Ich wusste, dass jedes Feuerwehrauto in der Stadt und im Umkreis zu den Türmen gerast sein musste, als das erste Flugzeug einschlug. Jetzt rannten Hunderte von Polizeibeamten, die in der Bezirksstaatsanwaltschaft Dienst taten, Tausende von Polizisten, die im Polizeipräsidium tätig waren und alle uniformierten Gerichtspolizisten, die die Vorgänge in unserem Gebäude überwachten, zum World Trade Center. Zu dem Zeitpunkt konnte ich mir nicht vorstellen, was sie dort vorfinden würden. Ich wusste nur, dass etwas in ihrem Kopf und in ihren Herzen diesen Menschen den Mut gab zu helfen, während alle, die keine Uniform trugen, in die entgegengesetzte Richtung flüchteten.

Ich fing an, einige Telefonate zu machen. Zuerst rief ich meine Eltern und meine Brüder an, um ihnen zu versichern, dass ich in Sicherheit sei. Als ich Jake endlich im Washingtoner NBC-Studio erreichte, wo er diese Woche Dienst hatte, scharte er gerade ein Team um sich, um zum Pentagon zu fahren. Ein weiteres Flugzeug war als Waffe eingesetzt worden. »Es ist wieder Bin Laden. Sie hätten den Mistkerl nach dem Attentat im Jahr 1993 endgültig aus dem Verkehr ziehen sollen. Wie wirst du dort rauskommen, Alex?«

»Mach dir keine Sorgen! Wir sind eine ganze Gruppe hier«, log ich. »Tu, was du tun musst, und ich ruf dich später wieder an.«

Die Telefonleitungen liefen heiß. Eltern und Ehegatten von jungen Anwälten und Anwältinnen riefen an, um herauszufinden, ob sie bei der Arbeit erschienen waren, vor allem wenn ihre U-Bahn-Linie unter dem World Trade Center hindurchführte. Staatsanwälte, die in der U-Bahn festsaßen oder an Brücken und Tunneln aufgehalten wurden, riefen an und boten ihre Hilfe an, ohne zu wissen, wann oder wie sie jemals ihre Büros erreichen würden.

»Hey, Alex, hier ist Mercer. Was, zum Teufel, machst du dort?«

Er war erst vor einer Woche aus dem Krankenhaus entlassen worden und erholte sich von einer Schusswunde, die ihn fast das Leben gekostet hätte. »Was hier vor sich geht, lässt sich nicht beschreiben. Gott sei Dank bist du nicht im Einsatz. Hast du versucht, Mike zu erreichen?«

Bevor er mir antworten konnte, hörte ich erneut Schreie von der Straße herauf und sah aus dem Fenster. »O mein Gott! Er stürzt ein! Mercer, der Südturm stürzt ein!« Die Implosion schien in Zeitlupentempo abzulaufen, und mir wurde speiübel bei dem Gedanken, dass Tausende von Menschen unter Tonnen von Beton und Stahl lebendig begraben wurden.

»Mike ist irgendwo dort unten. Er ist heute erst um sechs Uhr früh nach Hause gekommen. Seine Mutter rief ihn an, als sie die Nachricht von dem ersten Flugzeug hörte. Wenn sie sich keine Sorgen gemacht hätte, hätte er die ganze Sache verschlafen. Er will, dass du dort verschwindest. *Sofort!*« Mercer wurde lauter, um seiner Aussage mehr Nachdruck zu verleihen. »Ich habe den Befehl, dir so lange auf die Pelle zu rücken, bis du das Gebäude verlässt.«

Ich schloss die Augen und hoffte verzweifelt, dass Mike nicht schon dort gewesen war, als der zweite Turm zusammenkrachte. Die Hälfte der Kids, mit denen er aufgewachsen war, waren Polizisten oder Feuerwehrleute, und er würde ihnen in den Schlund der Hölle folgen, falls er glaubte, auch nur einen von ihnen retten zu können.

Ich brauchte mich nicht mit Mercer zu streiten. Die Telefonleitung war plötzlich tot. Ich sah zu den anderen Schreibtischen und erkannte an den unbeleuchteten Konsolen, dass die Telefone nicht mehr funktionierten. Die Antennen unserer Telefonfirma mussten Teil des Kommunikationszentrums gewesen sein, das sich auf dem Dach des World Trade Center befunden hatte.

Rauch trieb durch die Gänge. Der milde Wind blies jetzt in unsere Richtung und trieb Ruß, Asche und einen beißenden Geruch vor sich her. Ich ging von Büro zu Büro, schloss die Fenster und hustete wegen des giftigen Gemischs aus pulverisiertem Beton und brennendem Treibstoff, das in den Augen und im Hals brannte.

Ich ging über den Hauptflur, der wie ausgestorben war, zu Battaglias Flügel. Drei seiner fünf Assistenten waren bei ihm; die anderen zwei hatten es nicht geschafft, ins Büro zu kommen. Sie arbeiteten einen Katastrophenplan für den Rest der Woche aus; sie wussten, dass wir uns im Krieg befanden und es unmöglich sein würde, in den nächsten Tagen das übliche Tagesgeschäft weiterzuführen. Zu fünft arbeiteten wir fast zwei Stunden lang einen Plan aus. Bis auf die Tatsache, dass hin und wieder einige der Handys funktionierten, waren wir von der Umwelt völlig abgeschlossen.

Als ich kurz vor ein Uhr nachmittags in meinen Flügel zurückkehrte, waren die Straßen unter mir gespenstisch ruhig und leer. An jeder Ecke standen verlassene Imbisskarren, und auf dem Behördenparkplatz parkten die Streifenwagen von Polizeibeamten, die zu Fuß nach Downtown gelaufen waren. Überall trieb Papier im Wind, und Asche fiel auf die Gehsteige und Straßen.

Ich sah aus dem Fenster und zuckte beim Anblick des Himmels ohne die Türme zusammen. Was sagte man von Leuten, denen irgendwelche Gliedmaßen amputiert worden waren? Dass der fehlende Arm oder das fehlende Bein für immer wehtaten, eine Art Phantomschmerz. Auch uns würde es für immer schmerzen, wenn wir am Himmel nach diesen Türmen Ausschau hielten und an die Tausende von Menschen dachten, die ihre Liebsten nie wiedersehen würden.

Um vier Uhr kam Rose vorbei, um mir zu sagen, dass Battaglia zu einem Treffen mit dem Bürgermeister und dem Gouverneur aufgebrochen war. Das Polizeipräsidium hatte einen Polizisten herübergeschickt, der darauf bestand, dass wir alle nach Hause gingen. Die Luftqualität hatte sich so verschlechtert, dass uns niemand garantieren konnte, uns später noch sicher evakuieren zu können.

Ich nahm ein Paar alter Halbschuhe aus einem Aktenschrank, schloss das Büro ab und fuhr mit dem Aufzug hinunter in die Lobby. Vier uniformierte Revierpolizisten bewachten den Eingang und verteilten Gesichtsmasken an jeden, der das Gebäude verließ. Ich erkannte einen der vier, da er letzten Monat einen Mann verhaftet hatte, auf dessen Konto einige Überfälle und Vergewaltigungen in Chinatown gingen, und sprach ihn an. Er war von Kopf bis Fuß mit Schutt bedeckt und stank nach verbranntem Fleisch.

»Ich muss hinunter zu den Türmen. Fahren irgendwelche Streifenwagen hinüber? Es muss etwas geben, was ich tun kann –«

»Vergessen Sie's, Ms. Cooper. Außer Polizisten, Feuerwehrleuten und den Emergency Services darf keiner in die Nähe. Keine Amateure. Es ist eine Kriegszone.« Er deutete mit dem Daumen nach Norden. »Seien Sie froh, Madam. Sie würden niemals wieder schlafen können.«

Ich stand an der Kreuzung Centre Street und Hogan Place und passte die Maske an, damit ich leichter atmen konnte. Wie viele Männer und Frauen kannte ich, die bei dem Versuch, Menschenleben zu retten, in diesem Moment ihr Leben riskierten – oder es bereits verloren hatten?

Ich hatte Tränen in den Augen und versuchte, mir einzureden, dass sie von der Luftverschmutzung herrührten. Ich wollte Mike Chapman finden. Ich musste wissen, dass er in Sicherheit war. Ich holte mein Handy aus der Tasche und wählte seine Nummer, bekam aber kein Signal. Ein Polizist mit einem Megaphon schrie mich und zwei andere Fußgänger auf der ansonsten menschenleeren Straße an. »Gehen Sie weiter, Ms. Hören Sie mich? Gehen Sie nach Norden. Das hier ist Sperrgebiet.«

Ich ging Richtung uptown vorbei an leeren chinesischen Restaurants und überquerte die Canal Street. Die schicken Shops in Soho waren alle geschlossen und die Rollläden heruntergezogen. Ich überquerte die Houston Street und ging die Fourth Avenue hinauf. Die einzigen Fahrzeuge, die Richtung Süden fuhren, waren die Notfallautos aus Upstate New York oder benachbarten Gemeinden in New Jersey und Connecticut.

Zwei Stunden vergingen, ehe ich Grand Central Station erreichte. Wie bei allen anderen Wahrzeichen der Stadt – potenziellen Angriffszielen – wurde der schwache Verkehr vom Bahnhof weggeleitet. Ich ging nach Osten und atmete leichter, aber ich war erschöpft. Als ich an der Forty-fourth Street an der Ampel stehen blieb, rief mir ein Cop aus dem Fahrersitz eines Streifenwagens zu.

»Hey, Al. Kommst du von downtown? Wir nehmen dich den Rest des Wegs mit.«

Lester Gruby war vor Jahren Detective in der Sonderkommission für Sexualverbrechen gewesen. Man hatte ihn wieder zur uniformierten Polizei zurückgestuft, als er seine Waffe in einer Schlägerei vor einer Pferderennbahn in Nassau County verloren hatte.

»Wohnst du noch immer in der Seventieth Street?«

Ich nickte und kletterte auf den Rücksitz. »Was hört man?«

»Wirklich schlimm. Die Zahlen sind erschütternd. Feuerwehrwache vierzig, Amsterdam Avenue, Sixty-sixth Street? Zwölf Mann tot oder vermisst. Eine ganze Kompanie.« Seine Stimme versagte. »Jedes Mal, wenn ich im Revier anrufe, höre ich etwas in der Art.«

»Kannst du mich beim New York Hospital absetzen? Vielleicht kann ich wenigstens Blut spenden.«

Gruby sah mich an, als ob ich verrückt sei. »Du hast es wohl noch nicht gehört. Die Blutbanken schicken die Leute weg. Man braucht nicht viel. Diejenigen, die entkommen konnten, haben meist nur leichte Verletzungen. Alle anderen, die sich im Umkreis der Gebäude befanden, als sie einstürzten, sind tot.«

Der Polizeifunk knisterte den Rest der Strecke zu meinem Haus und vermeldete Notrufe bezüglich herabstürzender Tragebalken und Einsturzgefahr. Als ich meine Wohnungstür aufschloss, war es nach sieben Uhr. Auf meinem Anrufbeantworter waren achtzehn Nachrichten von Freunden und Familienmitgliedern, die sich im Laufe des Tages immer verzweifelter angehört hatten. Ich erledigte die wichtigsten Anrufe und bat dann zwei Freunde, die anderen für mich anzurufen.

Jake hatte zwei Nachrichten hinterlassen, um mir zu sagen, dass es ihm gut ging, aber dass sowohl in New York als auch in Washington die Flughäfen geschlossen waren. Er hatte keine Ahnung, wann er nach Hause kommen würde.

Was machte es für einen Sinn, sein Leben mit jemandem zu teilen, der nie da war, wenn es wirklich darauf ankam?

Ich zog mich aus und knäulte meine Klamotten zusammen, um sie später in den Abfallverbrenner zu stecken. Dann ging ich unter die heiße Dusche und blieb fast fünf Minuten darunter stehen, während mir Tränen über die

Wangen liefen. Ich trocknete mich ab und zog eine Jeans und eines von Jakes Hemden an. Es war kein Abend, um allein zu sein.

Den Rest der Nacht saß ich vor dem Fernseher und vergaß ganz, zu essen und zu trinken, während ich immer und immer wieder sah, wie die Türme einstürzten, wundersame Geschichten von Überlebenden hörte, denen es gelungen war zu entkommen, und die verzweifelten Familien der Frauen und Männer sah, von denen man seit 8.46 Uhr morgens nichts mehr gehört oder gesehen hatte.

Ich sah Jake auf MSNBC, der eine Außenübertragung vom Pentagon und später in der Nacht von den Stufen des Kapitols machte. Was erforderte es, um Nachrichtensprecher zu sein?, fragte ich mich. Ich hätte nie diese Story – oder auch weniger tragische – berichten können, ohne von Emotionen überwältigt zu werden.

Um Mitternacht rief ich Mercer zum letzten Mal an diesem Abend an.

»Hast du irgendetwas von Mike gehört?«

»Deine Gebete sind auch in der Vergangenheit schon erhört worden, Alex. Versuch zu schlafen.« Zu dem Zeitpunkt wusste ich noch nicht, dass Vickees Cousine, die als Sekretärin für die Hafenbehörde arbeitete, seit dem Einschlag des zweiten Flugzeugs vermisst wurde. Vickee und Mercer hatten andere Sorgen als meine Ängste um Mike. Ich legte auf.

Kurz nach zwei Uhr musste ich eingedöst sein. Das Klingeln der Türglocke weckte mich um halb fünf. Bis hierher hatte ich Nina die Geschichte bereits erzählt, also fuhr ich jetzt bei Mikes Ankunft fort.

»Als ich aus dem Schlaf aufschrak, wusste ich, dass es Mike war. Die Portiers hätten niemanden durchgelassen, der kein enger Freund war. Als ich die Tür aufmachte, warf ich ihm die Arme um den Hals und legte meinen Kopf an seine Brust, bis er mich sanft wegdrückte.«

Ich holte Luft und biss mir auf die Lippen. »Du kannst dir nicht vorstellen, wie er aussah. Man hätte nicht gewusst, dass seine Haare schwarz waren. Er war von oben bis unten mit Asche bedeckt. Auf seinen Chino-Hosen waren dunkle Flecken, die wie getrocknetes Blut aussahen. Ich bot ihm an, sich zu duschen, aber er weigerte sich. Er wollte nichts vom Ort des Geschehens abwaschen, als ob er heilig für ihn wäre. Er nahm mich an der Hand und führte mich ins Wohnzimmer. Er wollte nur reden.«

»Aber genau das meine ich. War er damals nicht schon mit Val zusammen? Warum war er nicht zu *ihr* gegangen?«

»Nun, damals wusste ich noch nicht einmal von Val. Er hatte mir noch nicht von ihr erzählt.«

»Aber als du erfuhrst, dass sie seit dem Sommer zusammen waren, fandest du es da nicht auch komisch, dass er nicht bei ihr sein wollte?«

»Ich, äh, ich glaube nicht, dass ich jemals darüber nachgedacht habe.«

»Vielleicht weiß sonst niemand, wenn du Schwachsinn redest, aber ich tu's.«

Ich schwieg einen Augenblick. »Ich glaube, das hatte zweierlei Gründe. Ich glaube, niemand versteht, was ein Polizist für andere Menschen – für Fremde – auf sich nimmt, wenn man selbst keiner ist. Oder wenn man, wie in meinem Fall, ständig dabei ist. Denkst du, dass auch nur ein Anwalt, eine Person in einem Straßenanzug an jenem Tag auf die Türme zulief? Und was Val angeht, war sie den Großteil des letzten Jahres mit ihrer eigenen Sterblichkeit konfrontiert gewesen. Mike hatte in diesen zwanzig Stunden so viel Tod gesehen, dass ich glaube, dass er es nicht über sich brachte, ausgerechnet mit ihr darüber zu sprechen.«

»Bist du blind, was die dritte Möglichkeit angeht, Alex? Wollte nicht jeder in Amerika mit der Person, den Menschen zusammen sein, die ihm am wichtigsten waren? Kennst du jemanden, der nicht bei demjenigen sein wollte, der ihm am meisten bedeutete, und sich an ihn klammern wollte, als würde die Welt untergehen? Ich habe Gabe zu Jerry und mir ins Bett geholt und ihn die ganze Nacht im Arm gewiegt.«

»Wenn ich's dir sage, Nina, du bildest dir da was ein.«

Sie wusste, dass sie mich nervte, und ging zur nächsten Frage weiter. »Hat er dir erzählt, wie es war, dort zu sein?«

»Ja. Er redete stundenlang. Ich hatte die Explosion gesehen. Ich hatte den Tod gerochen. Ich hatte das ständige Sirenengeheul gehört. Das Erste, was er hörte, als er aus dem Auto stieg, waren die Schreie. Er hat noch immer Albträume. Glaub mir, du willst nicht hören, was er mir erzählt hat.«

»Wo war er, als die Türme einstürzten?«

»Als der Südturm einstürzte, war er im Treppenhaus des anderen Turms. Da war eine schwangere Frau, die vom achtundsiebzigsten Stockwerk nach unten lief. Eine Diabetikerin. Sie brach im zehnten Stock zusammen, und die anderen trampelten einfach über sie hinweg, also kroch sie an die Seite und blieb regungslos sitzen. Sie wollte niemandem im Weg sein. Sie gab einfach auf. Ihre Kollegen brachten Feuerwehrleute dazu, ihr zu helfen. Mike lief ihnen ein paar Stockwerke weiter unten in die Arme und bot an, sie nach unten zu tragen. Er war gerade aus dem Treppenhaus gekommen und hatte sie in der Lobby abgesetzt, als der erste Turm einstürzte. Er hob sie wieder auf und blieb erst wieder stehen, als er sie zur Vesey Street hinaufgebracht hatte. Das Letzte, was er sah, waren die Feuerwehrleute, die die Treppe hinaufliefen, während er ihre Gesichter überflog, um zu sehen, ob er jemanden kannte.«

»Hat er – hat er viele Freunde verloren?«

»Ein Polizist, der sein ganzes Leben in dieser Stadt verbracht hat? Er ging monatelang zu Beerdigungen und Gedächtnisgottesdiensten. Deshalb blieb er den Großteil dieser ersten Nacht vor Ort, half dabei, Leichen aus dem Geröll zu ziehen und hielt Nachtwache, falls unter all dem Schutt und der Asche noch jemand am Leben war.«

»Die Frau, von der du mir erzählen wolltest – ist es das erste Mal, seit du Mike kennst, dass er dir von ihr erzählt hat?«

Ich nickte. »Ja. Sie heißt Courtney. Das ist wahrscheinlich ein weiterer Grund, warum er nicht zu Val gehen wollte. Er wollte ihr nicht von seiner unerwiderten Liebe erzählen.«

»Wer war sie?«

»Sie waren zusammen aufgewachsen. Königin des Abschlussballs, eine gute Schülerin mit großen Träumen. Sie waren in der Highschool immer wieder mal ein Paar gewesen. Während seines dritten Studienjahrs an Fordham war sie wie verrückt hinter ihm her. Sie drängte ihn, Jura zu studieren, etwas aus sich zu machen und ihr all die schönen Sachen zu kaufen, die sie haben wollte. Erinnerst du dich, was ich dir über Mikes Vater erzählt habe? Er hat sechsundzwanzig Jahre lang bei der New Yorker Polizei gedient. Dann starb er, zwei Tage nachdem er seine Waffe und seine Dienstmarke abgegeben hatte, an einem massiven Herzinfarkt. Mike beendete das College, aber er vergötterte seinen Vater. Er legte die Aufnahmeprüfung ab und ging direkt nach der Collegeabschlussfeier an die Polizeiakademie.«

»Und diese Courtney?«

»Ließ ihn sitzen und brach ihm das Herz – so hat er es mir zumindest an jenem Morgen erzählt. Sie machte sich an einen seiner Mitbewohner ran, der später am Fordham Jura studierte und einen Job an der Wall Street bekam. Sie heiratete ihn fünf Monate nachdem sie Mike abserviert hatte. Großes Haus in Manhasset, drei Kinder, zwei Autos – all die materiellen Dinge, die sie wollte. Sie sagte ihm, dass sie nie einen Polizisten heiraten würde, dass sie nicht das Leben ihrer Mutter führen wollte. Nicht wegen der Gefahren oder der harten Arbeit und unberechenbaren Arbeitszeit, sondern weil sie ihrem Background, ihrem Milieu entkommen wollte.«

»Hattest du darüber Bescheid gewusst?«

»Nein. Ich habe Frauen gekannt, mit denen er befreundet war – alles sehr oberflächlich. Ich ging einfach davon aus, dass er mit dem Sport, dem Studium und seinen Freunden so viel zu tun hatte, dass es noch nie für eine ernsthafte Beziehung gereicht hatte.«

»Was ist passiert?«

»Courtney war an jenem Vormittag in die Stadt gekommen, weil sie im Windows on the World, dem Restaurant oben im World Trade Center, zum Frühstücken verabredet war. Sie plante eine Feier für ihren Ehemann, der Partner in seiner Kanzlei geworden war. Der Bankettmanager half ihr, ein Menü zusammenzustellen, die Weine auszusuchen und die Sitzordnung festzulegen.«

»Und Mike wusste, dass sie dort war?«

»Deshalb hatte ihn seine Mutter ja angerufen. Courtneys Mama rief Mrs. Chapman an und flehte sie an, Mike hinzuschicken, um Courtney zu suchen und sie in Sicherheit zu bringen.«

»Denkst du, dass er deshalb dort war?«

»Es hätten ihn keine zehn Elefanten davon abhalten können. Er ging nicht wegen ihr, aber er war wild entschlossen, sie zu retten, da ihm seine Mutter diese Mission aufgetragen hatte.«

»Das ist ein weiterer Unterschied zwischen Typen wie ihm und Leuten wie dir und mir. Irgendein Scheißkerl, der mich vor Jahren hat sitzen lassen? Ich hätte keinen barmherzigen Knochen im Leib.«

»Es spielte keine Rolle. Sie hatte keine Chance, ebenso wenig wie alle anderen, die dort oben waren.«

»Mike hat dir das alles erzählt?«

»Er muss drei Stunden lang geredet haben.«

»Über Courtney?«

»Sicher. Darüber, dass er sich immer so unzulänglich gefühlt hat, nachdem sie mit ihm Schluss gemacht hatte. Dass er außer seiner Liebe zu ihr nur eine andere Leidenschaft hatte, und das war die Polizeiarbeit. Dass er sich scheute, eine Beziehung einzugehen, aus Angst, dass er letzten Endes aus dem gleichen Grund wieder abgelehnt werden würde. Weißt du, was die größte Ironie dabei ist?«

»Ich kann's mir denken. Hier ist *das* Ereignis, woraufhin die gesamte Welt den Polizisten, Feuerwehrleuten und alltäglichen Helden, die im Angesicht des sicheren Todes so Außergewöhnliches leisteten, ihren Respekt erweist.«

»Ja. Und Courtney lebt nicht mehr, um ihn dabei zu erleben.«

»Was hast du ihm gesagt?«

»Ich musste ihm gar nichts sagen. Er war nicht gekommen, um mir zuzuhören. Er wollte sich einfach nur alles von der Seele reden, mich ein kleines bisschen in sein Leben lassen. Auf gewisse Weise wollte er mir etwas von seinem Verhalten erklären.«

»Hat er nicht … äh …«

Ich schüttelte den Kopf. »Er brauchte einen Anker, Nina. Das ist alles, was er wollte. Er legte sich aufs Sofa und legte seinen Kopf in meinen Schoß. Und während die Sonne aufging, strich ich ihm über seine wunderschönen schwarzen Haare. Und er weinte. Er weinte leise, bis ich dachte, er würde sich in seinen eigenen Tränen auflösen. ›Niemand, der nicht dort war, kann jemals die Dimensionen, die Todesangst der Opfer begreifen‹, wiederholte er immer und immer wieder. ›Wenn ich die Augen schließe, sehe und höre ich nichts anderes. Ich bin in der Hölle gewesen, Alex.‹«

Nina setzte sich auf und blies die Kerzen auf dem Tisch aus. »Kein Wunder, dass Val ihn nicht dazu bringt, sich zu öffnen. Keiner von uns kann sich das auch nur vorstellen.«

»Sie wird es schaffen. Sie hat die Geduld, ihm die Zeit zu geben, die er braucht. So schmerzhaft es auch für ihn war, sich an diesem Tag so hilflos zu fühlen, und so unsäglich tragisch es war, ich glaube, dass Courtneys Tod ihn von vielen Unsicherheiten befreit hat.«

»Und du, Alex? Was hat es für dich getan?«

»Ich weiß es noch nicht einmal ansatzweise.« Ich sah hinaus auf den Mond, an dem Wolken vorbeitanzten.

»Schläfst du morgen aus?«, fragte ich.

»Unbedingt.«

»Wann werden wir über dich reden?«

»Wenn du mir nicht gerade ins Gesicht gegähnt hättest, hätte ich jetzt vorgeschlagen.«

Ich umarmte sie und gab ihr einen Gutenachtkuss. »Mitternacht. Eine gute Zeit, um ins Bett zu gehen.«

Nina ging nach oben, und ich ging ins Schlafzimmer. Ich schaltete den Wecker und das Licht aus. Ich war sogar zu müde, um in meinem Stapel an Monatszeitschriften zu blättern.

Ich musste sofort eingeschlafen sein, da die Neonanzeige auf der Uhr Viertel nach zwölf anzeigte, als das Telefon klingelte. Jake war irgendwo in Australien oder Neuseeland und behielt den Zeitunterschied nicht besser im Auge als ich.

»Hier ist ein großes leeres Loch in meinem Bett, direkt neben mir, wo du gerade schlafen solltest. Nun, vielleicht nicht schlafen. Wie gefällt dir das als Begrüßung aus der Ferne?« Ich war müde und beschwipst, hoffte aber, dass sich meine Stimme sexy anhörte.

»Was schwebt dir denn vor, Blondie?«

Ich drehte mich auf den Rücken und fühlte, wie ich rot wurde. »Nicht, dass ich mich nicht über Ihren Anruf freue, Mr. Chapman. Ich habe nur nicht erwartet, dass du es bist.«

»Zum Glück war es nicht Battaglia. Mit diesem Angebot könntest du ein paar Männer frühzeitig ins Grab bringen.«

»Vielen Dank. Irgendwas Neues in unserem Fall?«

»Nein.« Er schwieg, weil er dachte, ich würde von alleine draufkommen. »Ich habe nur angerufen, um Val gute Nacht zu sagen. Ich habe mein Zeitgefühl verloren. Wenn sie schon im Bett ist, dann lass sie schlafen.«

Ich legte wieder auf. Eigentlich sollte ich mich freuen, dass sich Mike in Val verliebt hatte. Ich drehte mich auf die Seite, mit dem Rücken zur leeren Hälfte meines Betts.

24

Als das Telefon am Sonntagvormittag erneut klingelte, war ich vorsichtiger. Es war elf Uhr, und wir hatten uns mit unseren Kaffeetassen und der *New York Times* auf dem Wohnzimmerfußboden ausgebreitet.

»Alexandra Cooper?«

»Ja.«

»Hier spricht Clem.«

Ich war davon ausgegangen, dass Clem ein Mann war,

aber am anderen Ende der Leitung war die sanfte Stimme einer Frau zu hören. Ich setzte mich auf und nahm einen Stift und einen Block aus der Schublade des Tisches neben mir.

»Werden Sie mir sagen, was mit Katrina passiert ist?«

Ich suchte nach den richtigen Worten, da ich mir nicht sicher war, welche Beziehung sie zueinander gehabt hatten. »Die Polizei fand letzten Dienstag Katrinas Leiche. Sie wurde letzten Winter ermordet.«

Clem sagte über eine Minute lang nichts. »In Südafrika?«

»Nein, hier in den Staaten. Wie es scheint, ist sie nie dort angekommen.« Ich wollte nicht mehr Details verraten als nötig.

»Wissen Sie, wer sie umgebracht hat?«

»Nein. Die Detectives bearbeiten den Fall noch.«

Ihre Fragen sprudelten in typischer Manier, während sie versuchte, die schockierenden Neuigkeiten aufzunehmen. Wie ist sie gestorben? Wo hat man sie gefunden? Hat irgendjemand versucht, ihren Vater zu kontaktieren? Wusste ich, dass sie vergewaltigt worden war? Dass sie krank gewesen war? Mir war klar, dass Clem mehr über Katrina wusste als alle anderen, mit denen wir bisher gesprochen hatten.

»Der Grund, warum ich Ihnen geschrieben habe, Clem, ist, dass Ihre Mail eine der letzten war, die Katrina vor Jahresende an ihre E-Mail-Adresse erhalten hat. Sie haben nach den Feiertagen eine Nachricht geschickt, als Sie von einem Besuch daheim bei Ihrer Familie zurückgekehrt waren. Erinnern Sie sich, was Sie ihr geschrieben haben?«

Wieder Schweigen. »Nicht genau. Ich habe mir wahrscheinlich nur Sorgen gemacht, weil ich lange nichts von ihr gehört hatte.«

»Ich habe eine Kopie Ihrer Mail. Sie erkundigen sich nach ihrem Befinden, aber Sie fragen auch, ob sie in dem Gewölbe gewesen ist. Erinnern Sie sich daran?«

Ein längeres Schweigen. Es war unmöglich, jemanden am Telefon zu vernehmen, wenn man die Reaktionen oder die Körpersprache nicht einschätzen konnte. »Nicht wirklich.«

»Lassen Sie mich Ihre E-Mail vorlesen.« Ich ging in mein Arbeitszimmer und schlug die Akte auf.

»Hören Sie, Ms. Cooper, ich würde Ihnen gerne helfen. Ich weiß nicht, wer Sie sind oder warum das Ihren Ermittlungen helfen könnte, aber ich möchte ungern am Telefon weiter darüber reden.«

Das wollte ich auch nicht. »Wären Sie bereit, auf unsere Kosten nach New York zu kommen, um mit uns zu reden?«

Keine Antwort.

»Wir scheinen nicht in der Lage zu sein, viele Leute zu finden, die Katrina nahe standen. Das könnte für unsere Ermittlungen äußerst wichtig sein.«

»Ich habe einen Job. Ich habe Verpflichtungen hier in London.«

»Fällt Ihnen jemand in New York ein, dem Katrina genauso vertraute, wie sie Ihnen zu vertrauen schien?«

»Mit wem haben Sie bisher gesprochen?«

»Mit Leuten im Museum. Thibodaux, Poste, Friedrichs, Bellinger, Mamdouba. Einem Doktoranden namens Zimmerly. Ach ja, und Gaylord.«

»Das wird Ihnen nicht weiterhelfen. Niemand von denen kannte sie so gut wie ich.« Sie zögerte. »Wie sicher sind Sie sich, dass es Mord war und kein Unfall?«

»Jemand hat Katrina Grooten vergiftet. Es war ein langsamer und sehr schmerzhafter Tod.« Ich sagte das so bestimmt wie möglich. »Ich kann Ihnen für morgen früh einen Flug ab Heathrow reservieren. Ein Detective wird Sie hier am Flughafen abholen. In zwei Tagen sind Sie wieder in London, wenn Sie uns die Hilfe geben können, die wir benötigen.«

»Ich werde mich wegen eines Notfalls beurlauben lassen müssen.«

»Würde es helfen, wenn ich Ihre Arbeitsstelle anrufe und die Situation erkläre?«

»Das würde alles nur schlimmer machen, Ms. Cooper. Niemand an irgendeinem Museum darf zum jetzigen Zeitpunkt wissen, dass ich komme, um mit Ihnen zu sprechen. Lässt sich das einrichten?«

»Natürlich. Wir werden Sie in einem Hotel unterbringen. Sie werden mit mir und dem zuständigen Detective zusammenarbeiten. Aber jetzt brauche ich Ihren Namen. Den vollständigen Namen und Ihre Adresse, damit wir das E-Ticket buchen können. Sie müssen dann nur am Schalter Ihren Pass vorzeigen, wenn Sie es abholen.«

»Clementine Qisukqut. Ich buchstabiere es Ihnen. Es ist ein Eskimoname.«

»Als Sie also Katrina schrieben, dass Sie über die Weihnachtsfeiertage nach Hause geflogen waren, war das nach –?«

»Grönland. Mein Vater und Großvater waren beide Minenarbeiter. Sie arbeiteten in den Zinkminen nahe des Nördlichen Polarkreises. Meine Mutter liebte diesen alten amerikanischen Folksong über den Minenarbeiter, einen Neunundvierziger, und seine Tochter, Clementine. Ich bin vielleicht die einzige Eskimofrau mit diesem Namen.«

Sie begann, lockerer zu werden. Mir wurde jetzt ihr E-Mail-Name – nach dem Refrain des Songs »Oh my darling« – klarer.

»Darf ich fragen, was Sie in London machen?«

»Ich arbeite am Britischen Museum.«

»Als Anthropologin?«

»Noch nicht. Sie haben vielleicht von Mr. Mamdouba oder jemand anderem erfahren, dass man mich freigestellt hat. Die Museumswelt ist fürchterlich inzestuös. Mit meinen Empfehlungsschreiben vom Naturkundemuseum hätte ich hier nie einen Job bekommen. Ich habe etwas anderes versucht.«

»Was machen Sie?«

»Im Britischen Museum ist gerade der großartige Lesesaal wieder eröffnet worden. Ich habe mit Hilfe meines Studienabschlusses in Bibliothekskunde fürs Erste eine Anstellung dort bekommen. Aber niemand darf herausfinden, dass ich wegen einer Museumsangelegenheit in die Vereinigten Staaten reise. Falls mich jemand verpfeift, würden sie eins und eins zusammenzählen können.«

»Sie haben mein Wort. Ich werde mich um Ihr Reisearrangement kümmern und Sie in der nächsten Stunde zurückrufen. Ich kann Ihnen nicht genug dafür danken.«

»Ich habe eine gute Freundin verloren, Ms. Cooper.« Clems Stimme zitterte. »Ich hatte mir anfangs nicht so große Sorgen gemacht, da ich wusste, dass sie alle Hände voll zu tun haben würde, wenn sie erst einmal wieder zu Hause in Südafrika war. Ein neuer Job, die Eingewöhnung dort, die Sache mit ihrem Vater und seiner schrecklichen Krankheit. Hat man Mr. Grooten benachrichtigt?«

»Unsere Detectives haben die dortige Polizei verständigt, und man hat ihn im Pflegeheim besucht, um es ihm persönlich zu erklären. Seine Demenz ist so weit fortgeschritten, dass er nicht einmal mehr zu wissen schien, wer Katrina ist.«

»Es ist eine schreckliche Tragödie, in jeder Hinsicht. Aber nachdem ich erfahren hatte, dass sie im Januar beruflich hier gewesen war, war ich davon ausgegangen, dass alles in Ordnung war und dass sie mich kontaktieren würde, sobald sie sich wieder eingelebt hatte.«

Ich wartete noch auf den endgültigen Bericht von der Gerichtsmedizin, aber nach dem zu urteilen, was wir bisher wussten, schien es unwahrscheinlich, dass Katrina diesen Winter im Ausland gewesen war. »Januar? Sind Sie sich sicher, dass sie im Januar in London gewesen ist?«

»Das hat mir zumindest ein Freund erzählt. Er hatte in mittelalterlicher Kunst gearbeitet und sie in den Staaten getroffen. Er sagte, dass Katrina Grooten mit zwei Leuten vom Met in einem Meeting im Museum gewesen war. Er hat ihren Namen in der Besucherregistrierung gesehen. Ich dachte, dass sie auf dem Nachhauseweg kurz hier gewesen war. Viele der US-amerikanischen Flüge nach Südafrika gehen über London. Es ist nichts Ungewöhnliches, hier einen Zwischenstopp einzulegen. Ich dachte mir, dass sie einfach nicht genug Zeit hatte, um sich mit mir zu treffen.«

»Denken Sie, dass Sie eine Kopie von diesem Eintrag im Besucherverzeichnis auftreiben können?«

»Vielleicht kann es der Freund, der mir davon erzählt hat. Ich werde ihm sofort eine Nachricht schicken. Geben Sie mir doch Ihre Faxnummer, und falls er etwas findet, kann er es morgen an Ihr Büro schicken, wenn ich schon unterwegs bin.«

»Das ist eine gute Idee.« Da die Staatsanwaltschaft am Feiertag geschlossen hatte, gab ich ihr die Nummer der Mordkommission. »Es ist überaus nett von Ihnen, das zu tun.«

»Aber das ist doch selbstverständlich.« Sie flüsterte jetzt beinahe. »Ich befürchte, es ist eventuell meine Schuld, dass sie tot ist.«

Ich wollte wissen, was sie damit meinte, aber sie weigerte sich, darüber zu sprechen.

Ich wählte Ed Flannerys Privatnummer. Er kümmerte sich um die Reisearrangements unserer Zeugen. »Sie lassen sie ohne McKinneys Genehmigung einfliegen? Kein Flug mit einer Samstagsübernachtung? Kein ermäßigtes Ticket?«

»Battaglia wird es genehmigen, Ed. Das verspreche ich Ihnen. Besorgen Sie den günstigsten Flug, den Sie finden können. Aber sie kann nicht in einer unserer üblichen Absteigen bleiben. Mir liegt an ihrer Sicherheit. Reservieren Sie ein Hotelzimmer auf meinen Namen. Ich möchte nicht, dass ihr Name in irgendeinem Gästebuch auftaucht.«

Wir brachten Zeugen normalerweise in Hotels der mittleren Preisklasse unter, da wir durch unseren Tagessatz finanziell gebunden waren. Es waren schon öfter Gewaltverbrechen an diesen Orten geschehen: Raubüberfälle, Zimmerdiebstähle, und erst kürzlich war eine Geschäftsfrau in der Suite neben der des Opfers angegriffen worden, als sie nach dem Einchecken ihren Koffer selbst auf ihr Zimmer brachte und dabei von einem Serienvergewaltiger verfolgt wurde.

»Sagen Sie mir, welches. Wir stehen bei den Fünfsternehotels nicht gerade hoch im Ansehen.«

»Ich werde das Regency anrufen. Sie haben uns schon einmal geholfen.« Die Besitzer gehörten zu den philanthropischsten und nettesten Familien in der Stadt, und ich war mir sicher, dass sie uns mitten in einer Mordermittlung einen Gefallen tun würden. Nina hatte letzte Woche dort übernachtet, und ich kannte alle Annehmlichkeiten. »Außerdem würde niemand auf die Idee kommen, dort nach unseren Zeugen zu suchen, das steht fest. Rufen Sie mich zurück, sobald Sie die Fluginformationen haben.«

Dann rief ich Mike an. »Clem ist eine Sie. Clementine. Wir lassen sie morgen einfliegen. Kannst du sie am Flughafen abholen und sie zügig durch den Einwanderungsschalter und den Zoll schleusen?«

»Müssen wir morgen nicht einige Interviews am Museum machen und mit Pierre Thibodaux sprechen? Ich sorge dafür, dass Mercer sie abholt.«

»In Ordnung.« Ich wiederholte ihren Namen und sagte ihm, dass ich ihn wegen des Flugs und des Hotels noch einmal kontaktieren würde.

»Was für ein Name ist denn das?«

»Inuit.« Ich lachte. »Sie ist aus Uummannaq, Grönland.«

»Ach so, ein Eskimo.«

»So hieß es früher mal. Jetzt sagt man Inuit.«

»Wie die verdammten Washington Redskins, hä? Jetzt muss es also Uummannaq Inuits heißen. Nun, Clem wird meine erste Eskimodame sein. Stell sie ja nicht diesem Sadomasochisten vor, gegen den du gerichtlich vorgehst. Wenn er jemals jemanden ihren Namen buchstabieren lässt, wird diejenige zu Brei geschlagen. Was macht ihr heute?«

»Val hat sich am Esstisch eingerichtet. Sie muss vor morgen früh noch einige Pläne fertigzeichnen. Nina und ich gehen reiten. Und du?«

»Vielleicht lass ich es heute mal ruhiger angehen. Letzte Nacht war nichts los, sodass ich heute zu Hause bleiben kann, außer man ruft mich zu einem neuen Fall. Ich bin schon mit meiner frommen Mutter in der Kirche gewesen, das reicht jetzt wieder für ein halbes Jahr.«

Ich wartete auf Eds Rückruf und gab dann Mike die Reisedaten durch.

Nina und ich fuhren zu den Ställen an der South Road und mieteten Pferde für einen Nachmittagsausritt am Strand.

Wir ritten langsam durch ein dichtes Waldstück, dann durch das hohe Strandgras der Feuchtgebiete, um den Tisbury-Teich herum und hinaus auf den jungfräulichen weißen Sand, der für Meilen den Atlantik säumte. Nina und ich kamen jedes Mal zum Black Point Beach, und ich kam oft hierher, wenn ich allein auf der Insel war.

Vor über zehn Jahren, im Sommer nach meinem Jurastudium und nachdem ich die Anwaltszulassung bekommen hatte, wollte ich hier auf der Insel heiraten. Ich hatte das Haus zusammen mit meinem Verlobten, Adam Nyman, gekauft, der damals Assistenzarzt in der chirurgischen Abteilung am Uniklinikum in Charlottesville gewesen war.

Nina war in der Woche vor der Hochzeit bei mir gewesen. Sie sollte meine Brautjungfer sein, so wie ich einige Jahre zuvor ihre Brautjungfer gewesen war. Und es war Nina, die mir die Nachricht überbringen musste, dass Adam – der auf Grund seines unflexiblen Schichtdienstes als Letzter auf der Insel eintreffen sollte – bei einem Verkehrsunfall ums Leben gekommen war. Ein anderer Autofahrer hatte ihn auf dem Highway in Connecticut beim Überholen seitlich abgedrängt, und er war über das Geländer einer alten Brücke in das darunter liegende Flussbett gestürzt.

Nina und ich kamen jedes Mal hierher, um an Adam zu denken und uns darüber zu unterhalten, welch einzigartigen Einfluss er auf mein Leben gehabt hatte.

Viel zu lange war ich unfähig gewesen, mich wieder ernsthaft auf jemanden einzulassen. Aus Angst, wieder im Innersten verletzt zu werden, hatte ich mich einige Jahre emotional abgekapselt und mich umso mehr in die Arbeit gestürzt. Jetzt kam es mir vor, als ob Mike Chapman genauso funktioniert hatte, wenn auch aus anderen Gründen. Vielleicht erklärte das, warum wir uns all die Jahre beinahe wortlos verstanden hatten, obwohl ich die Gründe dafür bis in jener Nacht des elften September nicht gekannt hatte.

Während Nina und ich mit unseren Pferden am Ufer entlangritten, erinnerte sie mich an die Wochenenden, die sie, Jerry, Adam und ich während meines Jurastudiums miteinander verbracht hatten. Wir lachten angesichts der Erinnerungen, und ich versuchte, den Gedanken zu verdrängen, wie mein Leben verlaufen wäre, wenn Adam nicht ums Leben gekommen wäre.

»Lass uns am Markt anhalten, bevor er schließt. Val und ich werden dich heute Abend bekochen.«

Nina wendete ihr Pferd und ritt auf die Dünen zu.

Als ich an den Zügeln zog, um ihr zu folgen, sah ich, dass Nina stehen geblieben war und mich beobachtete. »Weißt du was, Alex? Ich weiß, dass du dieses Wochenende keinen Rat von mir wolltest, aber ich liebe dich zu sehr, um es dir nicht zu sagen.«

Ich lächelte in Erwartung des üblichen Vortrags darüber, dass ich zu viel arbeitete und mich zu sehr in das Leben meiner Opfer mit hineinverwickeln ließ.

»Jake Tyler ist nicht der Richtige.«

Ich versteifte mich und richtete mich im Sattel auf. Kein Wunder, dass Nina letzte Nacht nicht über ihn reden wollte.

»Du weißt, dass ich Recht habe, Alex. Er ist zu egoistisch, zu distanziert. Du brauchst jemanden mit mehr Herz.«

Ich grub meine Absätze in die Flanken des Pferdes und ritt über die Dünen zurück in den Wald. Der Wind hatte aufgefrischt, und ich konnte Nina in dem Glauben lassen, dass ich sie nicht gehört hatte.

Ich schwieg auf der kurzen Autofahrt nach Hause, während das Autoradio die bedeutungsschwangere Stille zwischen uns ausfüllte.

»Du sollst Mercer anrufen«, sagte Val, die uns an der Hintertür begrüßte. »Es ist dringend. Er ist in der Sonderkommission.«

Ich wählte die Nummer, und Mercer Wallace antwortete. »Ich dachte, du solltest Bescheid wissen. Schlimme Geschichte. Vandomir ist hier bei mir. Das Mädchen, das ihr letzte Woche vernommen habt? Angel Alfieri?«

»Ja, die Vierzehnjährige. Was ist mit ihr?«

»Sie ist seit heute Nacht verschwunden. Sie sagte ihrer Mutter, dass sie bei einer Freundin übernachten und heute wieder zu Hause sein würde. Die Mutter rief vor einigen Stunden dort an, um zu fragen, ob sie rechtzeitig zum Abendessen kommen würde, und fand heraus, dass Angel nie dort gewesen war.«

»Verdammt! Irgendwelche Vermutungen?«

»Mrs. Alfieri war völlig aufgelöst, als sie hierher kam. Das Revier will noch keine Vermisstenanzeige aufnehmen.« Das war typisch. Man musste achtundvierzig Stunden vermisst sein, bevor die New Yorker Polizei etwas unternahm.

»Habt ihr es schon im Covenant House versucht? Am Eighth Avenue Strip? Den Videospielhallen?« Jugendliche Ausreißer hatten ein regelrechtes Netzwerk in der Stadt und gingen oft schnurstracks zu den üblichen Treffpunkten.

»Vandomir ist gerade dabei.«

»Felix kann's nicht sein. Er sitzt noch immer auf Riker's.«

Mercer zögerte mit der Antwort. »Du warst vielleicht zu sehr mit dem Mordfall beschäftigt, jedenfalls hast du vergessen, seine Kaution anzuheben. Er ist vor dem Wochenende aus der Haft entlassen worden.«

Ich fluchte erneut. Ich hatte zu viel zu tun, und bei einer

Sache den Überblick zu verlieren, das konnte die Entscheidung zwischen Leben und Tod bedeuten.

»Ich, äh, ich könnte heute Abend zurückkommen. Ich kann mich sofort darum kümmern.«

»Bleib, wo du bist! Du bist die Letzte, die sie sehen will. Ihre Mutter sagt, dass sie, seit sie bei dir war, von nichts anderem geredet hat, als davon, wie gemein du zu ihr warst. Sie denkt, dass es deine Schuld ist, dass das Mädchen davongelaufen ist. Ich habe nur angerufen, um dich zu warnen. Niemand will dich hier haben.«

Ich flehte Mercer an, obwohl die Angelegenheit nicht in seiner Hand lag. »Bitte finde sie für mich! Finde sie, bevor ihr etwas passiert!«

25

Wir hoben um sieben Uhr früh vom Vineyard ab, sobald sich der Nebelschleier über der kurzen Startbahn gelichtet hatte. Es war Montag, der siebenundzwanzigste Mai, Memorial Day.

Quentin Vallejo nahm sein Flugzeug in Teterboro wieder in Empfang, um zurück nach Kalifornien zu fliegen. Ich begrüßte ihn, umarmte Nina zum Abschied und ging mit Val hinter den Zaun, wo Mike Chapman in seinem Auto auf uns wartete.

Während er den Kofferraum öffnete, pfiff er einen bekannten Dylan-Song. Ich wusste, dass es »The Mighty Quinn« war, genauso wie ich wusste, dass er den Refrain umändern würde zu »… when Clem the Eskimo gets here, Alex Cooper's gonna jump for joy«.

»Freut mich, dass du so gute Laune hast. Sieh zu, dass du

bis heute Nachmittag einen Song findest, der sie nicht beleidigt, bevor sie überhaupt den Mund aufmacht. Hast du irgendetwas von Mercer über das vermisste Mädchen gehört?«

»Noch immer keine Spur. Ebenso wenig vom Täter. Felix scheint die Stadt verlassen zu haben, sobald sein Bruder die Kaution hinterlegt hatte. Vom Winde verweht. Vandomir denkt, dass er Angel eventuell mitgenommen hat.«

Mein Magen krampfte sich zusammen. »Oh. Können sie keine Ausnahme zu der Achtundvierzigstunden-Regel machen und eine Interstate-Fahndung rausgeben?«

»Schon geschehen. Detective Wallace war deinetwegen sehr überzeugend.« Wir waren auf dem Highway in die Stadt.

»Val, wir setzen dich in deinem Büro ab und fahren dann zum Naturkundemuseum.«

»In Ordnung«, sagte Val. »Irgendwelche Neuigkeiten?«

»Das gesamte Dezernat und die Sonderkommission für Sexualverbrechen haben sich übers Wochenende die Vorstrafenregister der Museumsangestellten beider Museen angesehen.«

»Irgendwelche Überraschungen?«, fragte ich.

»Nicht viele. Anna Friedrichs ist die Einzige von unseren Leuten, die schon einmal verhaftet wurde. Ungebührliches Verhalten, vor ungefähr acht Jahren. Sieht nach zivilem Ungehorsam aus. Eine Demonstration in irgendeiner afrikanischen Angelegenheit vor den Vereinten Nationen.«

Sieh an! Die unauffällige Anthropologin wirkte überhaupt nicht wie eine Radikale.

»Und von Erik Poste existieren Fingerabdrücke. Keine Vorstrafen.«

»Warum?«

»Routineantrag auf einen Waffenschein vor fünf Jahren.

Er muss es sich anders überlegt haben, weil er die Waffe nie bekommen beziehungsweise den Antrag nicht gestellt hat.«

»Wahrscheinlich Sohn-des-großen-weißen-Jägers-Syndrom oder so.«

»Der Rest ist wie zu erwarten. Sehr wenige mit Vorstrafen. Ein paar junge Mitarbeiter mit Drogendelikten. Aber pass auf, unter Deck. Ein Schlosser am Met mit einem langen Vorstrafenregister wegen Einbruchs, eine Hand voll Jungs mit Kleindiebstählen und in beiden Häusern ungefähr fünf tätliche Bedrohungen. Wir werden mit allen reden, aber nichts davon scheint eine offensichtliche Verbindung abzugeben.«

Kurz vor Vals Büro ging mein Pieper los. Ich erkannte McKinneys Durchwahl auf dem Display und holte mein Handy aus der Tasche, um ihn zurückzurufen.

»Ist dein Büro heute nicht geschlossen?«, fragte Val.

»Ja, aber wenn McKinney zu Hause bei seiner Frau und den Kindern hockt«, erklärte Mike, »kann ihm seine dämliche Freundin nicht unterm Schreibtisch einen blasen. Ich habe gehört, dass man für Gunsher eine neue Position geschaffen hat.«

Ich wählte die Nummer. »Ja, sie ist noch nutzloser als die Personenfahndungseinheit, die nie jemanden fasste. Hier ist ein Akronym für dich: GRIP. *Gun Recovery Information Program*. Waffenhandel und so Zeug.«

»Ist das nicht Sache des Bundesstaatsanwalts? Kümmern sich nicht die Bundesfritzen darum?«, fragte Val.

»Ja, besser als alle anderen. Es soll ja auch nur etwas sein, um Gunsher bei Laune zu halten. Sie hat einen Titel, aber keine Arbeit. Die Cops beschlagnahmen eine Waffe von einem Täter, und sie ruft die Bundesfritzen an und bittet sie, das gute Stück zurückzuverfolgen. Ein Schimpanse könnte ihre Arbeit machen.«

»Vielleicht nicht das Blas–«

»Sie sitzt den ganzen Tag in McKinneys Büro und erzählt ihm, was für ein Genie er ist. Jedes Mal, wenn sie hochkommt, um Luft zu holen. Hey, Pat, was gibt's?«

»Wo sind Sie?«

»Unterwegs zu einer Zeugenvernehmung.« Ich erkannte am überraschten Ton seiner Stimme, dass er nicht erwartet hatte, mich in der Stadt anzutreffen.

»Ich möchte nur ungern den Eindruck erwecken, Ihnen das Leben schwer zu machen, wenn Sie ohnehin so viel zu tun haben. Wie läuft's mit der Mordermittlung?«

»Ich wusste nicht, dass in dem Grooten-Fall eine Waffe involviert ist. Warum würden Sie sich sonst dafür interessieren?«

»Ich möchte, dass Sie sofort ins Waldorf-Astoria fahren. Fragen Sie nach dem Leiter des Sicherheitsdienstes – Rocco Bronzini. Eine Ihrer Freundinnen übernachtet in dem Hotel und verursacht ihm erhebliche Kopfschmerzen. Klären Sie die Sache, bevor Sie die Staatsanwaltschaft in Ihre Privatangelegenheiten mit hineinziehen.«

»Ich weiß nicht, wovon Sie sprechen. Ich kenne niemanden, der –«

»Tun Sie mir einen Gefallen, nehmen Sie sich die zehn Minuten und fahren Sie zum Hotel!«

Ich klappte das Handy zu, um die Unterhaltung zu beenden. »Kleiner Umweg, Mike. Val, wir setzen dich ab und fahren dann zum Waldorf. Hatten wir Vollmond? Ist mir gar nicht aufgefallen.«

Um Viertel nach neun warteten wir am Empfangsschalter des alten Hotels auf Rocco. Er führte uns zu einem freien Tisch in der Peacock-Alley-Bar und breitete seine Papiere aus.

»Wir sind um fünfundzwanzig Riesen betrogen worden.

Das ist schon das dritte Mal. Sieht so aus, als ob das Weibsstück eine Freundin von Ihnen ist.«

Ich hatte keine Ahnung, wovon er sprach.

»Schwer zu glauben. Rufen Sie sie nicht zurück? Sie hinterlässt Ihnen haufenweise Nachrichten.«

»Ich würde Ihnen ja gerne helfen, wenn Sie endlich mit der Geheimniskrämerei aufhören und mir ihren Namen nennen würden.«

»Das ist es ja gerade. Ich will, dass *Sie* mir sagen, wer sie ist.«

»Jetzt mal von vorne, Rocco. Was haben Sie?«, fragte Mike.

»Nehmen wir zum Beispiel den letzten Vorfall. Ich kenne jetzt einen Teil der Geschichte, weil ich gestern mit dem Kerl telefoniert habe. Nennen wir ihn John Doe. Geschäftsmann aus Omaha, wegen einer Verkaufstagung in der Stadt. Er hat vor fast zwei Wochen eingecheckt, an einem Dienstag. Junior-Suite, reserviert bis einschließlich Freitag. Fünfhundertfünfzig Dollar die Nacht, zuzüglich Zimmerservice. Das Ganze kostet seine Firma ungefähr dreitausend Dollar die Woche, die besten Weine und größten Steaks inklusive.«

»Netter Spesenritter!«

»An seinem letzten Abend in der Stadt trinkt er allein in unserem anderen Pub, dem Bull and Bear. Er reißt ein Mädchen auf, spendiert ihm einen Cocktail und lädt es auf einen Schlummertrunk in sein Zimmer ein. Am nächsten Morgen muss er eilig zum Flughafen und wieder bei der Dingsbumsfirma in Nebraska antanzen. Sie räkelt sich auf dem Bettlaken, nippt an einem Mimosa vom Frühstückstablett und tut so, als hätte sie eine tolle Nacht mit ihm verbracht. ›Würde es dir etwas ausmachen, wenn ich noch ein Stündchen oder so bleibe und ein Bad nehme, bevor ich gehe?‹«

»John ist kein schlechter Kerl, oder?«

»Eine wahre Seele von Mensch. Er sagt ihr, sie müsse nur vor zwölf Uhr mittags auschecken, drückt noch einmal ihre Brüste und geht.«

»Was ist das Problem?«

»Das war Freitagmorgen. ›Mrs. Doe‹ wartet, bis er verschwunden ist. Dann ruft sie die Rezeption an und sagt, dass es ihnen so gut gefällt, dass sie beschlossen haben, noch eine Woche zu bleiben.«

»Das funktioniert?«

»Hey, die Zimmerrechnung läuft auf seine AmEx-Karte. Die Rezeption ruft die Kreditkartenfirma an, die bestätigt, dass die Firma den Kreditrahmen hat. Und die liebe Mrs. Doe hat's geschafft. Fünfhundertfünfzig Dollar pro Nacht. Dazu eine Woche Zimmerservice – morgens, mittags und abends Champagner, zum Abendessen Shrimpscocktail und Filet Mignon. Genauer gesagt, Abendessen für zwei, wer auch immer der Glückliche war. Ein paar Einkäufe in den Läden im Untergeschoss, die Rechnung geht aufs Zimmer. Und eine Woche später verschwindet sie.«

»Und Mr. Doe?«

»Hat gestern in seinem Büro die American-Express-Rechnung geöffnet und fast einen Herzinfarkt bekommen. Statt der dreitausend Dollar, mit der die Firma rechnete, erhielt er eine Rechnung über annähernd dreißigtausend Dollar. Er rief unsere Buchhaltung an, wo man ihm sagte, dass Mrs. Doe die Zahlungen autorisiert hat.«

»Nur, dass Mrs. Doe Omaha nie verlassen hat.«

»Wie könnte sie? Drei kleine Does, haufenweise Elternabende und Fußballspiele.«

»Das heißt, er kann ihr nichts vorjammern und seinem Boss auch nicht. Also ruft er im Waldorf an, um sich zu beschweren.«

»Ja, und erst beim vierten Mal kam seine Version der Wahrheit nahe. Jemand hat seinen Zimmerschlüssel gestohlen, er muss seine Kreditkarte verloren haben, vielleicht war es das Zimmermädchen – diesen ganzen Scheiß hat er zuerst probiert. Aber das hier war noch nicht so lange her, sodass sich der Barkeeper noch an den Aufriss erinnern konnte, als ich ihn nach der Rechnung des entsprechenden Abends fragte. Mr. Doe war bis zur letzten Runde da gewesen und hatte mit dem Barkeeper über die Chancen der Cornhuskers in der nächsten Saison geplaudert, als das Mädchen hereinkam. Sie arbeitete schnell, und innerhalb von zehn Minuten hatte der Kerl seine Hände überall.«

»Wie haben Sie eins und eins zusammengezählt?«

»Dank Ms. Cooper hier! Sie und ihre Freundin haben es für mich getan.«

Ich sah Mike an und zuckte die Achseln.

»Ich sah mir die letzten beiden Fälle an, die ähnlich waren. Ein Kerl aus Kansas City und einer aus Austin. Beide für dreißig Riesen über den Tisch gezogen. Aber es gibt einen gemeinsamen Nenner. Auf jeder Rechnung ruft das Mädchen Ihre Nummer an, Ms. Cooper. Manchmal drei- oder viermal pro Nacht. Wir haben die Telefonfirma kontaktiert, die uns sagte, dass die Nummer eine Durchwahl der Bezirksstaatsanwaltschaft ist. Wir sprachen mit dem Leiter der Abteilung – diesem McKinney –, und er sagte mir, dass es eine Ihrer verrückten Freundinnen sein muss. Wollen Sie mir helfen, das hier klarzustellen?«

Er reichte mir die Telefonunterlagen und ich fing an, breit zu grinsen. »Verrückt – ja. Meine Freundin – nein. Mike, das ist Shirley Denzig, die Frau, die mich seit letztem Winter verfolgt.«

»Ist das dein Ernst? Woher weißt du das?«

»Weil sie letzte Woche wieder angerufen und mir mitten

in der Nacht Nachrichten auf meiner VoiceMail hinterlassen hat. Das Dezernat lässt gerade alle Anrufe auf meine Leitung zurückverfolgen. Morgen sollten die Resultate da sein, aber jetzt bin ich schneller.« Ich deutete auf die Uhrzeiten der Telefonate, die sich mit den Nachrichten auf meiner VoiceMail deckten. »Bisher dachte die Polizei, sie hätte nur einen Fall von Belästigung. Sieht so aus, als ob man sie jetzt auch wegen schweren Diebstahls belangen kann. Das heißt, drei schwerer Diebstähle.«

»Wissen Sie, wo wir sie finden können?«, fragte Rocco.

»Das ist unser Problem. Sie muss sich diesen Trick hier ausgedacht haben, weil sie einen Unterschlupf brauchte. Wir konnten sie im Winter nicht finden, weil sie ihre Wohnung räumen musste. Was hat sie gehabt – insgesamt drei Wochen unter Ihrem Dach in den letzten Monaten? Haben Sie noch andere Hotels kontaktiert, um zu sehen, ob sie das auch woanders gemacht hat? Es ist ziemlich clever. Wahrscheinlich zieht sie von Hotel zu Hotel. Eine Nacht als Prostituierte, und dann lebt sie eine Woche lang wie eine Königin.«

»Ist sie so labil?«

»Rocco, sie ist nicht nur durchgeknallt, sie hat auch eine Waffe.«

»Sag das nicht zu laut«, witzelte ich. »McKinney wird Ellen Gunsher und ihre neue Waffeneinheit darauf ansetzen.«

Shirley Denzig verfolgte mich seit über einem halben Jahr. Sie hatte aus dem Haus ihres Vaters in Baltimore eine Waffe gestohlen, und wir befürchteten, dass sie instabil genug war, um tatsächlich davon Gebrauch zu machen.

»Haben Sie eine Akte über sie?«

»Natürlich.« Ich gab Rocco die Nummer der Detectives bei der Bezirksstaatsanwaltschaft, die den Fall bearbeiteten. Sie würden sich über die vielen Informationen aus den Waldorf-Unterlagen freuen, die ihnen über Shirley Denzigs jüngsten Verbleib Aufschluss gaben. »Darf ich Sie fragen, warum Sie sich an meinen Vorgesetzten gewandt haben, anstatt mich direkt anzurufen?«

»Es kam mir einfach nicht in den Sinn. Sie rief Sie so oft an, dass ich dachte, Sie müssten eine gute Freundin von ihr sein. Die Einzige, die sie hat. Wie hätte ich mir denken sollen, dass sie Sie belästigte?«

Der Anruf von Rocco heute Morgen wäre ein Grund mehr für McKinney zu denken, dass ich meines Arbeitspensum nicht mehr Herr wurde. Ich konnte entweder ins Büro fahren und mir die Zeit nehmen, ihm die Sache zu erklären, oder den Tag wie geplant fortsetzen. »Sollen wir hinüber zum Museum, Mike?«

Wir gingen zurück zu Mikes Auto auf der Park Avenue. »Es gibt wahrscheinlich einen Grund, warum du mir nicht erzählt hast, dass Mad Shirl wieder aufgekreuzt ist. Den würde ich gerne wissen.«

»Hör zu, ich habe das Dezernat angerufen. Sie kümmern sich darum. Es ist ja nicht so, dass sie mir wieder auflauern würde. Du reagierst in solchen Situationen immer zu heftig.«

»Wenn eine Frau mit einer Waffe herumläuft, die dich für den Teufel hält, weiß, wo du arbeitest und wohnst, und du keinen Schimmer hast, wo sie steckt? Verdammt noch mal, ja, dann möchte ich darüber Bescheid wissen. Gibt es da irgendetwas, was du nicht kapierst?«

»'tschuldige. Ich werde dich auf dem Laufenden halten.« Ich sah auf meine Uhr. »Also, wir sollten jetzt die meisten Leute, die mit der großen Ausstellung zu tun haben, im Naturkundemuseum beisammenhaben. Wir sind ein bisschen spät dran, sodass sie schon auf uns warten werden.«

»Macht das Museum extra für uns auf?«

»Nein. Die einzigen beiden Tage, an denen das Museum geschlossen hat, sind Thanksgiving und Weihnachten. Mit wem wollen wir anfangen? Irgendwelche Vorschläge?«

»Zuerst machen wir den Gruppenansatz. Um zu sehen, ob irgendeine Dynamik unter ihnen –«

»*Zwischen* ihnen.«

»Dieser kleine Grammatikdiktator kann einfach nicht still sein, hm? Du ärgerst dich nur, weil dir unser letztes Gruppenmeeting Kopfweh beschert hat.« Er grinste mich an, als er mich an unsere Vernehmung letzten Dezember am King's College erinnerte.

Wir parkten, und die Aufseher am Eingang, die uns mittlerweile kannten, gaben im Untergeschoss Bescheid. Ein Student brachte uns durch das Labyrinth aus Korridoren und Treppen nach unten, und wir folgten den Schildern mit der Aufschrift BESTIARIUM in einen provisorischen Konferenzraum, in dem einige Leute, von denen wir die meisten bereits kannten, Kaffee tranken und sich unterhielten.

Anna Friedrichs schenkte uns ebenfalls Kaffee ein und deutete auf zwei Stühle am Tisch. Ich setzte mich neben Erik Poste, der zusammen mit einem mir unbekannten Mann einen großen Holzschnitt begutachtete.

»Guten Tag, ich bin Alexandra Cooper.«

»Richard Socarides, afrikanische Säugetiere.«

Poste legte das schwarzweiße Bild so hin, dass ich es sehen konnte. Es war eine verblüffend detaillierte Zeichnung eines Nashorns mit dem charakteristischen Horn, dem verrunzelten Nacken, den schuppigen Beinen und dem gepanzerten Körper. »Können Sie sich das vorstellen, Ms. Cooper?«

Ich studierte den wundervollen Druck, der ein perfektes Exponat für die Ausstellung zu sein schien.

»Albrecht Dürer hat dieses Tier gezeichnet. In Deutschland, 1515. Es gab keine Zeitschriften oder Bücher, kein Fernsehen, wo er das Tier hätte sehen können. Das einzige Nashorn, das je von Afrika nach Europa verschifft wurde, starb auf der Überfahrt. Er konnte sich nur an verbalen Beschreibungen anderer Leute orientieren. Aber bis heute hat noch niemand eine bessere Zeichnung eines Nashorns angefertigt. Natürlich aus meiner Sammlung.« Poste, fiel mir ein, leitete die europäische Gemäldesammlung am Met.

Socarides schien ungefähr vierzig Jahre alt zu sein; er machte einen ernsten Eindruck und kleidete sich eleganter als die meisten anderen Mitarbeiter des Naturkundemuseums. Er trug einen Nadelstreifenanzug, College-Slipper und ein Hemd mit seinem Monogramm auf der Manschette. »Besser als in echt, Erik. Wie kommen Sie mit Ihren Ermittlungen voran, Ms. Cooper?«

»Gut, danke. Wir machen Fortschritte, wenn auch langsam.«

»Ich könnte mir denken, dass Ihre Chancen gering sind. Ich sehe mir all diese gerichtsmedizinischen Sendungen im Fernsehen an. Die Statistiken sind ziemlich erschreckend. Wenn sich die Sache nicht innerhalb von siebzig Stunden aufklären lässt, ist die Wahrscheinlichkeit, den Mörder zu finden, gleich null.«

»Aber ab und zu, Mr. Socarides, haben wir Glück.«

»Ja, der Täter sabbert auf eine Leiche, und als Erstes überprüfen wir die Datenbank des Naturkundemuseums und gehen sicher, dass es keiner der Präparatoren war, der nur ein wenig üben wollte. Mike Chapman, Mordkommission.«

»Welche Datenbank?«, fragte Poste.

»Bei uns geht's anders zu als bei euch, Erik«, sagte Socarides. »Wir mussten alle DNA-Proben abgeben. Das ist notwendig, damit wir nicht eine neue Spezies zottliger Mammuts mit Haaren von meinem Alpakamantel verwechseln.«

Elijah Mamdouba rief die Versammelten zur Ruhe. »Mr. Chapman, Ms. Cooper, was Sie hier sehen, ist das Organisationskomitee der gemeinsamen Ausstellung. Von unserem Museum ich und Mr. Socarides, vom Met«, sagte er und deutete über den Tisch, »Mr. Poste, Europäische Gemälde, Ms. Friedrichs, Kunst aus Afrika, Ozeanien und den amerikanischen Kontinenten, und Mr. Bellinger von den Cloisters. Es fehlt also nur ...«

Er sah sich um.

»Gaylord, Timothy Gaylord. Ägyptische Kunst«, sagte Mike. »Noch immer auf dem Mumienkongress.«

»Richtig. Nun, dann wollen wir mal sehen, ob wir Ihre Fragen beantworten können.«

Mike ließ mir den Vortritt. Wir hatten beide eine Vorliebe für die Rolle des *bad cop* – ich auf Grund meiner Neigung zum Kreuzverhör, und Mike, weil er von Natur aus misstrauisch und ungeduldig war.

»Seit wir das letzte Mal mit Ihnen gesprochen haben, haben wir einiges mehr über Katrina Grooten herausgefunden. Einige ihrer Freunde sind sehr hilfreich gewesen.«

Alle Anwesenden schienen auf den Bluff hereinzufallen. Mamdouba biss als Erster an. »Also haben Sie die Leute hier am Museum gefunden, von denen wir am Freitag gesprochen haben?«

»Es wäre nicht weise, Ihnen gegenüber unsere Zeugen zu identifizieren, Sir. Wir haben auch mit Bekannten von ihr in anderen Bereichen Kontakt aufgenommen. In einer Sache kommen wir aber nicht weiter, und zwar, was die verschiedenen Schilderungen ihrer Persönlichkeit angeht.«

»Meinen Sie, vor und nach ihrer Krankheit?«, fragte Bellinger.

»Nein. Manche haben sie als sehr ruhig und, nun, sanftmütig und schüchtern beschrieben. Andere haben gesagt, dass sie sehr couragiert sein konnte, wenn sie sich leidenschaftlich für etwas einsetzte. Sie, Mr. Poste, und Sie, Ms. Friedrichs, haben sie sehr unterschiedlich beschrieben. Wir versuchen, uns darauf einen Reim zu machen. Es würde uns helfen, wenn Sie uns sagen könnten, wofür sie sich leidenschaftlich engagierte.«

Poste sprach zuerst. »Wie ich Ihnen bereits gesagt habe, kannte ich Katrina nur als eine ernsthafte junge Wissenschaftlerin. Wenn ich sie mit einem Wort beschreiben müsste, würde ich sagen, sie war reserviert.«

»Ich habe Ihnen gesagt, dass ich auch eine andere Seite von ihr erlebt habe«, sagte Anna Friedrichs, während sie ihre Hände verschränkte und sich über den Kunststofftisch beugte. »Hiram, ich glaube, Sie auch.«

»Nun, vor dem Überfall trat davon deutlich mehr in Erscheinung. Ich meine, bevor sie vergewaltigt wurde.«

»*Vergewaltigt*?«, fragte Poste. »Sie wollen sagen, dass der Mörder Katrina vergewaltigt hat?«

»Nein, nein, nicht dass ich wüsste. Oder, Detective?« Bellinger sah Chapman an. »Ich meine, als sie letztes Jahr auf dem Nachhauseweg im Fort-Tryon-Park vergewaltigt wurde.«

»Davon wusste ich nichts«, sagte Mamdouba.

»Ich auch nicht«, fügte Poste schnell hinzu.

Anna Friedrichs war verärgert. »Ich habe es euch beiden gesagt, da bin ich mir sicher.« Die beiden Männer sahen einander an und waren entweder wirklich verblüfft oder hatten beide ein Talent, sich unwissend zu stellen. »Erik, Elijah, ich bitte euch. Ich weiß genau, dass ich es euch gesagt habe und euch gebeten habe, das vertraulich zu behandeln. Ich machte mir Sorgen, dass sie Angst haben würde, spätabends allein dort oben zu arbeiten.«

Das war genau das, was Mike bezwecken wollte. Er wollte die gemeinsame Front aufbrechen, die häufig eine künstliche Reaktion auf das unwillkommene Eindringen einer Strafverfolgungsbehörde war, und herausfinden, was diese Kollegen trennte. Was brachte die Leidenschaften in diesen beiden Museen, wo neunzig Prozent der Sammlungen unter Verschluss waren, zum Brodeln?

»Es ist offensichtlich, dass sich Katrina seit Jahren für mittelalterliche Kunst interessierte. Das hatte sie studiert, und dazu war sie ans Met gekommen. Und dennoch wollte sie New York verlassen und nach Afrika zurückgehen, um eine gänzlich andere Richtung einzuschlagen.«

»Falls ich bemerken darf, Ms. Cooper« – es war Mamdouba – »ich glaube, dass der Gesundheitszustand ihres Vaters der Hauptgrund für ihre Entscheidung gewesen war.«

Ein bisschen zu spät, dachte ich. Etwas anderes musste diesem Sinneswandel zu Grunde gelegen haben. Ich verließ mich darauf, dass uns Clem heute Abend helfen würde, das herauszufinden, aber wir mussten auch wissen, was die Kuratoren dachten.

»Wir haben noch gar nichts von Ihnen gehört, Mr. Socarides. Schildern Sie uns doch Ihre Eindrücke von Katrina.«

Er schien bisher nichts dagegen gehabt zu haben, den Kopf zurückzulehnen und seinen Kollegen das Feld zu überlassen. Jetzt richtete er sich langsam auf. »Ich habe sie erst kennen gelernt, als wir anfingen, die Ausstellung zu organisieren. Sie liebte Tiere. Das machte sie mir sympathisch.«

»Wissen Sie, was sie daran so begeistert hat?«

»Wer mag Tiere nicht, Ms. Cooper?« Er wurde lebhafter und drohte mir mit dem Finger. »In Ihren Krimisendungen wäre *das* Ihr Serienmörder. Jemand, der Tiere hasst und sie schon als Kind gefoltert hat. Ist das nicht immer der sichere Weg, den Mörder zu finden?«

»Ich rede im Moment über das Opfer. Was mochte sie an den Tieren?«

»In dieser Ausstellung geht es nur um Tiere, junge Dame. Katrina fand Dutzende von Beispielen für Tiersymbolismus in der mittelalterlichen Kunst, und dann zeigte ich ihr die echten. Okapis, Elenantilopen, Grevyzebras, Netzgiraffen.«

»Tote.«

»Nun ja, offensichtlich, Mr. Chapman. Wir sind ein Museum, kein Zoo.«

»Ausgestopfte Tiere, die Sie ausstellen.«

»Genau.«

»Hat sie Ihnen – oder Ihren Mitarbeitern – jemals bei der Präparierung der Tiere zugesehen?«

»Nein, nicht dass ich wüsste. Sie liebte beides – die Tiere und die Skelette. Ich glaube nicht, dass es ihr sonderlich gefiel, dass man die Tiere mit Hilfe ihrer Häute rekonstruierte. Das roch ihr mit Sicherheit zu sehr nach Hannibal Lecter.«

»Was meinen Sie mit den ›Tieren und den Skeletten‹?«

»Nun, Ms. Cooper. Katrina liebte Tiere. Bedenken Sie, dass sie alle aus Afrika kamen. Vielleicht war es das, was ihr gefiel. Und sie war von Knochen fasziniert. Sie wurde nie müde, sich Knochen anzusehen, und sie wollte alles wissen, was ich darüber wusste.«

Nicht so ungewöhnlich, dachte ich, für eine Frau, deren Spezialgebiet Grabkunst war.

»Aber ich muss doch widersprechen, Anna«, sagte Socarides, bevor er wieder in den Stuhl rutschte. »Niemand hat mir je erzählt, dass das Mädchen vergewaltigt worden ist. Ich weiß nicht, warum du dich da so aufregst.«

»Ich habe nie behauptet, *dir* davon erzählt zu haben, Richard. Ich hatte keine Ahnung, dass sie von deinen, deinen ... Tieren so angetan war«, sagte sie abfällig. Anna war fest entschlossen, sich ihrer engen Beziehung zu Katrina zu rühmen. »Ich wusste nicht einmal, dass du auch außerhalb dieses Zimmers mit ihr zu tun hattest.«

»Du scheinst zu denken, dass du ein Monopol auf ihre Freundschaft hattest, Anna. Sie war in der Tat überrascht, zu erfahren, wie schwach das Met in deinem Spezialgebiet, afrikanischer Kunst, bestückt ist.«

»Ich würde Katrina kaum als Afrikanerin bezeichnen, oder, Elijah? Sie war Holländerin. Burin. Ungefähr genauso primitiv wie Erik.« Anna lachte über ihren Insiderwitz.

»Sind Sie auch Holländer?«, fragte ich Poste. Ich erinnerte mich, dass Ruth Gerst uns erzählt hatte, dass sein Vater ein großer Entdecker und Jäger gewesen war, der Kuratoriumsmitglieder auf Safaris nach Afrika mitgenommen hatte.

»Ja, von Geburt. Aber wir sind hierher gezogen, als ich noch ein Kind war, und ich bin hier aufgewachsen.« Das kleinliche Gezanke der anderen schien ihm peinlich zu sein.

»Was meinte Mr. Socarides damit, als er sagte, dass Ihre Abteilung am Met schwach bestückt ist?«

Anna fuhr fort: »Bis vor kurzem, museumshistorisch gesehen, das heißt, bis in die späten sechziger Jahren hatte das Metropolitan Museum kein Interesse an dem, was wir primitive Kunst nennen. Dieser Bereich war schrecklich unterrepräsentiert. Für die Kuratoriumsmitglieder war es alles eine Art Flughafenkunst – Mayaskulpturen, afrikanische Masken, Ahnenpfähle aus Neuguinea. Erst als Nelson Rockefeller seine gesamte Sammlung dem Museum vermachte, wurden wir auf dem Gebiet wettbewerbsfähig.«

Mamdouba setzte wieder sein unverwüstliches Grinsen

auf. »Ah, sag die Wahrheit, Anna! Die meisten eurer verehrten Kuratoriumsmitglieder denken doch heute noch, dass all diese Eingeborenengesichter in *unser* Museum gehören, hab ich Recht?«

Bellinger und Poste mussten ebenfalls lächeln. Aber Anna fauchte ihn an: »Das sind Kunstwerke, Elijah, genauso kunstvoll gefertigt wie die Skulpturen der alten Griechen. In deinem Museum wären sie nur kulturgeschichtliche Exponate, Totempfähle neben Iglus und Kanus.«

»Gut, dass Timothy Gaylord nicht hier ist«, sagte Socarides. »Er würde in Ohnmacht fallen, wenn er hören würde, dass du diese hängebusigen *National-Geographic*-Figuren mit seinen wertvollen ägyptischen Skulpturen in einen Topf wirfst.«

Mamdouba neigte den Kopf in meine Richtung. »Das ist ein jahrhundertealter Streit, Ms. Cooper, der wahrscheinlich auch heute nicht gelöst werden wird. Ms. Friedrichs und ich streiten uns oft um Neuerwerbungen. Meine Kollegen und ich glauben, dass die primitiven Objekte in unserer Obhut viel besser aufgehoben sind.«

Friedrichs stand auf und schenkte sich Kaffee nach. Die anderen ordneten ihre Papiere und taten so, als würden sie das Schweigen nicht bemerken.

Mike Chapman versuchte, das Thema zu wechseln. »Ich werde Sie jetzt bitten, einige Wortassoziationen vorzunehmen. Woran denken Sie, wenn Sie das Wort *Gewölbe* hören? Was bedeutet es in Ihrer Arbeit oder im Museum?«

Friedrichs wollte nicht mehr mitspielen. Sie sah starr geradeaus und ignorierte die Frage. Ich musste an ihre Verhaftung wegen ungebührlichem Verhalten denken und stellte mir vor, wie sie sich mitten auf der Straße mit ihrem Schild aufpflanzte und die Polizeianweisungen missachtete.

Erik Poste beugte sich vor, die Hand auf der Brust. »Ich

denke, ich kann Ihnen die Definition geben, Detective. Es ist ein architektonischer Begriff, der ziemlich häufig in Gemälden veranschaulicht wird. Als wir Sie im Untergeschoss des Met herumgeführt haben, haben Sie Gewölbebereiche gesehen. Ein Gewölbe ist ein Dach, bestehend aus einer Reihe von Bögen, die strahlenförmig von einem zentralen Punkt ausgehen.«

»Wir Mediävisten nennen die Grabkammern Gewölbe. Sie befanden sich meistens unter Kirchen und Kathedralen«, sagte Bellinger.

»Komisch. Ich denke dabei an etwas ganz anderes«, sagte Socarides. »Das sind unsere Lagerräume. Meine ganze Knochensammlung lagert in Stoßzahngewölben und Ebergewölben und Spitzmausgewölben. Aber Erik ist der Experte für Museumsgeschichte. Er ist in Museen aufgewachsen – es liegt ihm im Blut.«

Ich dachte wieder an unsere Konversation mit Ruth Gerst über Postes Vater. Vielleicht wäre Erik der Richtige, um etwas über die Privatgewölbe in Erfahrung zu bringen.

»Wie ich höre gibt es einige private Lagerräume, die reichen Stiftern gehörten.« Ich sah Mamdouba an. »Haben Sie vielleicht eine Liste dieser Namen?«

»Nicht hier, Madam. Wir haben so etwas nicht. Nicht dass ich wüsste.« Das Lächeln war verschwunden, und sein Dementi war ziemlich bestimmt.

»Wollen Sie damit sagen, dass Ihnen darüber nichts bekannt ist oder dass es sie nicht gibt? Ich möchte Sie bitten, Präsidentin Raspen zu fragen und Ihre Archive zu konsultieren. Mr. Poste, Sie wissen doch sicher etwas über diese Tradition.«

Alle starrten Erik Poste an. »Ich, äh, ich weiß, dass Gerüchte kursieren, dass sie am Met existieren. Höchstens drei oder vier.«

Mike wollte der Gruppe beweisen, dass er zuverlässigere Informationen hatte als Gerüchte. »Das Arthur-Paglin-Gewölbe. Gibt es noch andere in der Art?«

Poste zuckte die Achseln. »Paglin hatte die größte ägyptische Sammlung. Gaylord würde mehr darüber wissen als ich.«

»Was ist aus der Sammlung Ihres Vaters geworden?«, fragte ich Poste, der, wenn es nach Ruth Gersts Beschreibung ging, eine deutlich andere Forschungsrichtung eingeschlagen hatte als Willem.

»Sie haben von ihm gehört?« Er schien erfreut zu sein, dass ich die Arbeit seines Vaters kannte.

»Ich habe gehört, dass er viel für das Museum getan hat.«

»Ich war zwölf Jahre alt, als er starb, Ms. Cooper. Er wurde von einheimischen Wilderern getötet, während er eine Expedition leitete. Gierige und unkultivierte Männer, die ihn wegen einiger Elfenbeinzähne umbrachten. Mein älterer Bruder, Kirk, blieb in Kenia und setzte die Arbeit meines Vaters fort. Sie sollten mit ihm über die Verdienste meines Vaters reden.«

»Sie sind nicht in Afrika geblieben?«

»Ich wurde auf ein Internat in Neuengland geschickt. Der Gesundheitszustand meiner Mutter war recht instabil. Als ich klein war, war sie immer wieder für längere Zeit im Krankenhaus. Auf Grund des Einflusses meiner Mutter entwickelte ich eine Vorliebe für Kunst.«

»Sind irgendwelche Stücke Ihres Vaters hier im Naturkundemuseum?«

Poste deutete mit ausgestreckter Hand, die Handfläche nach oben, auf Mamdouba.

»Aber sicher. Sehr viele unserer schönsten afrikanischen Exponate stammen von Willem. Ich kann veranlassen, dass man Ihnen einen Katalog der Gegenstände zeigt, falls Sie das wünschen«, sagte Mamdouba. Er lächelte bei dem Versuch, sich bei Chapman einzuschleimen, ein bisschen zu breit. »Ich könnte mir vorstellen, dass Sie sich für eine unserer Safaris anmelden werden, wenn Sie mit den Ermittlungen hier fertig sind, Detective.«

»Verlassen Sie sich nicht darauf, ich bin eher ein Fernseh-Entdeckungsreisender. Die einzige Safari, auf die Sie mich schicken können, ist in meinen ledernen Fernsehsessel. Keine Moskitos, keine wilden Eber, keine hungrigen Kannibalen. Sagen Sie mir einfach, ob Sie irgendwelche Gewölbe hier haben, in Ordnung, Sir?«

Ich war bereit, die Gruppe aufzulösen und sie einzeln zu vernehmen. Mike wollte sie fragen, ob sie Pablo Bermudez gekannt hatten, den Arbeiter, der vom Dach des Met gestürzt war, und ich hatte Dutzende von Fragen bezüglich ihrer Kontakte zu Katrina.

»Ist jemand von Ihnen dieses Jahr im Ausland gewesen?«, fragte Mike.

Alle nickten. Er nannte willkürlich einige ausländische Städte, bevor er London erwähnte. Sowohl Bellinger als auch Poste antworteten, dass sie dort gewesen waren.

»Wann war das, und mit wem sind Sie dort gewesen?«

»Ich erinnere mich nicht an das genaue Datum«, sagte Erik Poste. »Ende März, wenn mich nicht alles täuscht. Allein. Ich war auf einer Auktion alter Meister in Genf gewesen und legte auf dem Rückweg einen Zwischenstopp in London ein, um ein paar geschäftliche Dinge bei einigen Galerien zu erledigen. Vierundzwanzigstunden-Aufenthalt.«

»Und Sie?«

»Im Januar«, antwortete Bellinger. »Mit Pierre Thibodaux. Das Britische Museum wollte einige mittelalterliche

Objekte aus ihrer Sammlung verkaufen. Er wollte meine Meinung hören. Ich verbrachte einen Nachmittag mit ihm im Museum, um sie mir anzusehen.«

»Waren Sie nur zu zweit?«

»Und Eve. Eve Drexler. Soweit ich es beurteilen konnte, war sie einfach nur so mitgekommen. Eine Art Prämie für ihre Loyalität.«

Ich stellte meinen Kaffee ab und sah Bellinger eindringlich an. »Die Sicherheitsvorkehrungen in Museen sind dieser Tage ziemlich streng. Erinnern Sie sich, ob Sie sich anmelden und irgendwelche Museumsausweise vorlegen mussten?«

Bellinger holte tief Luft und schloss die Augen. »Wahrscheinlich. Sicher.«

»Erinnern Sie sich, wie sich Eve Drexler eingetragen hat?«

Er fuhr mit einem Finger über den Rand seines Bechers. »Ich habe nicht die leiseste Ahnung. Es gab nichts Auffallendes –«

Da klopfte es an der Tür, und Mark Zimmerly betrat den Raum.

»Entschuldigen Sie, Mr. Mamdouba, aber ich muss Sie sofort sprechen.«

Der stets auf gute Manieren bedachte Kurator versuchte, den aufgeregten Mann zu beruhigen. »Eine Minute, Zimm. Warten Sie draußen, und ich komme sofort.«

Zimm zögerte. Er sah Hilfe suchend zu Chapman und beschloss nicht zu warten.

»Oben ist eine dritte Klasse aus Scarsdale, Sir. Die Kids flippen aus und schreien Zeter und Mordio.«

Mamdouba stand auf und ging schnell zur Tür, in der Hoffnung, Zimm zu unterbrechen, bevor wir hören konnten, was das Problem war.

»Was ist los, Zimm?«, fragte Mike, der Mamdouba zuvorgekommen war.

»In einem der Dioramen, in einem der Ausstellungskästen im Erdgeschoss ... ist ... ist ... ein Arm. Ein abgetrennter menschlicher Arm.«

26

Der über und über tätowierte Oberarm eines kräftigen Mannes lag auf dem Boden eines Glaskastens.

Wolken und ein purpurfarbener Dunstschleier schwebten über dem Box-Canyon, der als Hintergrundbild für das Jaguardiorama diente. Die drei Fleisch fressenden Großkatzen saßen selbstzufrieden zwischen den Kakteen und Büschen, so wie sie es seit fünfzig Jahren taten, aber jetzt sahen sie aus, als hätten sie sich gerade ein frisches Mahl schmecken lassen.

Die Sicherheitskräfte hatten die verängstigten Schulkinder nach draußen gebracht und den Ausstellungsraum abgeriegelt.

Mike und ich standen vor dem Glaskasten, während Mamdouba und Socarides etwas abseits in dem spärlich beleuchteten Korridor miteinander sprachen. Socarides gab die Kuratorversion von »das geht mich nichts an« zum Besten.

»Elijah, afrikanische Säugetiere sind oben. Ich habe mit den Amerikanern nichts zu tun. Ich habe keine Ahnung, was das hier soll.«

»Sieht aus, als wäre er nicht mehr der Jüngste«, sagte ich zu Mike und bückte mich, die Hände auf die Knie gestemmt. »Fast wie gegerbt und konserviert. Wie eine Tierhaut.«

Er war kurz beiseite getreten, um den Lieutenant anzurufen, damit dieser die Spurensicherung herschickte.

»Mr. Mamdouba, wie gelangt man in diese Dinger da, diese Dioramen, hinein?«

»Das ist ziemlich schwierig, Mr. Chapman. Die meisten davon sind plombiert. Es ist gar nicht so einfach, da hineinzukommen. Wenn wir restaurieren oder diese herrlichen Hintergrundgemälde ausbessern, müssen wir die ganze Glasscheibe entfernen.«

»Damit kenne ich mich ein bisschen besser aus, Detective. Falls Elijah erlaubt. Jedes Diorama hat an der Seite eine Tür. Natürlich verschlossen. Aber über jedem ist ein Steg.«

»Ein Steg?«

»Alle paar Monate müssen Techniker hinein, um die Glühbirnen zu wechseln. Wir haben furchtbare Probleme mit der Beleuchtung gehabt. Viele Tiere sind durch das Neonlicht beschädigt worden. Die Streifen meiner armen Zebras sind schrecklich ausgebleicht. Die Stege sind schmal, aber man könnte von dort etwas zu den Tieren hineinwerfen.«

»Und wer hat die Schlüssel zu diesen Türen?«

»Alle Restauratoren, die meisten Techniker, und unter den Kuratoren und Hausmeistern kursieren wahrscheinlich ein paar Hauptschlüssel.« Socarides zog einen Schlüsselbund aus seiner Hosentasche und ging auf die Bronzetür an der Seite des Dioramas zu.

»Nicht so schnell, Kumpel! Wir haben es hier mit einem Diebstahl zu tun. Gestohlene Gliedmaßen, nehme ich an, und vielleicht auch unbefugtes Betreten. Ein paar Kollegen sind auf dem Weg hierher, um nach Fingerabdrücken zu suchen und diesen Arm aus dem Kasten zu holen. Bis dahin wollen wir mal lieber unsere Pfoten wegnehmen.«

Es dauerte fast eine Stunde, bis die beiden Detectives mit ihren Spurensicherungskoffern im Museum eintrafen. Nachdem sie akribisch den Türrahmen untersucht hatten, kletterte einer von ihnen auf den Steg hinauf, der sich viereinhalb Meter über dem Diorama befand. Schließlich ließen sie ein paar Arbeiter kommen und das Fenster entfernen.

Ich wartete, bis sie mit behandschuhten Händen den Arm herausgeholt hatten, und sah ihn mir dann genauer an.

»Der hier ist nicht mehr der Jüngste«, sagte Mike. »Gut zu wissen, dass wir dem Polizeipräsidenten nicht über Nacht die Mordstatistik hoch geschraubt haben.«

An der Unterseite des Arms klebte ein kleiner Aufkleber. Mike las: »68/3206.«

Er drehte sich zu Mamdouba. »Sieht aus wie ein Museumsexponat. Jahr und Inventarnummer.«

Der Sammlungsdirektor wirkte erleichtert. »Das gehört dem Metropolitan. Das ist nicht unser Inventarisierungssystem. Was für ein grausamer Scherz!«

»Menschenarme in einem Kunstmuseum?«

Mamdouba zuckte die Achseln.

Ich notierte die Nummer auf meinem Block. Wir waren später mit Thibodaux verabredet. Ich nahm Mike zur Seite, während sich die Detectives von Mamdouba die nötigen Informationen geben ließen, um ihren Papierkram zu erledigen.

»Was glaubst du?«

»Irgendwann zwischen gestern Abend nach Museumsschluss und heute Morgen hat irgendein Clown beschlossen, die Tiere zu füttern. Ist es ein schlechter Scherz, der nichts mit unserem Fall zu tun hat? Oder eine Warnung an uns beide? Vielleicht versucht Katrinas Mörder, uns eins auszuwischen. Kommt drauf an, wem dieses groteske Kunstwerk hier gehört. Muss aus irgendeinem Lagerraum hervorgekramt worden sein.«

»Falls Katrinas Mörder hier arbeitet, will er uns vielleicht dazu bringen, jemanden am Met genauer unter die Lupe zu nehmen«, mutmaßte ich. »Oder umgekehrt. Und uns einen Schreck einjagen.«

»Bei Mamdouba ist ihm das jedenfalls gelungen. Menschliche Körperteile, egal, wie alt und abgelagert, sind nicht gut fürs Geschäft.«

Wir warteten, bis der Arm fotografiert und als Beweisstück sichergestellt worden war, und gingen dann wieder ins Untergeschoss. Es war kurz nach zwei, und von unseren Gesprächspartnern war keiner geblieben, um die Interviews zu beenden.

Zimm war in seinem Büro um die Ecke. »Tut mir Leid, dass ich mich heute Vormittag so panisch angehört habe, als ich in Ihr Meeting platzte, aber Sie hätten mal die Aufregung oben erleben sollen!« Er reichte mir einen Zettel. »Sie sollen Ihr Büro anrufen, Ms. Cooper.«

Ich sah auf das Stück Papier. »Laura hat angerufen. Gute Neuigkeiten.«

Zimm bot mir sein Telefon an und ging mit Mike aus dem Zimmer, der ihm auftrug, die Ohren offen zu halten, was die Sache mit dem Arm in dem Diorama anging.

Ich wählte Lauras Nummer. »Eine Sekunde, Alex. Ich stelle Sie zu Ryan durch.«

Eine kurze Pause, dann: »Alex? Es klappte wie am Schnürchen. Mein Internetperversling, Frederick Welch III., ist in Untersuchungshaft.«

»Er hat sich auf die ganze Sache eingelassen?«

»Er kam rechtzeitig zum Museum und traf sich mit unserer Agentin am Pferdearsch, wenn du den Ausdruck entschuldigst. Direkt unter dem Hinterteil von Teddy Roosevelts Ross auf den Stufen des Central-Park-West-Eingangs. Er öffnete seine Tasche und zeigte ihr das Gras und die Pillen, die er mitgebracht hatte, um sie fürs erste Mal locker zu machen, und ging dann mit ihr um die Ecke in ein Hotel in der Seventy-seventh Street.«

»Und ihr habt alles auf Band? Ich meine, wie sie sagt, dass sie dreizehn ist?«

»Sie war perfekt. Während sie so dahinschlendern, sagt sie zu ihm: ›Ich hab dich angelogen. Ich bin nicht dreizehn. Ich bin erst zwölf. Ich habe erst in zwei Wochen Geburtstag.‹ Er drückte sie und sagte zu ihr, dass das sogar noch besser wäre. Er hätte noch nie mit einer Zwölfjährigen geschlafen.«

»Wie hat er reagiert, als man ihm Handschellen anlegte?«

»Er war ein bisschen weinerlich. Dann fing er tatsächlich zu heulen an, als Harry ihm sagte, dass sie eine Gegenüberstellung machen müssten. Nackt. Sie wollten seinen Penis mit dem Bild vergleichen, das er gemailt hatte. Er plärrte wie ein Baby. Er musste zugeben, dass es kein Selbstporträt gewesen war. Alex, ich hoffe, du hast nichts dagegen. Ich bat die Pressestelle, die Story für die *Post* an Mickey Diamond zu geben. Er sagt, dass ich es auf die Titelseite schaffe, falls du deinen Mordfall nicht bis Mitternacht löst.«

»Sosehr ich mir das auch wünsche, die Schlagzeile nehme ich dir nicht weg. Wie lautet sie?«

»Ein Foto von Freddie, mit einem Banner, das den AOL-Gruß beim Einloggen in das E-Mail-Programm imitiert: YOU'VE GOT JAIL!«

»Gefällt mir. Gut gemacht, ihr alle. Ach, Ryan, würdest du bitte Harry sagen, dass ich ihn vielleicht später anpiepen werde? Eine Zeugin kommt in die Stadt, die mit unserer Verstorbenen E-Mail-Kontakt hatte. Ich brauche eventuell eine richterliche Anordnung, um Festplatten von einigen der Museumsmitarbeiter zu durchsuchen, und es könnte bis heute Abend oder morgen dringlicher werden.«

»Ich werd's ihm ausrichten.«

Mike und ich stapften die Treppen hinauf und gingen durch die Säle hinaus auf den sonnigen Gehsteig. »Dort drinnen könnte man glatt jegliches Zeitgefühl verlieren. Keine Fenster, kein Tageslicht.«

»Wollen wir uns noch stärken, bevor wir zu Thibodaux fahren? Ich spendier dir einen Burger.«

Wir durchquerten auf der Höhe der Eighty-first Street den Central Park und fuhren dann die Madison Avenue hinauf. An der Ecke zur Ninety-second Street parkten wir und gingen ins ›92‹, wo wir ein spätes Mittagessen aßen. Ich rief Thibodaux' Büro an, um sicherzugehen, dass er zu sprechen war. Eine Frau, die nicht Eve Drexler war, antwortete und bestätigte unsere Verabredung.

Um halb vier wurden wir ins Büro des Direktors vorgelassen. Er verabschiedete sich gerade von jemandem am Telefon mit den Worten: »Ich rufe Sie diesbezüglich später noch einmal an« und legte auf. Dann wandte er sich an uns. »Ein bisschen demütigend, nach dieser Stellung wieder auf Jobsuche gehen zu müssen.«

»Wir haben natürlich von Ihrem Rücktritt letzte Woche gehört. Wir haben mit unseren Ermittlungen noch ziemlich viel zu tun und brauchen –«

»Mein Rücktritt hat nichts mit Ihrem Mordfall zu tun, Ms. Cooper. Egal, was die Zeitungen schreiben. Ich habe auch nicht die Absicht, die Stadt zu verlassen.«

»Sie haben sich für uns bereits letzten Freitag nicht verfügbar gemacht, als Sie übers Wochenende nach Washington geflogen sind. Vielleicht sollten wir Sie als Erstes um eine Kopie Ihres Zeitplans bitten.«

»Meine Reise nach Washington wurde abgesagt, Ms. Cooper. Ich habe die Stadt nie verlassen.«

»Aber … aber Ms. Drexler sagte uns –«

»Nun, Ms. Drexler hat sich geirrt. Ich sollte die Hauptrede bei der Jahresversammlung des Amerikanischen Museumsverbandes halten. Es wurde mir am Abend zuvor, als ich gerade packte, nahe gelegt, dass es besser wäre, auf Grund des Hauchs von *scandale*, wie wir in Frankreich sagen, eine leichte Grippe zu bekommen. Die Vierundzwanzigstunden-Variante.«

»Also sind Sie am Freitag nicht nach Washington geflogen?«, fragte ich, an Pablo Bermudez und seinen Sturz vom Museumsdach denkend.

»Ich folgte dem Rat, den man mir gab, und blieb zu Hause.«

»Sind Sie in der Zeit hierher ins Museum gekommen?«

»Ich war einmal sehr früh hier, um ein paar Unterlagen zu holen, die ich mir zu Hause ansehen wollte, aber ich wollte niemandem über den Weg laufen. Das ist alles ein bisschen peinlich und unangenehm für mich. Ich war nicht erpicht darauf, gesehen zu werden.«

Das war derjenige, der Bermudez einen Stoß versetzt hatte, auch nicht.

»Es tut mir Leid, dass Ms. Drexler es für nötig hielt, uns anzulügen.«

»Ich befürchte, dass sie das auf meine Anweisung hin getan hat. Ich hatte nicht mit einem Anruf von Ihnen beiden gerechnet. Ich wollte nur, dass sie an der ursprünglichen Version festhielt. Nicht dass sich die Presse groß für den Museumsverband interessieren würde, aber die Journalisten mussten ja nicht unbedingt mitkriegen, dass ich meine Rede abgesagt habe.«

»Der Mann, der am Freitag gestorben ist –«

»Eine weitere unvorhersehbare Tragödie. Sehr schlechtes Timing für mich.«

»Und für ihn«, sagte Mike.

»Kannten Sie Mr. Bermudez?«, fragte ich.

»Er war oft hier in den Büros«, sagte Thibodaux mit einer ausholenden Handbewegung. »Er war einer unserer zuverlässigsten Arbeiter, also nahmen wir ihn oft in Anspruch, wenn es darum ging, die Verladung fragiler Objekte und Gemälde zu überwachen. Ein intelligenter junger Mann. Darüber hinaus hatte ich nicht näher mit ihm zu tun.«

»Mr. Thibodaux, würde es Ihnen etwas ausmachen, uns den Grund für Ihren Rücktritt zu nennen?«

Er stand mit zusammengekniffenen Lippen und in steifer Haltung am Fenster und sah auf die Fifth Avenue hinaus.

»Es hat mit einer Untersuchung zu tun, einem Antiquitätenhändler, der kurz davor ist, von Ihren Kollegen bei der Bundesstaatsanwaltschaft angeklagt zu werden.«

»Weswegen?«

»In den letzten zwanzig Jahren sind weltweit Gesetze verabschiedet worden, die den Verkauf antiker Objekte verbieten, falls diese dadurch ihre jeweiligen Ursprungsländer verlassen würden. Nehmen Sie zum Beispiel unseren Ägyptologen, Timothy Gaylord. Er kann nur etwas erwerben, wenn wir wissen, dass es vor 1983 aus Ägypten hinausgeschafft worden ist.«

»Was ist der Zweck dieser Regelung?«

»Mitfühlende Seelen argumentieren, dass reiche Nationen wie die unsere die ärmeren alten Zivilisationen ihres kulturellen Erbes berauben.«

»Tun Sie das denn nicht?«

»Denken Sie, Detective, dass die Sachen sicherer sind, wenn man sie in einem verarmten, politisch instabilen Umfeld lässt, anstatt sie der Welt zugänglich zu machen, damit diese sie sehen und von ihnen lernen kann? Denken Sie, dass die Zerstörung dieser herrlichen Bamian-Buddhas durch die Taliban im Jahr 2001 besser war, als sie aus Afghanistan rauszuholen? Stellen Sie sich doch nur vor, welchen Risiken manche Kunstwerke in ihrer Heimat ausgesetzt sind.«

»Und die Anklage?«, fragte ich.

»Dieser Händler hatte die Angewohnheit, einzigartige Schätze aus gewissen Ländern herauszuholen.«

»Schmuggel?« Ich dachte an Katrinas Akte, die wir von Bellinger bekommen hatten – das Flohmarktfiasko – und wie entsetzt sie gewesen war, dass Thibodaux die kleine Elfenbeinschnitzerei aus Genf hatte herausschmuggeln lassen.

»Stehe ich unter Eid, Ms. Cooper?« Er starrte mich wütend an. »Dieser Händler, sagt man, ging so weit, Scheinsammlungen zu kreieren. Er dachte sich eine kunstvolle Geschichte über einen Sammler edwardianischer Kunst in London aus, in dessen Besitz die fraglichen Antiquitäten seit den zwanziger Jahren angeblich waren. Er backte sogar die Etiketten der Objekte im Ofen, um sie älter erscheinen zu lassen.«

»Und Sie haben sie gekauft.«

»Ebenso wie viele andere Museen, die dafür geboten haben. Ja, wir haben tatsächlich einiges davon gekauft. Denken Sie mal nach, Ms. Cooper! Wenn sich diese Art juristischer Argumentation vor einem Jahrhundert durchgesetzt hätte, dann wären die Museen dieses Landes ein Jammertal. Dann gäbe es nicht ein Ausstellungsstück in ihnen zu sehen.«

»Geht's hier um Exportpolitik oder um Diebstahl, Mr. Thibodaux?«

»Ich trete zurück, Ms. Cooper. Ehrlich gesagt hoffe ich, dass am Louvre noch ein Plätzchen für mich frei ist.«

»Scheiße, was für einen Vorteil Ihre Landsleute hatten! Sie haben seit Jahrhunderten gestohlen. Napoleon vernichtete die Ägypter in seinem Feldzug von 1798 und brachte ganze

Schiffsladungen zurück nach Frankreich.« Mike nahm das Polaroidfoto des abgetrennten Arms heraus, das die Spurensicherung für uns geschossen hatte. »An dem hier klebt eines Ihrer Inventarnummernschildchen. Ich bin mir sicher, dass er fehlerhaft ausgezeichnet ist, aber ich möchte gerne, dass Sie es sich ansehen.«

Thibodaux besah sich den gesprenkelten Arm. »Jemand scheint sich einen Scherz mit uns zu erlauben. Präsidentin Raspen muss aus dem Häuschen sein.«

»Warum?«

»Es war meine Idee, das hier zur Verwendung in der Bestiariumsausstellung hinüberzuschicken. Ein äußerst ungewöhnliches Stück für ein großes Kunstmuseum wie das Metropolitan.«

Wer hätte gedacht, dass Thibodaux einen Sinn für schwarzen Humor hatte? »Ein echter menschlicher Arm?«

»Ich kann Ihnen gar nicht sagen, wie sehr wir darum gekämpft haben, dieses Stück zu bekommen. Es stammt aus der Eremitage, die eine erstaunliche Sammlung skythischer Objekte besaß.«

»Skythisch? Ich kenn –«

»Eine abgelegene Bergregion in Westsibirien. Dort gibt es riesige Schätze aus solidem Gold. Vieles davon war für die gemeinsame Ausstellung angemessen, weil die Skythen für ihre Tierverzierungen bekannt waren. Alle diese Kunstwerke, die dem Rest der Welt wenig bekannt sind, landeten bei den Russen.«

»Und Sie haben sie hierher geschafft?«

»Meine Vorgänger haben das getan, Montebello und Hoving. Die Skythen waren große Kämpfer und hielten Herden mongolischer Ponys. Also hatten sie wunderbar gearbeitete Ledersättel und vergoldete Reitaccessoires.«

»Der Arm, Sir. Was, zum Teufel, tut der hier?«

»Dieses Volk lebte im Altai-Gebirge, wo es im Winter ziemlich kalt sein kann. Vögel, Tiere, ganze Menschenkörper sind jahrhundertelang konserviert worden, perfekter als in den Trockenwüsten Ägyptens.«

Wieder einmal war ich völlig verwirrt. War Katrina Grooten in so tadellosem Zustand gewesen, weil sie in der Kälte oder in einer warmen, trockenen Gruft gelegen hatte? Und warum wussten all diese Kunst- und Kulturkenner so viel über die Konservierung von Leichen wie ein forensischer Pathologe?

»Das ist der Arm eines skythischen Kriegsherrn, wahrscheinlich drittes Jahrhundert vor Christus. Aus irgendeinem Grund haben sie diese menschlichen Häute, genau wie Tierhäute, konserviert.« Er legte die Fotografie auf das Fensterbrett und deutete auf die Schlangentätowierungen auf der tiefbraunen Haut. »Sehen Sie das Kampfmotiv, Mr. Chapman? Zwei Hirsche stehen sich sprungbereit mit angespannten Muskeln gegenüber. Und hier stößt ein Adler herab und packt seine Beute mit dem Schnabel.«

Die bloße Erwähnung des Wortes *Kriegsherr* hatte Mikes Interesse geweckt. »Alle tätowierungswütigen Tussis von heute können sich von dem Kerl noch 'ne Scheibe abschneiden. Wenn ich noch ein Kleeblatt oder eine Rose oder ein Herz auf jemandes Arschbacken oder Dekolleté sehe – ich meine, das ist doch so abgedroschen.«

Thibodaux sah Mike schief an.

»Ich rede nicht über mein Privat- oder Liebesleben. Ich rede über Leichen, mit denen ich zu tun habe. Diese hier hat wenigstens Stil. Also, wo war der Arm?«

»Er hat das Met vor Monaten verlassen. Sie sollten mit Mamdoubas Leuten reden. Jemand muss es aus dem Ausstellungslager geklaut haben, um drüben am Naturkundemuseum Aufsehen zu erregen.«

»Wer wusste, dass der Arm dort war? Jemand von Ihren Leuten in dem Ausstellungskomitee?«

»Vermutlich alle. Aber auch alle von Mamdoubas Leuten.«

Thibodaux schien sich mit seinem Vortrag über skythische Kunst und Geschichte selbst charmiert zu haben. Er wirkte entspannter als bei unserer Ankunft.

Mike wechselte das Thema. »Wir fanden am Freitag eine interessante kleine Tatsache heraus und dachten, dass Sie uns vielleicht weiterhelfen könnten.«

Der Direktor legte den Kopf schief und nickte, überzeugt, Mikes Respekt gewonnen zu haben.

»Katrina Grooten wurde nicht gerade förmlich verabschiedet. Niemand ging in ihre Wohnung und suchte ihr Lieblingskostüm oder das kleine Schwarze heraus, um sie darin zu beerdigen. Es lief eher nach dem Motto ›du stirbst so, wie du bist‹.«

Thibodaux verkrampfte sich wieder.

»Sie trug billige Wollhosen und zerschlissene alte Unterwäsche. Aber das Seltsame ist – und Ms. Cooper hier ist meine Expertin, was Klamotten angeht –, dass sie einen Kaschmirpullover trug. Handgestrickt, exklusiv, ein stinkfeines Madison-Avenue-Etikett. Also sind wir der Sache nachgegangen. Ist es nur ein Zufall, oder kennen Sie jemanden namens Penelope Thibodaux?«

»Meine verstorbene Frau, Chapman. Ich gehe davon aus, dass Sie schlau genug waren, diese Verbindung selbst herzustellen.« Jetzt war er wütend und spuckte Mike die Worte fast ins Gesicht.

»Das heißt also, dass Sie Katrina Grooten nicht kannten, Ihre Frau aber schon?«

»Meine Frau hat sie nie kennen gelernt. Hören Sie, ich habe sie auf dem Foto, das Sie mir am ersten Tag gezeigt haben, nicht erkannt. Das verstehen Sie doch sicher. Diese ... diese Totenblässe und wie heißt das? das Leichenfoto: Sie sah überhaupt nicht aus wie die junge Frau, die hier gearbeitet hat. Ich schwöre Ihnen, dass ich Sie nicht irreführen wollte. Und selbst dann fiel mir ihr Name nicht ein. Als ich Ms. Grooten das letzte Mal sah, war sie so voller Leben, so –«

»Wann war das?«

»Glauben Sie mir, ich habe mir große Mühe gegeben, mich an die Umstände zu erinnern.«

»Der Pullover. Wollen Sie uns davon erzählen?«

»Das war im letzten Sommer. Vielleicht Ende August. Eve kann Ihnen das Datum nennen. Es war in meiner Wohnung. Nicht, was Sie denken, Detective. Eine Cocktailparty für einige Kuratoriumsmitglieder.«

»Und warum war Katrina bei so einer Veranstaltung dabei?«

»Wir umwarben Sponsoren für die Cloisters, um sie für einige Objekte, die kurz darauf auf den Markt kamen, zu interessieren. Bellinger hatte das Ganze organisiert. Ich bin mir sicher, dass es seine Entscheidung war, einige der jüngeren Mitarbeiter mit einzuschließen.«

»Warum in Ihrer Wohnung?«

Er deutete durch das Fenster nach draußen. »Das Apartment, in dem wir wohnen – entschuldigen Sie bitte, in dem ich wohne –, gehört dem Met. Es ist ein Penthouse auf der Fifth Avenue. Wir geben viele Partys dort. Damals war es eine sehr warme Nacht. Der Caterer richtete die Bar auf meiner Terrasse ein. Die Aussicht ist herrlich, mit Blick auf das Museum und den Park. Ich erinnere mich daran, dass einer Mitarbeiterin kalt war. Sie zitterte förmlich.«

»Aber Sie sagten doch gerade, dass es sehr warm gewesen sei.«

»Deshalb war es ja so ungewöhnlich. Alle anderen genossen es, im Freien zu sein. Mir fiel auf, wie unwohl sie sich fühlte.«

Ich dachte an die Anzeichen von posttraumatischem Stress. Das war nur zwei Monate nach Katrinas brutaler Vergewaltigung gewesen. Ich musste auch an die Symptome einer Arsenvergiftung denken, wie sie Dr. Kestenbaum beschrieben hatte. Frösteln war eines davon.

»Ich bot ihr natürlich an, nach drinnen zu gehen. Aber sie meinte, dass Hiram Bellinger sie unbedingt bei der Unterhaltung mit den Kuratoriumsmitgliedern dabeihaben wollte, da sie sich mit den Exponaten so gut auskannte.« Er wirkte nervös. »Ich sagte ihr, dass ich noch einige von Penelopes Sachen in der Wohnung hätte. Ich befürchte, ich hatte mich noch nicht mit der Endgültigkeit des Todes meiner Frau abgefunden.«

»Also gingen Sie mit ihr ins Schlafzimmer?«

»Es tut mir Leid, Sie enttäuschen zu müssen, Detective. Nein, ich ging allein nach drinnen und fand diesen Pullover in einer der Schubladen. Ehrlich gesagt hatte ich keine Ahnung, aus welchem Stoff er war, falls es der Wert ist, über den Sie sich Gedanken machen. Ich brachte ihn der jungen Frau und sagte ihr, dass sie ihn gerne behalten könne. Dass sie *mir* damit einen Gefallen tun würde, da Penelope ... nun, da sie nicht mehr da war.«

Er dachte einen Augenblick nach und fuhr dann fort: »Ich glaube, ich fragte sie, ob sie sich gut genug fühlte, um zu bleiben, und wie sie nach Hause kommen würde. Wenn ich mich recht erinnere, wohnte sie in der Nähe der Bellingers. Sie sagte mir, dass Hiram sich darum kümmern würde, dass sie gut nach Hause käme.«

»Sie wussten natürlich von Hiram, dass Katrina letzten Juni beim Nachhauseweg von der Arbeit vergewaltigt worden war?«

»Sie war das? Aber das hab ich nie miteinander in Verbindung gebracht.« Jetzt war Thibodaux aufgewühlt. »Ich erinnere mich vage, dass er mir von einem Vorfall im Park erzählt hat. Dass die betreffende Mitarbeiterin nicht wollte, dass die Polizei eingeschaltet wurde oder dass irgendjemand davon erfuhr. Was sollte ich tun, Ms. Cooper? Mich über ihren Wunsch hinwegsetzen? Nein, ich hatte keine Ahnung, dass das Ms. Grooten war.«

Mike sprang dem Direktor jetzt förmlich ins Gesicht. »Wie war das damals am Louvre? Wollen Sie uns von Ihren Stelldicheins mit Katrina in Paris oder Toulouse erzählen?«

»Sie haben eine blühende Fantasie, Chapman. Aber da liegen Sie falsch. Völlig falsch.«

Mike schlug seinen Notizblock auf und las das Datum vor, an dem Katrina Grooten vor fast drei Jahren vom Metropolitan Museum eingestellt worden war. »Das sind genau zwei Monate nachdem Sie hierher kamen, richtig?«

»Es gibt immer Veränderungen, wenn ein neuer Direktor kommt. Wenn Sie sich die Zahlen ansehen, werden Sie sehen, dass mein Vorgänger Dutzende junger Wissenschaftler mit an seine neue Arbeitsstelle nahm. Ich bin mir sicher, dass es viele freie Stellen gab, als ich hier anfing.«

»Und die Kuratoriumsmitglieder, die uns sagten, dass sie Katrina zusammen mit Ihnen auf Partys am Louvre gesehen haben?«

»*Fou!* Das würde ich auf Französisch zu ihnen sagen. Das ist absoluter Schwachsinn!«

»Das stimmt also nicht?«

»Sehen Sie, Ms. Cooper, ich kann wohl schlecht behaupten, dass Katrina Grooten nie im Louvre war, wenn Sie mir sagen, dass sie zu der Zeit in Frankreich gearbeitet hat. Wir hatten dort ständig Empfänge, Ausstellungseröffnungen, Empfänge für Künstler, historische Feierlichkeiten, manchmal an drei Abenden die Woche. Ich musste bei allen anwesend sein. War sie jemals dort? Ich weiß es nicht. War sie mit mir dort? Mit Sicherheit nicht. Ich würde gerne wissen, wer Ihnen diesen Unsinn erzählt hat. Ich habe sicherlich Feinde –«

»Diese Information kam von jemandem, der Ihnen wohl gesonnen ist«, sagte ich. »Das ist einer der Gründe, warum ich sie ernst nahm.«

Mike fühlte, dass Thibodaux in den Seilen hing, und bohrte weiter. »Ist diese Information mehr oder weniger glaubwürdig als die Tatsache, dass man Sie im Januar mit Katrina Grooten im Britischen Museum gesehen hat?«

Thibodaux wurde rot und schrie Mike an: »*Gesehen*, Detective? Das möchte ich sehr bezweifeln.«

»Ich werde es Ihnen noch klarer machen. Ich kann beweisen, dass Sie sich ins dortige Besucherverzeichnis eingetragen haben. Und ich kann beweisen, dass sich Hiram Bellinger eingetragen hat. Und auch wenn mir mein Lieblingsgerichtsmediziner sagen wird, dass Katrina zu der Zeit im Sarkophag lag, kann ich beweisen, dass Sie sich im Museum mit jemandem herumtrieben, der ihren Namen benutzte. Auferstanden von den Toten?«

Thibodaux ging um Mike herum und setzte sich hinter seinen Schreibtisch. »Hiram Bellingers Plan. Idiotisch und völlig unnötig.«

»Was?«

»Die Stücke, die wir uns ansehen wollten, waren aus Frankreich. Mittelalter. Es gab wieder ein Problem mit ihrer Provenienz, also wäre es ein bisschen heikel für uns gewesen, sie zurückzubringen. Bellinger hielt es für weiser, die Sammlung nicht in unserem Namen zu kaufen, falls wir beschlossen, das zu tun. Natürlich, um unseren Ruf zu schützen.«

»Der Ruf des Mädchens spielte keine Rolle, richtig?«

»Seien wir ehrlich, Detective, sie hatte keinen. Sie war Anfängerin in dem Geschäft. In ihrem Fall wäre es der harmlose Fehler einer jungen Doktorandin gewesen. Es würde nicht ihre Karriere ruinieren, so wie es vielleicht unsere ruiniert hätte.«

»Also wollen Sie damit sagen, dass Bellinger diesen Vorschlag machte, weil er wusste, dass Katrina tot war?«

»Nicht im Geringsten. Er versicherte mir, dass es sicher wäre, weil sie gerade gekündigt hatte und ein paar Wochen vor unserer Reise, so um Weihnachten herum, das Land verlassen hätte. Sie hatte ihren Ausweis wie verlangt an uns zurückgesandt, und das war alles, was wir brauchten.«

»Und Eve Drexler benutzte ihn, um mit Ihnen und Bellinger ins Britische Museum zu gelangen.«

»Drexler ist doppelt so alt wie Katrina. Hat denn niemand das Foto überprüft?«

Thibodaux' Arroganz war unerschütterlich. »Wer, denken Sie, würde sich einen Plastikausweis ansehen, wenn man mich erkannt hatte? Ich komme als Direktor des Metropolitan Museum mit zwei Mitarbeitern zu einem Treffen auf höchster Ebene.«

Chapman wusste jetzt, dass Thibodaux uns angelogen hatte, als er behauptete, Katrina auf dem Foto nicht zu erkennen. »Denken Sie, dass Ihnen dieser Titel, Direktor des Met – dieser Titel, den Sie mal hatten –, die Macht gibt, alles zu tun, was Sie wollen, und alles zu sagen, wie es Ihnen gerade in den Kram passt?«

Thibodaux ging nicht darauf ein. Aber was verheimlichte er mit seinen Lügen? Wusste er etwas über Katrinas Schicksal, oder war es nur eine Strategie, um sich aus dem Skandal, der sich zusammenbraute, rauszuhalten?

Ich dachte an Katrinas Kündigungsschreiben, das uns

Bellinger gezeigt hatte, und an ihre Unterschrift – die einzelne Initiale –, die leicht zu fälschen zu sein schien.

»Hat sich nach ihrem Verschwinden im letzten Winter noch jemand anders für Ms. Grooten ausgegeben?«

»Nach ihrer Kündigung, Ms. Cooper. Wir glaubten, dass sie uns freiwillig verlassen hatte. Soweit wir wussten, wurde sie nicht vermisst. Und nein, ich bin mir keiner anderen Fälle bewusst.«

»Was ist mit ihrem Ausweis geschehen?«

»Da müssten Sie Ms. Drexler fragen. Oder eventuell auch Bellinger. Ich habe nach diesem Tag nie mehr wieder an Katrina gedacht.«

Das hatten offenbar die wenigsten Leute getan.

»Bevor wir gehen, Mr. Thibodaux, würden wir gerne noch für diese Woche einen Termin vereinbaren, um uns die Privatgewölbe des Museums anzusehen.«

»Aha, jetzt weiß ich, wer die Schuldige ist, Mr. Chapman. Sie haben gerade Ihre Quelle verraten. Madame Gerst? Eine Schande, was ein bisschen Neid alles anrichten kann. Arthur Paglins Gewölbe.«

»Das und die anderen.«

Er sah Mike direkt in die Augen. »Welche anderen?«

»Ich erwarte, dass Sie uns das sagen.«

»Ich muss natürlich zuerst mit unseren Förderern Rücksprache halten. Es steht uns nicht zu, sie zu betreten.«

»Mit einem Durchsuchungsbeschluss wird es mir zustehen.«

Ich würde noch viel detailliertere Informationen benötigen, damit ein Richter den Beschluss unterzeichnete, aber ich konnte es Mike nicht verübeln, dass er es probierte.

»Ich werde mich morgen als Erstes darum kümmern. Außer dem Paglin-Gewölbe gibt es meines Wissens nur noch zwei andere.«

»Diese Gewölbe sind ein interessantes Konzept. Hat denn drüben am Naturkundemuseum nie jemand den gleichen Trick probiert?«, fragte ich.

Thibodaux schien erfreut, mit dem Finger auf die andere Seite des Parks zeigen zu können. »Jedes Museum hat seine Verstecke, Ms. Cooper. Geheimabteilungen, wenn Sie so wollen. Hat Ihnen Elijah Mamdouba denn nicht die Leichen in seinem Keller gezeigt?«

27

Clems Flug hatte auf Grund eines Gewitters westlich von London Verspätung. Als Mercer anrief, um uns zu sagen, dass er sie am Flughafen in Empfang genommen hatte und sie auf dem Weg ins Hotel waren, checkten Mike und ich in ihre Suite ein und wiesen den Sicherheitsdienst an, sie unverzüglich aufs Zimmer zu bringen.

Mike schaltete den Fernsehapparat im Wohnzimmer ein und aß einen Apfel von dem eleganten Obst- und Weinarrangement. Er hörte sich die Nachrichtenschlagzeilen an, bevor er zu *Jeopardy!* umschaltete. Vor der Werbeunterbrechung verkündete Trebek, dass die heutige Final-Jeopardy!-Kategorie »Patriotische Gedichte« war.

Ich legte einen Zwanzigdollarschein auf das Mahagonitischchen, und Mike tat es mir nach. »Du magst vielleicht Ms. Jambischer Pentameter sein, aber ich bekomme den Preis für Patriotismus.«

Trebek las die Antwort von dem kobaltblauen Monitor ab, der auf dem Fernsehbildschirm vergrößert wurde. »Verfasser des Gedichts, das als unser Nationallied angesehen wird und auf dem Pike's Peak komponiert wurde.«

»Da musst du durch, Chapman. Das Geld gehört mir.«

»Moment mal, Blondie. Es ist nicht Key, weil er nicht Nationalhymne gesagt hat. Wie, zum Teufel, heißt das Lied, das Kate Smith immer gesungen hat?« Ich schüttelte den Kopf. »So ähnlich wie ›Mine eyes have seen –‹«

Ich fegte das Geld vom Tisch. »Wer ist Katharine Lee Bates?«

»Ganz richtig, Mrs. Falkowicz«, gratulierte Trebek einer der drei Kandidatinnen, einer Bibliothekarin aus Boone, North Carolina. »Sie schrieb ›America the Beautiful‹ als Gedicht, und sie hat nie den Gentleman kennen gelernt, der unter Verwendung einer Melodie, die er in einem Kirchengesangsbuch gefunden hatte, die Musik dazu schrieb.«

»Wellesley College, Jahrgang 1880.«

»Also hattest du dieses Mal den Alumni-Vorteil. Das ist fast wie Bescheißen.«

»Und in Falmouth, Massachusetts, ist eine Straße nach ihr benannt, an der ich jedes Mal vorbeifahre, wenn ich die Fähre zum Vineyard nehme. Du musst öfter raus aus der Stadt, Mikey.«

Der Türsummer ertönte, und ich öffnete. Neben Mercer Wallace' einen Meter achtundneunzig großer Gestalt stand eine Frau, die kaum einen Meter fünfzig groß war. Ihr dunkelbraunes Gesicht mit den leuchtend grünen Augen war von einem helmartigen schwarzen Haarschopf umrahmt. Sie betrat das Zimmer und sah zu mir auf, während ich mich vorstellte.

»Ich bin Clem. Clementine Qisukqut.«

»Mike Chapman, Detective, Mordkommission. Ich ermittle in Katrinas Fall.«

Mercer trug ihre kleine Tasche ins Schlafzimmer und stellte sie auf die Kofferablage.

»Sie müssen erschöpft sein. Aber falls es irgendwie möglich ist, würden wir Ihnen gerne noch heute Abend ein paar Fragen stellen.«

»Das geht in Ordnung. Ich habe ja den ganzen Tag nur gesessen. Könnte ich mich nur schnell frisch machen?« Sie entschuldigte sich und verschwand für zehn Minuten im Bad, bevor sie wieder ins Wohnzimmer kam.

Wir machten es uns in den bequemen Sofas und Sesseln gemütlich und ließen Clem anfangen. Sie schien es kaum erwarten zu können, uns von Katrina Grooten zu erzählen.

»Ich habe Katrina vor ein paar Jahren kennen gelernt, nicht lange nachdem sie am Museum angefangen hatte. Das war ein Jahr bevor wir anfingen, zusammen an der gemeinsamen Museumsausstellung zu arbeiten.«

»Aber Sie waren am Naturkundemuseum angestellt, ist das richtig?«

»Ja. Ein Freund von mir hatte letztes Jahr als Postdoc an den Cloisters gearbeitet, bevor er nach Europa zurückging. Ich habe Katrina bei ihm zu Hause auf einer Party kennen gelernt. Er hat regelmäßig ausländische Studenten zu sich eingeladen. Sie können sich vielleicht vorstellen, dass es hier ziemlich einsam sein kann, da die meisten von uns ohne Familie oder einen großen Freundeskreis hier ankommen.«

»Haben Sie sich eng angefreundet?«

»Nicht sofort. Wir hatten nicht sehr viele Gemeinsamkeiten. Unsere Backgrounds und beruflichen Interessen waren völlig verschieden. Es gibt wahrscheinlich kein schöneres kleines Museum als die Cloisters, aber mir leuchtet die Relevanz gotischer Kunst und Architektur nicht ganz ein. Ich konnte nicht verstehen, wovon Katrina fasziniert war.«

»Sie sind Anthropologin?«

»Ja, Kulturanthropologin.« Sie lächelte. »Katrina ging es nicht anders. Ihr war mein Interesse an primitiven Zivilisationen ein Rätsel, obwohl die gesamte Evolutionsgeschichte die Grundlage für meine Arbeit ist.«

»Wie hat sich das geändert?«

»Langsam. Gemeinsame Bekannte brachten uns andauernd zusammen, natürlich unabsichtlich. Wenn es am Met eine Ausstellung gab, von der einer der Doktoranden dachte, dass sie jemanden von uns interessieren könnte, rief er oder sie an oder verschickte eine E-Mail, und wir gingen zusammen hin. Manchmal gingen wir danach essen, normalerweise in einer kleinen Gruppe. Als dann Anfang letzten Jahres das Büro für die Bestiariumsausstellung im Naturkundemuseum eingerichtet wurde, fing Katrina an, mehr und mehr Zeit dort zu verbringen.«

Clem hatte ihre Schuhe ausgezogen und ihre Füße untergeschlagen. »Würde es Ihnen etwas ausmachen, wenn ich mir einen Drink genehmige?«

Mike ging zu dem Schränkchen unter dem Fernseher und öffnete die Minibar. »Was hätten Sie denn gern?«

»Gibt es Jack Daniels? Ich nehme ihn pur.«

Er goss den Inhalt zweier kleiner Fläschchen in ein Kristallglas.

»Ich befürchte, ich bin keine typische Doktorandin. Ich bin ein bisschen aufsässiger als die meisten, deshalb hat man mich auch rausgeschmissen. Ich glaube, ich habe das erste Mal bei Katrina was bewegt, als ich mich wegen des Meteoriten engagierte.«

Chapman war neugierig. Die Anthropologin war eine interessantere Person, als er erwartet hatte. »Nichts für ungut, Clem, aber ich kapier nicht, worüber man sich in diesen alten Museen großartig aufregen kann. Steine aus dem Weltall?«

»Ah, Sie sind so weiß. Entschuldigen Sie, Mr. Wallace. Sie und Ms. Cooper, genau wie Katrina.«

Mercer lachte.

»›The Mighty Quinn‹«, wiederholte Mike. »Lassen Sie uns zum Punkt kommen, Clem. Ich habe eine waschechte Eskimo-Frau erwartet, aber Sie haben diese stechenden grünen Augen und keinen Walfischspeck bei sich.«

»Meine Mutter ist Dänin, Mr. Chapman. Grönland war früher eine dänische Kolonie. Meine Mutter ging mit zweiundzwanzig als Lehrerin dorthin und heiratete meinen Vater. Eskimo seit der Besiedlung der Insel.« Sie nahm ein glänzendes schwarzes Haarbüschel zwischen die Finger und ließ es wieder fallen. »Die Haare und die Haut – seine Gene waren ziemlich dominant.«

»Was hat das mit einem Meteoriten zu tun?«

»Kennen Sie den Willamette-Meteoriten, das Herzstück des Planetariums des Museums?«

»Ja, toller Gesteinsbrocken. Der größte der Welt, oder?«

»Fünfzehneinhalb Tonnen schwer. Er wurde in Oregon gefunden, auf Land, das einem Indianerstamm gehörte. Den Clackamas-Indianern. Der Meteorit stürzte vor Tausenden von Jahren auf die Erde. Forscher brachten ihn hierher, und er ist seit fast einhundert Jahren, seit 1906, im Museum ausgestellt.«

»Und?«

Clem nahm einen großen Schluck von ihrem Bourbon. »Für die Indianer hat der Meteorit große spirituelle Bedeutung. Der Stamm verehrt ihn seit Jahrhunderten, da er für sie die Einheit zwischen Himmel, Erde und Wasser repräsentiert.«

»Sind sie nicht vor Gericht gegangen, um ihn zurückzubekommen?«

»Doch, und vor einigen Jahren kam es zu einem Vergleich. Der Stamm ließ seine Rückgabeforderungen fallen; im Gegenzug stimmte das Museum zu, mit Hilfe des Meteoriten über die religiöse und kulturelle Geschichte des Stammes zu informieren. Aber es gab einen Haken.«

Mike ließ sich von Clems Enthusiasmus anstecken und hörte aufmerksam zu.

»Wie sich herausstellte, hatte das Museum ein achtundzwanzig Pfund schweres Stück abgeschlagen, bevor die Abmachung getroffen wurde.«

Er lachte.

»Denken Sie, dass ich Spaß mache? Wissen Sie, wie viel ein Sammler für ein Stück eines seltenen Meteoriten zahlt? Tausende von Dollar pro Unze. Dieses achtundzwanzig Pfund schwere Stück ist Millionen wert. Sie haben richtig gehört, Millionen.«

»Was ist daraus geworden?«

»Das Museum tauschte das ganze Ding bei einem Privatsammler gegen einen kleinen Meteoritenbrocken vom Mars ein. Was tut der Kerl? Er fängt an, winzige Stückchen davon auf Auktionen zu verscherbeln.«

»Da waren die Indianer sauer.«

»Und ich auch.«

»Also haben Sie die Truppen um sich geschart?«

»Worauf Sie wetten können. Nur ein Graswurzel-Versuch, den Indianern zu helfen. Wir haben sogar zwei Käufer dazu gebracht, dem Stamm die kleinen Kometensplitter zurückzugeben, darunter passenderweise einen Chiropraktiker aus Oregon, wenn wir schon bei spirituell sind. Ich denke, das war das erste Mal, dass Katrina verstand, was einem primitiven Volk heilig ist.«

»Hat ihr ihre südafrikanische Abstammung –?«

»Denken Sie mal nach, Mike. Kann ich Sie Mike nennen? Katrinas Eltern haben ihr ganzes Leben in dem Apartheid-System verbracht. Sie wurde in diese Gesellschaft geboren und an weißen Schulen erzogen. Sie studierte in

England und Frankreich, und was geschah? Sie vertiefte sich in mittelalterliche Studien und entfernte sich noch weiter von der wirklichen Welt. Das Mädchen brauchte eine Seele, und ich versuchte, sie ihr zu geben.«

»War das vor ihrer Vergewaltigung?«

»Im Park? Ja. Wir fingen letztes Frühjahr an, uns bei der Administration unbeliebt zu machen. Für sie war es nicht so riskant, weil sie fürs Met arbeitete. Ich bekam Schwierigkeiten. Ich musste bei Mamdouba erscheinen und eine Standpauke über mich ergehen lassen. Ich solle mich auf meine Exponate konzentrieren und mich aus Museumsangelegenheiten raushalten.«

Mike rutschte an die Stuhlkante vor. »Ich habe schon viele Mordmotive gehört, Clem. Aber es fällt mir schwer, zu glauben, dass eine junge Frau wegen ein paar Felsensplittern umgebracht worden ist.«

»Da haben Sie Recht, Mike. Es geht ja auch um die Knochen. Ich glaube, dass sie wegen der Knochen starb.«

28

»Was wissen Sie über mein Land? Die Frage geht an Sie alle.«

Mercer und ich schwiegen. Mike antwortete. »Im Jahr 982 wurde Erich der Rote wegen Totschlags aus Island verbannt und wanderte nach Grönland aus. Die größte Insel der Welt. Er hat Ihre Vorfahren ganz schön verschaukelt. Als er zurückkam, erzählte er jedem, dass sein neues Zuhause ein ›grünes Land‹ sei, damit ihm dort jemand Gesellschaft leisten würde. Das ist aber auch schon so ungefäh alles, was ich weiß. Tut mir Leid.«

»Nicht schlecht für den Anfang.« Sie stellte ihr Glas ab. »Die Familie meines Vaters kommt aus einem sehr kleinen Dorf namens Qaanaag. Weit oben im Nordwesten Grönlands in der Arktik.«

»Kein Wunder, dass Sie Ihren Bourbon ohne Eis trinken.«

»Sie haben keine Ahnung, was Kälte ist. Polareskimos. Eine sehr kleine Gemeinschaft, ziemlich isoliert vom Rest der Welt. Es ist seltsam, wie sehr mein Leben mit diesem Museum verstrickt ist. Robert Peary hatte seit den Jahren um 1880 nach dem Nordpol gesucht.«

»Der Admiral?«, fragte ich.

»Damals nur Lieutenant«, sagte Mike.

»Der damalige Präsident des Naturkundemuseums, Morris Jesup, traf eine Abmachung mit Peary. Er verschaffte ihm Urlaub von der Marine und finanzierte seine Expedition zum Nordpol, falls Peary sich bereit erklären würde, zoologische Exemplare und geologische Informationen zu sammeln.« Clem blinzelte Mike an. »Raten Sie mal, was Peary gesammelt hat.«

»Keine Ahnung.«

»Einen Meteoriten. Die Eskimos nannten ihn den ›Eisernen Berg‹.«

»Sie haben's mit diesen Steinen.«

»Damals war es der größte, den man bis dahin gefunden hatte. Peary brauchte drei Jahre, bevor es ihm gelang, ihn auf seinem Schiff zurückzubringen. Er landete 1897 in der [illegible]inewerft von Brooklyn. Vierzehn Pferdegespanne muss[illegible]sen kostbaren Fund zum Museum befördern. Aber [illegible]ch nicht alles. Peary hatte noch weit wertvollere [illegible]d.«

[illegible] Mitglieder dieses abgelegenen kleinen

Stammes, der weniger als zweihundertfünfzig Mitglieder umfasste. Sie hatten Peary all die Jahre auf seinen Expeditionen und beim Jagen und Sammeln geholfen. Sie vertrauten ihm und arbeiteten mit ihm zusammen. Er und seine Mannschaft waren die einzigen Weißen, die sie kannten.«

»Aber warum hat er sie mit nach New York genommen?«

»Man betrachtete ihn als großen Mann der Wissenschaft, Alex. Das war natürlich seine Begründung. Aber die Presse und die Öffentlichkeit behandelte sie als Spektakel und Kuriositäten.«

»War es das erste Mal, dass er Menschen mit nach New York brachte?«

»Lebende, ja.«

»Aber er hat doch sicher keine Toten mitgebracht?«

»Das Jahr davor hatte er eine Eskimofamilie aus ihrer Grabstätte exhumieren lassen – Freunde von ihm von früheren Reisen. Vater, Mutter und ihre junge Tochter, die alle drei kurz zuvor während einer Epidemie ums Leben gekommen und gerade erst beerdigt worden waren.«

»Weshalb?«

»Er hat sie ans Museum verkauft.«

»Aber *warum*?«

»Skelette, Schädel. Um sie auszustellen. Damit reiche Weiße die Eingeborenen begaffen und Wissenschaftler die nordischen Rassen studieren konnten.«

»Und auf dieser Reise?«

»Vier Erwachsene. Zwei davon waren Witwer mit kleinen Kindern. Ein kleines Mädchen und ein kleiner Junge. Dazu fünf Fässer mit sterblichen Überresten von Eskimos aus frisch gehobenen Gräbern.« Sie schloss die Augen und schwieg. »Meine Urgroßmutter war in einem dieser Fässer.«

Der Gedanke war unvorstellbar. Niemand sagte etwas, bis Clem weiterredete. »Ihr erging es besser als denjenigen, die noch am Leben waren.«

»Wo haben Letztere denn gewohnt?«

»Sie sind schon im Naturkundemuseum gewesen, oder? Die sechs Eskimos wurden im Kellergeschoss des Museums untergebracht.«

»Wie konnten sie es dort überhaupt aushalten?« Selbst heutzutage war der Gedanke an diesen feuchten, dunklen Ort abschreckend. Wie menschenunwürdig, sie vor mehr als einem Jahrhundert dort unterzubringen, als es noch keine modernen Sanitäreinrichtungen, Klimaanlagen und kein elektrisches Licht gegeben hatte!

»Die Antwort liegt auf der Hand: Nicht gut. Die Leute kamen, um die dunkelhäutigen Kuriositäten zu bestaunen. Journalisten und Schaulustige krochen buchstäblich auf dem Gehsteig entlang, um durch die Gitter der Kellergeschossfenster einen Blick auf sie zu werfen.«

»Haben sie das Museum jemals verlassen?«

»Ja, zwangsweise. Sie wurden krank. Sie ertrugen die Hitze in New York City nicht. Sie bekamen Erkältungen und fünf von ihnen eine Lungenentzündung. Einer bekam Tuberkulose. Sie landeten alle sechs als Patienten im Bellevue Hospital. Als sich ihr Gesundheitszustand besserte, wurden sie entlassen und wieder ins Museum gebracht. Jemand hatte die weise Voraussicht, ihnen im fünften Stock, wo der Hausmeister untergebracht war, ein bequemeres Quartier herzurichten.«

»Waren sie –?«

»Innerhalb von sechs Monaten nach ihrer Ankunft waren zwei der Erwachsenen tot. Einer davon war Qisuk, der Anführer, der seinen kleinen Jungen als Waisen zurückließ. Allein in der Fremde, ohne Familie oder Freunde. Das Kind sprach kein Englisch, und nur drei weitere Überlebende sprachen seine Muttersprache.«

»Kam den Funktionären denn nicht in den Sinn, die Überlebenden, vor allem die Kinder, nach Grönland zurückzubringen?«, fragte ich.

»Das Eis und das Wetter machten es mitten im Winter unmöglich.«

»Hat sich denn keiner um sie gekümmert?«

»Doch, natürlich. Einer der Nettesten war ein Museumsangestellter namens William Wallace. Ich glaube, er war der Hausverwalter des Naturkundemuseums. Er und seine Frau nahmen den kleinen Minik bei sich auf. Er wurde Teil der Familie. Er bekam Nachhilfeunterricht in Englisch, ging mit dem Sohn der Wallaces zur Schule, wurde ein ziemlich guter Sportler und ein relativ glückliches Kind. Aber innerhalb eines Jahres waren alle fünf Eskimos, die mit ihm nach New York gekommen waren, tot.«

»Was erzählten sie dem armen Jungen über seinen Vater?«

»Die Museumsleute hatten von Peary sehr viel über die Begräbnisrituale der Eskimos gelernt. Sie beschlossen, dass es Minik zuliebe am besten wäre, die traditionellen Begräbnisfeierlichkeiten seines Stammes zu reproduzieren. Der Junge war gerade acht Jahre alt geworden, alt genug, um zu verstehen, was vor sich ging, und in Erinnerung zu behalten, wie würdevoll sein Vater beerdigt wurde.«

»Was hat man getan?«

»Nun, Mr. Wallace und einige wissenschafliche Mitarbeiter versammelten sich in einem schönen, abgelegenen Innenhof hinter dem Hauptgebäude. Laut Berichten wurde die Trauerfeier bei Sonnenuntergang abgehalten.«

»Der Junge war mit dabei?«

»O ja. Und wie es in dem Dorf meines Vaters Tradition

war, sah er dabei zu, wie die mit Tierhäuten bedeckte Leiche, eine geschnitzte Maske über dem Kopf, aus dem Museum getragen wurde. Man legte den toten Stammesführer auf ein paar Steine und schichtete über ihm noch mehr Steine zu einem Hügel auf.«

Clem begleitete ihre Erzählung mit lebhafter Mimik und Gestik. »Dann legte man sein Lieblingskajak und seine Werkzeuge neben ihm aus. Eine sehr beeindruckende Zeremonie, die dem jungen Minik zeigen sollte, welchen Respekt alle vor seinem Vater hatten. Zum Abschluss hinterließ der Junge sein Zeichen auf dem Grab.«

»Was meinen Sie mit ›sein Zeichen‹?«

»Noch eines von unseren Ritualen. Ein Familienmitglied macht ein Symbol vor den Steinen, in Richtung des Zuhauses der nächsten Verwandten des Verstorbenen. Es hindert den Geist des Toten daran, zurückzukommen und die Lebenden zu verfolgen.«

»Und Minik hat das getan?«

»Es hat auf den Jungen ziemlichen Eindruck gemacht. Er wachte hier in diesem fremden Land über das Begräbnis seines Vaters, das ähnlich war wie die Begräbnisse der großen Jäger, die er in seinem Heimatland gesehen hatte.«

»Coop liebt Happy Ends. Sagen Sie ihr, dass das Leben für den Jungen besser wurde, in Ordnung?«

»Wurde es. Es ging ihm eine Weile bei der Wallace-Familie recht gut. Und weil Mr. Wallace im Museum arbeitete, besuchte ihn Minik oft dort. Oben im vierten Stock, wo man die Eskimoartefakte studierte und katalogisierte.«

»Es überrascht mich, dass er überhaupt dort sein wollte.«

»Ich bin mir sicher, dass es ihm großen Spaß gemacht hat. Er hatte ja keine Ahnung, dass man ihn studierte. Immer wenn Peary mit etwas aus Grönland zurückkam, sei es eine Schneeeule oder Kostüme und Waffen der Eskimos, konnte Minik sie den Museumsmitarbeitern erklären. Er war der Liebling vieler Angestellter. Bis zu dem Tag, an dem er eine schreckliche Entdeckung machte.«

»Im Museum?«

»Ja. Er war damals fast achtzehn Jahre alt. Minik durfte mittlerweile durch die riesigen Hallen des Museums spazieren und sich die Ausstellungen ansehen, die er zuvor nicht hatte besichtigen dürfen.«

Clem stand auf, legte beide Hände vor den Mund und streckte sie dann vor sich aus.

»Er wanderte durch die Ausstellungen und sah Tiere, von denen er nicht einmal wusste, dass es sie gab, afrikanische Wohnsiedlungen, Echsen von tropischen Südseeinseln und Fische, von denen die meisten in seinen Schulbüchern nicht einmal abgebildet waren.«

Ich wollte hören, dass das Zeichen, das er am Grab seines Vaters hinterlassen hatte, Minik davor schützte, den Rest seines Lebens von diesem rastlosen Geist verfolgt zu werden.

Clem hatte eine Hand weit von sich gestreckt, die andere auf dem Herzen. »Und dann kam er in Raum Nummer drei. Dort musste er Heimweh bekommen haben. Dort waren Kajaks, Schlitten, die von ausgestopften Jagdhunden gezogen wurden, primitive Utensilien von Pearys Reisen und schließlich eine große Vitrine mit der Aufschrift ›Ausstellungsstück Nummer fünf. Polareskimo namens Qisuk‹.«

Kaum vorzustellen, wie traumatisiert der Junge gewesen sein musste, wie verraten er sich gefühlt haben musste, wo er doch der Meinung gewesen war, dass man seinen Vater wie die legendären Krieger seines Heimatlandes behandelt hatte!

»Minik stand vor dem präparierten Skelett seines Vaters, das in einer Glasvitrine im Museum aufgehängt worden war.«

29

»Der junge Mann fiel auf die Knie und weinte.«

»Wie konnte so etwas überhaupt passieren? Wie konnten sie das Kind auf diese Weise täuschen?«

Mike versuchte, die Anspannung zu lösen. »Er kann von Glück reden, dass sie seinen Vater nicht ausgestopft haben.«

Clems Blick war absolut ernst. »So wie Minik die Geschichte erzählt hat, war er sich nie sicher, was das anging. Neben dem Skelett war ein lebensgroßer Abguss von Qisuk.«

»Was ist das?«

»Das Museum hat eine ganze Sammlung davon in der anthropologischen Abteilung. Die Arbeiter fertigten Gussformen, indem sie Paraffin auf das Gesicht des Toten auftrugen – manchmal auf den gesamten Körper. Absolut lebensecht. Minik sah auf und sah das melancholische Gesicht seines geliebten Vaters. Er war sich sicher, dass sie ihn gehäutet und konserviert hatten, genau wie ein Tier.«

»Da hatte er Unrecht, oder?«, fragte ich.

»Versuchen *Sie* mal, die Unterlagen zu finden und eine ehrliche Aussage zu bekommen. Franz Boas, der große Anthropologe, führte ein Tagebuch; er hielt – wohlgemerkt – die ganze Charade für absolut angemessen. In seinen Schriften behauptete er, dass die Museumsfunktionäre das falsche Begräbnis arrangiert hatten, damit der Junge nicht denken würde, die Wissenschaftler hätten den Körper seines Vaters auseinander gepflückt.«

»Was war tatsächlich unter den Tierhäuten gewesen, in der Nacht, in der man Qisuks Beerdigung inszeniert hatte?«

»Ein Baumstamm. Ein Stück Holz von der Größe eines Menschen.«

»Aber –«

»Falls Sie glauben, dass ich mir das alles ausdenke, Alex«, sagte Clem und tätschelte ein Notizbuch, das sie mitgebracht und neben ihr Glas auf den Tisch gelegt hatte, »hier sind Zeitungsausschnitte, die die ganze Geschichte belegen. Der Kampf um Qisuks Leiche –«

»Kampf? Zwischen wem?«

»Er starb im Bellevue Hospital. Die Ärzte dort wollten eine Autopsie durchführen, aber das Museum beanspruchte dasselbe Privileg für sich.«

»Gab es einen Sieger?«

»Die beiden Institutionen erzielten eine Einigung. Der arme Kerl sollte am Bellevue Hospital seziert werden, und danach hatte das Museum die Erlaubnis, das Skelett zu konservieren. Berühmte Phrenologen inspizierten sein Gehirn und vermaßen seinen Schädel.«

»Warum den Schädel?«

»Man dachte, dass das niedrige kulturelle Niveau primitiver Völker ein Grund für ihre Fliehstirn sei. Nicht genug Platz, um sich geistig zu entwickeln. Das war Teil des Rassismus, der den damaligen anthropologischen Theorien zu Eigen war.«

»Was gab's dann zu studieren?«, fragte Chapman.

»Ich zögere, die Wissenschaftler Eiferer zu nennen. Immerhin waren das die gängigen Glaubenssätze in Europa und Amerika im neunzehnten Jahrhundert. Sie waren fasziniert von den Eskimos, Mike. Wie konnte dieser ungebildete kleine Nomadenstamm unter diesen ungünstigen klimatischen Bedingungen gedeihen? Das war eine wissenschaftliche Untersuchung wert, nicht wahr?«

Clem sah Mercer an. Sie wusste, dass er diesen Vortrag über die Engstirnigkeit der Gesellschaft einschließlich der gebildeten Wissenschaftlerzunft nicht nötig hatte. »Die Weltausstellung in St. Louis, 1904. Je davon gehört?«

»Judy Garland, Leon Ames, Mary Astor, Margaret O'Brien«, gab Mike wie aus der Pistole geschossen zurück. »Meet me in St. Louis, Louis. Zing, zing, zing went my heartstrings.«

»Das ist die charmante Seite. Während Judy sich in der Straßenbahn verliebte, war Qisuks Gehirn eins der bizarreren Ausstellungsobjekte. Als Leihgabe des Museums.«

»Und Minik wuchs auf, ohne irgendetwas darüber zu wissen? Er wusste nicht, dass man das Gehirn seines Vaters zu einer Weltausstellung verschifft hatte? Es kann doch nicht sein, dass Wallace an dieser grausamen Farce teilnahm, während der Junge unter seinem Dach wohnte?«

»Sie werden nie im Leben erraten, was Miniks Adoptivvater als Nebenjob auf seiner Farm Upstate New York machte.«

»Da wissen Sie mehr als wir.«

Clem setzte sich auf die Sofalehne, blätterte in vergilbten Zeitungsausschnitten und zeigte mir Bilder des jungen Minik mit seiner Adoptivfamilie auf der Farm in Cold Spring.

»Haben Sie schon mal von einer Einstampfmaschine gehört?«

Keiner von uns antwortete.

»Sie fungiert auch als Knochenbleicher.«

Mich fröstelte unwillkürlich, als ich daran dachte, wie

uns Zimm letzte Woche – einhundert Jahre später – die neue Entfettungsmaschine des Museums beschrieben hatte.

»Hinter dem Haus war ein Fluss, also überredete Mr. Wallace das Museum, ihn dort seine Arbeit tun zu lassen. Eine billige Methode, um die Tierexemplare zu reinigen. Er legte einfach die Kadaver in das fließende Quellwasser, bis sie auf natürlichem Wege gewaschen und gebleicht waren.«

»Und Qisuk?«

»Mr. Wallace war persönlich für das Bleichen der Gebeine des Eskimos verantwortlich, damit die Anthropologen das Skelett präparieren konnten. Er tat es auf seinem Grundstück, während Minik unter seinem Dach wohnte und auf der alten Farm lebte.«

»Unvorstellbar!«

»Obendrein verlor William Wallace seine Stelle am Museum. Es hatte nichts mit Qisuks falscher Beerdigung zu tun, die alle Funktionäre für richtig hielten, sondern mit finanziellen Unregelmäßigkeiten. Er hatte dem Museum Arbeiten an Tieren in Rechnung gestellt, die er in Wirklichkeit für Zirkusse und Zoos gemacht hatte. Er schickte dem Kuratorium eine Rechnung über einen Elefanten, den er für eine Zirkustruppe gebleicht hatte, die im alten Madison Square Garden auftrat.«

»Wer hat Minik denn dann unterstützt? Der Museumspräsident? Oder Robert Peary?«

Clem lachte. »Peary interessierte sich schon lange nicht mehr für seine Eskimos.«

»Und der Museumspräsident? Hat er den Jungen auch einfach im Stich gelassen?«

»So ziemlich. Auch Morris Jessup ließ seinen Worten nicht gerade Taten folgen. Als er 1908 starb, schätzte man sein Vermögen auf dreizehn Millionen Dollar. Er hinterließ dem Jungen nicht einen Nickel in seinem Testament.«

»Was hat der Junge getan?«

»Minik? Er war noch immer minderjährig, aber er begann die Schlacht, die er sein Leben lang kämpfen würde.«

»Die Schlacht? Gegen wen?«

»Das Museum, die Verwaltung, das Kuratorium.« Clem befeuchtete ihre Finger und blätterte in den Plastikfolien in ihrem Ordner. Als sie den Zeitungsartikel gefunden hatte, den sie suchte, drehte sie den Ordner um, sodass ich die Schlagzeile sehen konnte.

Ich las laut aus der Ausgabe der *World* vom 6. Januar 1907, in der eine Zeichnung war, auf der Minik vor der beeindruckenden Fassade des Museums kniete und flehte: GEBT MIR DIE LEICHE MEINES VATERS!

»Alles, was der Junge wollte«, sagte Clem, »war, die sterblichen Überreste seines Vaters nach Grönland zu schaffen und sie dort anständig zu beerdigen. Zusammen mit seinem Kajak und seinen Jagdwaffen.«

»Was hat das Museum getan?«

»Nicht, was Sie vielleicht denken. Sie gaben ihm nichts. Aber es bedurfte schon damals nur eines kleinen Presserummels, damit sie die Vitrine aus der Ausstellung entfernten.«

»Was geschah damit?«

»Sie haben Qisuk in einen Sarg gelegt, falls man es so nennen kann. Eine große Holzkiste mit einer Glasscheibe obendrauf, sodass das Skelett nach wie vor sichtbar war. Sie stellten sie oben in den Werkraum, wo auch andere Skelettmodelle zusammengebaut wurden.«

»Aber hat man Minik das Skelett seines Vaters zurückgegeben?«

»Zu der Zeit gab es schon einen neuen Präsidenten, einen Zoologen namens Carey Bumpus. Seine Sichtweise? Wir haben hier Hunderte von Skeletten. Wie, zum Teufel, soll ich wissen, welche Gebeine die deines Vaters sind?«

»Und Minik?«

»Er hatte kein einfaches Leben. Er fühlte sich nie richtig wohl in Amerika. Als er fast zwanzig war, brachte er endlich einige Arktisforscher dazu, ihn in seine Heimat mitzunehmen.«

»Kannte ihn dort noch jemand?«

Clem lächelte mich an. »In einem winzigen Ort, zwölf Jahre nachdem die Weißen sechs Stammesmitglieder mitgenommen hatten? Natürlich. Diese Menschen hatten keine Schriftsprache, nur mündliche Überlieferung. Aber die Geschichte von Qisuk und Minik war viele Male erzählt worden. Außerdem hatte er noch immer Tanten und Cousins dort. In gewisser Hinsicht ging es ihm danach schlechter.«

»Warum?«

»Er war wie ein Mensch ohne Heimat. Jetzt konnte er die Eskimosprache nicht mehr sprechen.«

»Ist er geblieben?«

»Nicht lange. Er fühlte sich dort genauso einsam wie in New York City. Er ging zurück nach Amerika und trieb sich in Neuengland herum, bis er sich schließlich in einer kleinen Stadt in New Hampshire niederließ, wo er eine Anstellung in einem Sägewerk fand. Aber sie war nur von kurzer Dauer. Minik starb noch vor seinem dreißigsten Lebensjahr an der Spanischen Grippe, die damals im ganzen Land grassierte.«

Ich blätterte in Clems Sammlung von Dokumenten und Zeitungsausschnitten und besah mir die Fotos des jungen Mannes, der zeit seines Lebens ein Außenseiter geblieben war. Da waren Bilder von ihm als Kind, auf denen seine samtbraunen Augen noch freudige Hoffnung ausdrückten, aber weitaus zahlreicher waren die Fotos, auf denen der Heranwachsende und junge Mann traurig dreinblickte, so wie jemand, der resigniert hat unter seiner Isolation zu leiden schien.

»Konnte er vor seinem Tod dafür sorgen, dass der Leichnam seines Vaters mit ihm zurück in seine Heimat gebracht wurde?«

»Nie. Es war ein weiteres Versprechen, das gebrochen wurde.«

Ich zögerte, die Frage zu stellen. »Ist denn mittlerweile Qisuks –?« Ich verstummte, weil ich mir nicht sicher war, wie ich die sterblichen Überreste bezeichnen sollte. Es war sicherlich kein intakter Leichnam mehr.

»Inventarnummer 99/3610 des Naturkundemuseums? Mehr war Qisuk nicht für die Museumsoberen.«

Der tote Mann trug die gleiche Art Identifikationsschildchen wie ein ausgestopfter Elch oder prähistorischer Fisch.

Clem fuhr fort: »Aber 1993, über hundert Jahre, nachdem die sechs Eskimos ihre Heimat verlassen hatten, wurden ihre Gebeine zur Bestattung nach Grönland zurückgebracht. In ein Dorf namens Qaanaaq. Habe ich Ihnen gesagt, dass mein Vater dort geboren wurde?«

»Ja, haben Sie.«

»Meine Familie war damals, Anfang August, bei den Begräbnissen mit dabei. Ich studierte zu der Zeit in London und war gerade zu Besuch, und wir waren in den Norden gefahren, um meinen Großvater zu besuchen. Damals hatte ich noch Bibliothekswesen studiert. Als ich von der Geschichte dieser Vorfahren und der Odyssee von Qisuks Gebeinen hörte, beschloss ich, mein Studienfach zu wechseln und Anthropologin zu werden.«

»Sind Sie bei der Zeremonie dabei gewesen?«

»O ja. Eine sehr traditionelle Zeremonie. Wirklich sehr ergreifend. Sie wurden auf einem Hügel nahe am Wasser beerdigt, mit einem Steinhaufen auf dem Grab. Und einer Gedenktafel mit der einfachen Inschrift: SIE SIND NACH HAUSE GEKOMMEN.«

Sie hielt inne und schloss die Augen, als würde sie sich an das Begräbnis erinnern.

»Und Sie denken«, fragte Mike, »dass diese Geschichte tatsächlich etwas mit dem Mord an Katrina Grooten zu tun hat?«

»Absolut.«

»Warum?«

Für Clementine schien es offensichtlich zu sein. »Als Katrina anfing, am Naturkundemuseum an der gemeinsamen Ausstellung zu arbeiten, war sie überrascht, wie viele Skelette dort waren. Sie hatte nie darüber nachgedacht, woher sie stammten.«

Ich auch nicht. Ich war immer davon ausgegangen, dass sie Tausende von Jahren alt waren, Knochen, die man in abgelegenen Wüstenregionen, verlassenen Höhlen oder bei archäologischen Ausgrabungen gefunden hatte.

»Sie hat wohl nie *Familie Feuerstein* gesehen«, sagte Mike.

Clem ließ sich von Mikes Humor nicht beirren. Sie hatte eine Geschichte zu erzählen und war fest entschlossen, sich nicht davon abbringen zu lassen. »Diejenigen, die wirklich etwas ins Rollen brachten, waren die Indianer. Während Robert Peary und seine Helfer mein Volk studierten, taten Anthropologen das Gleiche mit den Indianern des amerikanischen Westens. Sie sammelten nicht nur ihre Artefakte und Werkzeuge, sondern exhumierten auch Schädel und brachten sie an die Ostküste, damit man sie dort studieren konnte.«

»Was ist mit ihnen geschehen?«

»Bis vor zehn Jahren befanden sich die Überreste in den Sammlungen von mehr als siebenhundert Museen im ganzen Land. Auch heute noch sind die Gebeine von mehr als zweihunderttausend amerikanischen Indianern in Holzkisten und Kommoden in diesen Institutionen verstaut. Aber Ihre Indianer hatten meinen Eskimos etwas voraus – sie waren zahlreicher, und sie hatten die Fähigkeit, sich zu organisieren.«

»Was haben sie getan?«

»Sie haben demonstriert, sich engagiert und dafür gekämpft, dass neue Gesetze erlassen wurden.«

»Gesetze?«

»Das Gesetz zum Schutz indianischer Grabstätten und zur Repatriierung aus dem Jahr 1990. Ich vermute mal, Mike, dass Sie auch darüber Bescheid wissen würden, wenn man die Gehirne Ihrer Vorfahren gewürfelt und studiert hätte.«

»Da hätte man nicht viel gefunden, Madam. Gut konserviert in Alkohol, aber ansonsten dichte Hirnsubstanz unter einem Dickschädel.«

»Sie wollen doch damit nicht sagen, dass jedes Skelett zu einem Stamm zurückverfolgt werden kann?«, fragte Mercer.

»Nein, nein. Das ist eines der größten Probleme. Einige dieser Museumssammlungen sind Hunderte von Jahren alt und werden sich nie zu einem Stamm oder einer Kultur zurückverfolgen lassen.«

Mike war noch immer bei den Eskimos. »Also wenn dieses Gesetz 1990 erlassen wurde, wie kommt es dann, dass Ihre Leute – Qisuk und die anderen – erst Jahre später nach Hause kamen?«

»Die Gesetzgebung bezog sich nur auf US-amerikanische

Indianer. Museen waren verpflichtet, alle indianischen Gebeine zu repatriieren, um die ein Stamm ersuchte, aber das half meinen Eskimos nicht im Geringsten.«

»Und was kümmerte das Katrina?«

»Ihr Spezialgebiet war Grabkunst, Mike. Zum ersten Mal in ihrem Leben wurde sie mit der Realität konfrontiert, wie sie sich für die meisten farbigen Völker auf der Welt darstellt. Keine Friedhöfe, keine Grabsteine, keine Gräber mit Gedenktafeln. Unsere Vorfahren liegen in Pappkartons und verstauben auf Museumsregalen.«

»Im Namen der Wissenschaft.«

»Ich habe ihr mit meinen Geschichten zugesetzt. Wie konnte sie so blind sein? Denken Sie an die Situation in Südafrika, wo sie aufgewachsen war. Ich erzählte ihr Miniks Geschichte, und sie war fasziniert davon. Ich erzählte ihr, wie meine eigene Urgroßmutter in einem Fass in die Vereinigten Staaten geschifft wurde. Das regte sie auf. Dann beschäftigte sie sich mit den amerikanischen Indianern. Ich musste ihr förmlich mit dem Hammer auf den Kopf schlagen, bevor sie so weit war, ihr eigenes Land zu verstehen.«

»Die Skelette, die man dort fand?«

»*Fand?* Hey, Mike, ich rede nicht über *Pithecanthropus erectus* und das fehlende Bindeglied. Diese Affenmenschen liefen vor Tausenden von Jahren auf der Erde herum. Deren Überreste hat man *gefunden*. Die, von denen ich rede, die Gebeine meiner eigenen Verwandten, wurden *gestohlen*.«

Mercer stand hinter Mike und legte seine riesigen Hände um Mikes Stirn. »Sein Schädel ist nicht ganz so flach, wie Sie vielleicht denken, Clem. Er ist nur undurchlässig.«

Mike war skeptisch zu hören, dass Clem die menschlichen Überreste als gestohlen bezeichnete. »Das müssen Sie mir erklären! Die Geschichte Ihrer Eskimos ist sehr ungewöhnlich. Nicht alle Gebeine sind so in die Sammlungen gekommen.«

»Vielleicht wollen Sie das nicht hören, aber meine Kollegen und ich haben alle Dokumente, um es zu beweisen.« Clem brauchte kein Notizbuch, um die Fakten zu zitieren. »Ich erzählte Katrina, was überall in Afrika geschehen war. Neunzehnhundertneun wurde ein Schwarzer namens Kouw vier Monate nach seinem Tod zerstückelt und gekocht. Seine Witwe und Kinder sahen heulend und wehklagend zu, aber die Wissenschaftler gewannen. Ab ins Museum mit ihm. Eine berühmte Anthropologin beschreibt in ihrem Tagebuch, wie sie bei einer kränkelnden Frau bis zu ihrem Tod im Jahr 1940 Wache hielt und darauf wartete, dass sie von ihrem Stamm beerdigt wurde. Dann exhumierte sie sie und nahm sie mit nach Kapstadt.«

»Bot denn die Regierung keinen Schutz?«

»In der ersten Hälfte des zwanzigsten Jahrhunderts? Die Eingeborenen hatten nicht die geringste Chance. Nur die Missionare versuchten, sich für sie einzusetzen. Sie verfassten einige der besten Berichte über geplünderte Grabstätten. Das sind keine Relikte von Höhlenmenschen. Es sind die sterblichen Überreste von Khoisans – Buschmännern und Hottentotten –, deren Nachkommen mit diesen Geschichten aufgewachsen sind.«

»Glauben Sie, dass das irgendetwas mit Katrinas Entscheidung zu tun hatte, nach Südafrika zurückzugehen?«

»Natürlich, das war der Hauptgrund. Sie hatte eine Stelle am McGregor Museum angenommen.«

Mir fiel ein, dass Hiram Bellinger uns das bereits erzählt hatte. Er hatte es für eine Vergeudung ihrer Ausbildung gehalten. Das McGregor war auf Naturkunde spezialisiert und hatte keine Abteilung für europäische Kunst.

»Also«, sagte Mike langsam, »Sie glauben zu wissen, warum sie diesen Job am McGregor wollte?«

»Die Knochenkammer, Detective. Sie wollte in deren Knochenkammer.«

30

»Was ist eine Knochenkammer?«

»Nichts, was Sie in irgendeinem Museumswegweiser finden werden, Mike. So haben Katrina und ich die Skelettgewölbe genannt, die jedes Museum irgendwo hat. Im South African Museum in Kapstadt zum Beispiel gibt es einen verschlossenen Lagerraum mit über tausend Kartons, in denen jemandes Großmütter und Großväter liegen.«

»Und das McGregor?«

»Oben in Kimberley. Einhundertundfünfzig staubige Kisten voller Knochen unter weißem Neonlicht.«

»Nichts davon ist ausgestellt?«

»Nein. Die Kuratoren bekamen einige Jahre nach den Amerikanern Wind von der Kontroverse und hängten die Skelette Ende der neunziger Jahre ab.«

»Also, wo ist das McGregor-Gewölbe?«

»Das ist der springende Punkt. Sie wollte es finden und bei der Identifizierung der Überreste helfen. Um sie den Familien zurückzugeben, die darum ersucht hatten.«

Mercer war fasziniert. »Kann man sie denn zum jetzigen Zeitpunkt tatsächlich noch identifizieren?«

»Manche ja. Ich glaube, es gibt da ein neues DNA-Verfahren.«

»Mitochondriale DNA«, sagte ich. Die Zurückverfolgung des Erbguts über die mütterliche Linie, mit Hilfe von Knochen und Haaren.

»Katrina sollte am McGregor die Nachfolge einer Freundin von mir antreten, die begonnen hatte, die Überreste zu katalogisieren, nachdem man diese vor drei Jahren aus den Ausstellungsräumen entfernt hatte. Sie hatte das als Privatangelegenheit deklariert und gehofft, dass die Eingeborenen eines Tages die Repatriierung erwirken könnten.«

»Diese Freundin von Ihnen hat sie inventarisiert?«

»Sie haben nicht gewusst, wie gefährlich Museumsarbeit sein kann, nicht wahr? Kurz nachdem sie damit anfing, erhielt sie die ersten Morddrohungen. Zuerst Mails an ihr Büro im Museum, dann Nachrichten zu Hause auf ihrem Anrufbeantworter. Natürlich vage und anonym, aber schlimm genug, um ihr Angst zu machen. Sie verließ Südafrika und ging zurück nach Kenia. Nach ihrem Weggang wurden die Skelette alle in Lagerräume geschafft und weggeschlossen.«

»Warum? Was hatte sie gefunden?«

»Sehr spezifische Informationen. Auf manchen Etiketten standen die Namen der Leichen und sogar die Namen der Farmen, wo man die Gebeine ausgegraben hatte. Gebeine, die man ihren Familien zurückgeben konnte, um die Würde der Toten wiederherzustellen und ihre Existenz zu bestätigen.«

»Und die anderen?«

»Nur ein Inventarschildchen mit der Aufschrift ›Busch-Hottentotte‹ oder dem Namen des örtlichen Eingeborenenstamms. Sie wurden als Untermenschen angesehen, Mike. Ihre Gebeine wurden zur Schau gestellt, so als ob sie Tiere wären. Diese Menschen wurden im Tod genauso entehrt wie im Leben.«

»Also sind Sie eine Organisation, die in die verschlossenen Räume eindringt und die Knochen herausholt?«

»Das ist ein sehr formales Wort dafür, Mercer. Es wäre passender, es eine Clique zu nennen. Falls wir uns organisieren würden, würde keiner von uns auch nur zu einem Bewerbungsgespräch in einem Museum eingeladen werden.«

»Sie haben Katrina für Ihre Sache gewonnen?«

»Ich habe ihr die Augen geöffnet.« Clem sah auf ihr Notizbuch, das vor ihr auf dem Tisch lag. »Diese Grausamkeiten wurden im Namen der Wissenschaft und Forschung verbrochen, und einige von uns glauben, etwas zu ihrer Wiedergutmachung unternehmen zu können.«

»Wer noch – außer Katrina – war hier in New York an dieser Sache beteiligt?«

Sie holte tief Luft und schüttelte den Kopf. »Finden Sie heraus, wer sie umgebracht hat, und dann nenne ich Ihnen Namen. Vorher kann ich niemanden in Gefahr bringen.«

Ich legte eine Hand auf ihren Ordner. »Es geht nicht nur um die Hilfe, die wir von diesen Leuten brauchen. Wie können wir wissen, ob sie nicht ebenfalls in Gefahr sind, wenn wir nicht wissen, wer sie sind?«

Clem blieb standhaft. »Lassen Sie mich darüber schlafen. Sagen Sie mir, was Sie wissen und mit wem Sie bereits gesprochen haben.« Sie hob ihre Hand vor den Mund und unterdrückte ein Gähnen, dann stand sie auf und ging in dem Zimmer auf und ab, als wolle sie den Jetlag abschütteln. In London war es bereits früher Morgen.

»Wir sollten uns den Rest für morgen Vormittag aufheben«, sagte ich und signalisierte Mike, Schluss zu machen.

»Wie halten Sie Kontakt mit den anderen?«

Clem gähnte erneut. Ich sah Mike und Mercer an und tippte auf meine Uhr.

»Wenn wir Sie jetzt schlafen lassen, sind Sie dann bereit,

morgen früh mit uns in Alex' Büro zu kommen, um uns dabei zu helfen, die Leerstellen aufzufüllen?«

Clem brachte uns an die Tür. »Deshalb bin ich hier.«

»Sie müssen Ihren Job schrecklich vermissen«, sagte ich, als mir einfiel, dass Clem erzählt hatte, dass sie momentan in einer weniger kontroversen Stelle in dem herrlichen, neu gestalteten Lesesaal des Britischen Museums arbeitete.

»Ich hatte meine Gründe«, sagte sie grinsend. »Diese wunderbare Bibliothek liegt zufällig direkt über den afrikanischen Ausstellungsräumen. Ich habe auch dort Verbündete. Wir stiften noch immer Unruhe.«

Ich verabredete mit ihr, sie am nächsten Morgen auf dem Weg ins Büro um acht Uhr am Park-Avenue-Eingang des Hotels abzuholen, dann verabschiedeten wir uns.

»Viertel nach zehn? Ich könnte die Pflanzen in der Lobby essen«, sagte Mike. »Wie wär's mit Abendessen im Lumi's?«

Wir fuhren die kurze Strecke zu dem schicken kleinen Restaurant an der Ecke Seventieth Street und Lexington Avenue, und Mercer folgte uns in seinem Wagen. Lumi selbst führte uns zu einem Ecktisch neben dem Maître d'-Tischchen, nachdem ich ihr gesagt hatte, dass wir einen ruhigen Platz bräuchten, um über eine Ermittlung zu reden.

Während wir unsere Aperitifs tranken, diskutierten wir Clems Informationen und dachten uns einen Plan für den nächsten Vormittag aus. Ich würde eine E-Mail entwerfen, die sie an eine Gruppe von Museumsmitarbeitern schicken könnte, um zu sehen, ob das jemanden aus der Reserve locken würde.

Mercer und ich aßen unsere Lieblingspasta – Cavatelli mit Erbsen und winzigen Schinkenstückchen –, während Mike genussvoll an seinem Osso Buco kaute, das er jedes Mal bestellte, wenn wir hierher kamen. Während wir auf unseren Espresso warteten, ertönte Mercers Pieper. Er entschuldigte sich und ging die zwei Stufen an der Eingangstür zum Gehsteig hinauf.

Als er an den Tisch zurückkam, sagte er uns, dass er wegmüsse.

»Es ist dein Mädchen, Alex. Angel Alfieri, die Vierzehnjährige.«

Ich ließ die Porzellantasse klappernd auf die Untertasse fallen. »Hat man sie gefunden? Geht es ihr gut?«

»Sie lebt. Sie ist nicht mit Felix, dem Taxifahrer, losgezogen. Sieht so aus, als ob sie sich mit Ralphie verschanzt hat, um Felix und ihre Freundin eifersüchtig zu machen.«

»Gott sei –«

»Dank noch niemandem. Wir haben eine Geiselnahme. Sie ist in Ralphies Wohnung, oben auf der Paladino Avenue, und er hält ihr eine geladene Waffe an den Kopf.«

31

Ich rutschte mit dem Stuhl nach hinten und stand auf. Mercer legte mir umgehend eine Hand auf die Schulter und drückte mich wieder in meinen Sitz.

»Ich werde babysitten. Tu, was du tun musst«, sagte Mike.

Mercer war Mitglied des Geiselkommandos, einer Eliteeinheit von Detectives, die speziell dafür ausgebildet waren, mit labilen Verbrechern in lebensbedrohlichen Situationen zu verhandeln. Das Kommando kam bei Banküberfällen zum Einsatz, wenn Bankräuber mit Automatikwaffen Dutzende von Menschen in Schach hielten, nachdem ein stiller Alarm die Polizei an den Tatort gerufen hatte; bei Fällen von häuslicher Gewalt, wenn ein psychotischer oder angetrunkener Ehemann seiner Frau ein Fleischermesser an den Hals hielt; und bei politischen Auseinandersetzungen, wenn Dissidenten in ein Konsulat oder einen Diplomatenwohnsitz eingedrungen waren. Die für diese Aufgabe ausgewählten Cops kamen aus allen Abteilungen der Polizei und waren zusätzlich zu ihren regulären Pflichten in solchen Notfällen in Bereitschaft.

Mercer hatte die Intelligenz, Geduld und zwischenmenschlichen Fähigkeiten für diesen Job. In den Jahren, seit ich ihn kannte, war ich einige Male Zeuge gewesen, wie er geistesgestörte Verbrecher und eifersüchtige Liebhaber dazu brachte, ihre Waffen niederzulegen. Mike war angesichts seines Temperaments für den Job total ungeeignet. Er hatte keine Toleranz für die Drohungen oder Forderungen eines Verbrechers und explodierte noch leichter als ich.

Wir sahen beide Mercer hinterher, wie er das Restaurant verließ, um einem Mädchen das Leben zu retten, das sich auf etwas eingelassen hatte, was ein paar Nummern zu groß für sie war. Mir fiel ein, dass sie sich die Vergewaltigungsanklage ausgedacht hatte, nachdem Felix ihr erzählt hatte, dass er auch mit ihrer Freundin geschlafen hatte, die wiederum Ralphies Namen auf ihrem Hintern eintätowiert hatte. Indem sie sich Ralphie in die Arme geworfen hatte, hatte Angel zweifellos versucht, es beiden heimzuzahlen.

»Auf geht's! Zeit, nach Hause zu gehen. Wir haben morgen einiges zu tun.«

Während wir zu Mikes Auto gingen, war ich unfähig, mich auf den morgigen Tag zu konzentrieren. Ich konnte nur an das junge Mädchen denken, das in den Lauf einer Waffe starrte, und fragte mich, ob ich dazu beigetragen hatte, sie an diesen Punkt zu bringen.

»Tust du mir einen Gefallen?«, fragte ich.

Mike schürzte die Lippen und antwortete mit einem bestimmten »Nein«.

»Bitte fahr die First Avenue hinauf! Ich schwör dir, dass ich nicht aussteigen werde. Ich will nur wissen, ob ihre Mutter dort ist. Ich will sehen, ob sie etwas braucht.«

»Was du wirklich sehen willst, ist das Mädchen, und du weißt, dass das nicht geht. Wenn sie dich sieht, wäre das, als würde man ihr Sand in die Wunde streuen. Du kriegst deinen Willen, Blondie, aber nur, damit ich mir nicht dein Gejammere anhören muss.«

Wir erreichten die Housing Projects ein paar Minuten vor Mitternacht. Der Straßenblock war auf beiden Seiten von der Polizei abgesperrt. Auf dem Gehsteig stand ein Lieutenant mit einem Megafon, und die Emergency Services hatten Scheinwerfer auf ein Fenster im fünften Stock gerichtet. Eine kleine Menge Schaulustiger hatte sich hinter einer Holzabsperrung angesammelt und wurde von uniformierten Cops zum Weitergehen aufgefordert. Ein Krankenwagen parkte in der zweiten Reihe, für den Fall, dass die Verhandlungen erfolglos sein würden.

Ich suchte in der Gruppe, die dem leitenden Lieutenant am nächsten stand, nach Mercer, konnte ihn aber nicht sehen. Das war ein gutes Zeichen. Wahrscheinlich war er nach drinnen geschickt worden, um den wütenden Jungen zu besänftigen und ihn dazu zu bringen, die Wohnungstür aufzumachen und seine Geisel freizulassen.

»Hier gibt's nichts zu sehen. Die sind noch mitten dabei, Coop. Bisher ist niemand verletzt worden. Sie haben den Richtigen für den Job.« Mike nahm meine Hand vom Armaturenbrett und drückte sie.

Drei Polizeibeamte rannten von der gegenüberliegenden Straßenseite vor unserem Auto über die Straße und in das Haus. Sie trugen alle die Uniform des Geiselkommandos, eine kurze schwarze Bomberjacke mit einer grellroten Schrift auf dem Rücken: TALK TO ME. Dahinter folgte ihnen in gemächlicherem Tempo ein uniformierter Boss, ein stämmiger Kerl mit einem Captain-Abzeichen über einer Reihe von Dienstauszeichnungen und Medaillen.

»Hey, Chapman, wo, zum Teufel, denken Sie, dass Sie sind? Mit Ihrem Date im Drive-in-Kino? Bewegen Sie Ihren Hintern aus dem Auto, und machen Sie sich nützlich! Die Tussi soll Ihnen einen Kaffee holen.«

Der Captain schlug mit der Faust auf die Kühlerhaube und schrie einem Lieutenant, der näher beim Haus stand, zu: »Hey, Bannerman. Kennen Sie Chapman hier? Mordkommission? Er macht auch noch mit.«

Mike öffnete die Autotür, um zu protestieren. »Man hat mich schon öfter für das Geiselkommando abgelehnt, als Sie in Ihrem Leben Sex gehabt haben. Ich tauge nicht –«

»Wir reden hier nicht von Verhandeln. Der Junge hat eine Waffe. Wer weiß, wie sich diese Sache entwickelt? Letzten Monat in Queens endete es mit einem Mord und einem Selbstmord. Da hat alles Süßholzraspeln der Welt nichts geholfen. Der Geiselnehmer schoss seine Geisel in den Kopf, dann steckte er sich die Waffe in den Mund und drückte ab. Wir nehmen jede Unterstützung, die wir kriegen können. Benehmen Sie sich wie ein Cop, nicht wie eine Primadonna! Yo, Bannerman, geben Sie dem Kerl hier was zu tun!«

Der Captain stützte sich mit dem Ellbogen auf die Kante des Autofensters. »Und Sie, Schätzchen, nehmen Sie sich ein Taxi und machen Sie es sich daheim unter der Bettdecke gemütlich, bis der Detective von seinem Einsatz zurückkommt.«

»Captain Ekersly, darf ich Ihnen Alexandra Cooper vorstellen, Bezirksstaatsanwaltschaft. Sie leitet die Abteilung für –«

»Sex. Freut mich, Sie kennen zu lernen. Raymond Ekersly. Wie ich höre, leisten Sie gute Arbeit. Ich weiß nicht, was, zum Teufel, Sie sich dabei denken, mit diesem Cowboy hier Händchen zu halten, wenn ich was Besseres für ihn zu tun habe, aber ich schlage vor, Sie gehen uns aus dem Weg, okay? Wir sehen uns vor Gericht.«

»Ich kann einfach hier bleiben, während –«

»Vito, sehen Sie den Streifenwagen mit den zwei Hilfspolizisten einen Block weiter? Bringen Sie die Frau Staatsanwältin dorthin, und sagen Sie ihnen, dass sie sie wegbringen sollen, wohin auch immer sie will.« Ekersly wandte sich wieder an mich. »Ihre oder seine Wohnung, Schätzchen?«

»Coop hat Leute schon für weniger vor Gericht gezerrt, Cap. Sie ist nicht Ihr Schätzchen. Sie ist niemandes Schätzchen, okay?«

»Ich hab so und so keine Chance. Macht euch an die Arbeit, Jungs! Ich geb auf. East Side, Seventieth Street.« Ich öffnete die Tür und stieg aus, während der Captain auf die Projects zuging.

»Um neun in deinem Büro? Du und Clem?«, fragte Mike.

»Sicher.« Ich zögerte, bevor ich sagte: »Du weißt, dass ich nicht schlafen werde. Willst du vorbeikommen, wenn das hier zu Ende ist? Auf einen Drink?«

»Stets die Optimistin. Wer weiß, wie lange das hier dauert? Ich werde reif für die Falle sein, wenn das hier ein friedliches Ende nimmt. Mach dir keine Sorgen! Ich ruf dich an. Trink einen Schlummertrunk auf mich!«

Ich winkte ihm zu und folgte Vito zu dem Auto mit den beiden Zivilisten, die sich gerne als Cops verkleideten und in ihrem Viertel patrouillierten.

Während ich auf den Rücksitz kletterte, dachte ich, dass Mike vor sechs Monaten sofort vor meiner Tür gestanden hätte, um mich zu beruhigen und abzulenken. Jetzt hatte er jemanden, zu dem er nach Hause wollte. In Momenten wie diesem müsste ich wohl lernen, mich emotional auf die neue Situation einzustellen.

Ich war sehr schweigsam auf der Fahrt downtown und fragte mich, was Angel wohl gesagt oder getan hatte, dass Ralphie so ausgeflippt war. Vielleicht hatte sie ihn damit aufgezogen, dass sie nur mit ihm geschlafen hatte, um Felix eins auszuwischen, oder vielleicht war er wütend geworden, als sie ihm erzählt hatte, dass ihm seine Freundin untreu gewesen war. Mercer würde genau den richtigen Ton treffen müssen, oder ich würde eventuell einen Mord auf dem Gewissen haben.

Als der Fahrer an der Ecke Seventy-first Street und Second Avenue bei Rot stehen bleibte musste, parkte er vor einem 24-Stunden-Deli. »Würde es Ihnen etwas ausmachen, wenn wir kurz anhalten und uns einen Kaffee holen, Madam?«

»Wissen Sie was? Ich kann auch einen gebrauchen. Könnte eine lange Nacht werden. Wenn es Ihnen nichts ausmacht, zehn Minuten zu warten, spendier ich der Mannschaft eine Runde Kaffee und Sandwiches, die Sie wieder mit nach oben nehmen können.«

»Hört sich gut an.«

Ich goss Kaffee in die Pappbecher, während der Mann hinter dem Tresen einige Sandwiches einwickelte, und trug dann alles zum Auto. »Lassen Sie es sich schmecken und verteilen Sie den Rest! Danke fürs Mitnehmen.«

»Werden Sie gut nach Hause kommen?«

Ich zeigte auf die Auffahrt, die nach zwei Drittel der Straße zum Eingang meines Hauses führte. »Dort wohne ich. Ich bin den ganzen Tag drinnen gewesen. Die Nachtluft wird mir gut tun.«

Ich ging wieder in den Laden, um mir selbst einen Becher einzuschenken und die Rechnung zu bezahlen. Während ich an dem heißen Kaffee nippte, kam meine Freundin Renee in das Deli, um den kleinen Geldautomaten im hinteren Teil des Ladens zu benutzen.

»Was für eine nette Überraschung«, sagte sie und küsste mich auf die Wange. »Ich habe David gefragt, ob er dich in letzter Zeit gesehen hat. Wegen der Uhrzeit, zu der du deine Zeitung reinholst, weiß er, dass du schrecklich viel arbeitest. Ich hole mir nur etwas Bargeld für morgen früh. Hast du eine Minute Zeit?«

Renee und ihr Verlobter David Mitchell wohnten auf dem gleichen Stockwerk wie ich.

»Sicher. Ist Zac draußen?«

»Ja. Hast du noch Energie, um kurz mit uns spazieren zu gehen? Ich hab die Nachtschicht abbekommen.«

David, ein Psychiater, und Renee, eine Therapeutin, hatten eine wunderschöne Weimaranerhündin namens Prozac. Ich hielt mich gerne für ihre Ersatzmutter. Sie hatte mich schon oft getröstet, wenn ich in einer schweren Nacht etwas Zuneigung und eine kalte Schnauze brauchte.

Ich ging hinaus, kniete mich hin, um den zutraulichen Hund zu begrüßen, und band ihn von der Parkuhr los, an der ihn Renee angebunden hatte.

Als Renee herauskam, hakte ich mich bei ihr ein, und wir machten uns auf zur Seventy-second Street, um einmal um den Block zu laufen.

»Was machst du um diese Uhrzeit mit Kaffee?«

»Ich bin so aufgedreht, dass ich sowieso nicht schlafen kann.« Ich erzählte ihr eine Kurzversion der Geiselnahme, und sie versuchte, mich aufzubauen und abzulenken.

»Wie geht's Jake?«

Ich lachte. »Ich glaube, im Moment wäre es weniger

stressig für mich, über Felix und Angel zu reden. Jake ist verreist.«

»Schon wieder? Ich hatte gehofft, dass wir uns nächste Woche mal zum Abendessen verabreden könnten.«

Ich zuckte die Achseln.

Zac blieb stehen und schnüffelte an dem schmiedeeisernen Tor vor einem Brownstone-Haus. »Ihr könnt mich allein haben, falls ihr das wollt. Ich bin mir nicht sicher, an welchem Tag er zurückkommt.«

Ich wollte weitergehen, aber Zac rührte sich nicht vom Fleck. »Komm schon, Baby! Zeit zum Schlafengehen.«

Das kluge, schlanke Tier senkte den Kopf und knurrte leise. Renee und ich drehten uns um, konnten aber nichts Ungewöhnliches entdecken.

»Komm schon, Zac! Da ist niemand.« Ich machte zwei Schritte, aber der Hund sträubte sich. Renee nahm mir die Leine aus der Hand, und wir gingen in Richtung Third Avenue. Nachdem wir um die Ecke gebogen und die Hälfte des Blocks hinuntergegangen waren, blickte ich über die Schulter. Da war niemand, aber mir war, als ob ich im Eingang eines Geschäfts einen Schatten gesehen hätte.

Zac fand einen Hydranten, der ihr gefiel, und tat, was sie tun sollte. Währenddessen fand das Licht der Straßenlaterne den Schatten und verlängerte ihn auf die Straße hinaus. Er schien drei Meter lang zu sein.

»Okay, Zac, auf nach Hause.« Aber der Hund blieb störrisch und hörte nicht auf mich.

»Irgendetwas passt ihr wirklich nicht«, sagte Renee.

Ich verfiel in Laufschritt, und der heiße Kaffee schwappte über den Becherrand und verbrannte mir die Hand. Ich ließ den Becher fallen, als ich hinter uns eine Gestalt aus der dunklen Nische treten sah.

»Lauf, Renee! Zieh Zac mit, und lauf einfach, hörst du?«

Der Hund knurrte und verweigerte sich Renees Aufforderung. Sie musste meinen ängstlichen Gesichtsausdruck gesehen haben und befahl dem Tier streng, sich in Bewegung zu setzen. Trotz Zacs Knurren wusste ich, dass sie bei weitem zu sanftmütig war, um jemanden anzugreifen, und Renee würde noch eher sich selbst als die gutmütige Weimaranerhündin in Gefahr bringen. Ich gab Renee Deckung, bis sie und Zac sich in Bewegung setzten, und versuchte, das Gesicht der Person zu identifizieren.

Als der Hund laut zu bellen begann, lief Renee los und bog um die Ecke in die leicht abschüssige Seventy-first Street. »Die Garage! Lauf in die Garage!«, rief ich ihr zu. »Sag Jorge, er soll die Polizei anrufen!«

Ich bewegte mich im Krebsgang seitwärts und blickte zwischen Renee und unserem Verfolger hin und her.

Mehrere Autos fuhren auf der Avenue an uns vorbei, ohne dass sich die Insassen meiner Angst bewusst waren. Bis es mir gelingen würde, eins anzuhalten, hätte mich der Verfolger eingeholt.

Verfolger. Verfolgerin. Shirley Denzig? Die Neonlampen spielten ihre üblichen Streiche in der Dunkelheit. War die große Gestalt mit der Baseballmütze ein Mann, ein Fremder, der einfach spätnachts spazieren ging? Oder war es die kleine, gedrungene Gestalt von Denzig, die durch eine optische Illusion länger wirkte?

Jetzt lief er oder sie auch, zwar langsamer als wir, aber in unsere Richtung. Ich stand, verdeckt von dem Überhang, an der abschüssigen Tiefgaragenrampe unseres Wohnhauses und konnte die näher kommende Gestalt im hellen Schein der Straßenlaterne deutlich sehen.

Shirley Denzig. Ohne Zweifel. Die psychotische junge Frau hatte mir wieder einmal vor meinem Haus aufgelauert, als sich die Detectives nach ihren Betrügereien im Waldorf-Astoria wieder intensiver mit ihr beschäftigten.

Renee war bereits in der Garage und somit aus meinem Blickfeld verschwunden. Zacs Bellen hallte in der riesigen Tiefgarage.

Ich lief schneller. Denzig fiel wegen ihrer kurzen Beine und ihrem Übergewicht zurück. Ich drehte mich noch einmal um, weil ich wissen wollte, ob sie die Waffe bei sich hatte, die sie aus dem Haus ihres Vaters gestohlen hatte.

Als ich die Rampe zur Tiefgarage hinunter rannte, konnte ich an der Seite den Garagenwächter stehen sehen, der die Hand auf dem Knopf hatte, um das schwere Metallgitter herabzulassen.

»Jetzt, Jorge!«, rief ich ihm zu. »Mach das Tor zu!«

Ich sprintete die letzten sechs Meter, duckte mich unter den elektrisch gesteuerten Krallen der Sicherheitsvorrichtung hindurch und rollte mich auf dem ölbefleckten Garagenboden ab.

Shirley Denzig rempelte mit ihrem ganzen Gewicht gegen das Tor. Es hallte dumpf, als sie immer wieder mit den Füßen gegen das Metall schlug.

Jorge half mir auf die Beine, und ich rannte in sein Büro und riss Renee den Hörer aus der Hand, um dem Notrufvermittler zu erklären, was er der Polizei sagen sollte.

Wenige Minuten später hörten wir Sirenen näher kommen. Denzigs frenetisches Hämmern hatte aufgehört. Sie war wieder einmal in die Nacht verschwunden.

32

Jorge war unnachgiebig. Er hatte Angst und weigerte sich, der Polizei die Garagentür zu öffnen, weil er nicht sehen konnte, wer es war, und nicht wusste, vor wem oder was ich davongelaufen war. Die Polizisten gaben schließlich auf und kamen über den Eingang von der Lobby nach unten in die Tiefgarage.

»Könnte einer von Ihnen meine Freundin in ihre Wohnung hinaufbringen?«

»Machst du Witze? Du denkst doch nicht etwa, dass wir dich jetzt allein lassen?«, sagte Renee. »Außerdem würde ich gerne wissen, was die ganze Aufregung zu bedeuten hatte.«

Ich brauchte zehn Minuten, um den Polizisten die Sache mit Shirley Denzig zu erklären, die daraufhin ihre Beschreibung an alle Streifenwagen in der Umgebung durchgaben. Sie brachten uns nach oben, und wir verabredeten, uns am nächsten Morgen um Viertel vor acht in der Lobby zu treffen, damit ich sicher aus der Garage kam, um Clem abzuholen und in mein Büro zu fahren.

Ich ignorierte das Blinken meines Anrufbeantworters und ging, das Handy im Schoß, mit Katrina Grootens Akte ins Fernsehzimmer, während ich versuchte, mich zu beruhigen und auf die Ermittlungen zu konzentrieren. Mein Adrenalinspiegel war auf Grund von Angels Dilemma schon hochgefahren genug, aber durch diese Episode mit Shirley konnte ich nun mit Sicherheit nicht mehr einschlafen.

Ich schaltete den Fernseher ein, machte den Ton aus und wartete, ob sie auf NY1 live von dem Drama in East Harlem berichten würden.

Eine Stunde verging, dann noch eine. Ein spektakuläres Feuer, das im Hunts-Points-Viertel der Bronx außer Kontrolle geraten war, hielt das lokale Nachrichtenteam auf Trab. Meine Notizen ergaben keinen Sinn mehr, die Listen, die ich für Mike machte, wurden übertrieben lang, und das entspannende Wochenende auf dem Vineyard schien schon wieder einen Monat zurückzuliegen.

Um zehn nach drei klingelte das Telefon.

»Es geht ihr gut. Geh jetzt schlafen, Mädchen!« Mercers tiefe Stimme zerstreute meine schlimmsten Befürchtungen.

Ich atmete erleichtert durch, zu aufgewühlt, um zu sprechen.

»Hey, wir haben eine ziemlich gute Statistik. Die würde ich uns doch nicht von dieser kleinen Göre zunichte machen lassen. Ich komme morgen später rein. Wir sehen uns dann am Nachmittag.«

»Nimm dir so viel Schlaf, wie du brauchst. Tausend Dank von mir persönlich! Aber ich muss dich fragen, Mercer. Ist sie zu ihm gegangen, weil –«

»Sie ging aus genau den Gründen zu ihm, die du dir gedacht hast. Und sie trieb es gern mit Ralphie. Wie sich herausstellt, dealt er von seiner Wohnung aus mit Crack. Er hat sie ziemlich gut bei Laune gehalten. Angel beschloss, ein paar Ampullen einzustecken, bevor sie ging, um aus ihrem Besuch noch ein paar Dollar herauszuschlagen.«

»Ich seh's kommen.«

»Er erwischt sie dabei und gibt ihr ein paar Ohrfeigen. Sie will nichts wie weg, aber mit ihrem blauen Auge will er sie nicht gehen lassen. Angel droht ihm, ihn zu verpfeifen, und da flippt er aus, da er weiß, dass sie schon mal die Polizei gerufen hat, um Felix hinter Gittern zu bringen. Sie nimmt die Waffe und zielt damit auf Ralphie, aber er entreißt sie ihr, und ihm fällt nichts Besseres ein, als sie auf das unterentwickelte Gehirn des Mädchens zu richten. Die Nachbarn hören Schreie und rufen die Polizei.«

Vielleicht war das das Alarmsignal, das Angel brauchte. Warum konnte sie nicht wie Dorothy im Zauberer von Oz merken, dass es in dem Alter zu Hause am schönsten war?

»Alex, ich bin todmüde. Ich erzähl dir morgen alles bis ins kleinste Detail. Angel wird am Mount Sinai Hospital behandelt, Ralphie verbringt die Nacht dank meiner Brüder in Blau in Untersuchungshaft. Wir haben zwei Waffen, haufenweise Munition und zweiundvierzig Crack-Ampullen in seiner Wohnung sichergestellt. Alle sind in Sicherheit und wohlauf. Sag Mr. Chapman, er kann dein Händchen loslassen und nach Hause gehen. Bis morgen.«

Es war zwecklos, Mercer zu sagen, dass Mike das Geiseldrama nicht mit mir ausgesessen hatte. Ich schaltete den Fernseher aus, drehte mich auf dem Sofa auf die Seite und schlief ein.

Am Morgen duschte ich, zog mich an und traf die Cops in der Lobby, von denen mich einer von der Tiefgarage hinüber zur Park Avenue begleitete. Da von meiner nächtlichen Verfolgerin nichts zu sehen war, ließ ich ihn aussteigen, holte Clem um acht vor dem Hotel ab und fuhr dann weiter downtown. Wir fanden einen Parkplatz in der Mulberry Street, und ich warf den Parkausweis der NYPD auf das Armaturenbrett.

Wir gingen durch den kleinen gepflasterten Park, der noch vor fünfundzwanzig Jahren das Herzstück von Little Italy gewesen war, aber jetzt den Mittelpunkt des expandierenden Chinatown bildete. Mike nannte ihn Tiananmen-Platz. Dort wimmelte es von Männern und Frauen in schwarzen Jacken im Mandarin-Stil, die mit Plastiktüten von den Fischmärkten in der Canal Street und den Gemüselastwägen in der Division Street bepackt waren. Kids aus der örtlichen Grundschule spielten Kickball. Niemand sprach Englisch.

Als wir den Park auf der Baxter-Street-Seite verließen, wurde das Kreischen der Kinder von den Rufen von circa zwanzig Erwachsenen übertönt, die in Zweierreihen den Hogan Place auf und ab marschierten. Einige von ihnen trugen handgeschriebene Poster und Plakate. Alle skandierten: »Es ist sicher und gut! Battaglia pack deinen Hut!«

Als wir näher kamen, konnte ich die Schilder lesen. Es war eine Gruppe der Amerikanischen Allianz für Sexuelle Freiheit, die gegen meine Verhaftung des sadomasochistischen Buchstabiergenies Peter Kalder protestierte. Ein paar hatten das Logo ihrer Organisation groß auf Pappschilder gezeichnet, während andere originellere Gedanken spazieren trugen: BLÄUT ALEX COOPER ENDLICH ETWAS VERSTAND EIN! Oder: BRINGT COOPER ZUCHT UND ANSTAND BEI! – HALTEN SIE SICH AUS UNSEREN SCHLAFZIMMERN RAUS! Mike Chapman hätte seine große Freude gehabt an den Strichzeichnungen, die mich mit einer neunschwänzigen Katze in der einen und Handschellen in der anderen Hand zeigten.

Die Anwälte und Polizisten, die sich durch die Demonstranten schlängelten, waren sichtlich verärgert, dass sie sich durch die lärmende Gruppe drängen mussten, um ins Gebäude zu kommen.

»Mist!« Ich blieb stehen, als ich auf der anderen Straßenseite einen Fotoreporter der *Post* stehen sah. Es war ratsam, einem Fototermin aus dem Weg zu gehen, der ganz offensichtlich von der Allianz arrangiert worden war. »Würde es Ihnen etwas ausmachen, wenn wir den Hintereingang benutzen würden?«

»Was immer am einfachsten für Sie ist«, sagte Clem und stellte sich auf die Zehenspitzen, um die Kommentare zu lesen. »Ich habe nicht gewusst, dass es eine Einheit gibt, die nur auf Sexualverbrechen spezialisiert ist. Das muss eine ziemliche Gratwanderung sein, es allen recht machen zu wollen.«

»Das habe ich schon vor langer Zeit aufgegeben. Für die meisten Leute gibt es keinen Grund zu wissen, dass wir existieren, bis ihnen oder jemandem, der ihnen nahe steht, das Unvorstellbare passiert.«

»Macht das den Bezirksstaatsanwalt nicht wütend auf Sie? Er ist doch gewählt, oder?«

»Battaglia ist der Beste. Er hat eine Regel: ›Tut das Richtige.‹ Betreibt keine Politik mit dem Leben von Menschen, versucht, nicht daran zu denken, wie es am nächsten Tag in den Medien hingedreht wird, versucht einfach, Gerechtigkeit zu üben. Er verabscheut die Sensationslust der Boulevardpresse, wenn es um Sexualverbrechen geht, aber er deckt jede Entscheidung, die seine Spitzenleute treffen.«

»Sie Glückliche!«

Ich klopfte an die schwere Tür am Hintereingang des Gebäudes, wo die schmutzig grünen Trucks der Strafvollzugsbehörde die Angeklagten des jeweiligen Tages von Rikers Island anlieferten.

»Hey, Jumbo, können Sie uns reinlassen? An meiner Vordertür ist ein Lynchmob.«

Der Aufseher, der den Eingang der Tombs von acht Uhr morgens bis vier Uhr nachmittags bewachte, war so groß und breit wie ein Mack-Truck. Er öffnete per Knopfdruck die breite Garagentür, und Clem und ich gingen nach drinnen. Die Zellen waren noch leer, aber die Mannschaft bereitete sich bereits auf die Ankunft der Angeklagten vor.

»Morgen, Ms. Cooper. Brauchen Sie etwas Hilfe mit dem kleinen Tumult da draußen? Ich könnte ein paar von meinen Jungs zusammentrommeln und ihnen zeigen, wie blaue Flecken in echt aussehen.«

»Sparen Sie sich die Mühe, Kumpel! Da draußen ist nichts, womit ich mit meinem dicken Fell und Sinn für Humor nicht selbst fertig werden kann.«

Er führte uns durch die Korridore, die über ein ausgeklügeltes Lock-and-Block-Sicherheitssystem verfügten. Das heißt, die Tür hinter uns musste erst geschlossen werden, bevor man die nächste Tür öffnen konnte. Vom Eingang bis zum Abschnitt der Anklageerhebung, wo in knapp einer Viertelstunde, um neun Uhr, die Arbeit aufgenommen werden würde, gab es fünf solcher Türen.

Ich erkannte einen jungen Staatsanwalt, der bald ein Jahr bei uns war. Er sah sich Akten durch und würde den Rest des Tages den Gerichtskalender besetzen. Er war verblüfft, mich durch die Gefangenentür eintreten zu sehen.

»Brauchen Sie irgendwas?«

»Ich mache nur eine Führung für eine Besucherin. Wie heißen Sie?« Ich notierte seinen Namen auf einem Haftzettel in meiner Geldbörse und bat ihn, den Richter schon mal vorzuwarnen, dass ich später mit einem Durchsuchungsbeschluss wiederkommen würde.

Ich kaufte Kaffee in der Cafeteria in der Lobby des Gerichtsgebäudes, die seit langem als Kakerlakenschleuder bekannt war. Wir fuhren in demselben Aufzug nach oben, der auch die verurteilten Verbrecher ins Bewährungsbüro brachte. Ich versuchte, den Augenkontakt mit einem von ihnen zu vermeiden – einem Taxifahrer, der vor zwei Wochen für schuldig befunden worden war, eine Betrunkene begrabscht zu haben, die auf dem Rücksitz seines Yellow Cab eingeschlafen war.

Wegen des Umwegs dauerte der Weg zu meinem Büro fast zwanzig Minuten länger als sonst.

Ich schloss die Tür auf und bat Clem, Platz zu nehmen, während ich meine VoiceMail abhörte und nach dem langen Wochenende etwas Ordnung auf meinem Schreibtisch zu schaffen versuchte.

»Wir hätten gerne, dass Sie Folgendes tun.« Ich stellte meinen Laptop auf einen Tisch zwischen den Aktenschränken. »Ich möchte, dass Sie sich über einen Gastaccount einloggen, damit Ihre reguläre E-Mail-Adresse angezeigt wird. Wir haben gestern Abend beim Essen eine E-Mail entworfen, und wir möchten Sie bitten, diese zu verschicken.«

»An wen?«

»Das wissen Sie besser als ich. Wir haben uns gedacht, dass Sie sie vielleicht an das Team senden, das an der Ausstellung gearbeitet hat. Gab es eine User-Group-Adresse?«

»Ja. Es ist ein spezieller ›Org‹-Account für alle Mitarbeiter aus beiden Museen eingerichtet worden.«

»Wäre es denkbar, dass Sie noch immer Zugang zu diesem Account haben?«

»Sicher. Er war für interessierte Museumsmitarbeiter auf der ganzen Welt gedacht. Viele davon sind frühere Angestellte, studentische Hilfskräfte oder Wissenschaftler, die die Sammlungen kennen. Wir sind alle aufgefordert, Vorschläge für die Ausstellung zu unterbreiten.«

»Ist jeder von den Leuten, über die wir gestern Abend gesprochen haben, in dieser Gruppe?«

Clem zählte die Namen an ihren Fingern ab und nickte.

»Haben Sie Ihr Adressbuch mitgebracht?«

»Ich habe alle Ihre Instruktionen befolgt.«

»Schicken Sie jedem eine Kopie der Mail, von dem Sie denken, dass er oder sie Kontakt zu Katrina hatte. Verwenden Sie Ihre eigene Begrüßung. Diejenigen, die Sie kennen, sollen Sie und Ihre Ausdrucksweise wiedererkennen.«

»Wird die E-Mail nicht anzeigen, um wie viel Uhr ich sie abgeschickt habe?«

»Wir haben oben eine technische Abteilung. Ich habe einem der Techniker, der seit acht Uhr im Dienst sein sollte, eine VoiceMail hinterlassen. Er wird herunterkommen und es so für uns einstellen, dass die Mails die Uhrzeit in England anzeigen.«

»Gut.«

»Erwähnen Sie, dass Sie sich Sorgen gemacht haben, weil die Polizei bei Ihnen angerufen hat, und dass Sie nicht schlafen konnten.« Ich reichte ihr den Zettel mit dem Text, an dem ich gestern Abend gearbeitet hatte. »Dann schreiben Sie das hier.

Ich komme diese Woche nach New York. Ich dachte, dass sich vielleicht einige von euch, die auch mit Katrina Grooten befreundet waren, mit mir treffen möchten, um einen Gedächtnisgottesdienst für sie zu planen. Sie schickte mir kurz vor ihrem Tod einen Brief, und es könnte euch interessieren, was sie mir geschrieben hat. Ist die Polizei hilfreich gewesen? Ich bin mir nicht sicher, ob ich ihnen die Informationen geben soll.«

»Da wäre es wohl schwer, nicht neugierig zu werden. Die meisten der Leute, über die wir gesprochen haben, wissen, dass ich nicht gerade gern mit Regierungsbehörden kooperiere. Sie denken, dass ich gern Schwierigkeiten mache.«

»Genau das meine ich. Es sollte bereits interessant sein, wie die Leute Ihnen antworten. Wie haben Sie es mit Ihrer Arbeitsstelle in London arrangiert?« Ich wollte sichergehen, dass niemand dort Anrufe für Clem entgegennahm und verriet, dass sie bereits in Manhattan war. Im Augenblick war sie unter unseren kollektiven Fittichen sicher, und das sollte auch so bleiben, während wir versuchten, Katrinas Mörder ans Tageslicht zu locken.

»Ich habe meinem Chef gesagt, dass ich wegen eines familiären Krankheitsfalles nach Grönland fliegen müsste, und habe keine Telefonnummer hinterlassen. Ich habe nur gesagt, dass ich über E-Mail in Kontakt bleiben werde.«

»Was wird Ihre Sekretärin sagen?«

»Den Luxus habe ich auf meiner Ebene nicht. VoiceMail. Ich habe die Nachricht geändert. Sie sagt das Gleiche.«

»Weiß irgendjemand, in welchem Hotel Sie in New York sind?«

»Woher denn? Ich hatte ja selbst keine Ahnung, bis wir in der Hotellobby ankamen.«

»Also, dann fangen Sie bitte an! Ich muss nur kurz zum Bezirksstaatsanwalt, um zu sehen, wie ich seiner Meinung nach die Sache mit meinem Fanclub unten auf der Straße handhaben soll.«

Rose Malone zog gerade ihre Turnschuhe aus, um in ihre hochhackigen Schuhe zu schlüpfen, die ihre tollen Beine fantastisch zur Geltung brachten. »Ich wette, die haben Sie gebraucht, um heute Morgen durch meinen Schwarm Bewunderer zu flitzen. Um wie viel Uhr kommt der Boss?«

»Er hat gestern die Rede bei der Abschlussfeier an der Stanford University gehalten. Er fliegt erst heute zurück und wird folglich gar nicht hier sein.« Sie richtete sich auf und flüsterte mir über ihren Schreibtisch hinweg zu: »McKinney war schon hier und wollte deswegen mit ihm sprechen. Ich glaube, er wird dafür sorgen, dass der Dezernatsleiter des fünften Reviers den Eingang absperrt und die Demonstranten zum Hintereingang des Gebäudes umleitet. Die Polizei wird es als Sicherheitsmaßnahme deklarieren. Wenigstens bleiben sie dann vom Eingang der Richter und der Grand Jury weg.«

»Glauben Sie, dass im Berufungsgericht ein Plätzchen frei ist, Rose? Keine Zeugen, keine Irren, keine Kontroversen.«

»Sie würden dort sterben vor lauter Langeweile. Sie blühen bei so etwas doch richtig auf.«

»Ich mag Herausforderungen, ich mag kreative Ermittlungen, ich mag meine Kollegen. *Das da*?« Ich deutete aus dem Fenster auf den Gehsteig unter uns. »Hier gibt es keine Möglichkeit zu gewinnen. Wenn der Boss anruft, dann sagen Sie ihm, dass ich tun werde, was er für richtig hält. Und dass wir vor dem Wochenende neue Informationen im Mordfall Grooten haben sollten.«

Mike war bereits in meinem Büro, als ich zurückkam. »Du kriegst ja ganz schön dein Fett ab da unten. Ich hätte fast ein paar Schüsse abgefeuert, um die Menge auseinander zu jagen, aber ich hatte Angst, dass ich zufällig Glück haben und einen von ihnen treffen würde.«

»Clem arbeitet an ihrer ersten E-Mail –«

»Ist schon rausgegangen! Hank Brock war hier und hat an der Zeitfunktion im Computer herumgespielt. Ich soll dir sagen, dass er es so eingerichtet hat, dass es aussieht, als ob sie die Mails von London aus abschickt. Ist das in Ordnung?«

»Perfekt. Und ich gehe nach oben, sobald die Grand Jury eine beschlussfähige Mitgliederzahl erreicht hat.« Ich könnte von Glück reden, wenn das frühestens um Viertel nach zehn der Fall war. »Ich möchte einige Beweisaufnahmeanträge für das Naturkundemuseum fertig machen. Wir brauchen einen detaillierten Grundriss und eine Liste aller Räumlichkeiten, die ein Privatgewölbe oder eine Lagerkammer sein könnten.«

»Der Erste hat angebissen«, sagte Clem. Ich hob den Kopf und sah auf den Bildschirm, als sie die neue Nachricht anklickte.

Sie las laut vor:

Wann kommen Sie, und wo werden Sie übernachten? Wollen wir uns auf einen Kaffee treffen? Katrina war so ein nettes Mädchen. Die Polizei scheint fest entschlossen zu sein, die ganze Sache zu vermasseln. Wir sollten uns zuerst unterhalten.

»Von wem ist die Mail?«

»Von dieser Frau, die für Pierre Thibodaux arbeitet. Eve Drexler.«

33

»Halten Sie sie bei der Stange«, sagte Mike. »Wir wissen, dass sie im Januar bei dem Treffen im Britischen Museum Katrinas Museumsausweis benutzt hat. Wenn Coop und ich uns mit ihr treffen, lohnt es sich, das anzusprechen.«

Ich dachte an Ruth Gersts Spitznamen für Drexler: Evil. »Denkst du, dass sie Thibodaux nur loyal ergeben ist, oder rechnet sie sich eine Chance aus, Penelopes Stelle einzunehmen und den armen Witwer zu trösten?«

»Du meinst, sie dachte, Katrina würde ihm zu nahe kommen? Wenn Eve den Deckel dieses Sarkophags eigenhändig anheben könnte, fress ich meinen Schlagstock. Es würde bedeuten, dass jemand, dem sie vertraute –«

»Der Mann, der vom Dach stürzte?«

»Bermudez.«

»Sie war als Erste im Krankenhaus, nicht wahr?«

»Ja, aber sie wäre sowieso dafür zuständig gewesen.«

»Aber Thibodaux gab zu, dass er am Freitagabend die Stadt nicht verlassen hat. Er hätte selbst gehen können. Vielleicht brauchte Eve ihn wegen seiner Kraft.«

»Welcher Mann von welchem Dach?«, fragte Clem ruhig.

Ich erklärte ihr, was am Freitag am Met passiert war, und fragte sie, ob sie Bermudez' Namen jemals gehört hatte. Ich ging an Lauras Schreibtisch und nahm den Packen Zeitungsausschnitte, die die Pressestelle jeden Morgen kopierte und an die leitenden Anwälte verteilte. Nach einem dreitägigen Wochenende war er besonders dick, voll mit Boulevardberichten über alle Messerstechereien, Schießereien und Sexualverbrechen, die sich seit Freitagmorgen ereignet hatten.

Ich ging die Meldungen durch, die sich auf die Grooten-Ermittlungen bezogen. Die Sonntagsausgabe der *Daily News* enthielt einen Nachruf auf Pablo Bermudez und einen drei Absätze umfassenden Artikel, in dem Thibodaux mit Beileidsbekundungen über den tragischen Unfall zitiert wurde.

»Haben Sie den Mann schon mal gesehen?«, fragte ich Clem und zeigte ihr das Foto des Toten, das ihn ein paar Wochen vor seinem Todessturz mit seiner Frau im Urlaub in San Juan zeigte.

»Er kommt mir bekannt vor.« Sie nahm mir die Zeitung aus der Hand und sah sich das Bild genau an. »Ich meine, Arbeiter vom Met gingen andauernd im Kellergeschoss ein und aus, um Ausstellungsobjekte anzuliefern und abzuholen. Manche waren sehr freundlich, trieben sich ein bisschen bei uns herum und stellten Fragen. Einige fragten uns, ob sie mit ihren Kindern wiederkommen könnten, um ihnen die Tiere zu zeigen, sozusagen hinter den Kulissen.«

»Glauben Sie, dass Katrina irgendeinen von ihnen kannte?«

»Ich habe keine Ahnung. Wenn ich raten müsste, würde ich sagen, dass sie nicht der Typ war, der leicht mit Fremden ins Gespräch kam. Ich meine, nach der Vergewaltigung war sie nicht gerne allein unten im Kellergeschoss. Sie suchte sich immer jemanden, an den sie sich halten konnte. Abends, nach Museumsschluss, ist es dort unten ziemlich unheimlich.«

Das konnte ich mir vorstellen.

»Wie soll ich Eve antworten?«

»Haben Sie während Ihrer Zeit am Naturkundemuseum mit ihr zu tun gehabt?«

»Sie würde wahrscheinlich sagen, nein. Ich meine, ich habe sie bei einer Hand voll Meetings gesehen, und ich musste meine gesamte Korrespondenz bezüglich der gemeinsamen Ausstellung auch an sie schicken, aber privat hatten wir überhaupt nichts miteinander zu tun.«

»Danken Sie ihr doch, dass Sie geantwortet hat. Sagen Sie ihr, dass Ihre Pläne noch nicht konkret sind. Vielleicht sollten Sie sagen, dass Sie schon in Grönland sind, damit sie nicht versucht, Sie in London zu erreichen.« Ich grinste Mike an. »Sie scheint unbedingt über die Keystone Cops sprechen zu wollen. Du solltest besser aufhören, dich dumm zu stellen und stattdessen diesen verdammten Fall lösen.«

Clem wandte sich wieder dem Computer zu und tippte ihre Antwort. »Noch eine Mail. Hoppla, von Zimm. Er will, dass ich einen Abend für ihn freihalte. Er ist klug genug, mich nicht zu sich ins Museum zu bitten. Das würde seinem Ruf schaden.«

Das war seltsam. Er war auf dem Absprung nach Chicago und hatte auf uns überhaupt nicht gewirkt wie jemand, der sich über seinen Ruf Gedanken machte.

Sie druckte die Mail aus, während sie uns weiter daraus vorlas. »Er schreibt, dass die Polizei denkt, dass Katrina vergiftet wurde. Mamdouba hat ihnen allen Stillschweigen auferlegt. Sie machen den Speicher und den Keller dicht. Es darf keiner mehr in den Labors und Lagerräumen umherwandern. Er weiß, wie nahe ich Katrina stand. Und so weiter.«

E-Mail war ein seltsames Phänomen. Menschen, die sich überhaupt nicht kannten, entwickelten durch das bloße Senden und Empfangen von Nachrichten Online-Beziehungen. Sie enthüllten in diesem unpersönlichen Medium oft Dinge, die sie demselben Fremden nie am Telefon oder von Angesicht zu Angesicht gesagt hätten. Sie sprachen oft ohne die Filter, die sie in einer persönlichen Unterhaltung einsetzten, und ich verließ mich heute auf diese Tatsache.

»Fühlt es sich richtig an für Sie?«

»Was er sagt? Dass er so schnell geantwortet hat? Ja. Ich kannte ihn nicht sehr gut, aber ich glaube, dass er Katrina wirklich sehr gern hatte. Er würde wissen wollen, was sie mir gesagt hat.«

»Dann machen Sie sich bei ihm lieb Kind«, sagte Mike. »Heute ist Dienstag, richtig? Sagen Sie ihm, dass Sie am Freitag nach New York kommen und dass Sie sich am Wochenende mit ihm treffen könnten. Stellen Sie ihm noch ein paar Fragen. Was genau hat Mamdouba zu ihm gesagt? Welche Bereiche sind abgesperrt worden?«

Er wandte sich an mich. »Wenn ich's dir sage, Coop. Wir brauchen heute die Lagepläne. Sie müssen sie für uns fertig haben, wenn wir hinkommen.«

»Sobald sie kommt, kann Laura die Beweisaufnahmeanträge tippen, dann können wir sie ans Museum faxen.«

»Sind Sie bereit, dort weiterzumachen, wo wir gestern Abend aufgehört haben?«

Clem nahm ihre Hände von der Tastatur und drehte sich mit ihrem Stuhl zu uns um.

»Als Letztes habe ich Sie nach den Freunden gefragt, die

sich mit Ihnen für die Rückgabe der Gebeine einsetzten. Waren das alles Leute hier in New York, an den beiden Museen?«

»Keineswegs. Wir waren hier vielleicht zu fünft oder sechst. Wir unterhielten uns beim Abendessen darüber, oder wenn wir uns trafen.« Sie lächelte. »Wir waren uns bewusst, dass wir das nicht auf die Schnelle lösen konnten.«

»Wie bleiben Sie untereinander in Kontakt?«

»Natürlich über E-Mail. Das Internet.«

Das hörte ich gern. Sobald sie mir die Namen ihrer Helfer genannt hatte, könnten unsere Computerfreaks mit einem Durchsuchungsbeschluss oder einer richterlichen Anordnung deren Büro-Festplatten herunterladen und ihre Internet-Browser nach kontaktierten Websites und Personen überprüfen.

»Hatten Sie auf der Verwaltungsebene offizielle Unterstützung?«

»Es ist kein beliebtes Thema hier. Erwähnen Sie mal Namen wie Qisuk und Minik. Sie werden viele Dementis zu hören bekommen, und die Unterlagen, die man findet, sind alle gesäubert worden. Mit wem haben Sie über Katrinas Verschwinden gesprochen?« Sie verbesserte sich: »Ihre Ermordung?«

»Am Naturkundemuseum haben wir mit Elijah Mamdouba und dem Kurator für afrikanische Säugetiere, Richard Socarides, gesprochen. Kennen Sie sie?«

»Ich habe mit beiden zusammengearbeitet. Elijah ist mir ein Rätsel. Er ist ein sehr netter Mann, aber er ist in einer schwierigen Position. Ich habe einige Male versucht, ihn auf das Thema anzusprechen. Man könnte meinen, dass er als Schwarzafrikaner ein großes Interesse daran hätte, das Richtige zu tun. Aber er ist nur ein Lakai des Vorstands und glücklich in dieser Rolle.«

»Was haben die Museen davon, wenn sie sich quer stellen?«

»Denken Sie an die Zeit, die es kostet, und das Geld, um Millionen von Skelettteilen mittels DNA zu identifizieren. Jede einzelne Abteilung hat ihre Argumente. Die Paläontologen und Anthropologen wollen ihre Sammlungen nicht hergeben. Für sie ist es wichtiger zu wissen, was meine Urgroßeltern jeden Tag zu Mittag aßen, als dass sie in Frieden ruhen. Die Archäologen denken, dass dieses Konzept der Repatriierung ihre Arbeit nachhaltig beeinträchtigen wird, sowohl in der Feldforschung als auch in den Museen.« Clem fuhr fort: »Diese Gewölbe sind eine Goldmine. Einige der Sammlungen sind von unschätzbarem Wert, und keiner will die Pferde scheu machen.«

Mike lachte. »Nicht einmal der Säugetiermensch?«

»Socarides? Machen Sie Witze? Er sitzt auf einigen der wertvollsten Knochen des Museums. Hat man Ihnen den Elefantenraum gezeigt?«

Mike und ich verneinten.

»Man gelangt über ein wahres Treppenlabyrinth hinauf ins Dachgeschoss. Es ist ein fantastischer Anblick. Reihen über Reihen riesiger Elefantenschädel. Dazu noch die Knochen ihrer Körper, alle in Plastik verhüllt. Dann eine Wand voll mit ihren Zähnen, jeder zehn Pfund schwer. Wissen Sie, wie viel das Skelett eines Elefanten wiegt? Eine halbe Tonne. Was ihren Wert noch steigert, ist, dass einige von ihnen Schenkungen berühmter Leute waren. Die armen Tiere, die Teddy Roosevelt umgebracht hat oder die P.T. Barnum dem Museum gestiftet hat.«

»Ich vermute, dass allein das Elfenbein unglaublich kostbar ist.«

»Sie sollten mal das Stoßzahngewölbe sehen.«

Wieder dieses Wort. »Ist das ein bestimmter Ort?«

»O ja. Aber er ist so gut versteckt, dass selbst die meisten Leute, die im Museum arbeiten, nicht wissen, dass es ihn gibt.«

»Und warum ist das so?«

»Er soll ein Geheimnis sein, ein sehr kleiner Raum mit einer dunkelgrünen Stahltür. Ich habe ihn nie gesehen. Man hat ihn natürlich gebaut, um den Diebstahl der Stoßzähne zu verhindern, deshalb hat auch keiner von uns je herausgefunden, wo er ist. Elfenbein im Wert von Millionen von Dollar. Nicht nur von Elefanten, sondern von noch selteneren Tieren wie beispielsweise Narwalen.«

»Gibt es mehrere von diesen speziellen Räumen, Clem?«

»Dutzende. Für verschiedene Zwecke.«

Es war klar, dass Mamdouba bei unserem gestrigen Treffen nicht sehr entgegenkommend gewesen war, als wir ihn nach den Privatkammern gefragt hatten.

Mike sah mich an. »Gehen wir mal davon aus, du könntest genug hinreichenden Verdacht für einen Durchsuchungsbeschluss ausarbeiten, damit wir uns im Museum umsehen können. Nach Arsen, zum Beispiel, oder einem Schiffsbillett nach Kairo. Könnten wir Clem mitnehmen, damit sie uns herumführt?«

»Der hinreichende Verdacht ist das Problem. Wir können darüber reden, wenn wir hier wegfahren. Vielleicht kann uns Zimm helfen, ohne einen Durchsuchungsbeschluss.«

»Ich kann Ihnen dort wahrscheinlich nichts zeigen, worüber er nicht auch Bescheid weiß«, sagte Clem. »Sie sollten ihn dazu bringen, dass er Ihnen hilft. Ich glaube, er war an Katrina interessiert. Er kam ein paarmal mit zum Abendessen.«

»Weil Sie gerade davon sprechen, haben Sie jemals Pierre Thibodaux getroffen?«

»Einige Male, allerdings nur auf Museumsempfängen und bei Arbeitstreffen. Ich war mit Sicherheit nicht Teil seiner Welt.«

»Hat Katrina je von ihm gesprochen?«

Clem wurde rot. »Ich möchte nichts sagen, was Sie vielleicht veranlasst, schlecht von ihr zu denken.«

»Sie ist tot. Wenn Sie mich fragen, ungefähr sechzig Jahre zu früh. Es ist mir egal, ob sie verheiratete Männer oder Affen mochte, ich muss nur die Wahrheit wissen«, sagte Mike.

»Katrina schwärmte für Monsieur Thibodaux. Ich glaube, dass sie sich schon in Frankreich kennen gelernt hatten, bevor sie hierher kam.«

»Hat sie darüber gesprochen?«

»Nie. Sie hat es mir gegenüber sogar geleugnet. Aber wir waren einmal in einem Meeting in seinem Büro. Ganz am Anfang der Ausstellungsplanung. Thibodaux bemerkte sie sofort. Er kam auf sie zu, küsste sie auf beide Wangen und sagte, dass er sie von irgendwoher kenne. Vielleicht von dem kleinen französischen Museum, wo sie gearbeitet hat, bevor sie an die Cloisters kam. Er unterhielt sich ungefähr fünf Minuten lang mit ihr.«

»Worüber?«

»Tut mir Leid. Englisch, Dänisch, Inuit, aber ich spreche kein Französisch. Ich habe ihnen nicht zugehört.«

»Hatten Sie den Eindruck, dass zwischen ihnen irgendetwas gewesen ist?«

»Um Himmels willen, nein. Sie hat es sich vielleicht mal gewünscht, aber nach der –« Clem zögerte – »nach dem letzten Juni –«

»Nach der Vergewaltigung?«

»Genau. Danach verlor sie ihren Lebensfunken. Sie zog sich eine Weile von uns allen zurück. Dann bin ich gefeuert worden und nach London gegangen. Ich wäre am Boden zerstört, falls Thibodaux irgendwas mit der Sache mit Katrina zu tun hätte. Ich habe sie auf ihn angesetzt.«

»Was meinen Sie damit?«

»Ich sah, wie er sie ansah und wie sie auf ihn reagierte. Ich dachte, es würde nicht schaden zu versuchen, ihn als Sympathisanten zu gewinnen. Primitive Kunstwerke sind nicht gerade das Herzstück der Sammlung des Met. Was sollte es ihn kümmern, wenn wir ihre Abstellkammern leer räumten?«

»Ich wusste vom ersten Moment an, dass er uns anlog«, sagte Mike zu mir, bevor er sich wieder Clem zuwandte. »Hat er angebissen?«

»Ich glaube, er hat nur ein bisschen genibbelt.« Clem lachte. »Aber er interessierte sich nicht für unser Anliegen. Katrina sagte mir, dass er ihr deutlich zu verstehen gab, dass es unmöglich sei, die Artefakte an die Afrikaner zurückzugeben, dass die Objekte in unseren Museen respektvoller behandelt würden als in ihren Heimatländern, dass sie in manchen Fällen in größerer Gefahr wären, wenn man sie dorthin zurückschicken würde.«

Das hörte sich an wie der Thibodaux, den wir interviewt hatten. Ich würde versuchen, später allein mit Clem zu sprechen, um zu sehen, ob sie irgendwelche Details wusste, die der Beschreibung des Direktors von seiner Beziehung mit Katrina widersprachen, Dinge, die sie nur ungern vor Mike sagen wollte.

»Wie gut kannten sie die anderen am Met?«, fragte Mike.

Clem nannte einige Kollegen am Met, mit denen sie an der gemeinsamen Ausstellung gearbeitet hatte. Ich notierte mir die Namen, die ich noch nicht gehört hatte.

»Und von den Kuratoren?«

»Nun, natürlich Anna Friedrichs und Erik Poste. Sie hatten beide mit der Bestiariumsausstellung zu tun, sodass wir uns regelmäßig trafen. Auch Timothy Gaylord.«

Gaylord sollte heute wieder in New York eintreffen. Vielleicht würde er uns weniger ein Rätsel sein, sobald wir heute Nachmittag mit ihm gesprochen hatten.

»Wissen Sie, welche Beziehung sie zu Katrina hatten?«

»Eine oberflächliche, würde ich sagen. Eriks Familie war aus Südafrika, und sein Vater war in Afrika äußerst aktiv gewesen: als Forscher, Jäger, Sammler. Und Anna war natürlich Expertin für primitive Kunst. Wir dachten beide, dass sie gute Kandidaten wären, um sie für unser Vorhaben anzuwerben. Damit uns ein paar renommierte Wissenschaftler unterstützten.«

»Hatte Katrina bei ihnen Glück?«

»Wir scheiterten an beiden Fronten. Thibodaux war der Einzige, bei dem ich sie bat, allein an ihn heranzutreten. Er schien so offensichtlich von ihr angetan zu sein. Erik Poste? Wir haben ihn einmal zum Abendessen eingeladen. Wir wussten, dass er meistens gegen Abend ans Naturkundemuseum kam, nachdem er seine Arbeit am Met erledigt hatte. Es muss uns ein Wochengehalt gekostet haben, ihn fürstlich zu bewirten. Er war schockiert, das ist alles. Und verärgert über Katrina.«

»Warum?«

»Erik hörte sich unsere Geschichten über die geplünderten Gräber nicht einmal an. Über die Stadt in Namibia, in der sie eine neue Straße gebaut haben. Man fand die Gräber von sechsundzwanzig weißen Siedlern aus den dreißiger Jahren. Sie wurden verlegt und mit festlichem Gehabe wieder beerdigt. Auf demselben Friedhof war das Grab einer schwarzen Eingeborenen und ihres Babys. Ihre sterblichen Überreste wurden ins örtliche Museum gebracht, um sie zu sezieren und zu ›studieren‹. Das geschah erst vor einigen Jahren. Erik Poste wusste nichts davon.«

»Aber was hat ihn wütend gemacht?«

»Dass Katrina ein so brillantes Auge für mittelalterliche Kunst hatte. Dass er und Bellinger zugestimmt hatten, sie bei Neuerwerbungen für das Met und die Cloisters um Rat zu fragen. Erik lobte ihre Arbeit, ihre Memos, ihre Meinungen. Er geriet ziemlich in Fahrt und schimpfte sie, das alles für ein bisschen Eingeborenenvoodoo wegzuwerfen. Ich glaube, dass er kein Wort von dem, was ich ihm erzählte, gehört hat.«

»Und Ms. Friedrichs?«

»Ich weiß nicht, was schlimmer ist. Erik geht völlig in seiner Arbeit auf. Sein Spezialgebiet ist europäische Kunst, die alles andere als primitiv ist. Anna – nun, Eingeborenenkulturen sind *ihr* Bereich. Das hat sie studiert, und damit beschäftigt sie sich. Sie nickte und gab uns Recht, als wir ihr sagten, was wir tun wollten, aber ich glaube, in Wirklichkeit kümmerte sie unser Anliegen kein bisschen. Ich halte sie für eine scheinheilige Heuchlerin. Wissen Sie, worüber Anna und ich in dem Komitee für die gemeinsame Ausstellung gestritten haben?«

»Keine Ahnung.«

»Als Margaret Mead vom Südpazifik zurückkam, waren unter den Schätzen, die sie mitbrachte, Schrumpfköpfe. Maori-Schrumpfköpfe. Sie waren jahrzehntelang im Museum ausgestellt. Erst vor kurzem hat man sie weggenommen. Anna wollte sie für die große Ausstellung wieder aus der Mottenkiste holen. Sich mit Margaret Mead anzulegen, ist, als wenn man etwas gegen Mutter Teresa sagen würde. Und glauben Sie mir, Anna hält sich für die Reinkarnation von Mead, auf höherem Niveau und an einem nobleren Ort.«

»Warum auf höherem Niveau?«

»Weil sie die Königin alles Primitiven in einem verdammten *Kunst*museum ist, wo sie nicht von ausgestopften Eichhörnchen und T-Rex-Fossilien umgeben ist wie im Naturkundemuseum.«

Ich machte mir eine Notiz, Ms. Friedrichs nach ihrer Meinung zur Repatriierung menschlicher Gebeine zu fragen.

»Kennen Sie Timothy Gaylord?«, fragte Mike.

»In seiner Haut möchte ich wirklich nicht stecken. Niemand weiß heutzutage noch so recht was mit Mumien anzufangen.« Clem lachte. »Das Met hat ein Vermögen in ägyptische Grabreliquien investiert. Es war einmal völlig akzeptabel, die Toten auszugraben. Wir haben unsere verstaut.«

»Ihre was?«

»Mumien. Die Anthropologieabteilung des Naturkundemuseums besitzt ebenfalls eine riesige Mumiensammlung, obwohl uns niemand damit in Verbindung bringt. Die meisten davon lagern in großen schwarzen Metallkisten. Manche sind dem Naturkundemuseum vor einem halben Jahrhundert vom Met als Leihgabe geschickt und nie zurückgegeben worden. Gaylord war wie wild hinter ihnen her.«

»Wissen Sie, wo man diese Mumien lagert?« Ich dachte, dass das ein mögliches Versteck für einen Sarkophag wäre, wo er keine Aufmerksamkeit erregen würde. Vielleicht sogar für die Prinzessinnenmumie, die man entfernt hatte, um für Katrina Platz zu machen.

»Sie waren mal auf dem Dachboden im Turm. Aber es wurde so eng dort oben, dass man, glaube ich, die meisten ins Kellergeschoss hinuntergebracht hat.« Was ein logischer Aufbewahrungsort für den schweren Kalksteinsarg wäre, so wie wir ursprünglich vermutet hatten.

Es klopfte an der Tür. Laura sagte guten Morgen und fragte, was es für sie zu tun gäbe. Ich trug ihr ein paar Sachen auf.

»Du und Clem, ihr kümmert euch um die Mails«, sagte ich zu Mike. »Ich gehe zur Grand Jury und dann zu Sarah, um mit ihr die Fälle durchzusprechen, die übers Wochenende hereingekommen sind. Würdest du Timothy Gaylord anrufen, um herauszufinden, wann wir uns heute mit ihm treffen können?«

Das Meeting mit Sarah und einigen anderen Anwälten aus unserer Abteilung dauerte fast zwei Stunden. Eine Party zum Semesterende am Columbia College war zu einer feuchtfröhlichen Orgie ausgeartet, und eine Barnard-Studentin im zweiten Semester erwachte nackt im Bett eines Typen, den sie nie zuvor gesehen hatte. Eine obdachlose Frau, die im letzten Waggon eines U-Bahn-Zugs geschlafen hatte, war kurz hinter der Times-Square-Haltestelle vergewaltigt worden. Und ein Biologielehrer an einer örtlichen Highschool war verhaftet worden, weil er vier Zehntklässlerinnen im Austausch für Oralsex gute Noten gegeben hatte.

»Wo ist Mike?«, fragte ich Laura, als ich in mein Büro zurückkam.

»Zwei Jungs vom Dezernat waren hier und haben Sie gesucht. Sie sagten Mike, dass es dringend sei, und er düste mit ihnen ab.«

Es sah ihm nicht ähnlich, einfach so zu verschwinden, aber ich ging davon aus, dass ich bald eine Erklärung bekommen würde.

34

Clem reichte mir die Ausdrucke der letzten E-Mails, die sie erhalten hatte. »Noch keine Reaktion von Mamdouba. Aber das überrascht mich nicht. Socarides hat geantwortet. Er ist derjenige, der die Abteilung für afrikanische Säugetiere leitet. Seine Mail ist ganz interessant.«

Er begann mit einer höflichen Begrüßung und den angemessenen Beileidsbekundungen über Katrinas Tod. Dann beschrieb er in defensivem Ton den Verwendungszweck von Arsen bei der Tierpräparation und erkundigte sich nach Clems Telefonnummer, um sie so bald wie möglich zu fragen, was Katrina in den Wochen vor ihrem Tod über ihren Gesundheitszustand gesagt hatte.

»Die anderen sind vom Met. Bellinger und Friedrichs. Mit ihnen hatte ich gerechnet. Katrina arbeitete sehr eng mit Hiram zusammen, und ich glaube, dass sie ihm vertraute. Und Anna – nun, es wäre seltsam, wenn sie nicht ihr Beileid bekunden würde. Nichts Ungewöhnliches. Wenn ich gewusst hätte, dass ich so viele Essenseinladungen bekomme, wäre ich schon viel früher zurückgekommen. Alle reißen sich schier um meine Gesellschaft.«

»Machen Sie bitte weiter, wenn es Ihnen nichts ausmacht, und beantworten Sie alle Mails, in Ordnung? Falls Sie eine Unterhaltung in Gang kriegen, erwähnen Sie doch, dass Ihnen Katrina von den Gebeinen erzählt hat, nach denen sie suchte. Mal sehen, ob das jemandem Beine macht.«

Ich telefonierte gerade mit einem Beamten der Sonderkommission für Sexualverbrechen, als Mike wieder in der Tür auftauchte. »Es ist erst kurz nach Mittag, und ich hab schon meine erste Verhaftung. Ein Kinderspiel.«

»Ein Mord, über den ich nichts weiß?«

»Nein. Jemand aus deinem Fanclub.« Er ließ geräuschvoll die Handschellen einschnappen und hängte sie hinten an seinen Hosenbund. »Deine Lieblingsverfolgerin.«

»Shirley Denzig? Hat sie mit der SM-Gruppe demonstriert?«

»Ja. Joe Roman und die Jungs vom Dezernat kamen vorbei, um dir zu sagen, dass sie der Sicherheitsdienst unten gesehen hatte, also kam ich mit, für den Fall, dass jemand sie identifizieren musste.«

»Aber wie hatte sie von der Demo erfahren? Warum war sie gekommen?«

»Der Nachrichtensender hat darüber berichtet. Aufruhr am Gerichtsgebäude. Sexstaatsanwältin tritt in die Scheiße. Sie konnte es kaum abwarten, hierher zu kommen. Sie nehmen gerade oben ihre Fingerabdrücke. Drei Anklagen wegen schweren Diebstahls, von den Vorfällen im Waldorf. Schwere Belästigung wegen der Anrufe an dich. Ach ja, und dann noch illegaler Waffenbesitz dritten Grades für die geladene Waffe in ihrem Rucksack.«

Illegaler Waffenbesitz dritten Grades war wahrscheinlich der Anklagepunkt, der Denzig am meisten Gefängniszeit einbringen würde.

»Das sollte dich beruhigen. Erinnere mich daran, dir von letzter Nacht zu erzählen«, sagte ich.

»Du machst Witze, oder? Ist etwas passiert, nachdem wir uns verabschiedet haben?«

»Später, okay?« Ich nickte in Clems Richtung. Es gab keinen Grund, eine Zeugin daran zu erinnern, wie durchgeknallt sich manche unserer Angeklagten verhielten.

Die Nachricht von Denzigs Verhaftung erleichterte mich enorm.

»Du musst für die Strafanzeige eine eidesstattliche Erklärung unterschreiben.«

»Mit Vergnügen, Detective. Welcher meiner geschätzten Kollegen übernimmt den Fall?«

Mike senkte die Stimme. »McKinney übergibt ihn an Ellen Gunsher.«

»Nie im Leben!« Ich schrie Mike förmlich an und kam hinter meinem Schreibtisch hervor, um zu McKinneys Büro am anderen Ende des Flurs zu eilen.

Mike packte mich am Ellbogen. »Die Waffe. Das ist Aufgabe ihrer Abteilung. Lass es bleiben, Coop.«

Ich wand mich aus seinem Griff und ging weiter. »Ich lasse nicht zu, dass dieser Fall einer Anwältin übertragen wird, die zu feige ist, ihren Fuß in einen Gerichtssaal zu setzen, nur weil sie mit McKinney ins Bett steigt. Wozu? Damit sie ein geringeres Strafmaß aushandeln kann, wenn ich gerade nicht hinsehe?«

»Ist er da?«, fragte ich McKinneys Sekretärin. Die Tür zu seinem Büro war geschlossen.

»Er will nicht gestört werden. Er ist in einer Besprechung –«

Ich klopfte und öffnete die Tür. »Ich störe nur ungern, wenn Sie so viel zu tun haben.« McKinney lag auf dem abgewetzten Ledersofa auf der gegenüberliegenden Seite des Büros; er hatte die Schuhe ausgezogen und sie unter den kleinen Konferenztisch in der Mitte des Raums gestellt. Gunsher stand neben der Kochplatte unter dem Fenster und machte zwei Tassen Tee.

»Shirley Denzig. Der Fall ist bereits jemandem übertragen worden. Tut mir Leid, es hat eine Telefonüberwachung gegeben und –«

»Ja, Alex, aber jetzt ist eine Waffe mit im Spiel«, sagte er, während er sich aufrichtete und mit den Zehen nach seinen Halbschuhen angelte. »Wer hat den Fall bearbeitet?«

»Ich stellte sicher, es nicht zu erfahren. ›Chinesische

Mauer‹, Interessenkonflikt, und so weiter. Ich bin in dem Fall nur Zeugin. Sarah hat ihn schon vor ewigen Zeiten jemandem übertragen.«

»Nun, Ellen kann ihn übernehmen und –«

»Auf keinen Fall, Pat. Jemand mit Prozesserfahrung, der mit drei Vertretern fertig werden kann, die nicht in die Stadt kommen wollen, um auszusagen –«

Wir fielen einander ins Wort, und Ellen sah von einem zum anderen, als würde sie einem Tischtennismatch zusehen.

»Es würde unschön werden, Pat, wenn Sie als Zeuge im Prozess aussagen müssten.« Er blickte verdutzt drein. »Wie ich höre, waren Sie die undichte Stelle, was den Fund von Grootens Leiche im Hafen von Newark angeht. Die Sache, die Sie Jake anhängen wollten, erinnern Sie sich? Wenn ich nachprüfe, wer heute die Presse angerufen hat wegen dieses kleinen Spektakels von SM-Fanatikern, wette ich mit Ihnen, dass mir eine freundliche Quelle, die mir einen Gefallen schuldet, sagen wird, dass niemand meinen Gegnern mehr Gehör verschaffen wollte als Sie.«

»Gehen Sie nicht, bevor ich zu Ende gesprochen habe, Alex. Ich bin noch nicht fertig.«

»Tut mir Leid, Ellen. Wir müssen die Waffe nicht zurückverfolgen lassen. Wir wissen bereits, dass sie sie aus der Garage ihres Vaters gestohlen hat. Ich vergeude nur ungern Ihre Zeit mit so etwas Trivialem.« Ich ließ die Tür hinter mir ins Schloss fallen.

Wieder in meinem Büro, beugte ich mich über Lauras Schulter und rief von ihrem Telefon aus Sarah an, um ihr mitzuteilen, dass man Shirley Denzig verhaftet hatte. »Es ist mir egal, wen du auswählst. Übertrag den Fall jemandem, der weiß, wie man Geschworene aussucht und eine Waffe als Beweisstück einbringt. Mike und ich werden heute Nachmittag wieder im Naturkundemuseum sein.«

Mike blickte über Clems Schulter und las ihre Mails. »Jetzt hat sich auch Erik Poste gemeldet. Die Sache mit Katrina tut ihm sehr Leid. Er wird leider dieses Wochenende nicht in der Stadt sein, aber er würde sie gerne anrufen. Er gibt ihr seine Nummer am Met. Er sagt, dass er heute Nachmittag nicht dort sein wird, weil er mit Gaylord irgendwohin muss.«

»Apropos Gaylord –«

»Ja, ich habe ihn erreicht. Er wird den ganzen Nachmittag im Naturkundemuseum sein. Wir können dort mit ihm sprechen.«

»Was machen wir mit Clem?«

»Nun, wir wollen bestimmt nicht, dass jemand sie im Museum sieht. Sie soll online bleiben, oder?«

»Und in Sicherheit. Ich hab's kapiert.« Ich rief Ryan Blackmer an, um herauszufinden, ob Harry Hinton bezüglich der gestrigen Verhaftung des Pädophilen vor der Grand Jury aussagen würde. Ryan ging davon aus, dass er um zwei Uhr als Erster an der Reihe sein würde und uns danach zur Verfügung stehen könne.

»Wir lassen Sie hier in Coops Büro mit einem anderen Detective, während wir zum Museum fahren, um noch ein paar Leute zu vernehmen und uns etwas umzusehen. Harry ist ein Computergenie. Falls etwas Wichtiges passiert, dann wird er uns anrufen. Er wird Sie ins Hotel zurückbringen, wann immer Sie das wollen. Dann treffen wir uns heute Abend mit Ihnen, um zu sehen, was wir haben.«

Ich bestellte einige Sandwiches für Clem und blieb bei ihr, bis Harry Hinton nach seinem Kurzauftritt vor der Grand Jury um halb drei Uhr in mein Büro kam.

Ich stellte sie einander vor und sagte Harry, worauf es uns ankam.

»Hier ist noch eine Mail von Eve Drexler«, sagte Clem, als ich gerade die Beweisaufnahmeanträge auf Lauras Schreibtisch unterschrieb. »Ich schrieb ihr, dass ich gehört hätte, dass sie mit Thibodaux und Bellinger bei einer Besprechung im Britischen Museum gewesen sei. Ich sagte, jemand aus New York hätte sie erkannt und dass ich versucht hätte, sie zu finden, um mich über Katrina zu erkundigen, aber dann hätte ich gesehen, dass sich Katrina selbst für das Meeting eingetragen hatte.«

»Gut gemacht! Was hat sie geantwortet?«

»Sie bittet mich, der Polizei nichts davon zu erzählen, bis sie mit mir gesprochen hat.«

»Das heißt, Thibodaux hat noch keine Gelegenheit gehabt, ihr zu sagen, dass wir bereits darüber Bescheid wissen.«

»Sie gibt Bellinger die Schuld.«

»Das hat ihr Boss gestern auch getan, als wir ihn damit konfrontierten.«

»Möchten Sie das in Echtzeit tun?«, fragte Harry Hinton. »Ich kann das lebendiger für Sie gestalten.«

»Wie?«

»CITU, drüben im Präsidium.« Die Computer Intelligence and Technology Unit, die Computerabteilung der Polizei, befand sich nur ein paar Blocks entfernt im Präsidiumsgebäude auf der One Police Plaza. »Sie haben ein neues Hardwareteil. Kostete sechzigtausend Dollar.«

Mike war beeindruckt. Die Polizei gab selten so viel Geld aus.

»Es funktioniert wie eine Fangschaltung. Es kann Online-Unterhaltungen mitschneiden, während sie stattfinden. Diese Frau schreibt Clem. Wir können die Leitung anzapfen und sehen, wen sie als Nächstes kontaktiert und was sie schreibt. Vielleicht leitet sie die Mails, die sie von Ihnen bekommt, an jemanden weiter, vielleicht auch Informationen, die nur sie hat.«

»Haben Sie schon mal damit gearbeitet?«

»Mein Boss ist derjenige, der die Mittel dafür beantragt hat. Wir können Kinderpornografie herunterladen, während sie übermittelt wird, sogar wenn sie verschlüsselt ist.«

»Davon wusste ich ja noch gar nichts. Was brauchen Sie, um anzufangen?«

»Eine richterliche Anordnung.«

Die Möglichkeit herauszufinden, was alle diese Zeugen online kommunizierten, war eine brillante Idee, die ich nicht für möglich gehalten hatte.

»Passen Sie auf Clem auf. Lassen Sie Ryan heraufkommen, und bitten Sie ihn, sich um den Beschluss zu kümmern. Ich kann ihm übers Handy Anweisungen geben, während wir uptown fahren.«

Mein munterer Trupp sadomasochistischer Fanatiker musste müde geworden sein, oder sie hatten ihr Ziel erreicht, nachdem sie ihre fünfzehn Minuten Ruhm auf der mittäglichen Nachrichtensendung gehabt hatten und McKinney sie zur Rückseite des Gerichtsgebäudes verlegt hatte – jedenfalls war von ihnen nichts mehr zu sehen. Wir konnten das Gebäude ungestört durch den Haupteingang verlassen. Ich ließ mein Auto in Chinatown stehen und fuhr mit Mike den West Side Highway hinauf, während ich Ryan am Telefon, wie ich hoffte, ausreichenden Verdacht diktierte, damit wir die Leitungen bis heute Abend anzapfen konnten. Immerhin war da die Tatsache, dass eine der E-Mail-Korrespondentinnen, die zufällig auch eine Met-Angestellte war, einen Monat nach Grootens Verschwinden ihren Ausweis benutzt hatte. Ich nannte ihm auch den Namen des jungen Anwalts der Anklageerhebung, der eventuell in der Lage sein würde, das Gesuch voranzutreiben, da ich ohne eine genaue Kenntnis unserer Zielorte noch nicht in der Lage gewesen war, die Durchsuchungsbeschlüsse für die Museen zu beantragen.

Dann rief ich Mamdouba an, um ihm zu sagen, dass wir nach unserem Treffen mit Timothy Gaylord in sein Büro kommen würden, um mit ihm zu sprechen.

»Ich befürchte, Sie haben alle Zeit in Anspruch genommen, die wir für diese Sache opfern können, Ms. Cooper. Es ist für unsere Mitarbeiter sehr störend gewesen. Vielleicht ließe es sich einrichten, dass die Vernehmungen ab jetzt in Ihrem Büro stattfinden?«

Wir hatten gewusst, dass diese Hinhaltetaktik irgendwann kommen würde, hatten aber das Timing nicht vorhergesehen. »Natürlich, aber Mr. Gaylord erwartet uns, und ich glaube, dass Detective Wallace bereits dort ist.« Es war nach drei Uhr.

Mike war an der roten Ampel am Ende der Abfahrt vom Highway stehen geblieben. »Lass dich nicht abwimmeln, Blondie! Sag etwas, was ihn nervös macht! Jag ihm Angst ein!«

Ich zuckte die Achseln und formte mit den Lippen drei Buchstaben. Er nickte.

»Es ist wichtig, dass wir heute mit Ihnen sprechen, und wenn es nur für ein paar Minuten ist. Es geht um die DNA-Resultate von Katrina Grootens Kleidung.«

Ich konnte förmlich vor mir sehen, wie das breite salbungsvolle Lächeln von Mamdoubas Gesicht schwand.

»Aber, Ms. Cooper, ich dachte, Sie hätten uns versichert, dass Katrina von ihrem Mörder nicht vergewaltigt wurde. Sie –«

»Deshalb müssen wir ja mit Ihnen sprechen. Wir wissen,

dass Sie von jedem Museumsangestellten das DNA-Profil gespeichert haben. Wir brauchen Zugang –«

»Nicht bevor ich eine Erklärung von Ihnen bekomme.« Jetzt hörte er sich wütend an und sprach mit schneidender Stimme.

»Die bekommen Sie, sobald wir mit Mr. Gaylord fertig sind.« Ich legte auf, bevor er noch mehr Fragen stellen konnte.

Ich wählte die Nummer des Gerichtsmediziners und wartete, bis Dr. Kestenbaum den Anruf entgegennehmen konnte. »Haben Sie eine Minute Zeit für mich? Ich schaufele mir hier gerade ein Loch. Wenn ich Ihnen sagen würde, dass ich von einigen unserer Verdächtigen bereits genetische Fingerabdrücke habe und von den anderen wahrscheinlich Proben bekommen könnte, würde Ihnen das angesichts der Tatsache, dass wir weder Blut noch Samenflüssigkeit haben, etwas nützen?«

»Ich kann Ihnen in einer Woche Bescheid geben«, sagte er, vorsichtig und professionell wie immer.

»Man knallt mir wahrscheinlich in fünf Minuten die Tür vor der Nase zu. Warum nächste Woche? Was bringt Ihnen das?«

»Ich habe den Fall bei unserem wöchentlichen Meeting am Freitag vorgestellt. Der Chef hatte eine gute Idee. Wer auch immer Ihr Opfer ermordet hat, musste kräftig heben. Entweder um die Leiche von dort, wo der Tod eintrat, dahin zu schaffen, wo er – oder sie – sie in die alten Leintücher einwickelte. Dann musste der Deckel des Kalksteinsargs angehoben oder zumindest beiseite geschoben werden.«

»Helfen Sie uns, Doc! Was wollen Sie damit sagen?« Wir hatten auf der Columbus Avenue geparkt.

»Amylasen. Möglicherweise auf der Kleidung der Toten.

Oder auf den Leinenstücken. Vielleicht sogar auf der Außenseite des Sarkophags.«

»Helfen Sie meinem Gedächtnis auf die Sprünge. Was sind Amylasen?«

»Das sind Enzyme, die in Körperflüssigkeiten vorkommen. Speichel, Tränen –«

»Wir werden bei diesen Leuten keinen Boden gutmachen, wenn ich behaupte, dass der Mörder am Tatort geweint oder ihr einen Abschiedskuss gegeben hat.« Meine Ungeduld war spürbar.

»Und Schweiß«, beendete Kestenbaum seinen Satz. »Die Person, die das getan hat, hat wahrscheinlich stark geschwitzt, und wir haben eventuell eine ausreichende Menge DNA, falls die Kleidung oder der Sarg mit feuchten Händen angefasst wurden.«

»Werden Sie –«

»Es ist ein sehr komplizierter Test, den wir hier nicht ausführen können. Wir schicken die Beweisstücke an ein Privatlabor in Maryland.«

»Was kann im besten Fall dabei herauskommen?«

»Eventuell können wir Ihnen sagen, wer Grootens Leiche in den Sarg gehievt und den Deckel zugemacht hat.«

35

Wir betraten das Museum durch den Eingang in der West Seventy-seventh Street und steuerten direkt auf die Kellerräume der gemeinsamen Bestiariumsausstellung zu. Ich rief Laura an und bat sie, mich zu Clem durchzustellen.

»Alles ruhig.«

»Versuchen Sie's mal damit! Keine Mail an alle, sondern

nur an diejenigen, die bisher geantwortet haben. Schreiben Sie, dass die Polizei eine DNA-Probe von Ihnen will. Sagen Sie, man hätte Ihnen gesagt, dass man bei Katrinas Leichnam Beweisspuren gefunden hat, okay?«

»Hat man wirklich –?«

»Ich möchte nicht unhöflich sein, Clem, aber ich kann Ihnen Ihre Fragen im Moment nicht beantworten. Ich kann Sie nur um Ihre Mithilfe bitten.«

Wir schickten sie zurück an die Arbeit und gingen weiter. Der Sicherheitsdienst meldete uns an, und wenige Minuten später erschien Zimm, um uns nach unten zu bringen. Mercer war eine Viertelstunde vor uns eingetroffen. Wir drei ließen den Doktoranden in seinem Büro zurück und gingen den dunklen Gang entlang zu dem Konferenzraum, wo die Kuratoren des Met versammelt waren. Erik Poste und Hiram Bellinger standen zur Begrüßung auf, und Gaylord beendete sein Telefonat, bevor er uns die Hand entgegenstreckte.

»Was soll diese Sache mit unserer DNA?«, fragte er. »Sie haben kein Recht –«

»Langsam, Kumpel«, sagte Mike und signalisierte den drei Männern, wieder Platz zu nehmen. »Mit wem haben Sie gerade telefoniert? Mamdouba?«

»Nein, das war Eve Drexler. Sie sagt, dass man uns DNA-Proben abnehmen will, als ob wir Verdächtige wären.«

Der alte Spruch hatte sich wieder einmal bewahrheitet, nur dass jetzt die Technologie eine andere war. *Telegraph, telephone, tell a woman.* Eve hatte Clems E-Mail erhalten, und in der Zeit, in der wir die Treppen hinuntergegangen waren, ihr Team gewarnt.

»Nur eine Vorsichtsmaßnahme, Mr. Gaylord. Sehen Sie, jeder Kurator und Mitarbeiter des Naturkundemuseums muss eine DNA-Probe abliefern.«

»Das ist verständlich, Detective. Sie arbeiten mit Tierexemplaren, machen genetische Analysen und studieren Evolutionsmuster. Sie können nicht das Risiko eingehen, ihre eigene DNA mit einem Relikt oder einer biologischen Probe zu verwechseln.« Er war Mikes Aufforderung, sich zu setzen, nicht nachgekommen, und ging am Kopfende des Tisches auf und ab. »Wir arbeiten mit Kunst und alten dekorativen Objekten«, sagte er und schloss Poste und Bellinger mit ein. »Falls Sie sagen wollen, dass ich ... dass ich ... dass wir etwas mit –«

Erik Poste versuchte, die Ruhe zu bewahren. »Mir kommt es vor, als würden Sie ein Spiel mit uns spielen, Mr. Chapman. Warum sagen Sie uns nicht, was Sie wissen? Falls diese wissenschaftliche Übung einen legitimen Zweck erfüllt, dann denke ich, dass wir einen Weg finden werden, um Ihnen zu helfen.«

»Hey, seh ich aus wie ein Mann, der Zeit hat, Spielchen zu spielen? Ich habe eine junge Frau, deren Spezialgebiet Grabobjekte sind und die selbst eins wird. Ich habe einen Mann, der ohne Flügel oder Sicherheitsnetz von einem Strebebogen stürzt. Ich habe einen skythischen Arm in einer Jaguarvitrine – und da reden Sie von einer wissenschaftlichen Übung? Vielleicht überlegen Sie mal, dass wir hier nur unseren Job machen?«

»Wenn wir sagen, dass wir an DNA-Beweisspuren interessiert sind, meine Herren, beschränkt sich das nicht auf Blut und Sperma. Detective Wallace hat letzten Monat eine Verhaftung vorgenommen, da der Angeklagte durch Speichel am Rand einer Bierflasche am Tatort identifiziert werden konnte«, sagte ich.

»Und ich habe einen Kerl wegen Mordes verhaftet, weil im Schlafzimmer des Opfers seine Hautzellen auf dem Türknauf waren.«

»Hautzellen?«

»Ja, sie werden bei jedem gewöhnlichen Kontakt abgerieben. Fensterbretter, Autolenkräder, Sargdeckel.«

Vielleicht war es nur die beengte Atmosphäre in dem fensterlosen Raum, aber den drei Männern schien unbehaglich zu Mute zu sein.

»Es tut nicht weh, Jungs«, sagte Mike. »Ich komme morgen mit meinen Wattestäbchen und Plastikkanülen am Met vorbei, und es ist im Nu passiert. Und jetzt, Mr. Gaylord, würden wir Sie gerne allein sprechen, um Ihnen noch einige Fragen zu stellen.«

Gaylord zog an seiner Pfeife, während er mir in Zimms Büro folgte. Da die Pfeifenschale leer war, vermutete ich, dass es eine Marotte von ihm war.

»Macht es Ihnen etwas aus, wenn wir Sie kurz aus Ihrem Büro vertreiben?«

»Überhaupt nicht«, antwortete der junge Mann. »Übrigens, Ms. Cooper, erinnern Sie sich an die Freundin von Katrina, von der ich Ihnen erzählt habe? Die, die nach London gezogen ist?«

»Ja, an deren Namen Sie sich nicht erinnern konnten.«

»Clementine. Ich habe heute von ihr gehört. Scheint, als hätten Sie schon Kontakt zu ihr aufgenommen.« Er sah von mir zu Mike.

»Wir versuchen, Sie dazu zu bringen, nach Manhattan zu kommen. Wir hoffen, dass sie Informationen hat, die uns dabei helfen, den Mord aufzuklären. Wir reden später darüber, in Ordnung, Zimm?«

Gaylord setzte sich an den einzigen Schreibtisch im Raum, überkreuzte die Beine und lehnte sich zur Seite. Die Pfeife schien ihm an der Unterlippe angewachsen zu sein.

Mike wollte noch mal das Wesentliche abklopfen. »Ms. Grooten wurde in einem Sarg gefunden, für den Ihre Abteilung zuständig ist. Sie wissen mehr über die ägyptische Sammlung als irgendjemand anderer am Museum. Ich vermute, es gibt Dinge, über die Sie Bescheid wissen –«

»Hören Sie, Chapman, es waren ständig sechs oder sieben Sarkophage hier. Es wurden regelmäßig Särge hin und her gekarrt. Das war nicht weiter auffällig.«

»Ja, aber man braucht Spezialwissen, um das zu tun. Ich meine, in der Nacht, in der wir den Sarg fanden, mussten wir den Deckel zu zweit anheben. Wie könnte das jemand allein tun? Vielleicht möchte ich, dass Sie mir sagen, dass es mehr als eine Person getan haben muss?«

»Gehe ich recht in der Annahme, dass Sie sich manchmal Kinofilme ansehen? *Die Zehn Gebote*? *Cleopatra*? Dann haben sie ja gesehen, wie all diese Sklaven die Pyramiden und Sphinxe bauen. Gewichte und Flaschenzüge, genau wie die alten Ägypter. Man wickelt ein Seil um den Deckel und schiebt ihn beiseite«, sagte er und schlug auf die Tischplatte. »Dann legt man die Leiche hinein und schiebt den Deckel wieder zu. Man muss nur ungestört sein, um das zu tun.«

»Auch drüben bei Ihnen?«

»Sie haben unser Kellerlabyrinth gesehen. Ich könnte nicht behaupten, dass es hier schlimmer wäre als dort. Wenn ich fragen darf: Hat Mamdouba Ihnen schon seine Mumiensammlung gezeigt?«

»Nein, noch nicht. Ich habe erst heute erfahren, dass es so etwas gibt. Können Sie sie uns zeigen?«

»Wenn ich wüsste, wo sie ist, hätte ich mir schon vor langer Zeit geholt, was mir gehört. Das Met hat vor einem halben Jahrhundert Mumien als Leihgaben hier herübergeschickt, und sie sind seitdem nicht wieder gesehen worden. Das Naturkundemuseum hat eine der berühmtesten Mumien der Welt. Den Kupfermann. Das Kupferoxid verleiht ihm einen einzigartigen grünlichen Schimmer. Er stammt aus der Atacama-Wüste in Chile, wo letzte Woche meine Konferenz stattfand. Ein mehrere tausend Jahre alter Minenarbeiter, der beim Kupferschürfen in einem Schacht stecken blieb. J. P. Morgan kaufte ihn 1905 für dieses Museum. Clem kann Ihnen mit Sicherheit mehr darüber erzählen als ich.«

Mike wurde hellhörig. »Clem? Was wissen Sie über Clem?«

»Ich hörte, wie Mr. Zimmerly sie Ihnen gegenüber erwähnte. Was ich über sie weiß?« Gaylord nahm die Pfeife aus dem Mund und drehte sich mit dem Stuhl zu Mike. »Eine wahre Nervensäge, Detective. Ich weiß nur, dass sie Clem heißt und dass sie von dieser Mumie fasziniert war, weil sie aus der Restaradora-Mine kam. Ich glaube, sie hat mir erzählt, dass ihr Vater auch Minenarbeiter war.«

»Warum fanden Sie sie schwierig?«

»Ms. Cooper, wir leiten ein Kunstmuseum. Das beste der Welt. Es ist kein Tummelplatz für Aktivisten und mitfühlende Seelen, die es sich zur Aufgabe gemacht haben, das Karma der Leute wiederherzustellen, die seit Jahrhunderten tot sind. Wir sind eine Gedenkstätte für die besten Gemälde und Skulpturen, die je geschaffen worden sind, für Meisterwerke aus allen bedeutenden Kulturen der Welt.«

Gaylord stützte sich mit beiden Ellbogen auf den Schreibtisch und wackelte mit seiner Pfeife in meine Richtung. »Diese junge Frau bedrängte meine Mitarbeiter gnadenlos. Dachte sie wirklich, dass wir fünfzigtausend Objekte nach Kairo zurückschicken würden, nur um sie zufrieden zu stellen und den Fluch der Mumie ungeschehen zu machen?«

»Sie war nicht daran int–«

»Darf ich Sie erinnern? Der Tempel von Dendur – die

Kronjuwele des Met –, dieses herrliche Bauwerk wäre beim Bau des Assuan-Staudamms komplett unter Wasser gesetzt worden. Wir haben diesen Tempel, verdammt noch mal, gerettet. Wir brachten ihn in Kisten hierher – sechshundertzweiundachtzig Stück. Ein Stein pro Kiste. Die meisten unserer Schätze wären zerstört worden, wenn wir sie nicht aus den kriegszerrütteten und untergehenden Zivilisationen herausgeholt hätten.«

»Aber die Menschen selbst, Mr. Gaylord. Wenn ich es richtig verstehe, galt Clems Interesse den sterblichen Überresten von Menschen.«

Er schlug mit seiner freien Hand auf den Schreibtisch. »Was hat das dann, zum Teufel noch mal, mit mir und meinen Kollegen zu tun? Wir unterscheiden uns von einem Naturkundemuseum wie Tag und Nacht – was Funktion, Zielsetzung und Stil angeht. Clem und ihre Eskimos, Clem und ihre geheiligten indianischen Grabstätten – das sind Mamdoubas Probleme, nicht unsere.«

»Diese Dinge machen Ihnen kein Kopfzerbrechen?«

»Mr. Chapman, ich kann diese historischen Tatsachen nicht ändern. Es ist nun einmal so. Die europäische Kultur ist schon immer in Kunstmuseen verehrt worden. Die Kultur der Eingeborenenvölker wurde zusammen mit den naturwissenschaftlichen Kuriositäten in die Naturkundemuseen verbannt.«

Gaylord stand auf und steckte sich die Pfeife wieder in den Mund. »Zwischen den beiden New Yorker Institutionen existiert eine Kluft, die viel breiter ist als der Park, der uns räumlich trennt. In der Tat sind wir heute alle hier versammelt, weil wir versuchen wollen, das Disaster rückgängig zu machen, das uns Thibodaux eingebrockt hat. Wir würden die gemeinsame Ausstellung gern absagen.«

»Aber es ist doch bereits so viel dafür investiert worden.«

»Nicht annähernd so viel, wie Pierre dachte. UniQuest, die Firma, von der wir die meiste finanzielle Unterstützung bekommen haben, wird wahrscheinlich einen Rückzieher machen. Wir haben heute aus Los Angeles einen Anruf erhalten. Quentin Vallejo hat fürs Erste einen Ausgabenstopp verhängt.«

Falls Nina versucht hatte, mir die Neuigkeiten mitzuteilen, hätte sie mich nicht erreichen können, da mein Handy hier im Untergeschoss keinen Empfang hatte.

»Eine finanzielle Entscheidung?«

»Im Grunde, ja. Ich glaube, dass keiner von uns Pierres Enthusiasmus für das Projekt geteilt hat. Außerdem hat UniQuest wegen des Mordes an Grooten Angst vor Negativpublicity. Und offenbar ist letztes Wochenende, als ich weg war, ein Mann vom Dach des Met gestürzt. Das hat ihnen auch nicht gefallen.«

»Haben Sie ihn gekannt? Pablo Bermudez, meine ich.«

Er kaute auf dem Pfeifenstiel. »Guter Arbeiter. Immer fleißig. Er sprach nicht viel.«

Gaylord schien sich nicht übermäßig für den menschlichen Faktor zu interessieren. Zum Glück war Pablos Blut nicht auf eine der Leinwände gespritzt, als er auf den Boden aufschlug.

»Was wird dann aus den Büros und Objekten hier werden?«

»Anna Friedrichs ist gerade oben bei Mamdouba. Sie will ihn überreden, seine eigene Bestiariumsausstellung zu machen. Dafür braucht er uns nicht. Falls es uns gelingt, diese Verbindung schnell und reibungslos zu lösen, fangen wir an, unsere Objekte wieder ans Metropolitan zurückzuholen.«

Wie sicherte man einen potenziellen Tatort, der sich irgendwo auf einem Hunderttausende von Quadratmetern großem Gelände befand, wenn man noch nicht einmal die genaue Stelle identifiziert hatte? Noch schlimmer, wie machte man das bei zwei potenziellen Tatorten? Ich wollte nicht, dass etwas hinausgeschafft wurde, bis wir die Gelegenheit gehabt hatten, jedes potenzielle Versteck unter diesem riesigen Dach unter die Lupe zu nehmen.

»Übrigens«, sagte Gaylord, während er an uns vorbei zur Tür ging, »Bermudez wurde ursprünglich von Bellinger eingestellt. Ich glaube, er wohnte oben in der Nähe der Cloisters. Wenn mich nicht alles täuscht, war er der Hausverwalter in Hirams Wohnhaus und ist uns deshalb empfohlen worden. Vielleicht weiß Hiram mehr über den Mann.«

Ich erinnerte mich, dass es in dem Nachruf geheißen hatte, dass er mit seiner Familie in Washington Heights gewohnt hatte.

Gaylord ging, die Hände in den Taschen und mit gesenktem Kopf, den Flur entlang zurück ins Ausstellungsbüro. Als ich ihm hinterhersah, sah ich, dass Bellinger und Poste weg waren.

Ich rief Zimms Namen, und der Doktorand kam aus einem Labor zwei Türen weiter.

»Haben Sie die beiden gesehen?«, fragte ich und deutete mit dem Finger auf den leeren Raum.

»Sie sind vor einer Weile gegangen. Ich habe ihnen gesagt, dass ich noch eine E-Mail von Clem erhalten habe. Sie sagte, dass sie vielleicht schon heute Abend in die Stadt kommen würde. Sie sagte, dass Katrina anscheinend das Gewölbe gefunden hatte, nach dem sie gesucht hatte.«

36

Mike, Mercer und ich steckten in der Ecke vor Zimms Büro die Köpfe zusammen.

»Ich habe den Beweisaufnahmeantrag für Mamdouba für den Grundriss und die Liste der Zimmer. Das Museum schließt um Viertel vor sechs. Das ist in einer halben Stunde. Clem erzählt schon allen, dass sie eventuell heute Abend nach New York kommt. Wie wär's, wenn wir sie von Hinton herbringen lassen und unbemerkt hereinschmuggeln. Dann –«

»Wir müssten sie am Sicherheitspersonal vorbeischleusen.«

»Als ob einer von denen was merken würde!«, sagte Mike grinsend. »Das Museum wird bald schließen. Mercer, du kannst dich mit ihr vor dem Eingang treffen. Der Aufseher wird so mit Mercer und seiner glänzenden, goldenen Dienstmarke beschäftigt sein, dass er Clem nicht einmal bemerken wird. Wir brauchen einen Insider, der uns hier herumführt. Zimm ist gut, aber er weiß nicht unbedingt, wonach wir suchen. Clem würde erkennen, worüber sie und Katrina gesprochen haben. Ich bin mir sicher, dass sie überall herumgeschnüffelt hat.«

»Denkst du, dass Mamdouba uns nach Museumsschluss hier bleiben lässt?«, fragte Mercer.

»Andere sind auch noch hier und arbeiten.«

»Vertraust du ihm? Willst du ihm sagen, dass Clem bereits hier ist?«, fragte Mike.

Ich sah sie beide an. »Was meint ihr?«

Mike war noch nicht so weit, irgendjemandem zu vertrauen. »Lasst sie uns zuerst herbringen. Einer von uns wird mit Coop auf dem Dachboden herumschnüffeln und sich die Knochen ansehen. Der andere wird mit der Eskimodame in einem stillen Kämmerchen Händchen halten, bis die Luft rein ist, und dann kann sie uns zeigen, was sie weiß.«

Ich wählte Lauras Nummer und bat sie, mich mit Clem zu verbinden. »Sie haben sie gerade verpasst. Sie können sie über Detective Hintons Handy erreichen. Er bringt Clem gerade zurück ins Hotel. Sie fing an, müde zu werden.«

Ich notierte die Nummer, die sie mir gab. »Irgendwelche Nachrichten?«

»Sie sollen Nina heute Abend zu Hause anrufen. Es ist ziemlich wichtig.« Das würde die Geschichte mit den UniQuest-Geldern sein. »Sarah möchte mit Ihnen sprechen, wenn Sie später etwas Zeit haben. Und Eve Drexler hat angerufen. Ich erkannte ihren Namen von dem Fall, also fragte ich, ob ich ihr helfen könne.«

»Was wollte sie?«

»Sie wollte wissen, ob ich eine Telefonnummer hätte, unter der sie Clem erreichen könne.«

»Was haben Sie ihr gesagt?«

»Sie haben mich gut angelernt. Ich sagte ihr, dass ich nicht wüsste, wer das sei, und dass ich Sie gerne fragen würde. Sie bat mich, Sie nicht damit zu belästigen.«

Eve wurde ungeduldig. Sie wollte mit Clem reden. Oder rief sie auf Thibodaux' Geheiß hin an? In jedem Fall verbreitete sie die Neuigkeiten, die Clem ihr über Katrina und die Polizeiermittlungen gesteckt hatte.

Ich wählte Harry Hintons Handynummer. »Wo sind Sie?«

»Unterhalb der Fourteenth Street. Wir stecken hinter einem Auffahrunfall auf dem FDR Drive fest.«

»Wäre es möglich, dass Sie Clem ins Hotel bringen, damit sie etwas essen und für eine halbe Stunde ihre Füße hochlegen kann, und sie danach um halb acht am Naturkundemuseum abliefern?«

Ich hörte, wie er sie fragte, ob das in Ordnung ginge, dann bejahte er. »Na also, jetzt müssen wir uns nur noch über einen Aufseher Gedanken machen«, sagte ich zu Mike und Mercer. »Sie stehen im Stau, und sie möchte sich ein bisschen ausruhen. Sie schaffen es auf keinen Fall, bevor das Museum schließt, also haben wir noch etwas Zeit. Lasst uns herausfinden, welchen Ausgang sie für die Mitarbeiter offen lassen. Harry ruft an, wenn sie das Hotel verlassen, und dann kann einer von euch Clem hereinschmuggeln.«

Mamdouba war nicht gerade erfreut, uns so kurz vor Museumsschluss zu sehen, und verzog sein Gesicht, als ich ihm den Beweisaufnahmeantrag reichte.

»Muss ich vor Gericht aussagen?«, fragte er und las das kleine weiße Dokument.

»Nein. Wie Sie sehen, hat der Sprecher der Grand Jury das Gesuch abgeändert. Statt persönlich vor den Geschworenen zu erscheinen, können Sie Ihren gesetzlichen Verpflichtungen nachkommen, indem Sie uns alles geben, worum wir Sie bitten. Deshalb hat mein Büro heute Vormittag Ihre Assistentin angerufen und sie gebeten, die Papiere für uns vorzubereiten.«

»Lassen Sie mich sehen, was wir für Sie haben.« Er ließ uns in seinem runden, farbenfrohen Büro zurück und ging an den Schreibtisch seiner Assistentin. Kurz darauf kam er mit einem Stoß Papiere zurück.

Er grinste wieder übers ganze Gesicht. »So, Sie können damit anfangen.« Er faltete eine Kopie des Museumsgrundrisses auseinander, die größer war als seine Schreibtischunterlage. Er fuhr mit dem Zeigefinger vom Central-Park-West-Eingang die schmalen Linien links der Theodore

Roosevelt Memorial Hall entlang. »Was Sie hier sehen, existiert in der Form nicht mehr. Wie Sie wissen, ist daraus der Saal für Artenvielfalt geworden. Aber Sie können das hier –«

»Moment mal.« Mike beugte sich vor und sah auf das Datum unter dem Namen des Architekturbüros, das den Grundriss angefertigt hatte. »Dieser Plan ist von 963. Sie haben das Museum seitdem fünfmal umgebaut.« Er schlug mit der Faust auf den Schreibtisch. »Wir wollen auch nicht die Touristenversion, Mr. Mamdouba. Die Pläne müssen aktuell und vollständig sein. Ich will detaillierte Karten von allem, was unterhalb des Erdgeschosses und oberhalb des dritten Stockwerks ist.«

»Mr. Chapman, dieses Museum hat siebenhundertdreiundzwanzig Räume. Sie werden die ganze nächste Woche hier sein.«

»Irgendwo muss ich nächste Woche sein, und bis jetzt hat noch niemand Paris vorgeschlagen. Besorgen Sie mir alles!«

Mike schob einen Stuhl neben Mamdoubas Schreibtisch und begann, die zerknitterten Karten auszubreiten, auf denen das Durcheinander von Korridoren und Treppenaufgängen in den dreiundzwanzig miteinander verbundenen Gebäuden verzeichnet war.

»Aber ... aber hier können Sie das nicht tun«, stotterte der Kurator.

»Und warum nicht?«

»Hier findet gleich eine Besprechung statt. Ein Notfall.«

»Mit den Leuten vom Met, um die Ausstellung abzublasen?«

»Genau.«

»Kommt Mr. Thibodaux auch?«

»Nein, nein. Seit er seinen Rücktritt eingereicht hat, hat

er damit nichts mehr zu tun. Es sind vom Met bereits einige Leute hier im Haus, und Ms. Drexler ist mit Pierres Unterlagen hierher unterwegs. Ich brauche diesen Raum, Mr. Chapman.«

»Bringen Sie uns unter, wo Sie wollen, Mr. Mamdouba. Wir richten uns ganz nach Ihnen.«

»Morgen?«

»Jetzt sofort. Wir haben viel zu tun und –«

»Ja, aber wie ich höre, fliegen Sie schon Hilfe aus dem Ausland ein«, sagte er ruhig.

Mike erwiderte Mamdoubas hochnäsiges Grinsen. »Ich habe eine Schwäche für Familientreffen. Ich mag es, wenn die ganze Sippschaft hin und wieder zusammenkommt. Wenn nötig, bleiben wir die ganze Nacht, Sir. Ist das ein Problem für Sie?«

»Natürlich. Ich muss die Sicherheitskräfte hier behalten –«

»Als ob *wir* das Sicherheitsrisiko darstellten! Diese Penner schlafen seit Menschengedenken in ihrem Job. Da ist mehr Leben in Ihren toten T-Rex' als in der ganzen Schar, die jemand ausgestopft und als Aufseher neben Ihre Schätze gesetzt hat. Ich mache Ihnen einen Vorschlag: Sie können gern meine Taschen durchsuchen, wenn ich gehe, falls Sie sich darüber Sorgen machen. Mercer und ich sammeln nicht gerade Krebse in Formaldehyd, und Coop hier hat mehr Klunker, als sie braucht. Was wir brauchen, ist ein stilles Kämmerchen, um diese Listen durchzusehen.«

Mike nahm einige Blätter Papier von dem großen Stapel und reichte sie Mercer und mir, während er weiter nach einem aktuellen Grundriss suchte. Das Verzeichnis, das ich in der Hand hielt, schien eine umfassende Bestandsliste der Sammlungen zu sein. Es war einige hundert Seiten dick und wurde von einer großen Metallklammer zusammengehalten.

Ich lugte hinüber zu Mercers Ordner, der ebenso dick war und für den Zeitraum der letzten hundert Jahre die Namen der Spender und ihrer Schenkungen auflistete.

»Gibt es ein Verzeichnis, das Ihre Sammlungen nach Namen sortiert auflistet und sagt, in welchen Lagerräumen oder Ausstellungsvitrinen sie zu finden sind?«

»Alles, was derzeit ausgestellt ist, ist computerisiert. Der Ausdruck ist auch hier dabei«, sagte er und blätterte mit dem Daumen durch den Packen, den er Mike gegeben hatte.

»Das heißt, wir müssen nur nach den restlichen neunzig Prozent suchen?«

»Nun, wir sind dabei, alles ins System einzugeben, Ms. Cooper. Es ist ein schrecklich aufwändiger Prozess. Zwei Millionen Schmetterlinge, fünf Millionen Gallwespen, fünfzig Millionen Knochen. Ist es das, wofür Sie sich interessieren?«

»*Fünfzig* Millionen? Wie viele davon sind Menschenknochen?«

»Die meisten stammen von Säugetieren, Detective. Die Zahlen sind in diesen Unterlagen, die meine Assistentin für Sie zusammengestellt hat.«

»Sagen Sie uns, wo wir uns hinsetzen können. Das wird eine lange Nacht werden. Und besorgen Sie uns einen dieser Magnetpässe – für den Fall, dass wir ins Kellergeschoss runter müssen.«

Mamdouba schwieg eine Weile; zweifelsohne überlegte er, ob er uns unsere Bitte verweigern sollte. Widerwillig öffnete er seine Schreibtischschublade und reichte Mike einen Plastikpass mit einem VIP-Gastaufkleber. Ich hatte den Eindruck, als würde er darüber nachdenken, wo wir am wenigsten stören oder auffallen würden. »Folgen Sie mir bitte den Gang hinunter!«

Er führte uns zu einem leeren Büro ungefähr fünf Türen weiter. Bis auf die Regale mit Weichteilen, die an drei Wänden vom Boden bis zur Decke reichten, war es spärlich möbliert. »Falls das hier annehmbar ist für Sie, sehe ich später noch einmal nach Ihnen.«

Napfschnecken, Schnecken, Muscheln und Austern, die alle sehr grau in irgendeiner Flüssigkeit schwammen, wachten über uns, während wir die Grundrisse auf dem leeren Tisch ausbreiteten. »Wo fangen wir an?«, fragte Mike.

Mercer setzte sich auf das Fensterbrett und stützte eines seiner langen Beine auf eine offene Kommodenschublade. »Ich würde mich auf das Untergeschoss und das vierte Stockwerk, oberhalb der Büros, konzentrieren«, sagte er und reichte Mike einen roten Filzstift. »Das müssen die nach Museumsschluss am wenigsten bevölkerten Bereiche sein. Ringelt vor allem unmarkierte Räume oder Abstellkammern ein, damit wir sie uns später ansehen können!«

»Und vergleicht die verschiedenen Kartengenerationen!«, fügte ich hinzu. »Seht nach, ob etwas umgebaut worden ist. Ob man etwas abgesperrt hat, was früher zugänglich gewesen war oder umgekehrt.«

»Mann, wir werden mit bequemeren Schuhen wiederkommen müssen. Wir haben hier einige Meilen vor uns.«

Ich machte es mir auf dem Boden bequem und sah zu Mercer auf. »Du und ich müssen Querverweise machen, was wir finden. Warum fängst du nicht damit an, nach den Namen zu suchen, die wir bereits kennen? Zum Beispiel die Gerst-Sammlung oder etwas von Erik Postes Vater? Vielleicht gibt es Hinweise auf Leihgaben des Met, wie beispielsweise die Mumien, von denen Timothy Gaylord gesprochen hat.«

Über zwei Stunden vergingen, und wir hatten noch immer einen Berg Papier vor uns. Mamdouba klopfte an die Tür und öffnete sie einen Spaltbreit, ohne etwas zu sagen.

»Halten wir Sie auf?«

»Im Gegenteil, Mr. Chapman. Ich wollte Ihnen nur Bescheid geben, dass einige von uns auch noch länger hier sein werden, für den Fall, dass wir Ihnen behilflich sein können.«

Wir hatten die Aufmerksamkeit der Mitarbeiter erregt, und sie waren wahrscheinlich alle viel zu neugierig, um nach Hause zu gehen.

Als er die Tür hinter sich schloss, sagte Mike: »Verdammt. Sieht so aus, als würde er versuchen, länger hier zu bleiben als wir. Das könnte uns einen Strich durch die Rechnung machen.«

»Ich habe mir das jetzt zwei Mal durchgesehen«, sagte Mercer. »Der einzige Name, den ich erkenne, ist Herbert Gerst.«

»Ein Privatgewölbe?«

»Nicht, dass es hieraus ersichtbar wäre. Sieht so aus, als ob zwei Elefanten, ein Haufen Säugetiere – Okapi, Elenantilopen und allerlei andere gefährdete Arten – und eine ganze Menge Krabbeldinger in Glasgefäßen auf sein Konto gingen. Aber sie sind im ganzen Museum verteilt.«

»Und ich habe die Stellen eingeringelt, wo Arsen sein könnte«, sagte ich, »angefangen mit der Taxidermieabteilung. Ich sollte die Liste Dr. Kestenbaum zur Durchsicht geben. Ich habe keine Ahnung, wo ich sonst noch danach suchen könnte.«

»Hey, es ist keinem von uns jemals in den Sinn gekommen, dass man das verdammte Zeug für so viele verschiedene Zwecke in den Museen verwendet. Jemand muss doch dafür verantwortlich sein.«

Mein Pieper ging los; es war Harry Hintons Nummer.

Ich rief ihn von dem Telefon auf dem Schreibtisch zurück.

»Wir sind unterwegs«, sagte er. »Ryan arbeitet noch an der richterlichen Anordnung, um die Computer anzapfen zu können. Vielleicht haben wir es bis morgen früh eingerichtet.«

»Könnte es auch noch heute Abend klappen?«

»Tut mir Leid, dafür war's schon zu spät.«

»Mercer wird euch in einer guten Viertelstunde an der Ecke Columbus Avenue und Seventy-seventh Street abholen. Sagen Sie Clem, dass ich ihr drinnen Deckung geben werde.«

Mike brütete weiter über den Grundrissen und glich die Bereiche miteinander ab, von denen wir wussten, dass sie öffentliche Ausstellungssäle waren oder Räume, die uns Zimm letzte Woche gezeigt hatte. Mercer und ich fuhren mit dem Lift hinunter ins Erdgeschoss. Wir zeigten dem Wachmann unsere Dienstmarken und sagten ihm, dass sich Mercer draußen kurz mit einem anderen Detective treffen würde, aber gleich wieder zurück sein würde.

Der Mann lümmelte, die Baseballkappe in die Stirn gezogen und den Blick unverwandt auf ein Sciencefiction-Heft gerichtet, in seinem Stuhl. Auf den kleinen Schwarzweißmonitoren neben ihm sah man die Ein- und Ausgänge in den Innenhöfen hinter uns. In der hereinbrechenden Dämmerung war es noch schwieriger, die grauen Wände der angrenzenden Gebäude voneinander zu unterscheiden.

Ich überlegte, ob ich ihn ablenken und mit ihm plaudern sollte, für den Fall, dass er Clem von früher kannte, aber er beachtete mich ebenso wenig wie die Monitore, die er im Auge behalten sollte. Ich wandte ihm den Rücken zu, um mich zu vergewissern, dass der lange, hohe Korridor nach wie vor leer war. Auf Grund der schwachen Beleuchtung musste ich blinzeln, um überhaupt bis ans andere Ende sehen zu können, aber in dem hohen Raum würde man mit Sicherheit Schritte hören, falls jemand näher kam.

Minuten später kamen Mercer und Clem auf die Tür zugelaufen. Der Wächter, der in Geschichten von Außerirdischen und Weltraumkapseln vertieft war, war dankbar, als ich ihm sagte, dass ich meinem Partner die Tür aufmachen würde und seine Hilfe nicht brauchte. Er winkte mit der Hand und las weiter. Mercer und ich nahmen unseren zierlichen Schützling zwischen uns, gingen flott zu den Aufzügen und verschwanden aus dem Blickfeld des Wächters.

Kurz bevor wir unseren kleinen Weichtierraum erreichten, ließ ich Mercer und Clem am Ende des Flurs zurück und schlich zu Mamdoubas Ecktürmchen. Ich konnte hinter der verschlossenen Tür Stimmen hören und winkte die beiden in unser Zimmer, dann folgte ich ihnen und schloss die Tür hinter mir. Wir machten Platz, damit Clem sich in dem kleinen Raum auch noch irgendwo hinsetzen konnte. Die kurze Pause hatte ihr gut getan. Sie hatte geduscht und sich einen kleinen Imbiss aufs Zimmer bringen lassen.

»Wird Ihnen das fürs Erste genügen?« Sie kippte den Inhalt einer kleinen Einkaufstüte aus. »Ich hoffe, die Stadt kann es sich leisten. Es war alles auf dem Zimmer, und ich habe mir gedacht, dass Sie vielleicht Hunger bekommen werden.«

Ich lachte, während Mike das Pistazienglas und Mercer ein paar Schokoriegel nahm. Ich öffnete die Tüte M&Ms und trank ein paar Schluck aus einer Coladose, die wir uns teilten. Die Scotch- und Wodkafläschchen aus der Minibar hoben wir uns für später auf.

»Das nenn ich Köpfchen. Ich dachte schon, ich müsste Käfer essen. Kommen Sie«, sagte Mike und breitete die zerknitterten Grundrisse aus, mit denen er sich mittlerweile vertraut gemacht hatte. Er zeigte auf die Kellerbereiche um die Ausstellungsbüros herum. »Machen Sie sich nützlich! Können Sie uns sagen, was in diesen Räumen aufbewahrt wird?«

Sie erzählte uns von einigen der Räumen, in denen sie gearbeitet hatte, und deutete mit einem Stift auf den Plan. »Es täuscht. Sehen Sie das hier? Das ist eine Trennwand zwischen zwei Gebäuden. Auf der Hauptebene sind sie miteinander verbunden, aber hier unten kann man nicht von hier nach dort gelangen.«

»Vielleicht sollten wir uns dort mal umschauen«, sagte ich. »Wir werden einen besseren Eindruck bekommen, wie wir weiter vorgehen sollen und was genau wir angeben müssen, wenn wir den Durchsuchungsbeschluss aufsetzen.«

»In Ordnung. Mercer soll hier bei Clem bleiben und mit ihr die Räume durchgehen. Findet heraus, wo die Knochen sind! Und wir zwei schauen uns diesen Teil des Kellergeschosses an. Mal sehen, ob noch jemand da ist.«

Ich hörte, wie Mercer die Tür hinter uns abschloss. Wir blieben einen Augenblick stehen und lauschten der schrillen Frauenstimme, die aus Mamdoubas Vorzimmer kam. Ich konnte nicht erkennen, ob es Eve Drexler, Anna Friedrichs oder die Assistentin des Kurators war, die noch Überstunden machte.

Mike und ich fuhren mit dem Aufzug hinunter in die Lobby. Die Blicke Dutzender wilder Tiere, die in ihren Dioramen sicher gefangen waren, schienen uns den riesigen Korridor hinunter zu folgen, der von der südwestlichen Ecke des Museums zur Treppe zum Untergeschoss führte, die wir von unseren früheren Besuchen kannten.

Clem hatte Recht. Bei Nacht war es unheimlich hier unten. Auf jede Kurve und jeden Richtungswechsel folgte ein riesiger Raum, der bestenfalls spärlich beleuchtet war. Elegante Art-déco-Kugellampen, die an Messingketten von der Decke hingen, hatten das Aussehen und die Effizienz einer anderen Ära. Circa alle zehn Meter war eine moderne Neonlampe montiert, die wohl eher in eine Toilette eines Busbahnhofs als in ein Museum gepasst hätte.

Wir gingen die düstere Treppe hinab in die Abteilung des Kellergeschosses, die wir schon kannten. Zimm war noch immer an seinem Schreibtisch und arbeitete am Computer, drei Gefäße mit ekligen Spinnen neben sich.

»Mamdouba hat gesagt, dass Sie eventuell herunterkommen. Kann ich Ihnen irgendwie helfen?«

Ich hatte Block und Stift gezückt, um mir Notizen zu machen. »Wir wollen uns nur noch ein paar Details ansehen, die wir übersehen haben. Sind Sie allein hier unten?«

»Nein, es brennen noch vereinzelt Lichter. Ich glaube, wir haben heute Nacht ein volles Haus.« Er lächelte Mike und mich an. »Sie sorgen mit Sicherheit für Aufregung.«

Wir gingen vorbei an den Ausstellungsbüros den Flur hinunter. Ich machte von jeder Tür eine Skizze und vermerkte, welche Türen verschlossen beziehungsweise offen waren, welche Tiere in den Gefäßen auf den Regalen zu schwimmen schienen und welche klimatischen Bedingungen vorherrschten.

Wo war Katrina Grootens Leiche all die Monate über gelagert gewesen? Es gab unzählige Möglichkeiten. Ich machte mir eine Notiz, Dr. Kestenbaum auf einen Termin festzunageln, damit er hier Temperaturmessungen vornahm, um das wahrscheinlichste Umfeld für unsere Unvergängliche zu bestimmen.

Über eine Stunde lang sahen wir uns in den kleinen Lagerräumen und winzigen Labors um. An jeder Gabelung gingen Mike und ich in verschiedene Richtungen und trafen uns fünfzehn Minuten später wieder an der Kreuzung.

So arbeiteten wir uns durch drei separate Kellergeschossbereiche, ohne irgendeinen Anhaltspunkt zu finden.

Als wir zum vierten Bereich kamen, fühlte ich mich inmitten der chemischen Gerüche, des künstlichen Lichts und der Exponate, die in jedem Regal, jeder Kommode und jedem Schrank lagerten, fast heimisch.

»Such's dir aus, Coop«, sagte Mike. Er zog an einer Schnur, um die Glühbirne über uns einzuschalten, und las ein kleines Schild an der Wand. »Wespen und geflügelte Wesen zur Linken. Dinosaurierfossilien zur Rechten.«

»Keine Insekten für mich.«

»Sie sind nicht mehr am Leben.«

»Keine Insekten, Punkt! Ich schulde dir was, okay? Hier gibt's nichts auszusuchen.«

Ich ging den engen Flur zu meiner Rechten hinunter und fand mehrere verschlossene Türen vor. Die fünfte Tür aber ließ sich leicht öffnen, und ich tastete mich an der Wand entlang zum Lichtschalter.

Auf diesem Flur war vielleicht was zu holen. In dem Raum mit dem Schild *Barosaurus Femurs* waren Oberschenkelknochen, die dicker als Baumstämme waren. Nichts schien klein genug, um einmal ein Mensch gewesen zu sein, aber an die höher gelegenen Regale, deren Inhalt ich nicht sehen konnte, kam ich nicht ran. Ich machte mir eine Notiz, hierher zurückzukommen.

Hinter jeder Tür verbargen sich ähnliche Fossilien. In manchen Räumen waren ausschließlich Dinosaurierschädel mit Augenhöhlen von über einem Meter Durchmesser und Nasenhörnern, die mir bis zur Taille reichten. In anderen lagen von einem Ende zum anderen nur Wirbelknochen. Ohne einen Experten wäre es schwierig zu sagen, ob sich darunter auch die sterblichen Überreste anderer Spezies befanden.

Ich erreichte das Ende des grauen Flurs und drückte gegen die letzte Tür. Sie wurde von einem alten Scharniergestänge betrieben und ließ sich nur mühsam öffnen, indem ich mich mit meinem ganzen Gewicht dagegenlehnte. Hier waren kleinere Knochen, und ich ging zu einem Regal an der gegenüberliegenden Wand, an dem ein beschriftetes Schild zu hängen schien.

Als ich mich bückte, um das Schild zu entziffern, in der Hoffnung, dass das Licht der nackten Glühbirne am anderen Ende des Korridors ausreichen würde, fiel die Tür mit einem Zischen ins Schloss. Ich war allein in dem engen Raum mit den verstaubten Skeletten.

Ich versuchte mir einzureden, dass ich zu müde war, um mich aufzuregen. Ich sprach mit mir wie eine Mutter, die ihr sechsjähriges Kind beruhigen will. Es sind nur Knochen, wiederholte ich immer wieder, während ich im Dunkeln zur Tür zurücktapste. Hier drinnen ist nichts, was mir wehtun kann. Ich bin in einem Museum, dem kinderfreundlichsten Museum der Welt, und mein Lieblingspolizist ist nur fünfzig Meter entfernt.

Ich streckte die Hand aus, um mich an einem Regal entlang zum Ausgang zu tasten. Als ich etwas Raues streifte, tastete ich weiter oben nach dem kühlen Stahlgerüst des Regals. Zentimeter um Zentimeter bewegte ich mich so vorwärts und erschrak plötzlich, als ich an ein Glasgefäß stieß, das wiederum gegen einen anderen Gegenstand rumpelte.

Verdammt! Ich blieb stehen. Wie Dominosteine stieß ein Glas ans nächste, bis eines umfiel und zerbrach. Die giftige Flüssigkeit ergoss sich auf den Boden und setzte nicht nur einen üblen Geruch frei, sondern auch die Tiere, die darin eingelegt gewesen waren.

Jetzt überkam mich Panik. Ich blickte nach oben. In den

Wandregalen über mir standen Dutzende von Einmachgläsern. Die einzige Lichtquelle in dem Raum war das pinkfarben schimmernde Färbemittel, das Skelettteile von irgendwelchen prähistorischen, nicht näher identifizierbaren Krabbeltieren im Dunkeln zum Leuchten brachte.

Ich machte einen Schritt nach vorne und wäre beinahe auf der glitschigen Substanz aus den zerbrochenen Gläsern ausgerutscht. Noch zwei Schritte, und ich hörte ein Knirschen unter meinem Absatz, als ob ich auf die harte Schale eines Insekts getreten wäre. Erneut geriet ich auf dem schleimigen Untergrund ins Rutschen und griff nach dem Regal, um mich festzuhalten. Das auf Rädern befindliche Regal wackelte wie wild, während meine Insektenphobie immer stärker wurde.

Ich klammerte mich mit der rechten Hand an dem Metallregal fest und streckte meine linke Hand nach der Tür aus. Ich packte den Türknauf und zog mit beiden Händen fest an. Die Tür gab nicht nach. Ruhig bleiben, sagte ich mir. Sie hatte sich auch von außen schwer öffnen lassen, also klemmt sie wahrscheinlich bloß wieder. Ich zog mit aller Kraft, aber meine Hände waren feucht. Der Knauf ließ sich keinen Millimeter bewegen.

Ich tastete neben der Tür nach einem Lichtschalter. Nichts. In dem Raum gab es keine Frischluft, und irgendein blindes Fossil mit einer rauer Schnauze und einem schlangenähnlichen Körper starrte mir direkt ins Gesicht und forderte mich auf, uns beide aus dieser klaustrophobischen Zelle zu befreien.

Ich klopfte meine Jacken- und Hosentaschen nach meinem Handy ab und schaltete es ein, aber ich hatte hier unten keinen Empfang. Ich versuchte mit Hilfe meines Kugelschreibers das Türschloss zu öffnen, aber es war viel zu alt und zu eingerostet, als dass es nachgegeben hätte.

Mich langsam rückwärts tastend, trat ich ein paar Schritte von der Tür zurück und rief Mikes Namen. Ich schrie, so laut ich konnte, und trat gegen die Tür, wie es Shirley Denzig die Nacht zuvor vor meiner Tiefgarage getan hatte. Dann war ich still und lauschte auf Schritte, aber ich bezweifelte, dass mich Mike durch die dicken Wände hindurch gehört hatte.

Die Dämpfe von der freigesetzten Flüssigkeit verbreiteten sich in dem Raum. Nicht schwindlig werden, sagte ich mir. Ich wollte auf keinen Fall da unten auf dem Boden liegen, zusammen mit dem, was aus dem großen Glas getropft war.

Ich drehte mich um und spähte zur gegenüberliegenden Seite des Raums. In dem gespenstischen, pinkfarbenen Leuchten konnte ich oben an der Wand ein kleines quadratisches Fenster erkennen, das womöglich auf einen Innenhof hinausging. Es hing ein Rollo davor, und es war zu winzig, als dass ich hätte hindurchklettern können, aber wenn ich es einschlagen könnte, würde ich etwas Luft haben und vielleicht würde jemand meine Schreie hören.

Da hörte ich, wie hinter mir am Türknauf gerüttelt wurde. Ich wirbelte herum, ging auf die Tür zu und schrie wieder, so laut ich konnte, Mikes Namen. Nichts. Hatte ich mir das Geräusch nur eingebildet?

Ich wischte mir den Schweiß von der Stirn, aber der Gedanke hatte sich bereits in meinem Gehirn festgesetzt: Was, wenn es kein Unfall war? Was, wenn wir den Mörder mit unserem abendlichen Besuch überrascht hatten? Was, wenn er – oder sie – mich hier eingesperrt hatte und zurückgegangen war, um Mike noch Schlimmeres anzutun? Was, wenn Mike nie kam, um mich hier herauszuholen?

Ich wollte mich mit dem Rücken an das Regal lehnen, aber ich stieß stärker dagegen, als ich beabsichtigt hatte. Es schaukelte und wackelte, und die kleinen Gläser auf meiner Seite wirbelten quer durch den Raum. Das Regal kippte, und alles, was darauf gestanden hatte, fiel zu Boden.

Die Glasgefäße zerbrachen in tausend Stücke und verteilten ihren Inhalt über den ganzen Boden. Der Gestank war unerträglich, und ich hustete und würgte angesichts der aufsteigenden Dämpfe, die sich in Rachen und Nase bohrten. Ich keuchte vor Angst, aber je heftiger ich nach Luft schnappte, desto mehr atmete ich die Dämpfe ein.

Von den Regalen über mir rutschten Knochen herab. Ich machte drei Schritte in Richtung Fenster und griff mir an den Kopf, um etwas aus meinen Haaren zu streifen.

Insekten. In den Gefäßen waren Tausende von Insekten aufbewahrt gewesen. Ich keuchte wieder nach Luft und musste mich anstrengen, nicht zu erbrechen.

Was hatte uns Zimm erzählt? Die Insekten wurden überall im Museum dazu verwendet, das Fleisch von den Tierknochen zu fressen. Sicher hatte man diese hier mit ihrem letzten Mahl in die Gläser gesperrt und sie dann auf diesen staubigen Brettern in diesem verlassenen Raum abgestellt.

Meine Vernunft sagte mir, dass mich vor Tagesanbruch sicher jemand finden würde. Eine andere innere Stimme ermahnte mich, dass derjenige, der die Tür zugestoßen hatte, zurückkommen würde, um mich umzubringen, falls es diese schrecklichen Tiere nicht zuerst taten.

Ich ging so vorsichtig wie möglich auf die Wand mit dem Fenster zu. Darunter war ein Metalltank, genau so ein riesiger Bottich, wie ihn uns Zimm gezeigt hatte – der, in dem man den prähistorischen Fisch in Alkohol konserviert hatte. Würde mich der Deckel des Tanks tragen, wenn ich daraufkletterte, um die Scheibe des kleinen Glasfensters einzuschlagen?

Wieder wurde am Türknauf gerüttelt. Ich erstarrte und schrie dann noch lauter als zuvor: »Michael! Mike Chapman. Hol mich hier raus! Ich krieg keine Luft!«

Totenstille. Ich hustete und keuchte wegen des schrecklichen Geruchs, der sich im ganzen Raum ausbreitete und sich in meiner Kleidung festsetzte.

Ich drückte gegen den Deckel des fast zwei Meter langen Tanks. Es fühlte sich nach einer dünnen Edelstahlplatte an, und ich war mir nicht sicher, ob sie mein Gewicht tragen würde. Auf Grund der riesigen, leuchtend roten Schrift konnte ich das daran befestigte Etikett lesen: ein Totenkopf mit den Worten ACHTUNG! EXPLOSIONSGEFAHR!

Natürlich war es explosionsgefährlich. Mit einem so großen Tank voller Alkohol könnte man die ganze Westseite der Stadt in die Luft jagen. Ich sollte das mit auf die Liste der möglichen Mordarten in einem Museum setzen.

Ich sah wieder hinauf zu dem Fenster über mir. Es war doppelt verglast – zur Temperaturkontrolle, wie man uns gesagt hatte. Ich hatte nur meinen hölzernen Schuhabsatz, um die Scheiben einzuschlagen. Bisher hatte ich es mit Leichtigkeit geschafft, alle anderen Glasobjekte hier im Raum kaputtzumachen. Ich könnte es also versuchen.

Bevor ich meinen Schuh auszog und meinen Fuß dem aussetzte, was auch immer auf dem Boden herumschwappte, hob ich den Deckel des Behälters an, um zu sehen, wie stabil er sein würde. Ich musste mich nicht in Äthylalkohol ertränken.

Ich holte vorsichtshalber ein Taschentuch aus meiner Jackentasche und hielt es vor den Mund, während ich den Bottich öffnete. Da der Alkoholgeruch aber nicht stark war, drückte ich den Deckel mit beiden Händen gegen die Wand.

Das pinkfarbene Leuchten strahlte auf etwas Graues in

der Kiste. Ich beugte mich vor, um zu sehen, was es war, und blickte in die Augenhöhlen eines kleinen mumifizierten Schädels.

37

Ich ließ den Deckel fallen und beschloss, das Risiko einzugehen, dass er mich nicht tragen würde. Ich glaubte nicht an den Fluch der Mumie, aber in diesem Raum waren viel zu viele tote Tiere, und es würde nicht mehr lange dauern, bis ich die Beherrschung verlor. Ich hievte mich auf den Bottich, zog meine Schuhe aus und stellte mich barfuß auf den Deckel.

Ich schob das ausgebleichte Rollo zur Seite und hämmerte mit aller Kraft gegen die Fensterscheibe. Es schien, als ob ich nur mit einem Vorschlaghammer Erfolg haben würde.

Wieder hörte ich ein Geräusch an der Tür. Ich brachte mich, meinen Schuh in der Hand, in Angriffsstellung. Die Tür ging auf, und ich konnte im Gegenlicht des Korridors Mike Chapmans schwarzes Haar sehen.

»Wirst du high von diesen Dämpfen, Blondie? Ich habe eine Schachtel Sekundenkleber, die ich dir geben kann. Was zum –«

»Jemand hat mich hier eingesperrt!«

»Komm da runter! Was tust du da am Fenster? Du kannst dich nicht umbringen, indem du vom Keller in den Innenhof *hoch*springst. Spar dir die Mühe!«

»Die vermisste Prinzessin – die Mumie aus dem Sarkophag, in dem Katrina lag? Sie ist in diesem Bottich.«

»Und deshalb stehst du dort oben und siehst aus, als hättest du Gespenster gesehen? Hast du Angst, dass sie zu laufen anfängt? Komm schon, machen wir weiter. Komm da runter!«

»Ich kann nicht.«

»Was soll das heißen? Jetzt komm schon!«

»Schau auf den Boden, Mike.«

»Hier sieht's wirklich schlimm aus. Muss irgendein Labor sein. Wie kannst du es überhaupt bei dem Gestank hier drinnen aushalten?«

»Ich habe diese Behälter zerbrochen. Es ist kein Labor. Es war nicht so, als ich hier reinkam.«

»Warum hast du das gemacht?«

»Ich habe es nicht gemacht. Ich wollte es nicht machen. Jemand hat mich hier eingeschlossen.«

»Wovon redest du? Die Tür war nicht abgeschlossen. Sie klemmte nur. Ich musste mich mit dem ganzen Gewicht dagegenlehnen, um sie aufzukriegen.«

»Hast du mich denn nicht schreien hören, als du es die ersten beiden Male probiert hast? Du hättest mir sagen können, dass du es bist.«

»Welche ersten beiden Male? Ich bin gerade erst gekommen, um dich zu suchen, weil du nicht an unserem verabredeten Treffpunkt bei der Treppe warst. Ich habe zehn Minuten gewartet und dann einfach alle Türen ausprobiert. Das hier war die Letzte.«

»Wenn ich es dir sage! Jemand hat mich hier eingeschlossen und ist dann zurückgekommen, um die Tür abzuschließen. Ich hörte, wie jemand mit dem Türknauf wackelte. Ich schwör's dir. Ich bin nicht verrückt.«

Er kam auf mich zu, wobei er Glasscherben und Insektenpanzer zertrat. »Diese gruseligen Krabbeldinger haben dir zugesetzt, Coop. Du hast es dir nur eingebildet. Außer Zimm und mir ist niemand hier unten.«

»Zimm? Wir haben ihn doch im anderen Gebäude zurückgelassen.«

»Ja, aber er hat beschlossen, uns zu folgen. Er wollte wissen, ob er uns helfen könnte. Ich habe ihn zurückgeschickt.«

Jemand hatte an der Tür herumgemacht, als ich in dem Raum gewesen war. Warum war Zimm uns gefolgt? »Ich bilde es mir nicht ein. Ich rühr mich nicht von der Stelle, bis du mir sagst, dass du mir glaubst.«

Mike stand vor mir und streckte seine Arme aus, um mich an den Knien zu packen. »Ich habe mein Cape vergessen. Wir tun's auf die Feuerwehrmannart und nicht à la Sir Walter Raleigh. Vergib mir!«

Er schulterte mich und trug mich, meine Schuhe in der Hand, über den glitschigen Boden hinaus auf den Gang. Dann ging er noch einmal zurück und warf einen Blick in den Stahlbehälter.

»Ägyptische Prinzessin. Zwölfte Dynastie. Dieses Mädchen kann einfach keinen ruhigen Platz zum Schlafen finden. Komm schon, ich muss dich sauber machen, bevor wir wieder nach oben gehen.«

Ich nahm Mikes Hand und ließ mich den Korridor hinunterführen. Neben der Treppe war eine Herrentoilette, und er brachte mich dorthin.

Er hielt ein Papiertaschentuch unter das kalte Wasser und wischte damit mein Gesicht und meine Hände ab. »Es ist eine schlechte Nacht, wenn ein mehrere tausend Jahre altes Weibsbild besser aussieht als du.«

Ich senkte den Kopf und schüttelte ihn. »Ich gewöhne mich langsam an die Tatsache. Hängt da was? Irgendwelche In-«

»Blitzsauber.« Er reichte mir seinen Kamm, und ich fuhr mir damit durch die Haare.

»Ich weiß, du denkst, dass ich übertreibe, aber ich sage dir die Wahrheit.«

»Später, Blondie. Oben warten Leute auf uns. Und ich muss jetzt die Spurensicherung anrufen und sie zur Mumie schicken. Und du«, sagte er und zog mich an den Haaren, »du gehst mir keine Nanosekunde mehr aus den Augen, verstanden?«

Ich nickte und ging vor ihm die düstere Treppe hinauf.

Zurück im dritten Stock, klopfte ich an die Tür und sagte Mercer, dass wir es seien. Er öffnete und teilte mir mit, dass Mamdouba mich sprechen wollte. Er war gekommen, um mich etwas zu fragen, und war verärgert gewesen, dass ich mich mit Mike unten im Kellergeschoss herumtrieb.

Mike kam mit und hielt mir die Tür auf. Der Direktor stand am Fenster; er hatte sich zu seiner ganzen Größe aufgerichtet und gab sich extrem förmlich.

»Insofern ich freundlich genug gewesen bin, in Präsidentin Raspens Abwesenheit als Gastgeber zu fungieren, und auf jede erdenkliche Art und Weise mit Ihnen kooperiert habe, halte ich es, gelinde gesagt, für äußerst unhöflich, dass Sie Ms. Clementine Qisukqut heute Abend in das Museum gebracht haben.«

Mamdouba war außer sich und drohte mir mit dem Finger. »Ich habe tiefsten Respekt vor polizeilichen Ermittlungen. Ihnen und Ihren Detectives zu vertrauen ist eine Sache. Aber eine ehemalige Mitarbeiterin hereinzuschmuggeln, der man auf Grund ihrer mangelnden Vertrauenswürdigkeit und ihrer Verleumdungen gekündigt hat – *damit*, Ms. Cooper, damit haben Sie jeglichen Anstand verletzt. Ihr kleiner Spaß auf meine Kosten ist vorbei. Ich verlange, dass Sie gehen. Sofort.«

Meine lahmen Entschuldigungen machten keinen Eindruck auf ihn. Ich versuchte ihm zu sagen, dass wir die Mumie aus dem Sarkophag gefunden hatten, aber Mamdouba war nicht zu stoppen. Je mehr ich unsere List entschuldigen wollte, desto wütender wurde er.

»Aber Sie haben sogar Witze darüber gemacht, dass sie in die Stadt käme.«

»In die Stadt, vielleicht. Aber in mein Museum, ohne meine Erlaubnis – niemals!«

Ich wollte wissen, wer Clems Deckung hatte auffliegen lassen. Es war nicht so wichtig, da Clem in ihren E-Mails angedeutet hatte, dass sie eventuell noch heute Abend nach Manhattan kommen würde, aber Mamdoubas Entdeckung machte zweifellos unsere Pläne für den heutigen Abend zunichte. Er sagte nichts.

»Bringen Sie Ihre trojanischen Pferde her, Madam! Jetzt, da Sie mich zum Narren gehalten haben, will ich Ihnen sagen, was Sie von jetzt an von mir zu erwarten haben.«

Ich zögerte.

»Holen Sie Ihre Freunde!«, bellte er. »Es ist fast zehn Uhr. Ich würde gerne nach Hause gehen. Holen Sie sie her!«

Er stand in der Tür zum Vorzimmer und sah uns hinterher, während Mike und ich den kurzen Weg zurückgingen, als würden wir über eine Laufplanke wandeln. Ich öffnete die Tür und sagte Mercer und Clem, dass jemand Clem gesehen hatte und dass Mamdouba darauf wartete, uns auf die Finger zu klopfen und in die Nacht hinauszuschicken.

Clem holte mich ein, während wir ins Eckbüro zurückgingen. »Sie können nichts dafür. Es ist sicher meine Schuld. Ich bin in den letzten E-Mails ein bisschen übermütig geworden. Sie können sie lesen. Ich war wahrscheinlich viel zu aufgeregt, um übermäßig vorsichtig zu sein. Wahrscheinlich ist Zimm dahinter gekommen, dass ich schon hier war. Vielleicht hat er gedacht, dass er mich um seinetwillen verpfeifen muss.«

Wir vier nahmen in dem runden Büro des Kurators Platz. Clem sprach als Erste. »Ich wollte nicht auf diese Art und Weise zurückkommen, Mr. Mamdouba. Ich glaube, Sie wissen, wie viel Respekt ich vor diesem großartigen Museum und für die Arbeit meiner Kollegen –«

Mamdouba wollte keine Erklärungen. Er las Clem die Leviten wegen ihres unerlaubten Eindringens in eine Institution, aus der sie Monate zuvor verbannt worden war. Ich fiel ihm ins Wort und versuchte ihn zu überzeugen, dass sie nur auf mein Drängen und meine Anweisung hin gekommen war. Mike sprang mir bei, und nur Mercer stand ruhig und zurückhaltend hinter Clems Stuhl, seine riesigen Hände auf ihren schmächtigen Schultern.

»Damit hat Ihr Kommen und Gehen ein Ende, Ms. Cooper.« Mamdouba zerknüllte den Beweisaufnahmeantrag und warf ihn in den Papierkorb.

»Kann ich einen Augenblick mit Ihnen sprechen?« Ich deutete auf das Vorzimmer. Ich wollte vor Clem nicht über Zeugen und Beweise sprechen, aber ich wollte dem Sammlungsdirektor klar machen, warum wir ein derartiges Risiko eingegangen waren. Mit Dutzenden von Polizisten bei Tageslicht durch die Ausstellungsräume zu ziehen, inmitten Horden von Schulkindern, würde weit weniger verlockend sein als unsere unbeholfenen Versuche, nach Einbruch der Dunkelheit diskreter vorzugehen. Darüber hinaus mussten wir ihn von unserer Entdeckung im Kellergeschoss unterrichten, über die auch Clem noch nicht Bescheid wusste.

Ich folgte ihm ins Vorzimmer und schloss die Tür hinter mir. Ich zog alle Register und erklärte, wie der Durchsuchungsbeschluss ausgeführt werden musste und welche anderen Gesuche ich der Grand Jury vorlegen würde, um seine Kooperation zu erzwingen, aber er war mit seiner Geduld am Ende. Der Beweisaufnahmeantrag war nur ein

Stück Papier. Er konnte es zerreißen und wegwerfen, aber es stand nach wie vor in unserer Macht, ihn wegen Missachtung zu belangen.

»Das ist eine wissenschaftliche Einrichtung, Ms. Cooper. Bringen Sie Ihre Argumente woanders vor! Gehen Sie zurück ans Metropolitan! Das tote Mädchen hat dort gearbeitet, oder? Sie haben das Privileg unserer Gastfreundschaft missbraucht, Madam!« Jetzt schrie der kleine Mann.

Hinter mir ging die Tür auf, und Mike und Mercer kamen zu uns ins Vorzimmer. Mike war kampfeslustig, wohingegen Mercer wie üblich die diplomatischere Vorgehensweise wählte. Er winkte mich mit einer Handbewegung beiseite, und ich setzte mich auf ein Sofa, bis er Mamdouba beruhigt hatte.

»Ms. Cooper ist dafür bekannt, hin und wieder in die Scheiße zu treten. Vielleicht war das nicht ihre beste Idee«, sagte Mike, »aber wir versuchen, einen Mord aufzuklären, ohne dass Sie das Museum für den Publikumsverkehr schließen müssen.«

»Sie haben absolut keinen Grund, das zu tun. Und kein Recht. Wir werden das nicht zulassen. Sie wissen nicht einmal, wo dieses Mädchen gestorben ist. Alles, was Sie haben, ist eine Leiche, die Sie irgendwo in New Jersey gefunden haben.« Er setzte sich in den Schreibtischstuhl seiner Assistentin und wischte sich den Schweiß aus dem Nacken.

»Und eine Garderobenmarke von einem kalten Dezembertag, direkt hier aus Ihrer Lobby. Und genug Arsen, um uns alle unter die Erde zu bringen. Lasst uns vernünftig sein«, sagte Mercer. »Arbeiten wir einen Zeitplan aus, der Ihre Zustimmung findet. Wir hätten Sie gerne weiterhin auf unserer Seite, Sir.«

Die zwei Detectives legten dar, wie sie weiter verfahren wollten. Mamdouba war zu aufgebracht, um zuzuhören.

Heute Abend würde keine Einigung mehr zu Stande kommen.

»Es tut mir Leid, Mr. Wallace. Es ist sehr spät, ich bin ziemlich müde, und ich muss zuerst mit der Präsidentin sprechen, bevor ich Ihnen eine Antwort geben kann.« Er stand auf und hielt die Tür seines Büros für uns auf, damit wir unseren unerwünschten Gast abholen konnten.

Ich stand in der Tür und sah mich in dem kreisrunden Raum um. Er war leer. Clementine Qisukqut war verschwunden.

38

Elijah Mamdouba rauschte an mir vorbei in sein Büro. Er blieb in der Mitte des Raums stehen, wirbelte herum und drohte mir mit der Faust. »Das ist Ihre Schuld, Ms. Cooper. Ich hab genug von Ihren Spielchen.«

Ich war sprachlos. Mein Herz hämmerte, und mein Kopf fühlte sich an, als würde er in einem Schraubstock stecken.

Es war, als würden zwei Leute dasselbe Bild betrachten und völlig unterschiedliche Dinge sehen: Ich wusste, dass Clem etwas Schreckliches passiert war, während der Direktor davon ausging, dass sie die Ursache der Schwierigkeiten war.

Mercer kam hereingerannt und lief auf eine der vier Türen zu, die in die Wand gesetzt waren.

»Rühren Sie sie nicht an, Detective!« Wieder schrie uns Mamdouba an. »Sie spielt mit uns allen. Sie gehen in die Höhle des Löwen und sind überrascht, wenn er beißt? Wir hatten keinen Grund, Ms. Clementine zu vertrauen, und Sie haben den auch nicht.«

Es war, als ob durch ihr Verschwinden die ganze Anspannung des Abends von ihm abgefallen wäre. Er beugte sich vor, die Hände auf den Oberschenkeln, und brach in herzhaftes Gelächter aus.

Mercer öffnete die erste Tür, hinter der nur ein leerer Kleiderschrank mit Kleiderbügeln war. Hinter der nächsten Tür war ein kleines Badezimmer mit einer Toilette und einem Waschbecken.

Mike war außer sich vor Wut. »Was, zum Teufel noch mal, gibt's da zu lachen? Wo steckt das Mädchen?« Er durchquerte den Raum und drehte den nächsten Türknauf. Zappenduster. Er verschwand in der Finsternis, tauchte aber sofort wieder auf. »Wo ist das Licht?«

»Sie ist Ihnen weggelaufen, Mr. Chapman. Das Mädchen hat den Teufel –«

Mike steckte den Kopf durch die Tür und rief Clems Namen. »Hier ist eine gottverdammte Treppe, Mercer. Aber ich kann absolut nichts sehen.«

Er ging rückwärts um den großen Schreibtisch, stieß mit Mamdouba zusammen und tippte ihm mit dem Zeigefinger auf die Brust. »Es ist mir scheißegal, ob Teddy Roosevelt von seinem Pferd fällt oder die Tiere in ihren Käfigen lebendig werden. Sorgen Sie dafür, dass jeder Aufseher seinen Hintern hochkriegt, schlagen Sie Alarm, besorgen Sie mir eine Hand voll Taschenlampen und sagen Sie mir, zum Teufel noch mal, wohin diese Treppe führt. Coop, hol die Grundrisse! Schnell!«

Mercer sprach von Mamdoubas Telefon aus mit dem Chief of Detectives. »Schicken Sie die Emergency Services her. Und einige Streifenwagen. Lassen Sie die Straßen rund ums Museum absperren. *Was*? Sagen Sie mir nicht, dass das nicht geht. Für Snoopy und diese aufblasbaren Zeichentrickfiguren zur Thanksgiving-Parade geht es auch. Machen

Sie sie absolut dicht! Nördlich und südlich sind U-Bahn-Eingänge. Riegeln Sie sie ab! »

Ich lief in unser Arbeitszimmer und holte die Pläne vom Schreibtisch.

»Was ist los mit Ihnen, Mann? Warum, zum Teufel, haben Sie uns nicht gesagt, dass da eine Geheimtreppe ist? Denken Sie, dass Clem von London eingeflogen ist, um Spielchen zu spielen? Jemand hat sie uns direkt unter der Nase weggeklaut. Schalten Sie mal Ihr Gehirn ein!« Mike stürmte zurück zur Treppe. »Wo führt die hin und wer hat Zugang dazu?«

Mamdouba durchlief seinen vierten Stimmungswechsel des Abends. Das Missfallen, das in Missachtung übergegangen und dann kurz Hysterie geworden war, wich jetzt Jammerei. »Das ist keine Geheimtreppe. Es gibt nur keinen Grund, warum jemand darüber Bescheid wissen sollte. Sie ist, äh, sie ist rudimentär.«

»Ich habe meinen Thesaurus auf dem Revier vergessen. Was heißt das?«

Mamdouba hatte den Sicherheitsdienst angerufen und in den riesigen Korridoren heulten jetzt die Sirenen.

»*Rudimentär*. Nutzlos, wie Ihr Blinddarm. Sie wurden vor einem Jahrhundert gebaut, als man diese Ecktürme errichtet hat. Seit die Aufzüge installiert wurden, sind die Treppen nicht mehr in Gebrauch. Sie sind eng, dunkel und gefährlich. Niemand benutzt sie.«

Jetzt sprach Mercer mit dem Leiter des Geiselkommandos: »Das ist es ja gerade. Wir wissen nicht, wer sie hat oder wo sie ist. Es ist nicht verfrüht. Sie schicken, verdammt noch mal, besser ein Team hierher, denn falls wir das Mädchen finden und es noch am Leben ist, brauche ich alle Hilfe, die ich kriegen kann. Sofort.«

Drei Wächter kamen ins Zimmer gerannt; ihr Anführer

sah zu Mamdouba, um sich Informationen und Instruktionen zu holen.

»Die Taschenlampe. Werfen Sie sie her!«, sagte Mike.

»Tun Sie, was er sagt.« Mamdouba nickte.

Mercer nahm dem zweiten Aufseher ebenfalls die Taschenlampe aus der Hand, warf sie mir zu und nahm sich die dritte.

»Ich gehe nach oben, du nach unten«, sagte Mike zu Mercer. Ich wollte ihnen in das dunkle Treppenhaus folgen, aber Mike schrie mich an zurückzubleiben. »Du machst nur Ärger, Blondie! Bleib hier bei den Wächtern und beim Telefon! Der Chief of Detectives ist auf dem Weg hierher.«

Mamdouba fummelte auf dem Treppenabsatz an einigen Lichtschaltern herum. Sie klickten, funktionierten aber nicht.

In seinem Büro herrschte ein heilloses Durcheinander, als die Aufseher von allen Stationen auf seinen Anruf hin zusammengelaufen kamen. Derjenige, der der Chef zu sein schien, gab den Befehl aus, auszuschwärmen und jeden Winkel des Gebäudes nach einer kleinen dunkelhäutigen Frau mit schwarzen Haaren abzusuchen. Da die Aufseher keine Erlaubnis hatten, Waffen zu tragen, hielten die meisten von ihnen nur Taschenlampen in der Hand.

Innerhalb von Minuten waren drei Streifenwagen am Museum. Ein uniformierter Sergeant und drei Cops kamen als Erste in Mamdoubas Büro gerannt. »Hey, Al, was ist los?«

»Wisst ihr Bescheid über die Mordermittlungen, das Mädchen, das –«

»Chapmans Fall? Ich hab in der Zeitung darüber gelesen. Eine Leiche in einem Truck irgendwo in Jersey. Habt ihr den Kerl geschnappt? Wer wird vermisst?«

Ich erzählte ihnen in aller Kürze, was geschehen war, damit sie anfangen konnten. Der Sergeant schickte Mercer und Mike jeweils einen Mann hinterher, während er und sein Fahrer bei mir blieben.

»Wie sieht sie aus?«

Ungeduldig gab ich ihnen eine Beschreibung von Clem, damit sie sie per Funk an die anderen Beamten in und vor dem Museum durchgeben konnten.

»Name.«

Ich buchstabierte ihn, während der Fahrer Notizen machte.

»Seltsamer Name.«

»Inuit.«

»Was?«

»Eskimo.«

»Eine Suchmeldung an den Nordpol, Al.« Der Sergeant lachte, scheinbar ebenso wenig besorgt über die Situation wie zuvor Mamdouba.

Mike und ein junger Polizist kamen zurück ins Zimmer. »Willst du dir nächsten Monat beim Compstat-Treffen eine Rüge einfangen, Paddy? Steh hier nicht rum und mach dumme Witze, während in deinem Revier die Mordrate um einen Fall steigt. Hol mir jeden Mann von Manhattan North, der zur Verfügung steht!«

»Jetzt machst *du* Witze. Es ist nur ein Museum.«

»Warst du schon mal oben im vierten Stock, Coop? Oder drüber, im Dachgeschoss?«

Ich schüttelte den Kopf, während Mike fortfuhr: »Wir werden alles auf den Kopf stellen. Du glaubst nicht, wie es dort oben aussieht. Man könnte einem Dutzend Leute Zimmer vermieten, und man würde nicht einmal merken, dass sie da sind. Oder tot sind. Dort sind Milliarden von Kammern und Spinden und Kisten. Wo ist Mercer? Ist jemand bei Mercer? Ruf ihn an, Coop!«

Ich wählte von Mamdoubas Telefon aus und erhielt seine VoiceMail. Er musste bereits im Kellergeschoss sein, wo die Handys nicht funktionierten. Ich versuchte Zimms Durchwahl, aber es hob niemand ab.

»Wissen Sie, wer noch im Keller ist?«, fragte ich Mamdouba.

»Bis vor einer Stunde waren noch ein paar Leute hier oben. Gaylord, Poste, Bellinger, Friedrichs. Aber es ist spät, und sie sind wahrscheinlich gegangen. Ich habe Zimm gesagt, dass er noch bleiben soll, für den Fall, dass ich ihn noch bräuchte.«

Mike erteilte den verdutzten Sicherheitskräften und den Polizisten, die in 5-Minuten-Abständen paarweise eintrafen, Anweisungen. »Schnappt euch alles, was sich bewegt, und bringt es –«

Er sah mich an, weil er nicht wusste, was er angeben sollte.

»Ins IMAX-Kino. Neben der Hauptlobby.«

»Paddy.« Er wandte sich wieder dem Sergeant zu. »Praktikanten, Doktoranden, Wissenschaftler, Hausmeister. Lasst niemanden raus! Ich will wissen, ob sie etwas gesehen oder gehört haben. Knochen. Besorgt mir jemanden, der weiß, wo die Knochen sind!«

Mamdouba murmelte leise. »Sie sind überall, Mr. Chapman. Oben und unten.«

Der Sergeant kommunizierte über ein Walkie-Talkie mit seinen Männern auf der Straße.

»Bewacht jeden Eingang, jede Tür! Durchsucht die Müllcontainer im Innenhof! Verteilt euch im ganzen Haus!«

»Können Sie, verdammt noch mal, diesen Alarm ausschalten?« Mike telefonierte wieder mit dem Präsidium. Die Alarmanlage des Museums heulte seit zwanzig Minuten. Falls jemand noch nicht gecheckt hatte, dass etwas passiert war, hatte er schon die Präparatoren kennen gelernt.

Mercer kam keuchend ins Büro zurück. »Die Tür im zweiten Stock geht nicht auf. Im ersten Stock ist ein Büro genau wie das hier. Das Schloss muss hundert Jahre alt sein. Ich habe mich gegen die Tür geworfen, und es hat nachgegeben. Das Büro ist verstaubt und bis auf ein paar Schränke mit Behältern voller Echsen leer. Im Erdgeschoss ist ein Buchladen. Ich bin bis in den Keller hinuntergelaufen.«

»Zu den Ausstellungsbüros? Hast du –«

»Nein, du hast Clem gehört. Man kann von hier nicht dort hinübergelangen. Es ist ziemlich unheimlich dort unten.«

»Herpetologie.« Wieder Mamdouba.

»Was?«

»Schlangen. Reptilien. Sie sind alle tot, Mr. Wallace.«

»Trotzdem. Pythons, Constrictors, Anacondas – ein Tank nach dem anderen, alle in irgendeiner Alkohollösung.«

»Hast du jemanden gesehen?«

»Nein. Dort unten sind überall Lagerräume und Abstellkammern. Haufenweise Exemplare auf Metallregalen. Ich habe dem Polizisten, der mir gefolgt ist, gesagt, dass er dort bleiben soll. Schick ihm Nachschub, okay? Dort ist's totenstill. Er sieht sich jeden Zentimeter an.«

»Bist du rüber zu –?«

»Den Ausstellungshallen? Ja. Ich musste zurück in die Lobby und hinüber zum Treppenhaus, in dem wir schon gewesen waren. Ich habe dem Jungen –«

»Zimm?«

»Ja, ich habe ihm gesagt, was passiert ist und ihn –«

»Wie hat er auf die Nachricht von Clems Verschwinden reagiert?«

»Er machte einen entsprechend aufgelösten Eindruck.

Ich habe ihm gesagt, er solle nachsehen, wer noch im Haus ist, und sie zusammentrommeln. Ich geh wieder runter, und er soll uns durch alle Seitenkorridore führen, die er kennt. Sarge, ich brauche ein paar Männer, um jede einzelne Tür aufzumachen.«

»Hat Zimm gesagt, dass er wusste, dass Clem heute Abend hier sein würde?«

»Mike, ich habe mir nicht die Zeit genommen, ihn zu vernehmen. Ich versuche sie noch lebend zu finden, okay?«

»Ist sonst noch jemand unten?«

»Diese Sauertopfmiene. Anna Friedrichs. Sie wollte mir folgen und braucht anscheinend eine Ewigkeit.« Mike reichte Mercer die Grundrisspläne des Kellergeschosses, die er mit Clems Hilfe entziffert hatte. »Nimm die hier mit, wenn du wieder nach unten gehst. Sarge, geben Sie mir Ihre Walkie-Talkies!«

Mamdouba, der telefoniert hatte, drehte sich zu uns um. »Mr. Socarides ist noch immer in seinem Büro. Säugetiere. Er wird Sie in den vierten Stock begleiten, Mr. Chapman. Er ist verantwortlich für … nun, für viele der Knochen.«

»Menschenknochen?«

»Tierknochen. Aber er kennt die Lagerräume.«

Ich blätterte in den Seiten, auf denen die Sammlungen und Schenkungen im Einzelnen aufgeführt waren. »Kennt er sich mit diesen Namen aus?«

»Sicher.«

»Dann nehmen wir diese Liste mit.«

»Du nicht, Kleines. Geh mit Mercer mit, und hilf ihm.«

»Du bleibst hier, Alex.« Auch Mercer wollte mich nicht dabeihaben. Ich war nicht gerade ein Glücksbringer.

Sie machten sich beide mit ein paar uniformierten Männern und Frauen in die entlegeneren Gefilde des gigantischen Museums auf. Dreiundzwanzig Gebäude. Siebenhundertdreiundzwanzig Räume. Wir brauchten kein Revier, um es zu durchsuchen, wir brauchten eine ganze Armee.

Jetzt drang von draußen Lärm herein. Ich ging ans Fenster und sah hinunter auf die Kreuzung Columbus Avenue und West Seventy-seventh Street. Dutzende von Streifenwagen blockierten die Kreuzung, und einige Großfahrzeuge der Emergency Service Unit standen vor der alten Granitfassade. Sirenen verkündeten die Ankunft weiterer Polizisten, und das Rotlicht auf schwarzen Zivilfahrzeugen signalisierte die Anwesenheit von Detectives und Polizeichefs.

Anna Friedrichs machte einen total verängstigten Eindruck, als sie ins Zimmer kam. »Geht es Clem gut? Haben Sie sie gefunden?«

Ich sagte ihr, wie sie verschwunden war. »Haben Sie heute Clems E-Mails gelesen? Wussten Sie, dass sie nach New York kommen würde?«

»Am Abend wussten wir alle, dass sie in die Stadt kommen würde, um mit der Polizei zu sprechen. Aber ich dachte, sie käme erst gegen Ende der Woche. Zimm sagte mir nur, dass sie angedeutet hätte, bereits heute Abend hier zu sein.«

»Er hat das gesagt? Wann?«

»Jetzt. Soeben. Ich vermute, sie vertraute ihm. Sie schrieb, dass sie nachsehen würde, ob sein Licht brannte, wenn sie ins Museum kam. Er ging davon aus, dass sie von heute Abend sprach.«

»Er soll sofort heraufkommen.« Ich winkte mit der Hand in Mamdoubas Richtung. »Wenn Sie ihn telefonisch nicht erreichen können, schicken Sie zwei Ihrer Männer nach unten, die ihn auf der Stelle hierher bringen sollen. Wissen Sie, wem er noch davon erzählt hat?«, fragte ich, wieder an Friedrichs gewandt.

»Er macht sich solche Vorwürfe, dass er ganz durcheinander ist. Er weiß, dass er es Erik Poste und Hiram Bellinger gesagt hat. Er ist sich nicht sicher, wer noch dabei war.«

Ich reichte ihr die Liste mit den Sammlungen und den Namen der Mäzene. »Wie gut kennen Sie dieses Museum – ich meine, das Gebäude?«

»Ich, äh ... ich weiß nur über einige der Pendants zu meinen Stücken Bescheid.«

Als Met-Kuratorin für Afrika, Ozeanien und die amerikanischen Kontinente hatte sie mit den meisten primitiven Gesellschaften zu tun, mit denen Clem Katrina bekannt gemacht hatte. »Menschenknochen, Skelette, Dinge in der Art. Können Sie uns zeigen, wo man sie aufbewahrt?«

Sie sah Mamdouba Hilfe suchend an. »Oben? Haben Sie die Kammern im vierten Stock gesehen?«

»Sarge, geben Sie mir zwei Männer! Ich möchte über den Hauptaufgang nach oben gehen und Chapman einholen. Würden Sie bitte weitersuchen, Ms. Friedrichs? Irgendwelche Namen, irgendetwas, das uns einen Hinweis geben könnte – ein bestimmter Lagerraum, ein spezieller Ort, ein wertvoller Ausstellungsgegenstand, den Katrina Grooten nicht finden sollte. Sobald Socarides kommt –«

»Ich bin bereit, Ms. Cooper.« Er stand mit einer Taschenlampe in der Tür. »Anna, lassen Sie mich diese Listen ansehen.«

Ich folgte den beiden Polizisten hinaus auf den Flur, weil ich mich bei der Suche nützlich machen wollte. »Ich glaube, es ist wichtiger, dass Sie mit mir kommen. Ms. Friedrichs kann sich die Papiere ansehen. Ich habe sie auf alle Ihre Namen hin untersucht – Sie drei, außerdem Bellinger, Poste, Thibodaux, Drexler. Ich weiß nicht, wonach ich noch suchen soll.«

Socarides überflog die Papiere, als würde er die Namen

mit den anwesenden Personen vergleichen. Die Sammlungen, die sich auf Eingeborenenartefakte bezogen, sowie viele der afrikanischen und pazifischen Inselgruppen waren eingeringelt.

»Sie haben einen übersehen«, sagte er und schlug mit seiner Taschenlampe auf die Papiere. »Verdammt noch mal, Sie haben Willem übersehen. Lassen Sie uns zuerst dorthin gehen.«

Socarides ging an uns vorbei und lief die riesige Treppe hinauf in den vierten Stock. Ich blieb ein paar Sekunden wie angewurzelt stehen; ich war der festen Überzeugung, jeden Namen in meinem Fallordner überprüft zu haben.

Dann folgte ich ihm, wobei ich zwei der flachen Marmorstufen auf einmal nahm und mich an dem glänzenden Messinggeländer hochzog, das sich deutlich von den schmutzig-grauen Wänden und der vergipsten Decke abhob.

Als Socarides zur Orientierung auf dem Treppenabsatz stehen blieb, holte ich ihn ein. Ich erinnerte mich daran, was uns Ruth Gerst erzählt hatte. Postes Vater Willem war ein großer Afrikaforscher und Abenteurer gewesen. Jemand hatte erwähnt, dass Erik ein Experte für Museumsgeschichte sei und praktisch in Museen aufgewachsen war. Nach dem Tod seines Vaters war er zu seiner Mutter in die Vereinigten Staaten gekommen.

»Wohin gehen wir? Mir ist ganz übel, weil ich nicht die richtige Verbindung hergestellt habe.«

Er stakste langbeinig den Flur hinab. »Niemand dachte daran, Ihnen seinen Namen zu nennen, und Ihnen ist offensichtlich nicht eingefallen, danach zu fragen. Eine Staatsanwältin sollte es besser wissen.«

»Poste? Willem Poste«, wiederholte ich, während ich versuchte, mit ihm Schritt zu halten.

»Willem van der Poste, Ms. Cooper«, sagte er und gab mir die Listen zurück. »Sehen Sie unter V nach. Wie viele Buren, die nach dem Zweiten Weltkrieg nach Amerika gekommen sind, strich Willems Witwe den förmlichen, aristokratischen Teil aus dem Namen. Zu teutonisch, zu germanisch. Sehen Sie sich die Papiere noch einmal an, und Sie werden all die Exponate sehen, die dem Museum von Willem van der Poste vermacht worden sind.«

Fünfzig Millionen Knochen, Tausende davon von Erik Postes Vater. Dinosaurierfossilien, Säugetierzähne, menschliche Skelette.

Ich folgte Socarides den schier endlosen Korridor entlang, auf der Suche nach van der Postes Knochengewölbe.

39

In den Büros und Lagerräumen im vierten Stock wimmelte es nur so von Polizisten. Sogar mit eingeschalteter Deckenbeleuchtung bestand der Korridor nur aus dunklen Ecken und Winkeln, überall standen alte Holzschränkchen mit kaputten Schubladengriffen und in Plastik verhüllte Ausstellungsgegenstände.

Ich hörte, wie Mike ein paar hundert Meter vor uns den Polizisten Befehle zubrüllte, während sie auf die Sicherheitskräfte warteten, damit diese die verschlossenen Türen mit ihren Hauptschlüsseln öffnen konnten.

Socarides bog um eine Ecke und eilte den Flur hinunter. Ich rief Mike zu, uns zu folgen, und lief meinem entschlossenen Führer hinterher.

Der Korridor führte tief ins Innere des Museums. Unsere Schritte hallten in dem riesigen, dunklen Raum, während

Mike hinter uns alle paar Sekunden Clems Namen rief. Dieser ganze Bereich war für die Öffentlichkeit gesperrt und schien von den beliebten Ausstellungshallen, die täglich Busladungen von Schulkindern anzogen, so weit entfernt zu sein wie die Spitze des Empire State Building vom Gehsteig.

Wir blieben hinter Socarides vor einem kleinen Raum mit einer altmodischen Tür stehen. Die Tür bestand aus einem soliden Eichenpaneel mit einem dreißig Zentimeter breiten Glasfenster auf Augenhöhe. Die schwarzen Buchstaben, die einmal den Namen des Zimmerbewohners verkündet hatten, waren vor langer Zeit von der Scheibe gekratzt worden. Der Türgriff klemmte. Ich trat ein paar Schritte zurück, während Socarides die Scheibe mit der Taschenlampe einschlug und die Tür von innen öffnete.

Ich tastete nach dem Lichtschalter und knipste das Licht an. Fischskelette. Tausende von Fischskeletten vom Boden bis zur vier Meter hohen Decke. Sie lagerten senkrecht in Behältern mit Äthylalkohol und schimmerten übernatürlich in dem mir mittlerweile bekannten pinkfarbenen Färbemittel.

Chapman und Socarides waren weitergegangen und zerschmetterten eine Glasscheibe nach der anderen, um den Inhalt der Kammern und Schränke unter die Lupe zu nehmen. Sie steuerten auf eine Sackgasse zu.

»Der übernächste Flur. Ich weiß, dass die Sachen hier oben waren«, rief uns Socarides zu. Wir liefen zurück in den Hauptflur und einen anderen Seitenflügel hinunter.

Vier kleine, düstere Kammern, allesamt mit unzähligen Kommoden mit toten Vogelkörpern. Überall Federn, Schnäbel und winzige Wirbel.

Mike knallte die letzte Tür hinter sich zu und atmete tief durch.

»Hierher, Detective! Hier drüben!«

Ich folgte Mike ein paar Meter den Flur hinunter zu einem circa zwölf Quadratmeter großen Lagerraum, zu dem sich Socarides bereits Zugang verschafft hatte.

Gegenüber der Tür hingen sechs menschliche Skelette in voller Größe. Jedes Skelett des makabren Sextetts baumelte an einem glänzenden Messingscharnier, das in ein paar Meter Höhe an einem Regal angebracht war.

Wir waren auf Augenhöhe mit den langen, knochigen Fingern, die von den kreidebleichen Überresten dieser vergessenen Seelen herabbaumelten. Ich erwartete fast, dass sie sich nach mir ausstrecken würden, um mich am Nacken zu packen.

Dahinter und an allen Wänden dieser abgelegenen Kammer waren Knochen über Knochen. Ich drehte mich nach links, um Mike Platz zu machen, der mit der Taschenlampe neben der Tür nach einem Lichtschalter suchte. Ich starrte fassungslos auf drei Reihen Schädel, hohlwangige Menschenköpfe mit vorstehenden Zähnen und schwarzen Augenhöhlen.

»Was ist das hier? Weißt du was darüber?«, fragte Mike.

»Das ist von Willem van der Poste, Erik Postes Vater«, sagte ich.

Das Licht unserer Taschenlampen, mit denen wir die Regale hinauf und hinab leuchteten, machte es noch unheimlicher. Ich leuchtete auf die gegenüberliegende Seite des Raums, wo noch mehr Schädel waren; an einigen klebten sogar noch Haare.

»Einige davon gehörten ihm. Der Mann häufte eine riesige Sammlung von afrikanischen Artefakten an. Aber er tat es auf Geheiß Dutzender von Mäzenen.«

»Ist das sein Privatgewölbe?«

»Nein, nein, dazu fehlte ihm das Geld.«

Socarides ließ die Tür offen und ging nach nebenan. Wieder schlug Mike die Tür ein und suchte nach dem Lichtschalter. »Reiche Kuratoriumsmitglieder und Museumsliebhaber pilgerten in den zwanziger und dreißiger Jahren auf den dunklen Erdteil. Einige zur Großwildjagd, einige aus reiner Abenteuerlust, einige, um Elfenbein und Gold und Kautschuk zu rauben.«

Noch mehr Knochen. Der Rest der Körper, die vor langer Zeit einmal mit den Schädeln in dem Raum davor verbunden gewesen sein mussten. Kisten voller Knochen, die fein säuberlich mit einem Vor- oder Stammesnamen oder einfach mit einem Fragezeichen versehen waren.

»Willems Vater war Bure. Er war um die Jahrhundertwende nach Südafrika gegangen und hatte bald einen Ruf als spektakulärster Schütze von allen. Die Hälfte der Tiere, die die Grundlage der ursprünglichen Museumssammlungen ausmachen, gehen auf sein Konto. Er war *der* Mann in Afrika.«

Ein dritter Raum, wieder voller sterblicher Überreste. Mike ging hinaus in den Flur, legte die Hände trichterförmig vor den Mund und rief nach Verstärkung. Dann fragte er: »Wessen Räume sind das hier?«

»Sie sind niemandem Bestimmten zugeordnet. Diese … diese *Sachen* warten nur darauf, dass jemand entscheidet, was in diesem Zeitalter der politischen Korrektheit mit ihnen geschieht. Da – dort oben, Detective.«

Socarides richtete den Kegel seiner Taschenlampen auf etwas, das im Dunkeln blitzte. Mike packte ein Bücherregal, das hinter der Tür eingeklemmt war, und kippte es auf die Seite. Schädel rollten klappernd über den Boden. Dann kletterte er auf das Regal, um an die obersten Regale heranreichen zu können.

Waffen. Ein Gestell mit Jagdgewehren war unter der Decke montiert. »Acht Stück. Sieht so aus, als ob es mal ein paar mehr waren, falls es jemals voll gewesen ist.«

Er wischte mit der Hand darüber, um zu sehen, wie viel Staub sich in dem Zwischenraum zwischen den langen Gewehren angesammelt hatte. Darunter waren Pistolen und Handwaffen. Es war unmöglich zu sagen, wie viele in dem Regal gewesen oder ob kürzlich welche entfernt worden waren.

Mike stellte sich auf die Zehenspitzen und tastete hinter den Pistolen, die ich jetzt ebenfalls deutlich sah, während ich ihm leuchtete.

»Gehört der Ihnen?« Er hielt sich mit einer Hand an dem Holzregal fest und reichte mir ein paar Waffen, dann zeigte er Socarides die Spitze eines Elefantenstoßzahns, der über einen Meter lang sein musste.

»Elfenbein, Detective. Das war vermutlich Willem van der Postes Privatversicherung. Jeder Jäger hatte einen ganzen Berg davon, und Willem versteckte sein Elfenbein wahrscheinlich hier für den Fall, dass er in die Staaten zurückkommen und sie gegen bares Geld eintauschen musste. Auf dem Schwarzmarkt.«

Mike kletterte von dem Regal. »Hier oben sind einige. Was sind die wert?«

»Fünfzehn, vielleicht zwanzigtausend Dollar pro Stück. Vielleicht auch mehr.«

»Hier hinten ist niemand, Chapman«, rief ein Cop, der in der Zwischenzeit die nächsten Räume durchsucht hatte.

»Durchsucht jeden Raum! Jeden Zentimeter!« Der uniformierte Polizist eilte auf Mikes Befehl wieder davon. »Wohin als Nächstes?«

Socarides fiel nichts mehr ein. »Vielleicht hat er sie aus dem Museum geschafft. Vielleicht sind sie –«

»Großartig. Ich lasse es Sie wissen, wenn mir der Chief

diese Neuigkeiten mitteilt. Ich rechne immer mit dem Schlimmsten. Ich glaube nicht, dass sie in einem Bus in die Hamptons unterwegs sind. Wo könnte man sich hier drinnen noch verstecken? Wo würden Sie –«

»Im Keller. Ich meine, es gibt hier mehrere Kellerbereiche, die alle voneinander getrennt –«

»Ich weiß. Wir haben Leute dort unten.«

»Dann ist da noch das Dachgeschoss über uns. Es ist riesig, nur verschlossene Lagerräume. Es gibt keinen Grund, dort hinaufzugehen. Dort oben wären sie ungestört.«

»Kann man von der Treppe in Mamdoubas Büro dorthin gelangen?«

»Ehrlich gesagt wusste ich nicht einmal, dass es in seinem Büro eine Treppe gibt. Keine Ahnung, wo die hinführt.«

Zurück im Hauptflur lief Mike voran und schrie die Sicherheitskräfte an, ihm den Aufgang zum Dachgeschoss zu zeigen. Der ältere Mann, der dem Aufgang am nächsten stand, war so eingeschüchtert, dass die Schlüssel in seiner Hand klapperten, als er versuchte, damit die massive Tür zu öffnen. Ich legte ihm eine Hand auf den Unterarm und bat ihn, mir die Schlüssel zu geben, was er erleichtert tat. Als ich den richtigen gefunden hatte, drückte Mike die Tür auf und lief die Stufen hinauf. Wir folgten ihm.

Nach all unseren Richtungswechseln musste ich mich im Halbdunkel erst wieder orientieren. Uniformierte Cops rannten durch die riesigen Gänge. Falls irgendetwas die Knochen zum Klappern bringen und die Toten wieder zum Leben erwecken konnte, dann diese Stampede von Cops, die auf der Straße, in U-Bahn-Stationen, Housing Projects und Stadtparks zu Hause waren, aber in diesem Labyrinth an Räumen und Abstellkammern völlig ratlos wirkten.

Chapman hatte sich schneller orientiert als ich. »Dort ist

Südwesten«, sagte er und deutete in besagte Richtung. »Mamdoubas Büro. Die Treppe ist dort in der Ecke.«

Ich folgte ihm, als er in die Richtung rannte. »Coop, pfeif mal!«

Ich steckte zwei Finger in den Mund und pfiff, so laut ich konnte. Mike hatte dieses Taxisignal, das man über mehrere Blocks hören konnte, nie gemeistert. Nachdem ich die Aufmerksamkeit der halben Mannschaft hatte, rief er: »Hier rüber. Schafft all diese Schränkchen vor den Türen beiseite! Schafft alles weg, was einen Ein- oder Ausgang blockiert. Wir suchen nach einer Frau. Tot oder lebendig. Findet sie! Der Kerl ist möglicherweise bewaffnet.«

In dem gesamten Gebäudekomplex des Museums musste es acht oder zehn Dachgeschosse geben. Obwohl dieses hier von Mamdoubas Ecktürmchen aus zu erreichen war, ließ es sich nicht sagen, ob man von hier auch in die verschachtelten, angrenzenden Gebäude gelangte.

»Soc, was ist dort oben?«

Hoch über uns, unterm Dach, war eine Stahllaufplanke, die von Stahlseilen gehalten wurde. Sie war nicht viel breiter als ein Schwebebalken und verlief über die ganze Breite des riesigen Raums.

»Ist mir noch nie aufgefallen. Muss für die Arbeiter sein, damit sie am Gebäude Reparaturen ausführen können.«

»He, Pavlova, willst du dich nützlich machen? Damit sich all die Ballettstunden, die dir dein Alter bezahlt hat, endlich auszahlen? Ich glaube nicht, dass meine Füße auf dieses verdammte Ding passen würden.«

Ich hatte genauso viel Angst vor Höhen wie vor Ungeziefer, Schlangen und Spinnen.

»Vogelperspektive, Coop. Eine andere Sichtweise. Versuch's einfach!«

Ich zog meine Schuhe aus, gab Mike meine Taschenlampe und kletterte die verrostete Leiter hinauf, die an der Südseite des Raums an die Wand geschweißt war. Das Metall grub sich in meine Fußsohlen, während ich nach oben kletterte und versuchte, mich auf einen Wasserfleck an der Wand über mir zu fixieren. Alles, nur nicht nach unten sehen!

Die solide Planke fühlte sich gut unter meinen Füßen an. Ich glitt hinaus, hielt mich mit aller Kraft an den Stahlseilen fest und bewegte mich langsam vorwärts, indem ich gleichmäßig einen Fuß vor den anderen setzte.

Der erste Abschnitt war der beängstigendste, da es bis zu den ersten Lagerräumen mehr als sechs Meter waren und ich mich fast zwölf Meter über dem Boden befand.

Ich blieb stehen und sah auf die Bauten unter mir. Einige schienen festes Inventar zu sein, geräumige Zimmer, die als Lagerräume gedacht waren. Darauf lagen Holzplanken, und obwohl es unmöglich war, von hier oben zwischen den Ritzen etwas zu erkennen, konnte ich manchmal etwas Großes, Dunkles oder auch etwas Helles sehen. Letzteres sah für mich aus wie weiße Knochen.

Ich ging weiter und sah andere, modernere Schränkchen – graue Metallspinde, die aussahen, als ob sie hinzugekommen wären, nachdem der ursprüngliche Platz für die Sammlungen nicht mehr ausgereicht hatte.

Dann befand ich mich wieder über einem Korridor. Ich hielt mich an den Seilen fest und setzte behutsam einen Fuß vor den anderen. Lagerräume und Schränkchen. Wieder ein Korridor. Lagerräume und –

Ich blieb über der dritten Gruppe an Lagerräumen stehen und sah nach unten. Das Licht, das durch die Dachfenster drang, warf Schattenspiele auf die Oberflächen. Ich hielt mich mit beiden Händen fest und bückte mich.

Jetzt war ich mir sicher. Es waren weder die vorbeihuschenden Wolken noch der helle Mond vor den Dachfenstern. Es waren auch nicht die Lichtkegel der Dutzenden von Taschenlampen, die weit unter mir den Raum absuchten.

Da war etwas. In einer der Knochenkammern hatte sich etwas bewegt.

40

»Hör auf zu keuchen und sag mir, wie sicher du dir bist!«

Ich hatte es geschafft, mich umzudrehen, wackligen Fußes zur Leiter zurückzuschleichen und wieder zu Mike hinunterzuklettern. »Hundertprozentig sicher.«

»Vielleicht hast du Ratten gesehen.«

Ich dachte an das letzte Mal, als ich in einer einsamen Nacht hinter einem Mörder her gewesen war. »Vertrau mir, Mike! Ich weiß, wie Ratten aussehen. Das war keine Ratte. Es war definitiv ein Mensch.«

»Einer? Nur einer?«

»Alles, was ich sehen konnte, war eine Gestalt, die von einer Seite des Raums zur anderen ging.«

Mike wandte sich an einen aufgeweckten jungen Cop, der hinter ihm stand. »Wollen Sie eine goldene Dienstmarke? Dann gehen Sie nach unten und holen Sie mir als Erstes Mercer Wallace, Detective der Sonderkommission für Sexualverbrechen! Großer Kerl, der schwärzeste, den Sie je gesehen haben. Denken Sie an Shaft! Sagen Sie ihm, dass der Täter hier oben ist! Dann suchen Sie den höchstrangigen Boss, den Sie finden können! Ich will die Emergency Services, das Geiselkommando, die Sanitäter. Alle anderen sollen unten bleiben. Und holen Sie mir einen Boss. Nur einen. Sagen Sie ihnen, dass ich das gesagt habe! Und kommen Sie zurück! Sie werden den Rest der Nacht mein Lakai sein.«

Er bat Socarides, in Mamdoubas Büro hinunterzugehen und dort zu bleiben.

Mike nahm mich bei der Hand, legte einen Finger über die Lippen, um mir zu signalisieren, leise zu sein, und ging mit mir in Richtung der Lagerräume, die ich gesehen hatte. Er winkte die Männer, die dort in der Nähe waren, weg und wir setzten uns in eine Nische zwischen zwei Vitrinen voller Schrumpfköpfe, um auf Mercer zu warten.

Unsere Gesichter waren in dem engen Zwischenraum zwischen den beiden Glasvitrinen nur ein paar Zentimeter voneinander entfernt. Ich legte Mike die Hände auf die Brust und flüsterte ihm zu: »Was denkst du, was du tun wirst?«

»Irgendwelche schlauen Ideen? Ich denke nicht. Ich schone mein Gehirn, um es dem Museum zu vermachen. Fürs Denken werden die Bosse bezahlt. Deshalb brauche ich Mercer hier oben. Ich? Ich würde dem Kerl einfach die verdammten Eier wegpusten, mit oder ohne Clem.«

»Aber falls sie noch am Leben ist –«

»Deshalb bin ich ja so brav. Lass uns leise sein, bis die Jungs vom Geiselkommando kommen. Er soll denken, dass ich alle weggeschickt habe und er in Sicherheit ist.«

»In Sicherheit? In Sicherheit, um was zu tun?«

»Vielleicht wird er versuchen, Clem als Druckmittel zu benutzen, um hier rauszukommen. Mal ehrlich, Coop. Die Kehrseite ist, dass er sie vielleicht bereits umgebracht hat. Falls er der Ansicht ist, dass wir noch im Dunkeln tappen und denken, dass Clem nicht mehr im Museum ist oder dass sie, wie Mamdouba meinte, mit uns spielte und auf eigene Faust verschwand, könnte er verschwinden, ihre Leiche hier zurücklassen und durch den Park in sein Büro spazieren. Kommt drauf an, was er sich in seinem kranken Hirn zusammenreimt.«

Ich lehnte meinen Kopf an Mikes Schulter.

»Kopf hoch, Blondie. Falls sie dort drinnen ist, holen wir sie raus.« Er schnupperte, und ich sah auf. »Es ist Mitternacht, und du riechst immer noch gut. Wie kommt das?« Er versuchte mich aufzumuntern.

»Eau de Formaldehyd. Moschus von ausgestopftem Elch, Knorpel No. 5. Käfersaft. Du hast eine gute Nase.« Ich sah wieder zu ihm auf. »Erik Poste?«

»Das vermute ich auch. Er kennt das Museum in- und auswendig. Die Knochenhaufen seines Alten sind hier. Er hat Zugang zu Waffen und arbeitet mit Arsen. Er wusste, worauf Katrina und Clem hinauswollten. Jetzt müssen wir nur noch dahinter kommen, warum.«

Die Cops hatten aufgehört, alles auf den Kopf zu stellen. In der großen, düsteren Halle machte sich eine unheimliche Stille breit.

»Weißt du, was die heutige *Jeopardy!*-Frage war?«

Wir hatten sie heute Abend verpasst, und Mike wollte mich ablenken, bis Mercer kam.

»Kategorie: Weltklassediebe. Ich hätte tausend Dollar gesetzt. Du?«

»Doppelt oder nichts.« Ich lächelte ihn schwach an. In dem Lagerraum war es ruhig. Vielleicht hatte ich mich heute Nacht ein zweites Mal geirrt.

»Die Antwort ist: ›Jack Roland Murphy.‹«

Ich schüttelte den Kopf.

Mikes Mund war an meinem Ohr. »Rückst du das Geld raus? Siehst du das Dachfenster dort oben, Coop?«

Er hob mein Kinn, sodass ich zum Dachsims hinaufsah. »1964. Murph the Surf aus Miami Beach kletterte auf dieses alte Granitgebäude und ließ sich durch genau dieses

Loch da oben herab, um den Stern von Indien zu stehlen – J.P. Morgans Saphir. So groß wie ein Golfball, Kleines. Es war eine warme Nacht, das Alarmsystem war deaktiviert, und das Fenster stand weit offen. Er hat das Glas einfach mit einem Klauenhammer zerschlagen, und die Wächter haben nicht einmal gemerkt, dass er da war. Wahrscheinlich waren es dieselben Penner, die noch heute hier arbeiten. Mein Paps hat damals in der Sache ermittelt. Du schuldest mir zweitausend –«

Ich hörte Schritte im Flur. Mike trat aus der Nische und streckte seinen Arm aus, um Mercer und seine Begleiterin aufzuhalten. Ich erkannte Kerry Schrager vom Dezernat der Bezirksstaatsanwaltschaft, die vor kurzem für das Geiselkommando ausgebildet worden war.

»Beweg dich nicht vom Fleck! Ich werd's ihnen erklären.«

Mike war kaum gegangen, da glaubte ich, in dem kleinen Raum etwas rascheln zu hören. Ich lauschte auf Stimmen, konnte aber nichts hören.

Innerhalb weniger Minuten kamen Mike, Mercer und Kerry zurück.

»Wir machen es folgendermaßen«, sagte Mercer. »Nice and easy. Kerry und ich –«

Mike war ungeduldig. »Tina Turner, ›Proud Mary‹. Bei mir geht nichts ›nice and easy‹. Wenn's nach mir geht, dann stimme ich für ›rough‹. Wo sind die Scharfschützen?«

»Auf dem Dach.«

»Scharfschützen?« Ich sah wieder nach oben. »Aber wir wissen nicht, wo Clem –«

»Eben. Sie halten sich auch nur bereit. Wir wissen nicht, welche Waffen dieser Kerl bei sich hat. Für den Fall, dass er durchdreht, haben wir Feuerkraft. Der Raum ist umringt von Emergency Services und Sanitätern, und in jeder Ecke ist ein Boss. Kerry und ich werden tun, was wir zu tun haben. Wir bestimmen, was gemacht wird. Ihr beide habt mehr Fakten, also bleibt ihr hier, für den Fall, dass ich Informationen brauche.«

Regel Nummer eins bei Geiselnahmen war, einen bestimmten Radius abzustecken. Man schickte einen Mann oder ein Team hinein, um mit dem Geiselnehmer zu reden, während sich alle anderen in Bereitschaft hielten.

»Wir glauben, dass Erik Poste da drinnen ist. Hast du im Keller irgendwas gefunden, was auf ihn als Täter hindeuten würde?«, fragte Mike Mercer.

»Arsen?« Ich hatte Angst, dass er es Clem bereits verabreicht hatte.

»Eve Drexler glaubt, dass sie – das heißt, eigentlich Thibodaux – die Antwort gefunden hat«, sagte Mercer. »Sieht so aus, als ob Erik Poste jedes Mal, wenn Bellinger eine Arsenbestellung für die Cloisters in Auftrag gab, eine zusätzliche Menge für Restaurierungsarbeiten in seiner Abteilung anforderte.«

»Er hat das Zeug in der Taxidermieabteilung wahrscheinlich nie angerührt, aber er wollte, dass es danach aussieht, als ob jemand aus *diesem* Museum für die Vergiftung verantwortlich sei«, sagte Mike. »Wenn er also heute Abend nicht mit Clem gerechnet hat, hat er wahrscheinlich nichts von seinem privaten Nachschub mitgebracht.«

»Wir versuchen es. Auf unsere Art«, sagte Mercer zu Mike. »Hab Geduld, und geh mir aus dem Weg! Wir haben noch kein Menschenleben verloren, und ich habe nicht vor, heute Nacht damit anzufangen.«

Mike kniete nieder und skizzierte die genaue Position des Lagerraums, in dem wir Erik Poste vermuteten. Dann gingen Mercer und Kerry den engen Gang hinunter, bis ihre Gestalten von der Dunkelheit verschluckt wurden und ich nur noch die scharlachroten Buchstaben hinten auf Kerrys Jacke sehen konnte: TALK TO ME.

Die beiden postierten sich neben dem verschlossenen Raum. »Mr. Poste«, hörte ich als Nächstes Mercers sanfte dunkle Bassstimme. »Erik? Hier spricht Mercer Wallace.«

Keine Antwort, kein Geräusch. Der Verhandlungsführer bezeichnet sich selbst nie als Cop und erwähnt niemals einen Rang. Er gibt nie die Tatsache preis, dass er eine ganze Mannschaft im Rücken hat.

Hinter uns bewegte sich etwas. Ich drehte mich um und sah, wie zwei Männer in pechschwarzen Overalls auf den Laufsteg kletterten. Sie hatten Scharfschützengewehre über die Schulter geworfen und gingen – bei weitem sicherer, als ich es getan hatte – über die Räume links und rechts von Mercer. Scharfschützen waren sowohl unter als auch auf dem Museumsdach.

Mercer rückte näher an den Lagerraum heran. »Erik, ich möchte, dass Sie mir zuhören.« Er musste einen Weg finden, den Geiselnehmer in ein Gespräch zu verwickeln, ohne den falschen Ton zu treffen. Es war im besten Fall eine heikle Aufgabe und in einem Fall, der so viele Unbekannte aufwies wie dieser hier, war es, als säße man auf einem Pulverfass.

Mercers Ziel war es herauszufinden, was mit Clem passiert war. Es war eine Sache, Poste zur Aufgabe zu zwingen, falls Letzterer allein war, aber falls er Clem in seiner Gewalt hatte und sie noch am Leben war, war es eine völlig andere Situation. Mercer wollte nicht von der Leiche in dem Sarkophag anfangen. Er würde Poste nicht vormachen können, dass dieser für den Mord an Katrina Grooten nicht lebenslänglich erhalten würde.

Du musst eine Vertrautheit herstellen, hatte Mercer gesagt, als ich ihn einmal gefragt hatte, wie man für diesen

Job ausgebildet wurde. Zuerst musst du den Betreffenden erden und ihn zu Leuten und Dingen in Beziehung setzen, die ihm etwas bedeuten und die er wiedersehen will.

Mercer redete weiter, obwohl er keine Antwort erhielt. »Ein Streifenpolizist holt gerade Ihre Frau, Erik. Sie möchte Sie sehen. Sie möchte, dass Sie heil aus dieser Sache hier herauskommen. Niemand wird verletzt, das ist der Plan.«

Mike legte mir wieder seinen Mund ans Ohr. »Was, wenn er seine Frau hasst, hm? Für manche Kerle, die ich kenne, würde das das Fass zum Überlaufen bringen. Sie würden sich lieber das Hirn rauspusten, als ihre Alte nach einer Nacht wie dieser noch einmal zu sehen.«

Mercer sprach über zehn Minuten, ohne eine Antwort zu erhalten. Bevor er nach oben gekommen war, war er ausreichend gebrieft worden, um zu wissen, was Poste etwas bedeutete. »Die Kinder, Erik. Denken Sie an Ihre Kinder.«

Nach wie vor kein Lebenszeichen.

»Ich habe mit Mamdouba gesprochen, und er hat mir von Ihrem Vater erzählt, von seiner Arbeit in Afrika, was für ein mutiger Mann, welch großartige Persönlichkeit er gewesen ist.«

Kerry kam zu uns zurück und nestelte an dem kleinen Empfänger an ihrem Ohr. Jemand übermittelte ihr Informationen. Sie sah nach oben, und ich folgte ihrem Blick.

Einer der Männer auf der Laufplanke bewegte seine Hände. Es sah aus, als ob er ein Seil hinablassen würde. Ich konnte nichts sehen.

Ich flüsterte Kerry zu: »Was ist los?«

Mike flüsterte mir wieder ins Ohr: »Fiberoptikkamera. Nicht dicker als eine Nähnadel. Sie lässt sich durch die Deckenritzen schieben, und dann können wir sehen, wer dort drinnen ist und ob sie … du weißt schon.«

Drei Minuten später nickte Kerry und reckte den Daumen nach oben. »Clem ist bei ihm. Sieht so aus, als ob sie noch am Leben ist.« Die Informationen wurden von demjenigen übermittelt, der den Monitor im Kommandozentrum im Museum überwachte. »Sie ist gefesselt und geknebelt. Sieht aus wie Gazetücher. Sie bewegt sich nicht, bis auf ihre Augen.«

Sie lauschte der Ansage. »Ja, sie hat die Augen auf. Es geht ihr gut.«

Zweifelsohne war Clem mit den gleichen alten Leinenbändern gefesselt, in die der Mörder Katrina Grootens Leiche wie eine Mumie eingewickelt hatte.

»Er hat eine Pistole in der Hand«, sagte Kerry, »und ein Gewehr quer über den Schoß. Er sitzt neben dem Mädchen. Sie liegt auf dem Boden.«

»Kann Mercer den Kommentar auch hören?«

»Er hört dasselbe wie ich. Es wird an uns beide weitergeleitet.«

Die Verhandlungsführer hatten keine Entscheidungsbefugnis, was das Stürmen des Raums anging. Diese neuen Hightech-Geräte entledigten den Job vieler Unwägbarkeiten. Falls der Täter nicht kooperierte, würde letztendlich der Chief of Detectives entscheiden, ob man den Lagerraum stürmen oder ob man warten sollte, bis Angst, Hunger oder Erschöpfung dafür sorgten, dass sich der Geiselnehmer ergab.

»Reden Sie mit mir«, sagte Mercer wieder ruhig. »Reden Sie mit mir, Erik. Wir müssen eine Lösung finden.«

Diese Worte waren nicht ohne Grund das Motto des Geiselkommandos. Die Verhandlungsführer mussten den Täter dazu bringen, sich zu öffnen. Sie mussten herausfinden, womit sie ihn aus der Reserve locken konnten. Wenn es ihnen gelang, ihn in eine Unterhaltung zu verwickeln – über Sport, das Wetter, seine Briefmarkensammlung, europäische Gemälde –, konnten sie ihn ablenken und letztendlich mürbe machen.

Es hatte schon Dutzende Male funktioniert. Wenn es misslang, war der Ausgang tödlich.

Mercer konzentrierte sich jetzt auf die Arbeit von Willem van der Poste. Jemand hatte, vielleicht auf Grund eines Telefonats mit Postes Ehefrau, Mercer eingeflüstert, dass Erik seinen verstorbenen Vater vergötterte. »Mamdouba hat Fotos in seinem Büro, Erik. Faszinierende Bilder von Ihrem Vater. Bilder von ihm und Ihnen als kleiner Junge.«

Mir kam es vor, als hätte Mercer schon über eine halbe Stunde lang geredet, ohne eine Antwort zu erhalten. Poste sprach kein Wort, bis Mercer ihn bat, die Waffen niederzulegen.

»Ich weiß, dass Sie welche bei sich haben, Erik. Sie werden niemanden erschießen. Sagen Sie mir, was wir tun können, um Sie da raus zu holen.«

»Ihr denkt alle, dass ich von den Waffen keinen Gebrauch machen werde, oder?«

Seine Stimme hallte durch den Flur. Es war Postes. Sie klang auf Grund der Akustik in dem riesigen Raum sehr laut, wirkte aber gespenstisch ruhig.

»Wie wär's, wenn Sie das Mädchen freilassen würden, Erik? Dann können wir –«

»Was habe ich davon, Mr. Wallace? Werden Sie mich dann nach Hause gehen lassen?« Poste lachte.

»Ich werde herausfinden, über was Sie so aufgebracht sind, und dann werden wir sehen, ob wir eine Lösung finden können. Mamdouba sagt –«

»Hören Sie auf mit Ihrem Scheiß über Elijah Mamdouba! Niemand kann eine Lösung finden, Wallace. Es ist eine andere Welt heutzutage. Mein Vater war einmal ein Held. Die Männer, die dieses Museum hier aufgebaut haben, hielten ihn für das Beste, was ihnen je untergekommen ist. Heute ist er hier ein Aussätziger. Ich bin als Kind dabei gewesen, als wir aus Afrika zurückgekommen sind. Jeder hier im Museum küsste den Boden unter seinen Füßen.«

»Das ist noch immer der Fall.«

»Jetzt dreht sich alles nur um die Rettung des Planeten und den Artenschutz. Denken Sie, dass es Wissenschaftler waren, die all diese Tiere da unten hierher gebracht haben? Es waren Jäger, Herrgott noch mal! Für sie war es ein Sport. Wenigstens war mein Vater ehrlich. Reiche Briten und Amerikaner gaben ein Vermögen aus, um in das Herz der Finsternis zu reisen. Wie, zum Teufel noch mal, denken Sie, dass man diese Dioramen da unten gefüllt hat?«

Mercer hatte darauf keine Antwort. »Sind Sie als Kind mit ihm auf Safari gegangen?«

»Zu der Zeit war schon alles anders. Als mein Vater jung war, bevor die ›Zivilisation‹ Afrika erreichte«, sagte Poste ironisch, »schien der Bestand an wilden Tieren unerschöpflich. Er lernte schießen, um sein Heim und seine Familie zu verteidigen und das Essen auf den Tisch zu bringen.«

Ich hörte ein Geräusch, so als würde er seine Stellung verändern.

»Diese Narren, die zu einer Expedition rüberkamen, schossen alles, was ihnen vor die Nase kam. ›Sie haben Ihren Elefanten‹, sagte mein Vater. ›Sie haben das, weswegen Sie hierher gekommen sind.‹ ›Dann schießen wir noch einen. Einen fürs Museum, zwei für mich. Und danach, Willem, noch ein paar Gorillas. Vielleicht auch einen oder zwei Kannibalen.‹ *Sie* wären in Gefahr gewesen, Wallace. Der gute alte Teddy-Roosevelt-Geist. Prima! Alles war prima!«

Jetzt hatte ihn Mercer so weit. Wenn ich es richtig verstand, war das gut für Clem.

»Und Ihr Vater?«

»Er warnte die Jäger, das Museumskuratorium, alle. Er sagte ihnen, dass es nicht genug Tiere gebe, um alle zufrieden zu stellen. Niemand hörte auf ihn.«

»Aber seine Sachen, seine Sammlungen sind alle –«

»In Vergessenheit geraten. Das sind sie. Ich bin früher an seiner harten, schwieligen Hand durch die Hallen hier gegangen. Sein Name stand überall, auf allen Schildern. Für die Leute hier – das Kuratorium, die Administratoren – war er ein ganz Großer. ›Das hier ist meiner, Erik‹, pflegte er zu sagen und mir die entsprechende Geschichte zu erzählen. ›Siehst du diesen Kronenadler? Er hatte sich einen ausgewachsenen Affen geschnappt und wollte sich mit ihm aus dem Staub machen. Ich hab ihn mit einem Schuss erledigt, in seinem eigenen Nest.‹ Jetzt ist Willem van der Poste tabu. Alles, was einmal ihm gehörte, ist jetzt in einer Kiste oder einer Kammer. Mamdouba? Er könnte keinen Elefantenstoßzahn finden, wenn sein Leben davon abhängen würde.«

»Ist es das, was Sie wollen, Erik? Wollen Sie –?«

»Ich habe, was ich will, Detective. Ich habe genau das gefunden, was ich will.«

Jetzt ging er in dem engen Raum auf und ab. Wir konnten alle seine Schritte hören.

»Das Mädchen«, sagte Mercer mit lauter und bestimmter Stimme. »Rühren Sie sie nicht an!«

41

Alle bewegten sich gleichzeitig.

Mercer stand auf und rückte noch näher an Postes Versteck. Kerry ging hinter ihm in Position. Über uns brachten die beiden Scharfschützen ihre Gewehre in Anschlag.

»Langsam, Erik. Gehen Sie von dem Mädchen weg. Lassen Sie Clem in Ruhe. Ich möchte hören, was Sie zu sagen haben.«

Poste musste dem Befehl, von Clem wegzugehen, Folge geleistet haben. Mercer reckte nach ein paar Sekunden den Arm in die Luft und signalisierte mit Zeigefinger und Daumen, dass die Situation fürs Erste in Ordnung war.

Kerry kam wieder zu uns. »Er hat etwas in der Hand. Sieht aus wie ein kleiner Pfeil, soweit man das sehen kann. Er ist sich damit über den Unterarm gefahren, während er mit Mercer gesprochen hat, so als ob er sich kratzen würde. Zuvor hatte er sich über Clem gebeugt und ihr die Spitze in den Kopf gedrückt.«

»Die Schusswaffen?«

»Er hat sie beiseite gelegt, als er zu reden anfing.«

»Was ist schlimmer?«, murmelte ich vor mich hin.

»Die Kamera kann ein Regal mit scharfen Objekten erkennen. Sie scannt gerade den Raum, während er auf und ab geht. Pfeile in allen Größen. Ein Haufen primitiver Waffen«, sagte Kerry und lauschte erneut den Informationen, die ihr und Mercer übermittelt wurden.

»Vergiftete Jagdpfeile«, sagte Mike. »Wahrscheinlich aus Papas Sammlung.«

»Ihre Zeugin hat doch Knochen gesucht, oder?«, fragte Kerry. »Jetzt hat sie sie. Rundherum Regale voller Menschenschädel. Ein paar Skelette hängen direkt über ihrem Kopf.«

»Sei vorsichtig mit dem, was du dir wünschst«, murmelte Mike.

»Jetzt ist ihm etwas unheimlich zu Mute«, sagte Kerry. »Er versucht herauszufinden, woher Mercer wusste, dass er so nahe neben Clem stand.«

»Kann er die Kamera denn nicht sehen?«

»Sie ist so groß wie eine Erbse, Coop. Sie ist direkt über ihm, auf gleicher Höhe wie die Holzbretter. Er würde sie sogar bei guter Beleuchtung kaum sehen können, und da drinnen ist es zappenduster.«

Mercer versuchte, wieder eine Verbindung zu ihm herzustellen. »Sie müssen Clem freilassen. Dann können Sie und ich einen Deal aushandeln, okay?«

»Es ist zu spät für einen Deal. Das weiß ich.«

»Warum? Sie haben ihr noch nicht wehgetan, oder? Es wird ihr gut gehen.«

»Und ihre ängstliche kleine Freundin vergessen Sie einfach? Katrina? Tun Sie das für mich?« Jetzt zog er Mercer auf, weil er wusste, das wir genauso wenig weiterwussten wie er.

Mercer stemmte die Hände in die Hüften und legte den Kopf in den Nacken. Er hatte eine Stunde lang versucht, Poste davon abzuhalten, die Tote zu erwähnen. Sobald Katrina ins Spiel kam, wusste Poste, dass ihm ein langer Gefängnisaufenthalt bevorstand.

»Er hat einen Schädel vom Regal genommen. Nein, er hat ihn wieder zurückgelegt. Jetzt hat er wieder eine Waffe in der Hand. Irgendeine Axt oder ein Beil.« Mich fröstelte bei Kerrys Kommentar. Während all die Cops, die das Dachgeschoss des Museums umringten, hoch entwickelte Waffen in der Hand hatten, hatte Poste Clem mit einem Arsenal primitiver Todesinstrumente in seiner Gewalt.

»Katrina ist dahinter gekommen. Das heißt, das stimmt nicht ganz. Es war Clementine hier, die die Saat gesät hat. Wissen Sie, was mit den Großwildjägern passiert ist, nachdem die Tiere ausstarben? Nachdem die Männer, die von diesem Museum verehrt wurden – Akeley und Lang und Chapin –, sie unnötigerweise alle umgebracht hatten?«

»Erzählen Sie es mir, Erik.«

»Sie wurden Totengräber. So nennst du sie doch, oder?«

»Er ist wieder neben ihr«, flüsterte Kerry. »Er stochert mit einem Pfeil – einem anderen diesmal – an ihrer Wirbelsäule herum.« Sie schlüpfte aus unserer Nische und stellte sich einen halben Meter hinter Mercer, um ihm bei Bedarf assistieren zu können.

Mike stand auf und folgte Kerry. »Rühr dich nicht vom Fleck, Coop! Das ist ein Befehl.«

Aus allen Richtungen näherten sich Polizeiteams. Niemand würde zulassen, dass Clem etwas geschah. Irgendein Boss rang gerade mit der Entscheidung, wie und wann man den Raum stürmen sollte. Ab einem bestimmten Punkt, wenn die Geisel ernsthaft in Gefahr war und man mit Reden nicht mehr weiterkam, würde das Team brutale Gewalt anwenden.

»Ich weiß nicht, was Sie meinen, Erik. Sagen Sie mir, wovon Sie sprechen.«

»Es kam eine Zeit, da gab es keine Tiere mehr, um sie an die großen Museen in Amerika und Europa zu verkaufen. Diese Gierhälse haben einige der außergewöhnlichsten Tiere der Welt ausgerottet. Weiße Nashörner, Okapi, Waldgorillas. Sie können sie heute an einer Hand abzählen.«

»Das ist nicht die Schuld Ihres Vaters. Das –«

»Wir haben Gesellschaft, Wallace, nicht wahr? Wir sind nicht allein bei unserer Plauderei, oder? Die Akustik hier ist für Sie nicht günstig, Detective. Hört sich an, als wären alle Ihre Cops in Stellung.«

»Was hat Clem Ihnen getan? Machen Sie einfach die Tür auf, und wir holen Mamdouba herauf, damit er mit Ihnen sprechen kann. Er wird Ihnen alles von Ihrem Vater geben, was Sie wollen.«

»Können Sie sich überhaupt vorstellen, wie man meinen Vater erniedrigt hat, Wallace? Sein ganzes Talent, seine Leidenschaft. Da machen Sie Ihr ganzes Leben lang etwas Einzigartiges, besser als jeder andere Mensch auf der Welt, und plötzlich kracht Ihr Universum zusammen, man reißt Ihnen das Herz raus, Sie werden ein Anachronismus und können nicht einmal mehr Ihre eigene Familie ernähren. Die Tiere waren vielleicht selten geworden, Mercer, aber es gab keinen Mangel an menschlichen Überresten.«

Jetzt stand ich allein in der schmalen Nische und hatte niemanden mehr, der mir berichtete, wie es dort drinnen bei Erik Poste und Clem aussah. Ich konnte nur anhand der Reaktionen der Männer auf dem Steg über mir erkennen, dass Gefahr im Verzug war. Erik musste jetzt direkt neben Clem sein.

»Alle wollten sie, jedes Museum der Welt. Nicht nur hier. Sogar in Afrika selbst. Sie bezahlten die Jäger – genau genommen jeden, der sich dazu bereit erklärte –, die Gräber aufzumachen. Alte, neue – es machte keinen Unterschied. Clem weiß es, hab ich Recht, Clem? Diese stolzen Institutionen wetteiferten um Menschenleichen.«

»Clem wusste von Ihrem Vater?«

»Nein, nein, bis heute hatte sie das nicht miteinander in Verbindung gebracht. Wie konnte sie? Man hat seinen Namen vor langer Zeit von allem hier entfernt. Aber sie war nahe dran. Schrecklich nahe.«

»Katrina – hat sie es gewusst?«

»In jener Nacht im Dezember. Es fiel ihr wirklich in den Schoß.«

Jetzt kam Lärm von der Treppe. Wie ein Gewichtheberquartett trugen vier Männer einen Rammbock den langen Korridor entlang und brachten sich in Position, um die Tür zu Postes Versteck einzurennen. Man war offenbar der Ansicht, dass Clem zunehmend in Gefahr schwebte.

Mercer, Mike und Kerry gingen ein paar Schritte zurück

und machten Platz für das Team der Emergency Service Unit. Ich erstarrte, als ich sah, wie sie ihre Waffen zogen und wie Kerry und Mercer, die über ihre Ohrmikros Instruktionen erhielten, per Handzeichen Anweisungen gaben, wie der Raum zu stürmen sei.

»Wollen Sie mir erzählen, was passiert ist, Erik?«

»Nicht wirklich, Wallace. Was hätten wir dann noch zu reden? Das könnte das Ende unserer Unterhaltung –«

Der Rammbock krachte durch die Tür. Ich presste die Zähne zusammen und wartete auf Schüsse.

42

»Kommen Sie, Alex. Clem ist in Ordnung. Es geht ihr gut.« Kerry winkte mich in den Raum. Es waren keine Schüsse gefallen, als Mercer und die anderen in die kleine Kammer gestürmt waren.

Ein Polizeibeamter der Emergency Service Unit hatte Poste Handschellen angelegt und führte ihn ab, damit Clem nicht in seiner Nähe sein musste. Mike und Mercer nahmen ihr gerade die Fesseln ab, während zwei Sanitäter ihre Vitalzeichen prüften und sie fragten, ob sie verletzt sei.

Ich blieb stehen und sagte Poste, dass ich gerne mit ihm sprechen würde, wenn wir in ein paar Minuten nach unten kämen. Es war nicht notwendig, ihn jetzt sofort über seine Miranda-Rechte zu belehren und ihm Zeit zu geben, sich einen Anwalt zu besorgen.

»Vergeuden Sie nicht Ihre Zeit, Ms. Cooper. Ich habe Ihnen nichts zu sagen. Wenn Sie die ganze Nacht unten im Keller eingesperrt geblieben wären, hätte nichts hiervon passieren müssen.«

Ich brauchte Mike nicht zu sagen, dass ich Recht gehabt hatte. Ein Blick von ihm, und ich wusste, dass er verstand.

Clem weinte. Sie lehnte, eine Blutdruckmanschette um den Arm gewickelt, mit dem Rücken an einem Regal voller Menschenschädel. Mercer massierte ihre Handgelenke.

Mike trat beiseite, um mir Platz zu machen. »Ich bin gut mit Leichen. Heulende Frauen zu trösten ist dein Bereich.«

Ich kniete mich neben Clem, und sie legte ihren freien Arm um meinen Hals. »Ruhig, Clem. Es ist vorbei.«

Ich konnte die Kratzer auf ihrem Unterarm fühlen, als ich sie in den Arm nahm. Ich zeigte sie dem Sanitäter.

Clem brachte ein Lachen zu Stande. »Wissen Sie, wie viele Male mir so ein Pfeil schon auf den Fuß gefallen ist? Margaret Mead wäre entsetzt, wie oft das Praktikanten passiert. Dieses Gift hat eine kürzere Haltbarkeitsdauer als eine Tüte Milch. Diese Pfeile sind wahrscheinlich schon seit dreißig oder vierzig Jahren in diesem Zimmer. Mir haben die Pistolen mehr Angst gemacht.«

Mike war auf den Gang hinausgegangen, um sich die Waffen anzusehen. »Nicht geladen. Keine einzige. Ich bin mir nicht einmal sicher, ob sie noch funktionieren würden.«

»Ich komme mir so dumm vor«, sagte Clem und sah zu ihm auf. »Wenn ich das gewusst hätte, hätte ich nie getan, was er mir befohlen hat.«

»Hey, Sie sind am Leben. Was immer Sie getan haben, war richtig. Wir waren auch nicht schlauer als Sie«, sagte Mike.

»Wir bringen sie hinüber ins Roosevelt Hospital«, sagte einer der Sanitäter. »Sie können dort mit ihr reden. Aber wir müssen sie durchchecken lassen.«

»Noch ein paar Minuten. Ich muss zuerst mit den Detectives sprechen. Bitte!«

Die Sanitäter nahmen widerwillig ihre Ausrüstung und gingen hinaus auf den Flur.

Clem saß mit verschränkten Beinen auf dem Boden und rieb sich die Fußknöchel, während sie sprach. »Er hat mir ein paar Sachen über Katrina erzählt. Darüber, warum –«

Sie sah zu mir auf und biss sich fest auf die Unterlippe, als könne sie damit ihren Tränenfluss zum Versiegen bringen. »Deshalb dachte ich, dass er mich auch umbringen würde. Und sich selbst. Er hatte die Waffen. Und er wusste, dass die Pfeilspitzen vergiftet waren. Dann nahm er eines der Kriegsbeile.«

Dieses Beil war wahrscheinlich der Grund gewesen, warum der Chief of Detectives den Befehl gegeben hatte, den Raum zu stürmen.

»Wussten Sie von der Treppe in Mamdoubas Büro?«

»Nein, nie davon gehört. Diese Türmchen sind ein begehrter Bereich. Dort haben nur die hohen Tiere Zutritt. Ich habe nie viel Zeit dort verbracht.«

»Hat er die Pistole schon gehabt, als er Sie dort überrumpelt hat?«

»Ich habe ihn nicht kommen hören. Ich konnte natürlich nicht widerstehen« – sie lächelte –, »mich auf Mamdoubas Schreibtisch umzusehen, nachdem Sie mit ihm hinausgegangen waren. Ich wollte einen Blick auf seine Papiere werfen, während Sie sich im Vorzimmer stritten. Das ist der Teil von mir, der sich vermutlich nie ändern wird.«

»Und Poste?«

»Die Tür ging auf. Ich blickte mich um, und er hielt die Pistole direkt auf mich gerichtet. Er packte mich an der Hand und drohte, mich zu erschießen, wenn ich auch nur einen Ton von mir geben würde.«

»Wusste er, dass Sie dort waren?«

»Nein. Ich vermute, er wusste, dass *Sie* dort waren. Er ist wahrscheinlich der Einzige, der über diese Treppe Bescheid wusste. Er hat als Junge dort gespielt, wenn er mit seinem Vater hierher kam. Das hat er mir erzählt, als wir hier oben waren. Er wusste sogar, wessen Büro das früher gewesen war.«

»Aber warum war er dort?«

»Um Ihr Gespräch mit Mamdouba zu belauschen und herauszufinden, was Sie bisher über den Mord in Erfahrung gebracht hatten. Vor allem, nachdem Zimm ihm gesagt hatte, dass ich vielleicht heute Abend kommen würde. Er wollte nur zuhören. Er hatte nicht erwartet, mich allein dort vorzufinden. Deshalb hatte er auch keinen Fluchtplan. Er hatte keine Ahnung, wie er mich loswerden sollte. Nur einen Ort, um mich zu verstecken, bis er sich etwas ausgedacht hatte. Nur diese, diese –« Clem tat sich schwer, diese grausige Ansammlung menschlicher Gebeine zu benennen.

»Knochenkammer«, sagte Mike.

»Wusste Erik, was sein Vater getan hatte?«, fragte ich.

»Sie meinen die Gräberschändung? Nicht als Kind. Er erfuhr erst ungefähr vor einem Jahr davon, als er anfing, an der gemeinsamen Ausstellung mitzuarbeiten. Sein Bruder hat es ihm erzählt.«

»Sein Bruder?«, fragte Mike.

»In einem unserer Interviews hat er uns von seinem älteren Bruder erzählt, der in Afrika geblieben ist, erinnerst du dich? Um die Arbeit seines Vaters fortzusetzen.« Ich war davon ausgegangen, dass das bedeutete, dass er Safaris leitete und Forschungsreisen für Museen unternahm.

»Kirk van der Poste, ein Halbbruder. Acht Jahre älter als Erik. Seine Mutter starb an Malaria. Der Vater heiratete ein zweites Mal und starb, als Erik zwölf Jahre alt war. Als er Kirk schrieb, dass er an einer gemeinsamen Ausstellung mit dem Naturkundemuseum arbeitete, erzählte ihm dieser, dass alle Sammlungen ihres Vaters eingelagert werden sollten. Schlimmer noch, man wolle sie den Eingeborenen zurückgeben.«

»Woher wusste Kirk das?«

»Von seinen Kontakten am McGregor in Südafrika.«

»War denn keiner von den beiden seit ihrer Kindheit hier gewesen?«

»Wie hätten sie in diese Lagerräume hier oben gelangen sollen? Sie hatten nicht mehr Zugang als Fremde. Letztes Jahr war das erste Mal seit dem Tod seines Vaters, dass Erik seinen Fuß in dieses Museum setzte. Denken Sie nur, welche Möglichkeiten ihm die Arbeit an der Ausstellung eröffnete! Es war ein Freifahrschein, um hier herumzuwandern und nach allem zu suchen, was er wollte.«

»Und Kirk? Wollte er die Knochen haben?«

»Alles, was damit zusammenhing. Als man die Gräber plünderte, raubte man auch Sachen, die zu der Zeit niemand schätzte. Bronzegüsse, hölzerne Swahili-Grabgedenktafeln, Terrakottatöpfe. Das muss alles hier irgendwo verstaut sein, zusammen mit den Nashörnern und den Elefantenstoßzähnen. Hunderttausende von Dollar wert, gesammelt von Willem van der Poste. Diebesbeute, die man an Museen verkaufen konnte oder zu einem noch höheren Preis auf dem blühenden Schwarzmarkt.«

Wir standen inmitten eines kleinen Vermögens an Knochen.

»Woher wusste Kirk Bescheid?«

»Er hatte in Afrika genug gehört, um zu verstehen, was sein Vater getan hatte. Außerdem hatte er einige der frühen Feldtagebücher seines Vaters geerbt.«

»Die was?«

»Feldtagebücher. Die Berichte über alle Expeditionen und die Hauptbucheinträge, in denen stand, welche Museen die

Sachen gekauft oder gelagert hatten. Erik Poste interessierte sich nicht für unser Anliegen, die Sachen zurückzugeben. Er hielt es für törichte politische Korrektheit. Alle Museen haben ihre Leichen im Keller. Vor fünfzig, hundert Jahren herrschten andere Sitten. Aber er wusste, dass Katrina über etwas viel Wertvolleres stolpern würde ... gestolpert war.«

»Das Arsen, hat er davon etwas gesagt?«

Sie nickte. »Anfangs hat er sich mir gegenüber verteidigt. Er sagte mir, dass er sie nur krank machen wollte. Krank genug, damit sie nach Südafrika zurückging. Er sagte, dass die kleinen Mengen, die er ihr in die Getränke mischte, wenn sie spät abends hier zusammen gearbeitet haben, sie nie und nimmer umgebracht hätten.«

Dr. Kestenbaum hatte das Gleiche gesagt. Falls die gelegentliche Vergiftung aufgehört hätte, hätte sich Katrina in Südafrika wieder erholt. Sobald der Gerichtsmediziner die toxikologischen Ergebnisse von Katrinas Haarproben erhielt, würde man genau wissen, wann und mit welchen Dosierungen die Vergiftung angefangen hatte.

»Wusste er von der Vergewaltigung?«

»Anna Friedrichs hat ihm davon erzählt.« Sie hatte uns gegenüber darauf bestanden, dass sie das getan hatte, obwohl sich Poste während der Interviews dumm gestellt hatte. »Er hat es ausgenutzt. Ebenso wie den elften September. Alle, auch Katrina selbst, dachten, dass ihre körperlichen Symptome vom Stress wegen der Vergewaltigung und der Terrorangriffe herrührten. Wie jeder von uns machte sie sich Sorgen über weitere Anschläge und die Milzbrandgefahr.«

Jeder von uns erinnerte sich an diese qualvollen Herbsttage.

»Aber sie wollte New York erst verlassen, nachdem sie die Eingeborenenknochen wiedergefunden hatte, von denen sie hoffte, dass man sie nach Afrika zurückbringen würde. Poste wollte ihren Abgang nur beschleunigen, ihren Entschluss schwächen.«

»Etwas muss einen Sinneswandel in ihm bewirkt haben.«

»Direkt vor Weihnachten«, sagte sie. »Er dachte, dass ich darauf in dem E-Mail angespielt hätte, das Sie mich verschicken ließen. Deshalb wollte er mich unbedingt sprechen. Als Katrina die Stelle am McGregor Museum in Kimberley angeboten bekam, wusste sie, dass man dort bereits begonnen hatte, die Skelette zu identifizieren, um sie den Eingeborenenstämmen zur Bestattung zurückzugeben. Einer der Kuratoren rief sie an und fragte sie, ob sie etwas über Willem van der Postes Sammlung wüsste und ob sie sie ansehen und Mamdouba bitten könnte, ihr bei der Repatriierung der Gebeine zu helfen. Der Mann, der sie anrief, hatte in Afrika mit Kirk zu tun gehabt. Er wusste, dass Erik Poste am Met arbeitete. Er schlug vor, dass sie ihn um Hilfe bat, bevor sie bei den Museumsadministratoren vorsprach. Er dachte, Erik würde den Ruf seines Vater aufpolieren wollen.«

»Er lehnte ihr Gesuch erneut ab, hab ich Recht?«

»Ja, aber sie hatte eine andere Idee. Sie holte sich die Hilfe von van der Postes Witwe ein.«

»Eriks Mutter?« Er hatte seine Mutter erwähnt, als er uns erzählt hatte, wie er als Kind nach Amerika gekommen war. Dass sie im Krankenhaus gewesen war und er deshalb ins Internat gemusst hatte. »Sie lebt noch? Wie hat Katrina sie gefunden?«

»Museumsunterlagen. Korrespondenz zwischen ihr und dem Museum nach Willems Tod.«

»Aber sie muss schrecklich krank gewesen sein, wenn sie damals so lange im Krankenhaus war«, sagte ich.

»Sie war krank, das stimmt. Geisteskrank. Sie hat zeit ihres Lebens an einer tiefen Depression gelitten. Erik hatte bereits als Jugendlicher jeden Kontakt mit ihr abgebrochen.«

»Sie wussten davon?«

»Nein, nein. Aber Erik ging davon aus, dass Katrina es mir erzählt hatte. Er redete von seiner Mutter, während er mich fesselte. Ich setze es aus den Bruchstücken zusammen, die er faselte.«

»Hat sich seine Mutter mit Katrina getroffen?«

»Nicht nur das, sondern sie hat ihr auch die Feldtagebücher aus Willems letzten Jahren gegeben. Diejenigen, die Kirk nicht geerbt hatte. Er hatte noch viel mehr zu verbergen als geschmuggeltes Elfenbein.«

»Was –?«

Clem holte tief Luft und sah mich an. »Er ist nicht so gestorben, wie Erik es Ihnen erzählt hat. Nicht als edler Jäger, der die Tiere vor Wilderern beschützt hat.«

»Sondern?«

»Willem van der Poste leitete eine Touristensafari. Er wurde von einem Elefantenbullen beinahe zu Tode getrampelt. Er schickte die Touristen mit einigen Führern weiter, damit sie Hilfe holen konnten. Er konnte nicht jagen, er konnte seine Beine nicht bewegen.«

Wir sahen Clem schweigend an und warteten darauf, dass sie weitersprach.

»Tage vergingen. Er hatte kein Essen mehr, keinen Nachschub.« Sie blickte zu den Knochen, die rundherum auf den Regalen lagen. »Es ist wirklich unvorstellbar. Er erschoss seinen Diener, seinen Träger. Der Eingeborene, der ihm Afrika gezeigt und ihn jahrzehntelang beschützt hatte. Er schlachtete ihn aus –«

»Sie brauchen nicht weiterzuerzählen. Wir können es uns denken«, sagte Mike. »Kein Wunder, dass seine Frau ihren Namen ändern wollte.«

Und kein Wunder, dass sie nie aus ihrer Depression auftauchte, nachdem sie die Wahrheit erfahren hatte.

»Also eines Abends im letzten Dezember, als Katrina mit den Feldtagebüchern, die van der Postes Ruf völlig ruiniert hätten, aus dem Sanatorium zurückkam, machte sie den Fehler, sie Erik zu zeigen. Naiverweise dachte sie, dass er daraufhin unsere Seite ergreifen würde und den Eingeborenen, die so lange so schlecht behandelt worden waren, helfen würde.«

»In der Nacht muss er beschlossen haben, sie umzubringen«, sagte ich.

»Mit einer kräftigen Dosis Arsen«, fügte Mike hinzu. »Irgendwo in diesem Mausoleum.«

Ich sah mich in der Kammer mit der unheimlichen Schädel- und Skelettsammlung um. »Hier oben?«

Mercer bezweifelte das. »Vielleicht hat sie diesen Raum gefunden – und noch viele andere wie diesen hier. Aber wahrscheinlich hat er sie im Keller umgebracht. Zimm zeigte mir ein paar Stellen, die man ohne ein Sonargerät nie finden würde. Abgelegen, kühl, trocken. Große, leere Behälter, in die eine Tierleiche, doppelt so groß wie Katrina, hineinpassen würde. Wo man nichts sehen, nichts riechen kann. Sobald er seinen Sarkophag an Ort und Stelle hatte, legte er sie hinein und machte den Deckel zu.«

»Denkst du, dass Bermudez sein Komplize war?«

»Unwissentlich.« Clem versuchte aufzustehen, und ich half ihr auf die Beine. Sie machte Kniebeugen, um ihre Durchblutung wieder anzukurbeln. »Ich fragte ihn, ob ihm der Mann, der letzte Woche vom Dach des Met gestürzt war, dabei geholfen hat, Katrina … Sie wissen schon … wehzutun. Ich dachte, dass er vielleicht Selbstmord begangen hatte, aus Reue über seine Tat.«

»Was hat er gesagt?«

»Dass ich dumm sei. Er meinte wohl, dumm genug, um zu denken, dass er sich von einem einfachen Arbeiter helfen lassen würde. Bermudez war der Vorsteher der Mannschaft, die den Sarkophag auf den Truck verladen hatte. Er muss die Sache mit Katrina in der Zeitung gelesen haben und ist in Postes Büro gekommen. Poste sagte, dass Bermudez vermutete, dass er etwas über Katrinas Tod wisse, und Geld verlangte. Erpressung. Poste gab ihm eine Anzahlung und sagte ihm, dass er ihm gegen Ende der Woche mehr Geld geben würde. Anscheinend wusste jeder, dass der arme Mann jeden Freitagvormittag die Wasserbehandlungsanlage überprüfte.«

»Er hat zugegeben, Bermudez vom Dach gestoßen zu haben?«

»Er lachte mir nur ins Gesicht und sagte, dass sie letzten Freitag auf dem Dach getrennte Wege gegangen wären.«

43

Über uns breitete sich der gesamte Frühlingshimmel aus. Das Hinterteil von Ursa Major, des Großen Bären, war deutlich erkennbar. Der Polarstern zeigte auf Leo, der sich nach Osten zur Konstellation der Virgo hin neigte. Und im Nordosten ging gerade zum ersten Mal der funkelnde weiße Sommerstern, die Vega, auf.

Ich saß mit zurückgelehntem Kopf in der letzten Reihe des Hayden-Planetariums und hörte zu, wie der Chief of Detectives die Presse über die Verhaftung Erik Postes informierte, den man gerade in Handschellen abgeführt hatte. Es war halb fünf Uhr morgens, und ich saß etwas abseits, während die Reporter die Polizeichefs und erschöpften Detectives mit Fragen bombardierten.

»Sie wollen also sagen, dass er allein gehandelt hat?«

»Das ist richtig. Detective Chapman wird Ihnen mehr über Mr. Poste und seinen Vater erzählen.« Der Chief trat vom Podium zurück, um Mike ein paar Minuten sprechen zu lassen.

»Dieser Unfall letzten Freitag am Met? Besteht da ein Zusammenhang mit dem Mord an Katrina Grooten?«

Der Chief trat wieder vor Mike ans Mikrofon. »Wir können nicht über die derzeitige Beweislage sprechen, aber lassen Sie mich so viel sagen, dass wir das nicht länger als einen Unfall behandeln.«

»Was ist mit dem Arm im Diorama, der den Schulkindern solche Angst eingejagt hat?«

»Meine Einheit für latente Fingerabdrücke hat mich unterrichtet, dass darauf brauchbare Fingerabdrücke sind. Wir werden sie natürlich mit denen unseres Verdächtigen abgleichen. Mr. Poste hatte Zugang zu dem Hauptschlüssel, mit dem man die Dioramakästen öffnen kann.«

»Denken Sie, dass er das nur getan hat, um den Verdacht auf die Arbeiter hier im Museum zu lenken?«

»Das ist reine Spekulation, Mr. Diamond. Ich weiß, dass Sie einen ganzen Artikel um diesen Arm herum schreiben können, also überlass ich das dem Urteilsvermögen Ihrer Redaktion. Falls man das bei der *Post* so nennt.«

Die anderen Reporter lachten. Sie hatten die wichtigsten Informationen bekommen und waren bereit zu gehen.

Mr. Mamdouba tippte dem Chief auf die Schulter und sagte etwas zu ihm.

»Bevor Sie gehen, möchte Elijah Mamdouba – der hiesige Direktor der Sammlungen – noch ein paar Worte sagen.«

Einige Reporter nahmen wieder Platz. Die anderen ignorierten die kleine Gestalt und gingen, um ihre Storys an die Redaktion durchzugeben.

»Meine Damen und Herren, das ist für uns eine sehr eigenartige, in der Tat eine äußerst unangenehme Situation.« Es waren nur noch circa zwölf oder dreizehn Reporter im Raum, aber er sprach eindeutig in der Hoffnung, dass seine Worte gedruckt und von Millionen Menschen gelesen werden würden.

»Es war an einem der zwei beeindruckendsten Orte in New York City – im Saal des Tempels von Dendur in unserem Schwestermuseum auf der anderen Seite des Parks –, dass mein Kollege Pierre Thibodaux zuerst von dem Fund von Ms. Grootens Leiche erfuhr. Diese Tragödie findet heute ihren Abschluss an diesem anderen atemberaubenden Ort, dem Planetarium unseres spektakulären Naturkundemuseums.« Er zeigte mit einer ausladenden Handbewegung auf die fantastischen neuen Räumlichkeiten im Rose Center, dem leistungsstärksten Virtual-Reality-Simulator der Welt.

Mamdouba hatte nicht Unrecht. Diese beiden herrlichen Museen waren die Schmuckstücke der Stadt. Tausende Quadratmeter Ausstellungsfläche, Millionen von Gemälden, Objekten, Fossilien und Artefakten. Tausende von engagierten Wissenschaftlern und Forschern, die ihr Leben diesen einzigartigen Kunst- und Wissenschaftssammlungen widmeten.

»Über die Jahre«, fuhr Mamdouba fort, »haben wir innerhalb unserer Mauern und in unseren Labors die Gesellschaft widergespiegelt, in der wir leben, lernen und aufwachsen. Es ist Teil unseres Wachstumsprozesses, das Unwissen der Generationen vor uns zu überwinden, ob auf dem Gebiet der Evolution oder der Umwelt, was Rassenstereotype, das Aussterben von Tieren oder die Erforschung des Weltraums angeht.«

Es gab wahrscheinlich keine anderen Orte im Land, die

mehr Leute bildeten und aufklärten als das Metropolitan Museum of Art und das American Museum of Natural History. Wie ironisch und bizarr, dass eine ruhige junge Wissenschaftlerin auf Grund ihrer Arbeit unter diesen Dächern den Tod gefunden hatte!

Mamdouba kam zum Ende seiner Ausführungen. »Die Tatsache, dass Wissenschaftler einst auf so zutiefst verstörende Art und Weise Menschen aus primitiven Kulturen für ihre Forschung missbraucht haben, hat jedes Museum auf der Welt dazu veranlasst, in sich zu gehen. Der Wunsch, die Tierarten zu erhalten, die vom Aussterben bedroht sind, bringt paradoxerweise die Notwendigkeit mit sich, Fossilien dieser Tiere zu sammeln, um ihre Überlebensfähigkeit studieren zu können.«

Er sprach weiter über Wissenschaftler und Visionäre, Forscher, Anthropologen und Paläontologen, die Mission und das Paradoxon, die Vision und die Tragödie. Die Reporter blieben, bis er zu Ende gesprochen hatte, fasziniert von den Schätzen, die in diesen beeindruckenden Gebäuden zusammengetragen worden waren.

Als er fertig war und die Reporter gingen, blieb ich in meinem Plüschsitz sitzen und wartete darauf, dass der Chief of Detectives seine Mannschaft entließ. Ich schloss die Augen.

Ich musste eingedöst sein, denn fünf Minuten später begann mich die Sitzfläche meines Stuhls aus dem Schlaf zu rütteln. Der Raum war leer bis auf Mike, Mercer und mich.

»Wir heben ab«, sagte Mercer. »Zeit, aufzuwachen! Zimm hat uns Karten für die 5-Uhr-Frühvorstellung besorgt. Er ist mit dem Hausmeister im Kontrollraum. Er findet, dass du eine Privatvorführung verdient hast.«

Jeder Sitz war mit Lautsprechern und vibrierenden Woofern ausgestattet, die dem Publikum zu Beginn der Show einen richtigen Raketenstart simulieren sollten. Mercer hatte eine Tüte Mikrowellenpopcorn in der Hand, die er in irgendeinem Büro gefunden haben musste, und Mike kippte die Scotch- und Wodkafläschchen aus Clems Minibar in drei Plastikbecher.

Tom Hanks Begleitkommentar begann, von der Suche nach anderen Lebensformen im Universum zu erzählen.

»Da ist Orion«, sagte Mike und deutete über Mercers Kopf auf eine helle Sternenformation.

»Das Letzte, was ich heute Morgen sehen will, ist ein Jäger.«

»Wie wär's mit Andromeda, der Prinzessin?«

Ich nippte an meinem Drink und lächelte ihn an. »Sei bloß still.«

»Sie wurde an einen Felsen gekettet und sollte von einem Meeresungeheuer verschlungen werden, um die Götter zu besänftigen. Sie wurde gerettet von – nun, von einem dieser geflügelten Pferde, deren Namen ich immer vergesse. Sagen wir einfach, von Mercer und mir. Wir würden nie zulassen, dass dir etwas passiert, Kleines.«

Wir stießen mit unseren Pappbechern an, während sich der herrliche Nachthimmel über uns zu bewegen begann.

Danksagung

Die beiden Institutionen, die den Hintergrund für Alexandra Coopers Ermittlungen bilden, gehören zu den außergewöhnlichsten Museen der Welt. Sie liefern seit mehr als einem Jahrhundert einen unermesslichen Beitrag zur Kultur unseres Landes.

Abgesehen von den vielen angenehmen Stunden, die ich in ihren Hallen verbracht habe, gibt es wunderbare Bücher, die ihre Geschichte und ihre Schätze beschreiben. Am hilfreichsten waren für mich: *Stuffed Animals and Pickled Heads: The Culture of Natural History Museums* von Stephen Asma; *Minik – Der Eskimo von New York* von Kenn Harper, *Making the Mummies Dance: Inside the Metropolitan Museum of Art* von Thomas Hoving; *Dinosaurs in the Attic: An Excursion Into the American Museum of Natural History* von Douglas Preston; *Der Mumien-Kongress. Reise in die Welt des ewigen Todes* von Heather Pringle; *Merchants and Masterpieces: The Story of the Metropolitan Museum of Art* von Calvin Tomkins, und *A Gathering of Wonders: Behind the Scenes at the American Museum of Natural History* von Joseph Wallace. Wie üblich verfügten die Archive der *New York Times* über eine herausragende Sammlung an Fakten und Features.

Während des langen Schreibprozesses unterstützten mich die üblichen Verdächtigen. Meine treuen Kollegen in der Abteilung für Sexualverbrechen bei der Bezirksstaatsanwaltschaft von Manhattan und in der Sonderkommission für Sexualverbrechen bei der New Yorker Polizei werden immer die Besten ihres Fachs sein. Nichts erfüllt mich mit mehr Stolz als die Tatsache, dass ich dreißig Jahre lang Schulter an Schulter mit ihnen zusammengearbeitet habe. Die Pathologen und Serologen des Gerichtsmedizinischen Instituts von New York waren vor dem 11. September 2001 meine Helden und werden es immer bleiben.

Mein Dank an alle bei Scribner und Pocket Books, und an Esther Newberg von ICM, die mir bei jedem Schritt geduldig zur Seite steht und mich so enthusiastisch unterstützt.

Mein Dank auch an die Buchhändler, Bibliothekare und treuen Leser und Leserinnen, die mein Buch in ihren Händen halten.

Nach wie vor wäre das alles nicht möglich ohne meine Freunde und meine Familie. Mein geliebter Ehemann, Justin Feldman, Cheerleader und Kritiker, glaubte von Anfang an an mich, und das ist mein größtes Geschenk.